フランス中世文学名作選

Poètes et Romanciers du Moyen Age

松原秀一／天沢退二郎／原野昇〔編訳〕
篠田勝英・鈴木覺・瀬戸直彦・福本直之・細川哲士・横山安由美〔訳〕

白水社

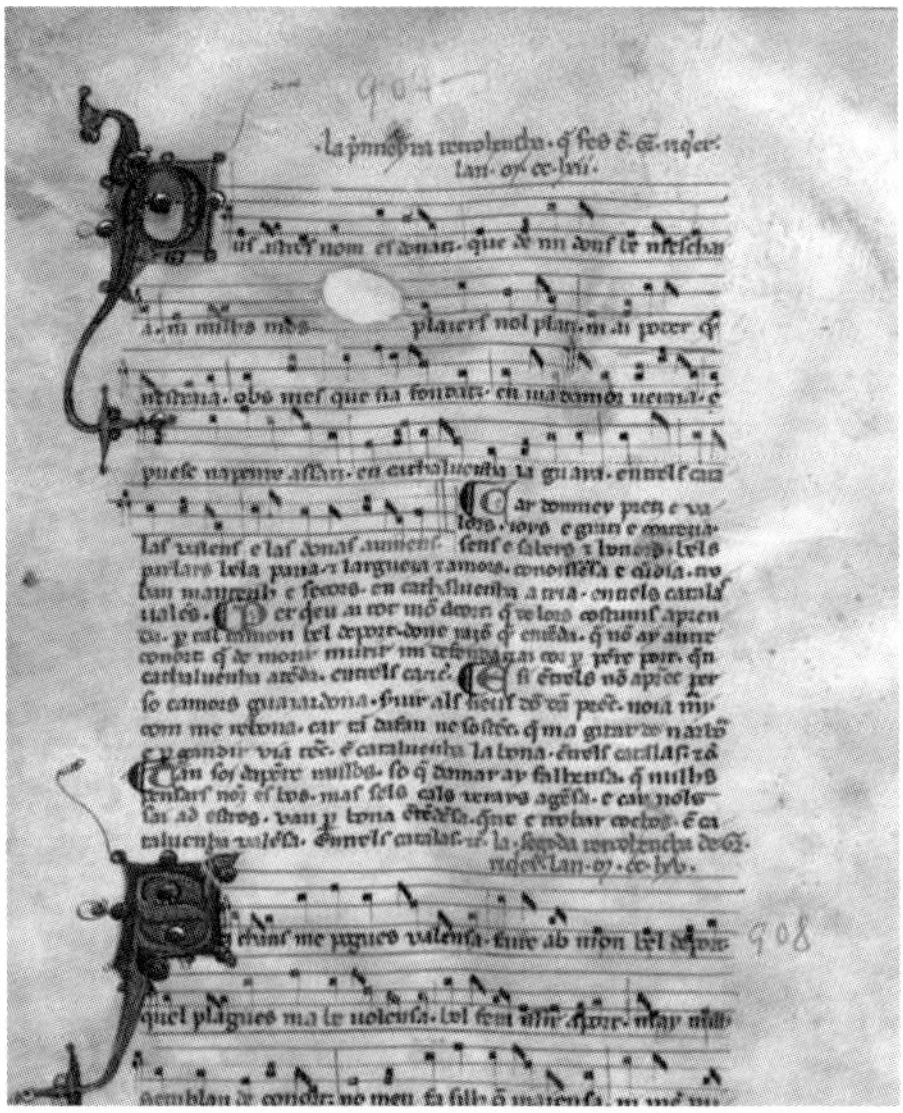

［図１］運命の定めにより［フランス国立図書館］（「トルバドゥール」10）

［図２］聖杯に聖血を受けるアリマタヤのヨセフ［ボン写本、ヒル博物館・写本図書館］（『聖杯由来の物語』）

［図３］居酒屋を飛び出す〈飲み比べ〉［オクスフォード，ボドリアン図書館］（『反キリストの騎馬試合』）

［図４］次男（放蕩息子、右）に食ってかかる長男を宥める父親［ブールジュ、サン=テティエンヌ教会］（『アラスのクルトワ』）

［図５］多分これがアラン・シャルティエ（『四貴女の書』冒頭）［大英図書館］（『つれない姫君』）

［図6］輪になって踊るカロル［フランス国立図書館］
（『つれない姫君』）

［図7］一角獣狩り［大英図書館］（『愛の動物誌』）

フランス中世文学名作選

目次

クレティアン・ド・トロワ

フィロメーナ（オウィディウス原作による）

天沢退二郎訳

解題

これはクレティアン・ド・トロワの初期作品『フィロメーナ Philomena』（八音綴による韻文全一四六八行）の、中世仏語原典からの邦訳である。この仏語原典は、紀元一世紀にオウィディウスによってラテン語で書かれた長篇『変身物語』全一万二九九五行中の一挿話（二四八行）を原作として、一一七〇年代初め頃、およそ六倍の長さに韻文自由訳したものである。

クレティアンの本領は、『エレクとエニード』にはじまる全五篇の長篇アーサー王物語にあるが、その第二作『クリジェス』の冒頭部に、それまでの自作目録による自己紹介がある中に《「ヤツガシラとツバメとサヨナキドリの変身」を物語化した》とあるのが、この『フィロメーナ』への言及にあたる。

これとおぼしいテクストが、編者不詳『オウィディウス教訓集』の十四世紀写本の中から十九世紀末、ガストン・パリスによって発見され、二十世紀初頭にC・ド・ブールによる校訂本（ラテン語原文併収）がパリで刊行された。本訳稿は、基本的に、このブール本の復刻版（スラトキン、一九七四年）によっている。

あらすじは、昔アテネの王に二人の王女があったが、姉の嫁いだ夫が妹を凌辱し、事を隠して帰る。真相を知った姉は妹を救出し、夫との間に生まれていた男児を殺して、二人で調理して夫に食べさせる。怒り狂って二人に迫る夫――この三人が次々に鳥に変身して話は終わる。

この話はギリシア神話の中で昔から知られているうち、オウィディウスのテクストがひときわ詳しいのだが、それをさらに六倍の長さに〝超訳〟したのはどのようにか？　クレティアンは物語の筋書きをほぼその通りにたどりながら、（1）原作にない直接話法の会話を多用、（2）人物たちの行動を詳述、（3）人物たちの心理を詳しく描写、（4）語り手の恋愛論等を挿入展開、（5）中心人物のプロフィールを詳しく加筆等、量的にも質的にも、物語に充実感をもたらしている。

（注意）　原則としておよそ十行毎に下方に記された数字は、原典の行ノンブルと厳密には対応せず、本訳文及び訳注のための便宜的かつ大ざっぱな目安である。

フィロメーナ（オウィディウス原作による）

パンディオンはアテネの王だった。
力あり気前がよく、礼節を心得ていた。
二人の姫あり、鍾愛の的であった。
一人は名をフィロメーナ[1]
もう一人はプログネ、これが姉。
この姉は嫁《か》していた。
トラキアの王に所望されたのだ
パンディオンは大いに喜んでいた。
喜んでいた？　まことに。何故？
娘を王に与えたからだ。
王に？　しかしこいつが卑劣な暴君
この暴君、名はテレウス
こいつにパンディオンは、唯々諾々、
愛する姫プログネを与えたのだ。
テレウスはよからぬ婚礼をした。
ヒメネウス[2]がいなかったからだ。
この神が婚礼に招かれるべきだった。
だから式では学僧も僧侶も歌わず、
歓びのしるしは何もなく、
夜通し、しわがれ声で、
初夜の閨《ねや》の上でワシミミズク[3]と、
モリフクロウ、カッコウが鳴いた
それにメンフクロウと、カラスもだ。
これはまったく不吉なしるし。
すなわち悲しみと苦しみとを
意味していた
かれらの集《つど》いは最悪だった。
寝室を、居間を、
夜もすがら飛びめぐったのだ、
アトロポスにテジフォーヌ[4]、
そしてあらゆる悪運が。
婚礼が終わると
テレウスは妻を伴って
トラキアへ帰った——高貴なる妃として。
やがて二人の間に男子が生まれた。
これが実に不幸なことになるのだ。
王子が誕生した日、

国中《じゅう》が祝福し、
そして毎年この日を祝った。
テルヴァガン(5)のと同じように。
これはテレウスの命による。
子どもは成長し、立派に育った。
五歳ですてきな美少年になった。
名をイティスという。実に悲しいことに
それ以上長くは生きなかった。
どうしてそんな最期を遂げたのか、
事の次第をゆっくりお話ししよう。
しかしその前にお話しすることがある
五年以上の歳月を
プログネは夫と
一緒に暮らしたらしく思われる。
そこで、妹のフィロメーナに
逢いに行きたい気持ちがつのった
ただ、夫の機嫌をそこねたくはない。
ある日、夫にこの希望を打ち明けた
誓って、約束します、
もし海の向こうの妹に
逢いに行かせて下さるのなら
できるだけ早く戻ってきます
長居するようなことは致しませぬと。
ところが夫は妻の旅を許さず
妻は妹に会うことが叶《かな》わない
そこで妻は夫に、あなたが迎えにいらして
ここへ連れてきて下さいと懇願した
夫は、よし、そなたはここにとどまっておれ、
不平を言わずに待つがよい
私が、嵐になろうが風が吹こうが、行って
そなたの妹をトラキアへ連れて帰ろうぞ。
テレウスはただちに船団に指示して
食糧を積み込ませ、
帆柱《マスト》や、帆、帆桁を準備させる。
すべてがととのうと、いよいよ乗り込んだ、
大勢、家中《かちゅう》の者を伴って。
出発に際して、プログネが懇願するには、
あなた、早く妹を連れてきて頂戴ね、
そこでいよいよ一行は海へ乗り出した、
帆綱をしっかりと張り、

星の運行を目じるしに船を進めて、
昼も、夜も、航海を続ける。
ところが実に困ったことに、
この旅はまったく順調に進み
海はあまりにも平穏無事で、
このために実に最悪の事が起こるのだ――
王の暴虐に歯止めがかからなくなるという――
さもなければ不幸は避けられたはずなのに。
パンディオンの耳に、王の船団が
到着したという知らせが入った。
それによると、婿《むこ》殿が、
会いに来てくれたのだという
早速、迎えに出なければ。
すぐにパンディオンは出かけて行く。
港の入口でテレウスに出会い、
挨拶をして、接吻を交わす、
唇に、眼に、そして顔に。
こうして実に大いなる歓迎ぶりをしたので
王に随行してきた臣たち全員に
挨拶して、城内へ案内し、
熱心に尋ねた――本当のことを教えて下され、
わが娘、わが孫が
大いに楽しく、健《すこ》やかに、暮らしているでしょうね、
と。
テレウスも答えて、
みな楽しく健やかにしていて
父上によろしくと言うております。
それから、それ以上隠し立てせずに、
今度の旅の目的を語り出す――
《義父《ちち》上、実は私が参りましたわけは、
娘御プログネが、妹フィロメーナに
大変に会いたがっておりまして、
そこでこの私を使いに寄越した次第でして、
私自身も、たってお願い申し上げる、
どうか娘御を彼地へ行かせて頂きたい、
娘御の留守は父上もさぞ御心配であろう、
たとえ僅か一日、一時間、
お傍にいないだけでも
早く帰って来ぬか、遅い、遅いと、
耐えがたくお思いになるであろう。

されば、誓ってお約束しよう、
帰途のため穏やかな順風と思われれば、
ただちにお帰し申し上げる、
妹御をそれ以上お引き止めなどせず
ただし、はっきり申して、
妹御がここへ顔をお見せにならぬのが残念です》
まさにこのとき、隣室から
髪の乱れたまま、フィロメーナが(6)出てきた。
被衣《ヴェール》をまとった尼僧とは似もつかぬ——
その素晴らしさをどう言い表そうか！
美しい身体、輝く容貌、
とにかく、私の考えでは、
彼女の大変な美しさのすべてを表現するには
プラトンの感覚と言葉でも
ホメロスやカトウの大いなる知恵を以てしても
充分であったとは思われない。
とすれば右の三哲人に伍してこの私が
うまく表現できなくても恥ではあるまい、
私なりにできるだけやってみるとしよう、
いったん試みるとした上は思い直しはせぬ。
みなさんの思う以上のことをやってみせよう。
まず容貌、次に身体の順で行こう。
純金よりももっと輝くのが、
髪毛ぜんたいだ。
これこそ神のなし給うたみ業《わざ》で、もし自然が
これ以上手を加えようとしたとしても
うまくいくはずはなかったであろう。
額《ひたい》は白くなめらかで、皺《しわ》ひとつなく
両の眼は黄風信子石《ジャルゴン》(7)よりも澄んでいて、
眼と眼の間は広く、(8)眉毛はすっきり
白粉《おしろい》も紅《べに》もまったくつけていないのだ！
鼻すじはまっすぐで高くて、
まさに美しさが求めるとおりである。
顔色は活々《いきいき》として、
薔薇や百合の花のよう、
口は微笑を浮かべ、唇はふっくらとして
ほのかに赤味を帯びているのが、
絹織物よりもその色合い好もしく、
その息の香《かぐわ》しいことといったら
アマトウガラシもバルサムも薫香もかなわない。

歯は小さく、白くて、形よく並んでいる
顎《あご》と頸《くび》すじ、のどと胸は
どんな白貂《しろてん》の毛皮よりも白く
二つの小さなリンゴのような
両の可愛らしい乳
手はほっそりとして、長くて白く
脇腹は細くくびれて、腰は下がっている
その他、全体、みごとな身体《からだ》つきは
他に誰も見たこともない素晴らしさ
これは「自然」が、努力と技の
すべてを注いで
造《つく》りなしたからだ。
これほどの美しさに加えて
乙女が心得ておくべきこと全《すべ》て知っていて
その賢《かしこ》さは決して美しさに劣らない
あえて真実を申すならば、
彼女が喜びや楽しみを知っていることは
アポロニウス(9)にもトリスタン(10)にも優《まさ》っていた
それも何と十倍以上もだ――
西洋双六《すごろく》や、西洋将棋《チェス》の名手であり、
古いゲーム、《はったり》や
《こけおどし》の手だって使いこなし
そんな楽しみ上手の気性によって
高貴な騎士たちにも愛されていた。
ハイタカやチョウゲンボウのことなら
貴種であれ雌であれ、よく心得ていて、
タカの毛を生え変わらせるこつも知っていた
オオタカでも、ハヤブサでも
とにかく狩猟なら森で猟犬を使う狩りも、
川で魚を獲る漁でも彼女にかなう者はなかった。
その上、すぐれた織姫(11)でもあって、
高価な絹の布を用いて
花模様を織りなす腕前は、世界中で
誰にもまねができなかった。
たとえエルカン(12)の軍勢の不吉な行列でも、
高価な布に織りこむことができただろう
名高い文豪や、文法にも通じていたし、
自ら巧みな詩文も草することができ、
気が向けば、その詩文に合わせて、
古代絃琴《プサルテリオン》や竪琴を弾き、

――えも言われぬ巧みさで――
舞曲《ジグ》やロッタを演奏したのである。
世にある歌物語《レー》や楽曲やメロディで
彼女が絃で演奏できないものは一つもなく、
また実に蘊蓄《うんちく》を傾けて表現できたから、
その声、言葉だけで
優に一家を成すこともできたであろう。
さて、父の傍へ姿を現した乙女は、
血色の良い、輝くばかりの容貌《かお》をして、
絹織物をぴっちりと身に付けていた。
テレウスは乙女を抱いて
挨拶のキスをした。
このとき、乙女の驚くべき美しさと
たおやかな身のこなしが心を奪った
その心をうずかせたものは、
邪《よこしま》な、正気ならぬ期待だ。
邪悪な恋心がテレウスをとらえた
邪恋？　――まさにその通り、
それが彼の心をとりこにして
自分の妻の妹へ、
欲望の穂尖《ほさき》を向けさせたのだ。
だからといって――相手が妻の実の妹でも
それは邪悪な愛ではなかった、なぜなら
当時彼らの崇めていた神の
神聖な掟によれば、
彼らは自分の意のまま、欲望のまま
何をしてもよいとされていた。
その聖なる書《ふみ》にはそう書かれてあったのだ、
人はみな、好きなように何をしても
罪に問われることはないと――
これが、異教の民の守っていた教えであった。
だからテレウスは、もし誰かに非難されたとしても、
自己弁護の根拠はあったことになる。
やりたいことをやっただけで、
誰にも口出しされる筋合いはなかった。
しかし、彼らの掟のことは傍《わき》へ置いておこう。
誰が愛の神に逆《さか》らえるだろう？
――たとえその御意向が何であろうとも。
つまりはテレウスがトラキアから出て
フィロメーナを迎えに来たのが不運だった、

それで、愛の神の挑戦[13]を受けたのだ。
すっかり罠に堕ち、窮地に立たされ、
たやすく着火する火と炎に
身も心も燃え上がる
乙女を両腕に抱き、
こう言った――《可愛いひとよ、[14]
どうか訪ねてきてともに喜びを
そなたの姉が、切々と訴えて言うことに
分ち合いたい、と。そこで私からもお願いだ。
もし私からの願いが、助けになるならば。
もし神に祈るだけでこのことが叶うなら
もうずっと前に、トラキアに来てもらえたはずだよ、
なぜならプログネの願いはただ一つ、
そなたを傍に置きたいということばかり
もし妻がここへ来るのを私が許したら
ずっと前にここへ来ていただろうが、
私はそれを許さなかった、
むりやりに、妻の心に逆らって。
そなたの姉の切なる望みは、
そなたが十五日間、滞在してくれること。
何とか私の苦心を無駄にしないで、
お父上にお願いしてくれないか、
そなたを私と出立させて下さるように。
父上に困ることは何もないはずだ、
もしそなたを旅立たせて
姉上と楽しい思いをさせたとしても。
妻は私に何度もはっきり言ったものだ
――私がいよいよ出航するときに――
もし妹を連れてきてくれなかったら、
あなたを二度と、決して
あたしの夫とも恋人とも思いません、と。
そして私は、よぼよぼの白髪老人に
なる方がはるかにましだ、
妻の不興を買うくらいなら。
だから、可愛い義妹よ、
そなたの父上に、どうぞ、お願いしてくれ、
そなたを私と一緒に行かせて下さるように》
決して愚かではない乙女は、
答えて言う――《王様、わたくしの言葉など
あなた方のに比べれば、何の価値がございましょう?

もし本当にそうなさりたいのなら
まず、ご自身でお願いなさいませ。
フランス人《びと》の習慣では、
何かを手に入れたいと望む者は、
それだけの勇気と知恵とがあるのなら
その目的のために苦労し、努力するのです。
そしてもし、それに失敗して
自分ではやり遂げることができないとき、
初めて他の人の手を藉《か》りるべきです》
《乙女よ、そなたの言う通りだ、
しかし、ほんの少し、その言い方は
改めてくれてもよかったな。
そなたは、まず最初に、私がすでに父上に
お願いをしなかったかどうか尋ねるべきだった》
《ほんとに！　そうすべきでした！
もしわたくしにそれだけの理性があったら、
父にちゃんと訊いておくべきでした。
けれど、やはり、はっきり仰有《おつしゃ》って——
王様は父に、この件について
何かお話しになったのですか？》
《もちろん。ただ、あまりしつこくはお願いしなかった》
《父は何と？》《何も》
《それでは、これでお話はおしまいです。
父が王様に何もご返事しなかった以上、
姉は、わたくしに逢うのを待てばいいのです、
せいぜい、何か月かのことですもの。
わが父なる王は、
わたくしを旅に出すおつもりがないのよ。
そんなことは、望んでらっしゃらないの》
《望んでおられない？》《そうよ》
《何でそんなことがわかる？》《何で？
父が王様にご返事したがらなかったから》
《それは、他のやり方で
解釈し、理解することもできるさ
父上は私のお願いを、終わりまで
すべて、快く聞いて下さった。
一言も、口を差しはさまずにね。
だから、このお願いを快く思われ
暗黙の裡《うち》に、お許しになったのだよ》
《暗黙の裡にだなんて、それは嘘よ

だって、まだわたくしたちにはよくわからないもの
――良しと言われたのか、駄目なのか》
そこでテレウスは再び王に尋ねた――
《義父《ちち》上、賢明なるアテネの王よ、
あなたの娘御プログネからの伝言を
たしかにお聞きになりましたよね。
もしこの世に生まれた男たちが全員、
あなたにあることを要求したとして、
あなたは、その男たちの誰よりも先に
まず、この私に応えて下さるべきでしょう
そして、私の考えでは、次に娘御たちに
少なくとも、お応えになるべきだ。
もしこの私には応えて下さらなくても。
なぜなら、娘御の一人はあなたにお願いをし、
もうお一人もこの私に同じことを、
つまりどちらも、あなたに、この私が
連れて行って会わせることを求めているのです》
パンディオンは、がっくりと両手をつく。
この問題に深く心を悩ませたのである。
しかし、どんなに悩んでも、
返答をしなければならない。
《婿殿よ、と王は言う、ご存じのように、
現《うつ》し世で私が持っている物は、何一つとして、
まったくお望みのままに、
差し上げないものはございませぬ、
もしあなたがどうしても必要と仰有《おっしゃ》るなら。
されど、私にとって娘がどんな宝物であるか
もしおわかり下さるなら、
そんな御要求をこの私に
なさらないで下さいませぬか。
私にはもう何の希望もなくなります。
もし娘がいなくなり、一人ぼっちになれば。
今の私には、杖がなければ
この身を支えることもできませぬ。
もしも、お気にさわることがなかったら、
御申し出の件につきましては、
先へのばして、いささか時間を下さいまし》
《先へのばす?》《はい》《よろこんで。
で、どの位?》《私が生きている限り。
と申しますのも、おわかりでしょうが、

私はもう、さほど長くない生命《いのち》です、
年を老《と》って、すっかり弱っております
すでに、ヤコブよりもアブラハムよりも
エサウよりも、長く生き申した
その間、とても愉快に過ごしました。
されど、今は何一つ楽しみはありませぬ
私めの安楽のすべては娘です、
ただ娘のためだけに生きております、
つまり、他には支えがないのです。
もしあなたに娘を連れて行かれたら、
それだけで私に死ねと仰有るに等しいのです。
このことははっきり申し上げられる
娘が私を守り、仕えてくれるのは
夜も昼も、夕方も朝も。
私が起きるにつけ、寝るにつけ
他の人の手に委ねることはありませぬ。
やさしい娘が私を大事にしてくれることは、
衣服を着せたり、靴を履かせてくれたり、
すべて至れり尽せりで、
もし娘の介護がなかったら
とうの昔に私は死んでいたでしょう。
それゆえ、お願い申す、私を憎んでいないなら
どうか娘を取り上げたりしないで下され》
さてテレウスの心は穏やかでない。[15]
気に入らぬことを聞かされ、
自分の目論見《もくろみ》が失敗に終わったからだ。
自分の立場は実に不利で
どうすればいいか、どう言えばいいか――
実に不愉快で、出るのは溜息ばかり。
自分の思いを遂げられぬことに
仏頂面をしているが
その思いとは邪悪で正気の沙汰でないのだ。
言葉ではどうにもならぬゆえ
物も言わず、ぶつぶつと嘆くばかり
狂気が知恵を打ち負かしたというわけだ。
――狂気？　いや、思うにこれは愛欲だ。
愛の神はすべてを打ち負かし、破壊する。
そのくせ気が向けば
倒した相手をたちまち再起させる。
――この神は敗者に勝利を

もたらす力もあるというのか？
――その通りだ。そのことは、
愛のことで叫んだり泣いたりする連中が
はからずも証言している。
愛の神に仕え、恐れている連中を見て
正しく証明できるのは、
およそ誠実さなどというものを
移り気な愛なるものに見出すことなど不可能だ
それは親しい友たちを見棄てては
新しい兵隊を傭い入れて
その全員に同じ報酬を与えるのだから。
――何と、愛の神は誠実ではないか、
みんなに同じ報酬をくれるのなら？
――さにあらず、明白な不誠実よ、
およそ人はめいめいの価値に従い
その真価の高さに応じて
それだけ多くの報酬を得るべきものだ。
ところが、私の知るところによればどうだ、
愛の神は、最悪の連中を傍に置き、
最も価値あるものを拒んでいる。
なぜ、最良の者たちが失寵するかおわかりか？
なぜなら愛の神には、
最良と最悪の区別がつかないからだ。
――区別できぬ？　では賢明でないのか？
――賢明であらせられる。ただ、この神は
ご自分に欲しいものがあるときは
賢明さなど全くどうでもよいのだよ
愛の神は、風よりも軽い
それゆえに、嘘つきで、詐欺師
約束するときは気前がよく、金持ちで
いざ与えるときは吝《けち》でしみったれだ
ひたすらひどい仕打ちを与える。
自分に従順な相手に限って
愛の神が叩いたりいじめたりする相手は
苦心苦労して神に奉仕する人々
どんなに苦しくてもどんなにつらくても
彼らは身を引くことができない
なぜなら真剣な恋に陥《お》ちた者は、
どんな報酬《むくい》を受けようとも
決して諦めず、決して倦むことを知らない

いくら愛しても尽しても足りることがないから
愛は、望むことすべてをやってのけ、
ひとが嘆き悲しみに浸れば浸るほど
愛の炎は燃えさかる
快楽も喜びも得られないからだ
愛欲という病《やま》いは、薬を
与えればいよいよ重くなる
どうすれば癒えるのか誰にもわからない
欲望を何とかするために
欲望からの解放を求める、と
却ってそれはいよいよ緊《きつ》く身を縛る。
だから、もしテレウスがもっと賢ければ
この件からさっぱり手を引いて
乙女を連れずに帰ればよかったのだ
しかし、乙女がかくも優雅で美しく
あらゆる美と美点を備えているのを見ては、
もしこの募《つの》る思いが叶《かな》わぬときは
生きたまま気が狂ってしまうだろう、
とうてい諦められるはずがない。
ではどうするか？　どうすればいいかわからない。
乙女を何度も腕に抱いては、
深々と溜息をつき、涙を流す。
いつになったら、この乙女を
わがものにできるのか、わからない。
こうしてテレウスは悪魔にとり憑かれたのだった
まったく悪魔は休む暇もなく悪を企むもの。
ついに自ら考え、考え出したのは
力ずくで手に入れる他はない
もし愛によって乙女をかち得られないのなら
あるいは夜陰に乗じて拐《さら》ってしまうかだ。
しかし今は、さしたる手勢も率いていない
とすれば、強行策は必ずしも
よい結果をもたらさないのではないか
だから、できるだけ猫をかぶる、
さもないと愚かしくみじめな騒ぎになりかねぬ、
もしせっかく眠っている町が起きてしまえば——
そうなると自分たちは生きて帰れまい、
こんな考えをもたらしたのは、
どこからか訪れた理性のおかげだ
こうしてテレウスは強行策を回避した。

こんな折にいったいどうして、
理性が働いたのか、不思議に思われる
テレウスはあまりにも常軌を外れていたから
——常軌を外れて？　何のために？——愛欲のあまり。
こんなものを誰も愛と呼んではならぬ
——愛ではない？——そうだ——では何？
——逸脱、不実、狂乱
なぜなら、もし私の考えが正しいなら
狂愛はすでに愛にあらず、
テレウスの恋狂いは度を越えていった
さらにきりもなく度を越えて
だから私は大変に驚いたのだ、
いかなる理由が彼を翻意させたのか、と
——理由？　どういうことだ？——つまり彼は
いったん考えた狂気の沙汰を引っこめて
もう一度やり直してみよう、
懇願することで説得できるかどうか、と。
そこで再度、王に向かって、
こんなふうに、懇願したものだ——
《義父《ちち》上、私の申し出をお断りになっても
大した仕打ちでないとは
この私にもわかっております。
ここへ参りまして時を無駄にしても
それは全然何でもない、と。
私は、大変に後悔しておりますが、後《あと》の祭りで、
すごすごと来た道を戻るばかり。
とにかく生まれてこのかた、こんなつまらぬことで
何一つ得ることがなかったのは初めてだ
こんなことなら、今日、父上に会いに
海をこえてはるばると参上などしなかったものを。
世話をしてくれる娘御のことなどと
つまらぬ言い訳を考え出されたことよ！
このまま私が途方に暮れてしまったら、
何とまあ、大いなる無駄な努力をしたものだ
ご自分の世話をしてくれる召使いにも
腰元たちにも、不足するですって？
そういう御不自由のことならば、
僅か三、四日、がまんなされればよいこと。
その間に、娘御には、私を寄越した姉上と
楽しい時を過ごさせてあげて下さいまし。

こんなささやかな目的で私は長旅をして、
それが無駄だったでは、あんまりですよ。
娘御にとっても、私の苦労に対しても、
そして他にも、私を苦しめることがあるのです。〔五二〇〕
プログネは私に、どこへでも行け、
二度と戻ってくるでない、
すっかり愛想が尽きるから――もし
妹を連れずに帰ってきたりしたら、と。
そうなったら私はどうすればいいでしょう、
そうやって追放の身になったら、
息子にも会えなくなる、
息子にも、妻にも。
なぜなら二度と帰れないと思うからです、〔五三〇〕
ごらんのように、私が泣いているのは
心配でたまらないからです、
義父《ちち》上がこんなことで私を不幸な身になさるのかと。
お願いです、どうか娘御を私にお預け下さい
必ず、二週間後には
無事、あなたの許《もと》にお返ししますから。
このことを、お誓いします、
私の信仰と、私の信じる
すべての神々にかけて
この誓約と私の信仰とに免じて
どうぞ娘御を私にお預け下さい》〔五四〇〕
ああ！　卑劣な男、何たる嘘つき！
王を裏切り、こんなふうにあざむくとは！
それなのにパンディオンは、この涙を見て
相手が嘘をついているとはつゆ思わない。
こんなにあられもなく泣くのは
本当に嘆き悲しんでいるにちがいない、と。
この卑劣な暴君は　こうして、
約束したり、誓ったり、
哀願したり、泣き落としたあげく
とうとう、望みの結果を得たのだった。〔五五〇〕
パンディオン自身が、がまんできずに
もらい泣きしてしまったものだ。
二人はそろって泣いて泣いて
どっちの方がたくさん泣いたかわからない。
ひとは、年を老《と》るほどに
涙もろくなるというのは本当だ

《婿殿《むこ》、と王は言う、それほどまでに
約束され、誓約され、
確かなしるしを示された上は、
どうぞ明日、娘をお連れなさいまし。
娘を、あなたのお手にお渡し申そう。
ただし私のつらい気持ちをおわかりあれ。
娘の身をしっかりお護りいただき、
できるだけ早く、連れ帰られよ。
わが娘がこの手に戻るときまで、
わが眼の涙はかわくことなく
わが心に喜びの戻ることはありませぬ。
もし私との友情を大事にお思いなら
どうぞ早くここへお戻りあって、
娘を連れ帰るよう御配慮下さいまし。
このお願いをお聞き届け下さるには
いろいろと御面倒もおありでしょうが、
どうぞこのことをお忘れなく》
《忘れは致しませぬ、とテレウスは言う、
義父《ちち》上、これ以上、申されるな、
なぜならあなた以上に、私は
早くここへ戻って、娘御をお返ししたいと
気が急《せ》いているのですから》[16]
こうして談合は終わりとなり、
テレウスはこれ以上何も求めず、
パンディオン王は、命を下して
とり急ぎ食卓をととのえさせる。
執事騎士も、司令官《コネターブル》も、
パン配給係《バスティエ》も飲み物を注《つ》ぐ係も
みなめいめいに、気を配り　熱心に
準備をしたり、手配をしたり、
自分の仕事や役割に心を砕く。
ある者はかけまわってテーブルをしつらえ
ある者は、いくつもの場所に
水を準備するのにいそがしい
暇《ひま》な召使いなど一人もいないし
侍臣も、気のきく小姓たちも
のこらずあれこれの仕事を受け持っている
みな、よい給仕をしようと心を砕いている。
ところがテレウスは、どんなもてなしにも
心たのしむということがない

すぐ隣の食卓についている乙女の
美しい姿態と顔を
ただうっとりと眺めること
それだけが王の飲み物であり食べ物なのだ
たえず乙女の傍でそわそわして
しきりに乙女の気を引き、世話をやこうとする
そのわけを知るのは王自身だけ
手を引くつもりは全くないのだ
とにかく自分の大いなる非道の実行から
機会さえあれば――しかしそれは中々訪れない
ただ眼を瞠《みは》って乙女を眺め
他のことは何一つ考えられない。
一同は長い時間、食卓についていて
王は楽しくて仕方がない
それは飲んだり食べたりすることよりも
乙女を眺めることの嬉しさのせいだ。
食卓には、この間、惜しげもなく
孔雀や白鳥や雉子《きじ》の肉や、
澄明で美味な葡萄酒が
気前よく、たっぷりと、
ふんだんに提供されたことは
王宮の食卓に恥じない豊かさだった。
諸侯は、食事が終わると、
みんな立ち上がり、召使いたちは
銀の器に水をみたし、
諸侯は手を洗って、拭った
手を洗い終わると、みんなそろって
クッションに背をもたせ、
めいめいの感想を語り合った。
良い事や悪い事、愚かしい事やまともな事を。
小姓たちは、手ばやく
寝床をつくり、しつらえる。
しかしそんなことは楽しくも嬉しくもないのだ、
裏切り者の卑劣な暴君には――
眠る気などさらさらない。
一晩中、眼をさましていたいくらいだ、
もしかして、あの心惹かれる娘と
親しく語り合うことができるなら。
――何だって？　乙女は何も知らずにいた？
――そうとも、もし乙女が

この男の心中を見抜き、屈辱を
もたらすと知っていたならば、
男と一緒に行こうとは決してせなんだものを。
一同があれこれと語り合ううちに、
寝床の準備はととのって、
諸侯はみんな床に就く、
一方テレウスはこの夜、
ベッドで身も心も休まることなく
眠るために眼を閉じさえしなかった
こうして夜通し、
まるでベッドの寸法を測るみたいに
身体を縦にしたり横にしたり、
なぜこんなに夜明けが遅いのかと
たえずうらみごとをつぶやいた。
一晩中、輾転反側して
起きてみたり、また寝てみたり。
一方、就寝した人たちは
心安らかにぐっすりと眠って、
テレウスの愚痴などつゆ知らずにいた。
そのテレウスは夜じゅう眠らず
狂おしい思いにさいなまれ
ついに塔の夜番[17]が
日の出の角笛を吹き鳴らした。
テレウスは角笛で朝を知ると、
黄金三拾マルクもらった場合にも
かほどとは思えぬほどのよろこび様をした。
随行の臣たちの眼をさまさせ、
ただちにみんな起き出して
その命により、一行は
驚くべき手早さで準備をととのえた。
一方、王は彼らが眼をさまして
急いで起き出したことを聞いた。
たとえどんなことがあろうとも
約束は遂行せねばならぬ。
そこで自分の約束を守って
娘をテレウスの手にわたす
乙女はすっかり満足し、嬉しくて
とてもとても幸福だった
しかし、よくあることだが、倖せは
不運のはじまりである。

楽しく出かけて、帰ってくる
こんな確かなことはないと思っていた
どうしてこんなことが起こりえよう?
どうしてこんなひどいことを
あの暴君が準備していようとは⁉
誰にもこんなことは考えられなかった!
テレウスは乙女を港へ連れて行き
パンディオンは二人に随いて行きながら
その道すがら、婿殿に、
そなたが約束してくれた通り、
その日限には必ず帰らせてと懇願する。
《そしてお前、わが可愛い娘よ、
すぐ帰ることを考えておくれ
この父のことを忘れるでないぞ
なぜなら、お前の姿を見れば嬉しく
楽しく、しあわせなのだから!
わが可愛い娘よ、早く帰ってこいよ、
早く帰っておくれ、もし早く帰ってくれれば
私の喜びと倖せも早くやってくる!》
この言葉を、千回もくりかえし
千回も接吻しては抱き締め、
千回以上もこっちを振り向かせた。
娘が船に乗り込もうとするたびに。
そうやってできるかぎり引き止めて、
いよいよ行かせなければならなくなると、
裏切り者に、娘を委ねてよろしくと頼んだ。
こうして王は、狼を羊番にした
羊番になった、文字通り、
――もしあいつが心を入れかえて
狂暴な企てを悔むことさえあったなら――
しかしあいつにそんな気は毛頭ない。
それどころか、早く早くと気が急《せ》く有様だ。
別れ際にパンディオンは泣きながら
心をこめて、この不実者、
裏切りと悪事を企む者に接吻する。
テレウスは裏切りの策を練り、誰が苦しもうと
思い通りにやってのけるだろう、
それだけの腕力と、権力があるのだから。
もう直《じ》きに、彼の連れの乙女は
非運の底に突き落とされる!

帆は一杯に風をはらみ、
船はどんどん突っ走る
風は思い通りの順風だ。
みるみる遠去《とおざ》かる港では
パンディオンが、はげしく泣きむせんでいる、
去り行く愛娘《まな》を思ってだ。
こんなに泣くのも、無理もない
なぜなら二度と娘は帰り来ず、
二度と相見ることはないのだから。
しかしそんなことはつゆ思わない。
ただ、フィロメーナはすでに、
危険な崖、悲運の瀬戸際にいた
つまり、乙女はただひとり、
荒れ果てたテレウスの持ち家へ
邪念に駆られた男に導かれて行った。
その家はとある林の中にあり、
(とクレティアン・ル・ゴワ[18]は語る)
およそ四方を見ても町からは遠く、
村里や畑地からも遠く離れ、
近くには街道も小径さえもない。

この間、いかにもさりげなく
あれこれと話しながら、企みを秘めて
男は乙女を家へいざなった。
そして中へ入り
乙女とテレウス、二人きりになったのを
見たり聞いたりする者は誰もいない。
悪を企んだ男は
乙女の右手を取って引き寄せる
一体どういうことか、乙女にはわからない
気づきもしないのだ、この男が
自分をあざむこうとして、
やさしく抱き、接吻するのだとは。
まことに、ならず者が、思いのままに
悪事を実行しようとするときは、
その結果がどうなろうとかまいやしない。
悪事をなすということは、
それをあえてする者には甘美な歓びであり、
誠実で賢明な貴人にとっては、
実にもう苦く酷《ひど》い思いがするものだ。
しかしこの男、善良さも気品も優しさもなく

ただ、悪者であり、卑劣、残忍であり
悪の本能を解き放つときは
その心のおもむくままに　〔七六〇〕
悪の限りを尽さずにいられないのだ、
――いったん悪をなすと心を決めた以上は。
そのくせ、まずは宮廷風の流儀に倣って
相手の愛を求めるふりを、むりやりに
暴力をふるう前に、やってみせる――
《美しいひとよ、わかってほしい[19]
私はそなたを愛している、だからお願いだ
私と仲良しになっておくれ、
そしてこのことは人に知られぬように、
もし長くこの仲を続けたいと思うなら》　〔七七〇〕
《知られぬように？　なぜ？
わたくしは然るべく貴方《あなた》を愛しているけれど、
隠しておきたいなどと思っていませんわ。
でも、もしわたくしのことを
邪《よこしま》な愛の名でお求めになるのでしたら
おやめ下さいまし、その気はございません》
《やめる？　そなたこそ、そんな言い方はやめてほしい！
私はそなたを愛し、いたく気に入っておるゆえ、
ぜひ同意してもらいたい、
私がそなたへの思いを遂《と》げることを》　〔七八〇〕
《何ですって？　それこそご自分を辱めることよ！
神様は決して、貴方とわたくしの間に、
そんな不実をお許しになりません！
わたくしの姉のことを、お考えになって。
姉は貴方の、れっきとしたお妃《きさき》ですよ。
その姉に対して、不義をはたらくのはいやですし、
たとえ力ずくでされるのではなくても
姉に不快な思いをさせるのはいやです》
《いやだと？》《はい》《では誓おう、
いまやそなたは私のものゆえ、　〔七九〇〕
私はそなたを思い通りにする
そなたが良いと言おうがいやだと言おうが、
そなたは身を護ろうとしても無駄だ、
私はすべて、思うがままにやってのける》
《本当に？》《もちろん、今すぐにだ、
誰が覗《のぞ》き見しようが、かまわぬ

盗み見などは、恐れはせぬぞ》
そしてテレウスは暴虐をふるい、
乙女は叫んで逆らい、身をもがく。
恐怖のあまり、今にも死にそうだ。
怒りと、苦しみ、苦痛のために
百遍以上も顔色を変え
ふるえ、蒼白になり、汗にまみれ、
思うことは、生まれ育った故国《くに》を
出て来たのが本当に不運だった、
それでこんなひどい辱《はずかし》めに遇うなんて。
《ああ——と乙女は叫ぶ、卑劣なけだもの
卑劣な強欲者、何が望みなの？
卑劣な悪漢、卑劣なけだもの、
卑劣な裏切り者、卑劣な誓約破り
邪悪な卑劣漢、卑劣な無法者、
卑劣にもあんた、王様に誓ったわね？
この乙女御を、叮重にお連れします
王様のところへ
健《すこ》やかに、お返ししますって
誓ったわね、それを裏切るなんて！
裏切り者、父はそんなあんたを信用して、
あんたの裏切りなど、思いも及ばずに。
それもあんたが目の前で泣いたりして、
さも誠実げに約束したからよ、
あんたの信じるすべての神々に誓ってなどと。
神様はどこにいるの？　信心はどうなったの？
あんた、みんな忘れてしまったの？
あの涙はどこへ行ったの？　父の前で
あんたの眼から出てきたあの涙は？
ああ！　なぜわからなかったんだろう
あんたのごまかしが、裏切りが？
卑劣漢、なぜこんなひどいことをするの？
こんなふうに、血迷って、乱暴するなんて。
後悔しなさいよ、それが賢明というものよ、
まだ後悔が間に合ううちに、
誓約破りをせず、嘘をつかずにね！》
こうして、哀れな、悲傷の乙女は
男に後悔するよう懇願するが、
そんな言葉は、この男には通じない。
委細かまわず乙女に襲いかかり

無理強いに攻め立てて
全くの力ずくで乙女を征服し
思う存分に欲望を達したのだった。
諺《ことわざ》にいみじくも言う、《悪はつねに次の悪を呼び、

それによっておのれを養う》と。
そして、悪《あ》しき養分は、
必ず悪しき結果をもたらす。
テレウスは、まだその悪行の途上にあって
さらに次なる罪を犯さねばならない。
鋭利な小刀を手に取ると、考えた――
乙女が誰かに出会って
この屈辱を暴露したり
告発したりすることのできぬよう、
乙女の口の中の舌をすっぱりと
この場で切断してやろう
そうすれば自分の罪は永遠に葬られる、と。
一度不幸が見舞うと、一度ではすまない。
テレウスは乙女の舌を引っ張り出すと
そのおよそ半分を切断する。[20]

これは、先の悪行に重ねて
実に酷《むご》い仕打ちであった。
乙女はそのまま廃屋に閉じこめられ、
泣いては叫び、悲しみに暮れる。
さて、王は随行の者たちの許《もと》へ戻った。
みなは事のなりゆきを知っていたが、
この裏切り者のことを大変に怖れていた
何しろ自分たちの王であり主君だったから
この件について一言も口に出せなかった。
こうしてあえて黙っていたのは
主人のためというより、恐怖ゆえだった。
しかし、テレウスは愚かな失敗をした、
というのは、フィロメーナの傍に
見張り役として身分の低い女を[21]ひとり置いたが、
この女は仕事で自活していて、
糸を紡ぎ、織る術《すべ》を心得ており、
娘がひとりいて、その娘に
自分の技術を教えていた。
テレウスがこの女を見張り役にしたのはまずかった
なぜならこの仕事を命じたとき、

なすべきことをすべて指示して、
テレウスが彼女に念押ししたのは
とにかくこの乙女から
決して目を離さぬこと——
たとえどんな所用があろうと
何事が起きようともだ、と。
女は誓い、テレウスは女を信用する。
ここでテレウスはその場を去り
それ以上とどまるつもりはなくて、
自分の国、トラキアの都へ戻った。
プログネは、本当に
妹も一緒だと思いこんでいた。
だから大いに喜んで出迎えたのだが
その喜びはたちまち萎《しぼ》んだ、
というのも、すぐ目《ま》のあたりにしたのは
主人とその随行者たちだけで
妹の姿は見えなかったからである。
せっかく妹と大いに喜び合えると思ってたのに——
耳に入ることは何一つ楽しくないし、
返事をする気にもなれやしないわ——
《ようこそお帰り》とも《神様のお蔭で》とも、
ただ、みんなに挨拶の言葉をかけられると、
まるでおびえたように、訊ねるのだ——
《妹はどこ？　なぜ来ないの？[22]
いま何してるの？　誰に引き止められてるの？
なぜこんなに待たせるの？
どこに、いつ、足止めされてるの？
いったい妹をどこに、置いてきたの？》
卑劣な夫は、うつむいて
いかにも悲しみに暮れている男
というようなふりをして、
いかにももっともらしく
あからさまにみせかけの溜息をついてみせる
——嘘を信じこませるために。
《奥方よ、まったく本当だよな、
どうにもできないことは、
むりやり諦めねばならぬというのは》
《それはそうね。でもなぜそんなことを仰有るの？
妹は来ない、ということね》
《来ないんだ、本当に。来ていないのだ》

《どんな不都合があったの?》
《どんな?　奥方よ、とても言えない》
《なぜ?》《なぜでも》《ではわたしが
海をこえて連れに行く。おいやでなければ》
《奥方よ、落ち着いておくれ、
本当のことを言おう、
そなたが知りたいと申すのだから、
でも、できれば、言いたくなかったのだ、
仕方ない、告白せねばならぬ、
それが良い事でも、悪い事でも》
ここでまた、偽りの溜息をつき、
自分の言葉に本当らしさを添えるため
眼から涙を流しはじめた――
『狐物語』の狐《ルナール》もどきに。(23)
《奥方よ、どう言えばよいかわからぬ、
できれば言いたくないのでな、
そなたが悲嘆に暮れるにちがいないことを。
そなたもわかってくれるであろう――
ほんの些細なことでも涙を流さずにいられぬ私が、
こんなに悲しみにひしがれているのは
余程のことであろう、と。
もしそなたがこのことを知ったら
どんなに悲しむことかと、それがつらい。
しかし、隠しても何の役にもたたぬ
ただ、口に出すのがあまりにつらくて
言葉にならぬばかりなのだ》
こう言うと、また溜息をつくが
心には何の悲しみも抱いてはいない。
そして、溜息をつき終わると、
かねて考えておいた言葉を口にした――
《奥方よ、いよいよ、
悪い話をする時が来た。
よいか、そなたの妹は死んだ》
《妹が死んだ?　ああ!　何てことでしょう!》
《そう、本当だ。これ以上隠す理由はない。
とにかく、気持ちを鎮めてくれ、
大切なものを失ったときは
あまり悲しみすぎたり苦しみすぎてはいけない。
死神は誰をも意のままにする
善い者も悪い者も、逃《のが》れることはできぬ。

これは私たちみなが死神に借りていて、
誰もが支払わねばならぬもの
その時は遠からずやってきて
これが定めであるからには
死神はおのれの権利を行使して
そなたの妹を回収して行ったのだ　〔九六〇〕
だから、あまり悲しみすぎたり
そのように悲嘆に耽りすぎてはいけない
誰の身にも必ず起こることなれば》
このように、卑劣な暴君は
胆汁に蜜をこきまぜて、
さきほど計略により酷《ひど》い苦味を
味わわせた妻の心の傷の
苦しみをやわらげ
怒りや痛みをうすめようと思ったのだ。〔九七〇〕
しかし、どんなに慰めてみても
妻の心を力づけることはできない
なぜなら、ほとんど気も狂わんばかりだったから。
ひたすら悲しみを訴えるばかり
自分でももうどうしてよいかわからない
自分の髪をかきむしり、頰を叩き
泣いたり叫んだり、気を失ったり
神々を罵《ののし》り、死神を責め立てるありさま。
《死神よ、あんまり酷い仕打ちでないかえ、
あたしの妹を殺すなんて　〔九八〇〕
きっと造化の神はお前を許さないよ、
だって世界で一番美しい被造物を
お前はなんと、殺しちまったんだから。
死神よ、せめてもしお前がこのあたしをも、
妹と同じ目にあわせてくれたら立派なのに。
死神よ、何をぐずぐずしてるのさ、早く
あたしの魂を妹の魂と楽しく語り合わせてよ！
死神よ、早くあたしを死なせて頂戴、
だってもうこれ以上、生きるつもりはないの。
死神よ、早く来て、お願いだから　〔九九〇〕
あたしをこんな状態から早く連れ出して！
死神よ、なぜそんな遠くにいるの？
あたしの声も聞きとれないなんて。
死神よ、もし百歳まで生きたって
あたしの苦しみは終わることはないでしょう

死神よ、もしあたしと仲直りしたかったら
あたしの言う通りにして頂戴。
これからは永遠に、
怒りと苦悩と苦痛のしるしに
いつも黒い布を身に着けることにするわ
そうするのが当然でしょ
あたしたちの掟にもちゃんと書いてある、
黒ずくめの服装こそは
怒りと苦しみと死のしるしだって》
そこでプログネは衣服を持ってこさせる。
すぐにそれが運ばれてくると、
プログネはそれを身にまとってから、
今後は、このような、または
もっとひどいものしか着ないと誓う。
それから、一頭の牡牛が連れてこられた。
これは神々に捧げる犠牲《いけにえ》(24)のためである。
その血は、一滴も零《こぼ》すことなく
一個の壺に納められた。
牛の供犠が終わると、
プログネは寺院の境内に火を燃させた
当時のこのような習慣は、
祖霊を祀るためで、
犠牲はプルートーに供されたのである。
プルートーは、悪魔たちの王であり、
およそあらゆる怖ろしいもの
最も醜悪なものたちの盟主であった。
火は、プログネの命じた通り、
ただちに点火され、燃え上がった
この神の祭壇の前に
そしていよいよ盛んに煙が上がるように
――これが慣わしになっていた――
牛が運ばれ、火に架けられた。
そこでプログネは、神々への
誓約・誓言を行なった――これから毎年
祭壇の前で供犠を行なう旨を。
妹の魂が、地獄においても
尊厳を失うことなく保たれ、
喜びと平安が得られるように祈ったのである。
生贄《いけにえ》の肉も骨もすべて燃え
何一つ残ることなく

一切が灰か燠《おき》になってしまうと
プログネはその上に血を撒きちらした
その後《あと》、できるだけきれいに
すべてを一個の白い壺に納め
それを地中に埋めて、その上に
灰褐色の大理石の蓋をのせた。
蓋がのせられると、
その四隅のうちの一つに、
見るも醜悪な像が置かれたが
これは何をあらわすかというと
地獄で燃える魂たちや
その魂たちを護る悪魔たちを
司《つかさど》る者の似姿として造られたのである。
それから、墓石の表《おもて》、像の前に、
彼らの言語により、
鮮明な字でこう刻まれた――
《地獄の王にして君主、
プルートーよ、憐れみたまえ、
この者の魂を――そのために私は
この供犠と典礼を行ないました
――たとえこの者の肉体は何処にもあれ》
このように、深い敬虔の念をこめて
プログネは全身全霊を
供犠の実行に集中し、
妹の魂を、いまは不在の場所から
何とかして救い出そうとしたのだった……
実はフィロメーナは生きていて、
しかしその日々は苦しみにみち
しかもその苦痛は、卑劣な裏切り者の
狂おしい愛欲のために
日々新たになっていたのだが。
まったく彼女の、極度の嫌悪の種は
自分を裏切った男によって、力ずくで
暴虐を恣《ほしいまま》にされることだった。
乙女には大いなる救援が必要で、
できることなら、姉が、この窮状を
知ってくれたらと、ひたすら願うばかり。
けれど、どうすれば姉に知らせられるか、
その方法が思いつけないのだ。
とにかく、伝言をたのむ相手もなければ、

口をきくこともできない身である。
たとえ使いに行ってくれる人があっても
その人に心中の思いを、どうやって
伝えることができようか⁉
それにまた、こんなに監視されていて、
この家から外へ出ることなど、
許されるはずも、機会もないのである
《どうやって？　何のために？　誰が？》
——誰が？　監視している農婦は
テレウスにそう言いつけられている、
何度も何度も、その眼をかすめて
出られないかと……しかし機会はなかった。
こんな状態で長い時が過ぎた後、
ついにフィロメーナは思いついた——
（これは必要が教えたのだ）
この家には、幾桛《かせ》もの糸があって、
老女とその娘が、四六時中、
それで織物の仕事をしており、
つづれ織りを作る道具が
何から何までそろっているではないか。

そこでフィロメーナが思いついたのは、
この手を使えば確実に
自分の受けた災禍《わざわい》のすべてを
姉に詳しく知らせることができる！
思いついた以上、ぐずぐずできない
すぐに仕事にかかるとしよう。
一つの箱の所へ行って、開けてみると、
中にはあの農婦が置いたままの
糸桛《かせ》と糸巻が入っていた。
フィロメーナはそれを手に取り、カラカラと操って
慎重に、よく考えながら
的確に、仕事を開始した。
老女は、異を唱えたりせず
よろこんで手を藉《か》してくれて、
この仕事にはなくてはならないと
彼女が思ったものならば、
何でもあちこちに手を尽して探させ、
取り寄せてくれたのである。
ついには、藍の糸や赤い糸、
黄色や緑の糸も、ふんだんに。

それでいて、乙女が何を織っているのか、
老女は何も知らず、わかりもせず、
ただ美しいものが出来ていくと、
それも大変にむつかしい仕事をと驚いていた。
というのも、フィロメーナは、まず
端の方から織っていったからだ。
その次に船の形が織られたが、
それはテレウスが海を渡って、
アテネへ乙女を連れに来た場面。
それから、アテネへ来たときに
どんなふうにふるまったか、
そして、フィロメーナを連れ出して、
暴力で犯した事の次第、
さらに、ここへ置き去りにするに際して
舌が切り取られたなりゆき。
これらすべてをつづれ織りに表現[25]したのだ、
あの廃屋も、荒れ森も、
自分が閉じこめられたときの通りに。
こうして、見たまま体験したままを
すっかり織り終えてしまったとき、

もし誰か、この織物を姉のところへ
届けてくれる人が見つかっていたら
フィロメーナとしても、悲しみや苦悩を
大いに慰められたことであろうが。
けれど、いったい誰に託したらいいのか、
お目付け役の農婦は持っていってくれまいし、
その娘を使いに出してくれるとも思えないし、
ここにいるのは自分を入れて三人だけ。
フィロメーナはこうして六か月、
全くそこに閉じこもったまま過ごした。
そしてついに、必要に衝き動かされて、
新しい兆候に気づき、
確信を得るにいたった——
お目付け役の老女は、乙女の言うことを
よく理解し、何でも聞き届けてくれるのだ！
とにかく、異を立てることがない、
大きなことでも、ささいなことでも、
ただ一つ、外へ出ることを除けば。
これは充分に根拠のあることだった、
つまりそれを、王が乙女に禁じたからだ。

乙女はこれまで忍耐し、待ったあげく
ついにこの牢獄から、
助かる希望を見つけたと思った。
ある日、老女とともに、
その家の窓辺にいた。
その窓にも、戸口にも
それまで一度も来たことがなかった。
――あのテレウスに、暴虐をふるわれ
そのままここに閉じこめられて以来。
いま、窓辺にもたれて、
ささやかな喜びを感じていると
木立と川の間を通して
姉の住んでいる都が見えた。
そのときフィロメーナは激しく泣き出した、
自分の悲惨な状態に、
何の慰めも持てないのがつらくて。
もしも、お目付け役の老女が、乙女を
力づけてやるすべを心得ていたら
喜んでいろいろ言ってくれたであろうに、
というのも、何て可哀そうな娘さんだろう、
こんなにひどく悲しがっている、
どんなことを願っているにせよ、
ここから出ること以外なら
いますぐにでも、したいことを
させてやりたいと思っていたのである。
フィロメーナは、これまでの観察から、
老女が何でも自分の望みをかなえてくれる
と、気がついていたから、
いまその機会が訪れたと見てとると、
自分の編んだつづれ織りを
取りに行き、それからきびすを返して
老女の待っているところへ戻ってきた
老女はもう乙女の身ぶり手ぶりを読み取って
思い違いをすることは決してなく、
口から出た言葉を聞くのとほとんど同じに
よく理解するようになっていた。
フィロメーナは近づいて、相手にさわり、
身ぶり手ぶりで、どうか娘さんを
あそこに見える町まで行かせ、
娘さんの手から、この織物を

王妃様に差し上げて――と頼んだ。
老女は乙女の望みをすべて理解したが、
その望みをかなえてやることについては
何の心配もせず、
すぐにしてあげない理由など何もない
なぜなら、何もかも善意に理解して、
思うには、これほどの美事な仕事に
それなりの代価がもらえるものと期待して
これを王妃様に贈りたいというのは
まったく当然なことではある、と。
〔一二〇〇〕

老女は、こう考えると、どうしても
フィロメーナの望みをすべてかなえてやりたい。
一方、乙女の方は、それまでのように
怒りや苦悩にふさぐことが少なくなり、
むしろ大きな希望を抱くようになった――
これから、姉が事の真相を知ったなら
きっとわたしを救い出しに来る、と。
それが、もう、待ち切れなくなってきた、
つまり、諺《ことわざ》にも言ってある、
事を一挙に進めることが可能なのに、
〔一二一〇〕

なおためらって先延ばしするのは愚かだ、と。
しかし、このことだけは気をつけた――
ぐずぐずしてはいられないわ、
いまこそ、事を成功させられるからには、と。
老女の方は何も心配していなかった
彼女には何の不都合もなかったからだ。
〔一二二〇〕

《娘よ、よくお聞き、いい子だからね、
この仕事をやって頂戴
王妃様のところへ、この織物を
持って行って、差し上げること。
終わったら、ぐずぐずせずに、戻っておいで
急いで行って、すぐ帰ってくるのよ》
このとき初めてフィロメーナは泣き止《や》んだ。
若い娘が織物を持って行くのを見て
やっと、今に救いの手が来る、
そう思うと、元気が出てきたのである。
〔一二三〇〕

娘は急いで出発し、
一度も立ち止まったりせずに
王妃のところまでやってきて、
織物を差し出すと

王妃はそれを開いて
中を見ると、すぐ内容を理解したが、
自分の思いは素振《そぶ》りにも見せず、
泣いたりさわいだりしようとせずに、
若い娘に立ち去るよう命じる。
娘が帰って行くのを王妃は
付かず離れずに後を追い、
決して見失うことはなかった。
若い娘はそれには気づかぬまま
家まで帰り着いた。
プログネはほとんど狂乱状態で
入口まで来ると、戸が閉まっている。
一言も言わず、声もかけずに
力まかせに足で戸を蹴った
老女は身じろぎもせず、
口をつぐんで、耳の聞こえぬふりをする
フィロメーナは大声をあげて、
姉のため戸を開けようと駈け寄るが
農婦も走ってきて引き止めながら
恐怖でガタガタ顫《ふる》えていると、
プログネは戸を叩き、身体をぶつけて
ついに扉をぶちこわす。
農婦はすっかり動転して、
扉がこわれるのを待たずに逃げ出し、
一室に閉じこもってしまった。
さあプログネは狂ったようにとびついて
中に入れるようになったと知ると
せいいっぱい大声で叫んだ——
《フィロメーナ、妹よ、どこにいるの?
おまえの姉さんだよ、もう大丈夫よ!》
そこでフィロメーナも飛ぶように
泣きながら姉に駈け寄り、
プログネも駈け寄って抱きしめる、
もうまるで正気を失っていた。
《妹よ、早くおいで、おまえは
こんなところに、長居しすぎたわ、
おまえの不運は、あの卑劣な男が
わたしと結婚した日からはじまったのよ
あいつにおまえはひどい仕打ちをされて
わたしに何も喋れなくなったのね!

おまえはここを出て行かなければ。
ここに足止めされすぎたのだから》
そして二人は都へ向かった、
道々、嘆き合いながら、
人目のある街道や、路を避けて。
プログネはそっと、妹の手を引いて
誰も来ない部屋まで連れ込むと、
静かに二人で悲嘆に暮れ合った。
他には誰も居ず、二人きりだった。
プログネは泣いてかきくどく――
《妹よ、本当に悲しいことよね、
おまえがこんなひどい目に合わされたのに、
こんなことをしてくれた卑劣漢に
どうやって復讐すればいいのかしら。
神様、お願いです、あいつに
あの卑劣さにふさわしい報《むく》いをお与え下さい！》
このとき、目の前に息子がやってくる、
それは世にも愛らしい子どもだった。
まさしくこれは不運の、
なせるわざではあったのだ。
母親は息子が来たのを見て、
低い声で驚くべきことを口にした
それはまるで悪魔のささやきだった――
《ああ！　おまえは何てよく似てるんだろう、
あの裏切り者、あの卑劣な悪魔に。
おまえは、むごい死に方をせねばならぬ
父親の卑劣な行為《おこない》のために、ね。
父の卑劣さを、おまえが償うのだよ、
父親のあやまちゆえにおまえが死ぬのは
それはもちろん不当なことです、
ただね、わたしの見たところ、
神様がお造りになったものの中で
おまえほどあいつに似たものはないのよ
だからわたしはおまえの首を切りたいの》
子どもは駆け寄って母に抱きついた。
いまの言葉は何一つ聞いていなかった。
そしていかにも愛情こめて接吻したから、
プログネも思わず、いま実行しかけていた
考えを、中止しなければならなかった
これは正義と自然の求めること、

およそすべての人間に当然のなりゆき。
愛憐の情は禁じているのだ、
母がわが子を殺したり、
その身体を切り刻んではならない、と。
けれど、王妃がまたしても
あの裏切り者、誓言破りを思い出したとき、
わが子に、もう大丈夫よと言う代わりに
こう言ったのだ、どんなことになろうとも
この子の首を切り落として、
それを父親に食べさせてやるのだ、と。
そうすれば、妹に酷《むご》い傷を負わせた卑劣漢に
復讐することができる。
こうして、幼子が愛情こめて
母親に抱きついているときに、
その母親が、悪魔にそそのかされるまま
悪魔の残忍さで
子どもの首を切り落としたのだ――
そしてその首をフィロメーナに渡し、
二人は、一緒に、
上手に、しかし手早く調理して
その一部を焼肉《ロースト》に、
残りをゆで肉にしたのである。
どちらも出来上がると
食事の時間になった。
プログネは、自分の意図がすべて、
達成されるのが待ち遠しくてたまらなかった
何も気づかずにいる王を、
迎えに行き、どうぞおいでになって、
貴方が世界中で何よりも
お好きだと思うものを作りました
召し上がってね、と誘いかけ、
お付きの者も給仕係の騎士も
邪魔にならぬよう遠ざけて
二人きりになるようにした。
自分ひとり、王もひとり、
何もかもわたくしがお給仕します。
王は、行くよと答えて、
しかし息子も一緒だろうね、
他には誰も、客は要らぬ
私とそなたと息子以外には。

《もちろん、あの子も一緒です、
と、プログネは言う、わたくしも賛成です。
わたくしたちは、三人だけ。
他には誰も来ませんし、
誰にも知られたくないのです、
わたくしたちがどこへ行ったかを。
さあ、参りましょう、仕度《したく》は出来てるわ、
何もかも、すっかり、ね。
貴方も喜んで食べて下さるわ》
このようにプログネは真実を告げたが、
夫の方は、どんなものを食べろと
妻が言うのか、理解できなかった。
もちろん妻が相手に、自分の子を
食べさせるなどと言うはずがない！
テレウスは、かまわずに先を急ぐ、
何かいやな事が起こるなどと思いもよらぬ。
プログネは王を導いて席に案内する
いかにも陽気に、くつろいで
食事がたのしめるように。
王は、妻のもてなしぶりに大満足だ。

プログネは、王を席に着かせた。
食卓布《テーブルクロス》は、まっさらで、まっ白だ。
イティスの、腰の肉を持ってくる。
王は肉を切り、食べたり飲んだりして、
これは何か、と訊ねる。
《奥方よ、と王は言う、イティスは何処だ？
そなたはさっき、約束したではないか、
あの子もわれわれと一緒だ、と》
《貴方、すぐおわかりになりますわ、
とプログネは言う、あの子のことはご心配なく。
イティスはここから遠くないところにいます
今いなくても、じき来るでしょう
そんなにお待たせはいたしません》
そこへ焼肉が運ばれてくる。
しかしテレウスは、妻をせき立てる、
肉を切っては食べながら、
息子を呼びに行くがいい、と。
《奥方よ、よくないぞ、そなたは。
約束を守らず、イティスを来させぬとは。
あの子が来ぬのが、とても気になる。

私が、迎えに行かねばならんな。
他の誰かを使いに出すこともできぬし、
あの子の顔が見られぬのは不愉快だ。
早く行って、連れてこい！》
プログネはもう、これ以上、夫に
何を食べさせているか、隠せなくなって、
もうじつにあからさまにこう言った——
《ご注文のものは、あなたの中よ、
でも、全部ではありません、
一部分が、あなたの身体の中に、
他の部分は、外にあるのです》
フィロメーナは、この時まで
隣の部屋に隠れていたが、
頭部をまるごと持ってとび出した。
まっすぐ王の前まで来ると、
ぽたぽた血の雫のたれているままの
その頭を、王の顔のまん中に投げつけた。
テレウスは裏切られたことを知って
しばし茫然となり、
受けた苦痛と屈辱で
身じろぎもせず、一言も物を言わなかった。
屈辱感は、当然のことながら、
それが息子の首だとわかったときであり、
そのために、王の血は濁流となり
怒りと苦悩が倍加したのは、
他ならぬプログネが、それを
自分に食べさせたと知ったからである。
大いなる屈辱と苦しみを感じ、
そして恥辱に顔色が変わっていたのだが、
フィロメーナの姿を見たとき、
恥辱感はたちまち消え失せた。
息子の死に、復讐したくなったからだ。
そこで、二人の姉妹は死の危険に曝《さら》されたが
二人にとってそれはもうどうでもよいことだ、
テレウスは激しく立ち上がり
食卓を蹴ったから、その上のものは
すべて床に散乱した。
何もかもひっくり返し、まき散らすと
壁に吊してある剣に眼をとめ、
それを取ろうと走り寄る。

姉妹はもう、それを待たずに
逃げ出したが、王は追いすがり、
殺してやるぞと、剣をふりかざす
怒りにかられるままに
出口の扉まで姉妹を
狩り立て追いつめた
そのとき、運命なるものの企みにより
大いなる奇跡[26]が起こったのであった。
こんなことは、誰方《どなた》も聞いたことがなかろう
すなわちテレウスは一羽の鳥に、それも汚く、
おぞましくもみにくい小禽になった、
――その手から剣は落ちて――
冠毛《とさか》のあるヤツガシラになった、と。
これは、物語の語るところでは
彼が乙女に対して犯した罪と
恥辱のためであるという。
プログネはツバメとなり[27]、
フィロメーナはサヨナキドリになった。
今日でもまだ、彼女の歌によれば、
次のような輩《やから》はみな恥辱にまみれて
罪と破滅を迎えるべきだ――
卑劣なる者、誓いを破る者
人の喜びを無視する者
およそ不実な行為や、
卑劣な行ない、裏切り行為を
賢くて礼節ある乙女に加える者は、と。
つまり、そんなやからを苦しめるために
この鳥は、春になり
冬がすっかり過ぎ去ったとき、
乙女の憎む悪者どもに向かって
できるかぎりのやさしい声で歌うのだ、
森のそこかしこで《殺せ！　殺せ！》と。
ここで、私は『フィロメーナ』を終わろう。

訳注

〔凡例〕

一、各項冒頭に、訳注通し番号、次に物語本文の行番号、そして注記の順。

一、略記として次のものを用いる。
オ変――オウィディウス『変身物語』
オ教――『オウィディウス教訓集』

ド・ブール――C. de Boer (éd) *Philomena*, conte raconté d'après Ovide, Paris 1907 [Slatkine Reprints, Genève, 1974]
AB――Anne Berthelot (éd) *Philomena* in *Œuvres complètes de Chretien de Troyes*, (Bibliothèque de la Pléiade, 1994)
EB――Emmanuèle Baumgartner (éd) *Philomena* in *Pyrame et Thisbé Narcisse Philomena* (Folio classique)

（1）〔四〕オ変ではPhilomela（ピロメラ）だが、フランスで成立したオ変の写本の中にはPhilomenaとなっているものもあったので、クレティアンはそれに拠ったと考えられている。

（2）〔一六〕ヒメネウスHymeneusは、結婚を司る神。オ変では、立ち合うべかりし神として他にユノ女神、優雅《グラティア》三女神の名を挙げているが、クレティアンはこのうちヒューメナイオスだけを挙げ、式で祝歌を歌うべかりし役に「学僧《クレール》」「司祭」という、キリスト教的慣習を追加しているのは、故意のアナクロニスム、ギリシア神話とキリスト教的モチーフとの混淆であり、これも中世テクストでよく用いられた意図的手法（ABによる）。

（3）〔二一〕オ変では不吉な鳥としてこのワシミミズクbuboだけを挙げていて、以下のモリフクロウlihuaz、カッコウlicucus、メンフクロウlafresaie、カラスlicorbiausは、クレティアンによる追加。このように、〈不吉な鳥〉の名を次々に動員してテクストをふくらませるのは、クレティアン的方法の一例。

（4）〔三〇〕アトロポスはローマ神話で生死・運命を司るパルク（Parques、ギリシアではMoire、Moires）三女神の一。ABは次のフリアイ三女神の中のアレクトロとの混同かとしている。テジフォーヌは、ローマ神話での復讐の三女神フリアイ（Furies ギリシア神話ではErinyes）の一。

（5）〔四〇〕「テルヴァガンTervagan(t)」は中世ヨーロッパでは、サラセン（イスラム）の三主神の一と考えられていて、たとえば『ロランの歌』全四〇〇二行中に七か所、マオメ（マホメット）および／あるいはアポリンと並べて言及されている。

（6）〔一二四〕いよいよヒロインの登場。以下二〇六行まで、九〇行近くを費やしてのプロフィール（ポルトレ）は、クレティアン的加筆の典型例（オ変では、その美しさを水の精や森の精にたとえた第四五三行前後のわずか数行のみである）。また、容貌や姿態のみならず、一七三行以下では、教養や趣味や技芸の豊かさ、巧みさにまで及ぶ。

（7）〔一四六〕ジルコンの一種。

（8）〔一四七〕十五世紀の詩人ヴィヨンの『遺言詩集』第五二詩篇にも美女の特徴として《目と目の間は広く》とあり（ヴィヨン詩の材源の一つ『薔薇物語』にも）A・ランリのヴィヨン詩現代語訳注に《この目と目の間entreuilという単語は、今やこの美貌のアスペクトとともに、失われてしまった》と記してある（拙訳『ヴィヨン詩集成』白水社刊、二八七頁。及び篠田勝英訳『薔薇物語』ちくま文庫［上］三七頁を参照）。

（9）〔一七四〕中世フランス、さらにヨーロッパ各地で十五、十六世紀にも広く読まれた愛と冒険の物語の主人公。溯れば五、六世紀頃にラテン語で書かれた作品からの仏訳が十二世紀に出て大流行した。トリスタン物語との共通性が多く指摘されている。

（10）〔一七四〕ケルト起源の悲恋物語の主人公として有名だが、その作中では竪琴を弾き、歌物語を作り、チェスに興じ、武勇にも優れていた。なお、アポロニウスもトリスタンも男性の英雄なのに、女性であるフィロメーナの教養・才智がこの二人より優れているとしている点をＡＢは特に注目している。

(11)〔一八七〕ここで特に織姫としての技芸を強調しているのはもちろん後段の伏線。才変ではその直前に初めてヒロインがこれを学ぶことになっているのを、クレティアンはすでに彼女が身につけた技であるとしている。また織りながら物語の場面を図柄に現出させていく技芸について、才変ではこれに先立ち、巻六冒頭の「ミネルヴァとアラクネの技くらべ」の中心主題となっていて、ピロメラの技芸は、後段でのその一変奏《ヴァリエーション》となっている。

(12)〔一九一〕十一世紀末―十二世紀初期のオルデリック・ヴィタリス Orderic Vitalis によるテクスト、その他で知られる、いわゆる《荒猟師伝承》。多くは「殺戮に明けくれた暴君が、死後、永遠に空中を幻の獲物を追ってかけめぐる話」（篠田知和基）。詳しくは一九九八年名古屋大学での比較神話学シンポジウム『荒猟師伝承の東西』の報告書（一九九八）および最近出たばかりの Karin Ueltschi *La Mesnie Hellequin en conte et en rime*, Champion, 2008 を参照。クレティアンはこのヴィタリスのテクストに拠ったものか。

(13)〔二三八〕クレティアン作とされる抒情詩の一篇に《愛の神は、ご自分の戦士に対して／争いと戦いを挑んだ》ではじまるものがあり、本書に拙訳を収録。ＡＢは右の詩篇に注目して、これを『フィロメーナ』がクレティアン作品であることの根拠の一つに挙げている（一三九八頁）。

(14)〔二四三〕以下三一九行までの、テレウスの口説きとフィロメーナの応酬の長い対話は、才変では間接話法を主とした簡潔な数行の記述で済ませていた。三二〇行―三八〇行の、テレウスとパンディオンの間の六〇行に及ぶ長い対話も、才変ではわずか数行の記述にすぎない。

(15)〔三八一〕以下の、テレウスが説得の失敗に悶々とする心理をめぐって、愛の神がなさる仕業を批判する語り手の自問自答を含むくだりは、才変にはない。そのあと四九七―五四一行の、テレウスが気をとり直して再び義父に懇願し、偽りの誓言を並べてついに許諾を得る長広舌も、才変になく、クレティアンの創作。

(16)〔五八〇〕つまり、ついに王がテレウスにフィロメーナを託すことが決まったあと、別れの宴が催される、その次第が五八四行からはじまるが、その間テレウスが情欲と次の悪企みに耽って不眠のうちに輾転反側するさまは、才変では四行で叙述されたところを、クレティアンは五九六―六五八行すなわち六〇行も使って延々と語って、翌日からの旅の先にある暴虐シーンを読者に予告する。

(17)〔六五九〕夜番というより朝告げ係ともいうべき《夜警》の役柄は、中世の南仏やドイツの抒情詩人たちのアルバやターゲリート《後朝《きぬぎぬ》の歌》というジャンルにほとんど不可欠の重要な登場人物。夜通し愛の行為に耽っている奥方と詩人に、夜明けの到来を警告する。ただし、本来は恋人たちに悲しみをもたらす夜明けが、皮肉なことにここではテレウスに喜びをもたらした。

(18)〔七三四〕この物語の作者名、すなわちクレティアン・ド・トロワのことと考えられている（解題参照）が、ゴワについては、トロワと同じシャンパーニュ地方に《Gouaix グエ》という村があり、そこが作者の出身地かとも言われている。

(19)〔七六六〕以下の宮廷風まがいの口説きと、フィロメーナの対応のやりとりは、オ変になし。オ変では、いきなり暴行シーンに入る。

(20)〔八五五〕〔八五六〕オ変では、ここで、蛇の尾が切断されてなおピクピク動くイメージを喩に用いているが、クレティアンは、そういうおぞましいシーンを忌避してか、この比喩をカットしている（ＥＢ注）。

(21)〔八六九〕「身分の低い女 une vilaine」は、多義的な語で、本篇でも、「農婦」「老女」他の意に、代《かわ》るがわる利用されている。

(22)〔八九九〕この後から九六四行まで、テレウスが妻の妹の死という作り話をする六〇余行のくだりは、オ変ではわずか二、三行である。その後の、プログネが死神を非難する数十行も、オ変にはなく、すべてクレティアンによる補筆。

(23)〔九二九〕『狐物語』の最初期枝篇が書かれたのは、リュシアン・フーレによれば一一七五年頃から一二〇五年頃の間と推定されている（鈴木・福本・原野訳『狐物語』白水社刊、四八五頁）。これに対して『フィロメーナ』の成立は、一一七〇年代初め頃だとすると、この一行は、クレティアンの原作にすでにあった通りか、後人の補筆かが問題になる（不明だがおそらく後者であろう）。

(24)〔一〇一一〕以下の供犠行為のくだりは、オ変にはない。

(25)〔一一三一〕舌を切除されて人に語るすべを失った乙女が事の次第を姉に伝えるため織物に絵物語を織り込むというアイデアはオ変でも同じく用いられていることについては、注（11）を参照。さらに、マリ・ド・フランスの『レー』の一篇「サヨナキドリ Laustic」で、筋立ては全く異なりながら、嫉妬深い夫が、妻の言い訳に使われた《サヨナキドリ》を捕えて殺害したのを、妻が絵物語に仕立てて恋人に伝えるくだりがある。その典拠をオウィディウスの変身物語の、ピロメラの話に見る向きがあることは知られているが、最近の研究（J.H. McCash, 2006）は、クレティアンの『フィロメーナ』とマリの「ラユースティック」とがいずれもオ変を共通材源としていると見るのみならず、クレティアンのテクストはマリ・ド・フランス作品のいわゆるトリビュートであるという読解を提示している。いずれにしても、この三つのテクストは、十三世紀の『アーサー王の死』における、グニェーヴルとランスロの恋のいきさつをランスロの描いた絵物語を見て王が悟る場面（白水社版『フランス中世文学集4』所収の拙訳六六頁以下）などを含めて、古典古代から中世文学に相渉る間テクスト性（インターテクスチュアリティー）の、網目の中で考察することができよう。

(26)〔一四四二―一四四三〕すなわち姉妹と王の三者の「鳥への変身」を「運命による奇跡」に帰するというこの箇所は、中世作家クレティアンならではの論理であり、古典古代の作家たちが「神が哀れをもよおした結果」（ヒュギーヌス）、「ゼウスがパンクレオースをあわれみ」（アントーニーヌス・リーベラーリス）、「姉妹が神々に祈った結果」（アポロドーロス）を経て、オ変の、理由・原因を故意に言わない「姉妹は逃げるうちに鳥になり」「テレウスは悲しみと復讐心から（……）鳥になった」という、ただ、あたかも当然のなりゆきを語るだけの記述から一歩を進めて、奇跡を起こした主体を運命という抽象概念（ここでは中世に常套的だった人格神「運命の女神」を示唆せず、あえて複数形抽象名詞 destinees を意味上の主体としている）に帰していて、王や姉妹の、レイプや、復讐のための子殺し、人肉食《カニバリスム》という、反宮廷倫理行為が自ら惹起した懲罰として、読者に暗黙裡に訴えるという、中世騎士道文学作家らしい倫理的方法を確立しているとみることができる。この読解は、クリスティーナ・ノアッコ『十二、十三世紀フランス文学における変身』（Noacco, La métamorphose dans la littérature française des XIIe et XIIIe siècles, Presse Universitaire de Rennes, 2008）p78-80 の示唆による。

(27)〔一四五二〕この姉妹の変身については、オ変では《翼が生えて空を飛び》云々と、鳥になったことを示唆こそすれ、「ツバメに」「サヨナキドリに」という鳥名は記されていなかった。（テレウスだけは、ヤツガシラ epops という名の鳥になったことが、その形状描写とともに、この物語の最終行に明記されている）。したがって、本篇一四五四行以下の、変身したサヨナキドリの歌の意味を説くコーダの部分はオ変にはないのである。

〔付記〕なお、本拙訳の初出は、明治学院大学言語文化研究所発行の紀要「言語文化」の第27、28号（二〇一〇、二〇一一）である（訳者識）。

クレティアン・ド・トロワ

《愛の神》論（詩篇）

天沢退二郎訳

解題

　十二世紀に、南仏抒情詩人（トルバドゥール）の影響下に詩作活動を行なった北仏抒情詩人（トルヴェール）の一人としてのクレティアン・ド・トロワの、数多からぬ作品が、十四世紀以降の「詩歌選集《シャンソニエ》」等に見出されるなかで、現在クレティアンの全集および作品集*に、真作と確認されて収録されているものは本書に訳載する二篇である。

　わずか二篇――併せても一〇〇行余とはいえ、これはクレティアンの長篇アーサー王物語五篇計一万六千行に、拮抗とまで言わずとも、充分に対応する内実を持ち、初期の、オウィディウス作品の翻案・翻訳作品にも通底している点で、確実にその存在理由《レゾンデートル》を主張していると見ることができる。

　まず〈恋愛論〉として――これはトルバドゥールからトルヴェール、さらにドイツのミンネジンガーたちにとって最大の、中心主題の一つであるが、そこでは、真の愛 fin'amour は夫婦という、打算を基とした関係には成立せず、詩人と、身分高き美わしの奥方との間にのみ成立する不倫の愛であるとするのに対して、クレティアンの『エレクとエニード』『イヴァン』そして『クリジェス』では、クレティアンはむしろ〈夫婦愛の詩人〉と見做され、『ランスロ』の物語はランスロと王妃グニェーヴルとの不倫の愛に沿ってすすめられながら、作者はおそらくこの主題が気に入らぬため、ラストを別の作者に委ねて、身を引いている。

　ここに訳出した二篇の詩は、いずれも、「愛の（女）神」のなさり方に対する根本的な批判であり、また、「愛の神」をじつは裏切っている偽物の男女、それを見逃して真の愛に生きようとする者の不運・不幸に対する憤懣に貫かれている点で、長篇における〝反トリスタン〟主題に照応している。（『クリジェス』冒頭の自作列挙中にも「マルク王と金髪のイズー」とあって「トリスタンと――」ではないのだ！）

＊　すなわち、ガリマール「ラ・プレイヤッド版」全集（一九九四）、およびリーヴル・ド・ポッシュ「ラ・ポショテック版」（一九九四）物語集成。

《愛の神》論（二篇）

「愛の神は、ご自分の戦士に対して」

Ⅰ
愛の神は、(1)ご自分の戦士に対して
争いと戦いを挑んだ。(2)
戦士は女神のために大いに苦闘して
あらゆる努力を傾け
おのれの自由を守ろうとした
この戦士に女神の情(3)が与えられなければ不当だ
しかし女神は、これを評価して
力を藉《か》してやろうとまではなさらない。

Ⅱ
いくらでも、愛の神の名において私を攻撃するがいい。
私の方は、報《むく》いなど気にせず、誠心誠意
戦いの場へ出て行く覚悟ができている
そこでの苦痛はよくわかっているからだ。
ただ、恐れるのは、いくら私が誠意を尽しても
女神には戦意も支持の意志も欠けてるのではないか
私としては決して、愛のかけらさえ失ってしまうほど
それほどまでに自由を願いたくはないのだから。

Ⅲ
知恵と礼節に秀でた者でなければ、誰も
愛の神から何かを学ぶことはできぬ
けだし、それが愛の神の掟であって、
何ぴともそれをないがしろにするわけにはゆかぬ。
愛の神は入信の権利金を支払うよう要求なさる
その値段は、如何ほどかだと？
ひとは理性で支払いをするにあたって
節度を抵当に入れねばならぬ。

Ⅳ
愚かで、尻軽、気まぐれな心は
愛の神から何一つ学ぶことはできぬ

その点、私の心はちょっと異なっておるぞ
私の心は、尽してその報いに情を求めたりはせぬ
愛に身を委ねる前に、
女神には誇り高く身を持し、狎《な》れ合わず、
そうすれば不満は残らぬし、言い訳も不要
たとえこちらに損があっても、相手の利となるなら可。

V
それにしても愛の神は高くついたぜ
名誉と地代を売りつけられたからな
とにかく、入信のときに節度を支払い
理性を放棄させられた。
私の払った相談料も手数料も
決して戻ってくることはない
同伴料は取られ放しで
待ち呆けは食わされ放しよ。

VI
愛の神の領土の外へ出るにはどうすればよいか
誰ひとり教えてくれはしない。

一生の間に、私の毛は生え変わろうとも
わが心が変わることはないが
それでも、わが心の女神にだけは
希望をつないでいたというのに
この神のせいで私は死ぬのではないか……
だからといって、私は心変わりすることはないが。

VII
もしも憐憫が助けに来てくれず
同情もどこかへ行ったままならば、
私が長い間もちこたえてきたこの戦いも
ついには終わることになるだろうて。

「愛の神は私から私自身を」

I
愛の神は私から私自身を取り上げておいて
そのくせ、お傍で仕えさせては下さらぬ

そんな女神のことで私が不満なのは——この私を
お気の済むようになさることは結構なのですが
それでもなお、不満を訴えずにいられない
そのわけを申し上げよう——
つまり、あきらかに神を裏切っている連中には
いつもいつも喜びが訪れているというのに
この私の誠意からは何の喜びも来てくれないとは！

Ⅱ

もし愛の神がご自分の掟を世に広めるために
ご自分の敵たちを改宗させたいとお思いなら、
私めの考えでは、神さまの方でも
ご自分のお味方たちをもっと大事になさらねば。
この私めは、どうしてもおすがりせずにいられない
お方の前に、頭《こうべ》を垂れて哀訴したてまつる
どうかこの僕《しもべ》の心根をお汲み下さいまし、と。
されど、こんなことを申し上げても無益なこと、
だって私はただ、お借りしたものをお返しするだけです
から。

Ⅲ

奥方よ、この私は、あなたのものです
仰有《おっしゃ》って下さい、このことを有難くお思いかどうか
いいえ、もしかねて存じ上げているように
私があなたのものであること自体、全然お気に召さぬな
ら、
つまりあなたは私など欲しくないわけですから
私めはまさしく御機嫌を損ねるためにあなたのものであ
る。
しかし、もし誰かに情をおかけになることがありうるな
ら
ぜひ私めに、お仕えさせて下さいまし
だって私めは、他の誰にもお仕えなどできませぬゆえ。

Ⅳ

私はいまだかつて飲んだことがありません、
あのトリスタンが盛られた毒、恋の秘薬なるものなど。
ただ、トリスタンの場合にまして私の恋を掻き立てたも
のは、
ひたむきな心と、善き意志なのです、

これには深く感謝しなければならない。
つまり私は、愛することを強《し》いられたのではないのです
ひたすら、自分の眼を信じただけでした。
ただもう、自分の眼に導かれて恋路に入り込んだので、
ここから外へ出られず、それを悔みもしなかったので
す。

V

心よ、もしわが愛《いと》しの奥方がお前を疎《うと》んじても
だからといってあのお方から離れるなら、呪われてあ
れ！
つねに変わることなく、あの方の意にすべて任せること
だってお前は、最初から、そのように事を始めたのだか
ら
私の考えでは、とにかく決して、多くを望まぬこと
何が足らぬからといって愚痴をこぼさぬこと
果報は寝て待てと、諺にも言うではないか
長く待てば待つほど、
その味は甘くなるものだ

VI

「憐憫」というものに出会えるのは、思うに
およそ世界中で自分がそれを
尋ねる場所の中にあるならば、のことだ
だが、私の考えでは、そこにそんなものはありはせぬ。
だってこの私が、怠ることなく倦《う》むこともなく
わが愛《いと》しの奥方にそれを願ってきたのだから。
なおも私は、報いられることなく
懇願しつづけている——愛の神に仕えるのに
戯談にも、へつらいにも訴えることはなく。

訳注

（1） Amour は、抽象名詞「愛、恋」でも人格神「愛の神」でも、ラテン語源を引き継いで男性名詞。しかし古仏語 Amor はしばしば女性名詞でもある（現代語でもいくつかの成句・成語では女性名詞）のは、神話の「ヴィーナス」（女）「キューピッド」（男）の併存によるものであろうか？ クレティアンの原文は男性代名詞 li で受けているのを、A・ベルトロの現代語訳（プレイヤッド版全集に併収）は故意に女性代名詞 elle で受けているのを参照して、ここは「女神」とし、拙訳全体では適宜、「愛の神」「愛の女神」を両用してある。
（2） 『フィロメーナ』一二三八行以下、および訳注（13）を参照。
（3） ここで「情《じょう》」と訳した原文「merci」は多義的なキーワード

で、コンテクストによって「憐憫」などと訳しわけてあること
に注意。

トルバドゥール

瀬戸直彦訳

解題

トルバドゥールの作品を十全に味わうことは簡単ではない。十一世紀末から十三世紀末に南フランスでオック語を用いて作詩し、それに単旋律のメロディーを付した詩人たちであるから、時間的・空間的な隔たりも大きい。かれらの詩に接する場合に心にとめておきたいことが四つほどある。

（1）今日まで旋律の伝わったものが十分の一程度しかない。残された楽譜にしても、記譜法が現行のものとは異なっているから、再現するにあたっては解釈の幅が大きい。既存の旋律を利用した作品（コントラファクタ）や、後期にはメロディーなしで享受された作品もあったと思われる。

（2）詩の内容と形式が複雑でレトリックに満ちている。とくにカンソ（恋愛詩）は言語とメロディーを用いての、いわば知的な恋愛ゲームを歌ったものである。相手は貴族の既婚夫人で、その名はあだ名（セニャル）でしか示されない。

（3）ある作品が別の作品を踏まえてできていることがあり、作品相互の関係性を知らないと解釈できない場合がある。また時事的な情報を含む風刺詩（シルヴェンテス）などでは、当時の聴衆にはすぐわかったはずのほのめかしが理解しがたくなっている。

（4）自筆本は残っていない。原作よりも百年近く隔たった十三―十四世紀に書写された写本（詞華集）によってしか伝わっていない。一写本にしか残らなかった作品で理解しがたい部分をどう解釈するか。複数の伝本がある場合にテクストが微妙に異なることが多いが、いずれを選べばよいのか。

これらの四点は、文献学や音楽学に携わる研究者が直面するものだが、むろん完全に解決できる問題ではない。

現存写本の多くは北イタリアで制作され、それらには各詩人の「伝記」（ヴィダ）と「解題」（ラゾ）の付されることがあった。すでにそれらの写本の読者（依頼主・演奏者）にも解説が必要だったのである。

作品は詩節ごとに同一の詩法とメロディーが反復されて、最後にトルナーダ（反歌）と呼ばれる詩節が付属する。その多くは作品本体とは異なり、それを献呈する相手（恋人・パトロン・友人）への呼びかけである。詩の内容にたいして文脈の異なる一種の「メタテクスト」を構成している。

詩法やメロディーは翻訳では再現不可能なので、興味をもたれた方はぜひ原詩を参照していただきたい。

1　蛙の歌

マルカブリュ

蛙の歌うのがうれしい(1)
樹液が木の枝をめぐり
そして花と葉と新芽と果実とが
野原でよみがえるのがうれしい
そしてサヨナキドリ（夜鳴き鶯）が鳴いて呼びかけ
相手を求めて誇りに満ちて　喜びのうちに
つがうのもよい　というのも鳥は寒さも
氷も霜も北風も感じないのだから

唾棄すべき人々について
〈悪意〉が砕き　鞭打って　従わせる連中について
みなさんに言いたいことがあるが　あえて述べない
たとえ千人いても〈武勲〉が愛する者は
四十人と見つからない
かれらは〈武勲〉を城に包囲して〈武勲〉が姿を
現すのを見つけるたびに　百にのぼる投石器で
それを存分に攻撃するからである。

城とその大きな広間は　飛び道具を備えた
塔の奥で攻略され　そこでは
〈喜び〉と〈若さ〉が殲滅されている
かれらは恐ろしい責め苦を宣告されている
みなそれぞれこう叫ぶからだ「火をつけて燃やせ
中に入って〈武勲〉を捕らえよ
〈喜び〉と〈若さ〉の首をはねて
〈武勲〉を殺してしまえ」

もしかれらの息子や娘が死んでしまうなら
領主たちにとっての損害は大きい
それが奇跡的であるにせよ　その口と爪と羽は
なんとか確保しておこう
なぜならそこで雄々しく頑張れば
小さな木からも大きな枝が出てくるから
そこで私は希望し期待を寄せるのだ
再び生えた枝から花の咲くことを

長広舌はふるうまい
あの高貴な〈大義〉は捕虜になり
隠者か修道女にでも身をやつさないかぎり
助からないし　あえてそうするつもりもない
なぜならみなが〈大義〉を破壊し
打ち叩き　その歯をへし折っているからだ
その身内を私はもう一人として知らない
ポルトガルからフリースラントにいたるまで[2]

これは嘘偽りのないことだが　公も王も
〈大義〉の口を　先を争って閉じさせた　些細な
ことばでも大騒ぎをする連中だからさもありなん
それに名誉[3]はかれらにとっては恥辱なのだ
それほど自分の財産の欠けることを恐れている
だからかれらの宮廷には　銀の器も大杯も
銀リスのマントも灰色の毛皮も
見当たらなくなるであろう

他人の妻のコンをつついている夫は
自分の妻も魚釣りをしているのがよくわかるはず
そして　自分を叩く棍棒を迎え入れては結局
いかにひどい目にあうかを身をもって示すことになる
でも不平を鳴らすのは誤りを犯すことになる
ピサの論理でいうところの
高く売るものは高く買うはめになるという格言は
まさに正しいからである[4]

ここから悪辣な者——死が貶めるがよい——による
悪辣な詐欺行為が生まれる
誰にしても　宴や舞踏会を開催しないのだから
自分の一族郎党に火を放つような人物には
誰も賞賛など与えるべきではない[5]
そしてこの男は白い肌着をつけて
自分の領主を苦しめたうえ
その奥方を好きなようにしている

アレグレット殿　うつけ者よ　どのようにしたら
愚か者を立派な男にしたてたり
粗末な胴着をきれいな肌着にしたてようと望めるのか

マルカブリュ（一一三〇以前―一一四八以後）は理想化された宮廷風恋愛の不道徳性や社会の腐敗を、多くの諷刺詩で激しく赤裸々な字句を用いて非難した。この作品は、アルフォンソ七世（カスティリャ王、在位一一二六―五七）の寵を失い、スペインより帰国した頃のものと思われる（一一四五年説あり）。同時代の詩人アレグレットのアルフォンソ王を讃える一作品への反論をなす。最後の二詩節は、自分に代わって王の庇護を受けたアレグレットのことを語っている（R写本は論争詩〔対話体〕と間違えたのか、アレグレット名義になっている）。

（1）春の情景を鳥の歌に託して自分の高揚する気持ちを表現するのが典型的な抒情詩の導入のトポスである。騒々しい蛙の歌で始めるのは作者の皮肉だと思われる。

（2）マルカブリュの実際に歩いた世界の端から端まで、というニュアンスがあるのかもしれない。

（3）他写本では「名誉」でなく「与えること」とある。人に気前よくすることは重要な資質（大義）であった。

（4）「高く買う者は高く売らなくてはならない」が写本の読みだが、別の写本に従う。採用した読みのほうが反語的で格言としては適当であろう。商業上繁栄していたピサはジェノヴァ、ルッカなどとともに利にさとい都市国家であった。

（5）アルフォンソ七世を指している。「火を放つ」は他の写本では「餓えさせる」となっている。これ以下は、反論する相手であるアレグレット（王のもとでぬくぬくと暮らし、高価な下着をもらっている）に対する直接の非難であろう。

2　詩句とメロディーをきわめて優美に

ペイレ・ヴィダル

詩句とメロディーをきわめて優美に
配置し組み合わせることができるから
すぐれて芸術的な詩風にかけては（1）
何人も私の足もとにも及ばない
それほど私の主題はすばらしいのだ
だが　人がみな仕えるあの美しい方は
まるで私があの人にたいして
過ちや失敗を犯したかのように
私を死ぬほど苦しめている
あの人に会ったとき　この哀れな心を
思い切り打ちのめしたので
いつも私は彼女のために奮闘しているのに
私に与えてくれるのは　苦しみだけということになる
苦しめようとする　その理由が私にわからない
まさか　私が自分よりも彼女を愛しているからなのか

私に海を渡らせたのだから[2]
自分の国から私を遠ざけようと
しているのは明々白々
その非を鳴らすのは当然だが
私のほうは至純の心をいだいて
あの人に仕えてきたのだから
やましいことなど何もない
それにしてはその報酬といえば
リボンたったひとつのみ
いや　得たものがある　ある朝のこと
あの人の居室に侵入して
あの人の口と顎とに
こっそりキスをしてしまったのだ[3]
キスはもらった　だがこれだけだ　これ以上のものは
おあずけというなら　私は死んだも同然

まるで炎が炭に火をつけるように
私がそのすばらしい顔と目と姿を
眺めるとき
あの人は私に火をつけて燃やす
しかし私にとってあの人の心はライオンで
まわりの他人には微笑みかけるのに
私には悪しざまに話しかける
そしてドラゴンの目で私をにらむ
このように私を責めたてるので
私は巡礼に出ざるをえなかった
アラゴンからローマへの巡礼者だ[4]
しかしこんなに悲しい巡礼者はかつてなかった
だから真実を披瀝させてもらおう
悪い領主にひどく悪しざまにあつかわれる前に
人はすべからく自分の幸福を追求すべきなのだ

夏も冬もさんざん嘆息して
泣かされるはめとなったが
あの人に気に入ってもらえるなら
陽気になって歌いたい
しかるに自分を変えて
あの人を愛するのをやめるという
そのきっかけがないのだ　ああ勇敢だった英雄たちよ

ソロモンにしても　あの強いサムソンにしても
ダヴィデでさえも
愛に征服されてしまった
その牢屋に入れられ
その鎖で繋がれたのだ
しかも愛は決して身代金はうけとらなかった　だから
愛はきわめて強靭なわけで　捕らえられたからには
私はひたすらその慈悲にすがるしかないだろう

ペイレ・ヴィダル（一一八四以前―一二〇四頃）は、トルバドゥールの古典期に属する詩人で、大言壮語と繊細さの両立する魅力的な詩をものした。一般に没個性と評される詩人が多いなかで格別に印象の深い人である。この作品は第五詩節以降第九詩節まで写本によって収録の状態が異なる。R写本には第四詩節までしか記載がない。しかも第三・四詩節が他の写本とは入れ替わっている（ただしそれぞれ終わりから十一行は、他写本と同じテクスト）。

（1）芸術的な詩風 *ric trobar* は「密閉体」*trobar clus* とも呼ばれて、「平明体」*trobar leu, trobar plan* と対立する詩作の様式。アルナウト・ダニエル、ラインバウト・ダウレンガらの難解で凝った文体をいう。

（2）「海を渡る」という表現は、東方の地に渡る、十字軍に参加するという意味。ペイレはトゥールーズ伯レモン五世の庇護を受けていたが、一一八五年頃伯と決裂してアラゴン王のもとに身を寄せた。そこから東方の、アンチオキアとイェルサレムの間に位置するトリポリ伯領領主レモン三世のもとに赴いた。一一八七年頃に帰国し、その後北イタリア、ハンガリー、シチリア、マルタ島などに渡っている。

（3）接吻泥棒のモチーフはすでにベルナルト・デ・ヴェンタドルンに見られるが、ペイレは別の詩でも用いており最もこれを発展させた詩人である。後にクレマン・マロも利用してフランソワ・トリュフォーの映画にまで伝わっている。この場面について面白おかしく物語化した「解題」が二篇作られている。なお封建制の儀式としての領主と家臣との「親睦の接吻」もその裏に読みとりたい。

（4）ペイレはアラゴン王アルフォンソ二世のもとに滞在していた。アラゴンという地名はR写本独自の読み。

3　もし誰か男が至純の心を抱くことにより

ガウセルム・ファイディット

もし誰か男[1]〔家臣〕が　至純の心をもつことにより
また偽りなく　忠実に愛することにより

また自分のダメージを　誠実に耐えることによって
その奥方〔主君〕より　誉あるチャンスを得たのなら
何らかのそれに見合った快楽を
私にしても　得て当然だろう
得るものが良いことであれ悪いことであれ
耐えることができるからだし
奥方の気に入ることすべてを行なえるから　そして
自分の心はもうあの人から離すことができない

よく愛するために　正道を歩むことが私にはできる
そのため私の奥方を　節度を超えて強く愛してしまい
あの人は自分に心地よいことをしたい放題なのに
私のほうは誓いを破ること〔反逆〕を　恐れるあまり
キス〔親睦の接吻〕してくれとか寝てくれとか頼めない
しかし人が何を言おうとも
愛のわざにかけては私には一日の長があるから
栄えある昼と快楽の夜を[2]
およそ愛する男に来るあらゆる贈り物を
あえて望み欲するのだ

あの人を望むものの　私には何の保証〔誓約〕もない
贈り物も恩恵も　確かな約束のことばもない
だがあの人は　あまりにも高貴で身分が高く
価値と値打ちが　一身に備わっているから
〈愛〉が彼女のなかにも存在しうることが
おのずから明らかになるほどで
その快活な価値があるところでは
〈慈悲〉が力を発揮するはず[3]
これこそ私を満足させて
魅了するものであり　私は絶望することはない

だが何が助けてくれるのか　私には豪胆さ〔封臣身分〕も
勇敢さもない　怨嗟をあの人に向ける勇気もない
あの人の名誉〔知行・封土〕と　生まれのよさ〔家系〕
快活な若さと美しい容姿を　あまりにも恐れている
だから私は危惧するのだ
私のなめている苦痛と辛酸など
あの人は歯牙にもかけていないのではないかと
だが仮に私をつなぎとめようと望んでくれるなら
たとえ「五月の王」になるよりも[4]

あの人と一緒にいるほうがはるかにうれしい。

狂気などもたない賢人につき　見聞きしたことがある
世話〔扶養〕の必要のない人に　不幸を願うときには
神がその人に若い領主を与えるように　と言うのを(5)
こんな願いが誤りであるか正当であるかはさておき
私が真実あの人に愛情を感じており
じっさい彼女を愛しているから悲しむ必要はない
なぜなら立派な正しい女性から
美しいダメージ(6)を希求するほうが
劣った劣悪な女性からありがたくもない
贈り物をもらうよりも価値があるのだから

一人の女性を知っている　たいへんご立派な生活ぶり
ベルトの下で　名誉〔知行〕を保ったことがない
悪しざまにこう言うのも　すべて彼女の過ちゆえだ
策を講じず　隠すこともせず
どれだけ堕落の道を突き進んでいるかを
みなに公然と示しているありさま
これほど自堕落な奥方だから

私は自分が有頂天になれるとも思わないし
もとよりその人を絶賛するはずもない
あの人にはもうくれぐれも来てほしくない(7)

　ガウセルム・ファイディット（一一六五以前―一二〇二以後）は、七十近い作品を残したユゼルシュ（リムーザン地方）出身の詩人で、イタリア（モンフェラート）、ハンガリーにまで足を延ばした。北フランスなど各国の宮廷をまわり、第四回十字軍（一二〇二―〇四）に参加して以降の消息は不明。この作品はとくに第五―六詩節の内容からであろうか有名となり十八写本に収録されている。R写本にも「解題」があり、マリア・デ・ヴェンタドルンに失恋したガウセルムの新しい恋人、マルガリータ・ダルビュッソンがその好意を踏みにじった顛末が記されている。彼女は別の恋人ユゴと密会するため、ガウセルムの自宅のベッドを詩人の不在中に使ったというのである。

（1）とくにこの作品には、封建制に関連する語彙が頻出している。貴族の既婚夫人との関係であるから、当時の社会的な地位の上下を恋愛の面でも敷き写しにしていたことは理解できるものの、ここでは文学上の比喩であることをこえて、全体がメタファーになっている。以下〔　〕に原義である封建制の用語の意味を示しておく。

（2）R写本の「栄えある喜びと快楽が私のものになるだろう」はとらない。

（3）「よい価値が隠れているはず」（R写本）

(4) 春をことほぐ「五月祭り」の風習で、参加者のなかで「王」や「女王」を選び、あがめたてまつった。
(5) 難解な一節だが、「若い領主〔領主権〕」とは、領主が「(分別のある)老人」(**SENIOR**)を語源とするから「若い」(**JUVENIS**)という形容詞とは矛盾する。いわゆる撞着語法で、ここでは無分別ゆえに領地に不幸をもたらす領主という含意であろう。
(6) R写本の「立派な贈り物」***bel don*** はとらない。「美しい損害」***bel dan*** という撞着語法がここにも用いられているとみたい。
(7) この行はR写本では意味が通じないので、他写本の読みによる。なおこのあとにトルナーダとしてマリア夫人への呼びかけ(「あなたはこんな女性ではありません」)のある写本が多いがR写本にはない。

4 一羽の鳥のやさしい歌が

ギラウト・デ・ボルネーユ

一羽の鳥のやさしい歌が　生垣から聞こえてきて
先日のこと　私は道を変えて　その小さな鳥のいる
垣根のほうへと　向かいました
若い娘が三人一緒に　〈喜び〉と〈楽しみ〉の蒙った
不正と損害を嘆きながら　歌っていました
そこでその歌がよく聞こえるように　急いで進み
かれらにこう尋ねたのです　「みなさん何を
歌っているのですか　何を嘆いているのでしょう」

いちばん物知りの年上の娘が　マントをつけなおして
言いました　「性悪貴族たちによる被害についてです
おかげで〈若さ〉は破滅し　立派なお方が〈よい価値〉
の導き手であり　それを導き増やし推し進めるのと
正反対に　悪質な最低男がその障害になっています
あなたが楽しいときを過ごし　その様子を見せると
ちょっと親しいのをいいことに　興ざめにさせ
〈喜び〉をもてないようにするのです」

「娘さん　〈喜び〉に溢れ　歌が歓迎されていた時代の
昔の人たちのようには　いまはみやびな試みを
急がないのです　私だとて残念無念　私を呼びだし
探してくれて私に依頼する人は　誰も見つかりません
それどころか今年三つの立派な王国の間で身ぐるみ

剝がされ　一王国では私を目の敵にするありさま
これは葦毛の馬の件で明らかです　ありがたく頂戴
してひどい目にあいました[1]」
「お殿さま　身すぎ世すぎの者から剝ぎとり糧を
得る輩　かれらは卑しい恥と重荷を　負っています
そんな人を歓迎する場所も　不名誉きわまりません
どこかのお偉い殿さまが　悪事と虚偽に満ちた
そういう悪党の泥棒を　そそのかしておだてるなら
名誉あるお方とは申せません　事情を知らない者は
その人に責任があるとか　半分はその人の罪だと
言いたてるでしょうから」

「娘さん　かつては春になると　人は陽気でした
いまや果樹園には　果物がならないと見向きもしない
歌も喜びの叫びも気に入られず　みなが打ち沈み
とくに若者たちは何の慰めもなく　苦しんでいます
かつては手袋一つ送られても　名誉ある行動に移り
それが一年も　続きました　それがどうでしょう
いまはつまらぬ恋愛沙汰から　お楽しみはちゃっかり
とっておいてあとは隠そうとする始末です[2]」

「お殿さま　不幸のもととなる　強固な城とか
あちこちにこしらえられた　壁面や土塁のせいで
贈り物や饗宴はなくなりました　家臣が武装するのは
城の胸壁につける　投石器を据えるためだけ
そこから興奮した夜警が　いずれ夜中じゅう
「眠るな　物音が聞こえたぞ」とか叫ぶのでしょう
それでみなは起きるのですが　あなたがお起きに
ならないと叱責されるのです」

「私が反抗して怒ったところで　何になりましょう
娘さん　最低のダメ男がそんな一発をくらったとして
しゃきっとするものでしょうか　融通のきかぬ若者を
私がつねってやったからといって　ましになるものか
鞭でちょいと叩けば　自分をすぐに正して　名声ある
立派な人がその仲間になるなんて　ありえない
そのあと成り行きが怖くなり　少しでも頼みごとを
すれば音をあげてしまうだけ」

「ほんとにねえ　ボルドーのご領主は(3)　責務に耐ええず
この世が堕落しないよう　どうすべきか考えないなら
もう滅べばいい　〈喜び〉が存在しない以上
ほかのすべてが立派な〈よい価値〉として開花する
ことはなく　領主が怒りで治める場所には　神も誠実も
平安も救助に向かいはしません　領主のまわりの
連中は領主を模範にするからですし　〈喜び〉が領主の
気に入るのなら　みなはすべての面で快活になるので
す」

「娘さん　〈誰にも優る人〉(4)の気に入らないのなら
今年で詩作をやめます　私は運に恵まれ
ませんから」

「お殿さま　もし歌を放棄されるなら　あなたは悪い忠
告を得たからだと　二人のベルトランの言うのが(5)
目に見えるようです」

「娘さん　愛されることなく愛する者は名誉を
汚されたからです」

ギラウト・デ・ボルネーユ（一一六二以前―一一九九以後）は「トルバドゥールの師匠」と呼ばれたリムーザンの詩人で、身分は高くないが学識があり、「伝記」によれば冬は学校にこもって指導と研究にうちこみ、夏は南仏の宮廷を巡ったという。八十近い作品を残した。その詩風は教条的な説教者のそれで難解なことが多い。彼のこの作品は「ロマンス」とか「対話体による諷刺詩」に分類されているが、牧歌風の出だしから、語り手と若い娘との時局批判に発展する。いかにもこの作者らしいものである。一一八〇年代の作品とされる。

各詩節は、トルナーダをのぞいて、六音綴十五行で構成されているが、訳では二行を一行にまとめた。

（1）　作品に付された「解題」によれば、ギラウトは、カスティリャを訪ねてアルフォンソ王に歓迎され葦毛の馬など多くの贈り物をもらったが、帰国の途中、ナヴァール、アラゴンの国境付近でナヴァール王サンチョ六世（一一五四―九四）か同七世（一一九四―一二三四といわれる）の配下にそれらを強奪された。

（2）　別の「解題」によると、ギラウトはアラマンダ夫人に長年懸想したのでついにその手袋を一つもらえたが、それをなくしてしまった。そして怒った夫人に失恋したという。

（3）　ボルドーの領主とは一一五四年から八九年にかけてアンジュー伯を兼ねたプランタジュネット朝のヘンリー二世であり、その後九一年までその子のリチャード一世（獅子心王）であった。

（4）ガスコーニュの貴族ライモン・ベルトラン・ド・ロヴィニャンのセニャル（あだ名）。
（5）ボー一世ベルトランとその息子か。トルバドゥール、ギエーム・デ・サン・ディディエルとその友人のセニャル（ベルトランという名を交互に用いた）という説もある。

5　詩人月旦

ペイレ・ダルヴェルニェ

トルバドゥールたちに　ついて歌おう
みな異なった色彩をもちながら　歌っている者たちを
最低の詩人さえ　優美に語っているつもりらしいが
歌いかたを　替えてほしいものだ
羊飼いが百人叫んでいるようなもので　声を出しつつ
誰が音調を上げているのか　誰一人わからない

この点について　ペイレ・ロジエルの罪は重い
第一に　咎められるべきだろう
公然と愛について　歌ったのだから(1)
教会のなかで　大蠟燭の燃える
燭台とともに　詩篇集を運ぶほうが
ふさわしかろう

そして二番目は　陽にあたって乾いた皮袋のような
ギラウト・デ・ボルネーユ
その貧相で　苦しげな歌いぶりにより
バケツで水運びをする老女が歌っているようだ
そして自分を　鏡で見れば
野ばら一本にも　評価できないであろう

そして三番目は　ベルナルト・デ・ヴェンタドルン
ボルネーユ殿より　こぶしひとつ分だけ劣る
だが父親は　エニシダの手槍を投げるのに
たけていた　下僕であったし
母親は　かまどを焚いていて
つる草を　集める女だった

そして四番目は　ブリヴァのリムーザン人(2)

ベネヴェントまで探しても　これ以上
しつこい　ジョングルールはいない
だがこの哀れな男が　歌うときには
まるで　病に倒れた巡礼者のように見えるから
思わず私は　憐憫の情をいだいてしまう

そしてギエーム・デ・ブリヴェ殿が　五番目である(3)
外でも内でも　下賤な男で
自分の詩をすべて　しわがれ声で語る
だからその雑音を　私はまったく評価しない
まるで犬が一匹　吠えているのと同じで
その両の眼は　まるで銀の聖像のようだ(4)

そして六番目は　騎士でありながらジョングルール
として遍歴する　エリアス・ガウマルス殿(5)
それを容認して　立派で高価な服を
与える人は　ろくなことをしていない
すでに百人の騎士が　ジョングルールに身を落とした
からには　そんな服はみな燃やしてしまうべきだった

そしてペイレ・ベレモンだが(6)　トゥールーズ伯の
与えたものを　委曲を尽くして断らなかったとは
堕落したものだ　だからそれを彼から
奪った者はみやびだった　しかし男がぶらさげて
いるものを切り取らなかったのは　失敗だった

そして八番目は　ベルナルト・サイサック(7)
かつて正業に　ついたためしはなく
ただ細々と　施し物を乞うて歩くのみ
ベルトラン・デ・カルデリヤックに(8)
垢にまみれたマントを　一着せびって以来
私はこの人を　土くれひとつ分にも評価していない

そして九番目は　自分の詩作をたいへん
鼻にかけている　ラインバウト殿(9)
しかし私はこの人を　まったく駄目だと思う
軽快でもないし　熱気もないからだ
喜捨を乞うて歩く　浮浪者のほうが
はるかにましだと思うのだ

そして十番目は　エブル・デ・サニャル殿(10)
この人により　愛のよさを感じたことがない
品よく自分から　歌いだしはするものの
身分の低い　不実な小姓でしかなく
人の言うところでは　たった二銭がほしくて
こちらで自分を賃貸し　あちらで売りつけるそうだ

そして十一番目は　グオサルボ・ロジス(11)
自分の詩作で　悦に入って
騎士道ぶりを　気取るまでになっている
それでいて　十分な準備をして戦いにのぞまないから
逃亡するところを目撃されたわけではないものの
たくましい一撃を二発は与えられなかった(12)

そして十二番目は　小さなロンバルディア人
臆病者を声高に　非難しているが
自分自身が　卑怯者に見えてしまう
そこで　豪放なメロディーを
イスラム風の　折衷体の詩句をつけて作っている(13)
そこで彼は　そつのない人と呼ばれている

ペイレ・ダルヴェルニェの声は
まるで壺の中の蛙のような　歌いかたで
誰にたいしても自画自賛している
しかし彼はみなの　師匠になれるのだ
自分の詩句を少しでも　明瞭にしさえすれば
誰もほとんど　理解できないのだから

ペイレ・ダルヴェルニェ（一一五〇以前―一一七〇以後）が仲間の詩人十二人を評して作った風刺詩で、文芸批評の嚆矢として重要な作品である。最後には自分にも非難の刃を向けている。ジョングルール出身の詩人で、伝統的なモチーフから離れ独自の作品をめざした。洗練されてはいるものの、いかめしい詩風で、ここで自嘲するように理解しにくい作品が多い。モンタウドの修道士（一一五五頃―一二二〇頃）が一一九二―九四年頃に、これの続編を作って十六人の詩人を俎上にのせている。

（1）　ペイレ・ロジエル（一一五〇頃―一一七五頃）はクレルモンの聖堂参事会員だった。彼が聖職を捨てて恋愛詩を作ったことへのあてこすりだろう。

（2）　「ブリーヴ（コレーズ県）のリムーザン人」というあだ名の詩人らしい。ベルナルト・デ・ヴェンタドルンとの論争詩が一篇伝えられている。

(3) 不詳。
(4) 銀の聖像とはキリストの十字架像を指す。ルッカの像が有名。一般に目を見開いて恐ろしげな様子。
(5) 不詳。
(6) おそらくペイレ・ブレモン・リカス・ノヴァス（一二三〇以前—一二四一以後）というプロヴァンス地方の詩人。
(7) 不詳。
(8) 同名の人物が『アルビジョワ十字軍の歌』（三〇八行）に、異端カタリ派征伐を名目に南仏に進攻する北仏側に加勢する十字軍参加者として挙げられている。ケルシーにあるカルダイヤックの領主。
(9) ラインバウト・ダウレンガ（ランボー・ドランジュ）（一一四七以前—一一七三）のことを指す。
(10) エブル・デュッセルのことを指す。リムーザンのユッセルの領主ギと弟二人エブルとペイレ、そしてかれらの従弟エリアスは詩作を好み、エブルは諷刺詩に通じていたと「伝記」にある。
(11) 不詳。
(12) 性的な比喩とみてよい。
(13) 「イスラム風の折衷体」は暫定的な解釈で、この一行の解釈は定まらない。

6 さっそうと歌うのは心地よい

ライモン・デ・ミラヴァル

さっそうと歌うのは心地よい
風は甘くて　気候はさわやか
庭や生け垣をとおして
白や緑や銀鼠色の
小鳥たちのかなでる
ちゅんちゅん騒ぐ騒々しい音も聞こえる
さて愛の神に助けてほしいと望む者は
愛人としての振る舞いに
思いをいたさなくてはなるまい

私はまだ愛人ではなく愛を乞う者だ
苦痛も重荷も恐れない
すぐに不平を言ったり怒ったりもしない
あの人の傲慢さから　おののいたりもしない
しかし不安で口がきけなくなり

生まれのよいあの美女にたいして
私の思いを打ち明ける勇気はなく
あの人の値打ちを知って以来
あの人には思いを隠すのみ

ほかの貴婦人がいかに美しくともあの人に
匹敵するとは決して私には思えない
咲いたばかりのばらの花だとて
あの人より新鮮ではないからだ
均整のとれた見事な体軀
この世を明るくするその口もとと両の眼
美はこれ以上の造作を加えるすべがなく
彼女にもてる力を傾注したから
もう何も残らなかったほど

懇願もせず受け入れられもしないまま
あの人の偉大な値打ちを表現して
いかに私が信頼に足る男だと見せられるだろうか
私は深い物思いに沈んだ
なにしろ　かつて母親から生まれた女性のなかで
彼女の値打ちに少しでも対抗できるような女性が
かつて存在したためしはなかったからだ
高く評価された数多くの女性を私は知っているが
あの人はそのなかの最上の値打ちをも凌駕している

男にみやびな形で言い寄られるのを望み
気晴らしやら喜びが大好きで
自分の規範から外れる　馬鹿な行動をするような
下劣な男は気に食わない
もちろんいい男には
にっこりと笑って大歓迎
男はみんな　彼女の前から去ると
まるでその所有物として売られたように
彼女のことをほめたたえる

シャンソンよ　喜びにより導かれ喜びを衣食とする
王のもとに　行って伝えよ(1)
王には何ら非難されるべきところはない
それはそうあってほしいと私の思っているとおり
そしてモンテギュの城を回復して

カルカソンヌに戻ったならば(2)
そのときこそ王は値打ちすぐれた帝王となり
こちらでフランス人が　あちらでマホメット教徒が
その楯を恐れるようになるだろうと(3)

ライモン・デ・ミラヴァル（一一九一以前―一二二九以後）はカルカソンヌの北のミラヴァルに小さな城をもつ騎士であった。トゥールーズ、アラゴン、カスティリャやスペイン北部の諸侯のもとで、四十篇近い作品を残した。この作品は現存するおそらく最後の作品で二十写本をかぞえる。いわゆるアルビジョワ十字軍において、北仏軍がトゥールーズ伯・アラゴン王の連合軍を破ったミュレの戦い（一二一三）の直前に作られたらしい。異端カタリ派殲滅を名目に南仏を直接の支配下におこうとした戦のさなかである。最後に、アラゴン王に要請して、一二〇九年頃に十字軍により占領された自分の城を、トゥールーズのライモン六世にはボーケールを返還してほしいと頼んでいるが、R写本には短い第八・九詩節は収録されていない。

（1）アラゴン王ペドロ二世のこと。作者は、王の宮廷の女性、おそらくはアリエノール・ダラゴンを讃えることによって王の寵愛を得ようとしている。

（2）アルビジョワにあるモンテギュの城塞は北仏側の司令官シモン・ド・モンフォールの手に一二一一年に落ちたが、同年に取り返され、さらに翌年シモンによってまた陥落させられた。カルカソンヌにはベジエの副伯が代々詰めていたが、一二〇九年シモンにより奪取された。次行の王とはペドロ二世のこと。

（3）スペインのイスラム教徒（「マホメット教徒」）についてここで言及されている。ラス・ナヴァス・デ・トロサにおけるペドロ二世の有名な勝利（一二一二年）のことか、あるいは一二一三年に教皇により唱導されたが結局成果のあがらなかったスペイン十字軍に関連する。

7　無についての論争詩

アイメリック・デ・ペギヤン
アルベルト・デ・システロン

アルベルト君　詩人たちはいまこぞって
恋愛を　題材にしたり
気の向くまま　他の主題を用いたりして
論争詩をこしらえて　得意になっているが
私は誰にもこれまで　思い浮かばなかった
題目を出そう　何でもないものについてだ
ことば巧みに答えてしまう　君のことだ

何でもないものについても　返答願おう
そうすればこれは　無についての論争になるだろう

アイメリック殿　まったくの無について
答えろというのか
それならば論者はほかにいらない
私の知識だけで十分
何でもないものについて　答えられるなら
巧みな返答ということに　なるだろう
無というものには　きりがない
したがって　あなたが私に答えろという無に対して
どうして答えなど出せようか　私は沈黙するのみだ

アルベルト君　何も言わず黙っていれば
それが返答として　意味をもつとは思えない
唖者は主君に　返答できないし
真実であれ嘘であれ　話すことができない
このまま黙っていて　どうやって答えるつもりなのか
先に話して挑戦したのは　こちらである
無にも無という名前があり　口に出せるのだから
気に染まなくとも　答えのほしいところ　さもないと
上手下手ぬきで　返答すらできなかったことになる

アイメリック殿　そちらのお話はとても
正気の沙汰には聞こえない　世迷い言もいいかげんに
してほしい　錯乱に対しては　狂気で
分別に対しては　知恵で答えるのが常道
何だかわからないものに対しては　池に入った者の
流儀できちんと　答えてあげましょう
なぜなら　自分の目と顔が水面に映って
たとえそれが他人のものに見えても自分が
映っているのであり　他人を見ているのではないから

アルベルト君　君の存在を感じて
その顔をとくと眺めているのは　この私で
君のほうは　私という弁論家を見ているのだ[1]
初めに声をかけたのは　この私なのだから
それなのに聞こえたのは　思うに無であった
気を悪くしないでくれ　こんな答えしかできないなら
君は何もしていないのと　同じだ

そして君の論法が　こんな程度なら
何であれ　君を信じる者は愚か者ということになる

アイメリック殿　話を混乱させる腕にかけては
あなたは　人々の賞賛のまとですね
何を語っているのか　多くの人にはわからないし
おおかたあなた自身にも　わかっていないに違いない
そんな支離滅裂の　論法でくるのなら
おあいにくさま　うまく切り抜けてみせましょう
困ったままでいるがよい
どんなに手ひどく　攻撃されても
返答してみせましょう　でもそれが何かは言わない

アルベルト君　こちらの言い分に誤りはない(2)
私は言いたい　実際に存在しないものでも見えると
なぜなら流れる川を　橋の上からじっと眺めるがよい
見ているぶんには　動いているのはあなたであり
流れる水のほうが　不動のように見えるだろう

アイメリック殿　いまふっかけてくる
議論はとにかく　お話になりません
まるで横に水車のついた　粉つき小屋と同じです
毎日毎日まわり続けても　前進しない
水車のようで　先に進まないではありませんか

この論争詩（テンソ）は一二〇〇年代の前半に、北イタリアのエステ家かマラスピナ家の宮廷で作られたらしい。ともに詩人たちのパトロンであった。ギエーム九世の「まったくの無についての詩を作ろう」で始まる作品やラインバウト・ダウレンガの「聞け　それが何であるかは知らないが」に想を得たものに違いない。語ることの不可能なこと（何もないこと、内容が無であること）をいかに語るかというモチーフである。論争詩は屁理屈の応酬であるが、論争の主題が「無」である、論じたいことがないのに論じる、というのは、ある意味でその極北ともいうべき作品である。アイメリック（一一九〇以前—一二二一以後）はトゥールーズの布商人の息子で隣人の妻に恋をしてその夫といがみあいになり、剣で一撃を与えて逃亡、カタロニアからロンバルディアを渡り歩いたと「伝記」にある。アルベルト（一二〇〇—一二二〇頃）は、シストゥロン（アルプ・ド・オート・プロヴァンス県）出身の詩人で父親はジョングルールであった。音楽家として才能を讃えられた。

（1）　このあたりはテクストが写本により混乱していてわかりにくい。

（2）　以下のトルナーダの二詩節ではR写本には欠落が多い。他写本の読みから補った。

8　私には耐えがたい（ローマ擁護の歌）

ゴルモンダ・デ・モンペリエ

私には耐えがたい　また愉快でも嬉しくもない
このような不信心ぶりが　広言されているとは
全ての善いもの　救いと信仰が到来し生まれ存在する
その由来となるものを　うち捨てる者を人はじっさい
愛するべきではない　そこで私は明瞭に示しましょう
私を苦しめるものが何かを

誰も驚かないように　私が育ちの悪い偽善者に
戦いをしかけても　その人はみやびで立派なあらゆる
事績を　なんとかして葬ろうと狩りたて幽閉している
自分が大胆だとみせかけながら　よい魂をもつ
この世の人すべての　長にして指導者であるローマの
悪口を言っているのだから

ローマではすべて善が成就している　これらを奪う人に
は　自分自身を欺いているゆえ分別が欠けている
結果的に葬り去られて　そのうぬぼれを失うだろう
神よ　私の祈りを聞きたまえ　ローマの法に逆らって
喚きたてている連中は　老いも若きも
運命の秤より落ちるがよい

ローマよ　私はかれら全員を愚かで　下品で盲目で
かたくなだと思います　骨も肉もその悪徳を担い
かれらはそこから　臭気漂う悪の火の用意されている
穴に落ちこむ　かれらの罪は重いから
背負う重荷が外されることは決してない

ローマよ　卑劣漢にそなたが攻撃されるのは不快
相手が立派な人なら　みな親しげだから安心
狂人たちの狂気が　ダミエットを失わせたのだ(1)
だが傲慢にもそなたに楯つき　悪行三昧の者は
そなたの知恵で　哀れで悲しい身の上になり果てる

これもまた自明の理である

ローマよ　実際に私は知っているし　疑わない
フランス全土を　そなたが真の救済に導くことを
そうだ　そなたの助けを志望する　他の人々も同じだ
しかしパンシエ〔胃腸病〕で　没するだろうと勇敢な
ルイ王について　予言したメルランのことばは
いまや的中してしまった(2)

陰険な異端者たちは　サラセン人よりも性悪で
ひどい邪心をもつ　かれらのため住処を探す人は
救済の代わりに奈落の火中に　劫罰のなかにみずから
赴くことになる　アヴィニョンの人々には
ローマよ　そなたはありがたいことに悪しき通行料を
下げてくれた(3)　大きな慈悲であった

ローマよ　正義を加えて　そなたは多くの歪みを
完膚なきまでに是正し　そして救済にいたる門の
ねじれた鍵を正して　それを開放した
すぐれた統治で　狂った中傷を押しとどめたからだ
そなたの道をたどる者は　天使ミカエルが導き
そして地獄から守ってくださる

夏も冬も　教えから離れることのないように
ローマよ　人はかならず福音書を読むべきである
そしてイエスのなめた　愚弄された殉教を見たら
〔こう考えるべきだ〕　平安をみずから希求しなければ
キリスト者ではない　だからそれを憂慮しないならば
その人はむしろ軽薄な狂人であると

ローマよ　不実な者どもと　狂った悪い教えをもつ
その怪しい信仰は　トゥールーズから来たかと見える
そこでは確実な虚言を　恬として恥じるところがない
しかし二年以内に　すぐれた価値をもつあの伯は(4)
まやかしと　疑わしい信仰を捨て去って
多くの損害を回復させなくてはならない

ローマよ　公明正大な領主である　かの偉大なる王が
不実なトゥールーズ人たちに　天誅を与えますように
かれらは王の命令に　大狼藉を働いているばかりか

そのことを隠して　この世を攪乱している
ライモン伯が　かれらをさらに庇護するのなら
私は伯として認めません

ローマよ　そなたに不平を鳴らし　城や要塞を
建てる人は滅びてしまい　その軍勢は役にたちません
いかに高い山に城を築き　籠城したところで
神はかならずその傲慢と　過ちを覚えているからです
……（一行欠）……それにより身体をも失い
二重の死を迎えます

ローマよ　伯も皇帝も　神から離れてから
ほとんど勝利していないので　私は安心しました
かれらの狂った振る舞いと　悪辣な見解のせいで
神の喜ぶまいことか　かれらはすぐに没落しました
一人としてもちこたえられず　いくら戦いを欲しても
その力がありません

ローマよ　私は希望します　あなたの支配権により
また悪い道を好まない　フランスによって
傲慢さと異端信仰とが　実際に失墜させられることを
腹黒い不実な異端者たちは　禁止令も恐れず
キリスト教の秘蹟を信じることもなく　不忠な行為と
悪辣な考えに満ち満ちています

ローマよ　よくご存じのはず　かれらの教旨を聞けば
かれらより逃げるのは至難の業　つまり偽りの餌で
つかまえられては　誰も罠から逃れられないのです
みなが聾唖者になっているうちに　救済は奪われ
ことごとく失われる　帽子やマントはもっていても
かれらは裸のままなのだから[5]

過ちなく生まれたのに　異端を公言しようがしまいが
その邪悪な生活でかれらは　火刑に処されて破滅する
側聞するところ　かれらのうちの誰も奇跡は
行なわなかった　そしてもしかれらの　この世での
生活が実直ならば神に受け入れてもらえるはず
でもその生活は正しくはない

救われたい者は　すぐにでも十字架をとって

不実な異端者を　失墜させ罰するべきです
天上の神が　その愛する者たちのために腕を伸ばしに
そこに来てくださるからです　神があれほど苦しみを
なめられたからには　その言を聞かず教えを
信じない者は本当に悪辣です

ローマよ　聖霊に恥辱を与える人々に　これ以上
思うままにさせれば　人がかれらにそれを指摘しても
狂った低劣な連中なので　誰も真実に対峙しない
それゆえあなたは名誉を失うでしょう　ローマよ
裏切者たちは錯誤に満ちているので　皆それぞれ毎日
狂気を必死でいや増しにしているありさまです

ローマよ　そなたに論争をしかけるなど　狂った努力
でしかない　言いたいのはあの皇帝のことで　教会側に
つかなければ　その帝冠も大きな恥辱にまみれます
それも当然　しかしそなたをとおしてこそ人は
簡単に赦免を得るのです　その過ちを整然と説明して
それを後悔しているならば

マグダラのマリアを許した[6]　栄光あるローマよ
そこから私たちはご褒美を　期待しているのですが
あれほどの乱心ごとをふりまいた　狂った愚か者を
同様のやり方で　殺してください　彼とその財宝と
その悪辣な心ばえを[7]　異端が死んだのと
同じ責め苦でもって

この作品は、女性による唯一の風刺詩である。ギエーム・フィゲイラによる激烈なローマ弾劾の風刺詩（一二二九年頃。瀬戸『トルバドゥール詞華集』一九〇―二〇九頁）に反論する形で同一の詩型を用いて書かれた。ゴルモンダ・デ・モンペリエについてはまったく不詳。内容から一二一六年に創立されたドミニコ会との関連が指摘されている。アルビジョワ十字軍末期に書かれたと推測できる。各詩節も内容的にギエームの作品に対応しており、同一の字句をそのまま逆手に用いている部分も多い。ギエームのほうは「伝記」によればトゥールーズの仕立屋で、イタリアに渡り、フリードリヒ二世に仕えた皇帝派（ギベリン）の詩人であった。

各行が短い五音綴と六音綴で構成されている全十一行の詩なので、訳では最終行をのぞき、原詩二行を一行にまとめた（原詩中の八行を十一音綴の四行にまとめる校訂もある）。

（1）　エジプトのダミエットは一二二一年にイスラム勢により陥落した。教皇グレゴリウス九世は、神聖ローマ皇帝フリードリヒ二世を、キリスト教徒の指導者として神が認めなかったからだと一二二七年に責めた。

（2） フランス国王ルイ八世は十字軍に向かう途上オーヴェルニュのモンパンシエで赤痢のため死去した（一二二六年）。これを教皇の責任とするギエームに反論している。ここではフランスと南仏の地をすでに同一化する王権のイデオローグとしての作者の素性がすけて見える。パンシエは「胃腸」の意と「モンパンシエ」という地名をかけている。メルラン（マーリン）のこの予言はランスのメネストレルの年代記にも記録されている。

（3） アヴィニョンの占領（一二二六年）にともない交通の要衝である橋の通行料の徴収も司教の管轄となった。

（4） トゥールーズ伯とその領民はフランス王権に反感をもち、異端に同情的であった。これがアルビジョワ十字軍による侵攻を招き、一二二九年の伯の降伏につながった。

（5） 異端になびいた者たちのことを抽象的に形容しているのか。

（6） ベジエの聖マドレーヌ教会での十字軍側による異端者の大虐殺（一二〇九年）を指しているらしい。

（7） 第二詩節の「偽善者」、第五詩節の「卑劣漢」に同じく「狂った愚か者」はギエーム・フィゲイラを指している。「財宝」についても、その作品の第二十詩節に対応している。ギエームの作品にはあと三詩節あるが、ゴルモンダのこの作品にはそれに反論する部分が残念ながら欠落している。

R写本には三詩節分の空白が設けてあるのが興味深い。

9　それがどの街であったかは知らないが

ペイレ・カルデナル

それがどの街であったかは知らないが　こんな雨が
降ったとさ　雨に濡れた町人すべて気が違ってしまった
が　たった一人は正気を保った　一人残ったその男
部屋にこもってぐっすりと　雨の降るとき眠っていた
ゆっくり眠ったその男　濡れずにすんだと外に出て
街を歩けば皆が皆　狂気沙汰の三昧境
一人は下着で一人は裸　天に唾する者もいる
石は放るわ木は投げるわ　着物は破るわ〔押し合いへし合い打ちかかる　王様気取りで偉そうに〕
腰に手をおく者もいる　縁台を飛び越えたり
人を脅して呪ったり　おごそかに誓いまた笑ったり
わけもないのに演説したり　意味もないのに変な顔
さて正気を保ったくだんの男　初め大いに慌てたが
皆狂ってるとよくわかり　あちらこちらを見まわして
まともな人を探したが　一人として見つからない

男の驚きも大きかったが　彼が平静なのを見た
狂人たちの驚きはさらに大きい　こいつ正気ではない
〔俺たちのように振舞ってない　と皆それぞれに思う
自分たちこそ正気で賢い　気のふれたのは奴である〕
男の頬と首もとを殴りつけ　男はそこにくずれ落ちる
ぶつかられ体当たりされ　群衆から逃げようとしても
〔服は破られ引きずられ　張り手かまされふらふらと〕
立ち上がったり倒れたり　ほうほうの体で家に避難
殴られ放題の泥まみれ　半死半生で逃げてほっと一息

この寓話は現世のもの　いま生きている人の姿である
この世とはまさにこの街のこと　狂人で溢れている
人のもちうる最大の正気とは　神を愛し神を畏怖し
〔神の命令に従うこと　いまやこの正気は失われ
雨がこの世に降りそそいだ　そして現れたのは貪欲と
傲慢と悪意である　これらがすべての人をとらえた〕
神が誰かを守ろうとすると　他の人は彼を狂人扱い
殴り倒して乱暴狼藉　自分たちの正気とは異なるから
神の正気は狂気と映る　だが神の友ならどこでも
皆の狂ったことがわかる　神の正気をなくしたから
だが皆からは気違い扱い　この世の正気を捨てたから

風刺詩八十篇以上が残るペイレ・カルデナル（一二〇五以前―一二七二以後）による寓話詩で、二行ずつの平韻を訳では一行にまとめた。人を狂気におとしいれる雨のモチーフと、自分以外の人がすべて狂人となり、その狂人たちから正気でないと逆に迫害されるというモチーフが描かれている。後者はエラスムス（『愚神礼讃』）もとりあげた普遍的な主題だが、前者はギエーム・デ・モンタニャゴル（一二三三以前―一二六八以後）の抒情詩に言及があるのみである。

10　運命の定めにより

ギラウト・リキエル

運命の定めにより
私の奥方より承諾が得られない
こちらの奉仕はひとつとしてその気に染まず
かといって撤退する余力もないので
まことの愛の道について

しっかりと学ぶ必要が私にはありそうだ
そして陽気な国カタロニアでなら
それにかんして多くのことが学べるに違いない
勇敢なカタロニアの男たちと
優雅なカタロニアの女たちのあいだで

ほかでもない　愛の奉仕や価値や値打ちや
喜びや感謝やみやびの道や
分別や知識や名誉や
立派な語りやすばらしいお供や
気前のよさや恋愛沙汰や
昵懇の仲になることや優雅さは
その支えと助けとを
カタロニアで絶妙に見つけるのだ
勇敢なカタロニアの男たちと
優雅なカタロニアの女たちのあいだで

したがって私は一大決心をして
かれらの習俗につき学ぼうとしたが
それもわが「美しい慰め(1)」に条理を説いて

私の言うことを聞いてほしいから
なにしろ死ぬことを自分に禁じる以外
ほかの希望がない私である
それに心の中では　よい港に着くために
カタロニアに行くつもりなのだ
勇敢なカタロニアの男たちと
優雅なカタロニアの女たちのあいだで

そしてもしかれらのなかで　私の努力にもかかわらず
どうしたら〈愛〉がその家臣たちに奉仕の
報酬を与えてくれるのかを学べない場合は
私はもう人に埋葬してもらうしかない
私はそれで苦痛に耐ええずして
ナルボンヌから逃亡するはめとなったからだ
立派な国カタロニアに向けて
道をとることになるであろう
勇敢なカタロニアの男たちと
優雅なカタロニアの女たちのあいだで

恋愛において私に欠けているのが何か

知りたくてたまらないので
真の愛人たちの気に入るような物思い以外は
いかなる思いも私には心地よくない
そしてそれが私にはわからないから
きちんとそれを理解するために
矢も楯もたまらず　決然と
雄々しいカタロニア国に向かうのだ
勇敢なカタロニアの男たちと
優雅なカタロニアの女たちのあいだで

写本には「ギラウト・リキエル殿が一二六二年に作った最初のレトロエンサ」という但し書きがある。おそらく北仏のロトルアンジュという民衆的なジャンルに想を得たものであろう。ルフランのつくこの詩型は、南仏では三篇ほどしかない。「カンソ」との相違は、各詩節の最後にルフランの来ることぐらいしかない。ギラウト・リキエル（一二三〇頃—一二九五頃）はナルボンヌで生まれた南仏詩の最後を飾る詩人で、多彩なジャンルを駆使して百近い作品をものした。故郷で認められず、一二六八年にカタロニアに渡り、さらにはカスティリャのアルフォンソ十世のもとに一二七九年まで滞在した。この作品はギラウトによるカタロニア讃歌である。

（1）ギラウトの愛する貴婦人のセニャル（あだ名）。

凡例

・十四世紀にラングドック地方で書写されたとされる大型のR写本（フランス国立図書館フランス語写本２２５４３番）を底本として、それに筆写された作品から収録した。
・収録の順序は，作品のおおまかな成立年代順とした。
・この写本の読みから離れる場合は、重要な字句にかかわるときにのみ注に記した。また欠落した行で他写本の読みから補った部分は〔　〕で示した。
・注記のないかぎり，原詩の行数に訳もそろえた。しかし各行は厳密に対応しているわけではない。もともと写本にはない〔句〕読点はあえて付さなかった。

作者名・出だしの行（incipit）一覧

1. Alegret [Marcabru], *Bel m'es can la rayna canta*
2. P[eire] Vidal, *Ajustar e laissar*
3. Gaucelm Faizit, *S'anc nulhs homs per aver fin corage*
4. G[uiraut] de Bornelh, *Lo dos chant d'un auzel*
5. P[eire] d'Alvernhe, *Chantaray d'aquist trobadors*
6. [Raimon de] Miravals, *Bel m'es qu'ieu chant e condei*
7. Aymeric [de Peguillan], Albert [de Sestaro], *Amics N'Albert, tenso soven*
8. Na Gormonda de Monpeslier, *Greu m'es a durar*
9. P[eire] Cardenal, *Una cieutat fo, no sai cals*
10. G[uiraut] Riquier, *Pus astres no m es donatz*

トルヴェール

瀬戸直彦訳

解題

北フランスで主としてトルバドゥールの影響のもとに、のちのフランス語になるオイル語を用いた詩人たちをトルヴェールという。単旋律のメロディーの付されていることが多い。十二世紀の中葉から十三世紀の末まで二五〇人ほどの詩人を数えて、二千以上の作品が三十近くの写本により残されている。十三世紀後半になると徐々に定型詩が成立し、音楽ではポリフォニー（多旋律音楽）が主流になり、詩と音楽が分離してくる。それぞれの専門化が進んだのである。

トルバドゥールの作品にくらべた場合の印象は、難解さが感じられないというに尽きる。全体的に軽快で、そのぶん南仏の詩の放つ妖しい魅力と官能性に乏しい。メロディーの面では「民衆的な」、規則正しい短長格のリズムをもった記譜法で書かれており、その旋律も明快で単純に聞こえる。

一写本だけで伝わる作品が半分近くを占め、作者不詳の作品が一七〇〇近くにのぼる。メロディーの残る作品の比率は南仏に比較して高い。内容の面からいうとトルバドゥールにみられる凝った詩風はほとんどみられないし、セニャル（あだ名）の使用がない。シャンソン（恋愛詩）において、既婚夫人に家臣として詩人が仕えるというパターンは同じだが、〈喜び〉〈価値〉〈若さ〉といった擬人化され理想化された概念はあまりみられない。

そのコーパスに複数の詩人の参加する討論形式の作品（論争詩やジュー・パルティ）が多いのは、時代が下るとピカルディーやアルトワ地方の市民階級のなかで詩会が催されたことにもよるのであろう。とくにアラスの町では盛んであった。トルヴェールによる詩の真骨頂はここにあると考えてよいのかもしれない。ジャンルとしては、「宮廷風の偉大な歌」といわれるシャンソン（カンソ）が主流なのは南仏と同じであるが、風刺詩は少ない。北仏独自のものには、ルフランを伴った短い形式の詩があり、また女性が物語るという形式（お針歌、不幸な結婚をした女性の歌）や、戯れ歌などという型に入る作品も多い。トルバドゥールとは似て非なるもの、対照的な詩風であることが興味深い。

いずれにしても南仏詩と比較してみるばかりではなく、トルヴェールの独自の面白さを発見するべきであろう。

1　暁の歌

作者不詳

朝を告げる暁が近づくのを見るとき
これほど憎らしいものはありません
おかげで私の好きでたまらない人と
別れざるをえないのですから
あなた　別れなくてはならないなんて
ほんとに朝ほど嫌なものはありません

昼間のあいだはあなたに会えない
だって露見するのがすごく怖いから
冗談でこんなことを言うのではありません
邪魔者たちが見張っているのですから
あなた　別れなくてはならないなんて
ほんとに朝ほど嫌なものはありません

床のなかで横になって
かたわらを見ても
そこに私の愛する人は影も形もない[1]
そこで至純の恋人たちに私は嘆くのです
あなた　別れなくてはならないなんて
ほんとに朝ほど嫌なものはありません

大好きな愛しいお方　もう行ってください
神さまにあなたをゆだねましょう
神さまにかけてお願いします　私を忘れないで
あなたほど好きな人は誰もいません
あなた　別れなくてはならないなんて
ほんとに朝ほど嫌なものはありません

真の恋人たちみなさんにお願いします
どうかこの歌をうたってください
悪口を言う中傷屋や
嫉妬深い悪い夫を　ものともしないで
あなた　別れなくてはならないなんて
ほんとに朝ほど嫌なものはありません

唯一の写本（ベルン市立図書館389）ではガース・ブリュレ（一一五九以前―一二一二以後）の作とされているが、この作品の素朴さがその詩風とは合わないので、一般に作者不詳とされる。残念ながらメロディーは残されていない（五線譜のみが書かれている）。一夜を過ごしたあとの不倫の恋人たちがいまはもう別れなくてはならないことを嘆くきぬぎぬの別れを描く。この暁の歌（南仏語でアルバ、北仏語でオーブ）のモチーフは多くの文明圏の文学に存在する。南仏には十八篇、北仏には六篇が確認されている。

（1）この詩節の冒頭三行は文脈からするとやや唐突ではなかろうか。写本ではこの行の後に「悪口を言う連中が私からあの人を奪った」*medixant m'en ont fait partir* という余計な一行が挿入されている。説明しないではすまなかった写字生による書き加えであろう。ここは旧約聖書『雅歌』の一句「私は夜、床のうえでわが魂の愛する人を探したれども得ず」（Ⅲ―1）を踏まえているのであろう。

2　野にいるサヨナキドリ（夜鳴き鶯）の甘い歌声が

シャトラン・ド・クーシ

野にいるサヨナキドリの甘い歌声が
夜昼誇らしげに響きわたるのを聞くと
私の心は慰められ　なごんでくる
そこで私も元気を出すため歌ってみたくなる　心から
忠臣の誓いをたてたあの人の気に入るのであれば
あの人への奉仕のために　歌わなくてはなるまい
私に奉仕させようと引き止めておいてくれるなら
私の心は大きな喜びで満たされるに違いない

あの人に偽りのたわむれ心など抱いたことはない
だからもっといいことが起きて当然のはず
だが愛して仕えて崇めることが習い性になり
この思いを私は打ちあける勇気がない
あの人の美貌で私は恐懼《きょうく》するばかり
その前に出るとことばを失ってしまうからだ
その無邪気な顔をあえて直視できないものの
あの人から視線を離すのも大いに恐れている

心をあの人にこれほど強く寄せているため　ほかの
誰のことも考えられない　神さま　喜びを下さい

媚薬を飲んだあの男　トリスタンでさえ後悔の念なく
これほど心から愛したことはなかった(1)
心も体も欲望も　分別も知識もすべてをあの人に
捧げた私です　これは狂気に近いかもしれないけれど
とにかく今後一生　彼女と彼女への愛に
自分が値しないのではないかと恐れるばかり

歌よ　もう引き返せない　後戻りのできないところへ
行って　私の思いを伝えてくれ
愛の楽しみが実現する前に　それを察知するような
嫉妬深い悪人どもを私はそれほど恐れているから
かれらこそ神さまに呪われるがいい
なぜなら多くの恋人たちを　悲しませ傷つけた連中だ
だが私といえば　かれらに心ならずも服従しなくては
ならないという悪いめぐりあわせの毎日なのだ

シャトラン・ド・クーシ（一一七〇―一二〇三年にオワーズ県にあるクーシの城主であった）は中世において最も評価の高かったトルヴェールの一人。二十篇近い作品が残っている。その名声は、心臓を食べさせる伝説で有名な韻文の物語『クーシ城主とファイエルの奥方の物語』（十三世紀末、ジャックメス作）の主人公にしたてあげられるほどであった。

（1）　トリスタンは伯父のマルク王のもとに、伯父の新婦となる金髪のイズーを連れ帰るが、その途中の船のなかで誤って夫婦和合の媚薬を飲んでしまう（『フランス中世文学集1』ベルール参照）。

3　彼方からくる甘い息吹き

ギヨ・ド・ディジョン

気を強くもとうとして
自分の心のために歌います
この大きな苦痛のなかで私は
死にたくも半狂乱になりたくもありません
あの人の噂でも聞けばこの心は
慰められるのですが
あの人のいる野蛮な土地より
誰ひとり帰還する者を私は見ない
神さま「いざ進め」と皆の叫ぶとき

どうかあの巡礼者をお助けください
あの人が心配で胸がつぶれそうです
サラセン人は残虐ですから

あの人が戻ってくるのを見るまで
このまま耐えぬきます
あの人は巡礼に行ったのです
どうか神さま　あそこからお返しください
親たちはみんなして　ほかの人と
結婚させようとしますが
そんな気はさらさらありません
話題にすること自体が馬鹿げています
神さま「いざ進め」と皆の叫ぶとき
どうかあの巡礼者をお助けください
あの人が心配で胸がつぶれそうです
サラセン人は残虐ですから

私の心が張り裂けそうなのも
ひとえにあの人がこの国にいないから
あの人ゆえに苦しみぬいて
気晴らしも笑いもありません
あの人は美男で　私だって気品がある
だのに神さま　どうしてこんなことをなさるのですか
お互いに惹かれあっているのに
なぜ私たちを引き離したのでしょう
神さま「いざ進め」と皆の叫ぶとき
どうかあの巡礼者をお助けください
あの人が心配で胸がつぶれそうです
サラセン人は残虐ですから

私の気が少し休まるのも
あの人から臣従の誓いを得たことです
そして心を寄せるあの人のいる
あのやさしい国から
甘い吐息が吹いてくるとき
欣然としてあちらに顔を向けます[1]
すると　この銀リスのマントの下に
あの人を感じる心地がするのです
神さま「いざ進め」と皆の叫ぶとき
どうかあの巡礼者をお助けください

あの人が心配で胸がつぶれそうです
サラセン人は残虐ですから

私がたいへん後悔しているのも
あの人を見送りに行けなかったこと
自分の着たシュミーズ[2]を
僕の代わりだといって送ってくれました
夜になり恋しい気持ちがつのると
私はそれをかたわらに置いて
裸のまま夜じゅう抱いて
苦しみを慰めているのです
神さま「いざ進め」と皆の叫ぶとき
どうかあの巡礼者をお助けください
あの人が心配で胸がつぶれそうです
サラセン人は残虐ですから

ギヨ・ド・ディジョンはブルゴーニュの詩人で、十三世紀初めに五—十篇あまりの作品を残した（写本の作者措定が曖昧なために作品数は確定できない）。

（1）恋する人のいる国から吹いてくる微風というモチーフは、相手の吐息を感じるモチーフと重なってエロチックなイメージを喚起する。抒情詩を中心にしばしば用いられたトポスである（『フランス中世文学集1』四〇五頁「さんざしの葉陰で」（アルバ）を参照）。

（2）*chemise* はここでは巡礼の着る一種のチュニック（寛衣）を指すらしい。十字軍に出発する兵士は、途中まで粗末な巡礼者の姿で行き、決意のほどを示した。見送る親戚縁者にその衣服を託してから、本格的に旅に出たという。

4　「愛の神」が私を喜ばせて歌わせる

モニオ・ダラス

〈愛の神〉[1]が私を喜ばせて歌わせる
そしてもっと陽気になるよう説きふせる
かつて愛したよりも　今度はもっとよく愛したい
そういう欲望を私にくれる　だから私に言い寄っても
駄目　恋人がいるんです　このすばらしい愛を
捨てようなんて気持ちはまったくない
私はこれからうんと愛して愛されるつもり

焼き餅やきがどれだけ私を叩いて虐げても
私の思いはそのぶんもっと愛に燃えるのです

自分の心は愛のなかで守るつもり
愛がなくては誰も喜びをもてないから
それに美しい婦人は愛により磨きがかかるもの
だから愛に時間をかけない女は愚か者
焼き餅やきが私を叩き　懲らしめれば懲らしめるほど
私に火をつけて燃えあがらせる
あんな男のせいで　愛を忘れたりは決してしない
焼き餅やきがどれだけ私を叩いて虐げても
私の思いはそのぶんもっと愛に燃えるのです

私が眠って休む時間になると
私を操る愛が私に説き聞かせて
眠れなくさせ　愛しい人のことを　いつもその両腕の
なかにいたいその人のことを　考えさせる
そして彼が私をかわいがってくれて
キスや抱擁をせがむときにこそ
私の喜びは強められ倍加される

焼き餅やきがどれだけ私を叩いて虐げても
私の思いはそのぶんもっと愛に燃えるのです

人に見られずに　愛しい人としっとり話すため
あの人のところに出かけられる　そういう機会を
見つけられれば　私はしあわせ
あの人のところに行けば　帰りたくなくなる
行けないときは　せめて私のこころざしだけでも
送ります　どんなことがあっても
私の愛をゆだねた人のもとへ　この心は向かう
焼き餅やきがどれだけ私を叩いて虐げても
私の思いはそのぶんもっと愛に燃えるのです

恋人がいることで　誰も私を咎めたり非難したりは
できない　どうやっても私の夫には
愛したくなるような美点が見つからないことを
みなさんに保証できますから
私を見張っていますが　砂地に種をまく人より
もっと時間を浪費することになる
どんなに見張っても無駄　あの男はコキュになる運命

焼き餅やきがどれだけ私を叩いて虐げても
私の思いはそのぶんもっと愛に燃えるのです

人の語りうるあらゆる美点が
私の身も心も捧げている　あの人に備わっている
あの人は他人にはその心を隠しておけるし
私にたいしては心を存分に開いてくれる
トリスタンと金髪のイズーを　かれら二人の愛から
離れさせて別れさせることができないのと同じ
私たち二人の愛は決して離れることはありません
焼き餅やきがどれだけ私を叩いて虐げても
私の思いはそのぶんもっと愛に燃えるのです

モニオ・ダラスは修道士あがりの詩人で、一二一三年から一二三九年にかけて十五篇近くの作品を残した。この作品の第一詩節が『すみれ物語』（ジェルベール・ド・モントルイユによる冒険物語）に引用されていることから、この物語が一二二七―二九年頃のものとされるので、それ以前にすでに作られていたと思われる。

（1）*Amors* は冠詞のない場合、擬人化されているととらえることができる（「愛の神」）。しかし文脈により普通名詞の「愛」と区別をつけるのがむずかしい。

5　隠しては駄目ですよ（ジュー・パルティ）

ギヨーム・ル・ヴィニエ
チボー・ド・シャンパーニュ

お殿さま　隠しては駄目ですよ
どちらがあなたの気に入るのか言ってください
話があるの　と恋人に召し出されて
裸と裸で体を合わせることができたけれども
夜なので何にも見えないのと
昼間に美しい草原で　その恋人が
あなたにキスをしてにっこり微笑んでくれて
抱きしめてはくれたものの　それ以上のことは
問題にしてもらえないのと　どちらがいいでしょう

ギヨーム　そんな風に始めるとは
まったく馬鹿げているよ
修道院の羊飼いのほうが
ずっとうまく語ることができたはず

自分のかたわらで　これまでずっと
欲しいと望んできた
私の心とも奥方とも恋人とも言える人を
抱くことができるなら
睦言とか　草原での語らいとか
そんなものは君にくれてやるよ

お殿さま　人が恋愛について学ぶのは
若いうちにかぎるのです
じっさいあなたは恋愛で苦しむ様子を見せるのが
ぜんぜんお上手ではない(1)
夏も花々も　すばらしい肉体も
しっとりした逢瀬も
美しいまなざし
態度　色つやも
あなたにはどうでもいいことなのだ
禁欲ということをあなたはおよそご存知ない
これではその辺の修道院長の選択でしかない
ギヨーム　こんな議論を始める男は
狂気にとりつかれたのだ
すぐに寝床にしけこまないでどうする
そんな奴は知恵のまったくない人間だ
きれいな掛けぶとんの下でこそ
人は十分に安心できて
疑念や恐怖を
取り払うことができる
不安におののいているかぎりは
私の心は心配のとぎれるときがないから

お殿さま　そんなことまでおっしゃるとは
はっきり申して私の理解を超えています
仮に私のすべてを征服した
愛する女性がいるとして
その顔をまじまじと見つめることができて
有頂天になって接吻できて
いつでも好きなだけ
抱きしめることができるときに
もしあなたの選んだほうにしたら
いやまったくの話　私は真の恋人とは申せません

ギヨーム　神よご照覧あれだ
君の言ったことは狂気そのもの
なぜって　裸で恋人を抱いたなら
天国に代えても　離しはしない
ほかのことが得られないからって
彼女の顔を眺めるなんて
そんなことでは私は満足できない
こちらの選択のほうが正しい
別れるときに送ってもらっても
君が得られるのは不実な微笑だけだから

お殿さま　〈愛〉にからめとられて
私はどこにいようとも　その所有物になっております
だからジルに　その判断に
私は身をゆだねたいと思います
どちらが正道を歩んでいるか
どちらが悪いほうを選んだかを
ギヨーム　君はいつまでたっても
阿呆だね　悲しげだね
そんな風に恋愛する男は
哀れとしか言いようがない
ジルの判断は買っているが
私としてはジャンに判断をゆだねよう

ジュー・パルティは、オック語ではパルティメンとかトルネヤメン（トーナメント）と呼ばれるもので、論争詩の一種である。二人（以上）の詩人が各詩節を担当する。冒頭で一方がジレンマとなる二つの命題を提出し、次の詩節でもう一人がそのうちのひとつを選ぶ。残ったひとつは提出者が選ぶ。そのあと交互に詩節ごとにその論拠を競う。両刀論法を屁理屈で争うわけである。最後のトルナーダは、優劣を決める判者（審判）への呼びかけとなることが多い。

ギヨーム・ル・ヴィニエ（―一二四五）はアラスの市民で下級聖職者。三十篇以上の作品が残っている。最後の短い返歌で自分の判者に選んでいるジル・ル・ヴィニエはその兄弟。

チボー・ド・シャンパーニュ（一二〇一―一二五三）は、最初のトルバドゥールにしてアキテーヌ公であったギエーム九世の末裔にあたる。ギエームの孫娘であるアリエノール・ダキテーヌの娘マリ・ド・シャンパーニュのそのまた孫である。ナヴァール王でありながら七十以上の作品を残した。判者に選んだジャンについては不詳（ブレーヌ伯ジャンという説がある）。
（1）　恋愛で苦しむことなどないのでしょう、という批判であろう。

6　世俗の人として答えたまえ（ジュー・パルティ）

ジャン・ブルテル
アダン・ド・ラ・アル

アダンよ　以下の件について　たんなる
世俗の人として私に答えたまえ
なにしろ私は学問のことなど何ひとつ知らないのに
君はけっこうな教養人なのだから
さて純粋な裏切りによって[1]　君の奥方をその意に
そむいて獲得するのと　それとも
何も得られずともそれが奥方の意にかないさえすれば
生涯のあいだ何も得られないまま
忠実に奥方に仕えるのと
さあ　どちらが君にはよいのか

殿さま　どんなに分別のある人でも
自分たちに富を引き寄せるためなら
裏切り行為をなすのは　よくあることです
公平に判断して　私が生きているかぎり
ほかに何の報酬も与えずに苦しめつづけるような
そんな私の奥方に気に入られたとして
私に何の得があるでしょうか
あの人のくれるほかの楽しみの分け前が欲しいのです
あの人の準備が整ったと思えば
私は間違いなくそうします

アダンよ　裏切りのひそんでいるような解答は
決して選んではならない
至純の心の持ち主はみな気を悪くするからだ
曇りのない意図で奥方に仕えて
奥方を満足させることができるように
けなげな行動をとることができれば
それで十分だと私は確信している
奥方を裏切ることで　そのように大きな
領主権[2]を征服することなどできない話で
第一ひどく傷つけてしまうではないか

殿さま　おっしゃることであなたが
論拠の弱い反対論者であることが判明しました
二つの悪のなかから　選択を迫られて
自分が助かるために　悪さの度合いの低い方を選んで
ほんとうに悪い方を捨てたからといって
家臣である私が　どうして過ちを犯したことに
なりましょう　自分の望みがかなえられなければ
私は死をもって　決着をつけざるをえないかも
こんなに辛い責め苦を待つだけならば
助かる道を探すほうがましなのです

アダンよ　私があとにはひかない
強固な敵対者であることをわからせてやろう
お前が悪い方の立場に向かっているのは
ひとえに　必要のないものを
お前が渇望しているからなのだ
忠実さは純粋な飲み物の一種であり[3]
裏切りはきわめて卑しい名声を得ているということを
間違いなく心得ておかなくてはならない
だから裏切り行為は呪われるべきだと
みなが願っているわけである

殿さま　裏切りが人の気に入るものではないこと
この件は証明されています
でも私の奥方は寛大なお方です
ですから　もし私が欲望の力に
打ち負かされても
あの人をなだめることはできると思います
火急の折には　平和と赦免のことを考えて
人は過ちを犯すものです
人が何と言おうが　大きな平和は
ときに大きな戦争のあとに生まれるものです[4]

フェリ[5]よ　あとで償えるという希望のもとに
人を侮辱したり人と口論したりするのは
控えたほうがよい
愚か者は賢者の遠ざけたものを
自慢するものだ

グリヴィレよ　愛する奥方に向けて

私は率直さも理屈も隠してはならない
なぜなら女性は自分をかわいがってくれる
そういう男を恋人にするからだ
私はそれを体験したのだ

ジャン・ブルテルはアラスの富裕な市民で一二四五年頃より一二七二年に死去するまで百におよぶジュー・パルティに参加した。相手は、ここで最後に判者を務めるジャン・ド・グリヴィレとランベール・フェリそしてこのアダンである。アラスの詩人たちから「詩会の王」と呼ばれた。

アダン・ド・ラ・アル（一二四〇頃―一二八八頃）はアラスの詩人のなかでも最も有名な詩人で、多彩なジャンルの抒情詩を作詞作曲し、『葉陰の劇』『ロバンとマリオン』といった演劇にも手をそめた。

（1）恋愛の相手である人妻（奥方）は、一種のゲームとして恋愛の対象となることを認めていたわけだが、その共犯関係を男のほうが破ってしまうということ。

（2）封建制の語彙を恋愛関係に適用している典型的な例。男性は恋する人妻を領主として崇め、その意に仕える家臣なのである。

（3）「飲み物」*boichon* を比喩的に用いていると解釈しておく (Rosenberg)。

（4）モラウスキ編『十五世紀以前のフランスことわざ集』（一九二五年）一一〇番、ハッセル『中期仏語俚諺集』（一九八二）G59 に「大きな戦争のあとに大きな平和」とある。

（5）以下の二つの返歌では、判者を務める二人にジャンとアダンが交互に呼びかける。

凡例

・トルヴェールのアンソロジー Rosenberg と Tischler の編纂した *Chansons des trouvères, chanter m'estuet*, (Paris, coll. Lettres gothiques, 1995) を底本に用いた。メロディーについてもゆきとどいた解説のある、かなり信頼のおける詞華集である。各種の校訂版と写本のマイクロフィルムを適宜参照した。

・作品の収録の順序は作者不詳のものを冒頭に、残りはほぼ年代順とした。

作者名・出だしの行（incipit）一覧

1. anonyme (Gace Brulé), *Cant voi l'aube dou jor venir*
2. Le Chastelain de Couci, *La douce votz du louseignol sauvage*
3. Guiot de Dijon, *Chanterai por mon corage*
4. Moniot d'Arras, *Amors mi fait renvoisier et chanter*
5. Guillaume le Vinier, Thibaut de Champagne, *Sire ne me celez mie*
6. Jean Bretel, Adam de la Halle, *Adan, a moi respondes*

ヴァース

アーサー王の生涯

原野昇訳

解題

この作品は、ヴァース『ブリュ物語』（一一五五年頃）の一部である。『ブリュ物語』というのは、トロイ戦争から七世紀末までのブリタニアの歴史を語ったもので、この間ブリタニアを支配した実在、架空の王の事績が述べられている。そのうちアーサー王に関する部分が本邦訳である。『ブリュ物語』は、その二十年足らず前にジョフロワ・ド・モンムートによって書かれたラテン語散文の『ブリタニア列王史』をフランス語（アングロ・ノルマン語）の韻文に移したものである。

各民族は自分たちの過去の歴史のなかで、民族の栄光を具現する英雄を熱望する。十二世紀のアングロ・ノルマンの宮廷にあっては、それは六世紀初めにアングロ・サクソン族の侵入に対して誇るべき抵抗を示したアーサーであった。とはいえアーサーなる人物について、その歴史性は曖昧のままケルト人の間で伝承され、集団的記憶のなかで増大していった英雄であった。それをジョフロワが、ブリタニアを支配した歴代の王のなかに位置づけ、いわば「歴史化」したのである。

ヴァースはそれをフランス語に移すことによってより多くの聴衆に受け入れやすいものにすると同時に、直接話法を多用することなどによって、いわば「物語化」したと言える。特にアーサー王に関する部分は、クレティアン・ド・トロワをはじめとする後続のアーサー王物語群の嚆矢となった。

翻訳には、I.D.O. Arnold & M.M. Pelan, *La partie arthurienne du Roman de Brut*, Klincksieck, 1962 を使用したが、そのほか、I.D.O. Arnold (éd.), *Le Roman de Brut de Wace*, (SATF), 1938-40, E.Baumgartner & I.Short, *La geste du roi Arthur*, (10/18), 1993 ほかの諸本も参照した。Klincksieck 版には章分けや章題はないが、10/18 版を参考にして付した。段落についても同様に、10/18 版を参考にして追加した。

アーサー王の生涯

アーサーの誕生　（一―一二八二行）

ウーテルはそこ(1)から引き返すと、ノーサンバーランドを過ぎ、一族郎党、大軍団とともにスコットランドへやって来た。辺り一帯が覆い尽くされるほど軍勢は大きく長く続いていた。王は、領主のいない民をすべて指揮下に入れていた。王国じゅうにかくほどの平和をもたらした王はいまだかつて一人もいなかった。北部を治めるとまっすぐロンドンに戻り、そこで復活祭の日に戴冠することを望んだ。侯も伯も城主も、遠くの者も近くの者も、すべての臣下に手紙や使者を送って、それぞれ夫人方と親戚縁者ともども、祝宴のためにロンドンに集まるように伝えた。宴会を盛大なものにしたかったのである。招《よ》ばれた者はみな、妻のある者は連れ立って、やって来た。祝宴は盛大に祝われた。ミサが済むと王は広間の奥の食卓についた。諸侯も王の周りに位の順に着席した。王の正面にはコルヌアイユ（コーンウオール）伯が座り、その横に伯の妻イグレーヌが着席したが、王国内に彼女ほどの美人はいなかった。雅びで美しく賢く、生まれも高貴な血筋であった。王は彼女の評判がすこぶる高いのを耳にしていたので、彼女が気を引くそぶりを見せる以前から、それどころか彼女を目にする以前から(2)彼女に恋い焦がれていた。彼女の評判はそれほど高かった。王は食事の間彼女をしげしげと見つめ、彼女にばかり注意を払っていた。王は食べても飲んでも、話しても黙しても、彼女のことばかり考え、横目で彼女を見ていた。見つめては微笑み、秋波を送っていた。側近に託して思いを伝え、贈り物をことづけたり、あるいは彼女に微笑みかけ、彼女を見つめて、しきりに恋の合図を送った。イグレーヌの方は、受け入れるでもなければ断るでもなかった。王が彼女に冗談や微笑みや合図を送ったり、伝言や贈り物をしたりするので、コルヌアイユ伯は、ウーテル王がわが妻に好意を寄せていることがわかった。王が彼女を弄ぶなら王に忠誠を尽くすのはやめだと思った。伯は席を立って、妻の手を取り部屋を後にした。部下を呼んで馬を用意させ、それに乗って出ていった。王は彼の後を追いかけさせ、挨拶もせずに宮廷を立ち去るとは無礼きわまりない恥知らず、戻ってこい、成敗してくれる。もし命令に従わなければ、どこに行こうと挑戦し、二度とわが信頼を得ることはなかろう、と言った。しかし伯は引き返さず、挨拶もせずに宮廷を後にした。王は大いに伯を脅迫したが、伯の方では相手にしなかった。その後の運命は知るよしもない。伯はコルヌアイユに帰った。そこには防御を頑丈に固めた二つの城があった。その一つ、タンタジェルの城に(3)、伯は奥方を連れていった。そこは彼女の父祖代々の城である。タンタジェルの城は防御が堅く、どのような手段をもってしても破れない。海に面しており、そちらは絶壁。唯一の城門を固めればよく、ほかのいかなる場所から入ろうとしても無理。伯はイグレーヌが奪い取られるのを恐れて、他の場所ではなくそのタンタジェルに閉じ込めた。伯は奥方をそこに幽閉し、家来のなかの最強の騎士と傭兵とをもう一つの城の方に配備した。そこは領地を防衛するのに最良の場所であった。ウーテル王は、コルヌアイユ伯が防備を固め王の侵入を阻止しようとしているのを知り、伯を攻めて奥方に近づこうと、家来を四方から集め、カンブル川を渡った。伯の籠る城に着き攻めようとするが、伯の防御も堅い。王は城を包囲し、一週間包囲を続けたが、伯も降伏しようとしない。伯はアイルランド王が援軍に駆けつけてきてくれるのを期待していた。ウーテル王は攻城戦に苛立ち始め、誰よりも愛しいイグレーヌへの恋がつのった。そこで側近のユルファンをわきへ呼んで言った。「ユルファンよ、教えてくれ(4)。お前だけが頼りだ。我はイグレーヌに惚れてしまい、すっかりいかれている。行くこともできず帰ることもできず、徹夜もできず眠ることもできず、起きることもできず床に就くこともできず、飲むこともできず食べることもできず、イグレーヌのことばかり思っている。どうしたら彼女を手に入れることができるかわからず、死にそうだ。知恵を貸してくれ」ユルファンは答える。「これは異なことをおっしゃる。伯を攻めて窮地に追い込み、領地から追放し、この城に釘付けにしているではありませんか。そのようなことを伯の奥方が喜ぶとお思いですか。一方で伯を攻め、一方で伯の奥方に恋しておられる。これではどうしたら彼女を手に入れられるか私にもわかりません。ここはひとつ術策に長けたメルラン殿(5)

にお尋ねなさるのがいいでしょう。彼はちょうどこの陣地に来ています。メルラン殿が名案を授けられなかったら、ほかには誰もいません」ウーテル王はユルファンの勧めに従って、メルランを召喚した。メルランに胸の内をすっかり打ち明け、名案を授けてくれるよう助けを乞うた。イグレーヌへの思いが遂げられなかったら何の望みもなく、死んでしまいそうだ、何とか彼女をわが手に入れさせてくれ、望みのものは何でもとらせる、それほど苦しい思いをしているのだ、と。メルランは答える。

「大丈夫、イグレーヌを手に入れさせて進ぜましょう。死ぬことはありません。思いをとっぷりかなえさせてあげましょう。お礼など一切いりません。イグレーヌはタンタジェル城に閉じ込められ、堅く守られています。タンタジェル城は難攻不落で、二人の武将によって出入りが厳重に固められています。しかし私は新案の魔法を使って中に入ってみせましょう。私は人の顔を変えることができるのです。人の人相を変え、別人にできます。ひとりの人を別人に似せ、その人そっくりにします。殿の体つきも顔かたちも外観も風采も、コルヌアイユ伯そっくりにしてあげます。これ以上何を長々と話す必要がありましょう。殿をコルヌアイユ伯そっくりにし、私も一緒に参りましょう。私はブルテルそっくりになり、ユルファンをジョルダンそっくりにし、一緒に連れていきましょう。コルヌアイユ伯はいつもこの二人の側近を従えています。そうして城に入り、殿は思いをすっかり遂げることができるでしょう。誰にも気づかれることなく、不審に思われることもないでしょう」ウーテル王はメルランの言うことを信じ、その助言に従った。一人の武将を密かに呼び、部下たちのことを託した。メルランは魔法を使ってウーテル王たちの人相と服装を変えた。彼らは夕方タンタジェル城に入っていった。顔見知りの伯たちだと思った城の人々は彼らを喜んで迎え、世話をした。ウーテル王はその夜イグレーヌと同衾し、イグレーヌは男の子を身ごもった。その子はやがてアーサーと名づけられ、強くて立派な王となる者であった。ウーテル王の陣営では、まもなく王がいないことに気がついた。畏怖すべき武将も従うべき主君ももはやいなくなった。ぐずぐずしてはおれないと手に手に武器を取り、武装して隊形や陣形を整えることもなく、我先にコルヌアイユ伯の籠る方の城に行き、四方八方から攻めた。コルヌアイユ伯は果敢に防戦したが、ついに殺され、まもなく城は陥落した。何人かの者がそこから逃げ延び、不幸な出来事の次第と味方が多く殺されたことをタンタジェル城に報せた。人々はこの報せを聞き、コルヌアイユ伯の死を悲しんだ。タンタジェル城にいるコルヌアイユ伯姿のウーテル王はこれを知って、立ち上がり叫んだ。「ばかなことを言うな、我はぴんぴんしておる。ほれこのとおりだ。その報せは根も葉もない誤報だ。しかし、なぜみなが我の身の上を案じるのかわかっておる。我が誰にも何も言わずにあの城から抜け出したからだ。城を出るということもここに来るということも言わなかったのは、裏切りを恐れたからだ。ウーテル王があの城に攻め入ってきたとき我の姿が見つからなかったので、みんなは我が殺されたものと思ったのだ。あの城が落とされ部下を失い、無念の極み。しかし、我が生きている以上、挽回可能だ。ここから出てウーテル王のもとに行こう。そしてこのタンタジェル城が攻められる前に和睦を乞おう。この城まで落とされたら最悪だから。この城が彼らの手に落ちたら、もっと惨めなことになる」

イグレーヌはウーテル王のことが心配でたまらなかったので、この提案を喜んだ。コルヌアイユ伯姿のウーテル王は彼女を抱きしめ別れの接吻をした。すっかり思いを遂げた王は、こうしてタンタジェル城を出ていった。ウーテル王とユルファンとメルランは城の外に出ると、道々それぞれ元の姿に戻った。一行はまもなく陣地に着いた。ウーテル王は、あの城がかくもたやすく陥落した次第と、コルヌアイユ伯が本当に殺されたのかどうかを尋ねた。多くの者が口々に、すべて本当だと答えた。伯の死は望んでいなかったので、王は大いに心を痛めた。コルヌアイユ伯の死を悼み、部下を恨んだ。王は心痛の様子であったが、それを本心からだと信じる者はほとんどいなかった。

ウーテル王はタンタジェルに引き返し、城内の者に呼びかけた。防戦しても無駄だ、コルヌアイユ伯は死んだ。城を明け渡すしかない。もはや近在からも遠くからも援軍は望みようがないのだと。城内の者は王が言っていることは真実であり、援軍は望めないとわかったので、城門を開き、要塞を明け渡した。ウーテル王はイグレーヌを愛し、何の言い訳の必要もなく彼女を娶った。その夜彼女は子を身ごもり(6)、月満ちて男の子を生んだ。

男の子はアーサーと名づけられ、その善良さは大評判となった。アーサーのあと女の子が生まれ、アンナと名づけられた。彼女はロティアンのロトという名の気高い騎士の嫁になった。

父ウーテルの死　（二八三—四六四行）

ウーテルはその後長い間、もめごとも争いもなく平和に国を治めていた。ところがやがて体力が衰え、弱ってきた。重い病に苦しみ、長く床に臥し衰弱してきた。ロンドンで獄の監視の任にあたっていた部下たちは、長い監視の任務にうんざりしてきた。彼らがどのような挙に出たかお聞きあれ。彼らはエンギストを、彼の相棒のエオザと一緒に解放し、獄から出してしまった。彼らはお礼や贈り物の約束をもらって、捕虜の監視役を放棄し、捕虜たちともども逃げていった。釈放された捕虜たちは国へ戻ると再結集し、ウーテルに挑んできた。彼らは大きな船を用意し、多数の騎士、従士、射手を率いてスコットランドへと渡り、辺り一帯を荒らし焼き尽くした。ウーテル王は病の床にあってどうすることもできなかったので、領土と自分を守ってもらうため、婿のロトにすべてを譲り、軍の指揮と騎士たちの保護を頼んだ。王は騎士たちに言った。ロトの言うことをよく聞き、その指示に従うように、ロトは礼儀正しく気前よく、理に賢く武勇にすぐれているからと。オクタはブリトン人を攻撃した。多くの部下を集め、意気盛んで、王の衰弱につけ込み、父親と自分の仇をとるためと、ブリタニアじゅうを恐怖に陥れ、和平も休戦も望まなかった。迎え撃つロトはオクタとたびたび刃を交え、たびたび打ち負かした。何度も勝利したが、また何度も負けた。このような戦いにあっては、負けていた者が次には勝つということがよくあるもの。ロトが勝ってオクタを国外追放するかに見えた。ところがブリトン人たちは気位が高く、ロトの指揮を無視した。彼らもロトと同じように自由の身であり、財貨もロトと同じくらいかそれ以上持っていたからである。

戦は長引き激しくなり、ウーテル王が気づくところとなった。国の者たちは王に報告した、王の諸侯が戦いを渋っていると。王の驚くべき力をお聞きあれ。病軀をものともせず王は言った。じっとしてはおれない、家来たちを激励に陣地に行く、と。そしてまるで棺に乗せられてのように、馬上の担架に揺られた。誰が自分に従い、誰が尻込みするか見きわめてやると言いながら、以前ロトの言うことを聞かなかった者たちを召喚した。彼らはやって来た。王はヴェローラムまでまっすぐ進んでいった。そこはその頃栄えていた町で、聖オーバンが殉教した所であった。その町はその後荒らし尽くされ、完全に破壊された。オクタがその町に兵を引き入れ、町を占拠していた。王はその町を包囲した。投石機を使って破壊しようとするが、城壁は頑丈でびくともしない。中に陣取るオクタとその家来たちは投石機などばかにしていた。ある朝城門を開き、彼らは戦いに打って出た。担架に乗せられ、戦場にも担架で来ているような老いぼれ王に城門を閉ざしているなど恥ずかしいことだと思ったのである。ところがその思い上がりが災いのもと。勝利すべき者が勝利した。オクタは敗れ殺され、従弟のエオザもまた一緒に殺された。逃げ延びた多くの者はスコットランドへ渡り、彼らはそこでオクタの友で従弟のコルグランを主君と仰いだ。

　ウーテル王はその日、神のおかげで勝利と栄光を手にできたと、跳び上がって喜び、病もすっかり癒えたかのようであった。王は諸侯たちの労をねぎらおうと、精いっぱいの努力をして立ち上がると、家来たちに笑い顔で言った。「元気で健康であっても負けて恥をさらすより、担架に乗せられ長く病身である方がまだましだ。恥をさらして長生きするよりは名誉のうちに死ぬ方を望む。サクソン人たちは我が床に臥せっているのでばかにした。奴らは我をばかにし半死同然と呼んだ。ところが明らかになったことは、半死の身が元気な生者に勝ったのである。逃げいく者どもを追いかけろ。奴らはわが領土、汝らの領土を荒らしたのだ」

　ウーテル王は諸侯にこう言うと、しばらくそのままであった。病身をものともせず逃げいく者を追いかけようとしたが、諸侯がたしなめた。病状が悪化するといけないので、神がその身を再び立ち上がらせるまで、しばらく町に留まるようにと。王は留まり、みなについては行かなかった。部隊と分かれ、病の床に臥した。側近のみ残し、他の諸侯は行かせた。

　追い払われたサクソン人たちは再度結集し、よからぬ謀《はかりごと》をめぐらした。王を亡きものにすれば、自分たちを悩ませたり土地を奪ったりするような後継ぎも出てこないだろう。武力を用いていくら戦っても戦場で殺すことができない以上、毒薬か裏切りを用いてでも王を殺したいものだと。謀略を実行する者が選ばれたが、その数や名前はわからない。彼らには金や土地が約束された。彼らは貧相な身なりで王の宮廷に送り込まれた。彼らはどうしたら王に近づくことができ、謀殺することができるかを探った。何か国語もしゃべれる彼らは密かに王の宮廷に近づき、宮廷内の様子を探った。しかし王の間近まで行くことはできなかった。辺りを行ったり来たりしているうちに、王は冷たい水を飲んでいること、その他飲み物は一切口にしないこと、王の病に水が一番いいこと、ということなどがわかってきた。王は広間のすぐ近くで湧いている泉の水を飲み、ほかの水は口にしなかった。王の死を望み殺そうと思っている彼らは、王の所まで近づくことができず、刃物で殺すことができないとわかり、毒殺することにした。泉に毒を入れると、見つかっては大変と、すばやくその場を離れた。しかし、王がいつ、どのように死ぬかを確かめようと、しばらく様子を窺っていた。というのも王はじきに死ぬはずだったからである。王は水が飲みたくなって飲んだ。毒が入っているので死ぬのは必定。水を飲んだ後、体が腫れあがり、顔が黒くなり、たちまち息絶えた。ウーテル王が死んだ後、水を飲んだ他の者たちもみな死んだので、事の次第が明らかとなり悪事がばれた。城内の人々は集まり、泉に土を運んで埋めつくし、その上に小山を築いた。

アーサーの即位──アーサー王とサクソン人
(四六五一―一一〇〇行)

ウーテル王が亡くなると遺骸はストーンヘンジへ運ばれ、そこで兄の墓の隣に埋葬された。司教たちがあい集い、諸侯も集まり、ウーテル王の息子アーサーをシルチェスターに召喚し、そこで戴冠させた。[7] アーサーは弱冠十五歳であったが、歳の割りには大柄で屈強であった。アーサーの長所をあますところなく述べよう。勇敢な騎士で徳高く誉れあり、傲慢な輩に対しては容赦はしないが、謙虚な者には優しく憐れみ深く、武勇に秀で果敢に戦い、ふところは大きく気前よく、人からものを頼まれると拒むことなく最善をつくす。栄誉と名声を重んじ、彼の事績が人々の記憶に留められることを望み、礼節をわきまえ、振る舞いにも気品があった。生まれてこのかた彼の支配の仕方は、他のすべての諸侯に増して礼節をわきまえ、気品があり気前がよく、徳に富んでいた。アーサー王は王位につくと、自ら誓いを立てて言った。自分が王であるかぎり、サクソン人たちは心休まることはなかろう。奴らはわが伯父とわが父とを殺し、国じゅうを混乱に陥れたのだから。アーサー王は家来を呼び、傭兵を集め、彼らにたっぷり贈り物をし、報奨を約束した。彼は配下に多くの者を集めて進軍し、ヨークを越えていった。オクタの死後はコルグランがサクソン人たちを率いていた。コルグランはスコットランド人とピクト人も味方につけ、サクソン勢は大部隊となっていた。彼らはアーサー王の野望を砕こうと攻撃してきた。ダグラス川の川幅が狭くなっている所で両軍はあいまみえた。双方長槍や投げ槍で戦い、多くの死者が出た。しかし最後にはコルグラン勢が完敗し、敗走していった。アーサー王は追撃しヨークの町に彼らを追い込んだ。コルグランは町に籠城しアーサー王は彼を包囲した。

コルグランの弟バルドゥフは、ドイツ王シェルドゥリックの到着を海岸で待っていた。そのときバルドゥフは兄がアーサー王に戦場を追われ、ヨークで包囲されているという報せを聞き、心配で心を痛め、すぐにでも兄のもとに馳せ参じたいと思った。そこでシェルドゥリックを待つのをやめ、ヨークに向かい、アーサー王の包囲陣から五リュー[8]離れた茂みの中に潜んだ。バルドゥフは自分の血筋の家来と雇っていた異国の者六千人の武装兵を連れてきていた。夜陰に乗じて攻撃をしかけアーサー王の包囲陣を急襲する算段であった。ところが茂みに潜む彼らに気がついた者がアーサー王に報せに走った。

アーサー王はバルドゥフの待ち伏せを知り、コルヌアイユのカドール伯に相談した。命にかけても期待に応えたいと思ったカドールは、王に六百人の騎士と歩兵三千人を提供し、茂みに潜むバルドゥフ攻撃のために密かに送り込んだ。茂みに潜むサクソン人たちはこれにまったく気づいていなかった。カドールの部隊は物音ひとつたてなかった。そのとき満を持していたカドールが大声をあげて打ちかかり、敵の部隊の半分以上を殺した。真っ暗闇でなかったら、また茂みに邪魔されなかったら、一ピエ[9]たりとも逃げさせはしなかったところだが、バルドゥフはまんまと逃げていった。茂みから茂みへと身を隠して逃げたのである。バルドゥフは最良の精鋭部隊の大半を失い、どうやったら兄コルグランを救うことができるだろうかと途方に暮れた。できれば何とか兄と話し合いたいものだと思った。彼は兄の陣営に大道芸人として行くことにした。自分は竪琴奏者で、短詩《レー》を竪琴の伴奏をつけて歌うことができるのだと言った。兄の所に話しに行くために、あご髭の真ん中を剃ってもらい、髪の毛も同じようにし、口髭だけを残した。まるでならず者か狂人のように見えた。竪琴を首にかけ、誰にも身元がばれないように、うまく大道芸人になりすました[10]。あちらこちらと竪琴を奏でながら進み、町に近づいたところ、城壁の守備の者が見つけてくれ、彼を縄で引き上げてくれた。コルグランらの籠城軍は脱出することも逃げ出すこともできず、絶望に暮れていた。

　その頃ある報せがアーサー王の陣営にもたらされた。シェルドゥリックが六百隻の船を伴ってスコットランドのある港に到着したというのである。彼はアーサー王の包囲軍を攻撃するつもりだったのだ。しかしシェルドゥリックは、アーサー王はもはや自分を戦う相手として待ってはいないだろうと思った。事実アーサー王は彼を待ってはいなかった。アーサー王の仲間が、シェルドゥリックを待たないように、彼に戦いを挑まないように、彼は勇敢で獰猛な軍勢をもっている、と助言していたからである。ロンドンまでいったん退却するように、もしシェルドゥリックがロンドンまで追いかけてくるなら、より安全に彼を迎え撃つことができるだろう、ロンドン市内の住民を動員できるし、その数は日ごとに増えていくだろうからと。アーサー王は諸侯の言うことを信じ、彼らとともにロンドンに移動していた。城には武器や食糧が運び込まれ、人々は忙しく動きまわり、町じゅうが慌ただしくなった。アーサー王は考えて、甥のオエルの応援を頼むことにした。オエルはアーサー王の妹の息子で、大陸ブルターニュの王である。そこには彼の従兄弟、親戚をはじめ一族の強者がそろっている。使者にオエル宛の親書を託し、自分の助太刀に来るようにと召喚した。もし来なかったら領地は没収し、一族の者も恥辱にまみれ家門も絶えるであろうと書いた。オエルは伯父が窮地にあると知り、言い訳も取り繕いもすることなく、ただちに諸侯や親戚の者に出発の準備をさせた。すぐに船を用意させ、兵士や武器を積み込ませた。歩兵や射手以外に一万二千人の騎士が乗っていた。オエルの部隊は順風に恵まれ海を渡り、サザンプトンの港に着いた。アーサー王は喜んで彼らを迎え、型どおり敬意を表した。彼らはぐずぐずせず、挨拶もそこそこに切り上げた。アーサー王は歩兵を召集し、一族の者を集め、おしゃべりも長談義もなく、ただちにリンカーンに向けてオエルの部隊とともに出発した。そこはならず者シェルドゥリックが占拠していたが、いまだ完全には制圧されていなかった。アーサー王は角笛もラッパも鳴らすことなく、部下に戦闘準備をさせた。彼らは敵の不意をついて襲いかかった。サクソン人に対してこれほどの殺戮、これほどのひどい破壊、これほどの虐殺、これほどのひどい仕打ちが一日のうちになされたことはなかった。サクソン人は武具を捨て、馬を放棄して、山を越え谷を越えて逃げていった。海へ逃げた者も足元をすくわれ、多くの者が溺れて死んだ。背後から追撃するアーサー王の部隊は彼らに休む暇も与えなかった。剣を振り回し、彼らの胴体、頭、首を切り落とした。サクソン人たちはカルリオン[11]の森まで逃げていき、森の中のあちこちに散らばり、そこを隠れ処とした。しかしアーサー王の部隊は森を塞ぎ、彼らを包囲した。アーサー王は彼らが夜陰にまぎれて森から抜け出さないかと心配だったので、森の一角を切り開き、立ち木の枝と枝をからませ、幹と幹とを結びつけ、厚い生け垣とした。自分は別の一角に陣を取り、人ひとり出ることも入ることもできないようにした。森の中に陣取っているサクソン人たちは、飲み物も食べ物も途絶えると震え上がった。どんな勢力家も知恵者も、どんな金持ちも農民も、パン、ぶどう酒、肉、小麦をそこに運び込むことができるような者は誰ひとりいなかった。三日も経たないうちに彼らは飢えに苦しみ始めた。このままだと力ずくで脱出することもできず、飢え死にするしかないとわかり、和睦を結ぼうということになった。戦利品も武器も渡すが船だけは保持したい、もしも命だけは助け、丸腰で船に乗り込ませてくれるなら、王に人質を差し出し、和平を重んじ、休戦を守り通すと約束した。アーサー王はこの和平案を受け入れ、人質をとって約束の保証とし、彼らに出発の許可を与えた。船をすべて彼らに返し、代わりに武器を受け取った。

　戦利品も武器も放棄して沖に出た者たちは、視界からはるかに遠ざかっていった。陸地が見えなくなったとき、誰の発案でどういう理由からかわからないが、彼らの船は向きを変え、イングランドやノルマンディを経てさらに航行を続け、ダートマスに着き、トトゥネスの港に入った。何たること、その地は荒らされ、住民は殺されるのだ。彼らは船から出ると陸に上がり、村じゅうに繰り出し、武器や物資を奪い、家々を焼き払い、住民を殺した。村じゅうを荒らしまわり、手当たり次第に掠奪し、農民の武器を奪った上に、その奪った武器で彼らを殺しさえした。デボンシャー村もソメルセ村もドルセ村の大半も荒らし、住民を追い出し、廃墟にしてしまった。彼らに刃向かう者は誰ひとりいなかった。村の有力者たちはスコットランドのアーサー王のもとに行っていたからである。サクソン人たちは手に入れた戦利品を持って平野を通り抜け、街道を進み、バースまで来た。しかしその町の者たちは抵抗し持ちこたえていた。

　シェルドゥリックの助太刀として戦いを挑んできたスコットランド人たちをせん滅したアーサー王はスコットランドにいたが、異教徒サクソン人どもが約束を破りバースに陣を張ったと知り、一刻の猶予もなくただちに人質を吊し首にした。王はバースに向かうことにするが、ブルターニュのオエルはその頃アクリュで何かの病で床に臥せていたので、ついていないが仕方がないと諦め、置いていくことにした。アーサー王はできるかぎりの手勢を連れてバースに来た。王はサクソン人の陣を破り中にいる者たちを助け出したいと思い、森の傍の広い平地で戦闘準備をさせた。

　王は部隊を分けて配置し、自身も武具を身につけた(12)。鉄の脚衣《ショース》をはき鎖鎧を身につけ、見るからに立派な出で立ち、まさにアーサー王の名にふさわしい姿であった。その長くて大きい彼の剣エクスカリバーを佩《は》いていた。その剣はアヴァロン島で拵えられたもので、抜き身でそれを手にする彼は得意満面であった。頭には燦然と輝く兜をかぶり、その鼻庇《びさし》も周りの輪も金でできている。兜の天辺には竜が据えてあり、全体に多数の輝く宝石がちりばめられていた。その兜は元は父親のウーテルのものであった。跨がる馬は足が速くて頑丈で立派であった。楯プリヴァンを首にかけたその姿は、臆病者や狂人に見えるどころではなかった。

楯の内側には巧みな技で聖母マリアの像が、その栄光を忘れないために描かれ、彩色されていた。ロワ（頑丈）という名の槍は頑丈で、先端の刃の部分は鋭く尖っていた。長くて太くて、戦場では大いに恐れられていた。

戦闘準備が整うと、アーサー王は部隊をゆっくりと進軍させた。敵と交戦するまで誰ひとり列から飛び出す者がないことを望んだ。アーサー王の攻撃に耐えかねた敵は、近くの山の頂上目ざして我先に登っていった。そこであたかも城壁に囲まれているかのように、よく防戦し持ちこたえていた。しかし少しも安泰ではなかった。というのは彼らの結集を憎んでいたアーサー王がそこまで攻撃してきたからである。王は頂上目ざして追撃し、味方に言った。「お前たちの前を行くのはお前たちの親たち、従兄弟たち、仲間や隣人をすべて倒して追放し、お前たち自身にも危害を加えた傲慢なる不忠者だ。親の仇、友の仇をとれ。奴らがお前たちみなになした大破壊、大いなる損失、過酷な労苦の仇をとれ。我は奴ら不忠者が破った誓いの仕返しをしてやる。わが祖先が受けた傷、苦しみの仇を討つ。奴らがダートマスで行なった見せかけの退却の仕返しをしてやる。奴らを打ち倒しこの谷底に突き落とすことができれば、奴らは我らに対抗して踏みとどまることもできず、防御もままならないだろう[13]」

こう言うとアーサー王は拍車をかけ、楯を胸に構え、片っぱしからサクソン人に斬りかかり、地面に打ち落とした。前に進み出て言う。「神のご加護あれ、聖母マリアよ。最初の一撃は我のものなり。決着はきっぱりつけてやった」ブリトン人たちの戦いぶりや見事。サクソン人たちを打ち倒しひっくり返し、四方八方から追いつめ、槍で突き、剣で斬りまくった。剛腕で武勇に優れたアーサー王は容赦なく、楯を掲げ剣を抜き、敵目がけて進む。敵の一群を蹴散らし、右へ左へと打ち殺し、彼ひとりで味方全員が殺した数より多く、四百人を殺し、哀れな最期を遂げさせた。バルドゥフが死に、コルグランも死んだ。シェルドゥリックは逃げていった。遠くの坂道を下り、船に戻ろうとしていた。船に乗り込み仲間に合流する算段である。アーサー王は彼らが逃げていき、船に戻ろうとしていると知り、コルヌアイユ伯のカドールを呼び、彼らの後を追うように言った。足が速く最良の騎士一万人を彼につけた。

そのとき一人の使者がアーサー王のもとに着き、スコットランド人たちが王の甥オエルを包囲し、今にも捕えかねないと伝えたので、王はスコットランドに引き返した。シェルドゥリックは船を目ざして逃げていったが、知略に長けたカドールはトトゥノワまでまっすぐ行ける抜け道を通ってシェルドゥリックの一行に先んじた。船まで来ると、船に人を配した。農民や村人をそこに残し、自らは逃げいく者たちを追いかけた。彼らは二人ずつ、あるいは三人ずつ組んで、精いっぱい逃げていく。身軽になって自在に動きまわれるように、剣以外の武具を捨て、彼らは急いで船の所まで来た。船まで来れば安心と思ったからである。そこへカドールがテーニュ川を渡って鬨《とき》の声を叫びながらやって来た。サクソン人たちはびっくり仰天、上を下への大混乱。シェルドゥリックはテニュギック山を越えようとした所で捕まり殺された。他の者たちもやって来たところを槍で突かれ、苦しみながら死んだ。そこをうまく切り抜けた者は、八方から船を目ざした。そこへ船で待ち構えていた者が矢を放ち、次々と海へ落とした。ある者は降伏し、ある者は自ら命を絶った。また多くの者が山中や茂みに身を潜めたが、長く身を隠していて、多くの者が飢えと渇きで死んだ。

カドールはこの殺戮をなし遂げ、土地に平和をもたらすと、アーサー王を追ってスコットランドまで行った。アーサー王はアクリュにいた。王は甥のオエルの救援に来ていたのである。オエルは元気を取り戻し、すっかり病から癒えていた。

スコットランド人たちはアーサー王の到来を知ると、陣を引き上げ、モレー方面に逃げ、その町に籠城した。そこでアーサー王を迎え撃とうと考えたのである。アーサー王は彼らが集結し、一致団結して自分に刃向かおうとしていることを知り、モレーまで追ったが、彼らは一足先にそこからも逃げていた。彼らはロッホローモンド湖に浮かぶ島々に分散して逃げていった。湖には六十の小島があり、そこには大きな鳥の住み処があった。それぞれの島には岩があり、そこに鷲が巣を作るのを慣いとしていた。聞くところによると、そこに巣を作って住み処としているということである。そこにスコットランドを荒らそうという悪い奴が来ると、すべての鷲は集結し、大声で鳴きながらお互いに戦うのである。仲間同士の戦いは見るもすさまじく、一日、二日、三日、四日と続く。それは大破滅の予兆である。その湖は大きくて深い。というのも六十もの川が山から谷を越えて流れ込んでいるからである。すべての川はその湖に留まるが、一か所からだけ海に向かって流れ出ていく。スコットランド人たちは急いでその湖に逃げ込み、島々に分散した。アーサー王は彼らの後を追い、大小の船や平底船を集めて敵を攻撃し、追いつめ兵糧攻めにした。敵は二十人、百人、千人と砂利の浜で死んでいった。そのときアイルランド王ギロマールがスコットランド人の助太刀に駆けつけ、アーサー王に迫ってきた。アーサー王はこれを迎え撃ち、アイルランド王と戦い、やすやすと倒した。敵の一行はアイルランドへと逃げ帰った。その後アーサー王はスコットランド人たちを残してきた湖へと戻った。

そのとき司教や修道院長、修道士やその他の聖職者が聖遺物を携えて、スコットランド人への慈悲を求めてやって来た。他方その地の婦人たちがはだしで髪をふり乱し、着ている物も破れ、顔は引っ掻き傷だらけで、腕に小さな子供を抱えてやって来た。彼女たちは大声をあげて泣き叫びながらアーサー王の足元にひれ伏し、慈悲を乞うた。みな口々に「殿、お慈悲を！　なぜこの地を破壊したのですか。殿、殿が飢え死にさせた哀れな者たちにお慈悲を！　父親としての慈愛の心は持ち合わせないのですか。この子たちを、この母親たちをご覧ください。この息子たちを、この娘たちをご覧ください。殿が打ち倒した人々をご覧ください。あの幼き息子たちに父親をお返しください。あの妻たちに夫をお返しください。あの姉妹たちに兄弟をお返しください。あの奥方たちに殿方をお返しください。私たちは高い犠牲を払いました。サクソン人たちがここに来たからです。彼らがこの地に来たのは、私たちが望んだことではありません。彼らの来襲は私たちに重くのしかかり、私たちを苦しめています。彼らを家に泊めてやっても、被害はさらに甚大なだけです。食糧を食べ尽くし、持ち物を奪い、彼らの国へ持ち去りました。私たちを助けてくれる者も、私たちのために戦ってくれる者もいませんでした。彼らに協力したのもやむをえなかったからです。彼らは力ずくですから、従うしかありませんでした。いかなる援護も期待できなかったのですから。サクソン人たちは異教徒で、私たちはキリスト教徒ですから、私たちの扱いはいっそう厳しく、よりいっそう虐待されました。彼らは私たちに悪事をなしたが、殿はそれ以上です。あの岩陰で飢え死にしかけ慈悲を乞うてきているのに、それを殺すのは殿の名誉や誉れを汚すものです。殿は私たちを征服しました。命だけは助けてください。どこでもいいですから私たちに土地をください。人助けに最低限の食べ物をください。私たちと私たち一族にキリスト教徒としての慈悲をおかけください。私たちが信じている掟は殿のそれと同じです。この地が荒廃したら、キリスト教は地に堕ち、最悪の事態となります」勝利者アーサー王は善良であった。王はこれらの哀れな民衆を憐れんだ。それは聖遺物に対する聖職者のような慈悲であった。王は彼らの身体と命を救い、忠誠の誓いを受け入れ、彼らを解放した。

アーサー王の甥オエルは湖を見つめて家来たちに言った。この湖の広さ、長さ、広大さには驚嘆する。島々の多さ、かくも多くの岩また岩、そこに住む鷲の数、その巣の多さ、そのやかましい鳴き声は驚きだと。

アーサー王は言った。「わが甥オエルよ、汝はこの湖に驚嘆しているが、この近くにある別の湖を見ればもっと驚くだろう。その湖は四角くて、長さも幅も二十ピエ、深さは五ピエ(14)。四隅には四種類の魚がいる。一つの隅にいる魚は別の隅に移ることは決してない。何かの隔壁があるのか何らかの防壁があるのかもしれないが、人が気づくような少なくとも目に見えるものは何もない。人間が作ったものか、自然のなせる業かわからない。

汝を驚かすようなまた別の湖もある。それはウェールズのサヴェルヌ川の近くにある。そこでは潮が満ちると海水が入り込むが、いくら海水が入り込んでもその湖がいっぱいになることは決してない(15)。大潮のときも小潮のときも、水が溢れ出て岸が水に覆われるということはない。ところが海が周りから遠ざかり、海水が遠くに引くと、湖の水位が上がり、岸を越えて溢れ出る。そして大きな旋風が起こり水を吹き上げ、畑や野に降り注ぐ。もし誰かこの地で生まれた者が顔を前に向けてその様を見に行ったら、水が天から彼に絶えず降りかかり、着ている物をびしょ濡れにする。いくら力を入れて踏ん張っても、ついには倒れてしまうだろう。こうして倒れた者の数は知れず、多くの者が溺れ死んだ。ところが背中を前にしてかかとから後ずさりしながら進むと、岸で持ちこたえることができ、好きなだけ留まることができ、水に倒されたりびしょ濡れになることもない」オエルは言う。「何という不思議、またそのように采配したものも驚嘆のかぎり」

そこでアーサー王は角笛を吹かせ、ラッパやトランペットを鳴らさせた。それは退却の合図であった。家来たちに暇《いとま》を出し、ごく側近の家来を除き、それぞれの家に帰らせた。人々はみな喜んで帰っていき、口々にアーサー王を誉め讃えた。ブリタニアじゅうを探してもこれほどすばらしい指導者はいないと。

アーサー王はヨークに戻り、降誕祭までそこに留まった。降誕祭の日に大きな祝祭を催した。王は町が貧して惨めな状態にあるのを見た。教会も荒れ果て、家々も壊れて荒れていた。

アーサー王は、賢明で職責をよく果たしている礼拝堂付き司祭のピランをその教区の責任者に任命し、異教徒によって破壊された教会や礼拝堂を修理し、整備するよう命じた。王は領内に和平を宣言し、農民に耕作に励むように言った。相続を廃された自由人を領内各地から呼び戻し、彼らの相続地を返してやり、土地を与え地代を増やしてやった。アーサー王の家系に連なる名門の三人の兄弟がいた。名前をロト、アギゼル、ユリアンといい、緊密な間柄であった。彼らは祖先を受け継いで、北方アンバーの地を平和に、住民を苦しめることなく、正当に治めていた。アーサー王は彼らの封土を返してやり、相続を増やしてやった。まず第一にユリアンにはモレーを(16)、返還の保証金も賠償金も求めずに返してやり、彼をその地の王と宣した。当時はモレー州の領主は王と称されていた。アギゼルには、彼が封土として要求していたスコットランドを与えた。アーサー王の妹を娶り長く夫婦であるロトにはロティアンをすべて返してやり、さらに他の封土も与えた。ロトの息子にゴーヴァンがいたが、彼はいまだ小さく若い少年であった。

征服の時代　（一〇一一―一六二六行）

アーサー王は領地を支配し、各地で正当な措置を施し、領内を平定し、いにしえの威厳を取り戻すと、美しき若き乙女グニエーヴルを娶り妃とした。彼女は美人で優雅で品があり、高貴なローマ人の血を引く家柄の者であった。カドールが血のつながった従妹として、彼女をコルヌアイユで長い間大事に育てた。母親はローマ人であった。グニエーヴルは非常に優雅で、振る舞いにも気品があり、物腰がやわらかく心が広く、アーサー王は彼女を愛し、非常に大事にした。しかし二人の間には子供がなく、後継ぎがいなかった。

アーサー王は、冬が過ぎ、暖かい夏になって海が穏やかになり航海するのに適してくると、船を準備させた。王は、アイルランドに行き全アイルランドを征服するつもりだ、と言った。アーサー王はぐずぐずすることなく、領内の最良の若者たち、および戦に長けている者を貧富を問わず召集した。

アーサー王はアイルランドに着くと、島で食糧を調達した。牡牛や牝牛を奪い、食べる物を必要なだけ手に入れた。その地の王ギロマールはアーサー王が攻めてきたことを知った。彼は、農民たちが家畜を失って右往左往し、嘆いたり言い争ったりして大騒ぎになっているという報せを受けた。アーサー王に対抗しようと思ったが、思うようにはいかなかった。というのも農民たちは丸腰で、鎧も楯もなく、投げ槍の投げ方も弓矢の引き方も知らなかったからである。ブリトン人たちは弓矢を持っており、彼ら目がけて雨あられと射かけてきた。彼らは目を開けることもできず、どこに伏せたらいいのかもわからなかった。彼らの逃げ惑う様といったらものすごく、ここに隠れかしこに隠れ、森や林に逃げ込み、家や小屋に入り込んで、命だけはお助けをと懸命であった。彼らは敗退した。土地の王ギロマールは逃げ延びようとしたが捕まってしまい、逃げられなかった。アーサー王が彼を追跡し、ついに追いつき捕まえた。すると相手はアーサー王に恭順を誓い、相続権も王に委ねた。人質を永久の貢物として差し出した。

アーサー王はアイルランドを征服し終えると、アイスランドに向かった。その地を奪い、征服しすべてを支配下に治めた。さらに自分の支配領域を広げたいと思った。オークニーの王ゴーヴァン、ゴトランド王ドルダニ、ジェネランド王ルマロルはいち早く報せを手に入れた。各自の間諜が、アーサー王が彼らの所にやって来て島という島を破壊すると報せてきた。天の下、アーサー王の軍に並ぶ者、彼ほどの部隊を率いることのできる者はいない。アーサー王が彼らの所に攻めてきて土地を荒らしまくるのを恐れて、実力行使ではなく和平を求めて、彼らはアイルランドへ渡った。彼らはたくさんの贈り物を持参し、アーサー王に献上し、多くのものを約束し和睦を結び、臣下の誓いを立てた。相続権を王に委ね、貢物を約束し、各自人質を差し出した。かくして和平がしっかり結ばれた。アーサー王は船に戻り、イングランドに帰り大歓迎を受けた。

アーサー王はその帰還後、十二年間平穏な治世を続けた。誰も王に刃向かう者はなく、王も誰にも戦いを挑まなかった。誰から教えられたわけでもなく、自身で模範的な善政をなした。振る舞いは高貴で優雅で礼節に富み、ローマの皇帝といえども、アーサー王ほど気品にあふれた言動をする者はいなかった。臣下以外の騎士で、少しでも誉め讃えられる行ないをしたとの評判を聞けば、可能なかぎり臣下に迎えるようにした。その者が奉仕の見返りに報奨を望めば、王はそれを拒まなかった。

アーサー王の宮廷には優れた諸侯がそろっていた。みなそれぞれ自分こそが最も優れていると思っており、誰も自分が最低だとは思っていないので、王は、ブリトン人たちの間で言い伝えのある円いテーブル(17)を作らせた。そこに座る騎士たちは王の側近騎士で、みな平等であった。みんな平等に席につき、平等に食事が出される。自分は同僚より高い席を占めていると自慢することは誰もできない。みんなが上座に座っているのであり、下座の者は誰もいない。スコットランド人、ブリトン人、フランク人であれ、ノルマン人、アンジュー人、フラマン人であれ、ブルゴーニュ人、ロレーヌ人であれ、西の世界からモンジューまでの、誰から封土を受けている者であれ、アーサー王の宮廷に行って王とともに滞在しない者は、またアーサー王宮廷に仕える者と同じやり方で衣服、紋章、武具を身につけない者は、決して優雅とはみなされない。王の宮廷には名誉と名声を求めて多くの地から人々がやって来た。その礼節の様子について聞くためであったり、宮廷のあり様を見るためであったり、宮廷の諸侯と知り合いになるためであったり、豪華な贈り物を受け取るためであった。王は貧しい者から愛され、富める者からは大いに賞讃された。他国の王たちは彼をねたみ、アーサー王が、その寛大な配慮によってかあるいはその武力によってか、全世界を征服し、自分たちの王位を奪ってしまうのではないかと心配し恐れていた。

お聞きになったことがおありかどうか知らないが、先ほど述べたこの長い平和な時代に多くの驚異事《メルヴェイユー》が出来《しゅったい》し、多くの冒険や試練が起こった。アーサー王について多くのことが語られ、多くの物語が作られたが、それらすべてが偽りでもなければすべてが真実でもなく、すべてが愚かなことでもすべてが賢明なことでもない。多くの語り手が語り、多くの話し手が話した。それぞれ話をおもしろくしているため、作り話のようにみえるかもしれない。

王自身の心意気と臣下諸侯の賢明な助言により、また王が宮廷で養ってきた多くの騎士たちに押されて、アーサー王は、海を越えてフランス全土を支配すると宣言した。しかしその前にノルウェーに行き、義弟のロトを王に即位させようと思った。先代の王シシュランは死んだが、彼には息子も娘もいなかったので、彼は日頃からまた死に際にも、ロトをノルウェーの王にするようにみなに頼んでいた。自分の封土も王国もロトが継ぐように、ロトは自分の甥であり、ほかには相続者がいないので、ロトが当然すべてを相続すべきであると。シシュランがこう決めたときには、その通り実行されるものと思っていた。ところがノルウェー人は彼の命令や決定を無視し、シシュランが死んだのを見届けると、王国をロトに譲るのを拒否した。そうかといって、彼らは異国から誰かを連れてきて異邦人を主君とすることも望まない。ロトを王と認めないままでいると、彼らは歳をとり老いていく。そうすると自分たちが受け継ぐ権利のあるものをロトは異国から来た者たちに与えてしまうだろうと考えた。そこで彼らは自分たちが育てた若者のなかから、自分たちや息子たちを大事にしてくれる者を王にしたいと思い、考えた結果、一人の侯リドゥルフを王にしたのである。

ロトは実力行使に出ないと自分の権利が失われると思い、義兄のアーサー王に助太刀を頼んだ。アーサー王は彼に、王国を取り返しリドゥルフには統治させないと約束していた。王は大船隊を組織しノルウェーに力ずくで入り、多くの地方を破壊し町々を焼き、家々を掠奪した。リドゥルフは逃げることも国を捨てることも望まず、アーサー王に対して防戦しようとした。彼はノルウェー人を集めようとしたが加勢する者は少なく、リドゥルフは打ち負かされ殺されてしまった。家来たちも多く殺され、生き残った者はわずかであった。アーサー王はノルウェーを平定すると、その地は自分から委ねられているということ、自分を主君と認めることを条件に、すべてをロトに与えた。

　ゴーヴァンは教皇聖スュルピスの葬儀から帰ってきたばかりであった。彼はみなから認められた勇敢な騎士で、その武勇は並外れ、傲慢や卑劣とは縁がなかった。彼は言ったこと以上のことをし、約束した以上のものを与えた。

　アーサー王はノルウェーを手に入れ、ロトにすべてを委ねると、部下のなかから最も勇敢で最も剛腕の戦士を選ばせ、大小の船を準備させ、自分に同行する者たちを集めた。天候もよく風向きもいいのを見計らってデンマークに渡り、その地を手に入れようと思った。デンマーク人の王エスキルは、ブリトン人やノルウェー人がアーサー王とともに各地を征服するのを見て、とてもかなわないと思った。わが麗しの領土が荒らされ、金も銀も奪われ、民が殺され、塔が奪われるのを望まなかった。彼は全精力を傾け、できるだけの約束をし、できるだけの贈り物をし、誠意を込めて懇願し、アーサー王に恭順の意を表した。エスキル王は誓いを立ててアーサー王の臣下となった。領土はすべてアーサー王からの拝受とした。アーサー王は自分がなした征服の大成功を喜んだが、いまだこれで満足というわけにはいかなかった。デンマークからよき騎士、よき射手を選ばせた。何百人いたか何千人いたかわからない。彼らをフランスに連れていきたいと思い、早速実行に移した。フランドルとブーローニュを征服し、村を手に入れ、城を奪った。家来たちを賢明に振る舞わせ、土地が荒らされるのを望まず、村を焼いたり掠奪したりするような行為は断固禁じた。食糧、水、家畜の飼料《えさ》だけに限り、それも売る者がいれば高い値で買い取り、決して奪ったり掠奪したりはしなかった。フランスはその頃ゴールと呼ばれており、王も領主もおらず、ローマ人たちが占有し、もっぱらローマ人の地とみなされていた。武将のフロールがこの地を託され、長くそこを支配していた。彼は貢物や年貢を受け取り、定期的にそれらをローマのルキウス皇帝[18]に送っていた。フロールはローマで最も高貴な家柄の出で、力が強く、彼が恐れる者はひとりもいなかった。

フランスのフロールは多くの使者からの報せで、アーサー王とその軍が各地を支配下に置き、物を奪っていることや、ローマ人の権利を侵害していることを知った。フロールは、ローマの封土を受けて自分の配下にある者で武具を取っての助太刀が期待できる家来すべてを召集し、しっかり武装を整えて集まるように言った。フロールはアーサー王に攻撃をしかけたが、武運つたなく、敗退し逃走した。味方も多数失った。ある者は殺され、ある者は負傷し、ある者は捕えられ、ある者は国へ逃げ帰った。それも驚くには及ばない。というのもアーサー王は圧倒的多数の部下をそろえていたからである。征服した土地々々で、奪取した町々で、戦う年齢の者で優れた騎士として、あるいは歩兵として戦うことのできる者は一人残さず集め、全員召集し、一緒に連れてこなかった者はいなかったのである。優れた戦士として実績の豊富な側近の騎士は言うに及ばず、異国出身の者も召集していた。対するフランス人はアーサー王に恭順を示し、できるかぎりの協力を約束した。ある者はアーサー王の賢明な弁舌ゆえに、ある者はその寛大さゆえに、またある者はその高貴さゆえに、ある者は王の力に感服し、ある者は王を庇護者として、王のもとに参集し、和平を誓い、封土は王からの拝領と認めた。フロールは敗北の後パリに大急ぎでやって来た。パリ以外の別の場所に立ち寄ったり、別の町に逃げようなどとは毛頭思わなかった。パリの中で防御の堅い隠れ処を探した。アーサー王をそれほど恐れていたのである。パリに着くと近郊の町から食糧を調達し、パリでその身を守ろうと、アーサー王を待ち受けた。パリに逃げ込んできた者も多く、また、パリで生まれ育った者も多く、パリの町は溢れかえった。みなそれぞれの持ち場で、小麦や食糧を集め、城壁や城門を補強した。

アーサー王はフロールがパリで防御を固めていることを知り、彼を追っていき包囲した。パリ近郊の町に布陣し、陸路も川路も塞ぎ、食糧がパリに入っていかないようにした。パリに籠るフランス人たちはよく持ちこたえ、アーサー王の包囲は一か月に及んだ。しかしパリには非常に多くの人がいたので、食糧はたちまち底をついた。わずかな時間でかき集めた食糧の備蓄は、たちまち食べ尽くしてしまった。人々の飢えた様といったら見るも無惨。食べる物は少ないのに住民の数は膨大であった。女子供は飢えに苦しんだ。これ以上貧者が増えると町はじきに陥落するだろう。多くの者が叫んだ。「フロールよ、何をしている。なぜアーサー王に和平を求めないのか」

フロールは食糧が欠乏し人々が飢え死にし、疲弊しきって降伏を望み、町が壊滅状態なのを見て、パリ全体を放棄するより、自分一人が犠牲となって死ぬことの方を望んだ。彼は自らの崇高な信念に従い、アーサー王に要請した。二人のみであそこの島に行き、一対一で戦い、相手を殺すか降参させた方が相手の領土すべて、フランス全土を手に入れるが、住民は殺さず町も破壊しないことにしようと。アーサー王はこの申し入れを良しとし、全面的に受け入れた。フロールが望んだとおり、アーサー王と二人だけで一騎打ちをすることになった。包囲側とパリ側の双方がお互いに取り決めたとおり、それぞれ担保の品と人質とを差し出した。

さてこそ両雄武装して島に上がり、決闘場へと入っていった。住民は震え上がりながらも、男も女も家から外に出て、市壁に登ったり屋根に上がったりして神に祈る。自分たちに平和をもたらす方が勝ちますように、そして戦禍が決して我らの身にふりかかることのないようにと。他方アーサー王側ではその様をしっかり見つめ、耳を澄まして聞き、我らが主君が勝利するようにと栄光の神に祈った。二人の武将が武装して足の速い軍馬に跨がり、楯を高く掲げ、槍を振り回して駆け寄るのを見た者は、これこそ二人の真の勇者だと感嘆することだろう。二人が乗る馬はそれぞれ足の速い名馬で、二人とも立派な楯を持ち、立派な鎧兜を身につけ、いくら目をこらして見ても、どちらが強いかどちらが勝つかを言うのは容易なことではない。見たところいずれ劣らぬ勇者。二人は準備が整うと、二手に分かれて向かい合った。手綱を緩めて拍車をかけ、楯を掲げ槍を寝かせ、二人は真っ向から激しくぶつかり合った。しかしフロールは、彼の馬が逸れたのか、突きに失敗。アーサー王はフロールの楯のど真ん中を突き、彼を馬から遠く槍の長さだけ突き飛ばし、さらに剣を抜いて彼に斬りかかった。勝負がつきかけたそのとき、フロールが立ち上がり、アーサー王目がけて槍を伸ばし、王の馬の胸を突き、心臓にまで突っ込んだ。馬は馬上の王もろとも倒れた。

これを見ていた者たちは騒ぎ出し、ブリトン人は叫びながら武具を取り、休戦が破られそうになった。彼らは川を渡って大虐殺をしかねない勢いであった。そのときアーサー王が立ち上がり、兜をつけたまま楯を持ち上げ、剣でフロールに斬りかかった。フロールも勇敢な強者で、ひるまずただちに剣を高く振り上げ、アーサー王の正面に斬りかかった。フロールは強者で打撃も強く、彼の剣の刃も鋼の頑丈で鋭利なものであった。フロールはアーサー王の兜を割り、鎧を切り裂き、額を切り、血が王の顔を流れた。

アーサー王は負傷して血が流れるのを見ると、ひるむどころか怒り狂い、顔を真っ青にして、幾多の戦いに帯同した名剣エクスカリバーを手に打ちかかり、フロールの頭を割り、肩まで切り裂いた。剣を引いてさらに突くと、フロールは倒れ込んだ。脳漿と血が辺りに流れ散った。兜も高価な鎖鎧もまったく役に立たない。足がわずかに震えていたが、やがて一言も発することなく息絶えた。

町の中の者も包囲側の者も大声を張りあげた。片や嘆き悲しみ、片や歓喜の声。町の者はフロールの死を嘆いたが、城門目ざして駆け寄り、アーサー王とその家来一族を歓迎した。フランス人たちがやって来て、アーサー王に臣従の誓いを申し出るその様こそ見もの。王はこれを受け入れ、和平の保証として人質を受け取った。アーサー王はパリに長く留まり、代官を置き、和平を命じた。王は陣営を二つに分け、二つの部隊を編成した。甥のオエルにその一方を託し、アンジュー、ガスコーニュ、オーヴェルニュ、ポワトゥー地方を征服するように頼んだ。アーサー王自身はブルゴーニュを征服し、できればロレーヌも征服したいと思った。オエルは王の命令どおり忠実に、ベリー、次いでトゥーレーヌ地方を、さらにアンジュー、オーヴェルニュ、ガスコーニュ地方を征服した。ポワチエ侯ギタールは勇猛果敢な騎士であった。おのが領土と権利を守るため、大いに奮戦した。あるときは追い、あるときは逃げ、あるときは勝ち、あるときは負けた。ついに、これ以上負ければ回復不可能と悟り、オエルと和平を取り決めることにした。というのも、塔と城以外には荒らされるべきものは何も残っておらず、引き抜かれるべきぶどうの木も幹も残っていなかったからである。ギタールはオエルの主君のアーサー王に臣従の誓いを立て、王はこれを良しとした。アーサー王はフランスの他の地域も、圧倒的な武力でもって征服した。王に抵抗する者がどこにもいなくなり、フランス全土を平定すると、長く王の傍で仕えてきた老将、智将に報奨金と品物を贈り、国もとに帰らせた。戦いに参加することを望む若い騎士見習いで妻も子もいない者は、九年間フランスで自分のもとに留めた。アーサー王がフランスを治めたこの九年間、いろいろ珍しいことが起こった。多くの傲慢な者の鼻を折り、血気にはやる多くの者をたしなめた。

ある復活祭のとき、パリで多くの友を集めて祝祭を催し、臣下たちが失ったものや荒廃した領地の穴埋めをしてやった。自分に尽くしてくれた奉仕に対し、それぞれ相応の報奨を与えた。忠義で勇敢な家令のキューにはアンジェの町とアンジュー地方を与えた。キューはありがたくこれを受け取った。王のぶどう酒係で側近顧問の一人ベドイエには、当時ネウストリアと呼ばれていたノルマンディを封土として与えた。この二人は王に非常に忠実で、いつも賢明な助言をしていた。フランドル(19)はオダンに、ルマンはその従弟のボレルに与えた。多くの土地を多くの臣下に、それぞれの働きに応じて与えた。また相続放棄領地や小規模の土地は陪臣に与えた。

アーサー王治世の最盛期　（一六二七—二〇七二行）

アーサー王は諸侯に封土を与え側近をみな富ました後、四月になって夏の季節が始まると、大陸を離れイングランドに渡った。王の帰還のその様は見ものであった。男も女も喜びにあふれ、夫人方は殿方に接吻し、母親は息子に、息子や娘は父親に接吻する。母親たちは嬉し涙を流し、従兄弟姉妹同士はお互いに、隣人は隣人同士で、友人は友人同士で接吻し合う。一段落つくとまた喜びを分かち合う。伯母たちは甥たちに接吻し、みな喜びに満ちあふれていた。通りにも広場にも人々があふれ、その様は見るもみごとであった。征服戦はどうであったか、どのように戦ったのか、相手はどうだったか、なぜこれほど時間がかかったのかなど、次々に質問を浴びせる。相手は戦いの様子を語り、戦いがいかに激しく厳しかったか、いかなる艱難辛苦を忍んだか、いかに危険な目に遭ったかを伝えた。

アーサー王は配下の騎士の活躍ぶりを誉め讃え、労をねぎらい褒美を与えた。王はその豊かさを誇示するため、また自らの名声を高めるため、側近の助言に従い、聖霊降臨祭[20]の折に諸侯をすべて集め、自ら戴冠することを決めた[21]。触れを発して、グラモルガンのカルリオン[22]に配下の諸侯すべてを召集した。町には人々があふれ、非常ににぎわっていた。豪華な宮殿が建ち並び、まるでローマのようだと人々は当時言い合っていた。カルリオンはサヴェルヌ川の支流のオスク川に面しており、外から来る者はこの川を通ってくることができる。町の一方は川に、他方は森に囲まれている。川には魚がいっぱいおり、森には狩猟用の獣がいっぱいいる。草原は緑に覆われ、畑はよく耕され肥沃であった。町の中には二つの権威ある教会があった。そのうちの一つは殉教者聖ジュールに捧げられており、修道女たちが神に仕えていた。もう一方の教会は、ジュールの僚友聖アーロンに捧げられていた。そこには教区長がおり、多くの有力聖職者や、天文学の知識のある有能な教会参事会員たちがいた。彼らは天体を観察して、アーサー王がしようとしていることがどのような次第になるかを、王に伝えていた。

その頃カルリオンは繁栄していたが、その後は衰退の一途である。お聞きのごとく、町並みは栄え物資も豊富で、森も草原も緑に富み、町じゅうが繁栄していたので、アーサー王はそこに宮廷を開くことを欲したのである。王はすべての諸侯をそこに召集した。王も伯も侯も副伯も、領主も家来も、司教も修道院長も召喚した。召集された者は、祭日に参上するのと同様に、当然の義務として参上した。スコットランドからは立派に着飾ったアギゼル王が、モレーからはユリアン王とその息子で礼節の士イヴァンが来た。南ウェールズ王のスターテル、北ウェールズ王のカデュアル、アーサー王の覚えめでたいコルヌアイユのカドール、グロスター伯のモリュイ、ギレチェスター伯のモーロン、エレフォール伯のゲルガン、オクスフォード伯のボス、バースのユルジャン、チエスターのキュルサル、ドーチェスターのジョナタ、ソールスベリからアノロー、カンタベリからキマール、シルチェスター伯のバリュック、リーチェスターのジュジェイン、宮廷に多くの身内がいるガルヴィック伯アルガールもやって来た。

ほかにも領地が少なからぬ諸侯が大勢来ていた。アポの息子のドノー、エローの息子のルジェイン、コイルの息子のシュヌー、カテルの息子のカトルーも来ている。クレドの息子のエドラン、トリマの息子のキンブランも来ている。ナゴワの息子のグリフュ、ストンの息子のクンとマルゴワ、エンガンの息子のクロフォとキンカル、エリデュールの息子と言われているキンマル、ゴルベイアン、カンベール、ヌトン、ペレデュールも来ていた。

アーサー王の宮廷で王の傍で仕えている側近の円卓の騎士たちについてはわざわざ述べるつもりはない。身分の低い者も多く来ていたが、その数は数えきれない。司教も修道院長も大勢いた。またこの国の大司教三人も来ていた。それはロンドン、ヨークの大司教とカルリオンの大司教聖デュブリックである。デュブリック大司教はローマ教皇の特使で、信仰の非常に篤い人である。多くの病人が彼の祈りと神への篤い信仰心のおかげで治った。その頃大司教座はロンドンにあり、後にアングロ人が教会を破壊しそこを支配するまで続いていた。

アーサー王宮廷には、名前をあげることができないくらい多くの諸侯が集まっていた。アイルランド王ギロマールもいたが、彼は食糧を多くは持っていなかった。デンマーク王エスキル、ノルウェー王ロト、オルカニ王ゴンヴェもいた。ゴンヴェは配下に多くの海賊をもっていた。

海の向こうからは、ブーローニュに領地を有するリジエ、フランドルからオダン伯、シャルトルからジェラン伯が来ていた。ジェラン伯はフランスの十二臣将など多くの有力者を従えていた。ポワチエ伯ギタール、アンジェ伯キュー、以前ネウストリアと呼ばれていたノルマンディのベドイエ、ルマンからボレル伯、ブルターニュからはオエル伯が来ていた。オエルをはじめとするフランスの者たちは、すべて高貴な気品に満ちていた。武具も服装も立派で、革ひもも美しく馬は肥えていた。

スペインからアンジューを経てアルマーニュのライン河まで、召集を聞いてその祝祭に馳せつけない者は一人として残っていなかった。アーサー王に敬意を表するため、あるいは贈り物を受けるため、王の臣下たちと知り合いになるため、王宮の豪華さを愛でるため、優雅な会話を楽しむため、王に対する親愛の情から、宮廷での権のために来ていた。あるいは単に召集されたから、あるいは封土のため、領主権のために来ていた。

王の宮廷が召集されると、それは見事な集まりであった。町じゅうがとどろきわたり、召使いが行ったり来たりし、家々が借り出され使用に供された。家々があけられ、壁掛けがかけられた。家臣たちに家々が提供され、部屋があけられた。家を割り当てられなかった者には、仮小屋やテントが張られた。

楯持ちたちが儀丈馬や軍馬を連れてくるその様も見事であった。厩舎がこしらえられ、馬を繫ぐための杭が埋め込まれ、馬を引き、馬を繫ぎ、馬の毛に櫛をかけ、水を飲ませ、燕麦、麦わら、干し草が与えられた。

召使いや部屋係があちこちに動き回るその様も見ものであった。マントを広げたり、マントを畳んだり、マントを振ったり、マントを結んだり、玉虫色や灰色の毛皮を運んだり、まるで大市のようであった。(23)

記録が記すところによれば、祝祭当日の朝三人の大司教が、司教や修道院長とともにそろってやって来て、宮殿でアーサー王に戴冠し、その後彼を教会に連れていったとのことである。二人の大司教が両側から王の腕を取って案内し、玉座まで連れていった。アーサー王の前を行く四人の王が持つ四本の剣は、鍔にも柄にも柄頭にもふんだんに金が施されていた。この四人は、王が宮廷を開いたり祝祭を催したりするとき、剣を持って先導する役目であった。一番目の剣はスコットランド王の、二番目は北ウェールズ王の、三番目のものは南ウェールズ王のものであった。四番目の剣を奉持していたのはコルヌアイユ伯のカドールであった。カドールは伯であったが王領を統治しているのと同じくらい威厳のあるものであった。ローマ教皇特使でカルリオンの大司教であるデュブリックが、大司教自身の教会内で戴冠式を執り行なった。

一方王妃の方も非常に丁重にもてなされた。戴冠式に先だってあらかじめ国じゅうの貴婦人たちがこの宮廷に招待されていた。王妃の知り合いの騎士の奥方たち、彼女自身の親戚や友人たち、若き美しき乙女たちが、王妃とともに式を盛り上げるために招ばれていた。王妃は彼女の部屋で戴冠され、修道女たちの会堂に連れてこられた。

大勢の人が集まっており、立錐の余地もない中、四羽の白鳩を持った四人の婦人が彼女を先導した。それは四本の剣を奉持する騎士の奥方たちであった。

王妃の後には、彼女に仕える別の婦人が続いた。格別高貴な婦人たちで、大きな喜びを全身に表していた。みな豪華な服を身につけ、美しく着飾っており、他人よりも美しくあろうと姸《けん》を競っているかのようであった。高価な衣服、高価な装飾品、豪華な長衣、豪華なマント、豪華な首飾り、豪華な指輪、玉虫色や灰色の種々の毛皮、その他さまざまな装飾品を身につけていた。

行列には多くの人が押し寄せ、みんな少しでも前に出ようと押しのけ合っていた。その日のための格別荘厳なミサが始まると、オルガンの音の鳴り響くその様は聞くも見事であった。オルガンの音に合わせた澄んだ歌声が、ときに低くときに高く、上がったり下がったりしながら響き渡った。あちこちの教会に騎士が入ったり出たりするその様も見ものであった。司祭たちが歌うのを聞くためであったり、婦人たちの姿を見るためであったり、一つの教会から別の教会へ、あっちへ行ったりこっちへ来たり、どの教会に一番長くいたのかわからない。聞くものにも見るものにも飽きることがない。たとえ一日じゅう続けても、決して退屈することはないだろう。

戴冠式が終わり、「行け、ミサは終わった」が歌われると、アーサー王は王冠をはずし、それを教会に持っていき、代わりに小さな冠をつけた。王妃も同様にした。二人とも大きな装飾品をはずし、代わりに小さいものを身につけた。王は教会を出ると、食事のために宮殿に向かった。王妃は婦人たちとともに別の広間に行った。

王は騎士たちと、王妃は婦人たちとそれぞれ歓喜のうちに食事をした。それは昔のトロイでのやり方であるが、ブリトン人は今でもその風習を保持している。すなわちみんなが集まって祝祭をするとき、男性は男性と一緒に食事をし、そこには女性は一人もいない。女性は別の場所で食事をし、その場にいる男性は召使いだけである。

アーサー王がテーブルにつくと、その国の慣わしに従って、ブリトン人がそれぞれの地位に応じて王の周りに座る。

キューという名の家令がテンの毛皮を身につけ、王の食事の世話をしていた。千人の立派な家来がそれぞれテンの毛皮を着て、キューを手伝っていた。これら千人が料理を準備し、食器や料理を運んだり、行ったり来たりしていた。

他方ベドイエがぶどう酒蔵を担当していた。彼の指揮のもと千人の若者が、テンの毛皮を着て礼儀正しく、盃や純金製の舟型杯や大型杯にぶどう酒を入れて運んでいた。食事の世話係でテンの毛皮を着ていない者は一人もいなかった。アーサー王の盃を持ったベドイエが先頭を進み、その後に若いぶどう酒係が続き、諸侯にぶどう酒をついでいる。

王妃の方の世話係も、どのような人がどれほどの数かわからないくらいいる。王妃も王妃の側近も、みな豪華なサービスを受けた。

食器類の豪華さと言えば、それは見もの。みな美しく高価なものばかり。供される料理も飲み物もさまざま。それらの名前をいちいちあげることも、その素晴らしさを語り尽くすこともできない。

その頃イングランドは騎士の数においても、立派さや高貴さにおいても、また富の豊かさにおいても、宮廷の優雅さや礼節においても、知るかぎりの近隣諸地域のそれをはるかにしのぐ精華を擁していた。

最も貧しい農民でさえ、他地域の騎士よりも勇敢で品があった。また婦人についても同様であった。賞讃に値することをする騎士で、武具、衣服、装飾品がすべて同一の色で統一されていない騎士は一人も見つけることはできなかった。武具がある色で統一されており、着ている物もそれと同じ色であった。

高貴なご婦人方についても同様に、身につけている物はみな同一の色であった。どのような家柄の騎士であれ、武勇を示す機会が三回もあれば、上品な奥方を必ず恋人として得ることができない騎士は一人もいなかった。かくして恋人を得た騎士は戦いでより強く戦い、騎士の名をあげ、婦人たちも恋人を得て、より優雅になり、より貞節な生を送る。

アーサー王とその側近は食事を終えると、気晴らしに行った。町を出て野原に行き、グループに別れていろいろな遊びに興じた。ある者たちは馬上槍試合で自分の馬の速さを競い合い、また他の者たちは剣の試合や石投げや跳躍を競い合った。ある者は投げ槍試合を、ある者は取っ組み合いをし、それぞれ得意な遊びを楽しんだ。

いずれかの試合に参加し相手を打ち負かした者は、ただちに王のもとに連れてこられ、他の者たちに紹介された。王は自分の持ち物のなかから褒美を与え、受け取った者は大喜びで帰っていった。奥方たちは城壁の上に登り、彼らの試合を見物した。その場に恋人を見つけると、とたんに目つきや顔色が変わる。

宮廷にはまたたくさんの芸人《ジョングルール》、歌手、楽器演奏者がいた。歌謡の歌声やロート弦の響き、新曲の披露、ヴィエル弦の音、小唄やメロディー、ヴィエル弦伴奏付きの短詩、地声による短詩、竪琴伴奏付きの短詩、フレテル笛伴奏付きの短詩、リラ竪琴、小太鼓、シャリュモー笛、シンフォニー弦、プサルテリオン琴、一弦琴、シンバル、コロン弦の音が聞こえていた。

軽業師や男や女の楽師もたくさんいた。ある者は物語や小話を語った。何人かはさいころと盤を求め、運勝負の遊びをしていた。これはならず者のする遊び。多くの者がチェスをしており、一か八かで張っていた(24)。二人ずつの組になって勝負し、片方が勝ち、片方が負ける。賭け金として借金をするが、十一ドゥニエを十二ドゥニエで借りる(25)。賭け金を出す者、賭け金を手にする者、賭け金を取り、賭け金の保証をする。あるときは誓いを立てたり、あるときは自慢したり、あるときはごまかしたり、あるときは不正をする。しばしば怒ったり、しばしば喧嘩もする。しばしば数え間違えたり、しばしばぶつぶつ言う。

二つのさいころを二回投げ、四のぞろ目、一のぞろ目、三のぞろ目、一振りで五のぞろ目、一振りで六のぞろ目、六、五、三、四、二と一のぞろい目で、多くの者が着ているものを剝ぎ取られる。さいころをわが手に握っているものは安心だが、他人が握っているときは心配でたまらない。しばしば心配になって相手に注文をつける。「お前はごまかそうと思っている。よく見えるように投げろ。掌をよく振ってさいころをよく転がせ。わしは高く張るからお前も金をかき集めて賭け金を積め。賭けた！」賭けをしに来たときは着膨れていた者が、終わって帰りは丸裸。

このようにして祝祭は三日間続いた。三日目の水曜日に、アーサー王は新叙任騎士たちに封土を与えた。相続放棄領地を分配し、領地を得るために王に仕えた者に報奨として与えたのである。領主の館や城下町、司教区、修道院を与えた。

他の領地から王との友愛のために来た者には盃、お金など、王の持ち物のなかから高価なものを与えた。娯楽品を与え宝石類を与え、猟犬を与え猟鳥を与え、毛皮を与え着物を与え、盃を与え大杯を与え、絹の衣を与え指輪を与え、長衣を与えマントを与え、槍を与え剣[26]を与え、鋼の矢尻のついた矢を与え矢筒を与え、楯を与え、弓を与え、よく研いだ長槍を与え、豹を与え熊を与え、駿馬を与え鞍と革紐を与え、鎧を与え、軍馬を与え、兜を与え、ドゥニエ貨を与え、銀貨を与え金貨を与え、王の財宝のなかから最良のものを与えた。他の領地から来た賞讃すべき者で、王がその騎士にふさわしい贈り物をしなかった者は一人もいなかった。

アーサー王とローマ――ローマからの使者

（二〇七三―二五七六行）

アーサー王は一つのテーブルについていた。王の周りには伯や王たちがいた。そのとき十二人の、立派な服を身にまとった、白髪白髭の人たちが入ってきた。広間を彼らは二人ずつ並んで、二人ずつ手を取り合って進んできた。十二人は十二本のオリーブの枝を手に持っていた。彼らは一糸乱れずゆっくりとした足取りで、いとも美しくいとも優雅に、広間の真ん中を通って、アーサー王の所まで来て挨拶した。我らはローマからの使者です、と彼らは言った。彼らは一通の手紙を広げ、一人がそれをアーサー王に手渡した。それはローマ皇帝からのもので、内容は次のようなものであった。

「ローマを支配しローマ人を指揮するルキウスは、我の敵アーサー王に、王がどのような処置に値するかを告げる。汝がいかに驕り高ぶり、傲慢にも目をローマに向けたか、我は驚きあきれ、軽蔑してやまない。ローマ人が一人でも生きていると知りながら、ローマに対して戦いをしかけるなどという愚かな考えを、どこの誰から吹き込まれたのか不思議でならない。汝は我らに戦いを挑むなどという大胆不敵なことを行なった。我らは世界の長として、世界を裁くのが当然と考えている。汝はいまだ知らないかもしれないが、今に思い知らせてやる。いまだ理解していないだろうが、今にわからせてやる。すべてに正義を示す権利を有するローマを怒らせるということがいかに重大なことかを。汝は自然の掟を破り、守るべき節度を越えてしまった。汝は自分が何者なのか、どこから来たのかわかっているのか。我らから貢物を取り、我らの領地や年貢を横取りしているが、いかなる正当性があってなのか。なぜ我らに返さない。どんな権利があって差し押さえているのか。これ以上保持し続ければ痛い目に遭うぞ。我々が汝にそれらを手放させることなく、汝が長くそれらを保持し続けることができたら、それは世にも不思議なことだと言えるだろう。それはライオンが羊を見て、狼が山羊を見て、猟犬が兎を見て逃げ出すようなものだ。そんなことは起こりえない。自然がそれを黙認するはずがない。我らが祖先のユリウス・カエサルが――汝は彼を評価しないかもしれないが――実現したことだ。彼がブリタニアを征服し、貢物を得た。我々ローマ人がそれを引き継いだ。周りのその他の島々からも、我らは長い間貢物を受け取ってきた。それを汝は思い上がりから愚かにも、我らから次から次へと奪っていった。我らが受けた物的被害も大きいが、それ以上に大きな恥辱を受けた。汝は我らが武将フロールを殺し、フランスおよびフランドルを不当にも占拠している。汝はローマもその威光も恐れないので、元老院は汝に警告しかつ命じる。八月半ばに万難を排してローマに出頭するように。我らから領地を奪ったことについて弁明せよ。そうすれば汝を非難している我らを納得させることになろう。ぐずぐずしてこの召喚に応じないなら、我はモンジュー峠を実力で突破し、フランスとブリタニアを汝から取り返す。汝は我が攻め来るのを待ったり、フランスを防衛するために我に対して抗戦するとは思われない。我が思うに、汝が海を越えて我らの前に現れるとは思われないし、もし海のそちらに留まって我らを迎撃しようとするなら、どこに隠れていようと、我らは必ず探し出し攻撃し、汝の手足を縛ってローマに連れ帰り、元老院に必ず引き渡すであろう」

この言葉を聞くと大きなざわめきが起こり、みんな怒り始めた。ブリトン人たちの叫び声はものすごいものであった。彼らは神の名において誓った。このような伝言を持ってきた使者たちを懲らしめてやると。使者たちに悪口雑言、非難の言葉を浴びせるところであったが、そのときアーサー王が立ち上がり、みなに向かって言った。「静かに、静かに。彼らに手を出してはいけない。彼らは使者に過ぎない。彼らは主君から命じられて務めを果たしただけだ。彼らがけしからぬことを言ったとしても、決して危害を加えてはいけない」

騒ぎが収まり宮廷が平穏になると、アーサー王は諸侯、諸伯、側近を「巨人の塔」と呼ばれる石造りの塔に召集し、この使者たちに何と答えたらいいかを諮った。諸侯、諸伯がすでに並んで石段を登っているとき、コルヌアイユ伯のカドールが微笑を浮かべて目の前の王に向かって言った。

「以前から恐れていて、しばしば考えてきたことながら、ブリトン人は無為と平穏とからだめになるのではないかと。というのも無為は怠惰を引き寄せ、多くの人をだめにしてしまう。無為は人を怠惰にし、無為は勇敢さを挫き、無為は欲望を目覚めさせ、無為は情欲に火をつける。長い休息や無為は若者を娯楽、享楽、与太話やその他の遊びに走らせる。長い休息や無為は我らの名声を失わさせる。長い間我らは惰眠をむさぼっていたが、主なる神がありがたいことに、我らの目を少し覚ましてくださった。神はローマ人を勇気づけ、我らの国と我らが征服した他の国々に挑戦させられた。もしもローマ人たちが驕り高ぶり、この手紙に書いてあることを実行するなら、我らブリトン人は勇気と実力を披露する栄誉を再びもつであろう。長い平穏を好まなかったが、今後も長い平穏は好まないであろう」

ゴーヴァンが反論する。「伯殿、誓って言うが、貴殿は理由《わけ》もなく動揺している。戦の後の平穏はいいもの、世の中がより落ち着くのだから。享楽はよいもの、恋もまた楽しい。騎士は恋のため、恋人のために武勇を発揮するもの」このような言い合いをしながら、みなは塔に着き席についた。

アーサー王は、一同が席につき自分に注目し聞き耳をたてているのを見ると、しばらく沈黙し考えこんでいたが、やがて顔を上げて言った。「ここにいる諸侯よ、汝らはわが同朋、わが友であり、楽しいときも苦しいときも我とともにあった。激しい戦いのときも、つねに我とともに戦ってくれた。勝利のときも敗戦のときも、つねに我と一緒であった。敗戦にあっては敗者として、勝利にあっては勝者として、我と一緒であった。汝らの助力のおかげで、我は多くの勝利を手にすることができた。わが危難に際し、海を越え山を越え、近くにも遠くにも、汝らを引き連れていったが、汝らは助言においても実行においても、つねに我に忠実であった。何度も汝らを試練に遭わせたが、つねに忠義を尽くしてくれた。汝らのおかげで、近隣一帯を配下に治めることができた。

ローマ人たちが我らに要求してきた手紙の内容、その傲慢さ理不尽さを聞いたであろう。彼らは我らを脅し、困難な目に遭わせようとしているが、神のご加護が我と汝らにあれば、我らはローマ人を追い払うことができるだろう。彼らは物量豊富で、戦闘力じゅうぶんである。それゆえ彼らに何と言うべきか、どう動くべきか、しっかりと理を踏んで熟考しなければならない。物事が予見できるときには、対策も講じやすいもの。矢が飛んでくるのを見る者は、身をひるがえしてそれを避ける。我らに必要なこともまさにそれである。ローマ人たちが矢を射かけようとしているので、我らは被害を蒙らないように備えなければならない。彼らはブリタニアに関して、貢物を要求してきている。他の島々やフランスについても、同様な要求をしてきている。まずはブリタニアに関して、きっぱりと答えよう。彼らはカエサルがそこを征服したと主張している。カエサルは剛腕の持ち主で、軍も強力だったので、ブリトン人は持ちこたえられず、むりやり貢物を出させられた。しかし力が正義とは限らず、むしろ傲慢で理不尽なことが多い。力ずくで手に入れたものは、持ち続ける権利はない。彼らが力ずくで奪ったものを奪い返すのは当然のことである。彼らは我らに損害を与え、大いなる損失と恥辱を与えた。我らの祖先に大きな苦痛とひどい恐怖を与えた。彼らはそれらの地を征服し、貢物や年貢を奪ったことを自慢した。それゆえ我らは彼らをやっつける権利がある。彼らはしたことのお返しを受けるべきである。我らの祖先を憎んだ者を我らが憎み、侮辱した者を侮辱するのは当然である。彼らは我らの祖先に悪事をなしたので、我らはそれを清算する。祖先から貢物を強いたので、貢物を要求する。彼らは我らの世代にも損害と恥辱を引き継がせようとしている。ブリタニアから貢物を受け続けたので、引き続き我らからも受けようと望んでいる。それと同じ論法で同じ理屈から、我らはローマに挑戦し、ブリタニアの領有権を主張することができる。ブリトン人の王ブランとブルゴーニュ侯ブレンヌは二人ともブリタニアで生まれた兄弟同士で、勇敢で賢明な騎士であった。二人はローマに行き、戦ってローマを手に入れた。二十四人の人質を吊し首にし、彼らの親戚の者全員に見せた。ブランは引き上げ、ローマを弟のブレンヌに託したのである。ブランとブレンヌのことはさておき、コンスタンタンのことを話そう。彼はブリタニア出身で、エレンヌの息子である。彼がローマを手に入れ、わがものとした。次いでブリタニアの王マクシミアンがフランスとドイツを征服した。彼はさらにモンジューを越えてロンバルディアに至り、ローマを支配下においた。彼らは二人ともわが祖先である。二人はそれぞれローマを手にした。それゆえよく心得ておいてもらいたいが、祖先伝来を重んじれば、彼らが当然の権利としてブリタニアを手にしていたごとく、我もローマを手にする権利がある。ローマ人は我らの祖先から貢物を得た。そして我らの祖先は彼らから貢物を得た。彼らはブリタニアを要求しており、我はローマを求めている。よって以下が我の考えの結論である。すなわち、相手を征服することができる者が、その土地を手にし貢物を受け取るべきである。彼らの手から我らが奪ったフランスや他の国々については、彼らはとやかく言うべきではない。彼らはそれらの地を守ろうとしなかった。守ろうと欲しなかったのかできなかったのか、あるいはむしろ彼らには権利がなかったのである。なぜなら彼らは不正な欲望からそれらの地を手に入れたのであるから。できる者が手にすべきであって、それ以外の理屈は必要ない。ローマ皇帝は我らを脅しているが、我らに危害を加えることなど、なにとぞ神がお望みにならないことを。我らの土地を奪い、我をローマに連れていくと言っている。そのような脅しなど少しも恐れはしない。神のみ旨にかなうなら、彼がやって来ても、引き上げる前に威嚇の気持ちも萎《な》えさせてくれる。彼が挑戦し、我も挑戦する。すべてを手に入れることができる者が手にすべきだ」

　アーサー王がこのように話し、諸侯に自分の考えを述べたところ、何人かが発言し、何人かはそれを聞いた。王のあとで発言したのは甥のオエルであった。「殿、わが誓いにかけて言いますが、まことに理にかなったご発言。修正すべき点は一つもありません。配下の者を召集しお命じください。ここに来ている我らにも。ただちに海を越えブルゴーニュを越え、フランス(27)を越えモンジューを越え、ロンバルディアをお奪いください。殿に挑戦する皇帝を、殿に危害を加える暇を与えず、恐怖に陥れてやりなさい。ローマ人は無謀な戦いを挑んでいるが、全員打ち負かしてやりなさい。主なる神が殿の味方です。ぐずぐずせずただちに行動を起こし、帝国を殿の手中にお収めください。帝国みずからそれを望んでいます。シビリアが預言に書いたことを思い出してください。彼女は、ローマを力ずくで手にする三人の武将がブリタニアから出るであろう、と預言しました。二人はすでにローマの主となって生を終えました。最初はブランで、二番目はコンスタンタンです。殿が三番目にローマを手にするのです。力ずくでローマを征服してください。シビリアが預言したことが、殿によって実現されるのです。神が望んでおられるのに、なぜそれを手にするのを躊躇しておられるのですか。お立ち上がりくださ い。我らを勇気づけてください。我らはそれを望んでいます。はっきりと言います。我らは打撃も負傷も恐れません。艱難も牢獄も死も。殿の名誉を求めるのみです。殿の必要を満たすべく、我は一万の武装した騎士を殿の軍に引き入れます。殿の軍資金がじゅうぶんでないなら、わが全領地を担保に入れてでも、金銀を集めて差し上げます。殿が必要とされるかぎり、一ドゥニエたりとも残しません」

オエルのあとで口を開いたのは、ロトとユリアンの兄でスコットランド王であるアギゼルであった。「殿、オエルの言ったとおりです。この企てに乗り出されたのですから、ここにいる者たちにおっしゃってください。彼ら殿の臣下のうちの最良の者たちは、ローマからの使者の言葉を聞きました。みな殿のために最善を尽くし、殿を助けるでしょう。殿は彼らの助勢と支援を必要とされています。この国で殿から封土を得ている者は、殿を助ける義務があります。それゆえ全力を尽くすでしょう。私はと言えば、ローマ人と戦うことができるという報せほど嬉しい報せを聞いたことがありません。ローマ人だけは好きにも尊敬する気にもなりません。ローマ人のことを聞いたときから、彼らの傲慢さを憎んできました。何たる恥知らずの輩よ、財宝を集めることしか頭になく、善良なる我らに挑んでくるとは。殿に挑戦してくるとは皇帝も愚かなことをするもの。自分から痛い目に遭おうとするとは。金銀いっぱい詰めたこの塔をもらっても殿に挑戦することなどこりごり、という日が必ず来るであろう。そのような企てを始めたはよいが、結果は後悔するだけだろう。もし彼らが先に始めていなかったら、もし彼らが先に挑戦してきていなかったら、我々の方から始めていたであろう。我々の方から戦いを挑んでいたであろう。我らの祖先の仇を討つために、また我らに貢ぎ物を出せと言う奴らの傲慢を打ち砕くために。我らの祖先が彼らの祖先に代々貢物を納めてきた、と彼らは主張している。しかし我が思うに、我らの祖先は喜んで貢物を捧げたり贈ったりしたのではなく、彼らが力ずくでむりやり奪ったのである。だから我らも力ずくで奪い、我らと我らの祖先の仇を討とうではないか。我らは多くの戦いに勝利してきたし、激しい戦いを何度も制してきたが、ローマ人を倒さなかったら、今までの勝利に何の価値があろう。いまだかつて、飲んだり食べたりしたいという欲求といえども、兜の緒を締め、楯を首に、槍を手に、馬に跨がり、敵と戦い合う自分の姿を一刻も早く見たいという欲求ほど大きくはなかった。もし神のご加護があれば、ああ神よ、手に入れたいと望む者は何という富、何という宝を手にすることでしょう。彼らは決して困窮することはないでしょう。すばらしい財宝を見るでしょう。すばらしい住み処を見るでしょう。すばらしい城を見るでしょう。そして頑丈で足の速い馬も。私はすでにローマに達しローマ人を倒した気分です。ローマ征服に立ち上がろう。ローマ人からその領土を奪おうではないか。ローマを征服し、ローマ人を殺し町を奪ったら、ロレーヌに移って、ロレーヌを征服しよう。ロレーヌとアルマーニュを手に入れ、山脈の向こう側に殿のものでない土地が一つも残らないようにしよう。それを妨げる者は一人もいない。我らは何が何でもすべて奪い取ろう。私は言ったことを行動に移すため、二千人の騎士と、誰もその数を数えることができないくらい多数の歩兵を連れて、私自身殿と一緒に参ります」

スコットランド王アギゼルが話し終えると、みんないっせいに大声で言った。「腰を上げない者、最善を尽くさない者こそ恥を知れ」それぞれが自分の考えを述べたのをアーサー王が聞くと、手紙を書かせて封印させ、使者に渡させた。そして使者たちの労をねぎらい、多くの贈り物を与えた。王は彼らに言った。「ローマに帰ったら言え。我はブリタニアの王であり、フランスも領しており、フランスをローマ人から守るであろうと。肝に銘じるがいい、我は近々ローマに行く。それは貢物を捧げにではなく、ローマ人に貢物を要求するためである、と」使者たちはアーサー王のもとを辞しローマに帰り、アーサー王にどこで会ったか、また王はどのような人物であったか、一部始終詳細に伝えた。アーサー王は非常に寛大で、勇敢かつ賢明で人柄もよく、財宝も豊かであり、彼ほどの出費に耐える者は一人もいないであろう、と。王の部下もまたすばらしく装備も万全。ローマ人が貢物を望んでも無駄。ローマ人こそがそれを支払うべきだと言っている、と。

ローマの諸侯が使者の返答を聞き、彼らが持ってきた手紙の内容が彼らの話したことと一致しているのを確認し、アーサー王が彼らに屈服はせず、むしろ彼らに貢物を要求しているのを知ると、皇帝に進言した。この進言は皇帝の賛意を得た。すなわち、帝国じゅうの者を召喚し、モンジューとブルゴーニュを越え、アーサー王と戦い、彼の領土と王冠を剝奪すべし、というものであった。皇帝ルキウス・イベルはただちに諸王、諸伯、諸侯を召喚し、各自の名誉にかけてアーサー王追跡の準備を整え、十日後に参集するようにと命じた。召喚を聞いた者は、全員意気揚々と参集した。ギリシア王エピストロ、ボエスのエティオン侯、トルコ人の王イルタックが来た。この者は屈強な騎士を従えていた。エジプトからパンドラ王、クレタ島からイポリット王も来た。この者は百の町を配下に持ち、膨大な土地を領していた。シリアからはエヴァンデル王、フリギアからはテウセル侯、バビロニアからはミシプサ、スペインからはアリファティマが来た。メディアからボキュス王、リビアからセクトリウス、ビチュニアからポリディテス、ティリアからクセルセス、アフリカを領し遠くに住むムステンファルが遠路はるばるアフリカ人とモール人を引き連れて、大いなる財宝を携えてやって来た。元老院に籍を持ちローマで力を持つ者のなかからは、マルセルとルキウス・カテル、さらにコクタとガイウス・メテルが来た。そのほか私が名前を知らない多くの諸侯が来た。彼らが全員集合したとき、その数は四十万人に達していた。うち百八十人は馬に乗っており、残りは歩兵と従士であった。すっかり準備が整うと、八月初めにローマを出発した。

アーサー王とモン・サン＝ミシェルの巨人

（一二五七七―一三〇五八行）

アーサー王は宮廷を閉会し、諸侯に助勢を要請した。

全員名前を呼んで集めた。各自はそれぞれの名前で呼ばれた。王の寵愛を得たいと願うなら力を尽くして王を助けるように、各自それぞれが受けている封土に応じて、どれだけの騎士を連れてこられるかを申告するように求めた。アイルランド人、ゴトランド人、アイスランド人、デンマーク人、ノルウェー人、オークニー人が、それぞれの国の流儀で武装した十二万人の兵士を約束した。彼らは騎士ではないので馬の乗り方を知らなかったが、全員徒歩で斧、投げ矢、投げ槍、鉤付き槍などを持っていた。ノルマンディとアンジューの諸侯、メーヌとポワトゥーの諸侯、フランドルとブーローニュの諸侯は、言い訳などせず八万人の武装した兵を約束し、全員最善を尽くしてお仕えする者たちだと言った。その他、フランスの十二臣将と呼ばれ、シャルトルのジェランと一緒にいる有力武将が、さらに千二百人を加えた。各自百人の騎士を約束し、それくらいは当然のことだと言った。甥のオエルは一万人を、スコットランドのアギゼルは二千人を約束した。アーサー王自身の領地であるブリタニアはこんにちではイングランドと呼ばれているが、王はそこから鎖鎧をまとった騎士六万人を出した。弩《いしゆみ》を持った歩兵、従士、射手の数は数えきれない。膨大な軍が集結しているのを見る者が、その数を数えきれないのと同様である。アーサー王はどれだけの部隊を得られるか、どれだけの武装した兵を連れてきてくれるかがわかったので、みなに言い渡し要請した。先に言った日までに、ノルマンディのバルブフルールの港に船とともに集結するようにと。諸侯は暇をもらうと、それぞれ自分の領地に引き返し、連れていくべき兵の準備を進めた。

アーサー王は、甥の一人で武勇に優れた騎士モルドレと妻のグニエーヴルに留守の間の統治を託した。モルドレは名門の出であったが、誠実さに欠けていた。彼は王妃に恋していたが、事は秘められていた。二人がうまく隠していたし、誰が想像できようか、彼が自分の伯父の奥方に恋するなど。自分の一族がみな王から禄を得ている、そのような自分の主君の奥方を。彼は伯父の奥方に恋するなどという恥知らずなことをしている。ああ、神よ、何という不幸なこと、選りにも選ってモルドレと王妃の二人に、王冠以外のすべてを託したとは！

アーサー王はサザンプトンにやって来た。そこに船が集められ、部隊が集結していた。準備を整えて集結している船の様は見るも見事であった。船は錨を下ろし、船は繋がれ、船は係留され、船は波間に浮かび、船はボルトで締められ、船は鋲を打たれていた。綱は張られ、帆が上げられ、渡し板が架けられ、荷の積み込みが始まる。兜、楯、鎧が運び込まれ、槍が立てられ、馬が引き入れられる。騎士と従士が船に乗り込み、ともに呼びかけ合う。残る者と船出する者がお互いに別れの挨拶を交わす。

　全員が船に乗り込み[28]、潮も風も良かったので、錨が上げられ支索が引っ張られ、親綱が結びつけられた。水夫は船上を走り回り、主帆や補助帆を張った。ある者たちは錨を上げ、ある者は風上で、ある者は風下で、帆の綱を締め、船尾には操船する者がいた。彼らは最良の水夫で、親方たちであった。それぞれ操船に尽力し、舵を操っている。舵棒の前の者は左に、後ろの者は右に走る。帆に風をいっぱい受けるため、舳先の帆を前に引き寄せ、縁索《ふちなわ》をしっかり締めつけた。何人かは絞り綱を締め、船がよりスムースに進むように帆を少し下げた。内綱を締めて先帆をたたみ、残りすべての綱を張り、親綱を緩め帆を少し下げた。はらみ綱を引き、風と星を見ながら、風に合わせて帆を動かす。風が上を越して逃げないように、絞り綱をマストにしっかり縛らせた。船は主帆を二、三段縮めた状態で帆走している。最初に船を作り、岸辺も見えない未知の陸地を目ざし、風に逆らって海に乗り出した者こそ真に勇敢な見上げた者。

　アーサー王の部下は喜び勇んで順風を受け、順調に航海を続けていた。真夜中頃バルブフルール辺りを通過していたとき、アーサー王は眠気を催し眠り込んでしまった。眠っている間に夢を見た。東の方の空から一頭の熊が飛んできた。非常に醜く、体は巨大で頑強で、いかにも恐ろしそうであった。また別の方角、西の方から一頭の竜が飛んできた。その両眼からは火を放ち、その強烈な閃光で周りの海も大地も明るく照らし出されていた。竜が熊に襲いかかり、熊は懸命に防戦する。両者は激しく戦い、激しく防ぎ合う。しかしついに竜が熊を両腕で抱え込み、地面にねじ伏せた。しばし眠り込んでいたアーサー王は夢で目が覚め、起き上がった。彼は司祭や諸侯の所に行き、夢で見た熊と竜のことを順序よく話した。それを聞いたある者たちは、彼が見た竜はアーサー王自身のことで、巨大な熊は王が殺すであろう異国から来る巨人のことだと答えた。他の者たちは別の解釈をしたが、やはり王に都合のいい解釈であった。王は言った。「我には別様に思える。それは我々が戦わなければならない皇帝と我との戦いのことであろう。しかし願うは、すべてが創造主の手の内にあらんことを」こう言い終えたとき、夜が明け陽が昇り、すばらしい朝となった。一行は朝早くコタンタン半島のバルブフルールに着いた。着くと大急ぎで船から降り、陸に上がって展開した。アーサー王はそこでいまだ着いていない部隊の到着を待った。いく時も経たないうちに、一つの報せがもたらされた。大きな手足を持った一人の巨人がスペイン方面からやって来て、オエルの姪エレーヌを捕まえ、こんにちモン・サン＝ミシェルと呼ばれている山に連れ去ったというのである。当時はそこに祭壇も礼拝堂もなく、満潮時には陸から離れた島となった。地元の農民や若い騎士で、どれほど勇敢で自信がある者でも、その巨人の潜む所にあえて侵入し戦いを挑んだりするほど勇気のある者は一人もいなかった。地元の者たちが集まり、山伝いにあるいは海からその山に巨人攻撃に行っても、巨人にとっては戦いの名にも値しない。彼らの船を岩にぶつけて粉々にし、多くの者を溺れさせ、多くの者を殺した。みなは巨人をそのままにし、近づこうともしない。多くの農民が家を空にし、妻子と家畜を連れて山に登ったり林に隠れたりする様は凄まじい光景であった。みな死ぬのが怖く、林を抜け、荒れ地を通って逃げていき、戦いなどはすっかり諦め、ひたすら逃げていった。

アーサー王はその様子を聞き、キューとベドイエを呼んだ。前者は家令、後者はぶどう酒係。王は二人以外の者に話す気はなかった。夜になると早々に、この二人と二人の楯持ちに武具を身につけさせ、軍馬を用意させた。王は軍全体を連れていこうとは思わず、この企てをみなに報せるつもりもなかった。みなが巨人討伐のことを知ったら恐れをなすだろうと心配だったのである。王は自分たちだけで巨人を倒すのにじゅうぶんだと自信があり、それだけの勇気をもっていた。一行は一晩じゅう馬に拍車をかけ進みに進み、明け方、山への道があることを知っている岸辺に着いた。そこから山の方を見ると、火が燃えているのが遠くからも見えた。それより少し小さめの山が、先の大きい方の山から遠くない所にあり、その山でも火が燃えていた。アーサー王は迷った。

どちらの山に巨人がいるのだろうか、どちらの山に登れば見つけることができるだろうか。それを教えてくれる人もいなければ、その日巨人を見たという人もいなかった。王はベドイエを呼んで言った。二つの山を探して巨人を見つけるように、そして見つかったら戻ってきて自分に報せるようにと。ベドイエは一隻の舟に乗り、近い方の山を目ざした。満潮だったので舟で行く以外に手がなかった。近い方の山に着いて、彼が陸に上がって登っていくと、山の方から大きな泣き声、悲痛な嘆き声、ため息、叫び声が聞こえてきた。彼ははっきり巨人の声だと怖くなり、一瞬身が震えた。しかしすぐに落ち着きを取り戻し、剣を抜いて進んでいった。勇気を取り戻し、巨人が出てきたら喜んで危険に身を投じようと意気込んだ。命を失うことを恐れるような臆病者ではなかった。しかしその意気込みは無駄であった。頂上に着いてみると、そこには新しく建てられた墓石の上で小さな火が燃えているのみであった。墓は最近建てられたものだった。伯が剣を抜いてそこまで行ってみると、着ているものは破れ、髪を振り乱した一人の老女が墓の傍に佇んでおり、深いため息をつき、エレーヌのことを嘆き悲しみ、大声で叫び、その死を悼んでいた。老女はベドイエを見ると言った。「不幸な者よ、そこにいるお前はいったい何者。ここに来るとは何たる不運。巨人に見つかったらお前は苦しみ、悲しみ、嘆きのうちに今日にも命を終えるだろう。巨人に見つかる前に一刻も早くここを逃げ出し、引き返すがいい」ベドイエは答える。「ご婦人よ、泣くのはやめて教えてくれ。お前はいったい誰でなぜ泣いているのか、この島になぜ残っているのか、この墓には誰が入っているのか、一部始終を聞かせてくれ」老女が答える。「私は不幸ないとも哀れな女、わが乳で育てた乙女のことで私は泣いています。オエル様の姪でエレーヌという名の乙女がこの墓の下に眠っています。私に育てるようにと委ねられたのだが、それが何という不幸なことになったのだろう。せっかく育てたのに悪魔に奪われてしまって、何という不幸な運命。一人の巨人が彼女と私を拉致し、ここに連れてきた。巨人は彼女を犯そうとする。彼女はか弱くそれに耐えることができなかった。巨人はあまりに巨大で、あまりに醜くでかく、重過ぎた。巨人はエレーヌの肉体から魂を奪う。乙女はそれを防ぎきれなかった。何という苦しみ、何という悲しみ。私の喜び、私の楽しみ、私の愛しい乙女を、憎き巨人が恥知らずにも殺してしまった。私は彼女をここに埋葬したのです」ベドイエ伯は尋ねる。「エレーヌを失くしてしまったのなら、どうして行ってしまわないのか」「その理由をお聞きになりたいとおっしゃるのですか。あなた様は礼節をわきまえた立派な紳士とお見受けするので、何も隠そうとは思いません。エレーヌが殺されたとき、私は気が狂いそうになりました。あのような破廉恥な殺され方をしたのですから。それから巨人は私をむりやり残らせ、私を慰みものにしようとしました。力ずくでここに引き止め、むりやり私を犯しました。巨人の力は強く、私にはどうしようもなく抵抗できませんでした。それは私が望んだことでないということは神様がよくご存じ。もう少しで私も殺されるところでした。ただ私はエレーヌより、より頑健で強く、より大きくて丈夫で、より大胆で気が強い。しかし私は体じゅうが痛み苦しんでいます。いつものように彼はその欲望を満たすためにここに来るでしょうが、来たらあなたは逃げることができず殺されるでしょう。彼はあの火を噴いている山にいますが、いつも決まった時間にここに来ます。友よ、早くお逃げなさい。何をぐずぐずしておられる。ここでは何もなさろうとしないように。私のことは放っておいていただきたい。私は嘆き悲しみ続ける。できることならもっと早く死んでしまいたかった。エレーヌの愛情を知ったことこそ不幸だった」ベドイエはこれを聞いて哀れを催した。やさしく彼女を慰めた後、彼女を残して立ち去った。ベドイエはアーサー王のもとに戻り、見たことや聞いたことを報告した。嘆き悲しむ老女のこと、エレーヌが死んだこと、あの火を噴く高い方の山に巨人は住んでいることなどを。

アーサー王はエレーヌのことで胸が痛んだが、彼は臆病でも行動の遅い人でもなかった。引き潮時をねらって仲間を上陸させた。潮が引いていたので、彼らは容易に高い方の山の麓まで来ることができた。そこで軍馬と儀仗馬を楯持ちに託し、アーサー王、ベドイエ、キューの三人は頂上目ざして登り始めた。アーサー王が言う。「我が先頭を行こう。巨人を打ち倒してくれる。お前たちは我の後から来るように。我が一人で戦っている間は、我が必要としないかぎり助太刀は無用。我以外の者が戦うとなると、我は臆病者ということになる。とはいえ、我が窮地に陥ったら、助太刀を頼む」聞いていた二人はこれを了承し、三人は徒歩で山を登り始めた。巨人は火の前に座り、豚肉を火に焙っていた。一部は木の枝に串刺しにして、一部は熾《おき》の上に乗せて焼いていた。口の周りや口髭には熾で焙った肉片がついていた。アーサー王は巨人がこん棒を取る前に不意打ちをかけようと思った。しかし巨人はアーサー王に気がついて驚いて立ち上がり、太くて四角いこん棒を首の高さまで振り上げた。そのこん棒は、農民が二人がかりでも地面からほんの少しも持ち上げることができないくらい重いものであった。アーサー王は巨人がしっかりと立ちはだかり、今にも打ちかかってきそうなのを見て、剣を抜き、楯を持ち上げて頭を覆い、防御を固めた。巨人は山じゅうに響き渡るほど大きく打ち下ろしたので、アーサー王は強い打撃を受けたが、しっかり踏ん張り、よろけなかった。王は強い衝撃を感じたが、ひるまず剣を抜き、腕いっぱいに思い切り高く振り上げ、巨人の額目がけて振り下ろした。剣は両の眉毛を切り、血が流れ目に入った。王としては脳漿をかき出し、二度と立ち上がれないほどの致命傷を負わせたかったところだが、そのとき巨人がこん棒を持ち上げ、顔を背けて王の打撃をうまくかわしたのである。しかしながら王の一撃で顔は血だらけとなり、目が見えにくくなった。巨人は目が見えなくなったと感じ、怒り狂った。猟犬に長く追いかけられたあげく槍で突かれて手負いとなった猪が猟犬に向かって猛然と突進するように、巨人は怒りに燃え、剣をも恐れず王につかみかかった。大きくて頑丈な腕で王をつかみ、膝元に組み伏せた。しかしアーサー王は全身の力をふりしぼり立ち上がった。王は怒りに燃えつつ恐怖感もあったが、驚くほど冷静に作戦を練った。全力をふりしぼって巨人を引き寄せ締めつけた。剛力を発揮し、横に跳びのいて巨人を突き放した。巨人から離れて自由の身となるや、王はここかと思えばまたあちら、巨人の周りをすばやく動き回り、剣を振り上げながら襲いかかった。両の目を血で塞がれて白と黒の区別もつかない巨人は、手探りで向かってくる。アーサー王は前へ後ろへと身を避けながら、エクスカリバーの刃を巨人の脳天に打ち込み、剣を押したり引いたりして巨人を倒した。巨人は大きな呻き声をあげ、どうと倒れたときの物音は、樫の木が強風に倒されたときのようであった。アーサー王は怒りも収まり、高笑いした。少し離れて巨人を見つめ、ぶどう酒係のベドイエを呼んで言った。巨人の首を刎《は》ねて楯持ちに渡すようにと。部隊に持ち帰りその手柄を見せたいと思ったのだ。アーサー王は言った。「実は怖かった。多くの王を苦しめたリトンを除いては、(29) いまだかつて巨人に対してこれほどの恐怖感を抱いたことはない」

リトンは非常に多くの王と戦い、これを倒し殺した。その死んだ王あるいは生きたままの王のあご髭を引き抜き、その髭でマントを作った。髭のマントを作ったリトンこそ殺さなければならない相手であった。ところが大胆不敵にもリトンはアーサー王に、あご髭を引き抜いて自分の所へ送れと言ってきたのだ。アーサー王は他のどの王よりも強く優れているので、その髭をマントの縁取りに使ってやれば名誉なことだろう、というのである。もしリトンの言うことをアーサー王が拒むのであれば、一対一で戦い勝負をつけようというのだ。そして相手を殺すか打ち倒して勝った方がマントを取り、相手のあご髭を引き抜き、マントの縁飾りか房飾りにしようというのである。アーサー王はリトンと戦い、ラーヴ山で彼を倒し、マントを奪い、髭を引き抜いた。それ以来アーサー王は、これほど力が強く恐怖心を抱くような巨人に出会ったことがなかった。

アーサー王が怪物を殺し、ベドイエがその首を切り取ると、彼らは意気高らかに山を下り、部隊に戻り、どこで何をしていたのかを語って聞かせ、巨人の首をみなに見せた。

オエルは姪のエレーヌが哀れで、長い間ひどく嘆き悲しみ、姪がそのような悲惨な死に方をしたことを恥じた。彼は聖母マリアに捧げる礼拝堂を山の上に建てさせた。そのお堂は今ではエレーヌの墓と呼ばれている。この墓にはエレーヌが眠っているので、エレーヌの墓《トンブ》と呼ばれるようになった。エレーヌの遺骸が横たわっているので、トンブエレーヌという名前がつけられたのである。

ローマへの遠征　（三〇五九—四四四七行）

アイルランド人たちが到着し、予定の他の部隊もやって来たので、アーサー王は一日行程(30)ずつ進み、ノルマンディを通過した。いくつもの城や町を通り過ぎていくうちに、みんな王のためにと加わってきて、王の部隊は増大していった。フランスを過ぎ[31]、ブルゴーニュにやって来た。王はまっすぐオータンに行こうと思っていた。なぜなら、ローマ人たちがそこにやって来てその地一帯を占領しているという報せを受けていたからである。ローマを支配しているルキウス・イベルが部隊の指揮を執っているとのことだった。アーサー王がオーブ川[32]と呼ばれる川を渡ろうとしていたとき、農民たちおよび王の斥候たちが報せてきた。お望みとあらばこのすぐ近くにローマ皇帝を見つけることができると。皇帝の居場所と幕屋はすぐ近くに隠されていると。敵の戦士の数、王の数は非常に多く、馬で進む者も大部隊。王がぐずぐずしているとまずいことになり、味方も足りないだろう。こちらの一人に対し相手は四人。戦うことは放棄し、和議を結ばれんことを。アーサー王はいささかも動揺することなく気丈で、神の加護を信じていた。脅しの言葉は今までに何度も聞いてきた。王はオーブ川沿いの安全な場所に小さな城を造った。大人数だったのですぐに出来上がった。城は、武具などをそこに置いておくために、また必要な場合にはそこに引き返すことができるように造られたのだ。そこで王は二人の非常に賢明で雄弁な伯を呼び出した。二人とも高貴な家柄の出で、一人はシャルトルのジェラン、もう一人は正邪の判断に長けたオクスフォードのボスであった。この二人に、長くローマにいたことのあるゴーヴァンも加えた。これら三人はよく知られており評判もよく、非常な知者だったので、アーサー王は三人を呼び、ローマ皇帝のもとに送り伝えさせることにした。皇帝はローマに引き返すように。フランスは我らのもの、足を踏み入れてはならぬ。もし引き返したくないならやって来た初日に、戦いによって、どちらがフランスにより大きな権利をもっているか決めてくれる。自分が生きているかぎり、フランスをローマから守り抜く。ローマ人がその昔フランスを戦いによって力ずくで奪ったと同様に、自分が戦いによってフランスを手に入れたのだ。再び戦いによって、二人のうちどちらがフランスを手にするべきか決着をつけようと。

アーサー王の使者は鎖鎧を身につけ、兜をかぶり、楯を首にかけ、手には槍を持ち、最良の馬に乗って出発した。これらの騎士、これらの騎士見習い、従士の颯爽とした姿こそ見るも見事。彼らは密かにゴーヴァンのもとに行き、ぜひにと頼んだ。宮廷に行ったらそこを辞す前に、長く挑戦し合っている両軍に戦いの火ぶたが切られるように画策してほしいと。両軍が目と鼻の先で対峙しているのに、一騎打ち一つもせずに分かれてしまっては、お互い不名誉なこととなろう。使者たちが山を越え、林を過ぎ、平地を過ぎると、ローマ軍の野営地が見えてきた。彼らが急いでそちらに向かうと、ローマ軍の騎士たちが三人の使者を見つけて、どんな報せを持ってきたのかとテントから出てきた。彼らはどんな内容なのか、和議を調えに来たのかと尋ねたが、使者たちはそれには耳を貸さず、まっすぐ皇帝の所に進んでいった。皇帝のテントの前まで来ると馬を下り、馬を外で預け、皇帝の前に進み出た。使者たちはアーサー王からの要請をそれぞれ分担して皇帝に伝えた。皇帝はそれを終わりまで聞くと、頃を見計らって応える。ゴーヴァンが口を切る。「我々はアーサー王の使いとして伝言を持参した。アーサー王は我らの主君、我らは臣下にして、王の伝言を伝える役目を担わされている。我らを介して王は、汝がフランスに一歩たりとも足を踏み入れることを禁じ、フランスにいかなる介入も許さないことをすべての者に承知せしめるようにと命じておられる。アーサー王がおのが領土としてフランスを領しているし、フランスを守り通すであろうと。王は汝の返事を要求している。もしフランスをめぐって争うというのであれば、戦いが挑まれ、戦いによって決着がつけられるであろう。ローマ人は戦いによってフランスを手に入れ、征服した。アーサー王も戦いによってそれを奪い、戦いによって保持してきた。だから今度も、どちらがフランスを支配下に置くべきか、戦いによって決着がつけられよう。フランスをめぐって争うというのなら、明日、いかなる延期もせず、来られよ。さもなくばお国へ引き返されよ。ここには用がない。ここは我らが取り、汝は失った」皇帝は応える。引き返さねばならない理由などない。フランスは自分のもの、前進あるのみ。フランスを失うなど遺憾の極み。征服できるものは征服する。フランスを征服し、すべてを手にするのが自分の唯一の望みであると。

皇帝の隣にはクインティリアヌスが座っており、言葉を継いだ。彼は皇帝の甥で、高慢で攻撃的な騎士である。「ブリトン人はほら吹きだ。脅しはうまく、自慢と脅迫には長けているが、脅しだけで実行はなし」さらに続けてアーサー王の使者をこけにしようと思ったようだが、そのときゴーヴァンが怒り、剣を抜いて進み出て、その首を刎《は》ね飛ばして仲間の伯たちに言った。「馬に乗れ、早く」二人の伯は馬に跳び乗り、ゴーヴァンも彼らと一緒に、三人はそれぞれ自分の馬に乗り、楯を首に、槍を手にして、ローマ人らに挨拶などせず、一目散に引き返していった。今や陣中大騒ぎ。皇帝が大声で叫ぶ。「何をしている、奴らは我らに恥をかかせた。奴らを逃がすな、捕まえろ」家来たちが叫ぶ。「武器を、武器を！　馬を、馬を！　早く、早く！　馬に乗れ、馬に！　拍車をかけろ、拍車を！　走れ、走れ！」陣中は上を下への大混乱。鞍を置く者、馬をつかむ者、槍を取る者、剣を佩《は》く者、一刻も早く追いつこうと拍車をかける者。三人の伯はときどき後ろを振り返りながら逃げていく。ローマ人たちはてんでばらばらに追いかける。ある者は道路を、ある者は畑を通って、あちらに二人、こちらに三人、あちらに五人、こちらに六人、あちらに七人、こちらに八人、あちらに九人、こちらに十人。そのなかに一人、頑丈で足が速い名馬に乗って先頭を駆けていく者が、仲間を抜いて先を行きながら叫ぶ。「待て、そこを行く騎士たち、止まれ。向かってこないとは卑怯な奴」そのときシャルトルのジェランが振り返り、楯を手に、槍を突き刺し、相手を槍の長さいっぱいに馬から突き放し、言った。「お陀仏め、お前の馬はあまりにも突進し過ぎた。お前などここに顔を出すより、テントの中に残っておればよかったのだ」ボスは仲間のジェランがしたことを見、吐いた揶揄の言葉を聞き、自分も同じようにしたいと思った。馬の頭《かしら》を返し、一人の騎士目がけて突進すれば、相手は恐れず向かってきた。ボスは槍で相手の口の真ん中を突き、首から脊髄まで突き通した。槍を喉に突き刺された相手は、口をあんぐり開けたまま落馬した。ボス伯は叫んだ。「旦那さんよ、槍のご馳走をお口に入れてやらあ。そこでゆっくり横になるがいい。お前の後から来る者をそこで待つがいい。後から来る者に、敵の使者はここを通っていったと言いたまえ」

ローマ生まれでローマ大貴族の家系に連なるもう一人の騎士がおり、ローマ人からマルセルと呼ばれていた。非常な駿馬に乗っており、最後に出発しながらたちまち先頭に出た。ところがあわてて出たので槍を忘れてきた。マルセルはゴーヴァン目がけて手綱を緩め、拍車をかけ、追いついて横に並んだ。ぴったりとくっつき離れない。手を伸ばしてゴーヴァンを捕まえ、生け捕りにしてくれると叫んだ。ゴーヴァンは相手が全速力で追ってくるのを見て、手綱を引っ張り、急停止した。相手は勢いあまって通り過ぎた。その瞬間、ゴーヴァンは剣を抜いて相手の頭目がけて斬りつけ、肩まで切り込んだ。兜は何の役にも立たず、相手は落馬し息絶えた。ゴーヴァンは慇懃に言った。「マルセルよ、地獄に行ったらクインティリアヌスに言うがいい。お前の口から彼に伝えてくれ。ブリトン人は勇敢なりと。彼らは義を重んじ、口先の脅しより実行を好むと」

そこでゴーヴァンは仲間のジェランとボスに呼びかけた。二人とも引き返して、追ってくる敵とそれぞれ一騎打ちをするようにと。二人はゴーヴァンに言われたとおりにし、三人のローマ人を倒した。使者たちはさらに進み、馬は彼らを乗せて全速力で走る。ローマ人たちは一刻の猶予もせずその後を追う。彼らに追いつくと、槍を何度も振り回す。槍で、あるいは剣で使者たちに打ちかかるが、いくら斬りかかっても、三人のうちの一人として、捕まえたり傷つけたり落馬させたりの、いかなる損害も与えることができない。ローマ人マルセルの従弟の一人が駿馬に乗っていたが、道端に横たわっている従兄を見て、大きな心痛を覚えた。三人の使者たちは野原の向こうを並んで駆けていく。マルセルの従弟は彼らの脇を突こうとしたが、ゴーヴァンがこれに気づき、彼に振り返る暇も与えず打ちかかった。彼は槍を落とされ、使うことができなくなった。彼は剣を抜き、腕と手を振り上げ斬りかかろうとしたが、そのときゴーヴァンが相手の振り上げた腕、手、剣を切り払い、野原遠くに切り飛ばした。もう一発お見舞いしようとしたところに、ローマ人たちが駆け寄ってきてそれを防いだ。ローマ人たちが追いかけたが、使者たちは逃げていき、アーサー王が新しく建てた城と彼らとの間にある林の所までやって来た。

アーサー王は六千人の騎士を使者の後から送り、辺り一帯の林や谷の警戒に当たらせていた。使者たちが必要とあらば助太刀するためであった。彼らは林を過ぎた所で、武装した軍馬に乗り、使者たちの警護に当たっていた。そのとき辺りの草原が大勢の武装兵に覆われているのに気がついた。そして自分たちの使者が敵のローマ人に追われているのだとわかり、声を合わせて雄叫びをあげ、追っ手の目の前に打って出た。ローマ人はたちまち後ずさりし、草原に散らばった。深追いし過ぎたことを悔む者もいた。というのもブリトン人の攻撃が激しく、引き返す彼らに打ちかかり、多くの者が捕まり落馬させられ殺されたからである。

ペトレイウスはローマで並ぶ者がないほどの威勢のい い武将で、配下に一万人の武装兵を従えていた。それが彼が指揮する部隊である。彼はブリトン人たちによる待ち伏せのことを聞き、ただちに一万人の武装兵をローマ人救出に当たらせた。部隊を率いてブリトン人を隘路にむりやり追いやり、林の中に追い込んだ。ブリトン人は対抗できず、林に追い込まれ、行き場を失ってしまった。しかし林の中で持ちこたえ、そこで抗戦した。ペトレイウスは彼らを攻撃したが部下を大勢失った。ブリトン人が彼らを林に引き入れ迎え撃ったからである。林の中と入口との殺戮戦は猛烈だった。

アーサー王は送った使者たちの帰りが遅く、その後に送った者たちも帰ってこないので、ヌーの息子のイデールを呼び、千人の騎士を彼に委ね、先に送った者たちの様子を見てくるように言った。ゴーヴァンとボスは果敢に戦い、彼らに同行する者も善戦していた。打ち合いの騒音や叫び声が大きく響いていたところに、ヌーの息子イデールがやって来た。彼の姿を見たブリトン勢は勢いづき、戦いの趨勢を盛り返した。イデールが拍車をかけて鬨《とき》の声をあげると、彼の軍勢は攻撃準備を整え、多くの敵を落馬させ、多くの馬を戦利品として奪い、多くの騎士を地面に叩きつけた。

ペトレイウスはよく持ちこたえ、兵を引いて態勢を立て直す。退却の機を知り、転換の機を知り、攻撃の機を知り、対峙の機を知り、ものの見事にしばしば攻撃し、しばしば退却した。勇敢な相手を見ては勇敢と認め、一騎打ちを望む相手には一騎打ちに応じ、剣での斬り合いを望む相手とは斬り合い、これに耐えない相手は打ち落とした。ブリトン人たちはばらばらで戦い、隊伍を整えようとしない。てんでに一騎打ちを望み、てんでに斬り合いを望み、てんでに手柄をあげようと望むので、しばしば戦列が乱れる。彼らにとっては戦が始まりさえすればよく、戦がどのように展開するかはどうでもいいのだ。ペトレイウスは気性の激しい男で、精鋭の部下を近くに配し、戦の大局も知り、細部も知り、待つを知り、出るを知り、たびたび拍車をかけ、たびたび退き、落馬する味方を受け止めた。彼はオクスフォードのボスに気がついた。ボスは戦の成り行きを見極め、ペトレイウスを殺さないかぎり、あるいは捕まえないかぎり、ブリトン人は損害なしでは引き返せないだろうと見てとった。というのはローマ人はペトレイウスに指揮されているのに、ブリトン人はあまりにも無秩序に彼らに打ちかかっているからである。ボスは最強、最良の騎士のなかから何人かを近くに呼んで言った。「アーサー王に忠誠を尽くす諸侯よ、ものは相談だが、我らは主君の許可を得ず戦を始めてしまった。うまくいけばそれでいいが、もし失敗すれば王に恨まれるであろう。戦いに負ければ戦場の名誉も失い、恥辱にまみれ損害を受け、王の怒りを買うだろう。それゆえ我らはペトレイウスを追いつめ、殺すか生け捕りにしなければならない。殺すか生け捕りにしてアーサー王に渡さなければならない。さもなければ、我らは大損害を蒙ることなくここを出ることはできないだろう。みんな我がやるとおりにやれ。我が拍車をかけて向かう所に拍車をかけろ」聞いていた彼らは、ボスの言うとおりにし、ボスの行く所どこへでも行くと約束した。ボスは供の者の同意を得ると、どの人物が兵を指揮しているペトレイウスなのかを見極めた上、彼を目がけて拍車をかけた。供の者たちも同様に拍車をかけて彼に続き、止まることなく、ペトレイウスが配下の者を指揮しながら馬を進めている一団の所にやって来た。ボスはペトレイウスを認めると拍車をかけ、二頭の馬は激突した。ボスは両腕で相手をつかむと、供の者がいるので安心し、相手と組んだまま馬からずり落ちた。そのあり様は凄まじく、ペトレイウスを両腕に抱えたまま、一団の真ん中で地面に落ちた。ボスは相手を強く締めつけ、ペトレイウスは逃れようと必死にもがく。ローマ人が救援に駆けつけ、槍で突くが、槍はたちまち折れ、槍を失った者たちは鋭く研いだ剣を抜いて斬り合い、ペトレイウスを助け出そうとする。ブリトン人たちはボスを応援する。双方の戦いは凄まじく、猛烈に激しい戦い。兜は割られ、楯は突き通され、鎖鎧は破れ、槍の柄は折れ、鞍から人は落ち、鞍が飛び、人は落馬し負傷し、ブリトン人は彼らの主君の鬨をあげ、ローマ人は彼らの鬨を叫ぶ。両軍あい乱れて、それぞれの将を助け出そうとする。誰がローマ人で誰がブリトン人なのか、ほとんど見分けがつかない。彼らの発する鬨の声と言葉でやっとわかるくらい、それほど両軍入り乱れての大乱戦であった。

そのときゴーヴァンが集団を抜け、剣で道を開けながら進み出た。多くの敵を蹴散らし斬りつけ、傷つけ倒した。彼が斬りかかってくるのを見たローマ人で、ただちに道を開けない者はいなかった。別の方角からイデールがやって来て、多くのローマ人に斬りかかった。シャルトルのジェランも加勢し、二人が力を合わせてペトレイウスに襲いかかり打ち倒したが、勢いあまってボスまで一緒に仰向けに倒してしまった。二人は(33)ペトレイウスを引き離して捕え、散々打ちつけた後、集団の中に連れていき、彼らに委ねた。しっかりと見張りをつけ、自分たちは再び戦い始めた。敵方は船頭のいない舟のように、指揮官がいなくなった。まっすぐ導く者がいないので、風の吹くまま動く。頭《かしら》を失った騎士たちは、舟同様に右往左往する。指揮官を失ったので、防御もままならない。ブリトン人たちは敵を追いつめ、彼らをまとめて打ち倒した。倒れた敵を跨いで、逃げいく者を追いかける。ある者は捕え、ある者は殺し、ある者は身ぐるみ剝がし、ある者は縛りあげた。仲間を呼び、捕虜を連れて林に引き返した。ペトレイウスを捕まえ、他の多くの捕虜とともに彼らの主君アーサー王に献上した。王は礼を言い、もし戦に勝利したら、各人の封土を増やしてやると言った。

アーサー王は捕虜に見張りをつけ、彼らに委ねた。王は側近と協議し、熟慮した結果、捕虜をパリに送ることにした。パリでならじゅうぶんな監視のもとに捕虜を保持できるだろうと考えたからである。というのも、このままここに捕虜を留めていたら、何かのはずみで逃げられはしないかと恐れたからだ。その役を誰に託そうかと考えた末、カドール、ボレル、リジエとぶどう酒係のベドイエの、四人の高貴の家柄の伯に託すことにした。王は彼らに、朝早く起きて捕虜を連行するように、そして身の危険がなくなる安全な所まで連れていくようにと命じた。

ところがローマ皇帝は斥候からたちまちこの報せを受け、捕虜を連行する者たちが朝早く出発することを知った。そこで一万人の騎士に馬に乗るように命じ、夜中じゅう駆け、先回りして捕虜を救出するようにと言った。リビアのセクトリウスが首班に指名され、ほかにシリア王のエヴァンデル、ローマのカリティウス、カテルス・ギティウス(34)が任命されたが、四人とも広大な封土を領する、戦に長けた者ばかりであった。彼らが先頭にたってその他の者を指揮するようにと選ばれ、捕虜救出の任を命じられた。一万人の武装兵が夜出発し、一晩じゅう馬を進めに進め、パリへの道に到達した所で、待ち伏せ攻撃をしかけるのに絶好の場所を見つけ、そこに密かに身を隠した。

夜が明けると、アーサー王軍の一隊は待ち伏せを警戒しつつも、安心して馬を進めていた。彼らは二組に分かれており、カドールとボレルの率いる部隊が先頭を進み、リジエ伯とベドイエが捕虜を警護しながら、五百人の武装兵とともに続いていた。捕虜たちは両手を背中で縛られ、両足を馬の腹の下に固定されて連行されていた。先発隊がローマ軍が待ち伏せている所にさしかかるやいなや、ローマ軍がいっせいに飛び出し、上を下への大混乱となった。片や激しく攻めかかり、片や見事に防戦する。ベドイエとリジエは大乱戦の物音に気づき、打ち合いを目にし、捕虜を乗せた馬の歩みを止めさせ、安全な場所に移して捕虜を楯持ちに委ね、しっかり見張るように命じた。それから拍車かけかけ馬を進め、味方が戦っている所にやって来ると、その剛腕の働きぶりを見せつけた。ローマ軍はここかしこと拍車をかけるが、ブリトン人を打ち倒そうというよりは、捕虜を救出する方により熱心だった。ブリトン軍は足並みそろえて拍車をかけ、足並みそろえて隊伍を整え、足並みそろえて攻めたり引いたり、足並みそろえて防戦する。片やローマ軍はあちらこちらと駆け回り、あちらこちらに捕虜を探す。捕虜を探すのに熱心なあまり、多くの味方を失った。ブリトン勢は四つの部隊を編成し、隊伍を整えた。カドールがコルヌアイユ人を率い、ベドイエがエリュポワ人を、リジエは自分の部下で一部隊を編成し、ボレルはメーヌ人を率いた。ローマ軍のエヴァンデル王は味方の兵力が減少したのを見て、残った兵を集めた。捕虜の所までたどりつけないので、全員をまとめ、秩序よく攻撃するようにと指示した。すると今度はローマ軍が優勢となり、ブリトン勢が劣勢となった。ローマ軍は敵を苦しめ多くの者を捕え、四人の最良のブリトン武将を殺した。イデールの息子のエールは勇敢な優れた騎士だったが、殺された。ほかにイレガル・ド・ペリロン――彼ほど勇敢な武将はいない――エリデュール・ド・タンタジェル――両親は彼の死をひどく悼んだ――モリック・カドール・カナネ――彼がブリトン人かウェールズ人か知らないが――も死んだ。味方にとって必要不可欠な優れた伯ルマンのボレルは勇敢によく持ちこたえ、部下を必死に鼓舞していた。しかしエヴァンデルが彼に打ちかかり、槍の先を彼の口に突き刺した。ボレルはこらえきれずに落馬した。

　ブリトン軍は味方の被害の大きさに恐れをなした。味方一人に対しローマ人は七人。ローマ軍は彼らに襲いかかり、もう少しで彼らを殺すか捕虜とするか敗走させ、ローマ人捕虜を失うところだったが、そのとき先遣隊を率いていたポワチエ王ギタール[35]が、ローマ軍の一部が捕虜救出に向かったという報せを聞き、三千人の騎士と馬糧徴発兵や射手とともにそちらに馬を走らせた。ローマ軍はブリトン軍に襲いかかり、混乱に陥れていたが、そこにギタールとその配下の部隊が槍を水平に構えて突撃し、百人以上を落馬させ、二度と起き上がれないようにした。ローマ軍はみな仰天し、まずいことになったと思った。アーサー王が全部隊を引き連れてやって来たと思ったのだ。味方がかくも多く倒されるのを見て、窮地を脱する希望はないと思った。ポワトゥー人がローマ軍を攻撃し、ブリトン人もこれに加勢した。両軍が協力し合いローマ軍を痛めつける。ローマ軍は踵を返し逃げていくが、身を守ることも隠れることもできない。自軍の陣地以外に安全な場所はないので、そこへ逃げ込もうとするが、ブリトン人がそうはさせじと追いかけ、捕まえ容赦なく倒す。ローマ軍のエヴァンデル王とカテルス王が五百人以上の者とともに討たれ、殺された。何人かは殺され、何人かは捕まった。ブリトン人は、捕まえたいと思うだけ、捕まえることができるだけ、ローマ人を捕まえて戦いの場に戻ると、そこでは依然として戦いが続いていた。彼らは戦場の中を探し、ルマンの名伯のボレルとその家来の遺骸を見つけた。伯は血まみれになって横たわっており、息絶えていた。彼らは負傷者を担ぎ出し、死者を埋葬した。アーサー王に指名された者たちは、命令どおり以前からの捕虜を受け取り、パリへと護送した。新たに捕虜とした者はしっかりと縛り上げ、彼らの城へと連行し、主君に差し出した。彼らは待ち伏せに出会った次第を報告し、ローマ軍と戦い必ずや打ち負かす、と口をそろえて誓った。

ローマ皇帝はこの戦いで自軍がひどい損害を受けたこと、エヴァンデルが殺されたこと、多くの者が捕えられたことを知った。合戦の火ぶたが切られ、味方の軍勢が混乱しており、しばしば窮地に陥り、勝ち目がないのを見て大いに動揺し、苦悶の色を浮かべた。熟慮に熟慮を重ね、戦いに打って出てアーサー王と戦うべきか、それとも後から来るはずの味方の後続部隊を待つべきか、大いに迷った。このまま戦っても勝ち目はないので、戦いには消極的であった。そこでラングルを通ってオータンに向かうことにした。部隊に出発の命令を下し、夕刻遅くラングルに着き、町なかと周囲の谷間に野営した。ラングルは山の上にあり、周りは谷に囲まれている。アーサー王は彼らが何をしようとしているのか、どこに行こうとしているのか、また援軍を得るまで彼らは戦うつもりがないのだとすぐにわかった。王は彼らが自分の近くで安全に野営するのを望まなかったので、できるだけ密かに部下を集めた。ラングルを左手に見ながら彼らの右手に回り、ローマ皇帝に先んじ、オータンへの道を遮断しようと思った。王は夜明けまで一晩じゅう、部隊とともに林や草原を行軍し、ソーシという名の谷にやって来た。オータンからラングルに行く者は必ずこの谷を通るのである。

アーサー王は臣下に命じて部隊を武装させ、いつなんどきローマ軍が現れても、ただちに迎え撃つことができるように備えさせた。馬具などの装備や戦闘に無用の雑用係は山腹に控えさせ、戦闘部隊のように見せかけ、これを見たローマ軍がその数の多さに仰天するように配置した。

アーサー王は六六六六人のいずれ劣らぬ強者から成る一部隊を、林の中の右側か左側かわからないが、小高い丘の上に配した。グロスター伯のモリュイがこの部隊を指揮していた。王は彼らに言う。「ここに留まり、絶対に動かないように。我に必要が生じたらここに戻り、汝らの助力を得て他の者たちを守る。もしもローマ軍が乱れたら、ただちに拍車をかけて攻撃し、一人残らず殺してしまえ」彼らは答える。「そのとおりにいたします」

王はそれからもう一つ別の部隊を編成した。高貴な家柄の臣下で、兜をかぶり馬に乗った者たちで、王は彼らをより目立つ所に配置した。指揮は王自身が執った。彼らは王自らが育て上げた側近の臣下たちであった。王は中央に紋章の竜旗を置かせ、軍旗の代わりとした。残りの者で八つの軍団を編成し、それぞれに二人の指揮官を任命した。半数は馬に乗り、半数は徒歩であった。彼ら全員に命じて言った。馬に乗っている者は、徒歩の者がローマ軍と戦っているとき、ローマ軍の横へ回り、横からローマ軍を攻撃するようにと。それぞれの軍団にあらゆる種類の武器で武装した五五五五人の騎士が斜線状に配置された。八つの軍団は四軍団ずつに分け、四軍団は前に、四軍団は後ろに配置し、その間の中央部分には、背が高くそれぞれ立派に武装した兵を配した。第一部隊の先頭にはスコットランドのアギゼルとコルヌアイユのカドールが配され、第二部隊はボスとシャルトルのジェラン伯が指揮を執り、第三部隊は立派に武装し、よく統制がとれていた。これはデンマーク王エスキルとノルウェー王ロトに託された。第四部隊はオエルと勇敢な騎士ゴーヴァンが指揮を執る。これら四部隊の後ろに別の四部隊が戦闘準備を整えている。一つの部隊は指揮官キューとぶどう酒係のベドイエに委ねられた。ベドイエはエリユープ人部隊を、キューはアンジュー人とシノン人部隊を指揮した。次の部隊はフランドル伯オダンとポワチエ伯ギタールに託されたが、二人とも喜んで指揮を執る。リーチェスターのジュジェイン伯とドーチェスターのジョナタが第七部隊を引き受けたが、二人ともベテラン指揮官であった。セストル・クルサレム伯とバースのユルジャン伯が第八部隊を指揮した。アーサー王は彼らに全幅の信頼をおいていた。王は腕前の優れた従者、射手、勇敢な弩《いしゆみ》射手を、側面からじゅうぶんに射ることができるように、部隊の両方の外側に配置した。これらすべての者は王より前におり、王は側近とともに部隊の後ろにいた。アーサー王はこのように部隊を編成した後、王が養成した若者や諸侯とその息子たちへ次のように言った。

「諸侯よ、汝らの活躍ぶり、その偉大な勇気、莫大な征服を見るにつけ、我は非常に満足している。汝らはいつも勇敢であったし、相手にどれほど苦難となろうと、汝らの武勇はつねに増し輝き続けた。つくづく思うに、汝らと汝らの仲間のおかげでブリタニアは三十もの地域の主となり、現在に至っている。そのことを嬉しく思い光栄に思うと同時に、汝らはさらに征服し、さらに領土を手に入れるであろうことを、神の名において確信している。汝らの勇気と剛腕によって二度までローマ人を打ち負かした。言っておくが、わが心が我にきっぱりと予言している。今日汝らはローマ人に打ち勝ち、かくして三度目の勝利を収めるであろうと。汝らはデンマーク人を征服した。汝らはノルウェー人を征服した。汝らはフランス人を征服し、そのフランスを、ローマ人に有無を言わさず、保持している。汝らは最強の敵を倒したのであるから、それより弱い敵を倒すのは当然である。彼らローマ人は属国を欲しており、フランスを取り戻し、汝らから貢物を得たいと思っている。彼らはこの地の人間も、東方から連れてきた者と同じだと思っている。しかし汝ら一人で彼ら百人に値する。恐れることはない。彼らはせいぜい女みたいなものだ。神を信じること。絶望は無用。ほんの少しの勇気でやすやすと勝利するであろう。一人も欠ける者がいないように。一人も逃げ出す者がいないように。各自の働きぶりをしっかり見よう。誰が一番よく戦うか、戦場いたる所で拝見しよう。援護が必要な者の所にはいつでも行こう」

王の言葉が終わると、それを聞いていた彼らは全員声を一つにして応える。勝利することなく戦場から離れるくらいなら死んだ方がましだと。彼らは誠心誠意誓いを立てて約束した。命をかけて王に尽くし、どこまでも王と運命をともにすると。

ルキウスはスペイン生まれで、ローマ人の親戚がたくさんあった。今を盛りの年齢で、三十を越えてはいるが四十歳以下であった。勇敢で大胆な武将で、これまでに多くの武勲をあげていた。その才知と剛腕によって彼は皇帝に選ばれていた。早朝ラングルを発ちオータンに向かおうとしていた。全部隊が出発し、長大な隊列をなしていた。そのとき、アーサー王が彼の前に待ち伏せを配していることを知った。戦うか引き返すかしかない。臆病者とみられるといけないので、引き返すことはしたくなかった。そうかと言って、敵と戦えば損害は甚大であろう。戦うことと退却することは両立しない。

そこでルキウス皇帝は諸王、諸公、諸侯および元老院の面々二百人以上を集めて言う。「偉大な長老よ、よき臣下、よき征服者よ、汝らは多くの領土を征服して手に入れたよき祖先の血を受け継ぐ子孫である。祖先のおかげでローマは世界に冠たるものとなり、ローマ人が続くかぎり冠であり続けるであろう。祖先が築いた偉大な帝国を、汝らの時代に衰退させるのは恥である。彼らは立派であったし、汝らも然り。勇敢な父に勇敢な子あり。汝らそれぞれの父親は立派だった。その立派さが汝らにおいても輝かんことを。汝らは父親たちに負けないよう最善の努力をしなければならない。父親の遺産を失い自らそれを放棄し、父親が汝のために獲得してくれたものを手放す者は恥さらしだ。言っておくが、我は汝らが劣った者になったとは思わない。父親たちは立派だったが、汝らもまた立派で勇敢だ。諸侯よ、我が見、汝らも見るように、オータンへの近道は塞がれているのが明白で、戦いなしでは通り抜けられない。どこの追い剝ぎかどこの新参の盗人か知らないが、我が汝らを導こうとしている道を我らの前で塞いでいる。奴らは我がこの地を放棄し逃げ出すと考えておる。ところが我は奴らに先んじて進むつもりだ。奴らは我らに打ちかかってくる。武器を取って備えよ。奴らが待ち伏せするなら戦おう。退却するなら追いかけよう。奴らの横暴に歯止めをかけ、奴らの戦う力を打ち砕こう」ローマ軍は戦闘態勢に入り、隊列を整えた。キリスト教徒の王や侯に混じり異教徒の諸侯もいた。ローマから封土を得ており、それゆえローマに忠誠を尽くしている。彼らは三十人単位、五十人、六十人、百人単位、数百人、数千人単位の騎士から成る部隊に編成されていた。ある者は馬に乗り、ある者は徒歩で、いくつかの部隊は山手に、他の部隊は谷間に配置されていたが、集結してアーサー王の部隊に打ちかかった。片やローマ軍は谷側から攻め込み、片やその正面にはブリトン人部隊が陣を張っていた。今や多くの角笛やラッパが吹き鳴らされ、双方の部隊は詰め寄り、ゆっくり前進し次第に近づいた。戦闘開始のその様は見るも激しいものだった。弓矢は放たれ、投げ槍が投げられ、顔を上げ目を開けていることもできないくらい。矢が雨霰《あられ》と降り注ぎ、大気が震え、空が覆われている。やがて槍の突き合いで槍が折られ、楯が突き破られ、槍の打撃で首にかけている楯が割られた。双方白兵戦となり、研ぎ澄まされた剣で打ち合い、戦闘は激しさを増す。これほど血みどろの激しい戦いは見たことがない。戦う気のある者にはいくらでも機会があり、度肝を抜かれた臆病者や愚者はお呼びでない。一方が打ちかかれば他方が防ぎ、双方の激しい戦闘で、戦場が地響きをたてて震えるのがご覧になれるだろう。一方が隊列を組めば他方がそれを崩し、一方が行軍すれば他方がそれを防ぎ、片や打ちかかり片や攻め入り、片方が進めば片方がそれを阻み、ある者は落馬しある者は踏み止まり、槍の柄が折れそのかけらが飛び散り、剣が抜かれ楯が持ち上げられ、強者が弱者を打ち倒し、生者は死者の上を踏み歩き、馬の腹帯が切られ胸当てがちぎられ、鞍が無人となり馬が逃げ出す。長い間お互いに戦い、長い間打ち合い、ローマ軍も退却せず、かと言ってブリトン人に勝りもせず、どちらが勝利するのか見分けるのは容易でない。そのときベドイエとキューーが率いる部隊が近づいてきた。二人は、味方が優勢にはなっておらず、ローマ軍が踏ん張っているのがわかった。二人は怒りと憎悪に燃え、自軍を集結させ、ローマ軍の最も集結している所に襲いかかった。ベドイエが立派に戦えば、キューーも立派に戦う。ああ神よ、王の宮廷に何とふさわしい勇者であることよ。何とすばらしい家令、何とすばらしいぶどう酒係。二人は剣を抜いて戦っている。ああ、二人がもう少し生き長らえますように！　二人はこれまで多くの勲をたててきたが、さらに加えるだろう。二人は敵が密集している所に割って入り、次々になぎ倒していった。味方の大軍も加わり激しく打ちまくり、猛烈な打撃を加え、多くの敵を殺したり傷つけたりした。ベドイエは敵の大軍に打ちかかり、いっこうに攻撃の手を緩めない。片やキューーも息もつかずに攻めまくり、多くの敵を倒した。もし二人がもう少し早く引き上げ、彼らの部下と一緒に撤退していたら、ブリトン人たちが彼らに合流し、他の応援部隊もやって来て、大勝利、大武勲をあげ、死ぬことはなかったであろうに。しかし二人は野心があり過ぎ、血気にはやり過ぎていた。二人は節度なく、戦いに勝利しようと望んでいた。己の力と率いている味方の数を過信していた。二人はメディアの王、異教徒のボキュスが率いる部隊と出くわした。ボキュスは勇敢で大部隊を率いていた。ベドイエとキューーの二人の伯はこの大部隊をものともせず向かっていった。戦いは、片や異教徒サラセン人、片やエリュポワ人とアンジュー人の間でいよいよ激しく、どちらも譲らない。ボキュス王は槍を手にしており、彼が戦いに入ってきたことこそ不幸のもと。彼は二人の伯に打ちかかり、ベドイエの胸を突き胴体を貫き、穂先が体の向こうに出る。ベドイエは落馬し、心臓が止まり魂が抜け出た。イエスがそれを受け止められんことを！ キューはベドイエが死んだのを見て、彼を運び出そうと思った。キューにとって大事なかけがえのない戦友である。部下全員とともにメディア勢の中に割って入り、その場を空けさせた。しかしベドイエの遺体を取り上げるのに時間がかかっている間に、セクトリウスという名のリビア王が近づいてきた。彼はみなから一目置かれ、地元から連れてきた異教徒の大軍勢を率いていた。彼らはキューに致命傷を負わせ、キューの部下を大勢殺した。彼らはキューに激しく打ちかかり傷を負わせたが、キューはベドイエの遺体をしっかり保持していた。キューの部下の残った者がキューの救助に駆けつけ、ローマ軍が望もうが望むまいが、キューを竜の軍旗のもとまで運んでいった。

伯父を非常に大事にしていたベドイエの甥のイルガスが親戚、友人のなかから三百人を選び、鎧兜をつけさせ、剣を佩《は》かせ、強い駿馬に乗せ、一隊を編成して言った。「我について来い。伯父の死の仇を討ってやる」こう言うとローマ軍に近づき、メディアの王を探し、その軍旗で居場所をつきとめた。その部隊目がけて拍車をかけ、アーサー王の鬨《とき》の声をあげながら攻め込む様は、冷静さとはほど遠く、まるで狂った者のようであった。頭の中には伯父の仇を討つことのみで、誰をも何をも恐れていなかった。彼の部隊も彼と行動をともにし、楯を取り槍を寝かせて、多くの敵を殺して倒し、倒れた者を踏み越え、ベドイエを殺した王の部隊に襲いかかった。名馬のおかげで、またよき家来の助けで、イルガスは彼らを右へ左へと導く。敵の軍旗まで休まず進み、そこにボキュス王を見つけた。イルガスは彼に狙いを定め、馬をそちらに向け、群衆の中に割って入り、ボキュスの頭に斬りつけた。イルガスは剛腕で打撃は猛烈、刃は鋭く頑丈であった。ボキュスの兜を割り、鎖鎧の頭覆いを切り裂き、肩まで斬り込んだ。ボキュスの心臓から魂が抜け出た。イルガスは腕を伸ばしてボキュスの体が落ちるのを受け止め、逆さまのまま引き寄せて自分の馬に乗せ、自分の前に置いた。彼の馬はいななかった。馬上の騎士イルガスは意気盛んで、馬は精悍であった。イルガスは異教徒やローマ人の攻撃を避け、味方の部隊の所に引き返した。味方の部隊は彼に道をあけ、彼はその中を割って進み、伯父の遺骸の所までボキュスの死体を持ってきた。それをさらに切り裂き、部下に向かって言った。「勇士の息子たちよ、来たれ。ならず者、淫売の息子のローマ人を殺そう。神を畏れず神を信じない輩が、我らと我らの仲間をせん滅しようとこの地に踏み込んできた。立て、異教徒を滅ぼそう。彼らに味方するキリスト教徒をも。汝らの腕を試すときだ」そこで一同は戦場に戻り、大声で叫びながら再び激しい戦闘を繰り広げた。兜は割れ、槍は折れ、剣は火花を散らした。ポワチエの名侯ギタール[36]は臆病とは無縁で、一人で奮闘しアフリカの王に向かっていった。両者激しく打ち合い、アフリカ王が落馬し、ギタール伯[37]はそれを飛び越え、アフリカ王の息の根を止めた。

　ブルージュとランを領するフランドル侯[38]のオダンは、スペイン王アリファティマの部隊に斬りかかっていった。両者激しくぶつかり斬り合ったので、アリファティマは殺されたが、オダン伯[39]も殺された。ブーローニュ伯のリジエはバビロニアの王と戦ったが、どちらが勝ったかわからない。お互いに激しく打ち合い、伯も死んだが王も死んだ。さらにバリュック、キュルサル、ユルジャンの三人の伯も死んだ。三人の伯はそれぞれ大軍を率いていた。ユルジャンはバースの領主、バリュックはシルチェスターの伯、キュルサルはウェールズに接するチェスターの伯であった。この三人はたちまち殺されてしまったが、両軍はなおも戦い続ける。

　三人に指揮され軍旗に従っていた部隊は、ゴーヴァンと彼の盟友オエルが率いる部隊の方へと退却した。この二人ほど善意と礼節を備えた騎士の華はいなかった。フランスのブルターニュの部隊が主君オエルの後に従っている。彼らは勇敢で恐れを知らず、どれほど大きな敵の部隊にもひるまない。どこでもかしこでも突き進み、以前味方に襲いかかり大量に殺したその敵を倒し、手足をばたつかせて敗走させた者たちである。彼らは大部隊で激しく攻撃しながら、金の鷲が先端に乗っている敵の軍旗の所まで来た。そこには皇帝とその重臣たちがいた。皇帝の周りにはローマの優れた騎士たちが陣取っていた。思うに、それはいまだかつてご覧になったことがないような激しい戦闘であった。オエルの部隊に所属する、武勇に秀でた騎士トリゲル伯のキンマルクは、ローマ軍に大きな損害を与えた。ところがローマの歩兵の一人が彼を長槍で突いて殺し、彼の部下の二千人のブリトン兵も殺した。しかし三人の高貴な騎士は難を免れた。一人はジャギュという名前でボロアン出身、二人目はリトマルチュス、三人目はボルコヴィウスという名前であった。部隊のなかには彼らの腕前に匹敵するような者は六人もいなかった。もしも彼らが王か伯であったなら、彼らの武勲は必ずや末代まで語り継がれたことだろう。三人はまことに剛の者であった。ローマ人目がけて激しく挑み、手当たり次第に、あるいは槍で、あるいは剣で斬りかかったので、命を落とさない敵はいなかった。彼らは味方の部隊の前に出て、ローマ皇帝軍部隊に斬り込んだ。ところがローマ軍は彼らに襲いかかり、三人ともまとめて殺してしまった。

オエルとその従弟のゴーヴァンとは、ローマ軍が味方を激しく殺戮するのを見て、全身怒りに震えた。仲間の仇を討つために敵をせん滅せんと、二人は解き放たれたライオンのごとくローマ軍に斬りかかり、敵部隊を崩しにかかった。二人は激しく打ちかかったが、ローマ軍もよく防戦する。多くの打撃を蒙ったがよく打ち返した。よく二人はよく持ちこたえたが、打たれもした。相手も持ちこたえた。よく攻撃したが、攻撃されもした。よく突撃したが、突撃されもした。ゴーヴァンは怒り狂い、攻撃の手を緩めない。いつまでも新しい力に満ち、疲れを知らない。彼は、皇帝を見つけ出して戦おうと、ローマ軍をかき分け、激しく追いかけた。奮戦に奮戦を重ね、激しく攻撃し、ときには引き、ついに皇帝を見つけた。二人はあいまみえ、皇帝はゴーヴァンを認め、ゴーヴァンも皇帝を認めた。二人は猛然と突進し合ったが、二人とも持ちこたえ落馬しなかった。皇帝はがっしりとした体格で、腕っぷしも強く鼻息も荒く、戦いの才に長けていた。彼はかくも名高いゴーヴァンと一戦まみえることができるのを非常に喜び満足していた。この一戦をうまく切り抜けることができれば、ローマに帰って自慢できるだろうと思った。両雄それぞれ腕高く楯を持ち上げ、激しく打ち合った。二人ともよく持ちこたえ、押し返し合い、接近戦を繰り広げた。一方が他方を激しく追いつめ、他方が一方を強烈に打った。一方の楯は割れて飛び散り、剣は火花を散らす。一方が他方の上になったり下になったり、互いに譲らない。もし戦場に彼らだけであったら、どちらかが倒れ勝負がついていただろう。しかしローマ軍が応援に駆けつけ、金の鷲のもとに続々と集まり、皇帝を助け出した。もう少しのところで彼らは皇帝を失うところであった。ブリトン人を後退させ、戦場を奪回した。

アーサー王は味方が後退し、ローマ軍が勢いを増し戦場を奪還したのを見て、もはやこれ以上待つことはできも望みもしなかった。王は味方に向かって叫んだ。「何をしている。前進だ。汝らの守護者として我がここにいる。敵は一人残さず生きて逃すな。我こそは汝らの指揮者アーサー王なり。どんな敵が来ても決して戦場を離れはしない。我が先陣を切る。我に従え。戦いを放棄する者などあってはならぬ。かくも多くの土地を勝利した汝らの勲を思い起こせ。我は命を惜しんでここを逃げ去ることはない。我はここで勝ち抜くか死ぬかどちらかだ」アーサー王の戦いぶりこそ見もの。敵を倒し、敵を殺す。兜を割り、鎖鎧を斬り、敵の頭、胴体、腕を切り飛ばす。手に持つエクスカリバーは血だらけ。王の手が届く者はみな殺された。王の戦いぶりを正確に描くことは私にはできない。一振りごとに一人を殺す。まるで飢えたライオンが獲物を手当たり次第に殺すように、偉大なアーサー王も同様に敵の馬も人も生かしてはおかない。王に斬られたり負傷させられた者はもう医者は不要。どんな小さな打撃でも王の打撃を受けた者は助からない。アーサー王に追われた者は、まるで狼に追いかけられた羊のように逃げていく。王はリビア王に追いついた。名はセクトリウスと言い、富者であったが、アーサー王は彼の頭を胴体から切り離し、言った。「お前が武器を持って、ここまでこのエクスカリバーを血染めしに来たことこそ運のつき」相手は死んで横たわっており、何も応えなかった。その隣には、異教徒の地ビチュニアの裕福な王ポリディテスがいた。アーサー王は目の前に彼を見つけ、見事な一撃をくらわせる。胴体は肩の所から残っており、頭部は落ちたが、胴体は立っている。アーサー王の言葉と戦いぶりに奮い起こされたブリトン人はローマ軍に攻めかかるが、ローマ軍もよく踏ん張る。剣を抜き槍を振り回し、ブリトン人に激しく襲いかかり、その部隊に甚大な被害を与える。アーサー王はこれを見ていきり立ち、エクスカリバーで斬りまくる。皇帝も遅れをとることなく、剣で激しく斬りまくる。しかし両雄があいまみえての一騎打ちまでにはいたらない。二人の間で多くの兵士がひしめき合って、激しく戦っているからである。味方が善戦すれば、敵も善戦。あっという間に千人の死者が出る。両軍激しく斬り合い、激しく殺し合う。どちらが勝ってどちらが負けて殺されるか、言うのは非常に難しい。そのとき山の麓の林に潜んでいた部隊とともにモリュイが現れた。そこはアーサー王軍が窮地に陥ったとき態勢を立て直す場所であった。六六六六人の騎士が軍馬に乗り、ぴかぴかの兜とぴかぴかの鎖鎧に身を固め、槍の切っ先を上に向け、ローマ軍の誰一人にも見つからずに山を下りてきた。彼らはローマ軍を背後から攻め、その部隊の真ん中に斬り込み、部隊を二つに分断し、多くの敵兵を倒した。彼らは馬で敵を蹴散らしながら、剣で殺した。ローマ軍は持ちこたえることができず、それ以上留まることができなかった。ローマ軍は雪崩をうって逃げていき、ブリトン軍は彼らを追う。皇帝も倒された。槍で胴体を突かれたが、誰が皇帝を倒し誰が斬りつけたのかわからない。多数の兵に取り囲まれ、集団の中で殺され、多数の死体の間で皇帝が死んでいるのが見つかり、胴体に槍で突き刺された跡があった。ローマ人もオリエント人もみないっせいに、力のかぎり戦場から逃げ出した。ブリトン人は彼らを追いかけ壊滅させる。殺しまくって殺し疲れたほどであった。彼らは死体の山を越えていく。血が小川のように流れ、死体が山をなし、主《あるじ》を失くした軍馬や儀仗馬が戦場をさまよっていた。

　アーサー王はローマの驕りを打ち砕くことができ、大いに喜び満足で、彼に勝利をもたらしてくれた栄光の神に感謝を捧げた。王は家来や友の死体をすべて探させた。ある者はその場に埋葬させ、ある者は国へ運ばせた。大部分の者は近くのいくつかの修道院に埋葬させた。ローマ皇帝の死体も探させ、丁重に扱わせた。遺体を棺に入れてローマに送り、ローマ人に言った。我が支配するブリタニアに関してこの死体以外の貢物を要求せぬこと、もし貢物を求める者がいればこれと同じものを送ることになろうと。致命傷を受けていたキューは、彼の城であるシノンへ運ばれた。

　シノンの町を築いたのはキューであり、シノンの名はキューに由来する。[40] キューはその後長くは生きておらず、まもなく死んだ。シノンの近くの森の中のとある修道院に埋葬された。ノルマンディのバイユーの領主であったベドイエは、おのが領地バイユーの門の外の南方に埋葬された。オダンはフランドルに運ばれ、テルアンヌに埋葬された。リジエはブーローニュに運ばれた。

アーサー王の御代の終焉　（四四四八—四七二八行）

アーサー王は冬の間じゅうブルゴーニュに留まり、周辺の町々を平穏に治めた。夏になったらモンジューを越えてローマに遠征するつもりであった。ところがモルドレがそれを妨げた。ああ神よ、何という恥、何という卑劣。モルドレはアーサー王の妹の息子、王の甥であり、王の留守を任されていた者。王は彼に王国を託し、留守中しっかり守るように頼んでいた。ところがモルドレは王国をすっかり奪い、わがものにしようとしたのである。家来のすべての城から人質をとり、主従の誓いを強制したあげく、この大反逆に加え、モルドレはさらなる卑劣な行為に及んだのだ。キリスト教徒の教えに反し、王の妃、おのが伯父、おのが主君の妻を、自らの床に迎えるという裏切りを行なったのだ。

アーサー王はモルドレが自分を裏切り、領土を奪い、妻を奪ったことを知り、怒り心頭に発した。そこで王は自分の部隊をオエルに託し、フランスとブルゴーニュ[41]を彼に任せ、しっかり守り平穏を保つように頼み、自分は島々の部隊を率いてブリタニアに引き返し、領土と妻を奪ったモルドレの復讐をすると言った。自身の領土ブリタニアを失ったら、すべての征服は何の価値もない、我自身の領土を失うくらいならローマ遠征を諦める方がまし。復讐を遂げたらすぐ引き返し、またローマ遠征に向かうとも言った。アーサー王は、裏切り者モルドレが自分の大征服を台無しにしたことを恨みながら、ヴィサンにやって来た。ヴィサンでは船の準備ができていた。

モルドレはアーサー王の帰還を知ったが、和平を結ぶ気はなく、サックスのエルドリックを呼んだ。エルドリック侯は騎士をいっぱいに乗せた八百隻の船を整えた。モルドレは彼らの働きぶりに応じて、相続権としてハンバー川からスコットランドまでの領地を与えると約束した。さらにヴォルティジエがアンギストの娘を娶ったとき、アンギストがケントに所有するにいたった領土も約束した。モルドレがこれらの部隊を合流させると、全軍は見事な大部隊となった。異教徒勢とキリスト教徒勢と合わせて六万人の騎士が鎖鎧をまとい軍馬に乗っていた。かくしてモルドレは、アーサー王がどの港に着こうと必ず上陸を阻止できると、泰然とアーサー王を待ちかまえた。自分の権利を放棄する気はさらさらなく、後悔もしていなければ和平を求める気もない。罪を犯したことを重々承知していたので、和平を乞うなど幻想だと思えたのである。

アーサー王は船を装備させ、その数を数えきれないくらいの兵を率いてロムネに向かおうと思い、そちらに船を向けさせた。しかし王が上陸する前に、モルドレが彼に忠誠を誓った部隊とともにすばやくやって来て、王を迎え撃つ。海上の者は接岸しようとし、陸上の者はそれを阻止しようとする。両軍激しく戦い合う。弓矢、長槍、投げ槍が乱れ飛び、腹、胸、頭に命中し、目を貫かれた者もいる。海上側の者は接岸して上陸しようと懸命に努力するが、攻撃する余裕もなければ防戦もままならず、海に大勢の死者を浮かべる。ある者はよろめき、ある者は船から落ち、陸の敵を裏切り者と呼んでいる。

船団が上陸したとき、アーサー王は大勢の兵を失っていた。多くの者が胴体や首を斬られていた。そのなかに王の甥のゴーヴァンもいた。アーサー王は嘆き悲しんだ。これほど愛していた家来はいなかったからである。スコットランドを領するアギゼルも一緒に殺された。ほかにも多くの者が殺され、アーサー王は悲しみ悼んだ。砂浜に横たえられた彼らの遺骸を前に、王は気を失わんばかりであった。しかし上陸できた今では敵と互角に戦えるので、モルドレもモルドレが連れてきた多数の軍勢も持ちこたえることができないだろう。モルドレが集めた兵は平和や無為に慣れた者ばかりで、戦いに鍛え抜かれたアーサー王の軍勢のようには戦うことも守ることもできない者たちであった。アーサー王とその軍勢はよく戦い、剣を使って二十人、百人とまとめて殺し、大勢を殺し、大勢を捕虜とした。大量の殺戮を行なったが、夕暮れが来なかったらもっと大規模だったことだろう。陽が落ち夜になったので、アーサー王は戦いをやめ、軍を引き上げた。モルドレの軍勢は逃走した。誰かが指揮を執ったとお思いか。とんでもない、誰も他人のことは考えず、自分が助かることしか頭にない。モルドレは安全な隠れ処を求めて一晩じゅう逃げ回った。ロンドンに入ろうとしたが、町の者は彼を受け入れなかった。そこで彼はテムズ川を渡り、ロンドンを通過しウインチェスターまで行き、その町に部下や家来を集めた。そして町の者にむりやり忠誠を誓わせ、全力を尽くして彼に仕え、逆らわないことを約束させた。アーサー王はぐずぐずしてはいなかった。モルドレに対する激しい怒りに燃え、失ったゴーヴァンとアギゼルを大いに悼んだ。彼の悲しみはモルドレに対する憎しみに変わり、何がなんでも殺してやると思い、四方の軍勢に呼びかけ、彼を追ってウインチェスターまで来た。町を包囲し軍勢を野営させた。

アーサー王とその軍勢が町を取り囲んでいるのを見たモルドレは、即戦を望みただちに戦うことにした。というのも、長く包囲されると捕えられることは避けられず、捕まってしまえばアーサー王が自分を生きて逃すはずはないからである。そこで彼は全軍を集め武装させ武器を取らせ、小部隊に分けて編成し、戦いに打って出た。彼らが町から出るやいなや包囲軍がただちに駆けつけ、休みなく攻撃し、大勢を殺し大勢を捕えた。今や情勢はモルドレに不利。自軍にも期待できない。そこで彼は一人助かろうと考える。王に大きな不忠を働いたので、王を恐れている。身内と側近と、アーサー王から最も憎まれている者たちを密かに集め、戦いは残りの者に任せ、自分たちだけサザンプトンを目ざし、休むことなく岸辺までやって来た。船頭と水夫を見つけ、謝礼を約束し、海へと乗り出させた。アーサー王に捕まる心配もなく、モルドレは船をコルヌアイユに向かわせた。アーサー王を恐れていたので、逃げ出したのだ。

アーサー王はウインチェスターを包囲し、敵を倒し町を奪った。王の宮廷で働きのよいユリアンの息子イヴァンにスコットランドを相続させた。イヴァンは封建の誓いを立てて受け取った。彼はアギゼルの甥なので、アギゼルの遺産相続権も要求した。というのもアギゼルにはイヴァンと相続を競うべき妻も息子もいないからである。イヴァンはモルドレがイングランドでしかけた戦いにおいて大きな勲功があったので、大いなる名声を博していた。

王妃はモルドレがたびたび逃走を繰り返し、アーサー王と戦場であえて戦わなかったということを聞き知った。彼女はヨークにあって、深い悲しみに暮れていた。犯した恥辱を思い起こし、モルドレに身を任せ、良き王に不貞をはたらき、キリスト教徒の教えに背き、王の甥のモルドレと関係をもった自らの身の汚れを思い、生きているより死んだ方がましだと、大いに嘆き悲しんだ。彼女はカルリオンに逃げ、そこの修道院に入り修道女となり、ヴェールをかぶって修道院に身を隠した。その後彼女を見た人も声を聞いた人もなく、誰にも見つからず、犯した罪の大きさに恐れおののいて暮らした。

モルドレはコルヌアイユを支配していたが、他の領地はすべて失った。彼は陸にも海にも使者を送り、キリスト教徒にも異教徒にも呼びかけた。アイルランド人、ノルウェー人、サクソン人、デンマーク人に呼びかけ、アーサー王を憎んでいる者、王へ仕えることを恐れている者を集め、必要に迫られた者の常のように、贈り物を約束して頼んだ。アーサー王はモルドレの復讐を遂げることができず、苛立っていた。ほんの一握りの土地といえどもわが領土の一部を占領している裏切り者に怒っていた。モルドレはコルヌアイユを占拠し、部下を集め、さらに集めようとしている。コルヌアイユだけでなくさらに領土を増やそうとしていることが王にはよくわかっており、心を痛めていた。そこで王はハンバー川までのすべての者を召喚した。その数が数えきれなくらい多く集まった。アーサー王は居場所がわかっているモルドレ退治に大軍を率いて赴いた。裏切り者、反逆者として捕まえ、殺そうと思っていた。モルドレは今回は逃げるのではなく、運を天に任せて一か八かやってみようと、逃げ出さなかった。戦いはコルヌアイユのカメル川沿いで繰り広げられた。戦闘は激しく、双方怒りに燃えて思い切り戦った。参加した戦士の数も多ければ死者の数も膨大で、どちらが優勢でどちらが劣勢か、どちらが敗者でどちらが勝者か、誰が倒れ誰が持ちこたえているのか、誰が殺し誰が殺されたのかわからない。双方の損害は甚大で、戦場は死体の山、死にゆく者の流す血で海のようであった。アーサー王が数多の土地から集め手塩にかけて育てた若き騎士たちも、名声世にあまねく円卓の騎士たちも死んだ。モルドレもこの戦いで死に、彼の家来も大勢死んだが、アーサー王も精鋭の騎士、最強、最良の騎士を失った。

記録の伝えるところによると、アーサー王も瀕死の重傷を負い、治療のためにアヴァロンに運ばれた。ブリトン人たちは、王は今でもそこにいると信じて言い合っている。アーサー王はそこから必ず生きて帰ってくると。この書を記したヴァースは王の最後について、預言者メルランが言った以上のことは書いていない。メルランはアーサー王の死は疑わしいと言っているが、正論だと思う。預言者メルランの言は正しく、それ以来王が生きているのか死んでいるのか誰にもわからず、今後もわからないだろう。本当のところ、キリスト受肉後五四二年に王はアヴァロンに運ばれた[42]。王に世継ぎがなかったことが悔まれる。王の従兄のコルヌアイユのカドール・ド・コタンタンの息子に王は王国を託し、自分が戻ってくるまで王位を守るように言ったのである。

訳注

（1）エヴルヴィック（ヨーク）の町のこと。
（2）南仏抒情詩人（トルバドゥール）の詩に頻出する「いまだ見ぬ人への恋」のモチーフがここにみられる。
（3）本作品において、イグレーヌがアーサーを身ごもった（そしておそらく生まれたのも）とされるタンタジェルは、コルヌアイユ（コーンウオール）の北海岸に位置する小村。また、いくつかのトリスタン物語では、マルク王の宮廷の在所。
（4）恋に陥った者がその死ぬほどの苦しみを吐露する場面は、ほぼ同時代に書かれた『エネアス物語』に多出（たとえば一二七三行以下）。
（5）本作品で魔法を使う能力の持ち主として登場するメルランは、後の作品では預言能力も備え、その役割が増大する。
（6）少し前（一九三行―）にすでに彼女が身ごもったことに言及されている。このように、内容が重複することは珍しくない。
（7）本作品にアーサーの戴冠は二度言及されている。一回目がここで、先代のウーテル王の死去に伴い、その後継者として認められたという意味で、周りの諸侯たちによって戴冠させられている。ときにアーサーは十五歳である。それに対し二度目［注(21)参照］は諸国を征服した後、一大王国の確立を慶賀（誇示）する大宴会を開催するに際し、自ら戴冠式を主催している。
（8）一リューは約四キロメートル。
（9）一ピエは約三〇センチメートル。
（10）『トリスタンとイズー物語』でも、トリスタンがマルク王の宮廷にいるイズーに会いに行くために大道芸人（ジョングルール）に変装する。
（11）ウェールズ地方南西部を流れるウスク川沿いの小さな町。ジョフロワの出身地であるモンムート（モンマス）から遠くない。カエルレオンとも。
（12）戦闘準備のために騎士が武装し武具を身につける様を一つ一つ細かく描写するのは武勲詩『ロランの歌』などにも多くみられ、一つのモチーフとして定型化していた。

(13) このような直接話法の多用が、表現技法をジョフロワ・ド・モンムートと比べた際の、ヴァースの特徴となっている。
(14) 注(9)参照。長さも幅も約六メートル、深さ約一・五メートルという非常に小さな湖ということになる。このあたりに出てくる湖はそれぞれ「驚異(メルヴェイユー)」(超現実)の一つと考えてよかろう。
(15) Klincksieck 版ではこの一行が抜けている。SATF 版に従って補った。
(16) 『ブリュ物語』では、現在のスコットランドが、北西部のモレー、北東部のスコットランド、南部のロティアンの三つの地域に分けて扱われている。
(17) アーサー王と円卓の騎士は切り離せないものとなっているが、円卓について言及したのはヴァースが最初であり、本作品のこの箇所においてである。騎士の間で座席の上位/下位(上座/下座)をめぐる争いを避けるため、アーサー王が作らせたとある。
(18) 本作品には、ローマ皇帝ルキウス・イベルと、元老院議員ルキウス・カテルの二人のルキウスが登場するが、いずれも歴史上の人物ではない。
(19) Klincksieck 版では「ブーローニュ」となっているが、SATF 版に従って訂正した。
(20) 聖霊降臨祭は、復活祭から数えて五十日後。
(21) 二度目の戴冠[注(7)参照]。以下における盛大な祝宴の詳細な叙述は、クレティアン・ド・トロワ『エレックとエニッド』をはじめとする後続の多くのアーサー王関係の文学作品において踏襲されている。
(22) カルリオンについては、注(11)参照。
(23) 中世において、交通の要衝で物流の拠点となるようないくつかの都市(たとえばフランス・シャンパーニュ地方のプロヴァンなど)では、毎年決まった時期に大市が開かれるが、その時期には人や物が町じゅうに溢れかえっていたことが背景にある。
(24) お金を賭けてのさいころ遊びの様子は町の酒場の様子を描いた場面でよく出てくるが、ここでは宮廷での大祝祭の一環として、食事後の余興や気晴らしの一つとして描かれている。宮廷内でチェスを賭けて行なう様子は『狐物語』(第十七枝篇)でも滑稽に描かれている。
(25) 十一ドゥニエ借りて十二ドゥニエ返すのである。ちなみに、十二ドゥニエは一スー。
(26) Klincksieck 版では lacet「(剣を吊す)編み紐」となっているが、前後の関係から、SATF 版(lances)に従って訂正した。
(27) ここで言うフランスは、現代のフランスよりもずっと狭い、フランスの一地域を指している。英仏海峡に面した海岸とアルプスとの間に「ブルゴーニュ」(これも現代のそれとはずれている)と「フランス」と呼ばれる地域があることになる。
(28) このあたり船や海洋に関する専門用語が多用されており、作者ヴァースはこの方面の知識が豊富であったことが知られる。
(29) 以下に脱線的に紹介されているリトンのエピソードは民間に広く知られていたものと思われる。クレティアン・ド・トロワの『ペルスヴァル』では、倒した相手の髭で織った外套を着ている巨人が「リオン王」と呼ばれている。
(30) 一日行程というのは、「一日に進むことができる距離」という長さの単位。

（31）注（27）参照。

（32）オーブ川はセーヌ川の支流の一つ。

（33）**SATF** 版にはこの行の前に「二人のブリトン人はボスを起こして、馬に再び跨がらせ」の二行がある。その方が理解しやすい。

（34）Klincksieck 版では「カテルスとギテイウス」と二人の人物名となっている。そうすると合計五人になるが、以下ではセクトリウスも含めて「四人とも」となっているので、**SATF** 版に従って訂正した。

（35）ポワチエのギタールは、王と呼ばれたり侯と呼ばれたり伯と呼ばれている。

（36）注（35）参照。

（37）注（35）参照。

（38）フランドルのオダンは侯と呼ばれたり伯と呼ばれている。

（39）注（38）参照。

（40）シノン Chinon が「キノン」と発音されていたことになる。

（41）注（27）参照。

（42）瀕死の重傷を負ったアーサー王が運ばれたとされるアヴァロンに関して、その地理的場所、神話的意味などをめぐって多くの議論がなされ、種々の説が提案されてきている。ケルトの伝承にある彼岸の楽園の象徴でもあろう。

ロベール・ド・ボロン

聖杯由来の物語

横山安由美訳

解題

ロベール・ド・ボロンの『聖杯由来の物語』は一二〇〇年頃成立した平韻八音綴の作品である。最初の聖杯物語であるクレティアン・ド・トロワの『ペルスヴァルまたは聖杯の物語』（『フランス中世文学集2』所収）は未完に終わり、続く諸作品は聖杯のその後を語ったが、『聖杯由来の物語』は聖杯の来歴を新約聖書の時代に据えて描く。最後の晩餐の器にして聖血の容器という設定やイエス埋葬の行為と聖体ミサの象徴的対応など後世への影響力は大きく、各国の聖杯物語流行の原動力となった。主人公アリマタヤのヨセフについての聖書正典の記述はわずかだが、ロベールは『ニコデモの福音書』等の外典系伝承における「復活の証人」や「イエスの親友」という役どころを活用して、敵対する集団にいながらも秘かにイエスを愛し、勇気をもって埋葬を行なった義人として描く。

一見説教文学のようだが教会を讃美する意図は希薄であり、むしろヨセフを騎士と設定することで聖杯を神から世俗社会への贈り物と位置づけ、次作『メルラン』における最後の晩餐の卓の再現としてのアーサー王の円卓をより栄誉あるものとしている。末尾の言及通り、著者は大部にわたる壮大な聖杯物語を構想していたのだろう。中世独自のさまざまな伝承が詰め込まれ、ときには混乱や重複も目につくし、難解な箇所も多いのだが、イエスの死と復活の真相が登場人物の対話を通して暴かれてゆく様はまるで推理小説のような面白さをもつ。また本作は、ミサのパンとぶどう酒に関して全実体変化と実在的臨在が公会議で教義決定される前夜に位置しており、「最後の晩餐の器に入る聖血」という設定には聖体論争への関心と民間の夢想が反映されている。

本文中に登場する庇護者名以外、作者の詳細は不明である。騎士と聖職者の両説があり、少なくとも神学知識と民間伝承に精通した人物であった。本訳は、十三世紀末に成立した現存する唯一の韻文写本（BN fr. 20047）を用いたRobert de Boron, *Le Roman de l'Estoire dou Graal*, éd. W.Nitze, Champion, 1983 を底本とする。韻文版と十八の散文写本を対比させた *Joseph d'Arimathie*, éd. R.O'Gorman, PIMS, 1995、現代仏語訳 *Le Roman de l'histoire du Graal*, trad. A.Micha, Champion, 1995、独語訳 *Die Geschichte des Heiligen Gral*, K.Sandkühler, Freies Geistesleben, 1958 等を参照した。段落分けは仏語訳を参照し、章分けと見出しは独語訳を参照しつつ訳者が補った。

聖杯由来の物語

（一―一九二行）

一　序

罪人《つみびと》である我々は、平凡な者でもそれ以下の者でも心得ていなくてはならない。イエス・キリストが地上に来られる以前に、預言者たちにその到来を告げさせていたことを。また神がそのひとり子を地上に遣わし、その方は多くの痛みや苦痛や寒さや汗を経験されるだろう、と触れさせていたことを。

これからお話しする時代には、王も大公も公爵も伯爵も、私たちの父祖であるアダムも母祖であるイヴも、アブラハムもイサクもヤコブもエレミヤも預言者イザヤも、すべての預言者たちが、またそれ以外のすべての者が、善人も悪人も等しくこの世から旅立つと地獄に直行したものだった(1)。呪われた悪魔は彼らを地獄に突き落とし、これで彼らは自分のものだとすっかり高をくくった。善人たちはただひたすら神の御子を待ち望み、そこに励ましを得ていた。そうしてついに、神が地にご降臨になり、我々と同じ肉身をおとりになるというたいへんな栄誉を与えてくださることが我らが主の思し召しとなった。聖処女の体内に宿られることとなり、そのため聖母を思う通りに作られた。純粋で、優しくて、よくしつけられていた。あらゆる善良さに満ち、神は彼女にあらゆる美を与えられた。野バラのように芳しく、バラの花にも似た方で、胎内には美《うま》しバラを育まれた。その名はマリアと言い、美徳に光り輝いていた。苦しみの聖母(2)とも呼ばれ、神の娘であるとともにその母でもあられる。ヨアキムがその父であり、アンナが彼女を宿した。二人とも高齢で子供がなかったが、そのことで深く悩んでいた。神はすぐに二人を追い求め、天使をヨアキムの元に遣わされた。それは、家を守る彼の妻が子をなさなかったことを理由にヨアキムが神殿に捧げた供物を祭司が受け取れぬと拒絶したことに憤激し、荒野に羊飼いたちと出かけ、留まっていたときのことだった。天使はヨアキムに言った。

「急いで発ち、家路につけ。神が私を通してお前に命ぜられた。ついにお前の望みがかなえられると伝えよ、と。お前は一人の娘を授かるだろう。マリアと名づけよ。お前の妻のアンナから生まれ、その胎内で祝福されるだろう。娘は生涯けっして罪を犯さないだろう。うろたえるな。エルサレムに立ち寄るように。城門のところでお前の妻に会うはずだ。そうすれば私の言うことをもっと信じてもらえるだろう。そしてお前たちはそろって家に帰り、仲睦まじく過ごすだろう。御言葉はこのように実際成就されるだろう」

神はイヴとアダムから創られた人々を贖《あがな》い、地獄から解放する必要があった。私たちの母祖イヴがりんごを食べ、夫にも渡した、その私たちの父祖アダムの罪のため、リュシフェル(3)は人々を閉じ込めていたのだ。

我らが父なる神がどのように私たちを贖ったのかをお聞きなさい。父ご自身と御子イエス・キリストと聖霊の御名において、犠牲を払われたのだ。あえて言うが、この三位は一つのものであり、一つの位格が他の位格に含まれる。御子が聖処女から肉をとり、彼女から生まれることを、神は望まれた。なんの異存があろうか、その望み通りに御子は誕生された。聖母において人となられた主は、あえて地上に死にに来られることによって、私たち人類に大いなる謙譲を示された。父の御わざである人類を救い、悪魔の勢力から人類を解き放つことを望まれたのだから。悪魔はイヴを通して私たちを欺いた。彼女は自分の罪に気づくと、画策して夫アダムにも罪を犯させた。神が他の物は二人の好きにさせたが、これだけは禁じたりんごを彼女は彼に渡したのだ。男はそれを噛むやいなや、一気に食べてしまった。そして食べ終わるやいなや、罪を犯したことに気がついた。というのも自分の裸の姿を見て、たいへん恥ずかしくなったからだ。妻も裸なのを見て、肉欲に身を投じた。その後二人はいちじくの葉を何枚も合わせて腰覆いを作った。

我らが主はこれをご覧になり、アダムを呼んで言われた。

「アダム、どこにいるのか?」

「ここにおります」

直ちに主は二人を楽園から追放され、悲惨と苦痛の道に投じられたのだった。イヴは妊娠し、たいへんな苦しみの末に子を産んだ。死ねば悪魔のものとなったため、彼女をはじめその一族すべてが悪魔の手中にあった。神が望まれて御子を遣わされるときまで人々は地獄に留まらなければならなかった。その御子は父の御わざを救うために、つらい死を味わわれる。そのために、前言の通り御子は聖母マリアの胎内に宿られ、ベツレヘムで生を受けられた。聖母マリアのこの泉から諸々の善が尽きることはけっしてないだろうから、これらを逐次語るのは骨が折れるだろう。

　そこで私自身の題材に戻り、健康と力がある限り、記憶に基づいて語りたいと思う。まことにイエス・キリストは地上に降りられ、求められるままに洗礼者ヨハネがヨルダン川でイエスをみそぎ、洗礼を施した。イエスはこう命じられた。

「私を信じる者たちは、父キリストと子と聖霊すべての御名において水で洗礼を受けるように。それによって悪魔の手から解放され、救われるだろう。再び罪を犯してそこに舞い戻るのでない限り」

　神は聖なる教会にこのような役割と力を与えられた。聖ペトロは聖なる教会の司祭たちの上に立って、彼らすべてに神の命令を伝えた。こうして男も女も肉欲の罪から洗い清められた。そして悪魔はこれまでもっていた力を失った。約五千年かそれ以上の間、地獄の底に人間たちを囲っていたが、それがすっかり手中から飛び出てしまった。いずれ逆戻りするのだが。なるほど人間の弱さはとても性質《たち》が悪く、とても危険であり、罪に向かいやすい。我らが主もそれはご存じだった。罪は必定であるため、聖ペトロが洗礼とは別の方法も定めるよう望まれた。人間が罪を犯すたびに直ちに告解をさせるのだ。悔い改めることで罪を償い、聖なる教会の掟に従わせる。こうすれば人は神の恩寵を求め、それを得ることができるだろう。

二　十字架上の死と埋葬　（一九三―五九二行）

神が地上に降り立たれ、信仰を広められていた頃、ユダヤの地はすべてではないものの一部がローマの支配下にあり、そこを総督ピラトが治めていた。ピラトには一人の雇われ騎士[4]が仕えており、部下に五人の騎士を抱えていた。彼はイエス・キリストを見、心のなかで大いに愛した。だがユダヤ人たちを恐れていたので、どうしてもそのそぶりを見せることができなかった。呪われし素性の彼らはことごとくイエスに敵対していたからだ。こうして彼は神の友でありながら、その敵たちを恐れていた。

イエスの弟子は少なかった。そのなかに一名、望むことも好むことも、尋常でなく性質《たち》の悪い者がいた。ユダヤ人たちは、我らが主にどのような苦痛と苦悩を与え、どのように苛《さいな》んでやろうかと相談を重ねていた。さて、イエスがたいそう愛されたユダは弟子たちのなかで会計係を務めており、十分の一税と呼ばれる収入があった。この立場のために彼は恨みがましくなり、互いに仲良く愛《いつく》しみあっていた弟子たちに対して親しくなれずにいた。距離を置き、ときには仲間を避けるようになった。次第に残忍になり、皆が彼を怖がった。我らが主はすべてをご存じだった。神に隠しごとなどできないのだから。

当時、主人への貢物の十分の一を会計係が受け取って我が物にできるという慣習があった。さて、主の晩餐の日のこと、マグダラのマリアがシモンの家にやって来ると、イエスが弟子たちとともに卓についていた。(5) ユダはイエスの正面で食していた。マリアは卓の下に身をかがめ、イエスの足元に跪《ひざまず》いた。さめざめと泣きながら、自分の涙で我らが主の御足を洗い、ふさふさとした髪の毛でそれを拭い始めた。その後持参した高価で良質の香油を御足に注ぎ、頭にも同様に注ぎかけた。家中に香油の芳しい香りが漂い、誰もが感嘆した。だがユダは大いに怒った。香油は銀貨三百枚以上の価値があった。その十分の一の銀貨三十枚が自分の取り分になるはずだったのに、無駄になってしまった。そこで彼はどうすれば損失を取り戻せるのかを考え始めた。

我らが主の敵たちは主を辱めようとして、市内の館に集まった。そこにユダがやって来た。館の主人の名はカイアファといい、ユダヤの法の大祭司であり、賢人であったらしい。アリマタヤのヨセフもそこにいたが、この集まりを快く思っていなかった。彼らはそこにユダがいるのを見て、ぎょっとした。気づくやいなや、警戒して口を噤《つぐ》んだ。彼が主人に対して忠実だと思ったからだ。だがそれは間違っていた。呪われた素性のユダは、皆が黙るのを見て、いったいなぜこんなに静まりかえっているのです、と問いかけた。彼らはイエスのことを尋ねた。

「今どこにいるのだ？　知っているか？」

ユダは居場所を教え、なぜ自分が彼に同伴しなかったかを語った。

「今は教えを説いています」

この言葉を聞くと、皆は心中大喜びした。

「どうすれば彼を見つけて捕らえることができるのか教えてくれないか」

ユダは彼らに言った。

「お望みでしたら皆さんにお売りします。そうすれば捕縛できます」

彼らは言う。

「ぜひお願いしたい」

「それでは先に銀貨三十枚をください」

一人が財布から金を出してすぐにユダに渡した。こうして彼は香油の損失分を補塡したのだった。次に彼らはどのように身柄を引き渡してくれるのか尋ねた。確実に捕らえられる日と、見つけられる場所を、ユダは彼らに教えた。命を守るため厳重に武装して行きなさい、またイエスと瓜二つのヤコブも一緒に捕らえるよう必ず注意なさい、と伝えた。

「驚くことではありませんよ。あの二人は同じ血筋で、いとこ同士なのですから」

「ではどうやって見分けるのか」

「喜んで教えましょう。私が口づけした方を捕らえればよいのです」

このように手はずが整えられた。これらすべてがなされている場にアリマタヤのヨセフがいた。たいへん心痛め、悩んでいた。

彼らはそこから立ち去ると、木曜日まで待った。その木曜にイエスはシモンの家にいて、弟子たちに教えを垂れていたが、彼らにこう言った。

「すべては言えないが、これだけは隠さずに言いたい。私とともに飲み食いしている者が私の身を裏切るだろう」

イエスがそう言った瞬間、ユダが尋ねた。

「まさか私のことでは」

「それはお前がそう言っていることだ」

また別のことを示すために、イエスはあえて彼らの足を洗われた。同じ水ですべての足を洗われたので、聖ヨハネが打ち明けた。

「主よ、こっそりとお聞きしたいことがあるのですが、勇気がありません」

イエスが質問を許すと、すぐにヨハネは尋ねた。

「主よ、私たちすべての足を同じ水で洗われましたね。なぜそのようなことを?」

神は答えた。

「喜んで答えよう。この範例はペトロに申し送る。最初の足を洗っただけで水が汚れてしまうように、誰も罪無しではいられない。罪に留まる限り、人は汚れている。だが他人を洗うことは、できる。というのも、自分が少々汚れていても、だからといって先々で見つける汚れた者たちを洗えないわけではないからだ。ちょうど私が汚れた水によって、その次の汚れを洗ったように。そうすれば、思うに、最後の足は最初の足と同じようにきれいになる。他の人々に示すために、まことにこの範例をペトロと聖なる教会の司祭たちに申し渡そう。人々は罪を犯して汚れるだろうが、神と御子と聖霊と聖なる教会に従う罪人たちを司祭たちが清めることができるだろう。教会は罪人にとって煩わしいどころか、助けてくれるところなのだ。もし言われなければ誰が洗われたのかわからないのと同様、告白されるまでは教会とて誰の罪もわからない。司祭の罪とて、明かされなければわからない[6]」

神はこのような解き明かしをされ、聖ヨハネに教えられた。

さてそのときイエスは仲間すべてとともにシモンの家におられたが、ユダがユダヤ人たちを呼び込んだので、一人また一人と集まり、シモンの家に押し入った。それを見た我らが主の弟子たちは仰天し、たいへん怯えた。家に人が集まったのを見るとユダは次の行動に移った。イエスの口に接吻し、その接吻によってそれが誰なのかを示したのだ。人々はイエスを四方から取り囲む。ユダは叫んだ。

「しっかりと捕まえなさい。驚くほど強い男なのだから」

かくして人々はイエスを引き立てた。イエスを捕縛し、望みの一部をかなえた。弟子たちは途方にくれ、心を痛めた。さて室内にはキリストがあの晩餐を行なわれたときの、たいへん優美なひとつの杯があった。一人のユダヤ人がシモンの家でその杯を見つけて自分で保存していた。イエスはその家から引き立てられてピラトに引き渡されたのだった。

ユダヤ人たちは、ピラトの元へイエスを引き立て、ありったけの嫌疑をかけた。だがその力は弱く、断罪できるような理由や根拠をもたなかった。たとえイエスが望んで身を委ねられたにせよ、このような扱いを受けるようないわれは何もなかったのだ。だが正義はあまりに脆弱で、うしろめたい領主は数多い。ピラトは事を荒立てようとはせず、彼らの暴挙を受け入れた。そしてこう言った。

「この預言者を殺したとして、もし皇帝陛下から説明を求められたら、そのとき私はあなたがたのうちの誰を頼り、誰のせいにすればよいのか教えよ。私には死刑にする理由が見出せないのに、あなたがたはむりやり死刑にしようとしているのだから」

その場にいた者たちは、富者も貧者もそろって大声で叫んだ。

「大人にも子供にも、我々と我々の子孫の上に、彼の血が降り注がんことを！」

そしてイエスを捕まえてピラトの前に突き出し、訴えた。ピラトは水を持ってこさせ、彼らの前で両手を洗った。そしてその洗った手が清潔であるのと同様に、誤って裁かれたこの義人についても自分は潔白で責任はないと述べた。シモンの家から杯を持ち帰ったユダヤ人は杯をずっと保持していたが、このときピラトの元に参じて杯を手渡した。その後イエスの死が伝えられるときまでそれを保管していたのはピラトだった。

アリマタヤのヨセフは顛末を聞いたとき、悔しさと怒りでいっぱいになり、直ちにピラトの元に向かった。

「私と部下の五人の騎士たちは、長い間お仕えしてまいりました。その間いかなる給与もいただいておりません。なにか贈り物を与えるといつもお約束くださっていましたね。その一つの贈り物を除いて、いかなる報酬もいただくつもりはありません」

ピラトは言った。

「おお、何なりと言うがよい。望みのものを与えよう。私の皇帝陛下への忠義に背かぬ限りは。私からこのような栄誉を得る者は誰もいないだろう。だがお前は大いなる贈り物に見合う働きをした」

ヨセフは言った。

「殿よ、深くお礼を申し上げます。ではイエスの体をください。彼らが不当に十字架に架けてしまったお方です」

あまりにも小さな贈り物を求められたので、ピラトは驚き呆れて言った。

「お前はもっと大きなものを望むだろうと心中思っていたし、それでも与えるつもりでいた。まあ彼の体が欲しいのであれば、お前の賃金として与えないではないが」

「殿、深く感謝いたします。では私にそれが与えられるよう、お命じください」

ピラトはすぐに言った。

「急いで取りにゆくがよい」

「殿、その場には大きく屈強な者たちがいます。私の邪魔をするでしょう」

「大丈夫だ。急げ。がんばって取るがよい」

ヨセフはその場を離れ、足早に十字架へと向かった。あまりに無残な姿で架けられているイエスの姿を見て大きな哀れみを感じ、涙をこぼした。その場の番兵たちに言った。

「ピラト殿がこの体をくださった。私がこの刑具から引き降ろすよう、許可と指示を受けました」

皆は口をそろえて言った。

「降ろさせはしない。この者は三日後に復活すると言ったのだから。復活したらまた殺してやるのさ」

ヨセフは言った。

「どうか私に降ろさせてください。殿が私に引き渡してくださったのです」

彼らは答えた。

「三日間の見張りを遂行できないくらいだったら、むしろお前を殺してやる」

そこでヨセフはその場を立ち去り、ピラトの元へ戻った。番兵たちの返答やイエス・キリストを十字架から降ろさせてもらえなかったことを語って聞かせた。

「そのようなわけで、皆が口をそろえてお前には降ろさせないぞと叫んだのです」

それを聞いたピラトは気分を害し、激しく怒った。そのとき、そこにニコデモという名の男がいることに気づき、言った。

「さあ、お前もアリマタヤのヨセフとともにそこへ行け。悪党どもが磔にしたその刑具からイエスを取り外し、それをきちんとヨセフに渡すように」

　そしてピラトは杯を手に取った。あ、そうだ、とこれのことを思い出したのだ。ヨセフを呼ぶとそれを与えて言った。

「おまえはこの男をたいそう愛していたのだね」

　ヨセフは答えた。

「おっしゃる通りです」

　直ちにそこから立ち去り、ニコデモを同伴して十字架へと急ぎ向かった。ピラトが彼にその物体を与えたのは、それによって自分の責任が問われるようなイエスに属する物を何一つ保持したくなかったからだ。こうして二人はできる限り道を急いだ。ニコデモは途中にあった鍛冶屋に入った。そこでくぎ抜きと金槌を見つけ、これは便利だと喜び、持っていった。二人は十字架に直行した。卑しいごろつきどもはそれを見ると憤慨してにじり寄ってくる。ニコデモは言った。

「皆さんはイエスに対してやりたい放題のことをした。もう気が済んだでしょう。私たちの総督ピラト殿は彼をこの男に与えられました。この男が所望したのでね。ご覧の通り、もうイエスは息絶えている。もう引き渡してやるべきです。十字架から外してヨセフに渡せとピラト殿は言いましたよ」

　すると男たちは、イエスは復活するに違いない、だからヨセフであれ誰であれ、絶対に渡すつもりはないと叫んだ。ニコデモは怒り、お前たちが雁首そろえて反対しようとも、直ちにイエスをヨセフに引き渡させずにはおくものかと言った。そこで男たちはピラトに文句を言いにいった。この間に二人は十字架の上に登り、イエスを取り外した。ヨセフは両手でイエスを抱き、そっと地面に横たえた。丁重に遺体を整え、きれいに洗った。洗っているとき、傷口から清い血が流れ出るのを見た。洗って出血したためだ。槍で刺されたそのわき腹から血が吹き出たとき、彼は裂けた岩のことを想った(7)。そこで急いで自分の杯を取りにゆき、出血する場所に押し当てた。万全を期すためには、他のどこよりも杯の中に血の滴を落としたほうがよいと思ったからだ。杯を当てた傷口のところをよく拭って、両手やわき腹や両足の傷をすっかり清めた。

　今やすべての血は杯の中に受け集められた。ヨセフは購入した布で遺体を包むと、自分用に選んでおいた岩屋にそれを安置し、石で封をした。今日それは墓石と呼ばれる。ユダヤ人たちはピラトのところに戻り、話を伝えた。どこに埋葬されたにせよ、昼夜見張りを立て、弟子たちが彼を隠したりできないようにせよ、(8)とピラトは命じた。イエスは三日目に復活すると言っていたからだ。武装した歩哨たちが墓の周囲に配置された。そしてヨセフはそこから発ち、自宅に向かった。

三　イエスの復活とヨセフの幽閉

（五九三―九六〇行）

主であり預言者であるまことの神は、そうこうするうちに地獄へ降りられ、友人たちをそこから解放された。悪魔の手中にあった、イヴとアダムとその子孫たち。聖人と聖女とあらゆる善人たち。その罪を贖い、そのために我が身を死に委ねられたところのすべての人間を解放され、一人の善人も取り残されることはなかった。我らが主はすべてを思う通りにされた後、復活された。しかしユダヤ人たちはそのことを知らなかったし、見ることもできなかった。確かなことだが、マグダラのマリアにお姿を現され、弟子たちや他の人々の前にも顕現された。そうなると国中に評判が広まった。聖母マリアの息子イエスが死から生へと復活されたと。彼の弟子たちは彼を見、それが誰だか気がついた。そしてまた、かつて世を去りながら、イエスとともに復活し、神の栄光へと向かった仲間たちの姿も目にした。だが見張りの者たちはイエスを見そびれたので落胆した。ユダヤ人たちは噂を聞くと、会堂に集まって会議を開いた。不都合な事態になった。噂が本当だとすると奴は復活したらしい、困ったことになりそうだ、と互いに言いあった。見張りの者によれば、埋葬した場所には影も形もないとのこと。ヨセフのせいで彼を失ったわけだから、ユダヤ人たちはなおさら苦々しく思った。すっかり動転した。この痛手はヨセフとニコデモのせいだ。もし上の者から問われたらどう答えればよいのかと知恵を絞りあった。召喚されたらこう答えることで各自が合意した。

「ニコデモが遺体を十字架から外し、ヨセフに渡したのです」

だがその二人が、あとは皆さんにお任せして私たちはすぐに立ち去りました、などと言うかもしれない。ユダヤ人たちは思案した。できる限り秘密裏にヨセフとニコデモを捕らえ、話をもみ消してしまおう。

「そしてもし彼らが我々を責め、しつこく遺体のことを尋ねてくるようなら、二人を捕らえ次第殺してしまおうではないか。我々一人ひとりが、遺体はヨセフに与えられたと言おう。そして、もし我々にヨセフを返してくだされば、彼を通してイエスも手に入ることでしょう、そう答えようではないか[9]」

若者も老人もこの意見に同意した。それはよく練られた妙案だったからだ。決議の場には偶然ニコデモの友人がいて、逃亡しないと殺されるぞ、とニコデモに警告してやった。ニコデモはその通りにした。ユダヤ人たちは彼のところに直行したが、もぬけの殻だった。ニコデモを捕らえ損なったと知ると、今度はヨセフの家に向かった。先刻の失敗にすっかり落ち込み、たいそう苛立っていた。ヨセフの家のドアをぶち破ると、彼をひっ捕らえ、連行した。ただし彼は床に就こうとしていたので、その前に服だけは着せてやった。捕縛する際に、イエスをどうしたのかとヨセフに尋ねると、彼は直ちに答えた。

「私が墓所に安置しましたが、あとはそちらの兵隊さんたちにお任せして、私は自宅に帰りました。神はご存じです、それ以来私は何も見ていないし、何の消息も聞いておりません」

彼らはヨセフに言う。

「お前が彼を隠したのだろう」

「いいえ、本当に違います」

「お前が埋葬した場所にないのだぞ。白状しろ」

「四日前に私が埋葬した場所にないからといって、今の居場所を知っているわけではないのです。イエス様のために死ぬことがお心にかなうのであれば、私は平気ですとも」

彼らはヨセフをとある金持ちの館に連行し、したたかに打ったり叩いたりした。敷地には高くて地下深い円塔があった。そこで彼を地べたに這いつくばらせて、滅多打ちにした。そして館の奥底にある独房に閉じ込めたのだが、そこは堅固な石造りで、不気味で真っ暗な場所だった。錠によって厳重に閉ざされ、上部からも密封されていた。

ヨセフが行方不明になったと知って、ピラトはたいへん怒った。彼ほどの親友はいなかったので、心中つらかった。その親友はこの地上から姿を消し、むごたらしく幽閉されていた。しかし神こそは人が窮したときの友であり、彼をお忘れにはならなかった。ヨセフはイエスのために苦しんだのだから、イエスはそれに報いられた。神はヨセフのいる牢獄の中に降りられた。手にはあの杯があった。それはたいへんな光を発し、神自身と牢獄を明るく照らし出した。ヨセフは光を見、心中喜びに満ち溢れた。かつて彼が御血を受けたその杯を、神はもたらされたのだった。杯を見るとヨセフは聖霊の恩寵にすっかり満たされ、こう言った。

「全能の主なる神よ、このような大いなる明るさはいったいどこから来るのでしょうか。私はあなたとあなたの御名を信じていますから、あなたからの光に違いないと思うのです」

「ヨセフよ、驚かないように。神の助けが訪れた。お前は救われ、天国に導かれるだろう」

あまりにも美々しい姿であったため、ヨセフはイエス・キリストに向かって、いったいあなたはどなたですかと尋ねた。

「お姿をきちんと見ることも、誰だか見分けることもできません」

「ヨセフよ、聞くのだ。私の言うことを信じなさい。私は、罪人《つみびと》たちを劫罰と大いなる地獄の苦悶から救うために神が地上にお遣わしになった神の御子である。私は十字架上で息絶え、地上で死を迎えるためにやって来た。我が父の御わざである人類を救うためだ。アダムが食べたりんごによって彼らは罪に落ちた。そのりんごは妻のイヴが悪魔の唆《そそのか》しによって彼に与えたもので、イヴは神より先に悪魔を信じてしまった。その後神は二人を楽園から追放し、みじめな者とされた。命に背き、罪を犯したためだ。イヴは妊娠して子供を宿した。悪魔は彼女と彼女から出た者たちすべてを自分の領土に、自分の手中に置くことを望んだ。御父の望まれた通りに御子が母親から生まれ出るそのときまで。人は女によって堕落し、女によって救われた。女が死をもたらしたとともに、女が命を与えてくれた。女によって閉じ込められたとともに、女によって解き放たれた。ヨセフよ、神の御子がどうしても地上に来なければならなかったことや、聖処女から生まれたわけがこれでわかっただろう。十字架上で死ぬことで父の御わざを救うためだ。そのために私は地上に来た。私の体からは血が流れた。五回流れた。相当に苦しみを受けた」

　ヨセフは言った。

「なんですって、主よ？　あなたが、ナザレのヨセフの妻であり女である尊い聖母様からお生まれになった、あのイエス様なのですか。ユダが銀貨三十枚でならず者のユダヤ人たちに売り渡し、そして彼らが鞭打ち、棒で叩き、そして十字架に架けた、あのお方なのですか。私が墓に埋葬したそのお方、そしてそのために私が体を墓から持ち去って隠したとしてユダヤ人たちに非難された、そのお方なのですか」

「まことに、その通りだ。信じよ、そうすれば救われるだろう。信じよ、疑ってはならない。そうすれば永遠の生を得るだろう」

　ヨセフは言った。

「主よ、どうか私にお慈悲を。あなたのために私はここに入れられました。もしお慈悲によって解放していただけないなら、死ぬまでここに留まるでしょう。主よ、ずっとあなたを愛しておりました。しかしそのことをお伝えすることができませんでした。なぜなら私はあなたを憎み、あなたの死を追い求める者たちの仲間でしたから。私の言葉を信じていただけないと思ったのです。だからどうしても申し上げる勇気がなかった」

　すると神は言った。

「私の周りには友も敵もいた。だが実際に厄難が起きると、そんな言葉は無意味になる。お前には教えてあげよう。お前は私の良き友だった。お前はユダヤ人たちの側にいたが、いつか私に仕え、困ったときに助けてくれるだろうとわかっていたよ。なぜなら、我が父なる神こそが、お前にピラトに奉仕するための力と意思を与えられたのだ。だからピラトはお前に報酬を与えた。お前の奉仕に対して、私の体を与えることで報いたではないか」

「おお主よ！　あなたが私のものだなんておっしゃらないでください」

「ヨセフ、私はお前のものなのだよ。説明しよう。私は善人たちのもので、善人たちは私のものだ。お前は私を受け取るに値したということがわかるかい。この世から去るときは永遠の生を授かるだろう。私は弟子たちのうちの誰一人としてここに一緒に連れてこなかった。なぜなのかわかるだろうか。お前が私を十字架から降ろしてくれたあの日、お前が得た栄光はけっして虚しいものではなく、それ以来私がお前に対して抱いた大いなる愛は誰にもわからないものだったからだ。お前の忠実な心を知っているのは、お前と天なる神だけだ。お前は私を隠れて愛した。そして私はお前を確かに愛した。やがて私たちの愛は明らかになり、誰もが知ることができるようになるだろう。だがそれは不信心者の悪しきユダヤ人たちにとってはたいそう迷惑なことなのだ。さあお前の手のうちに私の死の印を持ち、それを護るがよい。そしてお前が与えたいと思う者たちにそれを託してゆくのだ」

我らが主はあの偉大で貴い杯を差し出された。十字架から降ろして傷口を洗ったときにヨセフが至聖の血を集め入れた杯だ。ヨセフはその杯を見て何であるのかがわかると、たいそう喜んだ。だが誰も所在を知らないはずだったので、大いに驚きもした。誰にも見られないように自宅に隠していたはずだった。すぐさま跪《ひざまず》き、我らが主に感謝した。

「主なる神よ、あなたの聖なる血が流れ込んだその貴い杯を私のような者が保持してもよろしいのでしょうか」

神は言った。

「お前とお前の命じた者たちがそれを保持せよ。ヨセフよ、これをしっかりと護るように。託してよいのは三名のみだ。父と子と聖霊の御名においてこれを持ち、この三つの位格は一つであり、それぞれが全体であることを皆が信じなければならない」

跪いたヨセフは、神の手から杯を受け取った。神は言った。

「ヨセフ、これは難儀した罪人たちへの救済なのだ。本当に私を信じる者たちは、自分の悪行について悔い改めるだろう。お前もまた、お前の奉仕の代償として、たくさんの喜びを勝ち得た。お前が想起されることなくしてけっして秘跡が行なわれることはないと知りなさい。ようく心する者はそれがわかるだろう」

「なんと！　よくわかりません。どうかおっしゃってください、知りたいです」

「ヨセフ、木曜日のシモンの家の晩餐で、私が仲間たちとともに食事をしたのを知っているね。そしてこのパンは私の体を食べることであり、このぶどう酒は私の血を飲むことだと彼らに言った。この食卓は多くの土地で同じように再現されてゆくだろう。お前が私を十字架から外して入れてくれた墓は、秘跡を行なう者たちがそこに私を置く祭壇である。私を包んだ布は、聖体布《コルポラーレ》と呼ばれるだろう。私の体から出た血を入れたこの杯は、聖盃《カリス》と呼ばれるだろう。その上に置かれる聖体皿《パテナ》は、私を墓に埋葬したときにその上に置いて封をした石を意味するだろう。[10]これをとこしえに心に留めおくように。これによってお前が想起される、そういう徴《しるし》である。お前の杯を見る者はすべて私の仲間となるだろう。心が満たされ永遠の喜びを得るだろう。これらの言葉を学び、心に留める者たちは、人一倍徳高く、神のお気に召すだろう。裁判で不当に裁かれることもなく、騙されることもなく、係争で負けることもないだろう。その特恵をきちんと持していれば」

もし偉大なる司祭たちが語った諸話が記された、あの偉大な本がなかったら、たとえ望んだとしても、私は語ったり、伝えたりできなかったことだろう。その本には「グラアル」[11]という名の大いなる秘密が書かれている。

イエスはその杯を与え、ヨセフは喜んで受け取った。神は言った。

「ヨセフよ、望んだときや必要になったときには、この三位の力に頼るのだ。それは一つのものだと信じるように。それからまた、祝福されし神の御子を宿された、神の母と呼ばれるあの多幸の奥方にも頼るように。良い助言が得られるだろう。そして思うに、聖霊がお前に話しかけてくるのを聞くことだろう。さてヨセフよ、私はもう行かなくてはならない。ここからお前を連れ出すことはけっしてできない。[12]それは理に合わないからだ。牢獄に留まりなさい。私が来る前のように、獄舎は真っ暗に戻るだろう。だが恐れるな。震えたり悲しんだりしてはならない。事を知った者たちが奇跡的にお前を解放してくれるはずだから。聖霊はお前とともにいて、常に助言を与えてくれるだろう」

四　聖顔布とウェスパシアヌスの治癒

（九六一―一七一〇行）

こうしてヨセフは留まり、牢獄に閉じ込められたままだった。もはや彼について語る者もなく、そのまま放置され、長い時間が経った。消息は完全に絶たれた。あるときのこと、まだうら若い一人の巡礼がユダヤの地に長期間滞在していた。それは、イエス・キリストが地上に来て、御名を説き勧めていた時代のことだ。奇跡を行なう力をもち、多くの奇跡を行なっていた。盲人たちが見えるようになったり、不具者がまっすぐに歩けるようになったり、その他語りきれないくらい多くの奇跡を行なった。三人の死者を蘇らせもした。

巡礼はそれらすべてを目撃していた。だがイエスに対して大きな怨嗟を抱いていたユダヤ人たちは、策を弄して彼を十字架上で刑死させた。彼らの命令にまったく従わず、人々を惑わしたという理由で。お話しした通り、その巡礼はユダヤの地にいたが、その後彼はローマに行き、とある有徳の士の館に滞在した。その町では皇帝の皇子が病によって大いに苦しんでいた。らい病によって肉体が腐っていたのだ。醜く爛《ただ》れ、悪臭を発していたので、誰も生活をともにすることができなかった。小さな開口部を除くと、窓も扉もない塔の中に閉じ込められた。食事が要るときは、開口部に小皿を置いた。

巡礼は滞在先で歓待され、立派な食事をふるまわれた。宿主は巡礼に、皇帝の皇子があのように不名誉な身の上なのでたいへんな痛手です、と話した。どのようなお苦しみ、どのような不名誉なのですかと、巡礼は尋ねた。そこで宿主は巡礼に、そのウェスパシアヌス殿(13)が罹っていて誰も治すことのできないらい病について真実を語って聞かせた。皇帝陛下の嗣子であるだけに苦悩もひときわなのです、と。もしやウェスパシアヌス殿の治癒に役に立つような物を何か見つけはしませんでしたか、と宿主は巡礼に尋ねる。巡礼は答えた。

「とくに思い当たりませんが。ああ、私に言えるのは、かつておりました海の向こうに一人の偉大な預言者がいたということです。それはきっと立派な人物で、何度も神のお働きがありました。病人たちを長患いのさまざまな病気から治すのを見ました。不具者が立ち上がり、盲人が視力を取り戻し、皮膚の爛れきった者たちがすっかり元気になって去っていくのですよ。ほかにも語りきれないほどの奇跡に立ち合いました。彼が手がけた病はすべて全快しました。しかしユダヤの地の富裕な者たちは彼のように治療をしたりうまく事を運んだりできなかったので、彼を憎んだのです」

そこで宿主は、その立派な人はどうなったのか、どのような名前なのかを、泊めてやった巡礼に尋ねた。

「申し上げましょう。よく知っております。何度もその名が呼ばれるのを聞きました。イエスという名で、マリアの息子です。ベタニア近くのナザレの生まれです。彼を憎んでいた悪者たちが、権力や裁判権を持つ人たちにあの手この手で働きかけたため、彼は捕らえられ、卑劣な扱いを受け、裸にひん剝かれ、激しくぶたれました。素性の卑しいユダヤ人たちは暴虐の限りをつくした後、彼を十字架に架けて死なせました。もちろん、もし生きていてその気になれば、きっとウェスパシアヌス殿の病気も治していたでしょう。たとえどんな長患いの難病であっても」

「なんと。もしご存じで、教えていただけるのなら、ぜひおっしゃってください。なぜその人を殺してしまったのか。彼らに聞いたことはありますか」

「あまりに彼を憎んでいたため、噂を聞くのも耐え難かったとか」

「それはいったい、どこの領地でどなたの管轄で起きたことなのですか」

「ご主人、それはユダヤの地です。ローマ皇帝の領地であり、皇帝の下でピラト殿が統治していました」

「もしよろしければ、ここで語ってくださったことを皇帝陛下の前でも話していただけないでしょうか」

巡礼は言った。

「いいですとも。たとえどなたの御前であろうとも、私は立派に証してみせましょう」

宿主はこれを聞くと、まっしぐらに皇帝の元に向かい、宮殿に飛び込んでいった。皇帝を呼び出し、巡礼から聞いたことを最初から最後まですっかり語って聞かせた。皇帝はこれを聞くと大いに驚いて言った。

「なんと、今の話はまことなのか?」

「陛下、私にはわかりません。とにかく聞いた通りのことを申し上げました。お望みでしたらその者を連れてまいりましょう。直接彼から話をお聞きになれます」

皇帝は答えた。

「連れてきなさい。なにをぐずぐずしておる」

宿主は館に戻り、巡礼に説明して、言った。

「皇帝陛下が私を通してあなたをお呼びです。直接陛下にお話ししに来るようとのご命令です」

巡礼はすぐに言った。

「喜んでまいりましょう。質問にすべてお答えします」

巡礼は宮殿に向かったが、動転したり気後れしたりする様子はなかった。皇帝に挨拶をすると、宿主に語った通りのことを、一言一句たがわず皇帝に語ってみせた。皇帝は息せいて言った。

「お前の話がまことならば、本当によく来てくれた。富を遣わし、大金持ちにしてやろう」

話を聞いた後、皇帝は臣下を呼び出した。集合した臣下たちに巡礼の言ったことをすべて語って聞かせた。皆が驚いた。そこに集まった人々は誰もがピラトを有徳の士だと思っていたからだ。彼がそんなことを許すはずがない、と皆がつぶやいた。その気になれば禁じることもできたのに、自分の統治下の地域でこのような蛮行を許したとすればそれは狂気の沙汰だと。その場に一人のピラトの友人がいて、彼はそのような人物ではないと言った。

「ピラト殿は、言い表せないほどのたいへんな人格者です。反対できるものであれば、きっと反対していたことでしょう」

そこであの賢明な巡礼と、巡礼を宿泊させた宿主を呼び出した。

「巡礼殿、兄弟よ、陛下に話したことをどうか私たちにも語ってください。あなたが見た効験を、イエスのすばらしい奇跡の数々を。この方はたいへんな力をもっていたようですね」

巡礼はその地で目撃したすべての奇跡をありのままに語った。もしピラト殿の統治地域におられたら、皇帝陛下もきっとその男に皇子を治すよう求められたでしょう。これが信じられない者は自分の首を賭ければよいのです。ピラト殿にも尋ねてみればいいでしょう。何も包み隠しをしないはずです。その預言者に関わる何かを見つけて参上できれば、ウェスパシアヌス殿はきっと回復して元気になることでしょう、と。

人々はこれを聞くと、たいへん動揺した。もはやピラトを弁護したり助けたりすることができないとみて、これだけを言った。

「もし本当でなかった場合、あなたをどうしてくれようか」

彼は言った。

「どうぞ食料だけ用意して、どこかの館の牢獄にでも閉じ込めてください。そしてその間に現地に人を派遣して調査をなさればよい。私の話が嘘だったら、どうぞナイフか剣で首を刎《は》ねてください。それで結構です」

人々は巡礼の言うことはもっともだと思い、提案を受け入れた。彼を取り囲んで捕らえると部屋に閉じ込めて、逃げられないように十分な見張りを置いた。

皇帝は彼らに言った。

「諸君、皆私の話を聞け。現地に誰か使者を派遣しなくてはならない。本件の真偽を確かめるために。もしこれらの奇跡が本物ならば、そして我が子を治し、彼の危難を救える何かを手に入れることができれば、これはすばらしい話だ。我々にとっても願ったりかなったりではないか」

話を伝え聞いたウェスパシアヌスは胸躍らせた。その異国の男が実際に牢獄に閉じ込められていると知ると、苦しみが和らぎ、痛みが軽減した。そこで彼は父親に頼んだ。息子への愛情にかけて、もし息子の回復を願い、今のような悲惨な牢獄から解放してくださるお気持ちがあるのでしたら、その土地に使者を送って調査をさせてください。ここはあまりにつらく、あまりに暗く、暗澹としています、と。私は語らずにはいられない。皇帝はさっそくユダヤの地のすべての者、国の最有力者たちやとりわけピラトに宛てて、書状をしたためたことを。皇帝が当地に使者を派遣し、十字架に架けられたイエスの死に関するあらゆることについて話を聞くという内容だった。皇帝は見つけられる限り最も賢い人物を派遣し、ぜひとも事情を把握させてすべての真実を解明したいと思った。そして最後に、もし死んでいる場合、預言者に属した物を人々が持っていれば直ちにそれを持ち帰るよう、厳命した。皇帝はひたすら息子の治癒を願うとともに、聞いた話が本当ならばひどい目にあわせてやるぞ、とピラトに対して気色ばんだ。

こうして使者たちは旅立ち、海岸に直行すると船に乗った。風に恵まれて海を渡った。到着の際、使者のうちピラトの親しい友人だった男がピラトに手紙を送り、まともに裁いてもいない男を刑死させるとは驚き呆れた、腹立たしい、こう書いて伝えた。確かにあれは大きな過ちだった。彼にはひどいことをしたものだ。皇帝が派遣した使節団が到着したので、直ちに出迎えに来るように。君は逃げられやしないのだから、と。

ピラトは友人が送った知らせを伝え聞いた。皇帝の使節団を丁重に出迎えて歓迎しなくてはと思ったので、部下に乗馬するよう命じた。使者たちはピラトを見つけようとして急ぎそちらへ向かい、ピラトも部下たちを連れて馬で向かった。二つの集団が互いの姿を見つけたのはちょうどアリマタヤでのことだった。ピラトに出会った使者たちの表情はこわばった。彼をローマに連行することになるかもしれなかったからだ。使者の一人が書状を手渡し、ピラトはそれを読んだ。そこにはあの巡礼の語ったことが一言一句たがわず記されていた。それを知ったピラトは、内容は真実だと思った。使者たちに近づくと、にこやかな顔をして言った。

「書状を拝読いたしました。内容はその通りかと」あっさりと話は進み、ピラトが経緯をそのまま認めてしまったことに各自が驚き呆れた。責任逃れをしないとは狂気の沙汰だ。それでは殺されてしまうではないか。無実を主張すべきところである。そのピラトは使者たちをとある部屋に呼び寄せた。内々に話すためだ。部屋の扉を閉め、人が入ってこられないように厳重に注意を払った。人づてで伝えられるくらいなら、自分自身で事の次第を伝えたいと思ったのだ。イエス・キリストの幼年時代から始めて、知っていることや人から聞いたことのすべてを語った。どのようにユダヤ人たちが彼を憎み、ごろつき、謀反人などと呼ばわったか。あるいは彼が思うがままに病人たちを治したこと。その弟子であったユダという男から、ユダヤ人たちが彼を買い受け、支払い、引渡しを受けたこと。彼に対するありとあらゆる残虐な仕打ちについて。どのようにシモンの家で捕らえられ、どのように自分の前に連れてこられたか。どのように人々が彼を告発したのか。

「裁判を行なって彼に死罪を宣告するよう、彼らは私に要求しました。私には裁くことができない、なぜならばその理由が見つからないからだ、と彼らに言いました。私に裁く気がないのを見ると彼らは怒り出しました。彼らにはたいへんな権力があり、裕福でした。ぜったいに彼を殺してやる、あきらめないぞ、と言いました。これには私も困り果て、皆にこう言いました、『もし皇帝陛下が私に説明を求められ、私の責任を問われたら、私はどう答えればよいのか。隠し立てはできない。もし私が隠そうと思ったとしても、あなたがたを通して事が明らかになるだろう』

『老いも若きも、大人も子供も、我々と我々の子孫の上に、イエスの血が降り注がんことを。そう伝えればよい』

彼らは預言者を捕らえて連行し、殴ったり叩いたりし、柱に縛りつけて、十字架に架けました。その後のことは、ここに来られる前にすでにお聞き及びの通りです。こんな顛末に私は困惑こそすれ、けっしてうれしくなどなかったし、それはあまりに大きな罪なので自分を清めたいと思いました。そうした思いをわかってもらおうと、彼らの眼前で水を所望し、すぐさま両手を洗い、言いました。今水で洗った手が清潔であるのと同様に、イエスの苦痛と死について私は潔白である、と。さて私の部下に、一人の雇われ騎士がいました。高潔で、たいへん立派な騎士でした。イエスが死んだとき、私にその体を求めました。騎士はイエスを愛していたので、与えてやったのです。その立派な男の名前はヨセフといい、見事な武具と馬をそろえて五人の部下の騎士たちとともに、ずっと私に仕えてくれていました。私から何かもらおうとしたことは一度もなく、唯一の例外がその預言者の体でした。その気になれば、私から莫大な財を受け取ることもできたでしょうに。彼は預言者をむごたらしい刑具から外し、自分の死後のために作らせておいた石墓に安置しました。ところが埋葬後ヨセフは消息不明になってしまい、私は探しました。しかし彼がどうなったのか、どの道を進んだのかもわからずじまいでした。おそらく彼らが殺したのか、溺死させたのか、牢獄に閉じ込めたのだと思います。私が皆さんに対して力をもたないのと同様、ヨセフもまた彼らに対して無力でした。そうですとも」

使者たちはこれを聞いて、ピラトには思っていたほど大きな過ちはなかったと感じた。彼にこう言った。

「あなたのお話がその通りなのか、私たちにはわかりません。もしよろしければ、我らが陛下の前で弁明してみてはどうですか。私たちに語ったことが本当であるならば」

ピラトは彼らに答えた。

「あの者たちも私がお認めした通りのことを認め、同じことを話すでしょう」

「ならば人々を招集してください。この町に一か月以内に全員を集めるのです。言い逃れやごまかしのないよう注意して。集合させて、私たちが直接彼らに査問します」

ピラトは伝令を集め、ユダヤ全土に行って、過日皇帝の使節団が来訪された旨をすべてのユダヤ人たちに伝えるよう命じた。彼らが一堂に会すれば、使節団は喜んで接見されるだろうと。それまでに一か月の猶予があったので、その間ピラトは預言者に属した物を何か探し出そうと手をつくした。だが部下たちは満足のゆく物を探し出すことができなかった。

すべてのユダヤ人がアリマタヤの町に集合した。ピラトは使者たちにひとつの巧妙な提案を行なった。

「最初に私がユダヤ人たちと話をしてもよろしいでしょうか。そうすれば皆さんは、彼らと私の双方の言い分を聞くことができます」

使者たちはそれを認めた。人々が集まるとピラトが口火を切った。

「皆さん、こちらは皇帝陛下の使節団だ。イエスと呼ばれ、法の支配者を自称した男についての情報を集めておられる。比類ない医者だったそうだ。皇帝陛下は彼を所望され、話をしたいとおっしゃっている。使者の方々には、彼が死んだことと、あなたがたが望んで彼を死に追いやったことをお伝えした。それが本当かどうか言ってください」

「本当だ。隠すつもりはない。奴は王にして我らの主だと自称したからだ。奴を裁こうとも制裁しようともしなかったあなたは卑怯者だ。制裁どころか、見るからに心痛めていたではないか。だが我々は、奴にせよ他の人間にせよ、あれほど強力なカエサル以外の誰かが、我々と我々の子孫に君臨することなど、およそ耐えられない。大きな災厄をもたらすのだから、奴を殺して当然だったとも」

するとピラトは使者たちにぼやいた。

「私は、彼らに対して力を及ぼせるほど有力でも利口でもないのです。彼らはたいへんな財力と権力を有していますから」

そこで使者たちは言った。

「まだ核心に触れる話を聞いていない。どうか真実を証言してほしい。ピラトは王を自称したこの男の断罪を拒んだのだな。皆さん、そこのところを聞きたい。ありのままに言ってくれ」

「確かです！　むしろ我々に懸かっていました。もしピラト殿の責任が問われるようなことがあれば、我々がそれを引き受けるという話でした。もし皆さんが彼を糺《ただ》すなら、我々が代弁します。まことに、我々こそこの件の当事者。我々の後は、我々の子孫すべてが。一方ピラトは彼の死を望みませんでした。それが彼の過ちでした」

皆が思っていたほどには、また人々が証言するほどには、ピラトは大きな過ちを犯していないと使者たちは理解した。その話題の預言者がどのような人物で、どのような力をもっていたのかを問いかけた。この世で最高の奇跡を次々に行なったとの答えだった。彼に会った者は男も女も、彼を魔法使いだと思いなした。そこで使者たちは尋ねた。

「彼の物を何か持っている人を知らないか。持って帰れるような何か、その持ち主をぜひ見つけたいのだ」

そこにいた一人が、彼の顔布を持っていて毎日それを拝んでいる女を知っていた。女がそれをどこで入手し、どこで見つけたのかは知らなかったが。そこで彼らはピラトを呼んで、この男の話を伝えた。ピラトは直ちに男からその女の名前や自宅の住所などを聞き出した。

「名前はヴェリーヌ[14]といい、学校通りに住んでいます。なかなか賢い女です」

住所と名前を聞くとピラトは直ちに人を送った。使者に彼女を連れてこさせ、女は急いでやって来た。そして、おお神よ、ピラトはやって来た女を見るや、すっくと立ち上がって出迎えた。その総督の姿を見、自分などに多大なる敬意を払ってくれたことに女は驚いた。女を丁重に歓迎すると、ピラトは彼女を片隅に引っ張って、こう言った。

「奥様、ご自宅に男の似姿をお持ちですね。それは思い出の品で、拝んでいらっしゃるとか。できましたらぜひ私どもにそれを見せていただきたいのですが。何も取ったりはいたしませんのでご安心を」

女はその言葉を聞いて仰天した。固く拒み、そのようなものは何も持っておりませんと言う。そこに皇帝の使者たちもやって来て、連れてこられた女にピラトが何やら言っているのを見た。使者は女をぎゅっと抱きしめ、喜色を浮かべ、なぜここに集っているのか、わけを話して聞かせた。もし皇帝陛下の皇子を治せるような何かを家に持っているのならば、生きている限りたいへんな名誉が与えられるだろうし、その名誉が欠けることはけっしてないだろう、と彼女に言った。

「思い出の品としてイエスの似姿をお持ちだそうですね。もしそれを売ってもらえるなら、喜んで買い取りましょう」

もはや隠しておけない、見せた方がよいだろう、とヴェリーヌは判断し、こう言い開いた。

「皆様がお求めのものですが、いくら積まれてもお売りするつもりはございませんし、差し上げるつもりもございません。ですが皆様とそのご一行様には次のようにお約束いただきたいのです。私からは何も取り上げない代わりに、皆様のお国のローマまで私をお連れくださると。そうすればこの似姿を持って、ご一緒にまいりましょう」

使者たちはこれを聞いて心中たいへん喜び、言った。

「大喜びであなたをお連れしますし、おっしゃることすべてをお約束しましょう。ですが、例の似姿をちょっとだけでも見せてはいただけませんか。見たいものです」

その場にいてやりとりを聞いていたユダヤ人たちは皆、あの女は今より金持ちになり、はなはだ大きな栄誉を得るのだろうな、と言った。ヴェリーヌは使者たちに言った。

「ちょっとお待ちください。その似姿を取ってまいります」

きびすを返して、急いで家に戻った。家に入ると、長びつを開いて似姿を取り出した。そしててきぱきと自分の外套の下にそれを入れ、使者のところに戻ってきた。彼らは立ち上がって女を迎え、大きな敬意を表した。女は彼らに言った。

「どうかお掛けください。そして神がそのお顔を拭われた聖顔布をご覧くださいませ。ユダヤ人たちはこの方に対して暴虐を働きました」

彼らは皆腰を下ろそうとしたが、それを見るやいなや、全員ぴょこんと立ち上がってしまった。そうせずにはいられなかったのだ。なぜ立ち上がったのですか、とその善良な女は尋ねた。黙ってはおれず、それぞれが答える。

「だって！　似姿を見ると、そうせずにはおられないのですよ。ひとりでに体が動いてしまいます。奥様、神かけて、いったいどちらでこの聖顔布を入手されたのか、教えていただけないでしょうか」

女は答えた。

「申し上げましょう。私の身に起きたことをお伝えします。一枚の手ぬぐいを作らせまして、それを両手に持っておりました。道すがら私はその預言者様をお見かけしました。後ろ手に縛られ、十字架に括りつけられていました。ユダヤ人たちは私に会うと、この布切れを貸してくれ、預言者の顔を拭いてくれ、と偉大なる神にかけて強く頼んできました。私は直ちに布をつかんで、その方のお顔をよく拭いました。というのもたいへん激しく汗をかかれていて、全身がびっしょり濡れていたからです。私はそこを離れましたが、彼らは預言者様をどこかへ連れていき、打ちのめしました。たいへんひどい仕打ちを受けても泰然としておられました。私が自宅に帰ってふとその布を見ますと、その通りに描かれたかのような似姿がそこにありました。もしこれがお役に立つもので、皇帝陛下の皇子のお苦しみを和らげ、良い効果をもたらすとお考えなのでしたら、私は喜んでご一緒に発って、これを持参いたしましょう」

使者たちは彼女に深く感謝し、これは帰京したときにきっと役に立ちますとも、と言い切った。これ以上に効験あらたかなものは何も見つけられなかったからだ。こうして一行は海を渡り、故郷に帰った。彼らはローマに戻った。皇帝は大喜びだった。首尾はどうだ、巡礼の言ったことは本当だったか、と報告を求めた。巡礼の言葉に何の嘘もありませんでした、と使者たちは言った。

「彼らは話に聞いていた以上の恥辱や暴虐を預言者に対して働いており、少しも悔いる様子がありません。一方ピラト殿は私たちがこれまで見立てていたほどの大きな過ちは犯していません」

皇帝は尋ねた。

「この聖なる預言者に属していた何か、我が子の役に立つ何かを、果たしてお前たちは持って帰ってきてくれたのか」

「陛下、もちろんですとも！　良いものを持ち帰りました。ご説明いたしましょう」

そう言いながら、彼らは彼女を見つけた経緯やその持ち物をありのままに語った。ご想像通り、皇帝はこれを聞くと大喜びして、言った。

「よくやったぞ。長旅の務めをよくぞ果たした。類を見ない逸品を持ち帰ってくれた」

皇帝はその女のところに駆け寄り、歓迎した。よくいらっしゃいました、息子に喜びと健康をもたらしてくださったあなたには富をお約束しましょう、と話しかけた。皇帝の言葉を聞いた女の心は喜びに溢れ、こう言った。

「陛下、陛下のお望みを果たす用意はできております」

持参した似姿を皇帝に見せた。皇帝はそれを見た途端、三度おじぎをし、自分でもたいそう不思議がった。いまだかつてこれほどすばらしい人間の似姿を見たことがない、金、銀、香木にも優る、とその賢女に言った。両手でそれを抱えると、息子が病気のために閉じ込められている部屋まで運んでいった。ウェスパシアヌスが見ることのできるようにそれを小窓に置いた。そしてなんと、それを見た途端、皇子はこのうえなく健康な体に戻ったのである。なぜならばそれが我らが主の思し召しだったからだ。皇子は言った。

「主よ、どうか。いったい何が、これほど大きな病気や苦痛から私を癒してくれたのでしょうか。もういささかの痛みもありません」

そして皇子ウェスパシアヌスは叫んだ。

「直ちにこの壁を打ち破るのだ！」

人々は大急ぎでその通りにした。壁を壊すと、すっかり健康になった皇子がにこにこしている。このように一瞬で皇子を治すという、これまで誰一人としてできなかった偉業を果たすとは。この似姿はいったいどこで入手されたものなのかと誰もが不思議がった。人々はここまでの事情を皇子に逐一語って聞かせた。例の巡礼は牢から解放された。自分が預言者について話したことは正しかったのですか、あの偉人を人々は本当に殺してしまったのですか、と巡礼は問いかけた。その通りでした、と彼らは答えた。巡礼には多くの報奨が与えられたので、一生豊かに過ごした。もちろんヴェリーヌも忘れられるはずがなく、彼女にもたくさんの財宝が与えられた。

五　ウェスパシアヌスによる復讐とヨセフの解放

（一七一一―二三五六行）

皇子は事の次第を聞いた。おわかりいただきたいが、彼は喜ぶどころか怒りに打ち震えて、言った。

「事件に関与したすべての者が、きっちりとイエスの死の報いを受けねばならぬ」

皇帝にはこう言った。

「私にその機会と力があるならば、彼らを思い知らせてやるまでは、私はけっして満足も名誉も得ることがないでしょう」

実の父親に向かって次のようにまで言った。

「あなたは王でも皇帝でもありません。私たちすべてにこのような力を及ぼし、私を直ちに完全に治すという、このような効き目と効果をいながらにしてこの似姿に与えられたそのお方だけが、本物の王であり皇帝なのです。父上であれ他の方であれ、たとえどれほど身分が高くても、人間にはなしえないことです。ですがこの方こそは、万人に力を及ぼし、及ぼすに違いないのです。私の主君であり私の友である、いとしいお父上、両手を組んでどうか切にお願い申し上げます。あの臭いごろつきのユダヤ人どもが暴虐を働いて殺した正義の人、私のまことの主の死について、ぜひ復讐をしに行かせてください」

皇帝は皇子に答えた。

「いとしい我が子よ、もちろんだ。ぜひやりなさい。父も子も気にせず、思う存分思いを遂げるがよい」

これを聞いてウェスパシアヌスの心は喜びに満ち溢れた。事はそのように運び、かくして似姿がもたらされたのだった。それは「ウェロニカの布」〔聖顔布〕と呼ばれ、今でもローマで偉大なる聖遺物として保管されている。

ウェスパシアヌスとティトゥス(15)はもはや居ても立ってもいられず、ユダヤの地への遠征の準備に着手した。出帆し、海を越え、全速力で現地に到着した。すぐさまピラトに伺候するよう伝えた。指示を受けたピラトは大軍団が来航していることを知る。内心たじろいだが、伺候してウェスパシアヌスに挨拶した。

「陛下、お呼びでしょうか。陛下のお望みを果たすために参上いたしました。私にできることでしたら何なりと」

ウェスパシアヌスは単刀直入に言った。

「イエスの死に復讐するためにここに来た。彼は私を治してくれた」

ピラトはこれを聞くと恐れおののいた。不名誉のうちに身体と財産を失い、死刑に処されるだろうと思ったからだ。てっきり自分が責められると思い、すくみあがった。そこでウェスパシアヌスに言った。

「もしご関心があれば、あの預言者とその死について、誰が正しくて誰が間違っていたのかをお話しさせてください」

「ああ、ぜひ聞かせてくれ。心安らぐだろう」

「でしたら陛下の牢獄に私を匿《かくま》ってください。そしてすべてのユダヤ人に伝えていただきたいのですが――私は本当は預言者を裁くのではなく、擁護したかったのです」

ウェスパシアヌスはピラトが言った通りにした。万全を期して国中から人が呼び集められた。全員が集まると、ウェスパシアヌスは預言者に対して彼らの行なったことを尋ねた。皇子はそれが知りたくて、居ても立ってもいられなかった。父親よりも王よりも公爵よりも皇帝よりも、あの方こそが本当の主人だったからだ。

「裏切り者めらが。このような恥ずべきことをしでかすとは」

ピラトが奴に肩入れしたのですよ、とあの臭い背徳者たちは言った。

「我々はそのようなことを望んでいませんでした。王を自称する者はすべて陛下と陛下のお父上に反抗することに等しい。しかしピラトは奴が死罪には値しないと言いました。我慢できませんでした。王を自称する者は死ななければなりません。奴はさらに傲岸不遜なことを言っておりましたよ。王のなかの王を自称したのですから」

ウェスパシアヌスはこれに答えた。

「そのためにピラトを我が牢獄の奥深くに閉じ込めた

のだ。彼の行動は間違っていたと聞き及び、もっともだと思ったのでな。私よりも預言者のことを愛したそうだな。直接お前たちの口から聞きたいので、ぜひ真実を教えてくれ。その男がユダヤ人の君主だの王だの主人だのを自称したことで最も怒ったのはお前たちのうちの誰なのか、そのために厳しい態度に出たのは誰なのか、彼と最初に会った日にお前たちはどのような態度を取ったのか、またなぜこのように激しい嫌悪や怒りのうちに彼を受け止めたのか、誰が最高決定の場にいたのか、そして誰が議論を主導したのか。出来事の全貌を、すっかり最初から教えてくれ」

ユダヤ人たちはこれを聞くと心中大喜びし、しめしめこれは自分たちの功績になるぞと思った。自分たちには有利でピラトには不利な状況であるだけに、なおのこと上機嫌だった。事の次第を最初から語り始めた。どのようにイエス・キリストが彼らすべてに対して王を自称し、彼らを苛立たせたか。そのため姿を見るのも耐えられないほどに彼を憎んだこと。どのようにユダが彼を裏切り、銀貨三十枚で売ったか。ユダは彼の弟子であったのに、師を売るような悪人であったこと。そこに列座していたユダに銀貨を支払った男や、イエスを捕縛した者たちを皇子に見せた。イエスに対する残虐非道の数々を得意になって述べたてた。おお神の呪いあれ！　またどのように彼らがピラトの前に行って訴え、イエスを裁き、悪人として死刑判決を下すように言ったかも述べた。

「陛下、確かにピラト殿は、もし何か問われたときに代弁してくれる人間を我々が出さない限りは、奴を裁いたり、我々に引き渡したりすることを望みませんでした。後ろ盾が欲しかったのですな。もちろん我々は引き受けましたとも、子子孫孫まで。このようなわけで奴は我々に引き渡され、その血が流されました。我々と我々の子孫がその責任を負いました。陛下、奴には実に手こずりましたよ。代わりと言ってはなんですが、我々に対して既存の取り決めを無効にしてもらえませんかねえ」

ウェスパシアヌスは耳を傾けていた。彼らの心を埋めつくしている邪《よこしま》さや悪意をその耳で聞き取った。彼らは自分からそれを暴露したのだ。全員をひとまとめにして捕らえて大きな館の中に閉じ込めるとともに、ピラトを呼び出し、牢獄から外に出してやった。御前に伺候したピラトは、例の預言者とその死について自分は大きな過ちを犯してしまったのでしょうか、と主君に問いかけた。

「私が予想し、胸中で判断していたほどではない」

眼前に立ちつくすピラトに、皇子はこう命じた。

「すべてのユダヤ人を殺すように。ひとりたりとも生き残ってはならない。万死に値することを自ら白状したのだからな」

御前に彼らを呼び出し、三十人を選り分けた。たくさんの馬を運び入れ、尻尾に彼らを結びつけて引かせ、八つ裂きにした。ひとりたりとも逃れることはできず、こうして三十人は息絶えた。ほかの者たちは笑う余裕などなく、激しく狼狽した。なぜこんなことを、と問うと、皇子は答えた。

「あのように残酷に処刑されたイエスの死のために。お前たちが生きたイエスを私に返すか、さもなければお前たちも無残に死ぬかだ」

「なんですと！　我々は奴をヨセフに渡したのです。それ以来まったく姿を見ておりません。ヨセフが奴を十字架から降ろしたはずですが、それをどうしたのか、我々にはさっぱり。ですからもし陛下が我々にヨセフを渡してくだされば、イエスの体をお返しできますとも」

するとピラトが彼らに答えた。

「あなたがたはヨセフを信用していなかった。だから見張りをつけたのではないか。イエスは三日目に復活すると弟子たちに予告していたので、あなたがたは埋葬された場所に三日間見張りを置いたはずだ。弟子たちが夜中にこっそり体を持ち去って人目のつかないところに隠し、生きたお姿を見たと吹聴して回り、そうして人々をだまして信仰の道に誘うことをあなたがたは恐れていたのだ。もし復活などされたら、たいへん危険でたいへんゆゆしき事態だからな」

ウェスパシアヌスは彼らがひとしく死罪に相当し、息絶えるべきだと言った。彼らは声をそろえて、そんなご無体な、と言った。まず先にヨセフを返していただかないとイエスをお返しすることもできませんよ、と。皇子は彼らの死を望み、彼らは恥辱のうちに殺された。一部は火刑に処されたとも言われるが、私は詳しく語ることはできない。

まもなく殺されるとわかり、一人のユダヤ人が大声で叫び、尋ねた。

「あのう、もし私がヨセフの行方をお教えすれば、私と妻子の命をお助けくださるでしょうか」

ウェスパシアヌスは即答した。

「もちろんだ。約束する。お前は手足や命を失うことはないぞ」

直ちに男はヨセフが幽閉されていた塔へと皇子を連れてゆき、言った。

「ここに閉じ込められるのを見ました。それきり外に出ていません。ピラト殿も手をつくして彼を四方八方探させたのですが、ついに見つけることはできませんでした」

その後どれほどの時間が経っているのか、ウェスパシアヌスは尋ねた。

「申せ、いったいなぜここに彼を連行し、閉じ込めたりしたのか。彼がお前たちに何か悪さでもしたのか」

ユダヤ人たちは次第を語った。預言者が死ぬとヨセフが彼らから遺体を奪い取り、誰も見つけられないような場所に隠したと。

「そのようなわけで遺体を取り戻すことができませんでした。わかっています、我々の手の届かないところにあるので、所在を聞かれても見つけようがありません。我々は相談し、代わりに生きたヨセフを捕らえて命を奪ってやろう、と皆で合意したのです。口封じです。もしイエスを探す者がいれば、ヨセフに尋ねればよいのです。彼がイエスを持っていたはずなのですから。こうしてイエスの件は一件落着、ヨセフが絶命してしまえばもう誰にも見つかりません。実際イエスは三日目に復活し、墓から出てきたなどと弟子たちが証言し、うそぶいているのを耳にしました。ですからヨセフを叩き殺し、この牢獄に入れたのです」

ウェスパシアヌスは彼らに尋ねた。

「ここに入れる前にすでに死んでいたのか？　先に殺してから塔に幽閉したと？」

「いいえ、違います。激しく殴りつけ、その後に地下に閉じ込めました。イエスをどこにやったのかという我々の問いにふざけた返事しか返さなかったからです。彼が奪い去り、隠したに違いありませんとも」

「彼はもう死んでいると思うか」

彼らは異口同音に答えた。

「わかりません。しかし生きているはずはないでしょう。幽閉されたのはずいぶん昔のことですから」

ウェスパシアヌスは彼らに告げた。

「私の病を治し、今このように健康に戻してくれたそのお方が彼のこともお護りになっているかもしれない。その方以外、他にそのようなことができる人は誰もいない。わかっておる。しかも彼が幽閉されたのは、まことにその方のため。というのもその方は彼に与えられ、その方のためにお前たちが彼を叩きのめしたのだから。それはすべてまことのことだ。イエス様がここで彼をみすみす悲惨な死に目にあわせるとはどうしても思えないのだ。とことんまで調べてやる」

そして獄屋の蓋石を取り除かせると、皇子は中を覗き込み、おーい、と呼んでみる。しかし返事はない。これほど長期間飲まず食わずで、しかもなんの励ましもない状態で生き永らえていたらそれこそ不思議だ、とユダヤ人たちは言った。しかしこの目で見るまでは死んでいるとは思えない、と皇子は言う。長縄を持ってくるよう言いつけると、直ちにそれが用意された。何度も呼んだが、しいんとしている。そこで皇子は自分でまっすぐ下へと降りていった。降り立って周囲を見渡すと、壁の窪みの辺りだけが妙に明るい。窪みまで届くよう、さらに縄を下に落とすように命じた。

ヨセフはウェスパシアヌスの姿を見ると、ぱっと立ち上がって言った。

「ウェスパシアヌス様、よくおいでになりました！　何をお探しで？　なぜこんなところへ？」

ウェスパシアヌスは自分が名前で呼ばれたことを不思議がり、言った。

「私の名を誰から聞いた？　上から呼んでもなかなか返事がなかったのでこちらへ降りてきた。お前は誰なのか。どうか言ってくれ！」

「アリマタヤのヨセフと申します」

ウェスパシアヌスはこれを聞くと大喜びして、言った。

「ここであなたをお救いになった神が称えられんことを！　神以外にこのような救済を行なえる方は他にいないのだから。疑いない」

こうして二人は抱きあい、大いなる愛をもって口づけを交わした。そして皇子は次のように尋ねた。

「ヨセフよ、誰がお前に私の名前を教えたのか？」

ヨセフは即答した。

「万人に教えを垂れたもうた方です」

ウェスパシアヌスは友情をこめてヨセフに頼んだ。あれほど重篤だった病気から自分を癒してくれたのはいったいどなたなのか教えてくれと。ヨセフは尋ねた。

「どのようなご病気だったのですか？」

皇子は答えた。

「本当に重篤で、たちが悪くて臭い、らい病だった。たとえ都じゅうの富をやると言われても、こうして私のそばに留まることのできる者は誰もいなかった」

ヨセフはじっと耳を傾けると、にこっと微笑んで言った。

「誰があなたをお救いになったかわからないのですって？　では教えて差し上げましょう。私はそれを確かに知っていますから。もしお名前を知りたいというのでしたら申し上げましょう、もちろんですとも！　どうかその方を信じ、その命令に従われますように。信仰のことや、その方が私にお命じになったこと、御自らお勧めになったことなどをすべて、あなたに喜んでお伝えいたしましょう」

ウェスパシアヌスは言った。

「その方を信じ、喜んで称えましょう」

「ウェスパシアヌス殿、私の話をお聞きください。私の信じるところによれば、すべての物を生み出し、天と地と海を創ったのは聖霊です。夜と昼とさまざまな構成要素と四つの風を創りました。同時に大天使たちと天使たちも創りました。そのなかに一部悪しき者たちがいて、高慢、卑劣、羨望、貪欲、嫌悪、狡猾、肉欲、その他の罪に溢れていました。それをよく思われなかった神は、彼らをこの地上に堕としたのです[16]。三日三晩雨が降り続き、それはいまだかつてないほど激しい豪雨でした。地獄と地上それぞれに三群ずつ堕ちました。まず地獄に堕ちた者たちがいて、その頭領はリュシフェルであり、地獄の魂たちを苦しめます。次に地上に堕ちた者たちは女や男を苦しめ、創造主に対して大いに戦うよう仕向けます。人々はたいへん重大で深刻な罪を神に対して犯すことで、神の名誉を汚すのです。その地上に残った堕天使たちは人々を唆《そそのか》し、忘れるのことのないよう書物にして伝えました。残りの三群はそのまま空中に留まりましたが、とても看過できないような別のやり方で人々を惑わしました。彼らはさまざまな姿をとることができるのです。人々を欺き、道を踏み外させるために、彼らの投げ矢や投げ槍や槍を投げつけました。以上が堕天使の分類であり、それぞれ三群ずつ三箇所に分かれました。彼らは地上に悪とはかりごとをもたらし、すっかり定着させました。奸策、いかさま、憤怒、肉欲、そして暴食もです。天に残った天使たちはしっかりしていたのでけっして罪を犯すことはありませんでした。仲間の一部が同じ天で罪を犯し、その傲慢さのために神が彼らに恥辱と屈辱をお与えになったときも、そのような罠に陥ることはありませんでした。

こうして神は堕落した天使たちを堕とされました。そのため人間を創ることによって欠損を補う必要がありました。神は自ら望まれて、ご自分と同じような美しい姿に作られました。行ったり、来たり、話したり、見たり、聞いたりする力と、分別と記憶を与えられました。そして、かつて天使たちが占めていた天国の席をすべて人間が満たすだろう、と言われました。このようにして人間は創られ、天国に宿されたのです。神ご自身が人をそこに配され、なすべきことを教えられました。またその人が寝て休んでいる間に、神は彼のわき腹からその妻を創られ、男に与えられました。アダムは彼女をイヴと呼びました。私たちはすべてこの二人から生まれたわけですが、またこのために堕落もしたのです。というのも、悪魔はこれを見て大いに憤激しました。泥から作られた人間が天の席を占めるというのですから。イヴのところにやって来て、彼女を唆してりんごを食べさせました。さらに悪魔が唆し、イヴはアダムにも食べさせました。食べてしまった二人は天国から追放されました。その地は罪にはそぐわず、いかなる悪事も行なってはならないからでした。二人は汗水たらして働くはめになりました。この二人からこの世の人々が生まれました。怒った悪魔は、望み通りに動いた人間がいたのだから、いっそすべての人間を手中に収めてしまいたいと思いました。しかしながらまことの神はそのお優しさから、ご自分の創られた者たちを救うために一計を案じられました。地上に御子を遣わされ、御子は私たちと交わられたのです。処女マリアから生まれたその方は、罪も卑俗さもなく、男の種から孕まれることもなく、罪なくして宿され、生まれました。それがまさにあのイエス様であり、地上で私たちと交わられ、数々の奇跡を行なわれました。常に良い行ないを心がけ、けっして悪を行なうことなく、善良かつ賢明にふるまわれました。その方がユダヤ人たちによって十字架に架けられたのですが、それはイヴがりんごを食べ、アダムも加担した、その木から作られていました。このように神は、御子が父のために地上に来て死ぬことを望まれました。聖母から生まれたその方はユダヤ人によって死罪に処せられ、それによってご自身の血で私たちすべてを地獄の苦しみから救おうとされたのです。父なる神、子であるイエス、そして聖霊、この三つが一であることを必ず信じなくてはなりません。それが陛下を治したのですよ。そして神が私を救われたことをその目でご覧いただくために、あえて陛下をここにお導きになりました。他にそのような力をもつ者はおりません。彼の弟子たちと私の命じるところをお信じください。その御名をあがめ尊ぶために、神がそれらの者に教えを垂れたまいました」

ウェスパシアヌスは答えた。

「神とは、父なる神と子なる神と聖霊であるということが、お話からよくわかった。この三位は一体であり、一つの力をもつのだな。私はそう信じ、これからも信じるだろう。それ以外のことはけっして信じまい」

ヨセフは言った。

「ここを発って私と別れた後、直ちにイエス・キリストの弟子たちをお探しください。彼らはイエスの話を聞いており、イエスの与えられたこと、行なうよう命じられたことのすべてを知っています。その方は死から復活し、私たちと同じ肉体をもって父の御もとに行かれ、その身は天国で栄光に包まれています」

こうしてヨセフはすっかりウェスパシアヌスを教え導き、改宗させたので、皇子は全能の王であるイエスをかたく信じた。ウェスパシアヌスは彼を下に降ろした者たちに声をかけた。地下深くにいたにもかかわらず、その声ははっきりと届いた。そのことに皆はたいへん驚き、ユダヤ人たちは心中穏やかではなかった。ウェスパシアヌスは塔を打ち壊すよう呼ばわった。中で身体壮健かつ元気な状態のヨセフを再び見出したというのである。知る限り何一つ食べていないのだからそんなことはありえない、と誰もが思った。命令を聞いた部下たちは急ぎ駆けつけ、塔を破壊させた。皇子はヨセフを伴って牢獄から外に出てきた。老人も子供も、神のお力は偉大だと言いあった。

ヨセフはすっかり解放され、ユダヤ人たちの前に連れてこられた。彼の姿を見、それが誰だかわかると彼らは仰天した。健康で五体満足なヨセフが不思議でならなかった。そのときウェスパシアヌスが彼らに言った。

「さあ、ヨセフをここに連れてきたのだから、お前たちは直ちに私にイエス・キリストを返すように」

彼らは口をそろえて言った。

「陛下、確かに我々は彼に奴を与え、任せました。それは彼も承知のはず。奴がどうなったのか、奴をどうしたのか、ヨセフに白状させましょう。言えば信じてやろうではないか」

ヨセフはユダヤ人たちに答えた。

「私があの方を埋葬した場所は皆さんもご存じでしょう。そこから出られないように皆さんが見張りを置いたのですからね。その兵隊たちは三日間留まり、昼夜動かずにいました。よいですか、その方は死から生へと復活されたのです。どうか信じてください。その後直ちに地獄に降下され、すべての友をそこから解き放って天国に上げられたのです。ご自身の昇天と同様に」

いまだかつてこれほど驚愕したことがないほどに、ユダヤ人たちは驚愕した。ウェスパシアヌスはほんの一言を発して、ユダヤ人たちに対して思いを果たした。ヨセフの居場所を教えた男については、彼と一族全員を大きな船に乗せて海へと送り出した。彼らを乗せた船は沖に出て、波間を漂った。残りのユダヤ人たちはどのような場合に助けてやればよいのだろう、と皇子はヨセフに尋ねた。ヨセフはすかさず答えた。

「愛徳溢れる主、マリアの御子を信じる気があるならば、です。法の教える通り、それは父と子と聖霊の聖なる三位一体なのです」

ウェスパシアヌスは国中にお触れを出した。ユダヤ人を買いたい者はおらぬか、三十人を銀貨一枚で売ろう、と。売り物になる人間がいる限り、大売出しをするつもりだった。

さてヨセフにはエニジュスという名の一人の妹がいた。その夫で義弟にあたる男は、正しい名で呼ぶとブロン(17)という名前だった。ヨセフは立派な人物だったので、ブロンはこの義兄をたいそう愛していた。ブロンとその妻はヨセフが生きていたと知ると大喜びし、急いで会いにきた。彼の居場所に着くと、まことにこう言葉をかけた。

「ヨセフ殿、実に、どうかあなたのお慈悲を賜りますよう」

ヨセフがこれを聞くとたいへん喜び、相好を崩して言った。

「私に対してではなくて、私が信じる主に向かってそれをおっしゃい。神の僕である至聖の処女マリアの息子である方です。私を救ってくださったその方にこそ、お仕えなさい。その方をこそ愛し、信じるのです。これからはずっとその方を信仰しなくてはなりません」

そして、イエス・キリストを信じ、救われることを望む人はいませんか、とヨセフは各地に声をかけて回った。我らが主は人々を災厄と困苦から解放してくださるでしょう、完全に救ってくださるでしょう、と。それを受け入れた人々はそのまた友人に声をかけ、直ちにすべてを信じ、ヨセフの望み通りにすることに合意した。ヨセフはこうも言った。

「死ぬのが怖いからといって、私に嘘はつかないでほしい。その代償はあまりに大きすぎるだろう」

彼らはヨセフに言った。

「お心のままに。誰が嘘などつくでしょう」

ヨセフは言った。

「私を信じてくれるのなら、ここには留まらないでほしいのです。財産や土地や家屋を捨て、放浪の旅に出ましょう。これらすべてを神への愛のために行ないましょう」

その通りにします、と彼らは言った。ヨセフはウェスパシアヌスのところへ行き、私を愛するお気持ちがおありなら、これらの仲間に対してはどうかお怒りの矛先を納めて見逃してやってくださいと頼んだ。ウェスパシアヌスはもちろん同意した。

六　ヨセフ一行の危難と聖杯の卓

（二三五七―二六八六行）

こうしてウェスパシアヌスは、心底敬愛するイエスの死に対する復讐を遂げた。ヨセフは上記のことを終えると、皇子に別れの挨拶をして去っていった。仲間たちを引き連れて、遠くの土地に行き、長い間そこに留まった。ヨセフは滞在中、一行に良き教えを説き、彼らをしっかりと教導した。彼にはその力があった。土地の耕作を命じると、彼らは文句一つ言うことなく従った。こうして彼らの生活は長期間続き、何一つ欠けるものはなかった。だがその後事態は激変してしまったので、その様子をお話ししよう。

彼らは昼夜を問わず労働したが、その刻苦精励のすべてが裏目に出てしまった。彼らはもはや労役に甘んじることができなくなった。彼らを襲ったこの悪しき事態は、彼らの間で始まって広まった、たった一つの罪から生じていた。それはあのおぞましく、汚らわしい、肉欲の罪だった。この厄難にはもう耐えられないと思った人々は、ヨセフに近しい人物であるブロンの元へ直行した。今あらゆる繁栄が消えうせ、あらゆる悲惨に満ち溢れていています、と伝えた。

「いまだかつて私たちのようにこれほど多くの者がこれほど多くの不幸にまみえたことはないでしょう。誰も耐えたことのないような、あまりに大きな悲惨に直面しています。どうかこれをヨセフ殿にお伝えいただけるよう、神かけてあなたにお願いします。空腹で死にそうです。もう少しで気が狂いそうです。私たちも妻も子供もひどい欠乏に苦しんでいます」

ブロンはこれを聞くとたいそう哀れに思い、あなたたちは長期間これに耐え苦しんでいたのですか、と尋ねた。

「はい、確かにだいぶ前からこの状態でした。神かけてお願いします、なぜ私たちがすべてを失ってしまったのか助言していただけるよう、ヨセフ殿のところに行かれますように。私たちの罪のせいなのか、彼らの罪のせいなのか、すべての財を失くしました」

喜んでヨセフのところに行って聞いてみましょう、とブロンは答えた。そしてヨセフに会うと、周囲の者たちが苦しんでいる大いなる悲惨と恥辱と災厄を語った。この事態の真相を明らかにしてほしいと彼らが望んでいると伝えた。ヨセフは誠実で清らかで無垢な心で、この件についてどうかお導きくださいと神の御子に祈った。何か神のお怒りに触れる悪さをしてしまったのだろうか、とヨセフは心を痛めた。そして言った。

「ブロン、きっとわかるでしょう。わかったら伝えますね」

ヨセフは彼の杯のところに行き、泣きながら跪いて言った。

「聖処女に身ごもられ、そこから生まれたまいし主よ、あなたのご慈悲とお情けを求めてまいりました。私たちの間の愛にかけて、あなたの被造物である人間を救うためにご来臨ください。人々はあなたに従い、あなたのご意思に従う所存です。主よ、私は、生きたお姿と、息を引き取られたお姿と、そして死後、再び私が幽閉されていた塔に生きて話しに来てくださって、大いなる恩恵を施してくださったお姿とを、本当にこの目で見ました。主よ、そこであなたは私にこの杯をお渡しくださり、あなたの助けが必要なときはいつでも、栄誉ある御血が入ったこの貴い杯の前に行くようお命じになりました。ですからこれらの人々が問うていることについてご助言をくださるようお祈りし、お願いするのです。彼らはパンと肉を欠いています。私はあなたのご意向に従い、ご意思を満たす所存です」

するとと聖霊から出た声がヨセフに語りかけた。

「ヨセフよ、悩むでない。お前にこの狂態の責任はない」

「主よ、では罪を犯した者すべてを私の一行から排除することをお許しいただけますか」

「ヨセフよ、その必要はない。代わりに一つのことを命じる。それは大いなる徴《しるし》となるだろう。私の血を含んだお前の杯をはっきりと見えるように置いて、罪人たちを試練にかけるのだ。私が売られ、裏切られ、鞭打たれ、叩かれたことを思い出してほしい。そのことは事前に知っていたが、シモンの家に仲間が集うそのときまで、けっして話すつもりはなかった。そこで初めて、私とともに食している者が私の身を裏切るだろうと私は言った。それをしでかした人物は恥ずかしくなって、私から身を背けた。彼はもはや私の弟子ではなく、別の人間がその座を占めた。お前がそこに座るまでは、誰もその席につくことはないだろう。シモンの家で私が卓についで飲み食いしていたときのことだが、そのとき私は、明らかにやって来るであろう自分の責め苦を見ていた。その卓の名において、新たな卓を求め、設営しなさい。設営し終わったら義弟のブロンを呼びなさい。義弟ブロンは良い人間で、ひとえに善の源である。彼をかの川に行かせて魚を釣らせ、最初に釣れた魚を直ちにお前のところに持ち帰らせなさい。どうするかわかるか？　この卓の上に魚を置くのだ。次にお前の杯を取って、卓上の好きなところに置きなさい。ただし中央付近にまっすぐに置くように。そこにお前が着席し、杯を布で覆いなさい。これを間違いなくなし終えたら、ブロンが釣った魚を取って、ちょうどお前の杯の真正面に来るように置きなさい。用意が整ったらお前の一行を呼び寄せ、彼らの困窮の原因を見せてやると言いなさい。犯した罪のせいで不幸が訪れたのだと。弟子たちとともに食した最後の晩餐の卓で私が座った席にお前が座り、ブロンをお前の右手側に座らせなさい。するとブロンは身を引いて、誰かのためにその席を空けるのがはっきりと見られるだろう。この空の席はユダの席を意味する。ユダは私を裏切ったことに気づくと、愚かにも私たちの集団から出て行った。エニジュスが夫ブロンの子供を生むときまで、その席は誰かに占められることはないだろう。お前もお前の妹もブロンをたいへん愛しているね。[18]子供が生まれたとき、その席は埋まるだろう。さあ、すべての準備が終わったら、仲間たちを呼び寄せなさい。そしてもし、私の教えた通りに彼らが全世界の父と子と聖霊なる神を信じたのであれば――その聖なる三位は聖なる一体であり、一であるこの三つの力について私はお前の口を通して彼らすべてにこれらの法と良き教えをすっかり授けたわけだが――、また彼らがそれをよく遵守し、何一つ違反することがなかったならば、お前も望む通り我らが主の恩寵を与りに卓に座りにくるよう伝えなさい。主はその僕たちに繁栄と栄誉を与えたまうだろう」

ヨセフは我らが主の命令を完全に実行すると、教わった通りに人々を呼び寄せた。人々のうち、一部の者は席につき、一部の者はけっして座ろうとしない。埋まってはならない例の席を除いて、卓は完全に埋まった。そして食事の卓についた者たちはたちまち十全な心の安らぎと満たされた気持ちを感じた。彼らは恩寵を感じ取り、それを得られない者たちのことをたちまち忘れてしまった。着席者のうち、ペトリュスという名の男がふと横に目をやると、立ったままの者たちがいる。おそるおそる尋ねてみた。

「どうぞ教えてくださいな。私たちが感じているようなこのすばらしい感覚をあなたたちは少しも感じていないし、わからずにいるのでしょうか」

彼らは答える。

「まったく何も」

そこでペトリュスは彼らに言った。

「あなたがたがあの卑しく悲惨な罪に陥っていることはよもや誰も疑いますまい。そのためにヨセフにお伺いを立てたわけですが。その罪のせいで皆さんは恩寵を失ったのですよ」

するとと彼らは恥ずかしくなって、家の外に出て行った。だがそのなかに一人だけ、いかにも悲痛な表情を浮かべて大いに泣きじゃくる者がいた。

勤めが終わると、各自は席を立って他の者たちのところに戻っていった。ただしこの恩寵に与るために毎日きちんとこの場に戻ってくるよう、ヨセフは命じた。こうしてついにヨセフは誰が罪人であるかを見分けた。それは万能の王である神による解き明かしのおかげだった。こうしてその杯は愛しまれ、初めて試されたのだった。人々は恩寵を得、それは長い時間彼らとともにあった。一方外に出た者たちは中にいる者たちに執拗に問いただした。

「その恩寵というのはどのようなものなのですか。恩寵を得るとどんな感じなのですか。そして誰がこの贈り物をくれたのですか。誰が教えてくれたのですか」

中の者たちは答えた。

「私たちが得ている大いなる歓喜や私たちが満たされている大いなる喜びは、およそ心では想像できません。朝まで効果が続きます」

「そうやって男の心も女の心もすっかり満たし、魂そのものを新たにするような、それほど偉大な恩寵はいったいどこから来るのですか?」

そこでペトリュスは彼らに答えた。

「それは尊いイエス様から来ています。イエス様は、咎《とが》なくして投獄されたヨセフ殿をお救いになりました」

「この前見たあの杯は、もう二度と見ることができませんでした。どんなに想像してみても、それが何なのかわからないままです」

中の者たちが言った(19)。

「あの杯によって、私たちとあなたがたは分けられました。杯はいかなる罪人に対しても、場をともにしたり愛を寄せたりしないものです。まったくご覧の通りです。それにしても包み隠さず教えてください。《ご着席を》と言われたとき、あなたがたはいったいどのような気分や意思や願いをもったのですか。恩寵を剝奪されるほどの大罪を犯していたのは誰なのか、ひょっとして思い当たる節があったのではないですか」

彼らは答えた。

「私たちはみじめな者として立ち去り、皆さんと別れましょう。でも、よろしければぜひ教えてください。あなたがたならご存じのはず。私たちが皆さんと別れた理由を人に問われたらどう答えればよいのかを」

「その質問に対する答えはこうです。包み隠さず本当のことをお答えなさい。私たちは、我らが父なる神とイエス・キリストとそして聖霊の恩寵のもとに留まりました。ヨセフ殿の信仰と彼の導きから力を得て」

「では、これほどまでにあなたがたにとって喜ばしいこの杯はいったいどのような誉れを有するのでしょう。教えてください、それを名前で呼ぶとき、どのように呼ぶのでしょうか」

ペトリュスは答えた。

「隠すつもりはありません。正しく呼ぼうと思う者は、それをグラアルと呼ぶことでしょう。なぜならば、グラアルを見て喜ばしい気持ちにならない者はいないからです。[20] 国中のあらゆる人々の気に入り、うれしくさせ、喜ばせます。杯とともに留まり、その恵みを受ける者たちは、見ただけで喜びを感じます。ちょうど人の手に捕らえられていた魚が逃げ出して水底に飛び込んだときのような充実感です」

これを聞いて彼らは納得した。グラアル以外のいかなる名前もふさわしくないと思われる。皆が快諾するのは当然だ。今お話しした理由から、立ち去る者も留まる者も、ひとしくその杯をグラアルと呼んだのだった。

留まった者たちは三時課[21]に集まった。このグラアルの元に行き、その祭儀を請い願わんがためである。そしてこれはまことのことなので、私たちはこれを『聖杯《グラアル》由来の物語』と呼び、そのときから今日までグラアルの名が伝わることとなる。

七　偽善者モイーズ　（二六八七―二八四二行）

立ち去った邪な者たちのうち、かの一名だけがそこに居残った。モイーズという名で、人々から賢いと思われており、保身に長けていて言葉を巧みに操った。終始抜け目なく、意識的に賢くて敬虔なふりをしていた。こうして神が聖霊の恩寵で養っておられる人たちから自分だけは何があっても離れるものですか、と言った。そして実に見事な様子で泣き崩れ、大げさに嘆き悲しみ、悲しくて哀れみを誘うような表情をしてみせた。誰かがそばを通るたびに、自分のためにヨセフのところに行ってお慈悲をかけてもらえるよう取り計らってくださいと哀れみを乞うた。彼は何度も何度も懇願し、まるで本心からのように見えた。

「神かけて！　安らかになれるあの恩寵を私もいただけますように、どうかヨセフ殿に頼んでください」

あまりにしつこかったので、皆が集まったある日のこと、彼らはモイーズを気の毒がり、ヨセフに話して頼んでみようと言いあった。皆で一緒にヨセフに会い、足元にひれ伏して、モイーズにお慈悲をくださるよう、一人ひとりが頼んだ。それぞれが口を同じくして頼むことにヨセフはたいそう驚き、彼らに言った。

「皆さんはいったい何をお望みなんですか。私に何をしろと」

彼らは直ちに答えた。

「私たちの仲間だった者の多くは立ち去ってしまいました。しかし一名だけここに残った者がいます。さめざめと泣き叫んではたいへん反省していると訴えています。生きている限りここから立ち去ることはないと言っています。あなたのお仲間として、大いなる喜びと名誉とともに私たちが得ているあの恩寵に自分も与りたい、どうかあなたにとりなしてほしい、と言っています。私たちもそれを切に望みます」

ヨセフはすかさず言った。

「私が恩寵を与えるのではありません。我らが主が、これぞと思う人にお与えになるのですよ。まことに、主がお与えになる人は、それを持つにふさわしい人なのです。そういう人はことさらそぶりを示したりしません、神はよくご存じですから。欺くことはできないのだということを、考えるだけでなく、よく理解しなければなりません。もし彼が善人でないならば、自分自身を欺き、早晩報いを受けることになるでしょう」

「殿、大丈夫です。彼は外見は良さそうな人物です。どうか、[22]神かけて、彼にご高配を」

ヨセフは答えた。

「彼がここにいることを本当に望むなら、外見通りの人間であるはずです。ともあれ、あなたがたのために我らが主にお祈りしてみましょう」

彼らは深く礼を言った。

そしてヨセフはたった一人でグラアルの前に来ると、肘と膝をついて身を低くし、我らが主イエス・キリストに祈った。お慈悲とお優しさによって、モイーズが外見通りの人間なのかどうか、本当の解き明かしをしてくださいますようにと。すると聖霊の声がして、こう言った。

「ヨセフ、ヨセフ、お前とブロンの間の席についてかつて教えたことを目の当たりにするときが来た。お前は仲間たちとともに、彼が外見通りの人間であるようにと考え、願っている。彼に言え、もし外見通りの人間で、その通り恩寵にふさわしい者であるならば、前へ進み出て卓につくようにと。そして何が起こるかを見るように」

そこでヨセフは声が命じた通りにした。モイーズのことを懇願してきた人々の前に行って、言った。

「モイーズに言ってください。もし彼が恩寵にふさわしい者であるならば、何者も彼からそれを取り上げることはできません。逆にもし外見とは異なる人間であるなら、けっして来てはなりません。自分以上にうまく自分を裏切り、欺くことのできる者はないからです」

人々は彼のところに行き、ヨセフの言葉をそのまま伝えた。モイーズはこれを聞くと大喜びし、そして言った。

「ただ一つ心配なのは、ヨセフ殿のご許可が得られるかどうかです。私が中に入れるような人間ではないと思われているのでは、と」

人々は彼に答えた。

「あなたが彼の言う通りにするならば、もう許可は下りていますよ」

人々は大喜びして彼を迎え入れ、祭儀の場へと連れていった。ヨセフは、彼の姿を見ると言った。

「モイーズ、モイーズ、身の程に値しないものに近づいてはならない。お前自身以上に自分をうまく欺ける者はいないのだから。皆が思っている通りの人間であるよう、注意なさい」

するとモイーズは答えた。

「私は本当に善人なのですから、きっと神は私をお仲間に入れてくださるでしょう」

「では前へ出るがよい」とヨセフは言った。「お前が自分で言う通りの人間であるならば、私たちにもそれがよくわかるだろう」

そしてヨセフと義弟のブロンとその他すべての者たちはいつもの席についた。全員が着席すると、モイーズだけがぽつねんと立っており、不安げな様子で卓の回りをうろうろする。ヨセフの隣の席しか空席はない。そこで彼はそこに座るのだが、腰かけた途端、直ちに地中に溶け込んでしまい、跡形もなくなった。着席した人たちはそれを見、目の前で人が消えてしまったことに大いに驚いた。その日の祭儀はこのような次第となった。席を立つ際にペトリュスはヨセフに話しかけた。

「殿、いまだかつてこれほど驚愕したことはありません。あなたの信じる神のお力すべてにかけてどうか教えてください、ご存じなら。モイーズがどうなったのかを」

ヨセフは答えた。

「私にもわかりません。しかし、私たちにあれほどの解き明かしをしてこられた方のお気に召せば、今以上のことを知ることができるでしょう」

そしてヨセフは涙にくれながら、一人だけで自分の杯の前に行き、跪いて言った。

「立派な主なる神よ、あなたのお力はたいそう良きものでありあなたの御わざは賢明なものです。主よ、まことにあなたは処女マリアから肉をとり、お生まれになった。果ては地上の責め苦に苦しまれ、死を味わわれ、私たちのために地上で亡くなられた。またまことに牢獄から私をお救いくださった。ウェスパシアヌス殿が獄まで降りてきて私を見つけたのでしたね。獄中でこの杯を与えてくださったとき、私に何か困りごとがあるときはあなたを求めればいつでも直ちに来てくださる、とおっしゃいました。まことに私はあなたを信じます。ですから、モイーズがどうなったのか、消えてしまったのかどうか、教えてください。私がそれをきちんと知ることで、ご厚意によって私の仲間になった者たちにも話すことができます」

声はヨセフに話しかけ、こう答えた。

「ヨセフよ、お前が卓を設けたときに私が言ったあの徴《しるし》がお前の前に現れたのだ。あの席は、無知蒙昧によってその座を失ったユダの席を記憶に留めるためのもの。彼は私を裏切るだろう、あらゆる人が待ち受ける最後の審判の日までその席が埋まることはないだろう、とそのとき私は言った。お前が私の死[23]の思い出を語るとき、お前自身がその席を占めることはあるだろう。そしてお前を励ますために言うが、第三の男が到来するときまで、この席はずっと空席だろう。彼はお前の一族から出て、お前の血筋を受け継ぐ者だ。ブロンから息子が生まれ、お前の妹のエニジュスが母となる。その息子から生まれる者がまさにこの席を占めることになる。

ところで消えたモイーズについて、どうなったか尋ねるのだな。さあ聞くがよい、よくわかっているので教えよう。彼の仲間が去り、彼だけがお前たちとともに残ったときのことだ。彼一人だけが仲間と行かずに残ったのはお前を欺くためだった。そしてその立派な報いを受けた。お前とともに残った者たちがあのように大きな恩寵を受けることが彼には信じられなかったし、許せなかったのだ。留まったのはひとえにお前の一行を辱めるためだった。彼は本当に溶けて深淵に飲み込まれ、消えてしまったのだ。その席を再び埋める者が現れて彼を見出すときまで、作り話にせよ歌にせよ、もはや彼について語られることはないだろう。だがもはや彼の話は必要ない。私の仲間、そしてお前の仲間に加わる者は、疑うな、必ずやモイーズのことを咎め、厳しく非難するはずだ。そのようにお前の弟子たちに語り示すように。お前が求めることは私に向かえば見出されると思え」

聖霊はこのようにヨセフに語り、モイーズの悪しき行為を示すとともに、その本性を教えた。そこでヨセフはブロンや仲間たちに隠すことなく、イエス・キリストから耳にしたすべてをはっきりと語ってやった。事実がどうだったのか、そしてモイーズがどうなったのかを。彼らはまことにこう言った。

「神の力は偉大です。この苦難の人生において軽挙妄動に走る者は愚かです」

八　ブロンの十二人の息子　（二八四三―三三五八行）

　さてブロンとその妻は長らく夫婦としてともに暮らし、立派で優しくしっかりした十二人の息子をもうけた。何かと入り用で一家は困窮したため、ついにエニジュスは主人のブロンに話しかけて、言った。

「あなた、兄のヨセフに来てもらって、うちの子供たちをどうすればよいのか聞いてみましょうよ。皆成人して大きくなりました。兄に相談するまでは何もすべきではありません」

　ブロンは言った。

「私もちょうど同じことをあなたに言おうと思っていたよ。喜んで彼のところに行って、率直に聞いてみるよ」

　ブロンはヨセフのところに行き、この件のために彼の妹が自分を寄こした旨を思う通りに伝えた。

「義兄上《あに》、私たちには十二人の大きな息子がいます。あなたのご意見なしに、彼らに職を与えたり何かをしようとは思いません。どうすればよいかを教えてくださ い」

　ヨセフは言った。

「彼らは神の仲間となり、けっして道を踏み外すことはないでしょう。しかるべき時と場所がわかれば、私は喜んで神に伺いましょう」

　二人の話はこれだけだったが、ある日のこと、ヨセフは彼の杯を崇めに行った。ブロンの依頼を思い出して胸が高まり、愛おしさのあまり涙をこぼした。そしてしみじみと神に祈った。

「父なる神よ、万能の王よ、どうかお知恵をお貸しください。私の甥っ子たちをどうするのか、どのような仕事につかせればよいのかについて、どうか何らかの解き明かしをしてくださいますよう」

　すると神はヨセフの元に一人の天使を遣わしてお告げをされた。天使はこう言った。

「神が私をお前のところにお送りになった。どのようなお告げかわかるか。甥たちのためにお前が祈り、求めていることを、すべて果たしてくださるだろう。彼らを神の弟子として祭儀の場に呼び集め、その上に立つ一人の長を定めよ。もし彼らが妻を娶りたがるなら、そうさせよ。妻帯者は皆、まったく妻を欲しがらない一人の者に仕えるように。嫁をもつことも取ることもしたがらないその者をお前の前に連れてくるよう、彼らの父親に命じ、母親にも伝えなさい。二人にそう指示するように。そして彼らがお前のところに来たら、お前は万難を排して杯のところに行き、聖霊の声を聞くように」

ヨセフは言われたことをすべて了解し、天使は去っていった。ヨセフは子供たち一人ひとりに訪れる慶事を思い、たいへん機嫌をよくしていた。ブロンのところに行って、授かった助言を語って聞かせた。ヨセフは言った。

「あなたへのお願いごとが何なのかわかりますか。子供たちに神の法を護るよう指導してください。望むなら妻を娶らせ、他の人々と同じように結婚させなさい。もし妻を望まず、私とともに我が家に留まることを望む者がいたら、彼は私と暮らすことになりましょう」

ブロンは言った。

「ご命令とお心のままにいたします」

ブロンは妻のところに戻り、ヨセフの言ったことを伝えた。エニジュスはすべてを聞くと心を躍らせ、ブロンに言った。

「あなた、お急ぎください。なすべきことを果たされますよう」

ブロンは子供全員を呼び、一人ひとりにどのような人生を歩みたいのか尋ねた。

「お父上のご命令のままに」

彼らはそう言って嬉々としていた。そこでブロンは彼らの嫁を探し、結婚できるよう四方八方手をつくした。夫婦として、互いに誠実かつ賢明に所帯を守るよう命じた。まったく高慢さも傲慢さもなく、聖なる教会の形式にのっとり、旧法に従って彼らは妻帯した。またヨセフは彼らに、すべきこととすべきではないこと、ふるまい方などを細々と教え諭した。こうして支度が整い、それぞれが一人ずつ妻を娶った。だがたった一人だけ、妻を娶るくらいならば皮を剝がれ、ばらばらに切り刻まれるほうがましだと言う者がいた。彼はいかなる女も欲しくないと言い切った。ブロンはそれを聞くとびっくりして、ひそかに呼びつけて言った。

「息子よ、他の兄弟たちがしたような妻帯の役目をなぜ果たさないのだね」

「それは二度とおっしゃらないでください。私は生涯女と関わったり結婚したりするつもりはありません」

十一人の子供は結婚し、ブロンは十二人目の息子〔アラン〕を伯父であるヨセフのところに連れていって、伝えた。ヨセフは話を聞くとにっこり微笑んで、言った。

「それでは私がこの子を預かり、我が子としましょう。あなたと妹さえよければ、この子をいただけるでしょうか」

二人は答えた。

「喜んで、兄上。何の悲しみも不満もなく、あなたに差し上げますとも」

ヨセフは彼を両手でかき抱いて、抱きしめた。この子は親元を離れ、自分と生活をともにすることを、その父親とヨセフの妹である母親に伝えた。ブロン夫妻は帰宅し、子供はヨセフの元に残った。ヨセフは言った。

「まことに、かわいい甥っ子よ。お前も大いに喜んでくれているに違いない。我らが主の御心によって、お前は主に仕え、その甘美な御名を広める者に選ばれたのだ。主の御名は称えて称えすぎることはない。かわいい甥っ子よ、お前は長となってお前の兄弟たちを監督するのだ。私のそばから離れないように。私の言いつけを守るように。完全無欠の我らが主、全能のイエス・キリストの思し召しにかなえば、主は私に語りかけてくださるのだよ。信じている」

ヨセフは彼の杯のところに行き、この甥にどのようにして誉れある道を歩ませればよいのか指導を仰ぐために、たいへん敬虔に神に祈った。祈りを終えると直ちに声が聞こえ、次のように答えた。

「お前の甥は賢い子だ。純真で、博識で、物覚えもよく、節度がある。あらゆることについてお前を信じ、言われたことは何でも覚えるだろう。どう教育するのか聞くように。お前と、立派な教えを受けたお前の仲間すべてを私が愛する気持ちを彼に伝えよ。私がどのように地上に来て、どのように敵対され、どのように売られ、買われ、引き渡されたかを語れ。どのように叩かれ、拷問され、弟子の一人に裏切られ、罵倒され、柱に結びつけられたかを語れ。彼らは暴虐の限りをつくした。最後には私を十字架に架けたのだからね。またお前が、どのように私を十字架から降ろし、私の傷を洗い、この杯をどのように手に入れ、そこに私の血を入れたかを、どのようにお前がユダヤ人たちに捕らえられ、牢獄の奥深くに閉じ込められ、私が獄中のお前の前に現れ、どのようにお前を励ましたかを語れ。そこで私はひとつの贈り物を与えた。お前とお前の子孫すべてに。またそれは、これを知るであろう、またはこれを学ぼうと思うすべての者に対する贈り物である。私がお前の仲間すべてにおいてもつ、愛や命のことを彼に語れ。お前の友として、私がお前の心を満杯にしたことを記憶のうちに留めよ。お前の甥にこれをけっして隠してはならない。また、しかるべきすべての者に、これを正確に語り継いでゆくようにせよ。この世で善行を行なう者は喜びと恩寵とを得ることだろう。私は彼らの資産を守り、あらゆる裁きの場で助けるので、彼らは無実の罪に落とされることもなく、手足を傷つけられることもないだろう。私を想起するために彼らが祭儀を執り行なう物体を護ってやろう。

これらすべてを彼に示した後、私の杯を彼に見せ、その中身について教えよ。それは私から出た血であると。もし彼がそれを信じきれば、さらに信仰をかためるだろう。また悪魔が私の友や追従者を騙し、欺く手口を教えてやれ。[24]彼が身を守るよう、願っている。以下も言い忘れるな。怒りや苛立ちの感情に捉われることのないように。盲目にならないように。よく見えない者は破滅する。これは厳守させよ。それが最も確実かつ最も早く、悪しき考えや悲憤慷慨から彼を解き放つ。これこそ有益なこと。悪魔の欺きからしっかりと守られ、悪魔は彼につけ入ることができなくなるだろう。肉体の悦びから身を守るように。でないと馬鹿をみる。肉体はたちどころに彼を欺き、悲嘆と罪に導いてしまう。これらすべてを示し終えたら、何ひとつ隠さず、友人たちにもこれを伝えるよう、彼に言いつけよ。遠近を問わず行く先々で、立派で良い人間だとわかった者たちにいつも私のことを話すように。善を語れば語るほど、善を見出すのだから。やがて彼から男の世継ぎが生まれくることをも伝えよ。その者はこの杯を守護するだろう。また彼に、私たちのことや私たちの間の絆のことを教えなければならない。特に忘れるな。すべてなし終えたら、兄弟姉妹の監督をさせるように。その後、西方のこのうえなく遠い土地に発たせよ。どこに行こうとすべての土地で、常に私の名を広めるように。また父親からも祝福をもらっておくように。きっと与えられるだろう。

明日、お前たちが一堂に会したとき、大いなる光がお前たちの間に降りてきて、一通の書簡をもたらすだろう。その書簡をペトリュスに読ませよ。そしてすぐさま、心の導くまま、望むところに直ちに旅立つよう彼に命じよ。私は彼のことを忘れない。だから彼も怯えることのないように。お前がこれを彼に命じた後、最も心惹かれる土地はどこなのか聞いてみよ。アヴァロンの谷[25]に行ってそこに留まる、と必ずや彼は言うだろう。この地はまことに西方に存している。留まった場所でアランの息子を待つように言え。彼はその書簡を読んでくれる者[26]が現れるその日まで、死ぬこともこの世からみまかることもないだろう。そのときこの杯がもつ力について教わるだろう。姿を消したモイーズに起きたことを知るだろう。これらを見て聞いて理解して初めて、ペトリュスは息を引き取り、尽きせぬ歓喜に入るだろう。以上を彼に伝え終えたら、甥たちを呼び寄せよ。ここで私が言った言葉すべてを彼らに語り、略さずこの教えを伝えるのだ」

アランは立派に帰依し、神の恩寵に満たされた。ヨセフは声が語ったことをすっかり心に留め、甥のアランを呼び、イエス・キリストについて知っていること、声が語ったことのすべてを最初から最後まで語って聞かせた。

ロベール・ド・ボロン師[27]が本書に関わるすべてを詳細に語ろうと思ったなら、約百倍の分量に達することだろう。ともあれ、わずかながらもこれに接する者は確かに知るだろう。ヨセフが甥に語り、教えたこれらのことを心から聞きたいと思う者は、多くの善を引き出すことができる、と。甥を呼んでこれらのことをすっかり伝えると、ヨセフは言った。

「かわいい甥っ子よ。我らが主、我らが師である神からこれほどの恩寵を受けたお前は善なる者に違いない」

そしてヨセフは彼を連れてその両親の元へ行き、この子が兄弟姉妹を守り、監督するだろうと伝えた。彼を長とすることには皆が賛成した。悩みごとがあれば彼に助言を求めてゆこう。そうすれば良い道が開けるだろう。逆にそうしなければ悪いことが起きるだろう。この場で両親手ずからアランに支配権を与えてやってほしいと思ったので、ヨセフは彼らの父親ブロンとその妻にその役を委ねた。娘も息子も、小さい者も大きい者も、それぞれが従うようにと。それによって彼らはいっそう彼を信じ、敬い畏れ、愛することだろう。そして各自が彼を信じる限り、彼も彼らをうまく治めることだろう。

物語が語る通り、その翌日の祭儀の最中、大いなる光が現れ、一通の書簡をもたらした。皆はいっせいに立ち上がった。ヨセフは書簡を取るとペトリュスを呼び寄せて言った。

「ペトリュス、良き兄弟、神の友よ。地獄で私たちすべてを贖ってくださった天国の王イエスがあなたを使者に選ばれました。この書簡を持って、行きたいところに行きなさい」

ペトリュスはヨセフの言葉を聞くと、およそ自分が神の使者になるとか書簡を運ぶとは思いもよりませんでした、と言った。ヨセフは言った。

「神はあなた自身よりもあなたのことをよくご存じです。さてあなたへの愛にかけて一つお聞きしたいことが。あなたがどちらに向かうおつもりなのか、教えてもらえませんか」

ペトリュスは言った。

「よくわかっていますとも。人から教わることなしにこれほどよくわかっている使者は私のほかにはおりますまい。きわめて未開の西方の土地、アヴァロンの谷に行って、神のご慈悲を待ちます。あなたもどうか私にご慈悲を垂れたまい、神のご意思に逆らったり、ご機嫌を損ねることを言うような力や悪知恵や意図や願望をどうか私がもつことのないよう、我らが主に祈ってください。また悪魔がいかなるかたちでも私を堕落させたり破滅させたり神の愛を失わせたりすることのないよう、お祈りにつけ加えてください」

皆も口をそろえて言った。

「神があなたをお護りくださいますように！　神にはそのお力があるのです」

一行はブロンの家に行き、子供たちを呼んだ。ブロンはすべての子供に言った。

「息子よ、娘よ、皆そろったな。誰かに従わないと天国には入れない。だからお前たち全員が一人に従うことを希望する。財や恩恵を与えるなら、私は息子のアランに与えたい。それはけっして無益なことではないだろう。彼がお前たちすべてを護る任につくよう、お願いしたい。お前たちは君主に仕えるように彼に従ってほしい。助言が必要なときはすぐに彼のところに行くように。きっと彼はできる限り誠実に助言してくれるだろう。ひとつ言っておく。命令に背かないこと。きちんと彼の意思に従うこと」

九　別れと旅立ち　（三二五九―三五一四行）

こうして子供たちは兄弟のアランを信じようという強い気持ちをもって父親の元から旅立った。彼は兄弟たちを連れて異国の地に向かった。行く先々で出会った男女に、ヨセフから教わった通りにイエス・キリストの死について伝え、イエス・キリストの御名を説いた。とりわけアランは人々の愛顧を受けた。彼らはこのような旅立ちを迎えたわけだが、彼らの話はここでやめておこう。そこに戻る必要が生じるときまで、もはや私は語るつもりはない。兄弟たちが立ち去ると、ペトリュスはヨセフとその他の人々を呼んで言った。

「私も発つときが来たようです」

「神の思し召しでありますように」

彼らは寄りつどい、ペトリュスにどうか行かないでくれと頼んだ。留まる意思はなく、行かなければならないのだと彼は即答した。

「しかしながら今日は皆さんのために残りましょう。そして明日、祭儀が終わったら発ちます」

彼らの願いを汲んで、いったん足を止めたのだった。

我らが主は事の成り行きをすべてご存じで、ヨセフの元に天使を遣わされた。天使は巧みにヨセフを励まし、動転するな、神はけっしてお前のことを忘れないと言った。

「私の望みをかなえ、私とお前の間の愛を伝えておくれ。ペトリュスはお前の元から発たなければならない。なぜだかわかるか？　今日お前はあえて彼を引き止め、彼も留まった。それは神のご意思だった。お前の杯を見、かつて私がお前に語ったことのすばらしさや尊さを実感することによって、彼も旅先でいずれ出会うであろう目的の人物(28)に対し、嘘偽りなく真実を語れるようにするためなのだ。ヨセフよ、始まったことは終わりを迎えるのが必定だ。ブロンがたいそうな智者だったことは我らが主は重々ご承知だ。だから水辺で魚を釣らせ、それをお前の祭儀に用いることを望まれた。彼がお前の杯を所持し、お前の次の守護者になることを神は望まれ、そう任じられた。ふるまい方や、お前が私に抱き、私もお前にずっと抱き続けた愛のことを、彼に教えよ。あらゆる所作ふるまいを、生まれて以来神について耳にしたすべてを、彼に教えよ。彼を私への信仰に誘《いざな》い、よく教えよ。神が獄中でお前の杯を手にして現れ、お前の手にそれを渡された様を語ってやれ。そこでお前に語った聖なる言葉は、甘美で尊く、恩寵と慈愛に溢れており、それは正しくは「グラアルの秘密」と呼ばれるものである。(29)これらを立派にやり終えたら、彼にその杯を託し、それ以降彼に杯を護らせよ。何があっても道を踏み外させないように。あらゆる過ちの責を負い、報いを受けるだろう。彼を正しい名で呼ぼうとする者は、彼を〈豊かな漁夫〉〈漁夫王〉と呼ぶがよい。この恩寵がきざして以来、彼は魚を釣ることによって、日々名誉をいや増すことだろう。それがあるべき姿であり、彼が主《あるじ》かつ師となるようにせよ。世が進み、常に減衰してゆくのと同様、この者たちは西方に向かわなければならない。(30)彼がお前の杯を手に入れたらすぐに、西方にまっすぐ向かわねばならない。最も心惹かれるところ、望む通りのところに。思うところに定住したら、しっかりと落ち着いて息子の子を待つように。そしてその子が来たら、彼に杯とそれによる恩寵を与え、私からの命によって、彼を今後杯の守護者に任じると伝えさせなさい。そのとき、三つの位格をもつ、聖なる三位一体の徴《しるし》と証とが成就するだろう。確かなこととしてお前に伝えるが、この三人目の守護者が現れて初めて、この一連の事象の真の主《あるじ》であるイエス・キリストは望みを果たされるだろう。誰も邪魔だてできない。お前がブロンに杯やそれによる恩寵をすべて譲って徒手空拳となり、一連の事柄が完了したら初めて、ペトリュスが遅滞なく旅発つようにせよ。こうすれば彼は、〈豊かな漁夫〉ブロンが杯と名誉を得るのを見た、と確かに言うことができる。だからこそペトリュスは明朝まで留まってから発つのだ。その後彼は海や大地を越えて旅をするが、すべてをお護りになる方が彼をしっかりとお護りになるだろう。そしてお前はこれをすべて果たしたら、この世から旅立ち、至極の歓喜すなわち永遠の命の中にいたるだろう。それは善人のものであり、私のものである。お前とその子孫や一族、すなわちお前の妹から生まれた、また生まれるであろう者たちは、すべて救われ、安泰であろう。またこれを語る者たちは、いっそう愛され、慈しまれ、すべての人から尊敬され、有徳の人々から一目置かれることだろう」

こうしてヨセフは声の命じたことをすべて行なった。翌朝は全員が集まり、祭儀に臨んだ。ヨセフは彼らに声の語ったことをすべて語った。ただし獄中でイエス・キリストが彼に語った言葉を除いて。その言葉は〈豊かな漁夫〉にだけ、間違えなく伝えた。ヨセフはそれを口頭で伝えた後、文書にして与えた。完全に秘密裏に聖杯の秘密を彼に明かした。人々はヨセフの話を聞き、一人ひとりがしっかりと耳を傾けたが、彼が一行には同行せずに別れることを知ると皆は呆然とした。もはや杯を失ったヨセフを見て、とても気の毒に感じた。詳細はわからなかったものの、ヨセフがその恩寵や指導権を譲ってしまったことはわかったからだ。

〈豊かな漁夫〉は聖杯を手に入れ、全権を委ねられた。一同が起立し、彼が別れの挨拶を述べた。去るに際して、彼らは謙譲の心からさめざめと泣き、ため息をつき、涙にくれた。神を称える祈禱や祈りを唱えた。ヨセフは〈豊かな漁夫〉に敬意を表し、乞われるままに三日間彼とともに留まっていた。三日目に彼はヨセフに言った。

「ヨセフ殿、少しお話を。まことのことを申し上げます。もう発とうと思っています。お許しいただけるなら、お別れして旅立つつもりです」

ヨセフは答えた。

「喜んで。これらのことは神のお導きによるものです。あなたが何を運び、どこの国に行くのかはご自分でおわかりですね。どうぞお発ちなさい。私は留まります。それが神のご命令です」

こうしてヨセフは留まり、〈豊かな漁夫〉は旅立った。多くの言葉がそれを語り、深い意味をもっている。ヨセフは生まれた土地に留まった。

ロベール・ド・ボロン殿は言う、きちんとご所望に応えるには、次のようなことも語らねばならないだろうと。ブロンの息子アランがどこへ行き、どうなったか、どのような土地に落ち着き、彼からどのような世継ぎが生まれたか、どのような女性がその子を育てたかを。またペトリュスがどのような人生を送り、どうなったか、どこに行ったか、困難な捜索の末どこで再発見されたのかを。またモイーズがどうなったのかを。長期間消息不明なので行方を探さなければと人は言うのだから。また〈豊かな漁夫〉がどこへ行き、どこに留まって、今ここを発つ人物と無事合流できるかどうかを。

これらの四部を集成し、各部をありのままに語る必要があるだろう。だが、まごうかたなく真実で、このうえなく偉大な『聖杯由来の物語』を以前に聞いたことがなければ、いかなる者も話を集成することはできないと思う。平穏な状態の主君ゴーチエ・ド・モンベリアル殿(31)とともにいて私がこの話を語っているとき、死すべきいかなる人間によってもこの偉大なる『聖杯由来の物語』が語られたことはなかった。だが、もし神が私に健康と命をお与えくださり、それらを書物の中に見つけることができれば、その四部をまとめたいと望んでいることを、この書を求めるすべての人々に知ってもらいたい。

どこかを語らずに放置するというなら、第五部を語り、最初の四部を忘れるべきかもしれない。もっと余裕ができてこの作品に戻って自力で各部を語れるようになるまでは。とりあえず今ここで放置した場合、たとえどれほど知恵があろうとも、それらが消えたと思わない人、それらがどうなったのだろう、どのような意図で私が分離したのだろう、などと思わない人は誰もいないはずだ。(32)

訳注

(1) かつては義人の霊魂も地下に留めおかれたが、復活直前にキリストが降下して霊魂を天に上げた。この「古聖所への降下」は第四ラテラノ公会議で教義決定されるとともに、外典『ニコデモの福音書』等にも描かれる。

(2) 「苦しみの聖母」mer amere は「(十字架下の)悲しみの聖母」mere amere と「苦い海」mer amere の掛詞。

(3) 堕天使にして悪魔、天から地獄に堕ちた群の長(二〇七頁参照)。

(4) 後出のアリマタヤのヨセフを指す。家督を継ぐ長子以外の男子は他国の領主に奉仕する「雇われ騎士」soudoier であり、中世社会の現実感を担う存在だった。「議員」「金持ち」としか聖書に記述されていないヨセフを「雇われ騎士」としたのは著者独自の脚色。

(5) ベタニアのシモンの家で香油を注ぐ女(「マルコ」一四 3—9)はしばしばマグダラのマリアと同一視される。香油の場面とユダの裏切りを告げる過越の食事(最後の晩餐)(「マルコ」一四12—他)が本作では混同されている。

(6) 足洗いの逸話(「ヨハネ」一三1—)。瀆聖司祭の実行する秘跡の有効性の議論を踏まえており、ロベールは「為す人」によるのでなく、「為されたる業」により秘跡が有効であるとする「事効主義」(客観主義)の立場をとる。Cf. Payen, Jean-Charles.

«Sur Robert de Boron, Joseph, v.341 ss.», *Le Moyen Age* 71(1965), pp.423-432.

（7） Cf.「そのとき、神殿の垂れ幕が上から下まで真っ二つに裂け、地震が起こり、岩が裂け、墓が開いて、眠りについていた多くの聖なる者たちの体が生き返った」（「マタイ」二七51―52）。

（8） 復活の信憑性確保のためには、体を隠すおそれのある使徒ではなくてヨセフが埋葬する必要があったとアンブロシウスも述べている（*Expositio Ev. Lucam*, PL t.15, col.1838-39）。

（9）『フランク史』に「ヨセフを返してくれたらキリストを返しましょう」という兵のせりふがある (Gregorius Turonensis, *Historiarum Libri Decem*, chap.21)。

（10） 埋葬と聖体ミサの象徴的対応はホノリウス・アウグストドゥネンシスに依る（*Gemma Animae*, PL t.172, col.558）。ただしホノリウスは墓と聖盃（カリス）、ヨセフと助祭を対応させたが、ロベールは聖杯（グラアル）と聖盃を対応させ、ヨセフと聖職者との結びつきを意識的に避けている。本訳では便宜上カリスを「聖盃」、グラアルを「聖杯」と表記する。

（11） 本篇テクストでの「グラアル」Graal の語の初出。本書二一六頁二六五九行で「杯」の名称であることが示される。

（12） ヨセフは、復活直後にイエスに解放される伝承と七〇年頃ウェスパシアヌスに解放される伝承の両方をもち、『黄金伝説』〈小ヤコブの章〉は二度の幽閉可能性を示唆している。

（13） ローマ皇帝（位六九―七九）。司令官としてユダヤ戦争を指揮。息子ティトゥスとともに成功させた七〇年のエルサレム陥落はイエスの死に対するユダヤ人への「神の復讐」だと中世では考えられ、多くの『主の復讐』譚が語られた。

（14） 聖女ウェロニカの仏語名。聖顔布の持ち主とされ、十字架の道行きの第六留の図像に登場。その布による皇帝の回復譚が多数伝わっている。

（15） ウェスパシアヌスの息子。二人の名は対で知られていた。

（16） 以下の天使の堕落（悪魔の誕生）と人間創造の経緯はホノリウス・アウグストドゥネンシス（*Elucidarium*, PL t.172, col.1114-1117）の論に依る。

（17） エニジュスの夫、後の〈豊かな漁夫〉は Hébron, Bron の二種の綴りで表されるが本訳では「ブロン」に統一。クレティアン・ド・トロワの『ペルスヴァル』の〈漁夫王〉に相当。

（18） 最後の晩餐の卓、ヨセフの「聖杯の卓」、次作『メルラン』における「アーサー王の円卓」三卓は象徴的に対応し、イエスの隣の「ユダの席」は「危険な席」として継承される。そこに座して欠落を補完する完徳者がブロンの子アランなのか、アランの子なのかについては記述上の混乱が見られる。なお「魚」はキリストの象徴。

（19）「彼らは言った」Cil dïent 以下の五行を校訂者ニチェは〈外の者たち〉のせりふとするが、ミシャ訳にならって〈中の者たち〉のせりふと解釈。

（20） ヘリナンドゥスに、それで食事をすると「快く気持ちが良い」grata et acceptabilis 容器「グラアル」graalz についての言及がある（*Chronicon*, PL t.212, col.815）。グラアルの音は「恩寵」grace や動詞「喜ばせる」agreer を連想させた。

（21） 聖務日課のひとつで朝九時頃。

（22）「どうか～処女マリアから肉をとり、お生まれになった」まで写本子葉欠損のため、ニチェ版に倣い散文版写本（BN fr. 748）の訳で補完した。
（23）原文「お前の死」ta mort は誤写と考え、散文版に沿って「私の死」ma mort に修正。
（24）怒りにつけ込んで悪魔が人間を騙し欺く主題は、次作『メルラン』で展開される。
（25）原綴り Avaron。後にアーサー王が眠る伝説の地 Avalon のことか。ウィリアム・オヴ・マームズベリーによるグラストンベリー修道院の『古史』の十三世紀写本にはアリマタヤのヨセフが六三年にイギリスに渡りキリスト教を伝えたとある。
（26）アランの息子。この第三の男がペルスヴァルに相当すると考えられる。
（27）著者ロベールの身分について、「師」meistres（三一五五行）からは聖職者、後出の「殿」messires（本書二一九頁三四六一行）からは騎士階級と推測されるが、両表記が並存するため特定は困難。
（28）アランの息子と推定される。
（29）「秘密の言葉」に関連して、本作とグノーシス主義の関わりを見る説もある。
（30）偉大な帝国や文明が東から西に段階的に移動するという「帝国（／学問）の遷移」translatio imperii（/studii）観は十二世紀には一般的であり、クレティアン・ド・トロワ『クリジェス』（三〇―三九行）などにも見られる。
（31）ロベールの庇護者。第四回十字軍に参加するため一二〇一年に発ち、一二一二年に死去。「平穏な状態の」ゴーチエとともにいたとあるので、執筆は一二〇〇年頃と推測される。
（32）BN fr. 20047 写本では三五一四行で本作が終わり、三五一五行から五〇〇行ほど『メルラン』の冒頭が続くため、ロベールは少なくとも『由来』と『メルラン』の二部作を構想したと考えられる。

ユオン・ド・メリー

反キリストの騎馬試合

篠田勝英訳

解題

ユオン・ド・メリーの『反キリストの騎馬試合』は、十三世紀前半一二三〇年頃、すなわちギヨーム・ド・ロリスの『薔薇物語』とほぼ同時代の作品である。タイトルにある〈反キリスト〉は新約聖書「ヨハネの手紙一」(二―一八、二二、四―三)と「ヨハネの手紙二」(七)で言及される、神の御子イエス・キリストを否定する者たちの呼称であるが、ここではよきキリスト者の敵という以上の神学的意味づけはなされていないように思われる。

この作品は『薔薇物語』やラウール・ド・ウダン『地獄の夢』などと同じく、アレゴリックな物語である。抽象的観念の擬人化が頻出する、アレゴリックな物語である。一人称の語りという点では同じだが、作者が自分の見た夢を語るという夢物語の形式は取っていない。クレティアン・ド・トロワ『イヴァン』に想を得たと思われる導入部は騎士道恋愛物語的な展開を感じさせるが、それがただちに〈反キリスト〉の軍勢とその対立陣営の列挙と描写がくどいほどに続く、プルデンティウス『魂の闘い』*Psychomachia* 以来のカタログ的記述に変わり、かと思うと突然主人公の〈私〉が闘いのとばっちりのようにしてクピドの矢を受けるという、『薔薇物語』前篇のような展開を見せ、最後は異教的な愛とキリスト教による宗教的救済の融合が図られる、というまことに融通無碍な構成の物語である。

特徴的なのは、現代人をもにやりとさせる、諧謔的な要素が随所に散りばめられていること、クレティアン・ド・トロワとラウール・ド・ウダンへの言及がきわめて多いことであろうか。そのため、一般に「教訓文学」littérature didactique に分類される、この種のアレゴリックな作品の読者層の存在が、より具体的に感じられてくる。いわゆるロマン・クルトワの半分ぐらいの長さなので、現代の読者にとって、とかく単調に感じられがちなアレゴリー物語としては手に取りやすい作品といえよう。十六世紀の印刷業者ジョフロワ・トーリー『萬華園』*Champfleury* にクレティアン・ド・トロワと並んで名前があげられているのが印象的である(Le premier livre, fevil. iii verso)。

なお底本には G. Wimmer 版(一八八八年)を用いた。

反キリストの騎馬試合

トルヴェールが口を開き、みごとな作品を語り伝えるなら、彼はずぼらどころか、立派な仕事をしていることになる。しかし技の巧みなトルヴェールであっても、素材に恵まれなければ、焦るばかり。私の心は何かみごとなことを語るようにと、〈快活さ〉に招かれ、励まされている。けれども何を語っていいかわからない。これからあらたに起こることを別にすれば、すべては語られてしまったのだから。けれどもトルヴェールが目新しい出来事を知っているなら、力を尽くして、その出来事にまつわる話をいたるところに行き渡らせ、その野卑なフランス語を磨いて、作品をさらに繊細なものにするべきだろう。だからこそ私は口を開いて、たとえ賢しらぶりをあげつらわれようとも、あらたな思いを語ろうと思うのだ。というのはほかでもない、私の思い描く題材は、サラセン人もキリスト者も決して思い至らなかったようなものなのである。詩作においてかくも盛名高きクレティアン・ド・トロワ亡き今の世であれば、まことに僭越ながら、『反キリストの騎馬試合』を、私が詳細に書きつづろうと思う。

　フランス軍がシャンパーニュ伯[1]に向けて行なった攻撃の後、国王ルイ[2]がただちにブルターニュに軍勢を率いていくということがあった。実際、フランス諸侯たちの側が大将として仰いでいたブローニュ伯[3]は亡くなっていたのだった。頭《シェフ》が手足《マンブル》から奪われてしまうと、部下《マンブル》たちは弱りきって、途方に暮れ、悲惨な状況に追い込まれてしまい、後退戦を余儀なくされたが、モークレール[4]だけは別だった。意気軒昂のあまり、慈悲を乞うことなど眼中になかったのだ。興奮した彼は王に抗してブルターニュを支えきれると信じていた。将たるべき勇気を備え、そのときまでは大胆さと勇敢さと気高さと太っ腹をあわせ持っていたのだ。〔一―四五〕

　一方私は怠惰な心に負けて、フランス王の軍隊に従軍を続ける気力が失せてしまった。フランス王がブルターニュを去り[5]、王とブルターニュ伯の間のよく知られていた大なる諍いに和解がもたらされるまでは、その軍勢に留まっていたのだが。

ブロセリアンドの森(6)がほど遠からぬところにあったので、私の心はしばしば自身の利益に反することを命じがちなものだから、まるで神に誓ったかのように、私をブロセリアンドへと向かわせたのだった。

私はただちに向きを変えて、森へと道を進めた。あの危険な泉(7)の真実を知りたかったのだ。アンデルヌ(8)産の鉄でできた剣を携えていたが、その尖端には曇りがなく、これは身に着けた二重の鎖帷子《かたびら》とともに、のちにかけがえのないものとなった。道や小径をたどることなく、丸四日間、馬を進めた。すると眼の前に一本の小径が現れ、沿って進むと、人っ子ひとり見あたらぬ荒地を突っ切ってブロセリアンドへと私を導いていった。木々が密生して暗い森だった。

森の中でいつのまにか道を見失ってしまった。一日の仕事を終えた太陽が沈もうとしている。けれども昇ってきた月の光で、明るさは保たれていた。月は出てくるときに、上昇する前に海の水で顔を洗った。輝かしい顔を見れば、きれいに洗ったのがわかる。その晩のような美しい宵はいまだかつてなかったと思う。月が明るく輝くと、その侍女たちはすでに天空に明かりを散りばめていたからだ。そのため夜が昼のようになることがあるとすれば、まさしくその晩こそ、昼間そのものだったのだ。

ほどなくして私は近くに泉があるのを見た。たまたまその泉を見つけたのは、五月の五番目の日のことだった。泉は濁っておらず、純銀のように澄んでいた。一本の木が影を落とす草地は心地よく、美しかった。そして私は、水盤や大理石の縁石や青々とした松の木や石の壇を、クレティアン〔ド・トロワ〕が描いたままに見出したのだった。いかなるキリスト教徒といえども、これほど澄んだ水で洗礼を受けた者はあるまい。水盤を手に取ると、これは聖油とは思えなかった。汲めども尽きせぬように、たっぷり汲み取れたからだ。手を伸ばして水を汲もうとすると、一天にわかにかき曇り、汲んでしまうと、荒天は四倍にもひどくなるのがわかり、泉水の段に水を注ぐと、見たこともないほど、空は暗く荒れてきた。その場にいるのは私ひとり、嘘を言うつもりは毛頭ないが、天が引き裂かれ、いたるところで稲妻が走るのを見聞きし、森は五十万以上の閃光で照らされたのだった。空全体が暖炉となり、世界全体が燃え上がったとしても、これほどのまばゆさと、こんなに激しい雷雨にはならなかったと思う。心のなかでは、いったい何を思って、この道をたどろうなどという気になったのか、我が身を百回も呪っていた。というのも雷鳴が轟くたびに、雷霆《らいてい》が天から落ちてきて、樫や橅の森の中で、樹の幹を一刀両断に輪切りにし、断ち割ってしまうのだ。

さてお聞きいただきたいのだが、われながらなんと狂おしく、取り乱し、われを忘れていたことか。というのも、私はまたもや水盤を水で満たし、縁に水を浴びせかけたのだ。すると天はすでに咆吼し、地上に雷霆を放っていたが、これまでに倍して大音響を轟かせ、私が世界中に引き起こした闘いも倍の激しさとなった。というのも、四方の大地全体が雷鳴で震えるのが感じられたのだった。神が天と地をひとつにまとめてしまったのだと本心で思った。

二度にわたって水盤を空けるなどとは狂気の沙汰と思われる。けれども愚かな考えから、もう一度水を注げば荒天をしずめられると思って、やってしまったのだった。賢しらなことをする者の頭には正気のかけらもないと、そのとき思い知らされた。思い上がりを百ミュイ集(9)めても、そこには叡知のかけらもないからだ。

賢そうにやってみせたことで、私はひどい目にあった。天は端から端まで縫い目がほどけたように拡がって、見るべき眼を持っていれば、天国をまざまざと眺めることができそうなほどだった。そして天国にいる人々からは、その夜、世界中がさえぎるものなく見渡せたことだろう。そしてどのような人々を見たにしても、彼らは私を見たと思う。ありがたいことである。彼らに感謝するのは当然だろう。まさしく感謝に値することをしてくれたのだから。災難から私を守ってくれた人々には心から感謝を捧げるべきではあるまいか。樹木をことごとく打ち砕いた雷は、私をも粉砕してしまったかもしれない。けれども私を守ってくださる神様が、雷を追い払ってくださった。

稲妻が光らなくなると、雷鳴も雨もやんだ。天を引き裂いてしまった縫い子が、気を取り直すや、たちまち裂け目を縫い直し、修理したので、縫い目が見えないほどになった。〔四六一一七七〕

このような天気の後、夜の闇はすっかり深くなった。天空を進み続けるのに疲れ果てた月が、もう沈んでしまっていたからだ。いつもより早く寝床に行ってしまったのは——神よ、われを助け給え——雷を恐れてのことだと、私は思う。すると陽の光が差しそめてきた。曙はすでに到来していたのだ。曙を迎えて、ちっちゃな小鳥どもがことごとく喜びの声をあげる。ブロセリアンドのいたるところから、空を飛んでかけつけてきた小鳥たちだ。叢林にも森にも荒地にも、こんなにたくさんの小鳥たちが集まっているのを見た者はあるまい。松の木の下にも、カログルナン(10)が見たより多くの小鳥がいた。そしてさまざまな歌声から、甘美な旋律を醸し出すものだから、私は生死を越えて永遠に、これ以上の栄光を求めようとは思わなかった。今でもそれを想い出すと、まさしく地上の楽園であったと思われてならない。小鳥たちがこんなにも囀りながら歌うので、太陽はいつもより早く起こされてしまった。彼らの歌を聴きたくなったからだ。小鳥たちが自分たちの創造主を讃えて行なったお勤めは、美しく、長く続いた。

太陽はすでに一巡りする進路を取り、まっすぐに西に向かい、早、天空に昇りつつ、世界中を照らしていた。そのとき、こちらに向かって、マウレタニア(11)のモール人が森の中を進んでくるのを見た。モール人はスペインの軍馬にまたがり、傍若無人に騎行していた。たいへん豪華な装備の一団を引き連れている。五十頭のスペイン軍馬を先立たせ、荷馬はといえば、とても数え切れない、おそらく百頭以上だろう。

この世の人間で、これほど堂々たる一団と輜重《しちょう》隊を見た者はいないだろう。私に気づいたモール人は、こちらに向けて馬に激しく拍車をあててやってきた。私は声もかけず、馬を降りているところに来られてはまずいので、馬にまたがり、松の木に立てかけてあった槍を手にした。一方モール人は道を外れ、私の方へとたゆみなく拍車をかけてきた。私が挨拶しなかったことに腹を立てているのだと思った。私は馬を小走りさせ、彼の方に行った。とても怖かったからだ。というのもモール人は言葉では形容できないほど容貌魁偉《かいい》だったのである。けれども神様は、彼を切株に激しく躓《つまず》かせたので、軍馬から地面へと真っ逆さまに落馬する羽目になった。

モール人が足で突っ立っているのを見て、この闘いは終わったと思った。槍で地面に押さえつけるつもりだったのである。ところが私が槍で押さえつけたのは、茶灰色の砂岩だったのかもしれない。するとモール人は槍の柄をつかみ、それを私の体に突き刺そうとした。モール人が立ち上がって飛びかかってくると、恐怖のあまり十字を切らずにはいられなかった。もし私が防御にまわったら、まことにむごたらしく襲われたことだろう。腰抜けそのものの私は、迎え撃つ勇気がなく、相手に剣を手渡してしまった。モール人は手を伸ばし、ただちに剣を受け取った。「降伏の条件は以下のとおり」と彼は言った。「私の赴くところには、騎馬試合であれ戦場であれ、いかなる場所にも、またお前の身に何が起ころうとも、ついてこなければならないのだ。さて御主人様がいつここにいらっしゃるかわからない。さあ馬に乗れ」。私はおとなしく答えた。「つまりお供をしなければならないということか」。「そのとおり」と彼は言った。「お前には和平も休戦もない。殺されないのをありがたいと思え」。そこで私は「やむをえまい、お供しよう。しかし後から来るという御主人はどなたかな。お名前はなんという?」とたずねた。「いずれ教えよう。必ず教える」と彼は言った。「とにかく早く乗れ。森を出たら、お前のたずねることすべてに、言葉を濁さず答えよう」

それを聞いて私は鐙《あぶみ》に足を乗せ、ふたりともに森の中をわれ先にと馬を進めた。一団はすでに二ガリア里[12]ほど先を行っているように思われた。森を出て、二つの櫓《ブルテシュ》の間で、一団に追いついた。

そこで私はすぐにたずねた。「貴公の名は?」「〈鉄の腕[13]〉だ」と彼は答えた。「地獄の泥で洗礼を受けて生まれ変わったのだからな。この世では〈姦淫〉の代理人であり、地獄では書記として、罪を帳簿に記録する役を務めている。また〈反キリスト〉の家令でもあり、その金銀を管理している。〈反キリスト〉は大軍を率いて私の後からいらっしゃるが、地獄最強の騎士十万以上が鉄の鎧で固めている。天の主に対して、いかなる騎士も見たことのないほどの壮大な騎馬試合をしかけたのだ。そして私はこれから行きあう最初の城に、御主人様の宿を確保することになっている。そこで私たちは酒池肉林を欲しいままにできるのだぞ。ある高利貸しが〈反キリスト〉に全面的な便宜供与の義務を負っているからな。今晩、兵士も従者も、ひとり残らず酔い痴れることだろう。そして、気に入らない者がいるかもしれないが、大騒ぎをやらかすのだ」〔一七八―三一二〕

〈鉄の腕〉は自らの人となりを詳しく、すっかり語ってくれたのだが、そのうちに谷間と大きく拡がった草原と豊かに流れる川が見えてきた。そしてお城がふたつ、城壁と鋸壁と幅広く深い堀割で守りを固めた姿を現した。防護柵や逆茂木や橋があり、また障壁や障害物や櫓、そして鉄板で補強した滑り戸があった。通路には鎖で回転する跳ね橋が備えられている。城壁の上部には堅固な櫓が築かれ、鋸壁上部の凹凸の後ろには幅の広い巡回路があり、頑丈な囲い壁や、やはり堅固な鋸壁の塔、そして丈夫な隠れ場が備わっている。それらの裾には水の流れが波打っている。ローヌ河より幅広く、流れの急な川だった。玉座のもと、これほどみごとなふたつの町を見た者はあるまい。

あることないことを語り合いつつ、私たちは城市の中心の通りに入っていった。われわれの到着はすでに人々の知るところとなっていたようだ。というのも噂が噂を呼んで、私たちが馬を降りるときには、町中が大騒ぎになっていたからだ。〈鉄の腕〉は〈反キリスト〉の楯を、私たちの泊まる宿の戸口にかけに行った。私のところにはポワトゥーの葡萄酒が、試してくれとばかりに運ばれてきた。そこで誰にお代を払うかも気にかけず、たっぷり飲んだ。最高に濁りがなく、きわめて強い葡萄酒はまことに心地よいものだ。まったくこれほど強い酒はフランスでは作られていないだろう。

〈反キリスト〉が宿を取る町は〈絶望〉という名だった。隣町は〈希望〉と呼ばれ、これがその正しい名前であり、同じくよく知られていて、むしろより高貴な町であった。

張り出した古い櫓を過ぎて、まっすぐ城の主塔に向かった。町の横幅はおそらく一ガリア里はあっただろう。宿を求めて街路から街路へとさまよう楯持ちを、二千人は見ただろうか。大群衆となって宿探しに押し寄せてきたので、多くが力ずくで立派な宿を奪い合う光景が見られた。誰もがいい宿を取ろうとして、町中いたるところに早い者勝ちで駆けつけ、取ったり取られたりで争うのだった。

そして宿を取れなかったために、ぐずぐずせずに野原や町の外の果樹園に天幕を張る者もたくさんいた。そこでは金や青や赤がきらめいていた。果樹園も葡萄畑も区別なく、いたるところにずかずかとなだれ込み、あらゆるものを引き抜き、粉々にし、そして幕舎や天幕を張り、野宿する。

　すでに九時課（十五時頃）を大きくまわっていた。そこに〈反キリスト〉が橋を渡って町の中に入ってきた。迎え出た町の住人は二千人以上、そのうちいちばん貧しい者でも、土地を売らずに十万ブザン[14]を用立てることができた。もっとも裕福な者たちが先を争って、馬を降りる〈反キリスト〉のところに駆けつけ、右の鐙《あぶみ》を支える。そして暇乞いをしてその場を去っていった。

　そうこうするうちに食事の仕度にかかっていた者たちから、用意ができたという知らせがあった。〈反キリスト〉はただちに食卓を並べるように命じる。係の者は食卓の組み立てにかかる。建物のいたるところ、会場の寝室や中庭や広間に、食卓がしつらえられた。

　その場にいれば、食卓が染みのないテーブル・クロスで覆われ、侍従や主馬頭《しゅめのかみ》が長持を開いて食卓を銀の水差しや大盃で飾るところが見られただろう。〈反キリスト〉が着席すると、まことにみごとなサーヴィスが始まった。

　私はある吟遊詩人と相席になった。ポワトゥー地方のメロディーにとても詳しい男だった。さまざまな料理、さまざまな酒がふんだんに供せられた。けれども、よろしいか、そこには空豆も、エンドウ豆も、卵も、鰊もなかったが、ラウール・ド・ウダンの語ったあらゆる料理[15]を、私たちは言い争いもせずに味わったのだ。もっとも〈自然に反する罪〉のみごとなフライをシャルトルのソースにつけたアントルメは別格だった。

　アントルメには大樽いっぱいの〈恥辱〉を添えなければならなかった。というのもこのフライを食べた者は、〈恥辱〉を飲まないと、死んでしまうからだ。みなさん、飲みに飲んだ。桶で供される〈恥辱〉を、競って飲み干したのだ。人々すべてを飲酒に誘う〈一気飲み〉は、飲むと〈酩酊〉の膏薬を塗ってくれる。心ゆくまで飲ませるものだから、〈酩酊〉が人々の頭に上り、祝宴を酒でますます盛り上がらせ、大樽を空にしそうになる。

［三一三—四三一］

　〈大食〉は、罪人《つみびと》が育てたと覚しい、あらゆる悪徳でできた香料や甘味菓子《ドラジェ》を配って、食欲を刺戟する。そこで私は断言できるのだが、これほど強力で、燃えるような、よくこねてあって、食べると美味しい甘味菓子は見たことがない。〈大食〉は私たちにこれをたっぷりなめさせた。誰もが味覚の喜びを味わい、それが大好きな食いしん坊どもは、あれもこれもとすべてを唇に触れさせる。というのも香料売りの〈大食〉は、彼らを苦しめ、熱く鋭く舌を刺戟しては唆す粉を、連中にむりやり求めさせ、舌なめずりさせるのだ。

　みんなが「酒を！」「酒を！」と叫ぶ。しかしカナの婚礼でも、これほど大量の酒が注がれることはなかった。彼らは〈恥辱〉を、ほしいままにミュイ単位、セティエ単位[16]で飲んだ。酒司を務める〈過剰〉は、戯言も言わずに、〈恥辱〉を注いでまわる。このお酌役はたいそう気前がよく、〈過度《デムジュール》〉という名の大きな升《ムジュール》で、ツケにもせず、（貸しを示す）刻み目もつけず、計算もせずに、飲ませてしまう。王のもとでも伯のもとでもこれほどの〈恥辱〉が消費されることは決してあるまい。〈過剰〉の母親の〈食い意地〉は一ミュイ以上を飲み干し、飲み過ぎで溺れそうだ。そして〈酩酊〉は鯨飲のあまり、大樽を今や空にしようとしている。

　私はまったく飲まなかった。飲ませてもらえなかったからだ。アントルメも私のところまでは来なかったし、いずれにしても私が食べなかったのは当然だろう。貧乏人の料理ではないからだ。結論として申し上げるが、私たちは堂々と饗されたのだった。

　食事の後、硫黄に漬けた生姜が供された。みんなが言うには、悪魔の王国の深淵で漬けたものだそうだ。〈反キリスト〉が泊まる宿はあばら屋ではなかった。

　食卓が片づけられる頃には、空には星が出ていた。吟遊詩人たちは立ち上がって、ヴィエル[17]と竪琴を手に取った。そして歌謡《シャンソン》や短詩《レ》や歌曲《ソン》や唱句《ヴェール》や反復句《ルプリーズ》のある曲、そして武勲詩を私たちに歌ってくれた。〈反キリスト〉の騎士たちは歌にあわせて踊るダンスをして、おおいに楽しんだ。別の吟遊詩人はガスコーニュやオーヴェルニュの歌を歌って、〈反キリスト〉を楽しませた。一方宿の女主人は、その晩、胡椒入りの酒を大歓迎したのだった。騎士たちは愉快な時を過ごし終えると、みんな床についた。吟遊詩人たちはヴィエルを奏で、彼らを眠らせる。ポワトゥー地方の曲が流れるのを聴きながら、騎士たちは強い葡萄酒の効き目で眠りに入っていった。

　夜明け前に楯持ちたちが姿を現し、服を着て、靴を履き、甲冑や鎖帷子《かたびら》や軍馬の鎧を磨く。彼ら従者たちが、いささかも欠けるところなく、馬鎧の胸当てや鐙《あぶみ》を馬に着け、前輪《まえわ》と後輪《しずわ》に鞍をのせるさまはなかなかの見ものだった。楯持ちと従者は抜かりなく早朝から一日の仕事にかかったので、貴重な馬と行進馬に鞍を着け終えていた。

日の出を迎えて人々の起き出す頃には、町中にたいへんな活気がみなぎっていた。月はすでに遠回りの道を行き、その侍女たちは立ち去っていた。昼が天空のあらゆる部分をわがものにしようとしていたからだ。月には昼を迎える勇気がなく、そのため出ていかなければならなかった。そして夜はやってくる昼のせいで、煙のように消え去った。みなさんもその場に居合わせたら、城市から戦士の一団が武装して出ていくのが見られたことだろう。町は喧噪に満ちていて、神が雷を落としても聞こえないほどだった。

〈鉄の腕〉は私との約束を言葉通りによく果たした。何が起こっても、騎馬試合で私を放ってはおかなかったのである。彼とともに町を離れ、矢来のところまで馬でやってきた。上品に装った人々を見ることほど、心弾む喜びはない。実際、人々はとても優雅に振る舞っていた。

〈反キリスト〉は町を出た。若者一万人余を引き連れていたが、もっとも慎ましやかな者でさえ、旗を掲げていた、ヘロデ王もヘラクレイオス帝[18]もこれほど怖ろしげな部隊を率いたことはないだろう。〈反キリスト〉はとても美しくみごとな〈偽りの奇跡〉の付いた黒い楯を持っていた。この楯は〈劫罰〉の鉤《かぎ》で武装した小悪魔で縁取られていた。また、選び抜かれた立派な帯に、受けた〈劫罰〉の判決を書き込んでいたが、その帯は〈頓死〉でできていて、〈大罪〉がたすき模様《フレット》となっていた。このようなものはめったに見られはしないから、それを眺めるのはとても気持ちがよかった。〔四三二―五四七〕

混戦で身を守るのに、彼ほど優れた馬に乗っている者はいないだろう。その日彼の乗っている不吉な馬は、いかなる城の塔よりも堅固だった。かぶっている兜は〈反キリスト〉によく似合い、非常に硬い鋼を穿って作ったものだが、これは地獄でプロセルピナ[19]が大いなる愛の贈り物として贈ったものだった。もっともそのことからプルトン[20]がプロセルピナに深い嫉妬を抱くようになったのだった。けれども彼女はたいへんに尊大で、プルトンのために身を慎むくらいなら、ただちに刺される方がましだと思っていた。それほど〈反キリスト〉に心を奪われていたのである。

〈反キリスト〉の携える武器は、全プリュギア[21]の黄金に匹敵する価値のものだった。物腰はまことに品がよく、まさしく眼を見張るほどだった。軍旗の吹き流しを保持するのはベルゼブル[22]で、風に向かって拡げ、はためかせていた。旗の真ん中には悪魔と蛇の闘うさまが描かれていた。〈反キリスト〉の恋人、プロセルピナが両手でそこに配置したのである。吹き流しは、彼女が自分のブラウスから作り、これを旗竿に結びつけたものだが、百マルクをびた一文欠けることはなかっただろう。

〈反キリスト〉とともに、ユピテルと地獄の高位の戦士たち[23]一万余名がやってきた。ユピテルはサトゥルヌスや武勲栄えあるアポロンとともに騎行する。メルクリウスは己の力を感じさせ、勇敢にして美貌のヘラクレスも同様である。ネプトゥヌスとマルスもその場にやってきては、逃げ道探しや待ち伏せをする。彼らの騎乗馬は、もっとも貧弱な馬でも疑いなく百マルクはしただろう。同じ一団に地獄の王と王妃、プルトンとプロセルピナ、そして娘のメガラもいた。そしてケルベロスがそこに加わると、今やこの一団のみごとさが極まった。ケルベロスこそが大将と見なされたが、これは頭を三つ持っていたからだろう。

戦士各人が鉄の鉤の付いた黒い楯を携えていたが、これは地獄の火で熱く燃え上がり、楯でありながら楯を凌駕するものであった。そして手の者たちは、手っ取り早く言えば、全員が熟した黒苺より黒い武器を持っていた。〈希望〉の部下たちを攻撃するためである。

そのとき〈傲慢〉がエスパニア産の栗毛の馬にまたがって飛び出してくる姿を見た者がいるかもしれない。不遜な輩は、モール人のような黒い顔で、風に向かって、その軍旗の吹き流しをはためかせる。これほどの軍勢を、これほどにも壮麗に集められる者はいないだろう。たくさんのビュイジヌ喇叭《ラッパ》やトランペットを吹き鳴らさせて軍勢を集めたので、喇叭や太鼓の音が大地を震わせた。城全体と町中が揺すぶられ、動かされたのだった。彼の楯は赤く、シノープル[24]よりも真紅だった。中央では、いかにも傲慢に見える尾を持つ獅子王ノーブル[25]が立ち上がっていた。硬い鋼の兜の上に贅沢で貴重な冠をのせている。冠に宝石はあるか、と私に尋ねるのは、聞くも愚かな問である。堅い鋼にはトパーズや蟇蛙石《ひきがえる》が嵌め込まれ、他にもさまざまな貴石が使われていたが、もっとも粗末なものでも世に広く知られた石だった。そのなかにカメオと呼ばれるものがあり、いちばん安価なものなのだが、人間の顔の形をしていて、人を傲慢、優雅、陽気、不遜たらしめるものだから、〈傲慢〉はこれが大好きだった。蝦蟇《がま》の眼の間で大きくなる石は、より繊細で、一般には「蟇蛙石」と呼ばれるが、まさしく〈傲慢〉にふさわしい石である。

〈不遜〉は森の奥で、軍旗を風にはためかせる。旗はとても気持ちよくひるがえる。〈空自慢〉でできているからだ。ノルマンディーの人々が一致してまとっている布地を使った旗である。

〈傲慢〉の軍馬はよく躓《つまず》くので、まったく困ったものだが、そうでなければ、完璧な馬だから、銀千マルクにも値しよう。

〈傲慢〉はあらゆる悪徳の王たる存在だから、堂々たる軍勢を引き連れずにやってくることはない。〈媚び〉は香辛料を効かせ、肩をそびやかし胸を張って進む。〈不遜〉や〈尊大〉や〈軽蔑〉、そして〈虚栄〉とノルマンディーの奥方たる〈空自慢〉、彼らが〈傲慢〉の一族を形成していた。〔五四八―六五三〕

これらの人物についてお話ししたいのだが、彼らは〈空自慢〉と〈尊大〉に満ちた楯を保持していた。あらゆるところで知られた楯で、〈威嚇〉の斜め筋交いと〈抵抗〉の印が付いていた。けれども彼らの間を〈媚び〉がきわめて優雅に騎行していくのを私は見た。たいへん雅やかにやってくるので、もっとも優雅な者と言えよう。〈媚び〉は〈傲慢〉と仲睦まじく、彼と親しい者をすべて倒してきたが、みごとで優雅な紋章を携えていた。紋章には、中心部の縁が緑色の鋸歯状をなし、金の歯が付き、〈虚栄〉と〈横柄〉の菱形の四本の帯や、あらゆる人々に時間を浪費させる〈無知〉の鏡や、陽気に歌う四羽の銀の鸚鵡《おうむ》や、〈うわべの平静〉の上に座る〈愚かさ〉の高麗鶯が付いていた。〈媚び〉は携えた武器のうち、槍にとても美しい長三角形の旗を付けていた。絹の紐とリボンで槍の柄に結んでいたのだ。そして優雅さをいや増そうとして、新しくてきれいな、醜くはないくすんでもいない武器には、鈴や小さな鐘が付けてある。馬具や、絹の布地を使った馬衣にも付いていた。〈媚び〉の近づく音を聞いて、私はエルカン一族[26]のことを思い出した。〈媚び〉の馬のいななきは馬上槍試合会場のいたるところで聞こえていた。

その恋人〈虚栄〉は、優雅に参加するために、太鼓と笛を携えて、とても雅やかに〈媚び〉の前を行く。たいへん上手に笛を吹き、音が谷間全体にこだましていた。〈和合〉の継母、〈諍い〉は大きな音をたてて草原に現れた。〈敵意〉のレイブル模様[27]の描かれた〈不和〉の楯を手にしていた。

〈憐憫〉が大嫌いな〈悪意〉は多数のブルゴーニュ人を引き連れ、斜めに階段状の線の入った楯を持っている。楯には歯をむき出した赤毛の番犬が描かれていた。中央には〈情知らずのブラン[28]〉の立ち上がる姿が〈悪意〉をよく表していた。

騒々しい音をたてるお供の戦士団とともに、〈不和〉の母親〈憎悪〉が道路を横切り、どんどん前進してきた。そして〈和合〉を休戦破棄で訴えると誇らしげな様子だった。

壊れた古い門を通って、〈憤怒〉が飛び出してくる。〈悪意〉の息子である。

みんなが〈激怒〉に付き従い、怒り狂ってやってくる。すべて〈絶望〉の城で生まれ育った者たちだ。この者たちは怖れる気配もなく、隊列を乱し、敗残者のようにやってきた。〈狂乱〉をレイブル模様とした、〈怨恨〉と〈悔恨〉の菱形模様の紋章を付けていた。

でこぼこのくねった道を通り、〈過ち〉が〈真直《しんちょく》〉に向かって馬を走らせるのが見えた。〈真直〉の敵にしてうぬぼれ屋の〈過ち〉が、〈真直〉とその母親、すべてを裁く〈正義〉を支配しようとしているのだ。〈過ち〉はまっすぐ馬を進めることができず、足を引きずりながら正門を過ぎる。乗っているのが跛《びっこ》の馬で、三つの足を引きずって歩くことしかできないのだった。兜は斜めに紐で結んであり、頭から今にも落ちそうだった。馬はひどく跛を引くものだから、〈過ち〉を片側にぶら下げてしまう。〈過ち〉の楯には、〈真直〉の入る余地はなく、醜くて奇妙な楯だった。両面が使え、歩兵の楯に似ている。恥にまみれ、打ち破られ、捩《よじ》られ、でこぼこになった、まがいものの楯で、なされた〈過ち〉を亀甲状に重ねた形を持っていたが、これは、虚偽の申し立てから引き出された偽りの審判とともに、〈裏切り〉の描き出した〈背信〉の偽の判断により、〈不誠実〉をもとに作られた形だった。そこには法曹家の口から引き抜いた弁論の舌も付いていたが、これは〈貪欲〉が磨き抜いた大嘘で作ったものであり、また偽りの讃辞で得た〈偽計〉の告発も、ポワトゥー出身の〈裏切り〉の四つの点と一本の線とともに付けられていた。

〈過ち〉の槍はまっすぐではなかった。ひどく変形され、捩られていたからだ。そして〈過ち〉はその槍を斜に構え、〈真直〉に向かって拍車をかけ、駈けていった。この〈過ち〉は多くの法廷に出没するのである。

すでに一時課（六時頃）を回っていたと思う。そのとき〈強欲〉が大きな音をたて、激しい勢いでやってくるのが見えた。〈強欲〉は自分の部隊にたくさんの人員を抱えていたが、特に多いのはローマ人だった。本いとこの〈貪欲〉もそれに劣らず多数を集めていた。〈強奪〉も〈強欲〉や〈貪欲〉と同じくらいの数を率いていた。彼らの心を煽る〈残酷〉が、武器や馬、槍や剣や短剣を与え、貧しい者の皮を剝がせるのである。〈強欲〉はその日、金色小円紋を銀の地に並べた斜帯の付いた金の小楯を持っていた。カオールのある住人の作業台で作ったものだった。〈貪欲〉は純金の楯を持ち、そこには〈支払期日〉と〈高利貸し〉の斜帯が入っていた。〈強奪〉も同じようなものを持ち、〈気前よさ〉を打ち倒せると確信していた。

その次に、あらゆる宮廷の貴婦人《ダーム》たる〈羨望〉が戦闘準備を完了してやってくる。およそ生きとし生けるもので、その激しい自尊心、無秩序、あるいは隊列にいる者どもについて、嘘偽りなく説明できる者はひとりもあるまい。配下の者たちは角笛の音を草原のいたるところに鳴り響かせていた。

それから〈背信〉と〈偽善〉、そして〈偽計〉の息子で〈誠実〉を一度も愛さなかった〈瞞着《まんちゃく》〉が隊列を整えた。〈真実〉を憎む〈虚言〉も〈偽計〉に肩を並べる。そこに加わるのが、〈中傷〉のいとこ〈追従〉の息子たる〈悪口〉、そして〈へつらい〉と、〈羨望〉の長子〈裏切り〉だった。〔六五四—七九九〕

町中がこの戦士団を見んものと城門に向かって駆けつける。その集団には少なからず宮廷人がいると思われた。〈羨望〉は悪口を吐く者たちをそこに集めていた。

その集団を構成するのに十年以上をかけたのだ。彼らは橋や道を震わせる。それほどすさまじい騒音をたてるのだった。〈羨望〉はインクよりも黒々とした紋章を持っていたが、これ以上詳しくは書くまい。

いとこの〈中傷〉は〈羨望〉より優雅で陽気、〈見せかけ〉と〈作り笑い〉でできた菱形の楯を持っている。〈裏切り〉の楯は〈中傷〉の楯によく似ている。〈中傷〉の偽の楯は――神よお守りください――〈見せかけ〉や〈盗み見〉や〈偽りの接吻〉や〈偽りの言葉〉でできていた。ラウール〔・ド・ウダン〕はこの楯をきちんと描いている。立ち上がった四つの〈嘲弄〉と、五枚の刃を持ち、楯を囲み、その上に乗る一枚の舌を備えているのだ。この〈羞恥〉を下地とする楯は〈敵意〉を混ぜた〈隠蔽〉の斜帯を持ち、〈背信〉のレイブル模様であった。

〈真実〉を憎む〈虚言〉は〈反キリスト〉の軍勢の一員で、選び抜かれた馬を持っていたが、この馬は燕が飛ぶより速く駆け、〈虚言〉を一瞬にして世界中のどこにでも運んでしまう。軍旗を風にはためかせ、〈裏切り〉にぴったりついていく。持っている楯は、怪しげな木の板で、〈偽りの便り〉の菱形模様が付き、〈へつらい〉と〈悪口〉という双子の偽造楯形紋地を持っている。これは神に罰せられた楯で、中傷ばかりしている者は誰でもこれを携えている。〈愛〉の騎士たる者はすべてこの楯を呪ってやまない。

〈虚言〉に続いて、〈羨望〉の子供全員が大急ぎでやってきた。〈へつらい〉は見栄えのする楯を持っている。その楯は〈裏切り〉の楯によく似ていて、違いといえば、〈中傷〉が〈偽りの言葉〉の金泥を塗り、ごますりどものレイブル模様を施して、〈へつらい〉を見分けられるようにしたことぐらいだろう。

〈偽善〉もみごとな楯を持っていた。然るべく選び抜かれた楯だった。というのも、その楯は偽装されていて、あらゆる人々をたぶらかしていたからだ。偽の銀でできた楯で、〈異端〉の斜帯を付け、〈悪しき生活〉の花模様で図柄が縁取られ、〈悪意〉の告発や、〈隠蔽〉の旗印や、〈背信〉の下地や、神の敵が身に着ける〈罪障〉のレイブル模様や、中央に〈偽宗教〉の描かれた怪しげな小楯模様が見られた。「偽信者《パプラール》」と呼ばれる人々が、フランスの各地でこのような楯に改めてしまったのだ。

彼らは非常に賤しい生活を送っているのだから、誰も同じようなことをしたいと思ってはならない。〈偽善〉の名と紋章を付ける者は誰でも、容易に〈異端〉に陥るからだ。〈異端〉は偽善者どもと親密なのである。

〈異端〉はとても優美な楯を持っていた。ある異教徒《ポプリカン》が偽の点と偽の線で偽りの解釈から作り上げたものである。異端の徒がそこに〈不公平〉の論議から引き出した神的な意味《セネフィアンス》に関する、数々のよこしまな考えを刻みつけた。またそこには〈強欲〉と〈偽善〉で縁取られた偽りの四分割楯形紋地や、〈地獄の劫罰〉の代償として与えられた〈聖職売買〉という報酬が付いていた。

アダムをお創りになったお方の言葉に間違いがなければ、アダムの異端者《ブグル》(29)は呪われて生まれた者たちだ。彼らの持つ楯は神の劫罰を受け、穢れ、打ち破られた楯である。誰もこのような紋章、このような楯を首にかけぬように。そして神がよきキリスト者をこのような楯からお守りくださいますように。

彼らは大音響をたてて町から出て行く。そこにはたくさんの彩色した槍や、数々の絹布の旗印や、大量の紺青の斜帯の入った金の楯や、多数の角笛や喇叭《ラッパ》が見られた。〈反キリスト〉の引き連れた〈誇らしさ〉によって、いたるところで大地が震えていた。〈窃盗〉は手下どもを暗く深い森の中に集めていた。一団には鉄の鎧で武装した者が数え切れないほどいた。彼はスペイン産の強力で脚の速い軍馬にどっかりとまたがっている。そして〈強奪〉、〈人殺し〉、〈不誠実〉、〈腕力〉、〈殺人〉、〈残酷〉、〈憤怒〉、〈敵意〉を連れていた。

〈憐憫〉が大嫌いな〈悪意〉は、ポワトゥー産の鉄の穂先を付けた槍に、〈窃盗〉の旗印を付けていたが、これは盗んだ布でできていた。その場に集まった者たちは、その旗印をきちんと見分けることができた。〈窃盗〉がやってきたのに気づいた者は少ない。声もたてず音もなくやってきたからだ。彼が首にかけて持つ黒い楯には夜の闇の斜帯が付き、絞首台を使って吊るしてあったが、その楯には拷問具の木馬が描かれ、〈遭遇〉と〈好機〉の菱形模様があるように見え、〈不運〉のX形十字と〈手癖の悪さ〉のレイブル模様が描かれていた。〔八〇〇―九二九〕

やってきた者たちのうち、もっとも優雅なのが〈人殺し〉だった。〈窃盗〉と親しいものだから、同じような紋章を持っていた。ロト王の息子ゴーヴァン(30)が打ち倒したり捕虜にした騎士より多くを殺した。しかもすべて自らの手による罪は犯さずに行なっていた。〈殺人〉の楯は、鮮やかで美しい漆黒のレイブル模様に〈残酷〉の虎が描かれているのを別にすると、無地だった。

〈殺人〉は腰に剣を佩《は》いていた。たいへん優秀な鍛冶場で鍛えられた剣である。剣の名は〈喉切り〉といい、これほど鋭利な剣は見たことがない。これを作った刀鍛冶は〈情知らず〉という名で、騙しっこなしで申し上げるが、〈窃盗〉が〈殺人町〉の〈真夜中〉の家で、この剣を研がせたのだった。非常に硬く、非常に怖ろしい、稀少な鋼鉄の剣である。〈喉切り〉はデュランダル(31)より硬く、〈窃盗〉が掠奪に赴くときか、傭兵やピカルディー人を束ねるときしか、鞘から抜かれることはなかった。〈窃盗〉は四人きりで来るようなことはなく、それどころか署名した者五百人を引き連れていたが、彼らは〈窃盗〉の紋章を印として付けていた。

彼ら全員が一団となってやってきた。そして堂々たる集団となったとき、〈大食〉が後からやってきた。〈大食〉のすぐ後ろに、姉の〈食い意地〉がついてきた。後に続く高潔な心の騎士〈過剰〉は〈食い意地〉の息子で、優雅な生活を営むために、自分の土地を抵当に入れていた。引き続いて狂女のようにやってきたのは、〈過剰〉の母親〈下賤〉だった。〈下賤〉は賢者と見なされていた。然るべく武装していたからだ。すなわち一頭の荷馬にまたがっていたのだが、その馬の肉付きはといえば、まるで流刑地から戻ったかのように、あばら骨の数を間違えずに数えたり、瓦やこけら板で葺《ふ》いてやったりできそうなくらいで、まことに田夫野人にふさわしい軍馬だった。

〈下賤〉の武具は白鳥のように白くはなかったが、それも当然だった。ジュストコール(32)は煙にさらしたもので、彼女に実によく似合っていた。頭は兜で守られていたが、その兜は古い鉄の頭巾でできていて、地獄から到来したかのように真っ黒だった。そして携えた紋章は長く、幅広く、白と灰色の縞模様で、さらに槍の代わりに棒を持っていた。

次に躍り出た〈大食〉は、たいへん美しく、たいへん優雅で、構えた楯の下で、羽根の生え替わったばかりのハイタカよりも生き生きとしていた。よく目立つ、美しい楯を持っていたが、これは〈過剰〉と〈悦楽〉で縦に二分割したものだった。そしてたいへん豪華に口と舌の斜帯を付けていた。

　側対歩《アンブル》でやってくる〈食い意地〉の紋章は、むさぼり食われた赤で、大口に呑み込まれ、〈下賤〉にがつがつ食われていて、〈大食〉の報酬を持ち、〈法外〉の横帯《フエス》が付いていた。

　〈過剰〉は非常に怖れられていたが、度外れに優雅でもあった。とても美しい彼の楯は〈大食〉にむさぼり食われている。そこには三つの丸形パンの模様が付いていたが、〈傲慢〉の黴《かび》が生え、とても強力なパン種で膨らんだために、罅《ひび》だらけだった。そして〈過剰〉は道を横切っていく。

　鉄の服を着て、鉄の靴を履いているのは〈姦淫〉である。一跳びで古い隠し戸を通って飛び出してくる。その眼の中に、〈偽りの姿〉の矢羽根の付いた投げ矢を持っていた。この〈偽りの姿〉は多くの男たちを不幸に追いやっていた。〈姦淫〉はその頭を〈乱脈〉と〈可憐〉で堅固に武装していた。〈下賤〉の楯を持っていたが、その楯は〈劫罰〉の接吻と〈審判〉のX形十字で飾られていた。X形十字は楯を囲み、その上にのっているが、楯は〈羞恥〉を下地にして、数々の〈罪〉の染みで、汚れ、市松模様を呈していた。そして〈姦淫〉は自分を示し、表す旗印を持たねばならないので、槍に〈不器用〉の布で作った長三角形の旗を付けていた。この旗は〈罪〉の娘で、〈姦淫〉に対してとてもへりくだっている〈羞恥〉が自分のブラウスで作り、〈おぞましさ〉の河で洗ったのだった。

　それから私が見たのは、〈姦淫〉の息子のひとりで、〈姦通〉と呼び習わされる者が、きわめて巧みに騎乗し、熱い熾火《おきび》よりも燃えさかって、やってくる姿だった。彼の勇敢さを隠そうとは思わない。その日、数々のみごとな一騎打ちをやってのけたからだ。〈姦通〉は売春宿の扉でできた小さな楯を首から下げていた。いとこのひとりが遅れずに彼についてきたが、その名はいずれ申し上げよう。〈姦淫〉を母とはするが、自然に反して生まれてきたのだった。今私がお話ししている恥知らずは、きわめて醜悪な楯を持っていた。〈羞恥〉を斜帯とし、〈嫌悪〉で縁取られていた。〔九三〇―一〇四九〕

　〈姦淫〉を取り巻く者たちのなかで、優雅さにおいて勝る者は誰ひとりとしていなかった。神はその近親の者たちを愛さないし、愛すべきではない。これ以上は何も申すまい。

けれどもおわかりいただきたいが、私は嘘を言ってはいない。ここでは〈反キリスト〉の手の者たちについて、〈愛〉に関わることは何も語らなかった。〈姦淫〉という語を使って、〈愛〉を語ることはしていない。絶対にしてはいないのだ。〈愛〉はそのような賤しい名前を持ってはいない。絶対にない。〈礼節〉から生まれるものだからだ。〈下賤〉とは無縁の〈愛〉については他のところで語ることになるだろう。〈愛〉は自然によって、〈礼節〉の褥《しとね》から出てくる優しい新芽であるからだ。〈愛〉は口の中で甘く、とても美味なので、味わえば味わうほど、ますます味がよくなる。〈愛〉をたっぷり味わうと、〈愛〉のことを適切に語りたくてたまらなくなってしまう。でも今のところ、しばらくは黙っていよう。

今回実にたくさんの悪徳を眺めたが、これほどの量を見ること以上の楽しみを求めようとは思わない。

〈飲み比べ〉が、割り勘で飲んだ居酒屋から飛び出してくる。ノルマン人、イングランド人、スコットランド人、すべてその一族である。その次に〈酩酊〉が立ち上がり、武勲を上げる構えであった。〈飲み比べ〉は〈過剰〉の兜をかぶっていたが、その兜はオルレアンの頑丈な環で巻いてあった。怖れ知らずのその楯には、〈食い意地〉が描かれ、〈下賤〉を下地として、〈過度〉のX形十字が付いている。手にした槍は美しく、まっすぐで、添え木でできている。居酒屋のおかみ〈掠奪〉が大きなよろこびを覚えつつ、与えたものである。顔色を見るかぎり、飼い葉を集めに行く必要はなさそうだった。

〈酩酊〉は大盃の脚をレイブル模様として、オーセールの斜帯が付いたオルレアンの楯を持っていた。〈酩酊〉の振る舞いからは嘲りとからかいが見てとれた。三つ編みのお下げの両方が、肩のところで解けていたからだ。その日、他の連中は騎馬試合にやってくると、〈酩酊〉を道路のようにしていた。広場の真ん中で腹這いになって眠り込まずにはいられなかったからだ。一日に二十回か三十回、馬の足で踏みつけられていたのである。一飲みした酒と飲んだ口よ、呪われてあれ。俯せのままの〈酩酊〉はこのままなら舗石の上で死んでしまったことだろう。けれども〈偶然〉が彼女を助け起こし、丸裸にした。

〈放蕩〉がやってくると、みごとな集団ができあがった。〈放蕩〉と〈偶然〉は〈酩酊〉から服をすっかり奪ってしまった。急に列を乱す〈偶然〉は、ポワトゥーの鉄でできた剣を持っていた。また〈窃盗〉の斜帯の楯を持ち、そこには少なくとも三つの骰子《さいころ》が付いていて、〈汚れた手〉のレイブル模様が〈偽誓〉によって付けられていた。そのなかには拳骨で得た喧嘩の勝利一回分が、十八箇所で〈不運〉の偽りの楯にくっつけられていた。これを〈二度目の運〉が〈偶然の機会〉と〈挑発〉に分割していた。

〈放蕩〉は緑なす草原の、一本の柳の木の下で武装していた。滑らかな市松模様の、とても目立つ楯を持っている。〈偶然〉と〈放蕩〉の間には識別用のレイブル模様があって、手の甲で出した骰子の六の目という〈不運〉と本いとこの紋章で飾られていた。そんな風に〈放蕩〉はますます優雅で優美だった。皮を剝いだ棒の槍を持ち、腰には投石機《フロンド》をつけている。そして敵を打ち破るために、八分割《ジャイロニー》の石を手に入れようとする。彼女の武具は百箇所以上も結び直されていた。〈偶然〉がバール[33]の円卓で壊してしまったからだ。

世界の三つの部分（ヨーロッパ、アジア、アフリカ）のすべてから、戦士団が騎馬試合にやってきた。そして事実として知っていただきたいのだが、〈狂気〉は非常に狂おしく、騎馬試合にやってきた。群衆をかき分けるのに使った棍棒は、〈狂気〉に似つかわしい。押し寄せてくる者などいない。誰もが棍棒を怖れるからだ。〈狂気〉に向かっていかに野次が浴びせられたかを聞けば、笑わずにはいられなかっただろう。首にふいごの板の小楯を下げていたからだが、私はこれを実にみごとだと思った。籠に入れた三つのチーズが〈愚かさ〉の上に据えられ、帯の縁取りのある怪しげな四分割楯形紋地に〈悔恨〉が描かれ、〈狂乱〉のレイブル模様があった。そして〈狂気〉は十字形に剃った頭に、〈愚行〉の環の付いた、角の生えた兜をかぶっていた。そしてまことに大胆に、槍の代わりに持つ棍棒に〈不器用〉の布で作った旗印を付けていたが、これがおおいに私の気に入った。〈狂気〉が門を出てくるとき、そこにいればたいへんな人だかりを目にしたことだろう。彼女はあらゆる罪の旗印を携えていた。いかなる罪も〈狂気〉なしではないからだ。〈怠惰〉は眠り込んでいて、いつも天幕の中にいる。〈臆病〉は後ずさりしつつ、どんなときも後衛にいる。〈裏切り〉は誰からも警戒されないが、誰を叩くことができるか、様子をうかがってばかりいる。あるときは前から、またあるときは後ろから見張り、遠くにいるかと思えば、すぐそばにいる。これらの悪徳はぴったりくっついて進んでいく。連れ立たずには歩けないからだ。〔一〇五〇—一一七三〕

ここで申し上げるが、〈臆病〉はたいへん優雅に武装していた。後肢で立つ野兎の模様の、くすんだ色の楯を持っていたが、この楯はトランブル(34)でできていた。〈臆病〉は〈絶望〉の町を出るとき、不安に震《トランブル》えている。楯と槍がトランブル製で、とても怯えているからだ。乗っている馬の名は〈逃走開始〉だった。逃げたくてたまらない。闘うより逃げたい気持ちの方が大きかった。あまりに怯えていたので、この場所に来るまで、一度も闘ったことはなかった。顔には恐怖がありありと出ていて、色を失っていた。

〈怠惰〉は止まって動かない象にしっかりまたがっているが、この象はとても鈍重でのんびりしているものだから、前に進むことができない。猿がどうしようもない奴を真似るように、主人と同じことをするのだ。そして相変わらず象に乗って眠っている〈怠惰〉は象牙の楯を持ち、そこには眠り込んだ夢が描かれていた。寝入っている盗人が六人までも、〈無知〉の上に乗っている。〈無頓着〉のレイブル模様に、〈怠慢〉の斜帯が付いていた。このような楯を携える騎士は、きわめて勇敢であるにちがいない。〈怠惰〉は、〈反キリスト〉の配下のうちで最後に城門を出た。彼らについては、この文書で、偽善者どもを無視して、その名前と紋章について記してきた。

これまで述べてきたような人々を、〈反キリスト〉は引き連れてきた。武芸に秀でた騎士ばかりである。そして彼に対して騎馬試合を挑んだ者は、選び抜かれた者どもとともに、先に述べた町にいた。〈希望〉という名で、とても評判の高い、よい町だから、思い出すのも気持ちがいい。そこから〈絶望〉までは、美しい街道が二里《リュー》続いている。〈絶望〉はラウール・ド・ウダンの言うように(35)、地獄の丘《モンジョワ》(36)である。彼の言うことが正しかったら、私は確信をもって断言し、筋道を通して証明できる。すなわち〈希望〉には、「天国の丘《モンジョワ》」以外の別名を見つけることができないだろうと思うのだ。疑いなくこれこそが〈希望〉の別名である。

〈希望〉には、騎馬試合の前日、天の王が大規模な部隊とともにやってきた。彼らは食糧の備蓄におおいに精を出す。果樹園や野原や草原に、天幕や小屋や幕舎を建てる者が何人もいた。全員が町中には入れなかったからである。

陽の光が星の輝きを消して姿を現すのに気づく頃になったら、着色した槍に付けた旗が風にたなびき、さまざまな種類の楯を扉から外して首にかけるさまが見られることだろう。これらの楯はその日数々の打撃を受けることになる。

〈希望〉を出たところでは群衆がひしめいていた。天国の王が飛び出してきて、先頭の部隊に加わる。まさしく王にふさわしい挙措動作であり、まことに優美かつ優雅であった。王の武器で武装し、連銭葦毛の大きな軍馬にまたがっていたが、この馬は胸先が幅広く、殿部が拡がっていて、驚くほど美しかった。真紅の馬衣は上質の錦繡《サミ》でできていた。

馬上の王は高貴でみごとな楯を持っていた。緑色の大きな十字が純金の上に据えてあり、とても微細な星が散りばめてあった。楯には突起があり、その突起には、聖母の衣の二本の袖に描かれ、書かれた白い四福音書の間で、紅石榴石《ざくろいし》が輝いていた。このような楯は肉体と魂を守り支えてくれるのだから、主よ、その言葉に偽りがなければ、慈悲の心を持って、それをわれわれに与え給え。また王は〈聖なる友情〉の柄頭《つかがしら》の付いた、鋭利な、止《とど》めの一撃用の剣を〈憐憫〉の剣帯で、左の腰に吊っていた。剣にしても槍にしても、王の槍ほど美しく仕上げられているものはなかった。インディゴ・ブルーの地に、洋銀で小さな小天使が描かれている。穂先はインド渡来の鋼鉄で、イエス・キリストの体から引き抜かれたものだった。書物の中で見出したのだが[37]、この槍でかつてロンギヌスがイエスの脇腹を刺し、水と血が流れ出たという。白馬にまたがる王はみごとないでたちだった。この馬にはひとつの町の黄金すべてにも匹敵する価値があった。〔一二七四―一二九五〕

王は〈審判〉の環がはまった〈神性〉の兜をかぶっていた。そして天の弓を携えていたが、これは〈慈悲〉の貴婦人《ダーム》がやさしい弦を張った弓だった。このような弦を持つ弓はたいへん優れた弓である。というのも弦を張った御婦人は自分の息子に私たちが結ばれることを願い、三本の紐でできた弦で息子のために天の弓を張り、神と人間たちを和解させたのだ。弦の紐は〈平和〉と〈憐憫〉と〈和合〉であり、これらは大いなる調和をもって縒《よ》りあわされていた。諍いの仲裁をする者は、このような紐で私たちの心をひとつにする。敵意に満ちた心は、〈慈悲〉の父とは和解できない。さもなければ、〈和合〉の王は嘘を言っていることになる。

　コルドヴァの首長も天の王ほど高貴に武装してはいなかっただろう。騎乗馬の馬具一式、すなわち鞍も胸繋《むながい》も尻帯も鐙も、すべて金と絹でできているのだ。そして嘘偽りなく申し上げるが、そこにはあらゆる種類の、非常に贅沢でとても貴重な宝石が、金や銀の台座に嵌め込まれていた。とても優美で、見かけだけではないエメラルドや、澄んで繊細な紅石榴石やその他千種類以上の宝石があった。もっとも価値の低いものでも金四百マルクの値打ちがあっただろう。

　草原の草よりも緑の智天使《ケルビム》が、軍勢の中にいるのを私は見た。スペインの軍馬にまたがっていたが、その馬は千マルクの銀に十分値したことだろう。

　ケルビムは白の吹き流しで、〈反キリスト〉とその配下全員を驚かせた。吹き流しは、世界の主が騎馬試合に到来することを告げている。真っ白な雲でできていて、染みひとつない吹き流しであり、四つの「アヴェ・マリア」で彩色した剣に付けられていた。このような印を付けられた者は、肉体も魂もわざわざ守るには及ばない。

　部隊には、部下を召集するために喇叭手が二十人いた。それぞれ銀の喇叭や青銅の喇叭やビュイジヌ喇叭やグレール喇叭を持っていた。大きな音でもか細い音でもよく響くので、配下の者はすぐ集まってくる。

　この隊列には天使しかいなかった。誰もが白鳥よりも白かった。私にはとても、彼らの携える武器を描くことはできそうもない。首にかけた楯はどれも金と銀だった。そしてすべてが天使の肩で生まれたものだから、羽根が生えていたと申しておき、それ以上の言葉を費やすのは控えよう。

　この軍団の先頭は聖ミカエルだった。伝承によると、たいへん勇猛果敢で、いかなる騎士もかなわなかったという。このことは、かつてルキフェルを天から地獄に堕として獲得した勝利の際によく見て取れる。一同の中でもっとも見栄えがよかった。お告げの羽根でできた銀の翼で飾られた、金の楯を持っている。

そして勇敢にして賢明なガブリエルが、ミカエルに続き、草原に飛び出してきた。大群衆の中で、とても目立って美しい、彼の楯を私は見分けた。全体に星を散りばめた天の楯で、聖母に向けた〈表敬〉の羽根を付けた紺碧の楯だった。

それからラファエルが、軍馬に騎乗したガブリエルの姿を見ると、鐙に足をかけずにとても美しい馬にまたがる。彼の紋章は緑の地に純金の雛鷲をしつらえたもので、魚が一匹添えられていた。というのもこの魚はどんな石や根よりも薬効があるからだ。これは、『旧約聖書』の言葉に間違いがなければ、トビアが海で獲った魚で、ラファエルがその胆汁で、小燕[38]によって視力を奪われたトビトの眼が見えるようにしてやったのだった。

太陽はぐずぐずすることなく、一時課の後には顔を回して、まっすぐ三時課（九時頃）の方へ道を進んでいった。すると私はチェスの女王が昇ってきたのを見た。ちなみにチェスの王は神である。女王を見たとき、そこから発する明るい光線に私は打たれ、両眼が眩んでしまった。そして〈鉄の腕〉は、気絶して倒れた。女王に愛されていなかったのである。

けれども私は、今お話ししている高貴な御婦人をよく知り、描き出してみせるために、懸命にその姿を見つめた。この御婦人は腕も、体も、手も、顔も、たぐいまれな美しさであったから、こうして述べている私ではあるが、とても適切な描き方ができるとは思えない。その美しさは他で見られる美しさから卓絶したものであったから、夢の中でも、人間には決して見られない美であり、神から愛されるという特権を与えられた者だけに許される美であった。神はその方を見て、描かれた。しかし私に描くことができるだろうか。大なる特権によりそのお体を守るのに選ばれた方、大いなる愛情でイエスの胸で眠り込んだ方、その方により、「黙示録」において、そのような描き方がなされたのだった。〔一二九六―一四二五〕

その貴婦人が午前中に来たとき、嵐も日蝕も起こらなかった。というのも、空をヴェールとし、そこには染みも雲もなく、太陽を衣としてまとい、足の下に月を踏みしめていたのだ(39)。その方が愛を捧げた相手の方は、さぞかし歓喜に満ち溢れていたことだろう。

すべての王に冠を授ける王が、文字をその方に冠として授けた。その冠には、素晴らしい十二の宝石と、十二の星と、十二宮が文字の中に象眼されていた。

手には王笏の代わりに、花の咲き乱れるアロンの杖(40)を持っていた。処女《おとめ》らと羽根のある天使たちからなる、たいへん美しい一団を率いている。その方の姿をしばしば想起する人こそ、よい時に生まれた人であろう。というのもその方こそ、天国の天使たちが見つめる栄光の鏡だからである。彼らが姿を映す鏡は、栄光に満ちた者たちを映し出してくれる。私たちはみな、このような明るい鏡を見つめなければならない。鏡に見入る者は、抱え込んだ悪疫に対して、処女にして母なるマリア以外の医師を持つことはできないからだ。このような鏡で、己の眼と思いを調和させる者は、〈反キリスト〉とその配下を怖れることはないと断言できよう。

彼女は銀の紐と、インドで作られ織られた、インディゴ・ブルーの模様付き絹布でできた天幕の中にいたまま、川面に降り立った。天幕の外観はこのうえなく美しく、紺碧の地に純金の雛鷲を置いた図柄の細工がなされていた。そこに神の置いた小さな玉は燃えるような紅石榴石だった。天幕は川の斜面に、たいへん巧みに立てられていたので、その石が周囲一帯、森や草原や川を輝かせ、光線が城の主塔にまで届いていた。

豪華な装飾を施し、金糸を織り交ぜた、贅沢なアルメリア(41)の布地で張った玉座に、女王マリアが座している。そして騎士団を見やっているが、これはむしろ部下たちを死や災厄から守るためだった。

さてここで神よ、どうか〈童貞〉を最後まで描かせてください。城市全体がその光で輝くほど、彼女は明るく、純粋で、繊細だった。〈童貞〉は、先に語った女王と関わりの深い方だった。彼女にとっての真実は、といえば、その名がとても栄光に満ちていたことである。

そのとき〈修道生活〉、〈禁欲〉、〈告解〉、〈苦行〉、そして大集団を率いる〈純潔〉が吹き流しを拡げた。

そして〈童貞〉を先頭に、たいへんこぢんまりした一隊が道を進んだ。この部隊はまだ、草を刈った野を弓の射程分ほども進んでいなかったが、すでに前を騎行する他の連中は騎馬試合場の柵に達していた。

〈童貞〉を見つめること以外の歓びを求める気にはとてもなれなかった。私は兜や帯で縁取りした楯や槍や吹き流しを見ていたのだ。彼女のそばには処女しかいなかった。けれども、よろしいか、その数はあまり多くはなかった。真の処女は、二十人以上は見分けられなかったのだ。〈童貞〉はアマゾニア[42]の白馬に乗ってやってきた。草原全体が輝きわたった。それほどにも優雅で美しかったのだ。

白の武具で身を固めていて、氷の上の雪よりも輝いていた。体を守るために持っている楯はその場を明るくする。けれどもその姿をじっと見つめることはできなかった。私自身がそれにふさわしいとは思えないからだ。楯は白鳥よりも白く、数々の宝石が星のように散りばめられ、聖母への〈表敬〉の斜帯が付き、年次祝祭の山形模様が付いていた。彼女は祭壇を覆う白い布で陣中着を作らせていた。また海の彼方から到来した、模様のある絹布で作った旗を槍に付けていた。旗は〈純真〉の紐で槍に付けられていた。そこには染みひとつなく、百合の花のように白かった。

私は心を込め、注意を集中して、〈童貞〉を見つめた。彼女は〈謙虚〉の兜をかぶっていた。兜には〈純粋な良心〉の金箔を貼った〈無垢〉の強力な環が付いている。白の武具を着けているのがわかったが、これは私の見るところ、天国の天使のいとこであるからであり、また〈童貞〉が天使たちと実の姉妹のように似ているからだ。その槍は、穂先にアンデーヌ[43]の鋼が使われていて、小さな小天使が描かれていた。剣にしても投げ槍にしても、これほど優雅で高貴なものはない。これらの小天使が描かれて据えられた銀地はとても純粋であったからだ。小天使たちは、白銀の上に金と青で、飛んでいる姿を描かれていたが、それだけにいっそう美しく高貴であった。

〈禁欲〉が草原にやってきた。身に着けた武具には、雪がたくさん降ったかのように見える。〈絶食〉と〈節度〉の菱形の楯を持っていた。

その次には〈希望〉の町を出た〈修道生活〉が前進してくる。〈祈禱〉と〈服従〉の縦二分割の楯を携え、〈栄光の持続〉の金箔を貼った、頑丈で良質の環と〈無垢〉の長三角形の旗が付いた〈忍耐〉の兜をかぶっていた。

〔二四二六―一五五九〕

〈修道生活〉の後を〈忍耐〉が続く。鎖帷子を着けていたが、その下に肌にじかに馬巣織《ばすおり》の苦行衣を着ていた。〈告解〉と〈悔恨〉の菱形で、〈憐憫〉の柄を持つ楯を携えていた。この柄は枝の上に積もった雪のように白く、マグダラのマリアがブラウスから外した袖を、大いなる親愛の印として、楯に据えて柄としたのだった。その槍には貴婦人〈友情〉が、〈憐憫〉のリボン四本を使って、白の長三角形の旗を付けていた。この旗は〈告解〉が〈悔恨〉の涙で洗ったのだった。その涙はまさしく川となって流れていて、洗濯女たる〈告解〉が、私たちに染みついた、あらゆる罪の汚れをすすいでくれるのである。この洗濯女は有能だ。というのも洪水の危険の後、溺れる者を助ける板となってくれるからだ。まさしく、われわれが最後の審判に臨むとき、審判官に対して、取りなしをしてくださる高貴な御婦人なのである。

慎ましい貴婦人〈謙虚〉は、鉄の服と靴を身に着け、想いに耽りつつ道を行く。乗っている連銭葦毛の馬はひとつの町全体の黄金に匹敵する値打ちがあろう。よく似合う楯は、〈純真〉の斜帯があり、〈温和〉の地に、よき〈希望〉のレイブル模様が描かれていた。そこには銀の薄膜でできた〈微笑〉の三日月も描かれている。そしてよく見ると、その槍の穂先には、〈傲慢〉の死が記されているのがわかった。地獄からやってきた〈傲慢〉の方は、〈謙虚〉を踏みつけにしようとして、〈謙虚〉の死を剣に記させていた。誰も〈謙虚〉やその徳を描き出すことはできまい。大多数の人々が〈謙虚〉を誉め讃えたが、それは彼女が驚異的なまでに、慎重に、静かに、やさしくやってきたからだった。

〈謙虚〉は吹き流しを低く掲げ、兜を深くかぶり、〈傲慢〉を打倒すべく、全速力でやってきた。〈傲慢〉は〈謙虚〉とその控え目な態度を嫌っているのだ。

〈忍耐〉のいとこ〈平和〉、そして〈純真〉と〈服従〉、〈憐憫〉と〈温和〉が凛々しく〈希望〉の町を出発した。彼女らは〈謙虚〉の娘であり、そろって〈修道生活〉において育てられたのだった。〈忍耐〉は、いかなる鋭利な刃をも怖れない、ダイヤモンドを飾った兜をかぶっていたので、最初に〈傲慢〉と一騎打ちをする許可を求めた。貴婦人〈謙虚〉の前で旗を掲げていたからだ。〈温和〉の助言もあり、貴婦人はその求めに応じた。

彼女たち全員が、〈忍耐〉の十字と〈苦行〉の棒で飾られた銀の楯を持っていた。棒には〈悔恨〉により、深い〈信心〉をともなうふたつの点が打たれていて、とても役に立つものとなっていた。

その次にみごとな騎乗ぶりで、貴婦人〈気前よさ〉が騎馬試合にやってきた。一家のうちから〈武勇〉と長男の〈大胆〉、それに千人を超す若者を連れてきていたが、彼らの名前はよくわからない。

すると〈礼節〉と〈気高さ〉が一緒にその吹き流しを拡げたが、〈気前よさ〉は、私の見たところ、とても優雅に振る舞っていた。首に楯をかけていたが、それは煤《すす》けても古びてもいなかった。〈約束〉と〈豪華な贈り物〉の菱形の楯で、アレクサンドロス大王の紋章にある〈報奨〉を四分割のひとつとしていて、すべてを与え、広めるべく、〈開いた手〉のレイブル模様があった。

このような楯を首に下げている騎士は粗野ではなかろう。気前よくお金を使い、口約束はせずにたっぷり与え、いつも両手で人にものを与えて倦まないのだ。そして贈り物をするだけのものが手に入らなかったら、約束して、せめてできるだけのものは渡すのである。今与えられるものがあったら、明日を待ってはならない。欲しる者には、手許にあるものを贈り物にすればいい。約束はすぐするけど、遅れがちな贈り物、これこそまさに塩もきかなければ味もしない贈り物だ。そんな贈り物を味わうと、私なら冷え切っていて、まずいと感じるだろう。実際、味わったとき、まずいと思った。誰かが約束を味わわされたら、それがどんな味になるか、思い知らされることだろう。というのも味わったことのある私は、とてもまずく、重く、冷たく、風味がないと思い、美味はどこにも見つけられず、ほんのわずかな〈希望〉の塩だけを感じ取ったのだった。〈絶望〉の蝿がそのような約束に飛びついたら、〈希望〉の塩の味も失せてしまうだろう。というのもそのような蝿は、飛んでくると、すべてのよき〈希望〉を投げ捨ててしまい、はっきり申し上げるが、贈り主は贈り物を失うことになるだろう。〔一五六〇―一六八二〕

〈武勇〉はすでに城門を過ぎていたが、大量のフランスの花を集めていた。この花は全面的に〈武勇〉に奉仕してやまなかった。フランス人は主君に忠誠を誓い、両手を合わせて、臣下となる。そして臣下として振る舞い、誰もその封を放棄しないのだ。〈武勇〉は彼らを自らの乳房と乳で育て、武器の扱いを教え、毎日鍛え上げたので、彼らの槍には、どの人々よりも〈武勇〉の旗印が目立つのである。

〈武勇〉は銀の斜帯のある〈名誉〉の楯を携えていた。楯の縁には〈武勲〉の斜帯があり、〈大胆〉の豹と、銀のたてがみを持つ金の獅子で飾られ、〈威嚇なしの打撃〉の長四角模様が施されている。〈武勇〉は実際いたるところにこの楯を持って赴くのだが、また〈忍耐〉で苦しむ〈誇らしさ〉の兜をかぶっていた。槍の柄は〈名声〉の木から取った〈讃辞〉でできていて、旗印は〈勝利〉の仔獅子が描かれた高価な布地で、〈真の栄光〉の菱形模様だった。

〈愛〉が連れていく〈武勇〉のかたわらでは、実の姉妹の〈礼節〉と、彼女によく似た〈気前よさ〉が馬に乗って進む。彼女らは全員一緒に、自らの手で〈愛〉を守っていた。〈愛〉の持つ楯には、〈礼節〉を下地にして、よき〈希望〉で飾られた、紺碧の鋸歯模様の上に金の花が描かれている。この楯には〈下賤〉が少しも見られず、銀の夜鳴鶯が四羽、それに飛び続けてやまない、優雅で高貴なハイタカが描かれていた。また花模様の金地に立葵が一輪描かれ、〈快活さ〉のレイブル模様が騎馬試合全体を明るく照らしていた。この楯を持つ者は、ポワトゥー女〈裏切り〉をとても警戒している。

そのとき、あらゆる人々を欺く者が中央の門を通っていく。銀の弦を張ったトルコの弓と、愛の矢を入れた革の箙《えびら》を持っていたが、あまりにたくさん矢が入っていたので、それ以上は入り切らなかった。

しなければならないことをたくさん抱えている〈愛〉は、箙から一本の優しくもむごい矢を引き抜いた。矢羽根に高麗鶯の羽根を使った矢で、〈愛〉はその矢羽根を〈絆〉の白い毛で軸に結びつけたのだった。矢筈《やはず》は甘い接吻で刻まれていると思われた。月桂樹の幹から取られた矢はまっすぐだった。〈愛〉は忠義を尽くす臣下のひとりが営む果樹園で、自らの手でその矢を集めたのだった。

矢の軸は金色で、つやがあり、強い。〈愛〉はそこにとても優しい矢尻を付けたので、地獄を怖れない者ならば、誰でもただちにその矢で射抜かれ、矢尻が心に残るのを望んだことだろう。心に？　そのとおり、どうやってもそこから引き抜くことはできないのだった。できない？　なぜ？　なぜなら、矢は〈優しい敵〉という名で、〈優しさ〉のものなのだ。〈愛〉はこれを〈悪党馴らし〉の城で作らせたのだった。というのも誰であれ、〈礼節〉に浸された矢尻を持つ矢を体内で感じたら、それほどあくどく、傲慢で、無節操な心ではいられず、望むと望まざるとにかかわらず、優しく、和らげられ、雅やかになってしまうからだ。〈愛〉はたいへん雅な名を持つので、もし下賤の者が〈愛〉と親しむと、上品で優雅にさせられてしまい、悪党は高貴で優しくなり、傲慢な者を跪かせ、誰からも怖れられている者をおとなしくさせてしまうのだ。

〈愛〉はいたるところで怖れられているに違いない。どんな暴君ですら言いなりになるほどだからだ。誰も優しく、忍耐強くなることなしに、ここを過ぎていくことはできない。絶対に無理なのだ。たとえ残虐なダキアヌス総督[44]やヘロデ王でもできない。というのも、〈愛の神〉に臣下の誓いを捧げた者が何をするかご存じだろうか。彼らは、あらゆる〈下賤〉を打ち倒し、破壊する主君に仕えることになるのだ。〈愛〉と〈礼節〉はそろって一気に走るので、両者のどちらも、相手を連れずに野や街道を行くことはないのだ。

〈愛の神〉が私を見なければいいのだが。そして金紺碧とよく合うように、〈愛〉が〈礼節〉に似つかわしくなかったら、私が〈愛〉に求めるものすべてを拒絶してほしい。〈愛〉の資格を持たない中傷家はこのことをとくとわかってほしいのだ。

〈愛〉は兜をかぶっていた。どんな兜かって？　さてどのような兜だっただろうか？　たいへんな美しさだったので、その輝きでマウレタニアの王国を照らすことができるほどだった。このような兜を所有したり、身に着けたり、さらには見たりすることすら、高貴で優しく温厚で大胆で勇敢で美しく優雅な者でなければ、その身にふさわしいとは言えまい。悪口を言う連中の仲間に近づくために、〈愛〉は吹き流しを掲げていたが、これは恋する人全員に、すべてを与え、すべてを振りまくことを教えるものだった。そうすれば、彼らの〈気前よさ〉がアレクサンドロスをはるかに凌駕し、彼らと比べると大王がまさしく高利貸しと思えるはずだ。こうして彼らは、〈絆〉が〈気前よさ〉と〈礼節〉に分割して作った〈愛〉の旗を風にはためかせることができるだろう。

〔一六八三―一八一二〕

だからこそ、私が〈愛〉をここではイエス・キリストの兵士として描いていても、これは必ずしも常にキリストの側にいることを意味するわけではなく、多くの国でそうであるように、〈愛〉が純粋で誠実なものである場合に限られるのだ。優雅に愛すべき、また愛するにふさわしい対象を愛さなければならない。誠実にひたすら愛する者は、〈礼節〉の側に属する者である。そうでなければ、数に入らない。

〈礼節〉は〈武勇〉とともにやってきた。自身にふさわしく、またとてもよくできた楯を持っている。〈気高さ〉の楯であり、〈美しい言葉〉の斜帯が付いていた。緑の絹の吹き流しには、よくできたハイタカがあしらわれていた。〈愛〉はそれを、貴婦人〈友情〉の組紐と〈絆〉の二本のリボンで槍に結びつけていたが、その穂先はよく研いであった。穂先は〈表敬〉の釘四本で、槍の柄に固定されていて、材料の鋼は〈温和〉に漬けられていたと思われた。柄は、真実を申し上げるが、オリーヴの木でできていた。

〈礼節〉は兜の中央に、ゴーヴァンとオリヴィエの名(45)を刻ませていた。この兜を正確に描くことは、誰にもできまい。それほどみごとな兜なのだった。兜の上の方には一羽の白い小鳩が描かれ、その鳩は〈礼節〉の二枚の翼を持っていて、それぞれの翼にラウール・ド・ウダンが語ったのと数も質も同じ羽根があった。ラウールは二枚の翼の物語(46)の作者であり、そのなかで数え間違いもせず、十四の羽根について語っているのだが、その羽根で〈礼節〉は雲の高みまで昇ることができるのだ。小鳩は翼を二枚の軍旗の上に拡げていたが、その旗は〈純真〉がみずからの軍旗で作り、美しく目立たせて兜の上に置いたものだった。その優しく慎ましい振る舞いのおかげで、〈純真〉は騎馬試合において、おおいに賞讃されたのだった。

ああ、神よ、ありとあらゆる〈辛辣〉の、実にとげとげしい母である〈下賤〉が、かくも図々しいことに、あれほど優しく、蜜のように甘い〈礼節〉に闘いを挑むとは、何たることだろうか。誰もが仰天したが、私は違う。少しも驚かなかった。なぜか。〈下賤〉は本能的に〈礼節〉を憎んでいるのだ。

〈礼節〉に続いて〈知恵〉が登場する。誰もが彼女に敬意を払うが、それは〈知恵〉が、狂ってもいないし、愚かでもないからだ。そして同時にダヴィデやソロモンの乳母だったのだから、騎馬試合に臨んだ貴婦人たちのうちで、もっとも叡知に満ちた人物であろうと、私には思われた。

武具は〈知恵〉にたいへん似つかわしく、そして彼女はとてもみごとに、高貴に振る舞っていた。金と銀の銘で覆われ、稲妻よりも輝く兜をかぶっている。それは七学芸の兜で、〈名誉〉と〈省察〉の斜帯が付いている。〈知恵〉の兜が壮麗なのに私は驚いた。旧約聖書と新約聖書が一字一句違わずに、そこに刻まれているのを見たからだ。槍には〈哲学〉の軍旗である長三角形の旗が付いていた。槍の穂先を彼女は信頼していた。〈理性〉に浸し、〈観念〉で研いだ穂先だったからだ。

〈知恵〉はこうして馬に乗ってやってきたのだった。四分の一が金箔張りで、〈予見〉がすぐそばについてきていた。いとこの〈予見〉がすぐそばについてきていた。四分の一が金箔張りで、遠くを眺め見るために孔雀の眼の付いた、専用の楯を持っている。そして頭を守るのに、文字で覆われた兜をかぶっていたが、この兜は前と後ろに、面頬《めんぽお》と鼻当てが付いていていた。私の思うに、〈予見〉は前後に人間の顔を持っていて、片方が前衛を、もう片方が後衛を分担して、奇襲に備えていたのだろう。その兜の上には孔雀の大きな尾が置かれていて、嘘偽りなく真実を申し上げるのだが、その尾にはぎっしりと目玉が付いているので、何ものも〈予見〉に見られずに、その谷間に入ることはできないだろう。〈予見〉の不意を突くことなど、決してできない。なぜならアルゴスのひとつの眼につき、〈予見〉は千以上の眼を持っていて、その眼で火を点され、燃え上がっていたのだ。

持っている槍は容易には折れず、そこには〈予見〉の仕える貴婦人の名を示す吹き流しが付けられていたが、これは〈巧み〉が〈知覚〉の布で作り、〈巧妙〉の紐で槍に結びつけたものだった。そしてほんとうのことを申し上げるなら、この貴婦人方はでたらめに歩いたりはせず、歩調をそろえていた。〔一八一三―一九二二〕

彼女たちに続いて〈愛徳〉がやってくるのを私は見た。真実として知っておいていただきたいのだが、この方はあらゆる美徳の母である。〈偽善〉に対して、いつも辛く苛酷で厳しい闘いを挑んでいる。〈愛徳〉の一家には〈憐憫〉の娘〈施物〉、〈友情〉のいとこ〈平和〉、そして〈愛徳〉の娘〈慈悲〉と〈真実〉がいて、彼女らは優しく、お互いに出会いを求めるのだった。〈正義〉と〈平和〉は町を出るときに接吻を交わした。人々に怖れられる〈正義〉の楯は、聖職者と俗人を裁く、教令と律法の文字で覆われていて、見つめるのにふさわしい美しさだった。

〈愛徳〉を描けるかどうか、私にはわからない。それにふさわしい身とは思えないのだ。ともかく〈愛徳〉は二羽の白鳥で飾られた、〈純粋な良心〉の、金の楯を携えていた。そこには〈知恵〉があらゆる美徳の小楯を付けさせていた。そのため楯はますます目立ち、美しく、突出していた。これらの小楯の半分も見ないうちに、〈施物〉と〈憐憫〉と〈誠実〉と〈真実〉の姿を見たのだった。

この貴婦人方の乗る馬はひとつの町の黄金にも値したことだろう。携えた楯は持ち主にふさわしかったし、信頼されてもいた。というのも、〈絆〉の斜帯が施されていたし、〈和合〉と〈愛〉の菱形模様があったのを覚えているからだ。

〈平和〉と〈慈悲〉も同じように武装し、身なりを整えていた。ふたりとも腰に鋭利な止《とど》め用の短剣を脇に下げている。色を塗った槍には、白の長三角形の旗を付けさせていたが、とても目立ち、美しかった。〈憐憫〉が結び、磨き、自身の流した涙で洗い、濯いだのである。また強力で頑丈な槍を手にしていたが、これは〈絆〉が七竈《ななかまど》で作った槍であり、〈平和〉と〈慈悲〉はそれぞれ白の長三角旗を〈絆〉の四本のリボンでその槍に結ばせていた。

〈気前よさ〉、〈礼節〉、〈武勇〉に混じって、世界最高の王、アーサー王の円卓の騎士たちが部隊を率いていた。アーサーはユテル・パンドラゴン[47]の息子で、銀地に赤い龍の楯を持っていた。

甥のゴーヴァンが彼とともに〈希望〉の町を出たのだと、私は思う。ゴーヴァンは〈武勇〉と〈礼節〉の二分割の楯を持っていた。一緒に行くのはイヴァン[48]で、美しい作りの楯を持っていたが、これは〈愛〉と〈気高さ〉の二分割になっていて、〈武勇〉の仔獅子と〈気前よさ〉の開いた両手で飾られていた。これをクリジェス[49]とランスロ[50]とロト王の子供全員が持っていたが、彼らはみな顔がよく似ていた。ゴルヴァン・カドルス[51]、そしてメロージス[52]は部下を二手に分け、〈美〉と〈礼節〉の二色等分の紋章を掲げていた。これは彼らが思いを寄せる女性をめぐって争っていたからだが、その名を美しきリドワーヌという。

マケドニアの峠を越えて、戦士団が騎馬試合にやってきた。マケドニア王の紋章には、みごとな装飾が施されている。ペルスヴァル[53]は真紅の武具を着けていた。これは新参の騎士だった頃にアイルランドの赤い荒地で真紅の騎士から奪ったものだった。家令クー殿[54]は、この人物についてはこれ以上述べる必要はないと思うが、〈悪意〉が斜めに階段状の線として入った、〈中傷〉の紋章を着けていた。〈下賤〉の嘲りと、〈嘲弄〉と〈悪口〉を詰め込んで作った三つのまるパンが装飾となっていたが、これはその楯にたいへん似つかわしいものだった。

この騎士たちが最後に到着したときには、もう兜の緒を締めるだけの頃合いになっていた。彼らは昔からの楽しみ方にしたがって歓びを得ようと、一晩中馬を走らせて林や深い森を抜け、気晴らしと冒険を求めてコルヌアイユやアイルランドを通ってきた。そしてブロセリアンドの森で、あやうく全員が命を落とすところだった。というのもペルスヴァルが面白がって、泉の縁石に水をかけようという気になり[55]、無分別にもほんとうに水をかけてしまったために、彼らの一族や部隊の百人以上が雷で殺されてしまったのである。

こうして彼らはあの町からこの町から出てきて、詰め物をした鞍の上に槍を置き、草原を騎行してきた。両陣営ともに巨大な騎馬軍団を成していたが、〈絶望〉の領主の方が、〈希望〉の領主よりも、疑いなくより多くの軍勢を擁していた。というのも、〈反キリスト〉はできうる限り大量の人員をかき集め、財産を家臣や傭兵に譲り渡し、より多くの騎士を確保するために、たくさんの金貸しや賤しい者どもを自らの手で、騎士に叙任していたのである。〔一九二三―一〇四四〕

こうして〈反キリスト〉はイエス・キリストよりも多くの騎士を、騎馬試合に率いてきた。そのため双方の騎士団の割り振りについては長々と時間をかけて、交渉しなければならなかった。こうしたまずい状況で闘うのはあまりにも困難であったからだ。そこで〈希望〉の陣営の者たちは言う。「われわれはこのような不利な条件で、また困難な状況で騎馬試合を行ないたくはない。だから、木の葉模様の金の楯を持つあの騎士と、目玉模様の楯の騎士をわれわれの側に欲しい。そして黒の楯、菱形模様の楯、それに真紅の大きな旗を持ってあそこに並んでいる三人も」

「ずいぶんと驚かせてくれるじゃないか」と〈絶望〉側が言う。「そちら側に楯や槍がなく、胴には鎖帷子がなく、頭には兜がないとしても、こちら側の方が不利だ。騎馬試合をしようというのなら、大きな白旗を持った、あのでかい騎士をこちらにくれ。それと、縁飾りの付いた楯で、アーミンの毛皮模様の袖を着けている騎士も、それから緑の獅子が立ち上がった意匠の、短冊組み模様の楯や、銀で描かれた小天使がとても高貴な、あの楯をよこせ。なんとまあ、実に大勢いるじゃないか。これ以上欲しがってはいけない。引っ込んでないで早く兜の緒を締めるがいい。騎馬試合の時間が過ぎてしまい、日が暮れるぞ」

そのとき交渉にけりがついた。双方が騎馬試合の条件に合意したのだ。そして〈反キリスト〉は伝令官に、武器を取れ、の合図をするよう命じた。イエス・キリストの側でも、まったく同じ形で、全員の耳に届くように命令を叫ばせた。そして従者たちが、あの秀でた騎士たちに兜を手渡すと、彼らは咲いたばかりの花の冠をもらうよりも喜ばしげに受け取った。その指令がとても嬉しかったからだ。〈諍い〉が最初に兜の緒を締め、楯に腕を通し、隊列を離れ、傲慢と熱狂に突き動かされて、最初に槍試合の一騎打ちに臨んだ。そして〈狂乱〉がその旗を掲げて、群衆の中に突っ込んでいく。

〈諍い〉は〈沈黙〉に向けて、とどまることを知らずに、馬を走らせる。けれども〈沈黙〉は、耳を傾けることで、〈諍い〉に対して勝利をおさめた。

〈怒り〉が熾火より熱く燃え上がり、〈温和〉に襲いかかる。そこでほんとうのことを申し上げるが、〈温和〉は〈怒り〉を捕らえ、打ち破ってしまう。すべてに打ち勝つ〈忍耐〉の楯を持っていたからだ。

勇気に欠けることのない〈忍耐〉は、〈狂乱〉と、その彩色された〈激怒〉の楯に対して、自身も怒り狂ったかのように立ち向かっていく。そして〈狂乱〉に打ちかかって、兜を真っ二つに割り、騎馬試合の会場の真ん中で、馬から落としてしまう。〈狂乱〉は茫然自失の体だった。馬を失った〈狂乱〉は捕虜になってしまう。ヴィエルを弾く大道芸人がひとり、その馬を要求して手に入れた。抜け目のない奴だと思う。
〈友情〉と〈平和〉と〈和合〉が〈憎悪〉と〈不和〉と〈敵意〉に向かって突進する。〈平和〉と〈和合〉と〈友情〉は実に激しく攻撃したので、ぶつかり合ったときにトネリコの槍が、握っているところで折れてしまったほどだった。馬を転回させるときに、彼女らはケルン産の大きな剣を抜いた。滞りも遅れもなく、〈平和〉と〈友情〉と〈和合〉は武器によって、〈憎悪〉と〈不和〉と〈敵意〉を打ち負かした。〈気前よさ〉と〈憐憫〉の賛同を得て、彼女らは多くの吟遊詩人を豊かにしてやった。強欲な者も吝嗇な者もいなかったからである。

　両陣営ともに、士気は旺盛だった。好戦的で強い〈窃盗〉は密かに騎馬試合に紛れ込んでいた。そして槍を下げて、凶暴に〈誠実〉を攻撃した。激しく残酷な騎馬試合となったが、数は公平ではなかった。〈窃盗〉には〈誠実〉の二倍の騎士がいたからだ。彼が率いていたのは、〈誠実〉を死ぬほど憎んでいる〈人殺し〉と〈不誠実〉と〈殺人〉、そして〈偽計〉の息子〈瞞着〉、それに〈偶然〉、〈いかさま〉、〈ごまかし〉で、これ以上は述べないが、全員が一丸となって〈誠実〉に襲いかかった。〈誠実〉の味方は〈真実〉と、いとこの〈無垢〉しかいなかった。熱意を込めて、〈不誠実〉に向けて槍を下げ、〈誠実〉は襲歩《ギャロップ》で馬を駆り、試合場の真ん中に槍を突き立てた。そして転回してきて、〈真夜中〉の息子〈窃盗〉を打ち倒す。〈偽計〉の後についてくる〈瞞着〉は〈誠実〉を待ち受けてはいられなかった。

　〈虚言〉は〈真実〉の前を逃げていく。待ち受ける勇気がないのだ。〈真実〉は〈虚言〉を捉えようとして、試合場の中をぐるぐる回る。〈真実〉に出くわして、向きを変えて逃げない者は愚か者だ。というのも私はよく承知しているのだが、〈真実〉は何ひとつ見逃さない。それどころか、いつも公然と叩くのである。

　そして〈正義〉は堂々と敵のふたり、〈人殺し〉と〈殺人〉をまとめて攻撃する。彼らは〈喉切り〉という剣で、〈正義〉の喉を切ろうとしている。けれども〈正義〉は一働きして、〈殺人町〉の絞首台に、櫓を使ってこのふたりを吊るしてしまった。〔二〇四五―二一八二〕

　〈正義〉は向きを変えて戻ってくる前に、馬に運ばれるままに〈裏切り〉に出くわすと、馬の尻を越えて放り出す。そして戻ってくると、〈偽善〉をスープ[56]のように、ぬかるみに漬けてしまう。そして〈裏切り〉を町中引き回した。愚かしくも〈誠実〉を、軍馬の群に紛れて背後から殺そうなどとしたからだ。

けれども〈真実〉は確信をもって、〈裏切り〉がナイフを手にしているところを捉えた。〈正義〉は全力で〈掠奪〉の姉妹〈強奪〉にぶつかっていき、容赦なく〈強奪〉と〈ごまかし〉と〈いかさま〉を打ち倒した。そして〈偶然〉はハイタカよりもすばしこく、敏速、敏捷、軽快に、大太刀を鞘から抜き、〈誠実〉めがけて突進した。けれども〈誠実〉は一度打ち合っただけで、ただちに〈偶然〉を劣勢に追いやる。〈偶然〉は剣を両手で構え、〈誠実〉に打ちかかるが、むなしかった。〈誠実〉が十八の点のある棍棒で背後から打ってかかり、〈偶然〉にとっては不運なことに、剣を手から飛ばして落下させ、それから二度目の落下を〈偶然〉に喰らわせた。すなわちまことに巡り合わせの悪いことに、〈偶然〉は今回の落下では、馬上の高さから、〈競り上げ〉の持つ彩色した楯の上に落ちたのだった。

けれどもこの一撃に対して〈偶然〉はさらに競り上げることはなかった。命を落としたからである。そしてもはや競り上げるものなどなくなってしまった。というのも〈誠実〉を攻撃した〈偶然〉は死を余儀なくされたからだ。かさにかかって攻撃を重ねることはできず、落下してしまったのだ。こうした不幸に見舞われたのも仕方があるまい。〈誠実〉に対して、ますますよからぬことをしかけようとしていたのだから。ある伝令官が〈偶然〉の乗っていた馬を欲しがり、言葉を尽くして〈誠実〉に求めたので、無条件で手に入れることができた。

太陽は歩みを乱さず、今や天空にあって、段階を追って昇っていき、さっさと三時課を過ぎていき、正午の方へ向かっていくと、〈禁欲〉が〈飲み比べ〉に対して、騎馬試合をしかける準備をすませていた。

〈禁欲〉はラウール・ド・ウダンが闘ったような試練となるやり方で闘いはしなかった。というのもラウールは〈飲み比べ〉と争うことになり、剣で闘い、そして敗れたのだった。[57] けれども今回の攻撃では、鎖帷子も楯も〈飲み比べ〉にはあまり役に立たなかった。〈禁欲〉が〈飲み比べ〉に襲いかかり、節度をもってではあるが、結局打ち負かし、それから〈酩酊〉の乳の下を槍で突いたのである。〈禁欲〉が槍をねじって引き抜くと、相手はぐらつき、そして茫然自失のまま、草原に倒れた。〈酩酊〉を片づけると、〈禁欲〉は向きを変えて、武器を持って〈放蕩〉に向かった。〈放蕩〉が愛撫に陶然としているのを見て、〈禁欲〉は嫌悪を募らせて打ちかかり、ぬかるみで沐浴をさせてしまう。他の場所に行きたがらなかったからだ。

〈禁欲〉は向きを変えて引き返し、楯を腕にかけ、〈食い意地〉を相手に一騎打ちに向かう。そして激しく攻撃して、相手を馬の尻を越えて突き落とし、沼地に沈めて、ブイヨンの中のパンのようにしてしまった。そして泥の中に残したまま槍を下げて、側対歩《アンブル》よりも速足で、〈大食〉に打ちかかっていく。そして口と舌の付いた楯を、鎖骨まで貫いた。

槍をねじって抜くと、相手はぐらつく。しかしすぐには倒れない。そこで〈禁欲〉は、槍が折れてしまったので、鋭利な投げ槍を相手の口の真ん中に投げ込んで、声を張り上げる。「御立派な大将、こんな食べ物で、お前を養ってやれるぞ。さあ、むさぼるがいい」

〈禁欲〉は頑丈な槍を手に入れ、〈大食〉を実に激しく、容赦なく突いたので、相手は恥じ入り、打ち負かされて倒れた。

折れない槍で、〈禁欲〉は勇敢に〈下賤〉の長男〈過剰〉に打ってかかり、〈食い意地〉で飾られた楯を突く。そして下に落とし、濁って悪臭を放つ沼地で溺れさせてしまう。そして落ちるときに大きなバシャンという音をたてたので、伝令官たちは〈過剰〉を野次った。〈禁欲〉は〈過剰〉を、恥じ入り、打ち負かされたまま、その場に残し、相手側の連中のなかに入っていく。

〈下賤〉はこの世でいちばんの駿馬を持っていたが、〈礼節〉を攻撃するために〈反キリスト〉の隊列を離れる。阿呆でも破落戸《ごろつき》でもない〈礼節〉は、〈下賤〉を槍の穂先でたいへん荒っぽく受けて、溝の中にすっぽり納まるように投げ出した。するとただちに伝令官のひとりが、ぬかるみにはまった〈下賤〉を見て、下賤な言葉を叫んで言った。「神様、なんてみごとに〈礼節〉は〈下賤〉をあやし《ベルセ》たことだろう。おお、神様、なんとみごとにひっくり返《アンヴェルセ》したことだ。〈下賤〉よ、神様、なんと立派な寝台《リ》だ。とてつもない歓び《デリ》を味わってるぞ」

〔二一八二―二三〇二〕

こんな風にその伝令官は〈下賤〉を野次り、他の伝令官たちも、声をそろえて〈下賤〉を嘲った。どこであってもこれほど大声の野次り声は聞かれないほどで、たいへんな大声だったので、その響きは〈絶望〉の町まで届いた。

そしてまた〈礼節〉は槍で〈追従〉を非常に激しく突いたので、菱形で飾られた楯は砕かれ、鎖帷子は貫かれ、長三角旗も穂先も柄も、臓腑の中に入り込んでいった。

〈追従〉にしてみれば、へつらう者たちのところで泊めてもらった方がよかっただろう。〈礼節〉が彼女を野原の真ん中に、恥じ入り敗れた姿で放置したからだ。槍をねじって引き抜くと、それは砕け、散り散りになったが、〈礼節〉はそのかけらで〈悪口〉を叩いた。〈悪口〉は突如、怒り狂って〈礼節〉に一騎打ちを挑んできたのだった。それから〈礼節〉は一刻の猶予もなく、引き返しざま、大太刀の抜き身を構える。そして〈嘲弄〉で飾られた兜を、その下に着ている鎖帷子の頭巾のところまで一刀両断し、鋭い鋼がその舌を切断し、鎖骨のところまで断ち割った。そしてこの惨めな奴を地面にひっくり返し、つねに中傷家を憎んでやまない、あの恋人たちの仇を討つのである。

〈悪口〉は野原に倒れたままだった。すると伝令官の一人が大声で呼ばわる。「中傷家どもを滅ぼした〈礼節〉殿に、円卓の騎士全員が心を寄せるお方に、この世の華とも申すべきゴーヴァン殿をお育てになり、自らの乳房でクリジェス、イヴァン、ランスロに授乳したお方に、万歳を」

伝令官はこのように言ったのだった。〈礼節〉は一騎打ちを終えると、もとの歩みに戻り、〈悪口〉のものだった立派な馬の手綱を取って、先ほど声をあげた伝令官に、武器と馬を与えたが、これは家令クーのものだった。

一日はすでに半ばに達し、日をふたつに分かつ太陽が三時課を過ぎたところにいた。そのとき〈強欲〉が、〈気前よさ〉を相手にすべく隊列を離れた。すると〈気前よさ〉は〈強欲〉に向かって、血気盛んに激しく立ち向かう。そして所有と、贈与と、消尽のために、手にした、太っ腹のアレクサンドロス大王の槍で、手綱から両手を離させてしまった。

そして明日のことなど気にかけず、その場で誰かに何かを与えてしまう〈気前よさ〉は、ひしめき合う群衆のなかで、〈貪欲〉に自分の体を贈り物としてぶつけた。金色小円紋のある小楯の真ん中に槍を突き刺したところは、とても糸玉遊びには見えなかった。〈貪欲〉を落馬させてしまったのだ。足が地に着く前に兜を地面に投げつけ、馬を乱暴にひっくり返し、馬と楯と槍もろとも、〈強奪〉に向かって突進し、〈高利貸し〉で飾られた小楯に、人も馬も突っ込んでいく、そして溝に〈強奪〉を投げ込むと、全速力で走り去ったが、戦利品のすべてを分け与えてから、騎馬試合に戻った。

けれども〈気前よさ〉は向きを変えて戻るところで、馬を走らせる〈強欲〉に出くわした。すでに打ち破って、死んだまま野原に残してきたはずだった。けれども家中のロンバルディア人たちが、[58]〈強欲〉をもう一度馬に乗せたのである。白刃のぶつかり合いで、〈強欲〉は〈気前よさ〉に恨みを晴らし、その剣を右手もろとも、空に飛ばしたのだった。

もし天の神の力によって、その手が〈気前よさ〉に戻されなかったら、〈気前よさ〉の海であり井戸であるのを常とするフランス人がやがてローマ人になってしまう。そうしたらもう私は彼らが気前がいいとは言えなくなるだろう。〈気前よさ〉は名ばかりのものとなり、心穏やかではいられまい。左手は胸にしっかり抱いていたが、右手は切られたままだった。

〈気前よさ〉と親密な〈礼節〉が、彼女を人だかりから抜け出させ、甲冑を外して顔が見えるようにし、一本の松の木の下に降ろして、自分の手で絹の布の敷布を拡げた。川の土手の下、道から離れたところで、松の木の下に寝床を作らせた。そして〈気前よさ〉を腕に抱きかかえ、緑の枝の生い茂る松の木の下に寝かせた。

〈気前よさ〉の不幸に心を痛め、吟遊詩人たちは静かに黙ってしまった。そして拳をよじり、悲嘆に暮れるあまり、〈気前よさ〉を思い、太鼓を遠くに投げ捨ててしまう。〈気前よさ〉は両手いっぱいのものを彼らにあげることがよくあった。ところが片方の手を失ってしまった。彼らは気落ちして、口をそろえて言った。「今やどうしようもない。持っているもので暮らしていかなければ。できる限り、最善を尽くそう、もし〈気前よさ〉が亡くなったら、私たちも貧困と心痛で死んでしまうだろう」〔一二三〇二―一二四二一〕

騎士たちも心穏やかではなかった。それどころか、何度も何度も〈気前よさ〉を思って嘆きの声をあげる。この貧しくも秀でた騎士たちはもう旗を風になびかせることもないだろう。〈気前よさ〉に服を着せてもらうのが常だった彼らは、今や服を剝がされて裸のままでいるだろう。これからは誰が、テュロス産(59)の絹地や舶来の金糸を織り込んだ布を与えてくれるのだろうか。

〈礼節〉は〈気前よさ〉を襲った傷と不幸に深く心を痛めた。〈武勇〉は長として心から〈気前よさ〉のために涙を流したが、それも当然だろう。ほんとうのことを言えば、〈気前よさ〉なしの〈武勇〉は死んだも同然であり、〈気前よさ〉なしの〈武勇〉が持つ楯は、みごとな一撃と無縁の楯、金も黒貂もない楯、破られた楯、打ち負かされた楯なのだ。フランス人がこのような楯を持たないですむように、明日といわず今日にも、〈気前よさ〉をその右手とともに、神様が彼らに返してくださるといいのだが。というのも私にはよくわかっているのだが、〈気前よさ〉は左手では上手にものを与えられないし、無理にそうしても、すばやくやったつもりが、ぐずぐずしてしまい、あげた贈り物が待たされたせいで御礼も言われないようなものになってしまうのだ。

大胆な〈武勇〉の前を、大急ぎで〈臆病〉が逃げていく。乗っている馬の手綱は〈小心〉がつかんでいる。〈武勇〉がトネリコの槍を〈安逸〉に向けて振りかざすと、すぐさま逃げ出そうとする。彼女らは一度に騎馬試合から逃げ出し、帰ってはこない。

〈武勇〉は馬銜《はみ》で馬の向きを変えると、地獄の門番、ケルベロスに出くわす。すべてを創り出す自然に反して、これほどまでに醜い形を、鉛にも鉄にも刻むことはできまい。頭を三つ持ち、ひとこと申し上げるなら、頭のひとつひとつにダイヤモンドの石の付いた兜をかぶっていた。

けれども〈武勇〉はくどくど言わずに、傷つけんばかりに馬を駆り立て、熱くなっていたので、馬は背骨が真ん中でたわむほどだった。ケルベロスは、細くはないトネリコの槍をかわした。

ケルベロスの到来で地面が揺れた。雷よりも激しくやってきて、大量の埃を空中に舞い上げたので、空が暗く濁ってしまった。敵でいっぱいの渦巻の四倍もの激しさでやってきたのだった。

〈武勇〉は一ピエも半ピエも引き下がらず、それどころか襲歩《ギャロップ》で駆けつけてきて、槍を下げ、ケルベロスを突いた。憎しみと怒りをこめて突いたものだから、トネリコの槍が折れ、ばらばらの断片が雲の高みにまで飛んでいく。抜き身の剣の打ち合いがあまりに激しいので、誰もが呆然としてしまった。技巧を凝らして、腕や頭や首を打ち、後退、顎打ち、突き、のしかかり、真っ向打ちをお互いに繰り出すので、ふたりの間には抜き身の剣しか見えないほどだった。

〈武勇〉は両手で構えた大きな鋼鉄の剣の一撃で、敵の頭ふたつを雲の高みまで飛ばしたかと思うと、体勢を整えて激しく打ちかかったので、ケルベロスが首に巻いていた革は皮膚ほどにも役に立たなかった。というのも三つ目の頭を糸玉のように空中に飛ばしたのである。〈武勇〉の馬は馬銜《はみ》受けの悪い馬だが、〈武勇〉を群衆の中に運んでいく。彼女が倒したケルベロスは沼地の中でひっくり返り、恥じ入り、敗れたままでいた。

その後、〈童貞〉がためらうことなく、早足でやってきて、闘いに加わった。来るときには、自分の周囲百ピエにわたって大地を揺るがし、闘いをうまく終わらせるために、〈純潔〉を仲間に加えていた。そしてスペイン産の馬に拍車をかけ、〈姦淫〉に立ち向かい、獅子の描かれた楯を実に荒っぽく打ったので、楯も鎖帷子も粉々になってしまった。〈童貞〉はただちに〈姦淫〉を叩き、信じられないほどの悪臭を放つ泥水の中にひっくり返した。そして吹き流しを低く構え、〈姦通〉に向かってまっしぐらに駈けていき、淫売屋の扉でできた小楯を腕に、さらにその腕を体に串刺しにし、鞍から放り出して、ぬかるみの中にひっくり返した。そして戻ってくるときに、〈嫌悪〉で武装し、伯の身分を気取る、〈姦淫〉の三男坊を矢で貫いた。〈童貞〉は、その強力な槍で、〈恥辱〉の下地の楯を砕き、衝撃でひっくり返ったた彼をブイヨンにパンを入れるように泥水に投げ込んだ。そこを離れるとき、〈童貞〉は鼻に栓をした。彼の閉じ込められたところから発する悪臭を避けるためである。

〔一四二二一―一五三五〕

そこで牛と一緒に割り勘で飲むこともできただろうけど、そうすればさらに罪を重ねることになる。この臭い泥水を彼はたっぷり飲んでしまい、悪臭を放つ罪により、その悪臭の中で溺れ死んだ。

けれども深い柳の木立の中で、〈愛の神〉と〈愛の女神〉、クピドとウェヌスが一緒になって、とっさに〈姦淫〉をふたたび馬に乗せたように、私には思われた。

この怖ろしい攻撃をごらんになったことと思うが、そのときクピドはトルコの弓を引き絞って、ただちに、供回りの者どもに囲まれている〈良心〉に狙いを定めた。

翼のある〈愛〉は、銀の夜鳴鶯の楯を腕にかけ、川の土手に沿って馬を走らせ、まっすぐに〈純潔〉のところに駈けていく、〈純潔〉は、もし逃げなければ、まずい状況に置かれるだろう。逃げる必要がありそうだ。逃げながらでないと、やってこられない。逃げねばならない。さもないと捉まって、捕らえられてしまう。クピドは容赦なく、たくさんのあくどい投げ槍を投げてくるのだ。

クピドは何度となく、貴婦人〈童貞〉の踵に触れるところまで迫った。〈姦淫〉の母たるウェヌスも、幾度も彼女を攻撃した。ウェヌスは〈誘惑〉の弓を携えていたが、その弓は、〈愛〉が乙女たちのお下げ髪で、巧みに調和を保って編んだ弦を張ったものだった。処女や乙女たちを襲うウェヌスは、ただちに愛の弓に弦を張り、〈愛〉の矢羽根を付けた、棘のある矢を放った。この矢は音をたてて空中高く飛び、逃げていく〈純潔〉の体の中央に命中しそうになった。けれども貴婦人〈純潔〉は恐怖に駆られ、狼狽しながらも、方向を変えて、とある僧院に身を寄せて、処女を守ろうとした。

眼にもとまらぬ速さで飛んでくる矢を、私は受けた。勢いよく、まっすぐに私のところにたいへんな速度で飛んできたので、眼を突き抜けて心のなかまで達し、矢羽根まで刺さった。

冷たい矢尻を心で感じたとき、私は神に訴え、その名を呼んだ。騎馬試合に来てしまったことを後悔しても遅すぎた。突然放たれたこの飛び道具は深く刺さり、〈愛〉が刻み目を付けた矢筈まで達した。けれどもこれを放ったウェヌスは私の眼を通らせたのだが、眼を傷つけたり、毀したりはしなかったものの、そのことで私は苦しんでいる。それも当然だろう。

けれどもほんとうのことを言えば、クレティアン・ド・トロワの方が私よりも上手に傷ついた心や、放たれた矢や、眼について語ることだろう。[61] 得たものについて、私が語る素材の一部だとしても。

他にどうしようもなく、私は緑の草の上に倒れ、打ち負かされ、呆然としていた。受けた一撃の痛みで、打ちのめされ、悲嘆に暮れ、不安なままだった。もしひとりきりだったら死んでしまったかもしれない。けれども〈鉄の腕〉が励ましてくれた。大きく穴が開き、悲しみに沈んだ私の心は、彼に慰めを見出したのだった。この心は、いかなる努力によっても励まされるとは思えなかった。まことに不幸なことに私の受けてしまった一撃は、それほどにもあくどく、また強力だったのだ。

〈絶望〉にとりつかれた私の頭を、〈希望〉が両手で支えてくれた、打ちひしがれ、衰弱しきっていたので、あやうく気を失ってしまうところだったのだ。

そのとき仲間が私の武具を外して、傷を探してくれた。けれどもその甲斐はなく、傷はまったく見つからなかった、かえってそれがまことにまずい徴候だったかもしれない。サレルノの医者(62)が総がかりでも、打ち傷も刺し傷も見つけられないだろうから。

すると〈鉄の腕〉は私のまわりに、まるで魔法をかけるように円を描き、それから〈反キリスト〉の名がギリシア語とラテン語で書かれた文書を、首にかけた。これは眩暈に卓効のあるものだが、文書も〈反キリスト〉の名も苦痛を悪化させるばかりで、少しも軽くしてはくれなかった。

〈絶望〉が私をあまりに苦しめるので、ついに気を失ってしまった。気絶したまま、夢を見たのだが、物語るのが美しい夢だった。見ているのがとても嬉しく、心から楽しんでいた。気を失った者のもとに、これほど美しい夢が訪れたことは決してなかっただろう。

私の前に、天の女神もかくやと思われる姿で、手の届くところに、ウェヌスが女神たちの行列を従えてやってきた。女神たちは〈愛〉によって、私に救いの手を差し伸べるために、心のなかに抱え込んだ、歯痛よりも辛い痛みから私を救おうと、やってきたのだろう。〔二五三六―二六五六〕

そして女神たちは環になって座り、女神ウェヌスは私の頭を膝にのせて慰めてくれた。〈愛〉は〈希望〉の妙薬を持ってきてくれたが、これは薬種屋の〈歓喜〉が自分のところで調合したものだった。この飲み薬は多種の強くて酸っぱい薬種で作られていた。雲の下のいかなる外科医も真似して作ることはできまい。〈歓喜〉は立派な住まいで、疑われながら、〈不安〉と〈二倍の震え〉からこれを作り、〈溜息〉に溶かし込んだのだった。しかしそのままでは強すぎたので、〈不安〉の脂肪受けを使って〈長き思い〉を揚げたものを加え、効き目を和らげていた。

いつもながらに優雅な〈愛〉は、私の頭を胸に抱くウェヌスの前に立っていた。そして弟子が師の前を行くように、〈誘惑〉が〈愛〉の露払いをしていた。〈愛〉は右手に、銀の小瓶に入れた飲み薬を持っている。その小瓶を私に差し出し、楽になり元気になるから、心配せずに飲み干すように、と言った。

私は〈愛〉の意向をそっくりそのまま成就したいと思っていたので、その手から飲み薬を受け取り、少し味わってみた。たいへん味わいがよく、多すぎるとは思えなかったので、一気に飲み、銀の小瓶には一滴も残らなかった。

ところが、たちまち痛風のような痛みが私を捉え、心優しい〈希望〉がいて、湿布をしてくれなかったら、私の魂は体から引き離されてしまっただろう。〈希望〉は私が苦痛を覚え、絶望して倒れるのを見ると、左の脇腹に〈よき望み〉の膏薬を塗り、それから右手をあてて優しく私の心を支えてくれた。そして小声で、ひそかに、私の頭上で魔法の呪文を唱え、額の真ん中に、少量のバルサムで、ディアーナの名を書いてくれた。

その魔法は小瓶の飲み薬より、私を元気にしてくれた。言葉と感覚がよみがえり、意識が戻ったからだ。正気を取り戻した私は、恋する男たちすべてを裁く法廷に訴えにいった。私にこの痛みを与えた三者のうち、いちばん私をひどい目にあわせたのはどれか、私の心か、女神か、それとも私の眼か、それを知りたかったのだ。

裁判官は言った。「女神を咎めるつもりは毛頭ない。ウェヌスという名の貴婦人は、汝を傷つけるつもりはまったくなかった。汝ではなく、別の者に投げ槍を飛ばそうとしていたのだ。汝の眼は、投げ槍が投げられたとき、それを避けるのを潔しとしなかった。したがって、汝はこの明白な裏切りをおのれの眼の罪に帰することができよう。汝の眼は、自らが門番たるべき城の門を、いささかも抵抗せずに開き、敵を迎え入れてしまったのだ。真実をあらわにするならば、汝の眼は、汝に対して、裏切りをやってのけたのだ」。その言葉に対して私の眼は、証拠を示して、裏切りを否定し、根拠を述べた。彼らが言うには「心こそ一家の主であり、私たちは家来です。主の命を受けるや、ただちに一切の抗弁なくそれを実行いたします。何を言われようと、何を命じられようと、そのすべてを果たし、心に命じられなかったら、決して獲物を求めて出かけたりはいたしません。心の命令無しには、私たちは何もしないのです」。

この言葉に対して、〈理性〉がやってくるのを私は見た。〈知恵〉の長女は最終的な判決を下し、論争にけりをつけて言った。「心こそが、この男の苦しみの原因です。誰よりも咎められて然るべきでしょう。阿呆のように窓を開けっ放しにして、そこから鉄の一撃が入り込み、なかなか回復できずに手間取るでしょうから」

「〈理性〉は公正な審判を下したぞ」とみなが口をそろえて言った。けれどもその裁定によっても、どちらが勝ち、どちらが負けたのか、私には容易に判断がつかず、ようやく確信できたのは、貴婦人〈童貞〉や〈純潔〉とその一党が、みんな逃げ去ってしまい、その結果、行ってしまうことでゲームに疑いなく勝った、ということである。かくも栄光に満たされた勝利について語られるのを聞いた者がいるとすれば、これぞまさしく〈虚栄〉なき勝利だった。

一方、別のところでは、〈聖なる信仰〉と〈異端〉が、槍を低く構えて、騒々しく相対して前進する。〈異端〉は〈偽善〉のいとこで、〈愛徳〉の猿まねをする。そこにはカオールやシャリテ＝シュル＝ロワールやアルビやトゥールーズ、そしてパヴィアやミラノから、何千もの人々が来ていた。けれどもブルガリア人や徴税請負人《ピュブリカン》が何人ぐらい、隠し戸を通ってやってきたか、私は知らない。けれども前日にビテルヌの町を経由してきたのだった(63)。

〈聖なる信仰〉が彼らの前に立ちはだかった。聖なる教会の師たちがきわめて巧みに闘いを開始したため、アルビジョワ派も織工《ティスラン》たちも、たちまち断罪された。彼らは自分たち独自の解釈から受け入れようとしない信仰のある一点において、告発され、有罪とされたのだった。

〔一二六五七―一二七八七〕

けれども聖なる教会は彼らの見解を徹底的に調べ、その誤りを証明し、彼らの悪意を糾弾した。そして〈聖なる信仰〉は〈異端〉を〈聖職売買〉の描かれた楯の上にのせ、織工たちの足の間に突き落とした。そして〈異端〉と徴税請負人たちをまとめて裁きの座に送り込んだ。そして〈背信〉を裁く〈真直〉が、彼ら全員に対し、犯した過ちに応じて、地獄落ちの劫罰の判決を言い渡させた。すなわち断罪されるとすぐに、薪の山の上で火あぶりにしたのである。私はこの裁きに賛同し、容赦なくこれらの囚人どもを灰と炭にしたことを評価する。

〈傲慢〉が襲いかかったとき、誰もがまさしく雷が落ちた、と思った。彼とその配下の者どもがあらゆる方向からその場を包囲するのを見たとき、武具の輝きが稲妻のように私の眼を射た。金の輝くのが見えたのだ。そして怯えた私は立て続けに百回以上も十字を切ったのだが、すると〈傲慢〉は馬銜《はみ》を緩め、全速力で貴婦人〈謙虚〉に向かっていった。

〈傲慢〉については、真実を申し上げるが、彼を乗せた葦毛の馬が激しくつまずいたために、彼は沼地に放り出されて、ブイヨンの中のパンにされてしまい、他ならぬそのような場所で虜になってしまったため、恥じ入り、打ち負かされたまま、その場にとどまっていた。

一方〈不遜〉は何を勘違いしたか、〈忍耐〉に向かっていき、そして〈軽蔑〉が〈服従〉を相手にした。彼らは激しく闘いを開始し、馬や楯や胸を打ちつつ、槍で突き合って、しまいに〈不遜〉は馬がやみくもに走り回るので落馬してしまい、〈軽蔑〉も鐙から足を外してしまった。それから戦闘が再開されると、〈謙虚〉の出番となった。向きを変えてきたところで、その場を占拠しようとする〈空自慢〉と遭遇したのである。〈謙虚〉は〈威嚇〉で装飾された相手の楯を激しく打ち、みごとに槍で突いたために、〈空自慢〉はその一騎打ちにおいて、今や馬を失ってしまった。それから〈謙虚〉は、彩色した槍を手に持った〈媚び〉に遭遇した。ところが〈媚び〉はこのような状況で、まことに冷酷な友と友誼を交わすことになってしまった。相手は〈媚び〉とさりげなく近づきになり、それがたいへんに雅やかであったものだから、この出会いを通じて〈媚び〉の槍の柄がばらばらになって空に飛散してしまったのである。香辛料《エピス》を振りまく〈媚び〉は、宙を飛んで地に落ち、呆然としていた。

首に太い棍棒をかけた〈狂気〉が駆けつけて〈媚び〉を助け起こした。すると〈知恵〉が、諺を刻んだ大太刀の一撃を加えたので、〈狂気〉は打ち倒され、草原で死んでしまった。まさしく「受けるまで、怖れない」[64]である。

それから〈愚かさ〉がいかにも愚かしくやってきて、脚の速い馬を駆けさせる。〈予見〉は、相手が大太刀を鞘から抜くのを眼にすると、〈愚かさ〉に向かって身を躍らせる。〈観念〉で装飾された剣の一撃で、〈予見〉は〈愚かさ〉を野原に荒々しく倒したので、倒された方は何も見えず、何も聞こえなかったことだろう。

プルトンが群衆の中に突っ込んできた。ラファエルが相手方の中に馬を乗り入れてきた様子を見ると、糸玉遊びとは思えなかった。とても豪勢な出会いであったものだから、やってきたプルトンは地面に投げ出され、〈暗闇〉を塗った楯を実に強力に打たれたので、プルトンは気道を折ってしまった。

ラファエルは、シタールを弾く大道芸人に、かつては地獄の神のものであった武器と馬を与えた。まことにけちくささとはほど遠い与え方だった。というのも、優に白マルクに値する軍馬という、実にみごとで贅沢な贈り物だったのだ。プルトンを助けに、闘いの神と言われるマルスがやってきた、楯を腕にかけ、胸に結び、敵に向かって馬を走らせる。マルスは激しい勢いで進み、ラファエルが白い吹き流しの付いた槍を手にしているのを見ると、ただちに打ちかかるが、ラファエルは彼を槍の長さ分、平原に突き飛ばす。

馬に運ばれるままに、ラファエルはメルクリウスを打ち倒し、引き返してくると、海神ネプトゥヌスを矢で射抜き、四番目の一撃として、その強力な槍でサトゥルヌスに対して名乗りを上げる。そして引き返しては、アポロンを抗いようもなく沼地に投げ飛ばす。実に激しく突いたので、槍が背中から一トワーズ[65]以上も突き出ているのが見えた。一方、ガブリエルの馬が馬銜《はみ》をかんで暴れ回り、馬上の彼は馬に運ばれるままに、出会う者すべてを、背中から、脇腹から、そして顔から、地面に投げ出す。太陽はすでにかなりの道のりを進んできたので、小石で固めた大通りを正午から九時課までやってきた。

〔一七八八―一九〇三〕

〈反キリスト〉は巨大で強力な馬の馬銜をゆるめた。馬は最初の一跳びで、一アルパン[66]以上の広さのある、草を刈った野原を進んだ。金一ミュイにも匹敵する値打ちの馬は、風に埃を舞い上がらせた。

その場にいたら、みなさんも数々の角笛や、トランペットや、青銅の喇叭が鳴り響くのを耳にしただろうし、埃や息吹が空中につむじ風となって舞い上がるのを眼にしたことだろう。また谷間の霧のように、騎馬試合全体から煙のような靄が上がり、騎士たちが兜の下で、昂ぶるあまり泡を吹いているのが見えたことだろう。

〈反キリスト〉は、プルトンから武器を取り、攻撃するように迫られ、楯の帯革をつかみ、天使ミカエルに向かって、馬に拍車をあてた。そしてミカエルの楯を激しく突き、まるで毛織物の布にするように穴を開けると、その衝撃で、小悪魔の描かれた槍が裂けて折れた。するとミカエルは怒りにまかせて、槍を楯の真ん中に突き立て、相手の足裏を鐙から外させる。けれども鞍の後輪《しずわ》は頑丈だったので、壊れも、外れもしなかった。ミカエルが突いた槍をねじると、たくさんの小天使の描かれたその槍は折れた。

ミカエルはぐらつきもせず、敵方に飛び込んでいき、実に激しく襲いかかり、損害と損失を与えようとしたため、相手は隊列を乱され、まるでハイタカが椋鳥《むくどり》を相手にしたように、大集団に分かれて散り散りになった。そしてミカエルは抜き身の大太刀を下げて、引き返していく。

〈反キリスト〉はミカエルを、翼の飾りの付いた兜の上から容赦なく打ち据えた。するとミカエルは相手を兜の上から、鋭利な大太刀で激しく打ち、その衝撃でカメオと蟇蛙《ひきがえる》石が取れてしまった。彼らは鋼鉄の強靱な剣で、鍛冶屋が金床を叩くように打ち合ったので、鉄から火が生じ、火花が大量に飛び散った。ミカエルは相手の尖った兜を端から端まで割って、砕いたが、自分も苦境に陥った。翼の飾りが付いた兜を貫かれ、割られたために、翼が飛んでいってしまったのだ。

双方のどちらかが、相手を倒すか、誓いの言葉を言わされるか、というところまできた。けれどもどちらの側からも、槍を鞍の槍差しに置いて、主君を助けにやってくる者がある。

この場にいれば、さまざまな美徳が駆けつけてきて、〈反キリスト〉を包囲して捕らえようとするところが見られたことだろう。ところが〈反キリスト〉はいかなる塔よりも強固で、鞍の前輪と後輪《しずわ》の間に、まるでそこで生まれたか、そこに根付いたかのように、しっかりとしがみついていた。けれども耐え続けるのが長くなりすぎた。

天の王は聖ミカエルを助けにこようとしていたが、しかしミカエルはすでに、〈反キリスト〉に虜となることを誓約させていた。そして乗っている馬の手綱を緩め、敵方の者どもめがけて襲いかかり、天から雷が落ちるように、激しく進んできたので、やってきたときには百人以上が騎馬試合の会場を囲む柵のところまで放り出されてしまった。

その場に居合わせれば、それから美徳と悪徳が入り乱れて打ち合う光景が見られたことだろう。さまざまな美徳が、切れ目なく降りしきる雹のように、絶え間なく打ちかかる。嵐のように襲いかかり、狩りたて、打ちつけてやまないので、悪徳どもはあきらめきって、〈絶望〉の町へと逃げ出すのを余儀なくされた。そこで天の王は、喜び勇んで〈希望〉の町に引き返す。さてこうして騎馬試合は終了したが、これに続く部分はますます面白くなっていく。

輝きを放っている太陽は九時課を過ぎて、天空を進んで行き、晩課の丘を越えて、西の谷へと下っていった。そのとき面頰《めんぽお》を外した天の主君は、その場を立ち去る前に、ラファエルに対して、負傷者の手当をするように、また〈告解〉と〈苦行〉を引き留めておくように、と命じた。ラファエルは口答えもせず、ただちに主君の言葉にしたがい、心から愛するけが人たちを、天上の力で癒した。そしてみごとな技倆で〈気前よさ〉に右手を戻してやったので、どちらの手を切り落とされたのか、わかる人はまったくいなかった。実にみごとに縫い合わせたので、縫い目が少しも見えないのだった。〔二九〇四―三〇一一〕

けれども私は〈気前よさ〉がこれからも以前と同じ元気な状態でいられるかどうか、とても心配だ。しかし神の掟を神の医学と呼ぶラファエルは、最良の師と見なされていて、その治療を受ける者はすべて良好かつ完全な健康を回復することと思う。実際、神はラファエルの手を通じて事を行ない、無からすべてを創り出す者のように、死者をよみがえらせ、不具者を健常者とする。そしてラファエルは力を尽くして世話をしたので、負傷者をすべて治癒させ、首を切られた者をよみがえらせ、悪徳どもに傷つけられた者を癒した。

〈告解〉はラファエルに手を貸して、傷の具合を探ること以上のものを求めようとはしなかった。自分から望んでそうすることに励んでいたのだ。聖者〈告解〉は、自分の調べた傷を、煤よりも苦い〈悔恨〉の涙で洗う。すると〈苦行〉が〈満足〉の布で、それを拭うのだった。

そのとき〈痛悔〉が私を召喚して、その気になったら、あらゆる傷を調べてくれる医師のところに話しに行くようにと言った。そこで私はすすんで彼のところにおもむき、泣きながら、慈悲を乞うて言った、「師よ、私がここに参りましたのは、とても具合が悪いからです。ウェヌスがその投げ矢で私を刺し、クピドがその傷を深くしたので、私の心に矢を刺した者たちが、傷を癒してくれなかったら、私は二度と歓びも健康も取り戻すことができないのです」。

師はとても優しく、私の語ることに一語一語耳を傾け、ただちに答えた。「友よ、心配することはない。〈告解〉のところに行くがよい。〈信心〉は〈告解〉をとても敬っているから、お前をそこまで連れていってくれるようにするといい。そうすれば、〈告解〉はお前を迎え入れ、快く癒してくれるだろうし、受けた傷のために、〈悔恨〉の涙に漬けて溶かした、傷に優しく、痛みを和らげる香油を探してくれるはずだ。その香油を塗ってもらったら、お前はたちどころに回復することだろう。そしてよく承知しておかねばならないことだが、他には薬草であれ、草木の根であれ、いかなる薬も手に入れられないのだ。痛みのもとがあまりに深く根付いているので、〈告解〉による以外に、根こそぎにすることはできないだろう」

するといとこ〈悔恨〉とそのいとこ〈信心〉が、師の教えるように薬を求めに行くべきだと忠告してくれた。私の心はただちにその忠告にしたがった。そしてたくさんの涙が流され、貴婦人〈告解〉が、その涙で素晴らしい膏薬を作ってくれ、もったいなくも、その膏薬を太くて白い包帯に塗って、私の傷にたいへん優しくあてがってくれた。その包帯は〈苦行〉のブラウスの袖で作ったものだった。

貴婦人が私にしてくださることすべてに、私は我慢強く耐えた。すっかり告解を終えたと感じると、私は陽気に帰路についた。〈告解〉のおかげで、首にかけていた重荷を下ろすことができて、ほっとしていたのだ。

　そして私は木の橋のところに戻った。ひとりきりで置き去りにした〈鉄の腕〉がそこにいると思っていたのだ。けれども私は、絶望した彼が大急ぎで〈絶望〉の町に入っていくのを見た。〈信心〉に導かれて、〈告解〉と医師の〈苦行〉のところに行って以来、私とのつきあいを嫌がるようになったのだった。

　深い柳の森を抜けて、私はまっすぐに〈希望〉に向かった。怖れを知らないこの城市は堅固で、実にみごとな眺望に恵まれた場所に位置していた。これほどの景色は決して見られないだろう。完璧な美しさなのだ。エゼキエル(67)はこの町を描いて、東に向かって三つの門があり、西向きにも同じ数の門があると言っている。真実を私は申し上げるが、南側にも、そして北側にも、まったく同じ数の門があるのだ。

　この町を囲む城壁は灰褐色の石ではなかった。全体が宝石で囲われ、また宝石を敷き詰めてあったのだった。そして間違いなく知っておいていただきたいのだが、天使たちが昼も夜も、たえず城市を見張っているのである。

　これを驚異とは、誰も見なすまい。もし驚く者がいたら、予言者エゼキエルを読むがいい。この町を実にみごとに描いているので、その描写に、単語ひとつ、一音節、一文字も、付け加える勇気は、私にはない。ただしここで結論として言っておこう。エゼキエルはこの城市をエルサレムそして〈希望〉と名付けているのだ。けれども天国の歓喜《モンジョワ》の丘の意味を知る者は、私の考えでは、歓喜《モンジョワ》の丘が平和の真の幻視を表す特別な名称であり、エルサレムを意味することをわきまえるべきだろう。

　草原を過ぎて、私は中央の通りに入った。誰もが私の首に抱きついてきて、大歓迎をしてくれた。〔三〇一二一三一三九〕

　その晩、私は歓喜《モンジョワ》の丘の、〈気前よさ〉の宿に泊まった。〈武勇〉の宿と扉を接している。上張りをした部屋の、木彫で飾られたふたつの座に、〈気前よさ〉と〈礼節〉が座っていた。〈愛〉と〈同伴〉により、一緒に同じ宿に来たのだった。ふたりは、贅沢な真紅の布のローブをまとい、それがとてもよく似合っていて、付いているボタンは真鍮ではなく金と銀でできていた。美しく優雅に縫い上げられ、みごとなできばえのローブだった。

宮廷で供された料理の数々や、食前の手洗いを促す合図が鳴るとともに駆けつけた人々について、わざわざ語るには及ぶまい。〈気前よさ〉はすべての人々が自分のところに来るように、来られない者は〈気前よさ〉から取り分を受け取るように、と触れ回らせた。その城市で最高の宿を営むつもりだからである。

召喚された戦士たちは、盛大に行列してやってきた。私の語っている祝祭は、昇天祭の前日、初夏のある水曜日のことだった。豪華絢爛たる祝宴だった。〈気前よさ〉は空中、地上、海のなか、そして池や川で見つけられるありとあらゆるおいしいものを備蓄していたのだった。

旗をかざした騎士たちが、いったい何人来たのか、かなり苦労しないと、とうてい数え切れないほどだった。〈気前よさ〉は、この世界では見たこともない、巨大な宮殿の高いところにある大テーブルに、最初に席に着いた。一万人の騎士を一度に収容できる大きさの宮殿である。

どうやら〈気前よさ〉のすぐそばに、雅やかな〈礼節〉が座っているようだった。〈礼節〉はテーブルの端から一トワーズほどのところの、自分の向かい側に私を座らせた。私の姿を見ていたくて、また他の誰よりも大切にしようとしてくれたのだった。

さてこれからはっきりと申し上げるが、〈気前よさ〉にはその宮廷で、〈礼節〉の弟子たちにより、歓喜の丘《モンジョワ》の食糧がふんだんに、そして陽気に供されたのだった。彼ら弟子たちは、海を渡って到来した布で身を飾る術をわきまえていて、誰よりも美しく、また薔薇の花冠を頭にのせて給仕をしていたが、これは雅やかな人だけが身に着けられるものだった。

かくも豪華な晩餐にふさわしいみごとな料理を、それにふさわしいやり方で礼儀正しく供しているのが、料理の運び方に見て取れた。自分が聖なる者にして堂々たる人物であると感じられなければ、誰もこのように立派な晩餐にあずかってはならない。それにふさわしい良心を持つ者であれば、立派に晩餐を取れるだろう。このように聖ヨハネは、寛大な王に晩餐に呼び出され、堂々とそれにあずかった。彼にふさわしい晩餐だった。

そろそろ食卓を片づける頃合いとなったとき、王の元帥ガブリエルがただちにその場に現れて、上方の食卓の王のパンを贈ってくれた。これはまさしくこの世でもっともみごとなパンであり、とても白く、とても新鮮で、とても貴重なものであったから、今もなお、そのパンが欲しくて欲しくてたまらないほどだ。どんなものと引き換えであっても、決して売っているのを見つけることはできない、これは神が人々の空腹を癒すために天から遣わしてくださったマナなのだ。

ブザン金貨やドニエ銀貨(68)と引き換えでも、これを手に入れることはできない。王はたいへん気前よく、親しい者たちに好きなだけ与えてしまうからだ。けれどもふさわしくない者が手に入れると地獄落ちの劫罰が待っている。このパンは命のパンであり、天使のパンとして天使たちの食卓に供される、それも真実を言えば、毎日供されるパンなのだ。

天国では、他の食べ物は存在しない。ただし豊かにたくわえられたものがひとつある。創造主の姿を思い浮かべることである。彼ら天使たちは十分に満たされ、堪能するので、他の生も、他の食べ物も、他の料理も求めないほどだ。このマナには豊富なアントルメがあった。宮廷にもこのようなものはめったに来ない。ふたりの小天使が祭壇の白布に包んで運んでくるのだった。

これを持ってきてくれたガブリエルがまだ扉の外に出ていかないうちに、もうひとりの大天使が葡萄酒を満たした黄金の壺を持ってやってきた。神の酒倉から持ってきた葡萄酒だった。実に透明で神々しく、王の葡萄酒、葡萄酒の王であり、神の貯蔵庫で寝かされ、心と口を和らげてくれる葡萄酒だ。薔薇の風味を加えた赤葡萄酒で、神の宮廷においても、強い者、弱い者を問わず、泉の水なしで努力もせずにそれを飲もうなどという大胆な者はいない。

〈気前よさ〉が、主君の盃を差し出したので、私はそれを受け、飲み干した。神よ、わが罪よ。葡萄酒は実に生命に溢れていたので、あのようなパンのあとに、このような葡萄酒を、かくも強く、高貴で、新鮮かつ純粋、味わい深く、香り高く、冷たく、透明で、輝いている葡萄酒を飲むのは、歓びそのものであり、私たちはすっかり香気に満たされてしまった。〔三二四〇—三二六五〕

葡萄酒とともに、楽園のあらゆる果物も出されたが、かつてイヴとアダムが楽園から追放されるもととなった果物はなかった。彼らふたりはひと囓りで林檎と死を同時に嚙んでしまった。そのため彼らの家系は、ダヴィデの葡萄畑で育つ、真の葡萄の木がなかったら、死に絶えていたことだろう。その畑から取れる葡萄酒は実に美味であった。そのとき、食卓が片づけられた。

食事が済み、静かな時が訪れると、私たちはみな、果樹園に入っていった。花が咲き乱れ、美しい。上部が鋸歯状の城壁で、このうえなく贅沢に囲まれた庭園だった。

山査子《さんざし》が円形に植えられていて、花が咲き乱れているものだから、眼の眩むような白さのために、雪が降ったのではないかと思ってしまうほどだった。この山査子の花の香りで、私はもう少しで気を失うところだった。天の下、あらたな時の到来を告げる便りを新しくしてくれる花盛りのときの山査子ほどかぐわしいものは、月桂樹にしても松にしても、まず存在しなかった。神が作って、張ってくださった天幕の中で、小鳥たちが声を張り上げ、果樹園で歌う。そして夜鳴鶯があちこちで「逃げろ、逃げろ！　殺せ、殺せ！」と叫ぶので、その威嚇の声が庭園全体をかき乱す。一本の接ぎ木した木の下に、〈気前よさ〉が座り、すぐに私を呼ぶと、どういう経緯で彼女の宮廷にやってきたのか、尋ねた。私のしてきたことを語るように、〈礼節〉が強く迫るので、ふたりにこれまでのことを、回り道せず、粉飾もせず、すっかり話して聞かせた。〈気前よさ〉はおおいに笑い、居合わせた誰もが大喜びだったので、はじけるような笑い声が歓喜《モンジョワ》の丘全体にこだました。

名高い〈気前よさ〉はただちに酒庫係の〈大きな手〉に、鉄輪のはまった樽を開けさせた。樽は〈名誉〉と、〈栄光〉のロゼでいっぱいだった。実を言えば、私たちは前日、〈反キリスト〉のところで飲んだ〈恥辱〉と、量ってはいないが、同量かそれ以上の〈名誉〉を飲み干したのだった。〈大きな手〉は、帳面につけたりはせず、ひんやりした地下の酒庫から持ってくるのだった。

そして尖った道具を樽に突き立てた。これほど豪勢な鉄輪のはまった樽は、酒庫に収められてはいない。この世で最高の樽だった。天上の王に〈気前よさ〉が捧げさせたのだった。だからその場にいれば、騎士叙任を控えた若者たちや、臣下の者たちが名誉を携えているところを見ることができただろう。〈気前よさ〉はそれをたっぷりと、贈り、捧げたので、酔いがみんなの頭にまわってきた。祝宴の終わりが近づいていた。

各自、自分の宿に戻ったが、私はその晩、そこ、すなわち〈気前よさ〉のところにとどまり、歓待された。我が親愛なる貴婦人〈礼節〉が、快く私の話を聞いてくれた。この町で受けた歓待の十分の一すらも、私が語ることはないだろう。私の言葉は決して信じてもらえないからだ。一方、例の知らせは卓越した騎士たちに伝わっていた。〈武勇〉には人々がついて回り、驚きとともに見つめられていた。町全体が〈武勇〉の姿に沸き立っていて、誰もがお互いに〈武勇〉を示し合っては、「あの方だよ、怪物を殺したのは」とささやき、ケルベロスを殺すとは、なんて強いんだろう、と語っていた。

このように〈武勇〉を賞讃する者たちがいるかと思えば、別の者たちは〈気前よさ〉について語る。〈気前よさ〉は自分の獲物はすべて分配してしまい、自分の持っているものを好きなようにさせ、扉を開けたまま食事をするのだった。さらに他の者たちは、それぞれの長所に応じて、〈礼節〉について、勇敢な〈愛徳〉について、貴婦人〈謙虚〉について語り、またある者たちは、何ものも見逃さない〈真実〉について、語っていた。その場にいたら、〈友情〉の姉妹、〈平和〉の宿について別の誰かに教えているのが聞こえただろうし、また別の者が、〈憐憫〉の宿のことを見捨てられ、迷える者たちに教えるのを耳にしたことだろう。そして他の者たちには、白の吹き流しが〈童貞〉の宿の看板となっていた。

こんな風に町中で、騎士たちのことが話題になっていた。王のいるところ、すなわち高みにある宮殿では、誰もが優雅に振る舞っているので、世界中の財産と引き換えでも、そこに行きたいという気持ちを抑えることはできなかった。誰も一緒ではなく、ひとりきりで、正面の門のところまで行った。鍵を持っている人物[69]が私を見て言った。「そこで止まりなさい。ここには、きわめて公正にして誠実な人物しか入れません。王家にゆかりの方には見えないし、服装も適当とは思えない。祝祭にふさわしい服を着ていないのに、いったいどうやってここまで入り込んだのですか」〔二三六六―二三八三〕

何もできそうもなく、そこにとどまってはいられないことがわかったので、私は深く恥じ入り、ただちに城砦を出た。他にどうする術もなかったからだ。そして自分の宿に戻ってきた。これほどいい宿は見たことがない。〈気前よさ〉の宿で、私たちは過分の奉仕を受けたのだった。

夜が遠のき、昼がやってきて、世界中を、高みにある白の塔まで明るく照らした。見張りの者がコルヌアイユの笛《エスティーヴ》を吹いたが、間違いなくまさに日の出の瞬間に吹いたので、そのときにはまだ陽の光がほとんど現れず、ようやく見分けられたのは、ポイボス(70)が登場して、すべての星を消し去ってからだった。

〈真実〉は〈反キリスト〉に関する真実の知らせを、宮殿に伝えた。すると誰もが、〈反キリスト〉は王と宮廷に対して、はなはだしい恥辱を与えたと言い切る。すると以下のような噂が天の主君のところまで届いたのだった、すなわち、嘘をつくのが天性の〈反キリスト〉は、牢獄にとどまることを誓っていたが、傲慢と思い上がりから、誓約を破り、〈絶望〉の町から真夜中に脱走したという。

そして〈反キリスト〉は〈裏切り〉の案内で、すでに地獄に通じる、砂利で固めた道に入り、ラウールの描いたこの道を相当進んできたので、〈反キリスト〉の部下たちは地獄まであと一日のところに達している。彼らはムルキベル(71)の王国の狭い橋と地獄の隘路をいくつも通過した。そして彼らを率いる〈裏切り〉は、恐怖を覚えて彼らを〈誓約破棄〉の城市に引き入れ、侵入した町の道路を踏み鳴らし、すべての橋を壊して、もし自分たちを襲うという挙に出る者がいれば、そこで対抗するつもりなのだろう。

天の王はそれを聞くと、家臣全員を大宮殿に召集して、会議を開いた。

たいへん気持ちのいいやり方で、最初に自分の意見を述べたのは〈知恵〉であったと思われる。彼女はみごとに、また優雅に語った。「陛下、もしその道を、すなわち〈反キリスト〉の行った道をいらっしゃれば、〈誓約破棄〉のすべての隘路に通じる道が失われてしまうでしょう。また、ふつうの人間が通っていける側があるかどうかわかりません。そして〈誓約破棄〉の町は食糧も騎士も潤沢に備えていますから、現存の君主で、この町を飢えさせることのできる者はいないでしょう。というのもこの町は一方が海に面し、もう一方が船団を浮かべる川でさえぎられていますから、攻城用の兵器が近づくことはできないし、二里《リユー》より近いところで包囲することなど誰にもできないからです。町の小塔や塔は、ことごとくセメントを混ぜて地獄の劫火で焼いた瓦を使って、ムルキベルが建てたものなのです。

ウルカヌスは地獄の扉をすべて自分の鍛冶場で鋳造しました。彼の住まいと鍛冶場はサタンの王国が口を開けている場所にあり、〈誓約破棄〉と〈頓死〉と〈地獄〉をつなぐ大きな道に面しています。

それに御承知のように冬がやってきています。この季節に闘いを続けられる者はいません。この冬の間、〈反キリスト〉を〈誓約破棄〉の町に逗留させておき、戦士団を率いて、陛下の永遠の栄光を目指すべきでしょう」

家臣たちはみな、〈知恵〉の提言が妥当であると考え、その判断に賛成し、意見の不一致が大嫌いな王は、全面的に〈知恵〉の提言を採り入れた。そして姉妹の〈予見〉を呼び出し、先に立って進み、天国への美しい道、立派な道を調べるよう、強く命じた。その道は非常にまっすぐだが、険しく、狭い道であるようで、たくさんの難所が控えているのだった。

〈予見〉はすみやかに王の馬の馬具を整えた。すると天の王は歓びに包まれて、〈希望〉の町をあとにした。けれども歓喜《モンジョワ》の丘を出るときに、私にはまさしく、これは天国の人々であると思われた。歓喜の絶頂にあるように見えたからだ。この騎士たちの馬具の響く音が聞こえてくると、誰もが喜んで耳を傾けるだろうし、姿を眼にすると、やはり嬉しくなるだろう。そして新参の騎士たちが歌い、優雅で陽気な楽人たちが笛を吹き、名高い騎士たちをのせた儀仗馬がいなくなくのを耳にするのは歓びそのものだった。

トランペットや金管楽器を鳴らす天使たちのたてる音は大きかった。この行列はたっぷり十里《リユー》にわたって眺められた。昇天祭の聖なる日に、高みに向けて、「サンクトゥス、サンクトゥス、サンクトゥス」と歌いながら、空中を昇っていくのだった。そして翼を拡げて天に向かう。やがて雲を抜けて天の領域に入っていく。

〔三三八四―三五〇九〕

王は私を導くために、貴婦人〈修道生活〉にその任を委ねた。けれども彼女はまだ私を〈希望〉の町から天国へは連れていっていないと思う。それでも私は歩きに歩いたので、とうとう天国に通じる砂利で固めた道に立っている。〈修道生活〉に区切りが付いたなら、彼女に頼んで、そこに連れていってもらおう。彼女はすでに私の手を取って、パリの城壁に近いサン=ジェルマン=デ=プレの教会に連れていってくれた。もし私が彼女への奉仕に倦み疲れることがなければ、そこから天国へと導いてくださるだろう。確実にそうなるはずだ、私が信じているように、善行を積めば、報われるのだから。

神よ、ユオン・ド・メリーをそこに導き給え。ユオンはたいそう苦労して、この本を書いた。美しいフランス語を自由に好きなだけ採り入れるということを、思いきってやれなかったからだ。というのも、先人たちはその最良部分をすっかり取り込んでいて、そのためこの作品は選び抜かれたものとは言い難いし、完成させるのはより困難なのだ。

ラウール・ド・ウダンやクレティアン・ド・トロワの二番煎じにならないように、私はたいへんな苦労を重ねた。キリスト教徒の口から、彼らほどみごとに何かが語られるということは決してなかったからだ。けれども彼らは何を書いても、語るそばから、美しいフランス語を根こそぎ自分のものにしてしまい、後には何も残さなかった。

けれども私は、彼ら収穫者が通り過ぎたあとで、麦の穂を一本でも見つけたときには、ためらうことなく落ち穂拾いに励んだのだった。〔三五一〇—三五四四〕

『〈反キリスト〉の騎馬試合』、ここに終わる。

訳注

(1) シャンパーニュ伯チボー四世(一二〇一—一二五三)

(2) ルイ九世(聖王ルイ)(一二一四—一二七〇、在位一二二六—一二七〇)

(3) フィリップ・オーギュストの次男、ルイ八世の弟、フィリップ・ユルペル(一二〇一—一二三四)。ルイ九世の摂政時代に、ブランシュ・ド・カスティーユと対抗したフランス諸侯の中心的人物。

(4) リシュモン伯、ピエール・ド・ドリュ(一一八七—一二五〇)のこと。聖職者(clerc)を志していたが、断念したため、モークレールの異名がある(「モー」は「悪い」の意)。摂政ブランシュ・ド・カスティーユと対立。

(5) ピエール・モークレールの息子ジャン・ル=ルー。

(6) ヴァースの『ブリュ物語』を嚆矢とする伝説の森。ここでは特にクレティアン・ド・トロワ『イヴァン』を踏まえた設定。

(7) クレティアン・ド・トロワ『イヴァン』三八〇—四八二行(マリオ・ロック版)参照。

（8）十二世紀末ないし十三世紀初頭の武勲詩『ギベール・ド・アンドルナ』*Guibert d'Andrenas* の主人公ゆかりの町とされる。
（9）昔の容積単位。地方により、また対象物により数値が異なる。リトレの『フランス語辞典』には「麦のミュイは一八七三リットルであった」という記述がある。ワインの場合には二六八リットル（パリ）、二七〇リットル（ブルゴーニュ）など、数字ははるかに小さい。
（10）円卓の騎士のひとり。イヴァンのいとことされる。クレティアン・ド・トロワ『イヴァン』の冒頭に登場。
（11）古代の北アフリカにおけるマウリ族（ムーア人）の居住地域。今日のマグレブ三国（モロッコ、チュニジア、アルジェリア）にほぼ相当する区域。
（12）ローマ時代の距離の単位を引き継ぐ表現。一ガリア里は二キロ強に相当する。
（13）「鉄の腕」bras de fer には「腕相撲」の意もある。
（14）ビザンチン帝国で作られた金貨の意だが、トルコ、アラブなど、東方世界全体の金貨、またそれを模して十字軍以降ヨーロッパで鋳造され、流通した金貨を総称してブザンと呼ぶ。
（15）十三世紀初めのアレゴリー文学の作品、ラウール・ド・ウダン『地獄の夢』（Raoul de Houdenc, *Li songes d'enfer*）の旅籠での食事の場面を踏まえた表現。
（16）昔の容積単位。主として麦について用い、一五〇から三〇〇リットルの間で変動する。
（17）ヴァイオリンに似た中世の擦弦楽器。
（18）ヘロデ王は紀元前一世紀にパレスティナを統治した王（在位紀元前三七―紀元前四）。新約聖書「マタイによる福音書」の記述に見られる幼児虐殺のヘロデ王と同一視される。ヘラクレイオス帝は七世紀前半の東ローマ帝国皇帝（在位六一〇―六四一）。ヘラクレイオス朝の開祖。
（19）豊饒の女神にして冥界の女王。
（20）冥界の王ハデスの呼称。
（21）リディアとカッパドキアの間の小アジア半島の一部の呼称。「プリュギアの黄金」は中世の作品にしばしば見られる表現（『薔薇物語』九四六八行など）。
（22）新約聖書（マルコ三―二二、マタイ一〇―二五）中の悪霊の首領。
（23）ユピテル以下のギリシア・ローマ神話のキャラクターは、すべて異教世界の神々ないし住人として、ユオン・ド・メリー独自の解釈にもとづいて記述される。たとえばメガラは一般にはテーバイ王クレオンの娘でヘラクレスの妻、またケルベロスは冥府の入口の番犬である。
（24）鉄を含む赤色の水晶。
（25）いうまでもなく『狐物語』に登場する動物界の王。
（26）中世の伝説に見られる怪物、亡霊、地獄の住人たちの集団で、いわゆる百鬼夜行的な夜間の行列を行なうとされる。
（27）紋章学の用語。上部の細帯とそこから通常三本の短い縦棒を下げた形の模様。
（28）『狐物語』に登場する熊のブランであろうと思われる。
（29）原語 bougre の語源は俗ラテン語の bulgarus（ブルガリア人）で、ブルガリアに多かったマニ教系の異端者を指していたが、「自然に反する」性向の持ち主として、「男色者」の意味合いの貶下的な用語となっていた。

（30）円卓の騎士のひとりで、アーサー王の甥、父はオルカニア（オークニー）の王ロト、母はアーサー王の腹違いの姉妹モルガーヌとされている。

（31）武勲詩『ロランの歌』の主人公ロランの持つ剣の名。

（32）鎖帷子の下に着る緩衝用の上着。

（33）地名。おそらくバール＝ル＝デュック（ロレーヌ地方、ムーズ県の都市）と思われるが、脚韻の位置ではないので、なぜこの町が選ばれたのかは不明。

（34）ポプラの一種、ヨーロッパヤマナラシ。わずかな風にもそよぐので、「震える」の意の「トランブル」の名がついた。すぐあとの「震える」tremble と語呂合わせを成す。

（35）ラウール・ド・ウダン『地獄の夢』の一節「なぜなら〈絶望〉は地獄の丘《モンジョワ》なのだ」（三六〇行）を踏まえた表現。

（36）アルベール・ドーザによると、「土地の保護」を意味するフランク語 mund-gawi に由来し、mont「（土地の）隆起」と joie「歓び」の合成語として成立。本来は道に沿った盛り土で、観測用のものであったという。中世におけるフランスの軍勢の雄叫び Montjoie Saint-Denis ! の起源でもある。

（37）「ヨハネによる福音書」一九章三四節参照。ただし福音書にはその名は出てこない。ヤコブス・デ・ウォラギネ『黄金伝説』では百人隊長と同一視される。

（38）カトリック・正教会の旧約聖書「トビト記」六章一節以降、一一章一節以降参照。なお原文は「小燕」rondele だが、『新共同訳聖書』では「雀」となっている。仏語版「エルサレム版聖書」でも moineaux「雀」。

（39）「無原罪のお宿り」（immaculée Conception）の図像表現において、マリアは「黙示録」一二章一節の表現を借り、「太陽をまとい、月を踏んだ」姿で描かれる。

（40）旧約聖書「民数記」一七章二―三節参照。

（41）スペイン南部の県および県都の名称。かつてはイスラム文化圏の重要な都市のひとつであった。

（42）ギリシア神話と伝説に登場する、いわゆるアマゾーンの国。ギリシアから見て北方の、カウカソス、スキュティア、トラキア北方などの黒海沿岸にあるとされていた。

（43）ノルマンディーの内陸にアンデーヌの森（forêt d'Andaines）があるが、関係があるかどうか不明。ゴドフロワ古語辞典、ピエール・タルベ版語彙集は fer d'Andaine「鋼鉄の一種」「槍または槍の穂先」とする。

（44）紀元四世紀のイベリア半島とアキテーヌ地方のローマ総督、キリスト教徒を激しく弾圧し、多数の殉教者を出したと伝えられる。実在は確認できないが、ヤコブス・デ・ウォラギネ『黄金伝説』を始めとする聖者伝で名前が伝えられている。

（45）ゴーヴァンは注（30）で既出。オリヴィエは武勲詩『ロランの歌』の主人公ロランの幼なじみの盟友。

（46）ラウール・ド・ウダンには『翼物語』*Roman des ailes* という、理想の騎士を扱ったアレゴリックな物語がある。ただしラウールの物語では、二枚の翼がそれぞれ〈礼節〉と〈気前よさ〉の名を持つ。

（47）ジェフリー・オブ・モンマス『ブリタニア王列伝』Geoffrey of Monmouth, *Historia Regum Britanniae* によれば、コルヌアイユ公ゴルロイスの妻インゲルナに一目惚れし、魔術師メルラン（マーリン）の助力でゴルロイスに姿を変え、一夜を契り、アーサー（王）を産ませる。

（48）円卓の騎士のひとり。クレティアン・ド・トロワ『イヴァン　獅子の騎士』の主人公。注（6）（7）参照。

（49）円卓の騎士のひとり。クレティアン・ド・トロワ『クリジェス偽りの死』の主人公。

（50）円卓の騎士のひとり。クレティアン・ド・トロワ『ランスロ　荷車の騎士』の主人公であり、後世のアーサー王伝説にまつわる作品群でも、ゴーヴァンと並んで登場回数が多い。

（51）円卓の騎士のひとり。メロージスの友人でのちにライヴァルとなる。

（52）円卓の騎士のひとり。マルク王の息子という設定。ラウール・ド・ウダン『メロージス物語』の主人公。前注ゴルヴァン・カドルスが愛における最高の価値を美 beauté に置くのに対し、メロージスは礼節 courtoisie を称揚する。

（53）円卓の騎士のひとり。クレティアン・ド・トロワの未完の作品『ペルスヴァル　聖杯物語』の主人公。聖杯伝説にまつわる物語群の中心的な人物。真紅の騎士のエピソードは『ペルスヴァル』八三四―一三〇四行。

（54）円卓の騎士のひとり。卑劣、卑怯、臆病などの騎士としてのマイナスの資質を一手に引き受ける悪役でゴーヴァンと対比的に描かれることが多い。

（55）本作品九一―一三一行の嵐を巻き起こす泉は、注（7）で示した『イヴァン』における泉のエピソードを踏まえたもの。ここではペルスヴァルに置き換えられている。

（56）スープ soupe は本来、ブイヨンに浸したパンのこと。フランス語で「スープを飲む」というときに「食べる」manger を使うのは、「浸したパン」を「食べる」からである。

（57）ラウール・ド・ウダン『地獄の夢』では、主人公〈私〉は〈飲み比べ〉Guersoi ではなく、〈注げ！〉Versez と闘って敗れる（Lebesgue 版二三〇―三一三行）。

（58）十二、十三世紀の作品、特にアレゴリックな物語において、ロンバルディア人は強欲かつ臆病な属性を持つとされることが多い。

（59）フェニキア（ほぼ現在のレバノンにあたる）にあった都市。その遺跡はユネスコ世界遺産に登録されている。

（60）長さの単位。約三〇センチで英語のフィートに当たる。原語 pié（現代フランス語 pied）は「足」の意。

（61）おそらく『クリジェス』における恋愛論的記述（四五〇行から およそ五百行ほど）を指すと思われる。ただし「眼から入り心に達する矢」というモチーフは、中世文学においてはひとつのトポスであり、これをもっとも精緻に展開したのが、ギヨーム・ド・ロリス『薔薇物語』（一六八〇行以下約三百行）である。

（62）サレルノにはボローニャ大学に次いで古い大学があり、アラビア医学を受け継ぐ、ヨーロッパ最古の医学部が設けられていた。

（63）この前後の町の名や、職業、集団などはすべて中世の異端と何らかの関係を持つ単語ばかりであるが、ビテルヌ Bisterne はイングランドのハンプシャーにある町で、異端との関連は不詳。

（64）「愚か者（fou）は、一撃を受けるまで、その怖さを知らない」の意に解することができよう。モラウスキー『フランス諺集』

七八八、七八九がそれに近い。

（65）長さの単位。一トワーズは六ピエに相当するので、約一・八メートルになる。

（66）昔の面積単位、一〇〇ペルシュ（perches）にあたる。地方によって大きく異なるが、現在の二〇—五〇アールに相当するという。

（67）旧約聖書「エゼキエル書」四〇章のエルサレムの描写。三つの門というのは、東西南北の各面に門が三つ並んでいるのではなく、各面から神殿に入るのに門を三つ通る、すなわち三重の門になっている、という構造である。

（68）ブザン金貨は注（14）で既出。ドニエ銀貨は古代ローマのデナリウス銀貨に因んだ名称。中世を通じて地域・時代により価値・重さ・形態は変化するが、もっとも普及した銀貨。十二分の一スーにあたる。

（69）図像学的には、鍵を持つ老人は、天国の番人、聖ペテロである。

（70）太陽神アポロンの呼称のひとつ。

（71）ローマ神話ウルカヌスの呼称。

ジャン・ルナール

ばらの物語

松原秀一訳

解題

ジャン・ルナールが自作に与えた題名は **Le Roman de la Rose**『薔薇物語』であった。この作品を伝える唯一の写本を持っていた高等法院長《プレジダン》フォーシェ **Claude Fauchet**（1530-1602）はギヨーム・ド・ロリス、ジャン・ド・マンの同名の作品 **Le Roman de la Rose** との混同を避けるために、この作品のほうを『ギヨーム・ド・ドル』と呼ぶことを提唱し、以降これが慣習となっている。

この作品を伝える写本は一つしかないが、この写本はクレティアン・ド・トロワの『ランスロ』と『イヴァン』にラウール・ド・ウーダンの『ポルレゲのメロージス』も含んでいる。ポル・ズムトールは『フランス中世文学史』でジャン・ルナールを「クレティアンの影響をまぬがれた唯一の作家」と位置づけている。写本はクレティアンと対照的なジャン・ルナールの作品をともに含み「ロマンス傑作選」の観がある。写本は曲折を経てスウェーデン女王クリスティーヌの文庫に入り、今はヴァチカン図書館の所蔵となっている。一行八音節平韻の本文中に音節数も違いそれぞれ固有のメロディーを持つ作品を挟み込むという彼の誇る着想には追随者が続出した。『ばらの物語』（ギヨーム・ド・ドル）では一行十音節（4＋6）の武勲詩、お針子歌《シャンソン・ド・トワル》、フォークダンス的カロル、若い男女の掛け合いパストゥレル，六音節のシャンソネットからプロヴァンサル抒情詩をオイル語にしたものなど四十数点の作品を含み、中世抒情詩選とも思えるほどである。この方式は作品に華やかさを加え、対話の多いこととともに、歌に自信のある上手な語り手の手に掛かれば、大きな効果をもたらしただろうと思えるが凡庸のジョングルールの手に余るものであったろう。

遠国の佳人の噂を聞いて恋に陥る「遥かな愛《アモール・ド・ローニュ》」と女性の貞操を賭けの対象とする「賭け物語群」の枠組みを借りて巧みに作られたこの作品は「アーサー王」を巡る物語にあるような超自然的驚異《メルヴェイユー》を一切含まず、理想化はされているが十三世紀前半の貴族社会の実写となっている。

深窓の令嬢と思われるリエノールが、いったん濡衣を着せられたとわかると積極的に解決に乗り出し、思いがけない策を案じて目的を達するのは推理小説を読む想いをさせられる。既に『フランス中世文学集』（第2巻、白水社）にはジャン・ルナールの『影の短詩』が入っているが、文才のある個性的作家として評価は今後も高まっていくであろう。

ばらの物語

このお話を韻文に仕上げたばかりかその中に、素敵な歌の数々を、吟誦詩というものが、忘れ去られるなどということの起こらぬためにもと、書き残させたこの作者は、この作品の評判と本当の値打ちがシャンパーニュのランスの町までたどり着き、雄々しい殿方のお一人のナントゥイユのミレス様のお耳に達すようにと祈ります。それというのも布切れを染料で赤く染めるのも、評判と値を上げるためで、染料でなく布切れの評判を高めるためであるように、この『ばらの物語』に歌の調べを入れたのです。これまでにはないことで、他の作品とはまったく異なり、あちらこちらに美しい詩を縫い込んであるのですが、がさつな人ではわからぬでしょう。この作品が他のものを凌駕しているということは、確かなこととお知りください。この作品を聞いていていて、飽きる人などいないでしょう。それというのも、その中には歌も話も入れてあり、お気に召すよう作ってあるので、歌われたり語られるのを聞く人たちは、皆楽しめて何度聞いてもその度に初めて聞いた想いでしょう。武芸の話も恋の話もそこにはあって、双方ともに歌われもします。お聞きになった方々は、このロマンを作った者が歌の文句も作ったのだと、考えられることでしょう。それほど話にぴったりと合っているのでございます。さてお話に移りましょう。

お聞きの方々、帝国(1)にはこの話では長い年月ドイツ人らがおったのですが、父の名を受け継いでコンラッドという名の帝王が、かつて治めておりました。父君もまた、帝王でした。人びとは皆、帝王を立派な王としていました。そのお人柄を描くには一日かけても足りぬでしょう。今は昔の長年のトロイ攻略戦の間でも、これほど優れた人物を見つけることはできません。下劣な罪を嫌うのは、炎天下に焚き火にあたって食事をするほど嫌われました。お生まれになったその時よりお口許《くちもと》から誰一人大きな誓いのお言葉も、醜《みにく》いののしるお言葉も出るのを聞いた人はおりません。分別のある王として、身を律しておられました。どんなことでも人びとに、法律や政令に基づいて、なされなければならないようお決めになるのが常でした。貧乏だから、金持ちだからというようなことで人を見損なうことはありませんでした。礼儀正しく賢いことは、この方の占める高い位にふさわしいものでした。鷹狩りや森での狩りの楽しみでも彼以上の人はありません。この方一人で、帝国内であとを継いだ王様たちの一樽分(2)の値打ちがあります。槍と盾の力でもってすべての敵を打ち平らげ、断固として飛び道具など戦いに使われることはありませんでした。身分の高い人たちがこの頃は弩《おおゆみ》などを使われるのはケチごころや、よこしま心がさせるものと思っておられました。ローマの宝の半分をあげると誘われたとしても、ご自身の配下の一人がこの武器で、理があるにせよないにせよ、実直な人を殺すのは、たとえ個人的には仇《かたき》であっても、望まれることはなかったでしょう。帝王の盾の半分はクレルモン伯の紋どころで、立ち上がる獅子のありさまが金と紺碧で描いてありました。帝王が武装をされて、おん手には盾をしっかり取られれば、豹よりもなお、猛々しかったのです。どんな所を私が高く買うかおわかりですか？

正しい裁きもお楽しみにも、節度を充分守られて、決して羽目をはずされません。その気位の高いことと騎士らしさも、ざっくばらんな人扱いで、和らげられておりました。どんな人にも明らかに、やさしくて熱心に好意をお見せになるのでした。誰かきちんとした人が厄介な事件に巻き込まれ、彼に頼ってきた時には、たとえ金貨で千マルクを約束されても判決を歪めることなどご自身に決して許さぬことでした。やたらに人を憎まれず、名誉に関わることなどはお好みになりませんでした。年老ぼれた陪臣(3)や、寡婦などが窮乏していると聞けばその手は広げられ、差し出されて衣服や金が恵まれました。大勢の騎士を抱えるより他の資産などお求めになることはなかったのです。この人たちに宝石や絹織物や軍馬などたっぷり御下賜になりました。冬でも夏でも変わりなく、帝王の広い宮廷はいつも人で溢れておりました。多くの異なるやり方でそれぞれ自分の得意技をそこで磨いておりました。旅して歩く良い騎士が領地にやって来る時は、領地や城をその騎士の値打ちに応じてお与えになり、お引き止めにならないことはありませんでした。戦《いくさ》に際して帝王は騎士より他の武具も投石器も持つことなく、戦いに向かう騎士たちも槍と幟《のぼり》だけ持って、ある者たちは数々の高い塔など攻略し、他の者たちは広大な城塞を焼き尽くしなどしたのです。お城の中の軍勢に、外側からは槍よりも他の武具など使いません。城壁の上に木組みなどあれば嚙みつき食いちぎらんとする勢いでありました（4）。騎士の主人は騎士たちをすっかり信頼しておられました。一度戦を始めたら、領地を取らずにすむことなど、決してありませんでした。王が王であるためには、こうした宝の騎士たちを集めなければなりません。歯向かう者を打ち砕き壊滅させて足許に跪《ひざまず》かせることについてはこの方はよくご存じでした（この方は未だ奥方がなく、家来たちの望むところは、御主君がおん連れ合いを遠からずお持ちになられることでした）。位の高い貴族たちもお互いにいつもこのことを話題にしては「この方は誰より優れておられるのに、お世継なしで亡くなられたら、もう我々はおしまいだ」と言い合うことでありました。自然の神はこの人たちに、王が彼らに囲まれて育ち、王となっては自分たちに高い名誉と財産をほどこされたことなどを思い起こさせるのでした。万一、王が後継ぎを残すことなく亡くなられたりしたならば、何があろうと彼らには、喜びなどはなくなるだろうということを。そこで彼らはこの国で最も高位のこの方を説得しようとしましたが、王の身体に充ち満てる若さは肯《がえ》んじさせぬのです。そんなことより夏が来て野原や森でお楽しみの季節となれば、数々の大きなテントをお張らせになり、お手頃のテントもたてさせて、時を移さず町を出て、一同で森の深みに向かって出て狩りを楽しむことでした。三日か四日の行程になろうとしても帝王が呼びにやらない伯爵も伯爵夫人も女城主も高貴な女性もいませんでした。七日の旅になるにせよ大きな村の陪臣までお呼び寄せになりました。どんなに費用がかかろうと気にもされずにご希望の通りにさせたのはご生涯を終わられてお亡くなりになった後までも語り草になるためです。お仲間たちと邪気のない見事な遊びをされるのです。一人一人が愛人を得られるようなきっかけをお作りになろうとされました。やろうと思えば帝王ご自身愛人一人くらいなら見つけることに何ほどの障害もないということは皆様方もご存じの通りのことでございます。このお育ちも良き王は、恋の手管もすみずみまでよくご存じでありました。〔一六一行〕

朝になって日が出ると大勢の射手が帝王のテントの前に集まって「お起き召され、お殿様。みんなで森に行かなくては」と大声で呼ばわります。あなた方がもしそこにおられましたなら騎士たちを起こす角笛が響き渡るのが聴けたでしょう。年取った寝坊助どもに帝王は弓一張りずつ配らせました。実際のところマルク王(5)の時節このかた、王たちはこれより上手にテントから厄介者を片付ける手立てを思い付くことができないままであったのです。賢く機転も利く王は妬み心の深い者や羨ましがりやの男にはホルンか矛を配らせて、テントに戻って来ないように、自分も馬に跨《またが》って森まで連れて行かれました。こちらの人には射手たちと鳥獣を狩り出すようにお頼みになり、あちらの人たちに向かってはハウンド犬の後を追うようにと頼まれたのでした。ハウンド犬というものは鹿を狩るのに向いています。これらの人のそれぞれにそれぞれ違う楽しみをたっぷり与えられたので、この人たちも充分に報いられたと納得しました。〔一八三行〕

さて一同が狩りに向かい森の奥までやって来ると、王は何よりお好みの楽しみのために騎士を二人連れて、にやにやしながら早足に轍《わだち》の跡の残っている古い小道を戻られます。試合から試合へと、渡り歩いた騎士たちは、試合ですっかり疲れ果て、樺の木の下に張ってある絹のテントにもぐり込み眠り込んでいるのです。私がどこにいたとしても、本当のところ、これほどに喜んでいる人びとも、身体に衣装がぴったりで、美しい身体をプリーツのある薄衣に包んだ貴婦人たちも目にすることはないでしょう。この方々は金髪も波打たせることしなやかに、輝くルビーに飾られた金の髪飾りをしています。また伯爵夫人たちは金糸、銀糸を織り混ぜた衣装に金襴の衣を着けておられても、見事な身体をみせるため、外套《コート》ははおられていませんでした。そして若い女性たちも薄い絹の着物をきて美しい小鳥や花を差し込んだ髪抑えをつけておりました。若い女性のしなやかな身体と小さな乳房とは男性たちの誰でもが嘆称するところでした。帯と真っ白な手袋で見事に飾られておりました。この女性たちは待ち受ける騎士たちの所へと、若草、若葉を撒き散らしたテントまで、歌を口にしながら行くのでした。騎士たちは手を差し伸べて毛布の上に誘うのです。こうした勝負をしたことのある人ならば、どれほどに楽しんだかはおわかりでしょう。森の奥まで入り込みいつまでもそこにいる者のことなど忘れておりました。帝王は馬を走らせて自分のテントを目指されて森に残した人たちとはまったく違う目的で「こっちだ、騎士ども、目指す相手は貴婦人たちだ」と叫びながら、テントに急いで駆け込みました。この人たちは魂の救いのことなど頭になく教会もなく鐘も鳴らず（あまり必要もないのでね）坊さんもおらず、歌うのは小鳥ばかりでありました。みんなそれぞれ欲しいものを手に入れたのでありました。ああ神様！　どれほどの美しい歌や立派な詩が豪華なベッドやクッションの上で夜明けの第一刻(6)まで歌われたことでしょう！

起き出す時間が近づくと、この人たちがお洒落する姿がご覧になれたでしょう。絹の衣装や小鳥を刺繍したオリエントの、上手な手仕事の上着やオーヴァーなど、また白貂《アーミン》や北栗鼠《きたりす》の毛皮が付いていたりもし優雅に薫る黒貂の毛皮付きのものもありました。これほど立派で品の良い人にはとても会えないでしょう。他の人より上等な服装などをしようとは望む帝王ではありません。絹二とおりのバンドなどお締めになりませんでした。それを償うのは何かご存じでしょうか、あなた様。若い女性のお一人が、自分の白いブラウスのきれいなリボンの一本を（この美しい手にこそは百倍ほどの幸運が得られてほしいと、望みます！）抜いて白いバンドにして帝王の帯と取り替えます。気後れしない活発なこの女性には王様の帯を大事にしてほしい。というのもこの帯には金はなくとも帯を飾る宝石や、緑のキヅタの葉のようなエメラルドなどだけでさえ商売気なしで安くとも四十マルクはするのです。こんな帝王に祝福あれ！〔二五八行〕

第三刻に起き出すと森に出かけ、ゆっくりとそこで遊ぶのですが、靴も脱ぎ袖も縫わずに(7)島まで行き、定めた場所のそば近く湧き出す泉に近づいて、こちらに二人、また三人、あちらの泉には七人か、ここには八人と腰を下ろし手を洗うのでありました。選んだ場所は汚くなく、夏なので草青々と赤い花やら白い花がたくさん咲いておりました。みんなは袖を縫う前に目を洗ってから美しい顔も洗うのでありました。私の思うところでは若い女性の方々は手提げの中から糸を出し袖を縫う準備をするのでした。足りないものは何もなく、タオルの代りに騎士たちは貴婦人たちのブラウスをお借りになるのでありました。この好機にはたくさんの手が真っ白な太腿にふれました（それより以上のことをする人を優雅とは申しません）。さて昼食の準備ができ、テーブル掛けも敷かれました。貴婦人たちも戻られて、もちろん騎士も来られました。下手に遠慮をすることなど、花を千切って茎だけになった菫《すみれ》ほども気に掛けず、次の小唄を歌われました。

神さまの、御名にかけ、お殿様、
あの方に愛してはいただけないということは
お会いしたのが私の不幸せ

この歌が終わらぬうちに仲間内の一人の騎士が歌うには

あそこの木陰の下にこそ、
恋している人は行くべき所だ。
そこには泉が湧いている。
や！
美しい恋人がある人が行くべき所は。

声もまだ掛けられぬうちに金髪の一人の乙女がきれいな上着をたくし上げ、さっそく歌い出しました。

恋人が私を捨てたって
そんなことぐらいでは、私は死んだりしませんよ。

この歌の終わらぬうちに賤《いや》しからざる貴婦人の一人が、それはマインツ公爵殿の妹君でしたが、高く澄んだ大声で歌い始められたのです。

朝になって美しいアエリスが起き出した。
眠っていてね、嫉妬深い人は。
立派にお化粧して木陰で衣装も整えた、
可愛らしくあの人がやって来るのが
見えるのだ、私の愛するあの人が。

すると高貴なサヴォワ伯が歌い続けられました。

美しいアエリスが起き出して
可愛らしくやって来るのが目に留まる

お化粧上手に、それよりも上手に着飾って。
五月なのですからね。
眠ってなさいね、嫉妬深い人は。楽しむのは私の方なのだ。

するとリュクサンブール公爵は、一人の優雅な貴婦人を、深く想っておられましたが、その貴婦人は近頃の誰より上手に手も腕も振って巧みに歌うのでしたが、彼女を想って歌い出し

グラディオラスの咲き乱れるあそここそが舞台だよ
私を腕に抱きしめて、私を守ってほしいのです。
そこには泉も湧き出でている。
アエ！
恋に苦しむ私をしっかり腕に抱いておくれ。

一同はこんな具合に歌いながら帰途につきテントに戻って来ましたが、すっかり掃除も済んでいました。テントを預かる者たちが若草若葉を敷き詰めてベッドもクッションも片付けてきれいにしつらえたからでした。よりゆったりと寛《くつろ》げるようにそこには絨毯が敷き詰められてありました。ボーイたちも大勢いて手を洗う水を運んできました。食べ物の用意も出来ておりました。食卓も皆組み立てられ、テーブル掛けも上等なものがかぶせてありました。騎士も乙女も貴婦人も、並んで席に着きました。あるじ顔などなさらずに帝王は深いお知恵、男らしさと思いやり、こだわりのなさに支えられ、ずっと下座に座られて（礼節をわきまえられていたからです）、年を取られて上等な貂《てん》の毛皮の襟巻きを首に巻かれたジュネーヴ公をハイテーブルに座らせました。私の思うところでは、シャルトルの司教でも司教会議に出るよりはここで眼福の栄を賜りたいと願ったことでしょう。上気した明るい顔《かんばせ》、面長の優しい顔に眉を引き、弓形の美しい眉、金髪など多くの美形が勢ぞろい。サグロモール公爵が小唄を歌い終わられると、美味しいばかりか混ざり物の入っておらぬお食事が供されたのでありました。モーゼルの白ぶどう酒も冷やされて皿も鉢も新しく、脂身を刺した鹿のパテ（これはいっぱいありました）、ノロ鹿、赤鹿、雌鹿の肉、ねっとりしていて新鮮なチーズはクレルモン渓谷産、夏に美味しいものならば、一同の者が望

むだけたっぷりあって、ない物などはなんにもありません。〔三七八行〕

上機嫌の帝王に嬉しく思わぬ騎士などなく、この宴会の活気には皆それぞれに愉快になり、それもかつてこれほどに身分の高い王様が一緒に食べたり飲んだりしたことなどはなかったからです。だが帝王のお望みは武芸でなければ恋愛で、その他にもたくさんの長所をお持ちでありましたが、未だかつてこれほどの貴人はおられませんでした。王には眼前の光景がいたく気に入られご自分の領土、王国その中にこれほど優れた乙女たち、貴婦人たちや騎士どもがいるのにご満足でした。従騎士たち(8)は、心得ているので皆が食べ終わり食事が済んだと見て取るや、テーブル掛けを鮮やかに上手に片付けたのでした。若者どもは我がちに鉢に水を満たしに急ぎ、水は彼らに渡されました。良き王様の両袖や、見るも嬉しい白い手の貴婦人たちの両袖を支えようと懸命になる若者も多かったのでありますぞ。手を洗う水をまず最初に受け取ったのは女性でした。ついで希望を叶えたのは男性たちや女性たち、美しい貴婦人たちはしなやかな身体にオーヴァーを纏《まと》われました。そして今度は楽器付きで楽しい祭りになりました。〔四〇七行〕

だいぶ経ってだと思いますが、朝、楽しみに狩りに出た狩人や射手や騎士たちが狩りをしながら三々五々と戻って来たのでありました。皮を剝がれたたくさんの獲物はノロ鹿、雌鹿などと狩り甲斐のあるよく肥えた雄鹿などでありました。角笛の音が近くなり、極上の肉を枝に刺し立派な角の鹿を肩にして狩人たちが戻って来ると、テントの中にいたものは、身分の高いも低いもなく、出てこない者はなく、日のあるうちに数々の雌鹿の命を奪いとった者どもを出迎えるのでありました。一同そろって口々に、居たかったものだ狩りの場に、と嘆くのでありました。獲物を駆り出しに行った勢子《せこ》は髭も伸びて戻って来、グレーの厚手の野暮ったい今年買ったとは思われぬマントを羽織っておりました、古靴は赤くごわごわで乗っているのも頑固な駄馬で、優雅な歩き方など(9)知らず、脛《すね》まで血だらけでありました。ついて来る犬はポインターで、引き綱は腕の上でした。この者どもは網も綱も持たず三頭の鹿を獲ったのもやっとのことでありました。射手は射程に入るものをみな仕留めたのでありますが雌鹿、ノロ鹿、兎と狐、二十頭以上も獲りました。コンスタン親仁(10)の中庭の脇で金抜き鶏を獲った狐どもでした。狩りの獲物の皮剝ぎをさせて料理人たちは焼くために肉を運びました。森に出かけた人たちは、お腹が減って死ぬ思いなので、家老たちは食料を急いで料理場に運ばせました。こうするうちに帝王は狩りをした者どもに話を望まれましたので、貴婦人たちも姫たちもテントに戻って行きました。この人たちの期待を裏切らないように、狩人たちはおおげさなホラ話をしましたが、彼らが話す事柄は、夢物語だとおっしゃいますか？ 帝王はこの者どもの作り話に笑われましたが、狩人のような人たちに常によくあることなのです。第九刻を過ぎる頃には目にも見事で上品な焼き加減もよく調理された夕食も準備ができました。どんなことでも宮廷に相応しくできる大勢の従騎士どもも勢ぞろい。テーブル掛けをもう一度掛けようということになった時、それをこなせる人も多く、それほど若者も人もいたのです。盥《たらい》や銀の鉢に入れた水が皆に配られて、一同ちゃんと昼ご飯の時と同じ座席に座りました。森の狩りから戻って来た人たちは別に一団となって座り込みましたが、この人たちは食べ物にそれほどうるさくありません。どちらの人もあれやこれやと取ったのですがその数はとても数え切れません。獲物を駆り出す勢子たちにはまず大蒜《にんにく》のよく利いた牛肉(11)が酸っぱいぶどう汁に浸されて出され、その次に鳥の料理にパン粥が出されたのですが、そのことで僻《ひが》んだりはしませんでした。愛し合ってるカップルにも喜んでこれを食べる者は、いただろうと思いますよ。ただその代りその人たちには、食べるより他の楽しみもあったのです。狩人たちが取ってきた極上肉や鹿肉は実にたっぷりあったので、どれほど貧しい者であってももらえぬ者はいませんでした。だがどんな物がこの人たちに欠けていたのかおわかりですか？ それは彼らが生活苦とはどんなものかを知らぬことです。王はそれほど充分に臣下を養っておられたのです。

皆が腹いっぱい食べ、飽きるまで飲んでから、それもパンを浸して食べるための安赤ぶどう酒とは違いますよ、テーブル掛けが取り去られると、皆は食卓を離れました。トランプ遊びに行ったのです。騎士三人はサイコロ博打《ばくち》に、だが六ドニエがせいぜいの軽い賭け遊びに加わりました。一方チェスをしたりする者も、サイコロ遊びの人もいました。白い鼬《いたち》の毛皮付きの衣の胡弓弾きたちがテントを廻って弾きました。貴婦人たちと帝王のお仲間たちは、屋外に出ました。手に手を取って、美しい身体を隠すオーヴァーを着ずにテントの前にある緑の園にお互いに出て行って、若い女性と男性は再びダンス[12]を始めました。鮮やかな紅い上着の貴婦人が進み出てきてまず歌うには

さあ、これこそがお遊びよ、この草原の真ん中で、
愛の悲しみなど消え去るわ
貴婦人たちは踊り始めるのよ
ご自分たちの素晴らしい腕《かいな》を眺めてご覧なさい！
恋の苦しみなんてもうないわ
私もそうなんですもの！

スピールの代官に仕える若者が次の歌を始めたが、なかなか悪くない歌でした。

まさにあのオリーヴの木陰ですよ
ロバンが恋人を連れて行くのは。
澄んだ泉がそこに湧いている
あの若いオリーヴの木の下に。
神の御名にかけて！　ロバンは連れて行くのです、
可愛らしいマリエットをね

この歌が三番までも終わらぬうちにオーブール伯の御子息が、騎士道好きの方でしたが、澄んだ声音で歌うには

朝アエリスが起き出した
私の名前はエンムロだ
身仕舞をして立派に着飾ったのは
ロッシュ・ギオンの下でした。
私の愛を、ねえ、あなた、
あなたでなくて誰に捧げよう？

するとオーストリアの公爵夫人が、この方のふくよかな美しさで話題を浚うお方でしたが、歌い出される番でした。

朝、器量《きりよう》良しのアエリスが起き出した。

そこに茶髪で美男子のロバンが通る
身仕舞をして立派に着飾って。
草の上をお歩きなさい、花は私が摘みましょう。
恋するロバンはこちらを通る、
それで草はずっとしなやかになるのです。

どれほどロバンとアエリスが歌われたことか、寝る時間になるまで踊りは続きました。ロンクロールのユード様(13)がこんな王に出会われたら欣喜雀躍《きんきじゃくやく》されたでしょうが、ご時世は変わってしまい、ちゃんとしたことをする方が見られぬようになりました。そのため今では騎士道も品位をなくし消えるのです。この楽しさと滞在は二週間も続いたのです。王が誘った人たちが郷里に戻りたくなる頃、この人たちには立派な土産や贈り物、色とりどりの宝玉がそれぞれに渡されたのだと思います。貴婦人にせよ乙女にせよ少しでも見所のある者で、立ち去る前に王様が贈り物をされない人は一人もなく、一人一人に尊敬に満ちた応対をされたので皆から敬意と愛情を得たのでした。臣下の心と敬愛を勝ち取るすべをよく知ったこのような王はしっかりと領土を治めるに違いありません。この方は臣下全員と顔を合わせて論議する集会をお開きにもなりました。私の見ているところではつまらぬ家臣を地主にし、代官にして、結局はこの人たちも預けた土地も駄目にして恥をかかせて世の中も汚してしまう王たちや領主どもとはまったく違うお方でした。この人たちのやり方は誠実な人をしりぞけて、悪者どもを役職につけることになるのです。こんな奴らに権力を与える領主は悪人です。というのも、どんな位にいたとて、平民は平民のままですからね。この帝王、この実直なおん方は、平民たちを分け隔てなどされませんでした。神を愛し汚名を恐れ、帝王の御名誉と帝王に及ぶどんなことでも自分の目ほど大事にする者ならば、陪臣であっても代官にしました。帝王は平民や町人たちが財産を増やすことの方を、税金を取り立てご自分の財宝を増やすよりも大事にされました。というのは、いったん緩急の場合にはすべては自分の物になることをご存じだったからです。これは深い知恵でご存じだったのです。必要な事態が起こった時は資本も儲けも使えることを。彼らが豊かで高名で大財産の商人でも、それは預かっているだけなのです。この人たちがどんな市に出かけようとても良いものや立派な乗馬に出会ったら帝王に買って贈らぬことはありませんでした。こうした贈り物こそ税金で取られるより、この人たちの名誉になりました。自分の領地の商人であろうとなかろうと帝王の領土の中で、戦《いくさ》であろうと事件であろうと、仕事に邪魔が入ることなどありませんでした。こそ泥たちは目を潰され、追い剝ぎどもは死刑でした。この国の中を行くのは教会の中を歩くほど安全でした。これほど賢く領土を治める高位の貴公子の生き方は立派です。〔六二〇行〕

ゲルドル伯がババリア公に戦いを挑むことが起こりました。公爵はどれほど補償金を積もうと、どれほど懇願しても停戦に応じませんでした。帝王は伯爵の援助に出かけ、両者を宥められ、大変力を尽くされたので公爵は伯爵に接吻を与えられましたが、それも嫌々《いやいや》での和解でした。いろいろなやり方で平和をもたらすのに苦労する雄々しい男は大変良いことをするのです。帝王はライン川に臨む自分の城に戻られましたが、ある朝起きると、第三刻で日が照っていました。帝王は朝駆けを長い間されましたが退屈されていたのですね。宮廷ではジュグレの名で呼ばれている胡弓弾きを呼びにやらせました。この男は頭も良く評価も高く、歌もたくさん聞き覚え面白い話も山ほど知っておりました。この若者は伯爵の倅《せがれ》で、何度も呼びにやったので御前にやって参りました。帝王がにこにこしながら仰せられるには「わしの相手が嫌なのはプライドからかね、気が滅入るからか？　わしは別だが、お前に物を教えた者に災いあれ！」ジュグレの馬の轡《くつわ》に手を掛け二人は道を逸れて行きました。帝王は「今日は眠くてたまらない。なにか目がパッと覚めるような話を一つしてくれないか。良い友よ」と仰せられ笑いながら左腕をジュグレの肩に廻されました。ジュグレはすぐに「作り話とは思われるな、実際起こった精妙な事件でして、それが起こったところからやって来た若者に聞いたのです。このシャンパーニュに雄々しく価値高い騎士がおりました。好男子で品も良く大層賢い振る舞いでした。このフランス[14]のペルトワ辺り[15]のある貴婦人に恋い焦がれておりました。条件がなんであろうとも会いに行く機会を逃したりしませんでした。彼女の愛が得られたらどんな騎士でも王者の思いをしたでしょう。バロワの騎士[16]の美貌と価値が最も輝く時でさえ、この人の前では無価値になるとお信じください」。帝王は「今日はもう眠る気になどなれないぞ。どうか聖霊様、御意に叶わんことを！　そのような騎士に会えるなら、たとえ五百マルクかかろうと、わしの城が、今晩わしが帰城するまでに焼け落ちたとしても、町全体が火に包まれようともよい。神よ！　そんな騎士にお仕えできるのであったらば！　こんな雄々しい価値高い騎士がおったら、奉仕する騎士を持たぬ貴婦人はいなくなろう。神かけて、ジュグレよ、どうか言っておくれ。この騎士が価値高いのに相応しいほど貴婦人が美形かどうか。おったら不思議と思うがね」。ジュグレが答えるところでは「私が申し上げるようにこの騎士は大変雄々しいことでしたが、この御婦人の前に出たらまったく値打ちがなくなります。彼女がどれほど美しいか、これから申し上げますが、ブロンドの髪が波打って顔の下まで下がっており、お顔の色はばらの花、百合の花に類《たぐい》なく、というのは白さと赤みが大層微妙に組み合っています。この御婦人をこれほどに美しく創られた自然の女神が使われないものはありませんでしたので、世界中チュデル[17]に至るまで彼女と並ぶ美女は見つけられません。もの見る両目は美しくきらきら光り、ルビーより澄みわたり、眉はじょうずに長く引かれ両眉の間は離れております。誠のことでございます。口の中の歯並びも鼻の作りも匠《たくみ》の技でございます。このようにじょうずに描く腕は駆け出しの技ではありません。飾り気なしの顔《かんばせ》に、胸もとは白く首すじも白いことでした。ここからドールに至るまでこれほどの美女はおりません。身体は優雅で腕は美しくきれいな手をお持ちでした、この方と一緒におるものは、がさつではおられません。それほどにこの女性は美しいだけではなく礼儀も思いやりもお持ちでした。この女性が私が申し上げた通りであることに嘘偽りはございません」。「さあ持って行け、このグレーのコートをお前にとらせよう。確かに充分その価値はある。このフランスにこのような騎士なり女性がいるとわかれば剣を身体に受けてもよい、ただし死なない程度にな。わしを御許《みもと》に神様がお召しにならなければ、わしもそれに値するかどうか知らないが[18]、わしがそのことを知ってその騎士を明日にでもすぐに探すため使者を旅立たせないことがあろうか。領土なり、良き主人なり友人を望むとあればそれらを私の中に見出すだろう。女性については何も言わん。

そんな女性に会うことなくわしはこの世を去るだろう。そんな女性はいないのだから我が領士には」。「異なことを申されますな」とジュグレが答えました。「これほど雄々しい男とか、これほどの美女が、騎士にせよ乙女にせよ、これほど雄々しく、あるいはもっと美しい女性がいないなどとは！　申し上げますが女性なら一人知っておりますよ。この女性が持っていない美しさをどんな女性にも与えません。彼女に会った人ならば誰でもそう申しましょう。それに私はその人の名前も存じておりますし、その兄弟も高名で私が先ほど申し上げた者よりずっと値打ちがあります。いろいろ長所のある騎士です」。「ジュグレ君、心得ていてもらいたい。そのことが確かなこととわかったら神がお前を良い時刻に生まれさせたことになる。お前は今後いつまでもわしの目が黒いうちは、より良いことばかりだからね。この騎士はそれほど雄々しくて立派な者なのだから、彼の住む土地や館をお前から教えてもらえればなおさらだ。町なり城を持っているのかね？　どれほど豊かな男なのかね？」「騎士になってこのかたは自分の土地のあがりでは盾持ち六人も抱えられません。いつ何時《なんどき》でも夏でも冬でも北栗鼠《きたりす》かシベリア栗鼠の毛皮を着て、お連れは二人です。というのも、その騎士の大きな価値と高名と広い心と勇敢さで充分に領地と資産を得ています」。「神は多くの才能を彼に与え賜うたな」と帝王は答えられました。「これほど気高い心を持った息子を孕んだ母は満足だろう。この騎士を仲間にしなかったらわしは捨てられることだろう。その者の名は何と申す？」「この国で彼を見る者はドルのギヨームと呼んでおりますが、ドルが領地ではございません」。「何で自称にこの町の名を名乗るのかね」。「大変近くの砦に住みドルという名は寒村の名よりも呼び名に箔を付け、それはこの方の分別からで、詐称のつもりはございません」。帝王は「そうだな」と答えられ「で、身体つきも上品で美しいという妹の名は何と申す」。「殿様、その名はリエノールで、それがこの女性の名前です」。この快い名前を火花に愛の神は帝王の心の間近に火を付けました。この人の名が現れて他の女性はどれもこれも並の値打ちになりました。「こんな名を考えついた者にも、代父を勤めた司祭にも祝福あれ！　わしがフランス王だったら、司祭をランスの大司教にするぞ」。「もうお二人を急いで結ぶ他はありませんね」とジュグレは言いました。「神のお許しを得て、この乙女の美しさを語っておくれ」。ジュグレは充分気が付きました。話を耳にしただけでこの女性が帝王の好みに叶ったということが。王の様子を見るだけで王は彼女をもう既に愛していると思いました。「ジュグレよ」。帝王は続けられました。「知っている通りに話しておくれ。お前の言うのが本当なら、その美しさが半分でも帝国なり王国の妃《きさき》になるのに充分だ」。そこでジュグレは大変上手にこの上品な乙女の姿を語りました。「ああ、神様、この人はなんと良き日に生まれたことか、彼女が愛する男は一層幸運な巡り合わせで生まれたな。明日になったらその兄を探しに誰を遣わすかすぐにも知らねばならないな。この男の役に立つようにわしは身も心も捧げねばならん」。思慮深いジュグレは笑って申しました。「実際、身体だけで充分でしょう。そんなに欲張りな男ではありませんからね。心の方は金髪のリエノールの方がいただきましょう、私の考えを信用なさるなら」。「こいつめ。本当に根性曲りだな。わしが実際、兄の方を妹ほど気にかけていないとでも思っているのか？　この女性がわしの愛人になるなどということは我が王国にも、我が名誉にも相応しくはない。だがそうなれないとしても、彼女を想ってしまうのだ。彼女のお陰で一日を楽しく過ごせたではないか」

「この話はここまでとしておきますが、どこまで聞いたか忘れないでください。今日中に道に戻って一行に追いつかねばならぬ時です」。「そうだな。馬を急がせよう」と帝王は答えられました。二人はガスコーニュの領主を讃えて次の歌を歌いました。(19)

花もグラディオラスも草原も昔のこととなり、
鳥たちも歌を歌う気にならず
それぞれ寒さに身を縮め、ビクビクと暮らし
いつも歌を歌っていた晴れやかな夏を待ち望む
時であるからこの歌を歌うのだ、あの忘れられぬ
あの良き恋を。神がお前にこの恋で私に喜びをくださるように！
というのも私のすべての想いはそこから生まれるのだから。

二人が歌い終わらぬうちに本隊の方はほとんどが城に

入って、それぞれに居場所も決めておりました。帝王は取り巻く騎士の間でも騎士道の誉れ高いのですが、後を追って仲間を引き連れ御帰城です。糸杉の門を過ぎられて、一同と館に来られると、皆馬から降りました。待ち受けていた家令たちは、手洗う水も用意して、テーブル掛けも掛けてあり、仰々しいことはしませんで、それより待たせることもなく、出すべきものはいち早くそろえて出すのでありました。頃合いを見て帝王は寝室に向かわれ、臣下たちも席を離れて退出します。帝王はコートを野原でおやりになったジュグレに、書記を呼び出させ手紙を書くのに必要なインク、羊皮紙などなどを持ってこさせになったのです。三人は着替えの部屋に入られて書記が上手に帝王の申されるところを書状にしている間に、ジュグレはいただいたコートとそろいになるチョッキをお脱がせ申しました。手紙に金の封をさせると、従僕を一人呼ばせました。やって来た従僕は名をニコラと申します。「ドルのギヨーム殿の所まで、この書状を届けなさい」。帝王はこう命じられました。これが嫌な命令だったかどうだったか私にはわからぬところですが「はい、陛下、喜んで承ります」と答えました。「書状の中身はわかるかね？　彼を呼び出し頼むのだ。この手紙を聞き取ったら[20]馬に跨りまっすぐにわしの許に来るようにな、わしに負っておる信頼にかけて。もしも戦か騎馬試合に出かけておったら、休まずにお前の乗馬の値が掛かっても探し出すのだぞ、見つけたらわしからのだと言ってこの書状を見せるのじゃ。これは大事な仕事だぞ」。帝王は旅の費用としてエステルリン貨[21]で二マルクを、もしもっと欲しいようなら、それ以上を取らせるように命じられました。その上早く寝に行って、翌日は朝のそよ風の中を馬で出かけられるように早起きするのが賢い者のすることだと申されました。この男は伝令にかけては強者《つわもの》で畑を耕す牛が仕事に慣れているよりもお使いに向いていたのです。朝早く起き身支度し脚には乗馬靴を履いて準備を整え馬に乗り、出かけましたが、門口を出る際には十字を切りました。最初の晩はどこで寝たか聞きませんでしたが、一人で砦《とりで》に向かうのは心細かったろうと思います。ニコラが出る時、横たわられていた帝王は、朝になって起きられると、窓の一つを開けさせました。お日様はこれより晴れやかにできぬほど、澄んだ光を帝王の寝台に注ぎ掛けました。厚手の絹と黒貂の掛け布団には金のばらの刺繍がされておりました。その名が心に刻み込まれた麗《うるわ》しのリエノールを想って帝王は、歌い始められました。

年も改まり五月になって咲いた菫《すみれ》と
鶯《うぐいす》の声が私に歌えと勧めるのだ。
私の雅びの心は行きずりの愛を
快い贈り物として差し出すから断り切れない。
素肌のこの子をわが両腕で抱きしめたいよ、
十字軍に出かける前に。

帝王が歌って心を慰めている間《あいだ》にも、ドルに向かって使者の方は街道に馬を走らせていましたが毎朝大変早起きでした、何しろそうしなければならないとわかっていましたからね。だから八日もかけないでドルのギヨーム様のお住まいにまで着いたのです。ギヨームの名はどこにでも広まっているので使者をまっすぐ砦まで導いたのでした。速歩でしたが身を伏せないで託された金の封印を手に町に(22)門から乗り込みました。新米ではありませんからね。他のことをする前にまず泊まる場所を探しました。良い宿を見つけ乗って来た馬にも手入れさせると、乗馬靴を脱ぎ捨てて、他の靴に履き替えました。花と薄荷《はっか》の髪飾りを宿の主人の娘がくれました。ニコラは箱を取り出すと、書状をそこから引き出して、ギヨームの家に向かいました。見事な猟犬に引き綱を付け走っている若者に声を掛け、皆は何をしているかと尋ねました。これから食事になるところですということでした。「急いだ方が良さそうだ」。自分に向かってそう言うと身仕舞いをして衣装を確かめ、広間に登って行きました。砦の主はルージュモンから戻って来たばかりでした。大きな騎馬試合があったのです。広間は騎士たちや大勢の人たちでいっぱいでした。ニコラは若者の一人に近づいて彼の主君がどの人かを、食卓に着く前に教えてくれと頼みました。若者は指で指し示しました。ニコラはそちらにまっすぐ進みました。異常な者と思われないように外套を脱ぎました。着たままでいるのは礼儀に外れるからです。「ドイツの帝王が、この書状はその方からのものですが、殿下、貴方に千の挨拶を送られます。貴方を愛し、高く評価する者として。帝王は貴方様に近々お目に掛かりたいと切望されているとご承知おきください」。

主は大変賢明に「兄弟よ、神が帝王に私が欲する限りの大きな喜びと栄誉をお与えくださりますように。ところで、神かけて、我が殿は何をしておられるかな。長いことお目に掛かっていないが」。「大変お元気でありました、神様に感謝を」。「そうか。それは良かった」。騎士たちもそこにいた大勢の者も金の封印を見つめました。ここにおった人たちでこのような封印を見たことのない者も多かったのです。殿は言われました。「この者の宿に行って良く扱われるように命じなさい」と。封印を切る前に、ギヨームは母の部屋に行きました。「ほら、お母さん、帝王がこの金の封印を私に送られましたよ。でも未だ中身は知らないのですが、見てみましょう」。そう言うと自分の小刀《こがたな》で封印を開いて中から羊皮紙を引き出しました。あの美しい妹のリエノールがバックルにするのに金の封印(23)をもらいました。立派な馬に跨《またが》って武装した王のお姿が描かれているのを見た彼女は「まあお母様、神様もお助けくださるように。家の一族に王様がいるなんて喜ばなくちゃねえ」と言いました。ギヨーム殿は笑われました。「神様と聖霊の御意に叶って、お前のところに届くのは栄誉そのものだよ」と母親は申しました。「足りないものなどなかろうよ。いつも心の中でそう思っていたよ」

騎士の一人がご書状に目を通してから読み上げました。「帝王が貴殿に挨拶す。そして貴殿に来てくれと頼むが、この書状が読み上げられるのを聞いたらすぐに、遅滞の理由を探したり、すぐにまっすぐ来られぬやむえぬ用事を求めたりせず来るように。というのも帝王は、貴殿と会うまで心楽しまぬからである」。「息子や、さあ行くのだよ。こんなに立派にお前をお呼びとは、大変な名誉をお前にくださっているのだから」と母は言いました。「お母さん、まあまず食事にしましょうや。他のことはその後にしましょう」。館中で水が配られ騎士たちも席に着きました。教わったわけでもないのに礼儀については何でも心得ているギヨームは、帝王の使者を捕まえて食卓の端の離れた所に座りました。この使者は大変良い家柄の男でした。この食事には肉も魚もたっぷり出ました。「親愛なる友よ」とギヨームは言いました。「貴殿はこんな料理よりずっと美味しい御馳走に何度もあずかっておられるでしょう。帝王の御宅では、こんな陪臣の食事など嫌々《いやいや》召し上がるのでしょうね」。「殿様、確かにね。肉は腐りかけの猪《いのしし》や、季節外れの鹿なんかならいっぱい出ますし、古くなったりカビの生えたパテならね。鼠が見向きしないような物も従僕には美味しいのですよ」。「神様！」ギヨームは騎士たちに向かって言いました。「このままここにいて八日いっぱい狩りをしようと思っていたが、明日馬で出かけるには、すぐ支度しなくちゃならない。でないと宮廷で喜ばれまい」。「その通りですね」とニコラは言いました。「これは根のない話ではありません。さあ食卓を片付けさせて今夜には何もすることがないように支度しましょう。明日の朝には出かけなければなりませんからね」。「友よ、おっしゃる通りです」とギヨームは答えました。ギヨームが席を立つと皆一同も席を立ちました。昨日や去年生まれたのではない[24]ニコラはすぐさま彼の葦毛の馬を見に行き餌がちゃんと出されているか確かめに行きました。ギヨームは母の部屋に話しに行きました。母はギヨームを大変大事に思っていました。母はギヨームにまずどんな人を連れて行くのかと尋ねました。「お母さん、厄介を起こさぬ人がいいですね、こんな旅行に良く向いた。一緒に連れて行くのは二人だけにしようと思っています」。その二人の名を母に告げました。雄々しく弁舌もさわやかで帝王の宮殿でも名誉になるような、しかも子供っぽくない双方三十歳を越した二人でした。「我が子よ」と母は言いました。「よく考えて、何も足りないものがないようにね。お前が宮廷に着いた時、ドイツでお前が貧乏だとか、着るものもないなんて言われないようにね」。妹の美しいリエノールが言いました。「この竿に兄さん用の新しい着物[25]が三組あるわ。盾の脇にペルシュ伯の馬を曳かせなさい」。数多い戦いで勝ってきたギヨームは二人の仲間を呼び出させました。「私も母も、君たち二人とも私と一緒に行くようにと話していたところだ。今からすぐに君たちも武具と馬の用意をしておくれ」。「我らが盾は真っ新《さら》で、鞍も腹帯も轡《くつわ》も見事です。一か月かけてもこれほどに装備の良い騎士三人は見つかりませんよ」。ニコラは鈍くはなかったので広間に戻って参りました。ギヨーム殿は母の居室から出て来られ、二人の連れも出て来ました。広間に戻った若殿はにやにやしながらニコラに近づくと「どうも今日は酷いおもてなしをしてしまいましたね」と言い「でも悪いのは貴殿の方ですよ。だが支度を急がせたので明朝はさわやかなうちに出かけられましょう。こちらにいらっしゃい」と言って、手に手を取って、「私の宝物をお見せしよう」。使者に見せに連れて行ったのは居室にいる母と麗しのリエノールでした。使者にとってギヨームがしたのは実際、本当に大変なことだったということをおわかりください。というのも、この時以来これほど美しい乙女を目にする婦人の部屋に入ることは起こらないからです。使者はリエノールに会釈してリエノールも会釈を返しました。男二人は椅子に掛け、彼女も二人の脇に座りました。彼女は金髪で、飾り気なく、気取りもありませんでした。大きな座布団に会釈して座って母親は、司祭のストラ[26]に取り掛かっていました。「ご覧、ニコル君」とギヨームは言いました。「私の母は何と巧みな仕立屋でもあることか。素晴らしい女性でこの仕事ならよく知っている。ミサの腕掛け、教会の飾り、ミサの時の袖なし外套、金糸で縫い取りのある白祭服[27]でも二人で何度も作ったのだよ。これは奉仕で楽しみでもある。なんの飾りも宝物もない貧しい教会にあげるのだ」。「神様が幸せと喜びを私と私の子供たちに与えてくださるように。いつも神様にこう祈っているのだよ」。「良いお祈りですね」とニコラは言いました。ギヨームは「お母さん、どうか歌ってくださいな。良いことをなさることになりますよ」と言いました。彼女は何かにつけて歌い、喜んで歌うのでした。「我が子や、高貴の婦人がたや女王様たちがカーテンを縫いながら紡ぎ歌を歌った習わしはずっと昔のことだよ」。「まあ、優しいお母さん、私にかけておられる信頼に応えて、どうか歌ってくださいよ」。「我が子や、こんなに頼まれてはねえ。今度だけは断れないねえ。できるだけのことをやってみましょう」。そこで澄んだ快い声で歌い始めました。

母と娘は、座って金糸の縁飾りに精を出す。
金糸で金の十字架を縫い込んでいる。
雅びの心を持つ母が語《かた》り出す。
美しいオードがどれほどドーンに恋い焦がれていることか！

「娘や、縫い物や、紡ぎ方をよく学べ。
金糸で金の十字架を縫い込むのも。
ドーンを想うのは諦める方が良いよ」

美しいオードがどれほどドーンに恋い焦がれていることか！

歌が終わるとニコラは「本当にお母上はお願いを叶えてくださいましたな」と言いました。「確かにな。我が友ニコルよ。妹が叶えてくれるのだったらば、いっそう良くなるのにね」。彼女はにっこり微笑みました。確かにどんなことをしたとても兄の願いを叶えぬ訳にはいかないことがわかっているので。「娘や」と母は言いました。「帝王のお使いを祝って栄誉を差し上げなくてはね」。「お母様、喜んでいたしますわ」。そこでこの歌が始まりました。

美しきアイは邪険《じやけん》な女師匠の足許に座し
膝の上には高価な英国の生地《きじ》、
一筋の糸で美しく縫う。
ああ、ああ、外《と》つ国の愛人よ。
私の心は貴方のものよ、縛られて、捉えられて。

熱い涙が顔を流れ落ちる。
朝も夕べも、打たれる故に、
外つ国の傭兵に想いを寄せたが故に
ああ、ああ、異国の愛人よ。
私の心は貴方のものよ、縛られて、捉えられて。

高らかに上手に歌うと「もうこれ以上頼まないでね」。「しないさ、でもお前の素直な心が親切心から歌わせるのでなければね」。「兄さんが頼んで、私がしないことなんか何もないわ。だからまた歌うわね」。三つ編みの金髪を白いブラウスの上まで垂らした娘はこう言うと、澄んだ声で高らかに歌い始めました。

美しいドオは風の吹くのに座って
山査子《さんざし》の木陰でドオンを待ち侘びる。
なかなか来ない恋人を嘆き、残念がる。
「神様、ドオンてなんという人でしょう。何たる騎士でしょう。
ドオンでなければ、私は愛さないのに。
なんていっぱい花を付け、皆咲いているの。

私の恋人はお前のそばで待てと言ったのよ。
それなのに私のところに来たくないなんて。
神様、ドオンてなんという人でしょう。何たる騎士でしょう。
ドオンでなければ、私は愛さないのに」

歌い終わると「もっと歌えと言う人は雅びの人とは言えないわ」と言いました。「おっしゃるのももっともですな」と帝王に仕える若者は言いました。「貴女は貴女の友人たちの好意と愛と喧嘩の種を得ましたね(28)」。彼らはこの日の残りの部分を夕食まで、娯楽のうちに過ごしました。

類《たぐい》もないお方が広間に戻られる前に母親は巾着《きんちゃく》を、妹はとても美しいブローチを取り出して、母親が使者にあげたのは、我らがヒーロー、ギヨームと彼女たちの栄誉のためでもある上に、帝王にたいしての敬愛のためでもありました。使者は彼女らに五百回もお礼を言い、この贈り物は、命あらば、きっとお返ししましょうと言い、内心かつてこれほど邪気のない子供たちにも、こんな母親にも出会ったことはないし、帝王にもそのことを申し上げようと考えました。にこにこ顔で暇乞いをすると、二人は広間に戻りましたが、そこでは食事の準備が出来ていました。立派な料理がたくさんありました。ミルクと卵と小麦粉で作ったタルトや詰め物をした仔豚、これはこの館にはふんだんにありましたが、美味しい兎や、ラードを差し込んだ若鶏や（これもいっぱいありました）、梨や、熟成したチーズなど。「他に凝ったものもなくってねえ。どうも残念だ。あなた方、帝王の館の方々はこんな田舎料理はご存じないでしょう」。「冗談を言われているんだ」と仲間の者どもは言いました。使者は答えて「帝王の所でも、これより他のものは出ませんよ。嘘だと思ったら、帝王が私に恥をかかせるでしょう」。このように冗談を言い合って楽しんだのでした。騎士道や恋愛の面白い話が食事の味付けになりました。こういうことが習わしになっている人たちは武勲にも欠けることはありません。ちょうど頃合いになった時、代官たちはテーブル掛けを集めさせ、二十人以上の若者が器を持ったりタオルを持ったりして、飛び出してきました。従騎士も小者たちも広間を去って館から出ました。ギヨームは仲間に話し掛けました。その場に残るべき人たちに。一人一人に気の向くままに、贈り物や、乗馬や、乗馬金を与えるのでした。皆は寝に行く前に急いで旅行の準備をしました。明日の朝起きたら、馬に乗るだけになるためです。彼らが馬に跨ると、多くの涙が流されたのでした。衣類や武具を載せた三頭の駄馬と、価値ある大きな馬があったのですよ。ギヨームは母と妹ににこやかに別れを告げました。「我が子や、神の御許で(29)」。「兄さん、行っていらっしゃい」。そして彼らは出かけました。残った者はお二人の女性のために皆、涙を流したのですよ。

今や三人は旅立ちました。神もお助けあれ！　ドルの気高きギヨームはニコラに並んで馬を進めぐるりと砦になっている町から外に出て行きました。町に母と妹を嘆きの中に置き去りにしたのですよ。妹は伸び出したひこばえよりもまっすぐで、どんなばらの花よりも初々しい女性です。ギヨームは夜しか町で寝たり休んだりしませんでしたが、それも楽しんだり、気を紛らしたりするためではなかったので、昼間の長い騎行も彼らには短く思えました。宮廷にたどり着く日にはギヨームと連れの二人はあちこちの藪の中で鳴く小鳥の歌に心を踊らせて次の歌を歌いました。

五月に日の長くなるころ
遠い小鳥の歌がこころよく
そして　そこから離れ去るとき
遥かなる恋が思い出される
悲しみに胸ふたぎうつむき歩み
もはや小鳥の歌もさんざしの花も
凍てつく冬と同じく気に染まぬ(30)

ニコラは心優しい人なので、歌が終わると「もうそろそろ着きますよ。私は先に行って、宿を用意しなければなりません」と言いました。ギヨームは「それで良かろう。一人仲間を連れて行け。彼が私たちを迎えにくれば良い」。「私とおいで」とニコラは裏返しにしたクッションを持った若者に言いました（美男で有名な男でした）。二人は早駆けで城に向かいましたが、そこでは帝王が、使者が雄々しい男を探しに出かけた時からおられたのです。あの日以来、騎乗されても城から一里以上離れることはありませんでした。それより城で瀉血をおさせになりましたが、お仕えする者もわずかで、気に障る者たちではありませんでした。ジュグレはいつもお側にいてあの幸せを思い起こさせていました。ああ、神様！　最も心に切実なこの想いから身を離そうと、なさっておられることだろう！

この日、一人の芸達者の芸人《ジョングルール》は妹に歌わせようと言いながらも、自分で次のジェルベールの一節を吟唱しました。

フロモンが狩人ドオンを叱り始めるや
良き代官は即刻、耳を立て、棍棒の柄《つか》に身をささえ
じっと聴きおりたりければ、怒声もやがて静まりぬ。
フロモンと目と目は合いしが、挨拶を交わすこと無し。
「そこにお見受け申しあぐるフーク殿とロスラン殿を寄越されよ。
主君は二人を虜《とりこ》とされたによってな。
二人が違うと申すなら、どんな宮廷であろうとも、
二人を見掛ける所なら誰か証言する者がおろう。
貴殿の宮廷でもしからん、通行証さえ頂ければ」
フークは赤面し、ロスランは俯けり、口出す者に災いあれ。
老フロモンは激怒せり。
「神かけて！　代官、お前を寄越した奴はお前を旨く厄介払いしおうたわ！」
「フロモンよ、我はかなたの者なるぞ。
我が主君ジェルベール様がそれがしを貴殿の許に遣わされた。
我が主君は貴殿に求む、はっきり申し上げよう――
かつて目にしたお前には二度と会うことあるまいし、
たとえ会ったとしてさえも、お前だとは見分けられまい。
今でもしっかり覚えているし、とても忘れられないが
お前がお返しをしてくれたことがあったなあ。
フランス王がそれがしに馬を一頭下さった。
お前も見ていたところだったが、百リーヴルもした馬だぞ。

お前がそれを殺したのだ。もうぴくとも動かなかった。
ジェロンヴィルでのことだった。あそこの橋の袂であった。
一人の騎士がやって来て、わしの兜の真上から打ち込んで
わしを馬の首にすがりつかせたのだ」
そこでギレが申すには「フロモン、よく聞け、
貴殿が出会われたのは、我が息子じゃ。
お命も頂戴できたところだが、それは勘弁申し上げた。
できる時あらば、又お見舞い申すじゃろう……」
〔一三六七行〕

この者がフロモンについて歌っていると、若者が一人階段を登ってやって来たのです。価値高き高貴の騎士に、切妻高く窓も多い、市で最も良い宿を取ってきた若者でした（帝王はよく言い含めておいたのです）。階上は、どのバルコニーにも青草をしっかり撒いておくように申し付けてきたのでした。ギヨームと連れは全速力で若者の後を追ったのですぐ館に着きましたが、館は活気に満ちていました。

ギヨームと連れの二人が馬から降りると、帝王の御前にニコラが姿を見せたので、帝王は「どんな知らせか」と訊かれます。ニコラは答えて「良いお知らせで、立派な知らせでございます」。「ギヨーム殿を見つけてくれたか？」「はい、フランス王の王国に、この騎士に並ぶ者はおりません」。「ああ、神よ。夕食にはやって来るかな？」「そのようなことは聞いておりません。もう広場の宿にお連れしました。町人の家です」。するとジュグレがさっと立ち「神の御名にかけて！　私めが行って参りましょう」と言いました。「あー、あー、ジュグレよ。お前がわしからと言ってどんな挨拶をするかが、見られることだろうな。よく安着された、夕食にお待ち申し上げると伝えてくれ」。ジュグレはすぐに出かけます。帝王は若いニコラを呼び寄せて人から離れてチャペルの方で「ニコラや、わしの名誉にかけて言っておくれ。騎士の妹に会ったかね？」ニコラは答えて「お静かに、それ以上申されるな。どんな人でも、懺悔《ざんげ》をちゃんと済ましていないと、(31)このような奇跡について話すべきではあり

ません。美しさからも素直さからも彼女に敵《かな》う女性はいません。その上手な歌からはとても優しい調べが出ます。そうでないなどと言う者を聞いた者はありませぬ」。「なんでわかる?」「歌うのを聴いたのですから」。乙女を褒める言葉は王の耳から逸れません。「何だって、そしてその子はそんなに美人かね?」「本当に」とニコラは答えます。「間違いございません。どこか一点というのでなく、あらゆる点で美しい。腕も身体も頭も顔も。美しいリエノールが他の女性たちに美貌で勝るのは、ちょうど黄金が世界中のどんな金属にも勝るようなものだと思います」。「わしの思うところでは、その名に恥はかかせぬようだな」と王は仰せられました。「で、兄の方はどう思うかね。喜んで彼に会いたいが」。「これまた立派な騎士ですよ。胸はがっしり、両腕は強く、縮れ毛で金髪。美貌で面長《おもなが》、均整の取れた方で、明るい眼差しで勇敢で、もちろん肩幅も広いのです」

「おとぎ話が取り上げる騎士だな。本当にそうなら妖精の申し子だ」。「お会いになっても、そう言われるでしょう。とにかく宿でも豪勢ですよ。身分の高い殿様がおやりになるなら、大きな会議になることでしょう。騎士たちや人びとが大勢いるので、足も動かせない混雑です」。「さあ、早く行って、何でも彼が欲しいものを宿に用意させよ。彼が来るまで気が落ち着かんわ」

ニコラは立ち去り、帝王はその場に残られ、ジュグレが宿に探しに行った良き騎士を迎えるためにうきうきとしておられました。一緒に騎士の妹君が来るのであったら、申し分ない悦びになったことでもありましょう。普段にないほど活気づき、いても立ってもいられません。身体も悦びに溢れさせようとルノー・ド・ボージューの歌をすぐに歌い出されました。ランスの良い騎士の歌を(32)。

雅びの心に宿った忠誠な愛は
去り行くことも動くこともしてはならぬ。
というのも心を締め付け、支配する苦しみは
その苦しみを持てる時には甘美に思えるのだから。
「どんな愛の賜物も小さな喜びではあり得ず、
それどころかすべてが甘美なのだ。それを愛し大事
に思うなら。
このことは各々がた良く知りわからなくてはなら

ぬ。
愛するあまりに死が二人を捉えたなどと言う者がいる、
それは本当のことではない。
間違ったやり方でそんなことをするのは偽りの恋人だ。
神が彼らに悪い報いをお与えになるように！」
良き希望を持って恋から死ぬ者は
最後の審判の時、神のみ前で復活させて頂けよう。
だから愛が私を苦しめるほど私は愛を讃える。

本当のこととしっかりお知りください、この方はすべての苦しみを喜んでうけとめるのです。

ジュグレの方は高貴の騎士を探しに出かけたのですが、階段をのぼり、二階の部屋に入らぬうちに大声で「ドル様、騎士殿、ギヨーム様！　どこにおられる？　王国の喜び、慰め、いさおしは？」と叫んだのでありました。ギヨームはすぐさま立ち上がり「ああ、ジュグレか、どうしたね。どこからやって来たんだね。優しい立派な友だちよ」と答え、もろ手をジュグレの肩に掛けました。大変うれしかったのです。ジュグレは即座に言いました。「ようこそお出でなさいました。我らが良き主、帝王は千の挨拶を送られます。申し上げますが、帝王は大変貴方に会いたいとお望みですよ。本当ですよ」。二人はすぐに傍《かたわ》らの窓辺に座りこみました。そこでジュグレはギヨームに、ことの次第をすっかり語り、帝王がどうやって手紙を書かせたか、ジュグレがお話し申し上げたことから帝王がジュグレにどう命じたかなどを。「これ以上申し上げることはございませんが、貴方はここの宮廷のどんな高官にも勝っておられるのですよ」。ジュグレは立派な両腕を、短くはない腕をうれしさのあまりギヨームの首に掛けました。そして言うには「良き友よ、キスさせてください。まあ今日は良き日にお目覚めでしたなあ。あなた様がこの城に来られるのを、ずっと長くお待ちいたしておりました」。「いや、ありがとう。帝王が私を何で招ばれたか、本当のところが知れてうれしいよ」。「それではお見せくださいませ、陽気なお顔を」。ニコラは再び戻って行って食事の用意をさせました。ロースト肉やあり合わせのもので。良いぶどう酒とクリーム入りケーキでした。料理がされてロースト肉が運ばれて来ました。ギヨームは宿の亭主と女将《おかみ》さんとを呼ぶように命じました。ジュグレは「女将さんに娘も連れて来るように言いなさい。とても身ぎれいで、この城にこんなに良い子はいないから」。従僕たちは青々とした草の上にテーブル掛けを広げ上等なクッションを持ってきました。皆手を洗ってこの騎士の食事に座り込みました。夜になるまで気楽に正式晩餐を待ちながら。ジュグレは「こうのんびりしているのが帝王のお気に障らなければよいが」と言いました。

ギヨームは食事が済むとすぐさまに桑の実のように黒い上等の新しい服に着替えました。とても柔らかく大変上等で良い香りの白貂《アーミン》の毛皮付きでした。「ああ、神様」、ジュグレが言います。「お見受けするところこれはフランス風の裁断ですな」。立派で雄々しく気前の良い主君なので、連れの二人の衣装にも北栗鼠の毛皮や、柔らかく香気を放つ黒貂の毛皮が付いておりました。あのクルーシのユード・ド・ラード様でも私がここで語る三人の騎士ほどアクセサリーをお持ちにならないでしょう。でもこの方はお好みの物は充分お持ちだったのですよ。一人の乙女がそれぞれにとてもきれいな紫の花の冠を配りました。白手袋と新品のバンドを侍従が持ってきました。彼らが衣服を改めている間に乗馬が連れてこられました。価値高い戦闘用の軍馬でして、スペイン産で付けている馬具はリモージュ産でした。三人が階段を下りて来る時、女将《おかみ》は娘がギヨームを見つめているのに気が付きました。ギヨームの身体は見事ですからね。ギヨームは馬に跨ると本当に位の高い人の姿でした。「ジュグレよ、後ろに飛び乗れよ。兄弟、そしたら俺はうれしいんだが」とギヨームは言います。娘は「ジュグレなんか大嫌い。この家に入ったのに歌わないなんて」と言います。ギヨーム殿は笑われて「そうだな。よくぞ申したな」と言われ「俺に免じて赦してやれ」と続けられました。「喜んで赦してやるわ、今晩ちゃんとヴィオルを持って来るならね」。「お嬢さん、参りますとも喜んで」。「カロルを踊らなくっちゃね」。娘は上手な遣り取りで、彼らを石畳の上に引き留めたのでした。彼らの花の冠はとても彼らの気に入ったのですよ。ちゃんと覚えていてくださいね。殿はその外套を左肩に斜めに掛けました。(33)宿の人も道にいた人もギヨームを眺め素晴らしいと思いました。ジュグレはそのギヨームの耳許で歌ったのです。

アエリスは朝起きました。
私の心を得た人に、良き日あれ。
きれいに着飾り、身繕いしたのは
朴《ほお》の木の下で。
私の心を勝ち取った人に、良き日あれ。
あの人は私の所にいない。

こうして一同進んで行きます。石を投げたら届く辺りでこちらに向かって人びとが立ち上がり「神様があなた方に良き出会いと予期せぬ出来事を今日お与えくださいますように」と町人どもは言いました。「からかってよいような人たちではないぞ」。口々に小声でそう言い合いました。こうして何にも煩わされず軍馬に跨り三人は歩幅小さく進んで行きました。彼らが馬から降りる時には、鐙《あぶみ》を支えにくる者も本当に、多かったのですよ。帝王と家来の者どもが窓からこの騎士を目にするや、「諸聖人にかけて」と帝王は申されました。「噂通りの人らしいぞ。ランディの次の市(34)まではこれほど立派な騎士をご覧になれまいし、今まで何か月もお会いになったことはあるまい」とフォレの伯爵に言われました。私が簡単に纏めて申し上げますと、トロイのパリスの時代以来、どんな皇帝の宮廷でもこれほど大きな喜びで騎士が迎えられたことも、これほどの栄誉で遇されたこともありませんでした。このもてなしを受けた者に幸《さち》あれ。「良き友よ」とコンラッド帝は言われました。「未だ会ったことはなかったが、貴殿の幸せを非常に望み、大変会いたく思っておった。貴殿の来られるのを二週間も待っておったのじゃぞ」と。心から愛するということは大きなことでございます。そのために人はずっと繊細な雅びに至るのですからな。手に手をとって、お二人はテーブルの方に進んで行き、他の人たちも二列になって後に続いて行きました。帝王はギヨームが側に座るのを望まれましたが、ギヨームにはそんなことはできませんでした。そこに行って座ったりすれば礼節に外れると人が思うだろうからでした。そこで帝王より低い席に座り、連れの者もそうしました。帝王はギヨームにイギリス王とは親しいかねとお尋ねになったのです。フランスの王は長いことイギリス王と戦っていたのでした。この最初の会見は大変儀式張ったものでした。連れの騎士たちも同様です。二人ともどう振る舞うべきかよく心得て帝王の家臣たちと付き合いました。ああ、栄誉のために勇気を出したら喜んでおしゃべりしたところでしょうね。それは教会の屋根のふき方や道路の作り方などではなく、健気な、家柄の良い、その人のために胸を焦がす女性についてでしょう。そこにやって来たのはジュグレです。彼はうんざりした牛がどう足掻きするかよく知っているのです。「縁戚関係の話なぞお止めなさい。それより武芸とか恋の話をしてください。というのも二週間先の月曜にはサントロンで騎馬試合がありますよ」。「ええ！　神の御名にかけて！　ジュグレよ、行こう」。いち早くギヨームは答えました。「兜《かぶと》が一つ要るだけだ。他に騎士が持つにふさわしい物なら全部ある。脛鎧、鎖帷子《くさりかたびら》、目の細かいのも。(35)獅子のように猛々しい馬も。強く速く、よく駆ける馬だ」。ジュグレは答えて「兜なら見つけられますよ」と言いました。「俺のは先日ルージュモンで、やられた時になくしたのだ」。世界で一番良い王は即座に「何にもお困りにならぬよう全ドイツ中で最も良く、最も上等なのを一つわしから進ぜよう。サンリスで作られたものですよ。付けてある宝石などや鼻当てや、ぐるりと廻っているバンドの金だけで大きな塔が建てられるくらいです」と言われました。帝王はそこで家令に言い付けて、家令の名前はボードワン・フラマンでしたが、シャンブリ出来の鎧と一緒にだいぶ前にもたらされた兜をここに持って来るように命じられました。家令は命令を忘れるどころかすぐさまに兜を持って参りました。箱から兜を取り出すと、タオルで兜を拭きました。「神かけて、これはどこにも傷のない立派なものですな」とギヨーム殿は言いました。「こんなに立派なものは王国二つの中を探してもありません。陪臣の贈り物ではありません。まさに帝王の贈り物です。このような宝物で若い貴公子たちを配下にされるのでしょう」。帝王は鼻当てを握って差し出され「さあ取れ、他にもやるものがあるぞ」。「殿様、神がお返しをくださいますように」。これを見ていた人びとはそれぞれ鏡を見るように兜に映る自分の姿を眺めました。「さあこれで兜がないから試合には行かれないとぐずぐずはできませんね」とギヨームの仲間は言いました。「すぐわかるさ。どんな人がやって来るか、誰が賞をとるだろうとか言い合うのが耳に入ろう」と帝王が言われました。兜を長いこと保管していた従僕は兜をよく調べてから箱に戻しました。「さあ仕舞いに行ってくれ。今晩私が宿に戻る時に兜を持って一緒に来てくれ」とギヨームが言いました。この良き騎士たちほどギヨーム殿と連れの二人と知己になりたい者はいません。従僕たちは料理人に人をやってテーブル掛けを広げられるか問い合わせました。食事の用意は整っているので、取り掛かるだけのことでした。待つこともなくすぐさまに王は手を洗われて席にお着きになられました。六人ほどいた公爵と伯爵も側に座られて、王は隣に来たばかりの賓客をお座らせになり、二人の間に伯爵が一人入っただけでした。他の方々については、皆身内の者ばかりなので、特に申し上げません。食べ物や贈り物についてもくだくだ申し上げません。各々が欲しいものを得て、待たされることも、期待外れのこともなかったのですから。この会食では試合のことが大いに話題となりました。実際にしたこと以上のことを話す者もおりましたが、それは礼儀に相応しくない人ですよ。我がギヨーム殿は皆に話をさせておき、ご自分は一言も話されませんでした。帝王はギヨームを大変気に掛けておられたので、ギヨームが何も言わないのは他のことを考えているからであると気付かれました。ギヨームが黙っていたのは新しい兜の名誉のために試合ですべてに打ち勝って優勝しようと考えていたからです。勝たなければ試合は高くつくことになるでしょう。帝王に手を洗う水が供されて、皆も食卓から立ち上がり、若い盾持ちたちや邪魔者どもが出て行くと広間は馬を早駆けさせられるほど広くなり、芸人たちがやって来ました。楽器を弾く者もあれば他の芸をする者もあり、こちらではペルスヴァルを語り、あちらではロンスヴォーの戦いを貴人たちの並ぶ前で語るのでした。我々が話題にしているこのギヨームは世慣れていないどころではなく、話さなければならない相手には大変上手に受け答えできたのです。帝王は黙って手を取ると彼を連れ出したのですが、それはシャルルマーニュの物語を聞くためではなく、ベッドの上に座り込んでほとんど一晩中問いただすためでありました。でも帝王にはずっと気に入るだろう話題を思い起こさせる勇気はありませんでした。というのもギヨームと連れの二人が変だなと気付くことを恐れておられたからです。そこでジュグレはこの人たちに歌を歌ったり、三つか四つかわかりませんがファブリオーを語ったのです。帝王はギヨームを楽しませ、元気づけようと次の歌を歌おうとされました。

時久しくなりぬ
夏のはじめに雉鳩《きじばと》が
鳴くのを耳にして以来。
よく耳をかたむけたものであったが。
恋心が私に道を失わせ
すっかり途方にくれさせた、
私の心がいずこにあるのか
どんな所に自分がいるのかも。

絹の布団の上でこうしてたわむれ楽しんだので、もう寝に行こうと皆言いました。ところが王は「別れの挨拶をしてからならわしも寝にいくよ。歌の後では飲むのが楽しい」と言われたので飲み物係が大声で呼ばれました。途端に僧侶が現れて手には盃をひとつ、金の台座の宝石であるかのように捧げて来ました。麗《うるわ》しのリエノールの兄君が王に続いて飲みましたが、最後に飲んだのが誰なのかは私にはわかりません。全員がぶどう酒を飲み終えるとギヨームはボードワンを呼び出してボードワンは兜を持ってやって来ました。お二人は手に手を取られて階段の所に用意されていた馬の方に進まれました。「明日の朝ゆっくり寝ない者に死よ臨め」と王は申されたのでした。このお言葉は旅で疲れていた者にはうれしいものでした。連れの二人はジュグレに宿までヴィオルを持ってこさせました。宿の娘さんを喜ばせるためです。二人ずつ駄馬に乗りました。一頭にはギヨームとボードワンが、もう一頭がジュグレを宿に運びましたが宿はいっぱい松明《たいまつ》が灯されようとしていました。美しいアエリスに彼らは出会ったのです。馬からおりて二階にいくと美味しい果物と良いぶどう酒がたくさんありました。女将《おかみ》も娘も大変楽しく食事をしました。真夜中近くまで飲めや歌えの騒ぎでした。家令がお暇乞いをすると染めたての匂いも香ばしい上衣、今週出来たばかりの、朱色で北栗鼠の毛皮付きの上衣をこの高貴な騎士は召使いに持ってこさせました。出来たてで明るく上等な上衣を家令は受け取ってギヨームにお礼を言いました。「ああ、神様、なんと立派な、夏向きの上衣でしょう！」とジュグレが言いました。宿の主には上衣のように出来たてで、染料の薫りも高い肩掛けを持ってこさせ、急いでジュグレには間をおかずご自分の真っ白な貂つきの衣装を与えました。すべてを捨てる覚悟でお与えになるので他に何をされるかわかりません。宿の気の良い女将《おかみ》にはきれいなブローチを与えました。「大事になさい、良い女将《おかみ》さんよ。十三リーヴルはするし、これを首に掛けていればオルレアンのぶどう酒をすっかり飲んでも酔わないんですよ」と言いました。宿の主の言うことには「おれのものだったらなあ。おれは一日中飲むのに」と。娘は気に入られて銀の飾りの付いたバンドをいただきましたが、それはジュグレの出来たばかりの伴奏で次の歌を歌ったご褒美です。

それはあそこの牧場の上だ
新しい素敵な恋人ができたのだ。
ペロネルが川で洗濯しておった。
うれしいではないか！
新しく素敵な恋人ができたのだ。
おれの望み通りにね。

「殿様、まったくジュグレの言う通りですな、あなた様のお振る舞いは」とボードワンが言いました。するとジュグレが言葉を継いで「あの方はやってこられた折には上機嫌でおられたよ。この栗鼠の毛皮の裏の付いたケイプと桑の実のように黒い貂の毛皮には立派な御返しがあるだろうね」と言いました。ボードワンはぐずぐずせずに機嫌よく戻って行きました。階段を下りた所で馬に乗り馬は宮廷まで主を運びました。どこにも寄らず帝王の前にやって参りました。ギヨームに名誉を与えるために真っ新な長上着を着たままで。帝王は寝ようと床に入られたところでした。ボードワンがやって来るのに目を留められると「ボードワン、そんな長上着を誰がくれたのかね？」と尋ねられました。「金を貸しても利息を取る気のない方ですよ[36]」とボードワンが答えます。「こんなに高貴な方もこれほど気前のよい方もおりません。本当ですよ。あそこに伺って以来、長居はいたしませんでしたが栗鼠の毛皮付きの衣装や、宝石をくださり百リーヴルくらいになるでしょうね」。「それでは、そのうち、財産はなくなるな、気を付けないと」と帝王は言われました。「ご心配なく、お殿様。お金は充分手に入るでしょう。町人たちに気に入られ、彼が金を借りにくれば、ちゃんと貸すのです。期日にはちゃんと支払うことを別にしても、ギヨーム殿は贈り物をし、町人たちに敬意を表するのですから」。「長上着をやっても元をとったな」と帝王は申されました。「物をやる時は人は王になる、というからな」。皆はそれぞれベッドに急ぎました。この会話と眠気とが帝王をぐっすり寝かせたのでした。翌朝高貴な王様は立派な良いことを思いつかれました。ケルンの五百リーヴルを細かい貨幣でギヨームに贈られたのです。ギヨームがやろうとしていることを実行するには、これが要るだろうとよくおわかりだったからです。価値の高い立派な軍馬二頭と大きな銀の盃二個を連れの二人にも二人が床から出る前に贈られました。二人はミサにあずかりに行った折にお礼を言上いたしました。前触れなしでの立派な贈り物は大変値打ちがあります。こういうことをなさるのはとても素敵なことなのです。「今日はハンザ同盟への会費を立派にお払いになりましたな」と良き騎士ギヨームは王に言いました。「神はこのようにわしの行く先々で役に立つ者の面倒を見られるのじゃ。わしのフラマン人[37]の言うのが本当なら、貴殿はよく金が必要になるそうじゃな」。こう話しているとジュグレが現れましたが、白貂の外套を首に掛けていました。帝王は「やあ、お前、素早く愚か者を見つけたものだな、そいつは衣装を脱いでやってしまったんだから」。ジュグレは「そういう風にしなくっちゃ。あの方にはあの緑の北栗鼠の毛皮付きがお似合いで、こいつは私にぴったりで」とやり返します。彼らは教会の中でこの豪華な贈り物の話に興じます。急いで食事を済ましてしまうとギヨーム様は学僧に三通りの手紙をお書かせになりました。一通は母堂に宛てたもので自分が如何に帝王のお気に入りになったかを知らせるものでした。妹にはバンドとブローチと、いただいた金から三百リーヴルを、召使いどもの給料と、町人たちに返す分として箱に入れて届けさせました。母親はいろいろと金が必要だったのですよ。おわかりください。亜麻の畑に種を蒔いたり館《やかた》をちゃんとしておくには、あれやこれやといろいろ要るのです。自分でやる身にならなくてはわからないものですよ。自分の仲間の連中には、自分の今の状況や、これからやろうとすることを知らせたのでありました。そして一々名をあげて神様が厄介ごとから彼らを守ってくださっているなら、自分と一緒に皆できっとサントロンに来るように頼み、できる限り立派な装備で来るように頼みました。というのは生きている限りは、立派に彩られた槍で闘いたいからです。

手紙を皆書き終えるとすぐさまリエージュ[38]の町人に送りました。この町人はギヨームに好意を持っていて、いつでも信用貸しをしてくれるのでした。ギヨームは槍百二十本と三枚の盾に自分の紋章を描かせ、盾の握りは絹と金銀糸入りにするように頼み、槍にはそれぞれ旗を付けるようによく頼んだのでした。町人はその通りにしたどころか、まるでそう頼まれたかのように、注文以上によく作りました。これらが準備されるのをご覧になったらね！　盾も槍も馬の背覆いも、旗も、東方出来の薄絹も二週間も経たないうちにしっかり仕上がりました。帝王はそのままそこに留まっている気になれず二週間をつぶすのに、暇を長く感じぬために、ムーズ河畔の美しいトレフ[39]の町に滞在したくなられました。この町では誰でもすっからかんになるまで酒を飲んでしまうのです。それほど旨い酒が望むだけあり、望む限りの肉もあるのです。野獣の肉も川鳥も、いろいろな種類の魚も。これより良い場所を探すことはありません。それにここから試合の場所までは陸路で八里しかないのです。帝王がここに来られたのは、神が健康をお守りくださるなら、誰が試合で最もよく闘うかを見るためだと皆が納得するためだとご承知おきください。帝王はお考えになられたように実行されましたが、何日かけてトレフの町まで来られたのかは私は存じません。町の人たちは帝王が来られることを大層喜んでいることを示しました。どんな人でも会えば愛さずにはいられなくなるとはなんと良い星の下にお生まれになったことでしょう。ギヨーム殿も宮廷の多くの人も、伯爵も男爵も我がちにサントロンで良い宿を取ろうと使いを送りました。ギヨームは騎士が持ち得る最も物のわかる家来たちが皆見ている所で、何にかけても市場で最上の宿を手に入れるよう命じました。よく言って聞かせておいたのでうまくいきました。というのは中庭の前の納屋でも、館の厩でも本当に楽々と騎士五十人と馬具を付けた馬が入れたからです。これこそ必要な場所でした。御主人様はそれくらいの人数を、神のお怒りにふれなければお連れになって、帝王と川に面した立派なパレスにトレフでお住まいになるという名誉を持たれるのですから。帝王は立派な贈り物と上機嫌の表情でギヨームを嫌っておられぬことを示されました。帝王はあの人のことを想っておられたのでした。お二人がこの場所で窓に寄り掛かっておられると帝王の前にジュグレがいるのに気付かれて、歌を一つ所望されました。

樹々が樹氷におおわれて
白い姿を晒していると言うに
歌いたい気分になった。
そんな必要もなかったろうに
愛の神は高く支払わせるのだ。
私がごまかし方をかつて知らず
偽りの浮気心が持てないからと言って。
そのために恋人が得られないのだ。〔一〇三五行〕

心広きギヨームは恋人がないために朗らかさを失うことはありません。立派な胴着をその晩、金糸の絹で覆わせました。帝王はギヨームをお嫌いどころでなかったのですが、ギヨームは帝王に自分のやろうと考えていることを隠しておきました。帝王が見抜くのでなかったら実際にご覧になるまでは、ギヨームの計画をギヨームから知られることはないでしょう。ギヨームもそのことで得意になることはありません。試合の予定の一日前にお暇乞いをしました。帝王は彼の人となりを大変気に入っておられたので嫌々お許しになったのでした。お願いをそれほどしたのでギヨームは宮廷から三十人の騎士を武具を付け軍馬に乗ったまま連れ出しました。律儀な人は骨が折れます。注文した武具は彼がサントロンに着く前に届きました。すぐに盾や馬の背覆い、槍、旗が見せられました。「貴方にこれを作らせたものが神とその名によって祝福されますように!」気の良い生真面目な町人はリエージュから品物について来たのです。その場にいた皆の見ている前で自分の持っている物は皆貴方の物ですよと言いました。深く物事がわかる人には相応しいことで、必要な時には礼儀正しく振る舞うのです。近くからも遠くからも騎士たちが町にやってきて宿屋はどこもいっぱいになりました。彼の宿は四辻の真ん中で二つの小径の間にちゃんと収まっていましたので、二階の窓からはふた方向が見られました。切妻にはしっかりした露台が付き市場に面しておりました。市場は足の踏み場もないほど混み合って、コンスタンティヌスの宝を求めようと当てのない空想に耽っていました。

ある日曜の朝のことドルの仲間がやって来ました。ギヨームは全員にキスを与え肩を抱いて様子を訊きました。皆は「良い知らせで立派な知らせです。お国では皆喜んでおりますよ」。「何と言っておるのかね。どう思う。あそこから大勢やってくるかね」。彼が尋ねた人びとは「はい、何百人も、何千人もね。ペルシュ地方にも、ポワトウ地方にも、メエヌ地方にも、良い騎士はもうおりません。シャンパーニュ伯爵は動員できる限りの全員をすぐにお連れになりますよ」。「フランス人やフラマン人もやって来るか、本当にわかるかな」。「きっとやって来るでしょう。いろいろ噂を聞きましたからね。ロンクロール殿やギヨーム・ド・バールの方々も、クーシの方もルーシのアラン様も、シャティヨンのゴーシェ様も、モーリヨンから他のお一人も、この方々は確実です。昨晩は皆ナミュールに泊まられましたからね」。「お前はリニィにいたのだからジョワニの良き騎士ゴーティエについて、来るだろうか噂は聞いたかね。あいつ恋人が原因で死ななきゃならなかったのだが」。「はい、騎馬試合の準備をされています。神様が生き返らせてくださったのでね」。「そうか」とギヨームは言いました。「この知らせは大変うれしいぞ」。一同が言いました。「御心配なさいますな。遅刻などせず大勢やって参りますよ。ブーローニュの準備をされていますルノー伯爵は今晩エノーのモンスにお宿りされました」。ギヨームは両手を空に挙げました。大変うれしかったのです。彼の仲間は言いました。「人手が充分でなかったらご自分の軍勢からどれほど熱心に戦っても槍半分の距離も進めないでしょう」。「ソワソンの良い騎士と公爵が当てにできるのだがな、公爵にご都合が悪くなく来てくださるのなら。それにダグスブルク伯爵と栗毛の髪のランブールのガルランとその父君の公爵が仲間になるだろうし、それに伯爵も五、六人は来るだろうし」。「それにバールの公爵、あの気高い方もね。この方は勇敢さと向こう見ずさでは類《たぐい》ない伯爵の御子息でしょう?」「彼は立派に着飾ってやって来るだろうね。ロレーヌの軍勢を引き連れて。この軍勢は軍列を駆け巡るのに長けているのだ。ライン河畔までの男爵たちも来る。午前中この館とその周りにたくさんの身分の高い人びとがやって来るのが見られるだろう。エノー地方やブルゴーニュ地方の人びとも来る。もう市場の周りの軒に盾が掛けられているのが見えるだろう」

さてこれからは人びとの往来はとても今日では終わらないので、ひとまず置いておいて正餐の食べ物の話を聴く方が楽しいでしょう。武具の話はするのをやめ、何を食べたかの方が良いでしょう。各々の人が欲しいものを、注文したり頼んだりはしないで手に入れました。ギヨームは宮廷に来るようにさせた者どもの名誉のためにこちらでは抱きしめたり、そちらの人には駆け寄っていったり、ついで他の人に駆け寄ったりするのでした。こちらの人がもう一人の者より価値が高ければ百倍も価値あるように扱いました。それぞれの人をその格にふさわしく遇することを知っていたのです。このような人を大事にし好む帝王は期待に欺かれませんでした。食事が終わって座を立つまでに四方から軍勢が到着したのでこのような町が三つあっても、四分の一も宿れるとは思えぬほどでした。いまだかつてこの騎士たちほど宿を探し準備したことはありません。町をうろうろと仲間を探して大声で互いに「ボードワン、ボードワン」とか「ヴォティエ、ヴォーティエ」とか悪魔のようにフラマン語で呼び合っている人を目指して雨どいの脇に幟や旗を出したりしました。神様！　この人たちの半分も宿に入れるようになる前に晩の大部分は無作法な騒ぎに費やされたのでした。

ジュグレは町人であるかのようにトレフの町で泊まっていたのですが、北欧産の散策用馬に乗って貴族の若者のあとについてやって来ました。町に着いても宿はどこかと尋ねるまでもありませんでした。これほど豪華で騎士と人に溢れている宿はありませんからね。伝令官や楽師がいっぱいいました。どんどん金を撒き散らし何でもくれてしまうこの人の良い騎士の宿をこれらの者どもに告げたか、夢で知らせたのが神様か悪魔かわかりませんが、神が下さる財宝をくれるのです。いくら与えても充分ということはありません。というのはちゃんとした人は少しで充分なのですから。ジュグレが階段を登って行くと気に入る住まいがあり、お誂え向きの従者がいました。従者は上等な肌着を着て外套はなしで、ただ長上着を羽織るのみでしたが、長上着の背にはイギリス製の飾り紐が付いていました（こんなのを手に入れるのはかなり遠くまで探しに行かねばならぬでしょう。裏は朱の絹で衿には白貂毛皮付きですからね）。ギヨームは素晴らしい冠をかぶっていました。金のボタン付きでした。「おお、ジュグレよ、ジュグレよ」とギヨームは言いました。「君と一緒とは良い連れができたものだ。俺と一緒に出かけたのなら、その衣装は私のものですよ、と言えただろうに」。そう言って立派な長上着を指差しました。ジュグレはきっともらってやるぞと思っていました。「誰と一緒にきたのかね？」「ドイツ人の一群ですよ。死ぬほど退屈でした。腹が減って死にそうです。今日は何も食べていないのでね。ここでは誰が私に飲ませてくれるのですか？」「わかった、わかった。畜生め。ジュグレよ。さあお前のドイツ人たちの所に戻って行け」。二羽の孔雀のペイストが急いで渡されました。晩課のお祈りに行くので急いでいたのです。もう皆我がちに出かけていました。主の日である日曜日を讃えるために武具なしで行く人もおりました。ギヨーム殿もそのお一人でした。

「馬に乗って、さあ出発だ」。ジュグレはそう言うと楽器に弓を当てました。ただちにたくさんの鞍が黒い軍馬や、栗毛や白黒ぶちの馬に付けられました。あちこちの館から百頭千頭と道に引き出されました。皆勇ましく出て来たのです。ノルマンディの若者が馬で街道をやって来て次の歌を歌い出し、ジュグレにヴィオルで伴奏させました。

麗《うるわ》しのエグランティーヌは王の私室で
やんごとない貴婦人を前にして脇で縫い物をしていました。
……………………
気付かぬうちに良い恋が彼女を煽《あお》っていました。
　さあ、聞いてください
麗しのエグランティーヌがどう振る舞ったかを。
貴婦人を前にして縫ったり裁《た》ったりしていました。
いつも縫っているように縫えませんでした。
気もそぞろになったので、指を針で刺してしまいました。

お母さんはすぐ気が付きました。
　さあ、聞いてください
（麗しのエグランティーヌがどう振る舞ったかを）。
「麗しのエグランティーヌよ、上着を脱いで
……………
お前の優雅な身体つきを見せておくれ」
「嫌よ、お母様、寒くて死んでしまうわ」
　さあ、聞いてください
（麗しのエグランティーヌがどう振る舞ったかを）。
「麗しのエグランティーヌよ、どこか悪いの？
青ざめたり、むくんだりして見えるけど？」
……………
……………
　さあ、聞いてください
（麗しのエグランティーヌがどう振る舞ったかを）。
「優しいお母様、違いますとは言えませんわ
優しい雇われ兵が好きになったの
雄々しいアンリをね、とても皆に尊敬されている人をね
私を可愛いとお思いなら、可哀想と思ってください」
　さあ、お聞きください
（麗しのエグランティーヌがどう振る舞ったかを）。
「麗しのエグランティーヌや、アンリはお嫁にしてくれるの？」
「わからないわ、お母様、だって訊いたことないのですもの」
……………
……………
　さあ、お聞きください
（麗しのエグランティーヌがどう振る舞ったかを）。
「麗しのエグランティーヌや、ではここから出かけて
私がアンリに訊きたいと言っておくれ
お前を嫁にするのか、それともこのまま放っておくのか、とね」

「うれしいわ、そうするわ」美しい人は答えました。
さあ、お聞きくださいい
（麗しのエグランティーヌがどう振る舞ったかを）。
麗しのエグランティーヌは出かけて行ってアンリの屋敷にまっすぐ行きました。アンリ伯爵はベッドで横になっていました。
さて、お聞きください美しい人が何を言ったかを
さあ、お聞きください
（麗しのエグランティーヌがどう振る舞ったかを）。
「アンリ様、起きているの、眠っているの？
輝く顔《かんばせ》のエグランティーヌはあなたにお尋ねします
妻になさるのか、それとも友達のままなのか」、と
「妻にするさ、こんなにうれしいことはない」
さあ、お聞きください
（麗しのエグランティーヌがどう振る舞ったかを）。
彼女の問いを耳にして、アンリは大喜びでした。
二十人もの騎士を馬にまたがらせ
麗しの人を国に連れて来ました
そして彼女を娶り、豊かな伯爵夫人にしたのです。
大喜びだったのですよ
アンリ伯爵はエグランティーヌを手に入れて

これから始まる騎馬試合を見物するのに、笛やヴィオルもにぎやかに、というのは司教会議とは違いますからね、公爵たちや伯爵たちなどいろいろな人がいる前をギヨームは自分の旗を立てさせて試合場に誰がいるのか見るために価値高く名のある六十人の仲間を進めていきました。アリスカンの戦闘のヴィヴィアン(40)でも一日では明日ギヨームがしようとするほどの武勲は立てられないでしょう。神がギヨームに良き力をお貸しくださりますように！　ギヨームが着ている立派な長上衣、その明るい顔と明るい威風は多くの高位の夫人たちに彼の幸運を祈らせました。騎士たちは城門をくぐるとすぐに新しいニュースが知らされました。ルーヴァン公爵の侍従である良い騎士がもたらしたのです。馬を早駆けさせて来た騎士は誰も町から出て試合場に行ってはならんと言うのでした。「何があったんだ、言ってください、貴方、ご迷

惑でなかったら」。「今晩お城ではお祭りなんです」と騎士は言います。「受難聖者、聖ジョルジュ様の」。すっかり大麦の撒かれた広場で皆すぐに相談になりました。

伯爵たちと試合が最も気になっているギヨームが言いました。「おとなしく帰るほかないな」。すぐに戻ることになりました。兜も立派な装束も傷もつかず歪みもしませんでした。その日は宿の辺りでうろうろするほかありません。食べ物はちょうど季節に相応しい野鳥や獣肉で、ぶどう酒は辛口で澄んでいました。火を灯さねばならぬ時間になると町の中でギヨームが宿る館が火事を出しているかのようでした。この館はそこで灯された光が、多くある窓から外に漏れて広い市場も住居も、皆照らされるように考えて作られていたようです。前の道路も脇の道も第三刻のように明るかったのです。こんな館に若者がいるのは今後も長いこと見られぬでしょう。ヴィオルが高らかに響き笛も他の楽器も鳴り響くので私の考えではまるで神様が雷を落としているようでした。館を巡って誰が行こうと誰が来ようとこの方は席を動かずそれより各々ひとが彼の所に館にやって来るのをお望みでした。これは深い考えから出たことで、自分の館に貴族たちがいるのを見、わいわい騒ぎ大変陽気になっているのを人が見るのを望んだのでした。公爵たちも館や市場にいる身分の高い人たちも、ここで飲んだり喚いたりし、武芸の話などせずに大きな輪踊りして、その騒ぎは街中に響き渡りました。ランブールの美男のガルランは陽気になったことが長いことなかったのですが、次の歌を歌い始めました。

オリーヴの木の下のあそこなら
後悔することないだろう
そこには泉が清らかに湧き出ている
乙女たちよ、踊れ
誠実に恋をすれば
後で悔やむことはない

この歌が三回繰り返される前に、トレフの伯爵の御子息がこういうことに長《た》けておいでしたから次の歌を歌い始められました。

モーベルジョンが朝起きた

着飾って
運良くて来たのよ
彼女は泉の方に行ってしまう
私の心は痛む
神さま、神さま！　いつまでも
モーベルジョンは水際から離れない

ロス伯爵の若者は歌では名が知れていましたがトレフの人に続いて次の小唄を歌いました。

ルノーは恋人を馬に乗せ牧場を進んで行きました。
朝になるまで一晩中馬で進んで行くのです。
私はあなたを愛するという喜びは得られないでしょう……

若者たちはこのように楽しんでおりました。どれほど心の狭い人でもこの祭りが気に入らない人はいませんでした。バールの伯爵も長いことここにおられました。帝国の歌うたいがその弟の歌を彼のために歌いました。

ムッソンのルノーと
その弟のユーゴーと
その連中について
この人たちはどんどん人に物をくれるのですが
年老いた低音弾きのジュールダンは
歌を一つ作りたい、
取り入れたぶどうが醸し出されるうちに

ジュールダンについていろいろ話が出ました。「これは明日には終わるかね」とフラマン人が尋ねました。皆は「明日は明日のことだね」と答え「最初に出て行く人が最も礼儀正しい人なんだよ」と言いました。この言葉を聞くと皆座を去ってこの大きな祭りと騒ぎはおしまいになりました。どんな所に行こうともある館で一晩のうちにこれほど楽しかったと言うのを聞く人はないでしょう。そこで今度はベッドのことを話さねばならなくなりました。立派な布団と掛け布団がちゃんと備えてあるベッドがたくさんありました。よく心得た人たちが音も立てず故障もなく準備したのでした。そうして御主人様たちを寝かしたのですが、その頃には夜は立ち去ろうとし

ていました。〔二四二一行〕
翌朝になると夏らしい明るく晴れ上がった朝でした。お城で騎士たちが起き出すと上手に旗を付けられた槍や盾が道に向かった窓に並べられたので町とその眺めはたっぷり三倍も見栄えが良くなりました。ギヨームが教会に行こうと馬に乗った時は三人連れどころではなかったというのは上品で着飾った六十人の騎士が乗馬用の馬に乗って二人ずつ前と脇に並び一緒だったからです。一人の若者が、それは城主の息子でしたがギヨームの頼むものは何でも渡していましたが、ギヨームのあとに付いてお供物を持っていました。ミサを聴聞し終わると司祭と尼僧が聖霊様の栄誉にと二人で美しい歌を歌い、お祈りを唱えました。そこで一同館に戻りました。酒係と料理人にすぐに参戦前の飲み物と食べ物を待たせることなく整えるように注文しました。座に着いて大して食べないうちに五人か六人の一隊が連れ立って出て行きました。というのもだいぶ前から騎馬試合の騒ぎと物音が聞こえ始めていたからです。ギヨーム殿が眺められると自分の仲間と一族が市場と舗石の大部分を占めているのでした。というのは彼の配った槍を持つだけでも百四十人の若者がおり髪飾りをしていない者は一人もいませんでした。（その他にも大勢の者がおりました。歌うたいや楽人や笛吹きが大きな音を立てていました。男も女も「神があの方の信仰を深め名誉を高めてくださるように」と口々に申していました）。彼らに数限りなくある槍を一人一人に配る騎士たちは、各々に白い手袋と新しいバンドを配りました。礼儀に叶った見事なこの仕業は多くの人が話題としました。騎士たちはちゃんと隊を組んで二人ずつ並んで色を塗った槍を立て幟《のぼり》を後ろに、同じように軍馬三頭が背覆いを掛けていましたが、その武具と飾りはケルンの貨幣でそれぞれ百スウもするものだったことはお忘れなく。それから今度は見事な盾の番です。今まで世に生を受けた者でこれほどの栄誉に達したものを見た者はありません。というのは帝国の三人の貴族が胸の高さに盾を捧げていましたが皆外套なしで長上着だけ着てまるで御聖体《ホスティア》か宝物を捧げるかのように立派に支えていました。
このように威儀を正してこの誠実な男は館から出かけたのでした。試合場には彼が乗っている馬ほどの馬はいませんでした。その馬はどの部分を取っても、降ったばかりの雪より白く、鞍に掛けられた掛布は穴が開けられていて地面に届いていましたが丈夫で厚い真っ赤な絹でした。赤の中から覗く白ほど美しいものはありません。このように賞讃されたいと努力する人が賞讃の的となっても私は驚きませんね。鎧の上から袖付き上着を着ている他は長上着を着ているだけでした。花の髪飾りだけ付けていました。確かに髪飾りは姿を映えさせていました。馬に跨ると神様に、恥辱からはお守りくださいと祈るのでした。元気いっぱい勇猛果敢に彼は進み始めます。すると配下も続きます。二列になって小幅の足並みでお坊さんの行列のようでした。そこでジュグレはグラムのエグレと二重唱を始めました。

演ずるのはあそこの木の下ですよ
恋するものはあそこに行かなくては
あそこではきれいに泉が湧いている。
や！
美しい恋人がある人はあそこに行かなくては。

この歌が終わらぬうちに二人の若者が、まさに注文通りの二人で、ディナンの殿様の甥でしたが、歌い出しました。

浜辺に沿って
優雅にお進みなさい
ダンスが始まりましたよ
私も優雅です。
優雅にお進みなさい
二列になって

気心の知れた人たちが大勢、階上にもバルコニーにもおりました。入口の上、窓の上には位の高い貴族の夫人たちがいて、お城の中じゅう美しい夫人も若い女性もいなくなってしまったほどでした。ドーヌのお姫様たちさえ馬車に乗ってやってきました。菫でない他の花も帽子に飾られていて、千を超えていました。「ああ、神様、あのミュスタドールの長上着を召されているのはどなたなの？」「あれはドルの美男のギヨームですよ。良い騎士です」と一人が答えました。「あんな方に愛された人は心から愛することになるでしょうね。そんな貴婦人はとても幸せだわ、こんな誠実な人の心を捉えたのですもの」。「この方はグラエラン・ミュエより上だわね(41)」。彼を目に留めた男も女も皆そう言いました。大通りを行く間、心も視線も彼に釘付けでした。〔二五四九行〕
さて予期せぬ出来事をお聞きください。突然帝王が拍車をかけて現れました。神よ、帝王の栄誉をいや増し給え！　喜びの様を目にされ、笛やヴィオルの音を耳にされ、貴婦人たちと姫君たちが美しい眼差しでギヨームを見つめているのをご覧になると心のうちで「この男は大抵の男よりずっと大事にする価値があるな」と思われました。人混みを掻き分けて行きギヨームの肩に両腕を投げかけて言われることには「ギヨームよ。聖パウロ様にかけて、上手にわしから身を隠したな！」。これほどまでに目を掛けられては、ギヨームにはもう何も心にかかる心配はありませんでした。この大きな栄誉に飾られて彼の主君と並んで城門を出ました。
帝王の配下たちとドイツ帝国の高位の騎士たちが野原に出て行った時には数多《あまた》の豪華な装備や、多くの頑健な軍馬や、おびただしい幟や旗を見られたことでもありましょう。野原はたっぷり一里以上も埋め尽くされ、丘に向かって緑の生き生きと背高く育った麦畑でギヨームは馬から降り、仲間や一族も馬から降りました。各々槍を立てましたが、しっかり並べて立てたので、その行列は私の考えるところでは矢の届く距離の二倍はあったでしょう。六十箇所いや百箇所で駄馬から荷を下ろし、広げた布の上にぴかぴかの武具を空けたり、鎖帷子《くさりかたびら》や白い脛当てを滑り出させたりするのがご覧になれたことでしょう。袖を縫い付ける糸を持って来る者もあれば肩覆いを付けている者もいます。一方、主人たちは知り合いを見つけたり、知り合いになったりしています。「ウェルカム」とか「ゴドヘール(42)」などとあちこちで挨拶が交わされているのも聞けたことでしょう。あちこちでバンドとか下帯とか、兜の緒とか叫ぶのもお聞きになれたことでしょう。我がギヨーム殿に武具を付けるのは、ご存じでしょうが、手慣れた者の作業でした。立派に鎧兜を身に付けられ、それは立派で文句の付けようもありません。
兜の緒を締められると、天辺に帝王の紋の徴《しるし》を立てられました。クレーヴ伯爵は一番乗りをしようと、張り切って百人の騎士を引き連れて早駆けで出られました。帝王とダロ伯爵はそこからフランスの騎士たちを眺めに出られましたが、フランスの騎士たちはすっかり武装し、きっちり並んでやって来たのです。自分たちに罪障があって足が動かぬか、神様が御意志から彼らに辞めさせるかでなければ、夜になる前に、一同試合でヘトヘトになったでしょう。何しろ考えることは充分闘うことだけだったのですから。というのも試合はそうなっていったのですから。不景気な顔付きでなく、ニキビもないこのお方は、仲間が皆、馬に跨り、ご自身も前も後ろも縫い目なしの掛布で覆われている軍馬の一頭に跨ると「あいつらの様子を見に行こう。だから槍と馬具は置いていった方がいいね」と言うと槍を三十振りだけ持たせ、金の飾り紐で盾を首にかけました。そして即座に馬に拍車をかけられました。しっかり武具を身に付けて、兜の緒を締めた六十人の仲間と兜の羽飾りを風になびかせて試合へと向かったのです。殿の後ろからは百人ほどの伝令官が彼に注目させました。皆で「道を明けろ。ドルのギヨーム様だぞ。なんと素敵なんだ！」と叫ぶのです。横笛や縦笛を鳴らして殿が最前列に着くまでついていきました。ギヨームが眺めると一人のフラマン騎士が闘おうと盾を取るのが見えました。ああ、神様！　この試合にはどれほど大勢の価値ある騎士が目にふれることか！

（一行欠）

大勢の仲間の列の先頭に立って、肘で盾を起こすと握りが拳の中にはまりました。相手は目の届く限りの遠くから馬を全速力で走らせます。これには嘘偽りはないのですよ。フラマンの騎士はギヨームを力任せに叩いたのです。鎖帷子《くさりかたびら》も綿入れも破きませんでしたが、盾に槍を刃先も軸もたっぷり二メートルも突き刺したのです。神のお助けがなかったら重傷になったでしょう。もちろんギヨームもお返しの一撃をしたのですが、これも初心者の一撃ではありませんでした。高く相手の胸の真ん中を塗りの丈夫な槍で突き、この衝撃で馬から突き落としてしまいました。ジュグレは「ドルだ。騎士だ。ギヨーム槍取りだ」と叫びました。そこで仲間たちが椋鳥《むくどり》の群れのように駆けつけてきました。力ずくでいち早くフラマンに敗北を認めさせ、人質になることを誓約させました。主君ギヨームは相手の軍馬をあのリエージュの町人のために取り上げました。〔二六七三行〕

ワルクールの騎士たちとアルトワの武士《もののふ》たちは一体となって突撃して来ました。我らがギヨームは立ち向かおうといち早く馬を急がせます。ところが彼が一撃を与えるより先に相手方が七度か八度、彼の兜の上と言わず盾と言わず打ちかかったのでした。ギヨームも打ち損じることはなく充分打ち込み、最初の騎士の兜の鼻ずらの上の半フィートの所を撃って槍の長さの許す限り突いたので相手を地面に突き転ばしました。それでも相手方が参ったと言うまでにギヨームも厳しい打撃をどれほど耐え忍んだことか！　ギヨームは相手をそのままにせずサントロンの宿主の所に送り出し、人質となるようにしました。そして軍馬はジュグレがいただいたのです。我がギヨームの一軍に出会ったら辛い目に遭いますよ。この人たちは盾や、兜をボコボコにしたり切ったり割ったりしてアルトワの騎士を五人も力ずくで捕まえたのです。それでもアロスの国の騎士やワルクールやバイユールの騎士たちはぎっちり隊列を組んでいて、それを崩したりそこに割り込んだりするのは誰もできませんでした。我がギヨームは相手を続けて八度も試合をしましたので帝王もその配下の諸侯も八回の勝負を全部ご覧になりました。ギヨームはそのうちの七回で勝って軍馬を自分のものにしたのです。外からよく見えるように注意して隊列の端に身を置いていたのでした。栄誉をはっきり求めていたのは彼の盾にはっきり現れています。割られたり穴を開けられたりして、盾を首に掛ける紐も含めて無傷のところは掌の広さほどもなかったと思います。

新しい相手と向かおうとしているとギヨームは、あの勇敢なアルヌのミシェルが槍を構えてやって来るのが目に留まりました。盾を握りで摑んで一騎打ちのことしか心にないありさまでした。ギヨームも盾を取り直し新しい槍を持って燕《つばめ》より速く盾を斜めに構えて突き進みました。ミシェルの方は実に立派な斑《まだら》の軍馬に乗っていましたが、この馬には冬季の毛など一本もはえておらず、素晴らしい速さで騎手を運んで来ました。ミシェルは正しい一撃をギヨームに与えましたが、盾の上の真ん中にでした。首から一握りの半分ほどしか離れていない危ない場所で鎖骨の上でした。槍が二つに折れなかったら多分鞍から落ちていたでしょう。ギヨームの方も棍棒よりも硬いしっかりした太い槍で、相手を二度胸の真ん中を狙って盾を撃ちました。そして騎士ごと馬に激しくぶつかったので腹帯も胸繋《むながい》もボロ紐のように千切れてしまい鞍に乗ったままミシェルは後ろに飛ばされました。滅多には起こらぬこの見事な業は、類稀《たぐいまれ》な力を証するものです。すぐさま努力して向きを変えるとギヨームはヴェロンを轡《くつわ》で捕まえてこの馬を帝王の一家の人質に与えました。「友達や栄誉を得るのに長《た》けておるな」と帝王はそばにいた貴族に仰せられました。「これではロランもかなうまい。今まで目にしたすべての中で、これはルビーいや赤ガーネット(43)だよ。ご覧、皆、彼の前に立ちはだかるのを避けている。相手になったら生きてはいられないからね」。ギヨームはミシェルを虜とするとすっかり自由な身にさせたので彼の栄誉と値打ちはいや増すばかりでした。彼はするべきことすべてをよく知っていたのです。シャンパーニュの騎士たちは、豊かで中身も立派ですが、フランスの騎士たちは盾を手にして混戦の中に踊り込みました。立派な武具のドイツ帝国の騎士たちの方もソワソン公爵の騎士たちもぐずぐずせず、即座に打ちかかって来ました。ああ、神様！　二つの軍勢の中で我がギヨームがどれほどの大きな突きを与えたことでしょう！　そこでは全軍が必死になって一騎打ちどうしになっていました。この激しい争いでどれほどの騎士が倒されたことか！　馬から打ち落とされた騎士を捕まえようと激しい混乱でした。谷間一つをいっぱいにロレーヌの騎士が「バール伯だぞ」「バール伯だぞ」と口々に叫びながらやって来ました。バリの聖ニコラ様(44)にかけてこんな光景は見られたことはなく今後もないことでしょう。ブーローニュ伯爵も立派に武装を整えた百四十人の騎士を連れて争いに加わりました。口々に「前に、前に」と叫びながら。隊列の最後の騎士も最前列に出たがったのですよ。このギヨーム殿は下がっていたのでこの叫びをよく聞き分けられました。ロンクロールの騎士ユードが、真っ先にやって来るのをご覧になったのです。ああ、神様！　騎士の仕事も辛いものですね。この仕事に近寄らぬ者は賢い者です。ギヨームとユードは遠くからお互いに気が付くと駆けつけて打ち合ったので、槍はたわみ折れ、お互いの盾に一トワズ(45)の破片が残りました。夜がやってきて二人を離したら雅びの業になったでしょうに！　そこにいた人には大工合戦とも思えたでしょう。盾も綿入れも無傷ではおられませんでした。肩や裾も破かれ切られていました。軍馬は足に手綱を絡ませて主なしで戦いの場を彷徨《さまよ》っていました。神様！　やろうと思えばこの場で随分儲かったことでしょうに！　マカベ(46)の時代以来兜にこれほどの大打撃が与えられたのを見たことはありません。何しろドイツ帝国とフランス王国の選り抜きの誇り高い騎士たちが集まったのですからね。

第九刻も過ぎて陽が落ちて、つるべ落としに夕暮れになりました。あちこちから人質たちが荷物の山の方にやって来るのがご覧になれたことでしょう。ある人びとには大変な儲けであり、そうでない人たちには損失です。この日にはフランスの騎士と低地ドイツの騎士が闘ったのですが、どちらも相手の土地を一握りの半分も奪い取れませんでした。ドイツの騎士は帝王の名誉を挙げました。フランスの騎士たちもフランスの主君の名誉を高めました。両軍は夜になるとこうした楽しみのあとではそうなるように怨みも怨恨もなく別れたのです。喜んでいる者もあり、気分の揚がらぬ者もありました。このような苦労を体験した者だけがこの人たちの気持ちがわかるのです。

夕暮れになるまで試合を観戦された帝王は高位の顧問官たちの勧めで自分の他の仕事に向かわれました。夜になると帝王の気高い心から栄えある偉業がなされ、帝王の評価はフランスで一挙に高まったのです。というのも両陣営に家令たちを遣わして、お金と財産を積んだ馬を運ばせたからです。誰でも欲しいと思ったものは、この贈り物で身代金を払えたのです。今ではこんな大胆なことをされる王はいません。金を払うくらいなら、火炙りになった方がましだと考えるのでしょうね。これには一万マルクかかったのですから。今でも語り草になっています。

すっかりやられて身体も痛い高位の騎士たちや、帝国と王国の人質たちが、着るものと言えば胴着だけで、夜は下着だけで綿入れを着ることになる宿に戻ってくる一方で、というのは馬も荷物も何もかもなくしてしまったのですから、新しい盾を三枚も持ったドルのギヨームと呼ばれるお方の方も自分の兜を高く売りつけたことになります。というのもこの人も名誉を得ただけ充分に打撃も受けられたからです。打ち身だらけで顔色も冴えず宿に戻って来られると四方八方から眺められたのです。というのもサントロンの町では、騎士たちが何を持って帰ってくるか見ようと、町人であれ乙女であれ、御夫人たちであれ、城門まで出て来ない者はありませんでしたから。このお方はみすぼらしい胴着の他は何も持っていませんでした。（というのも武具もすぐに脱ぎ捨てて）軍馬までも、何もかも伝令官たちにおやりになってしまったからです。アレクサンドロス大王でもペルスヴァルでもたった一日でこれほどの評判はたちませんでした。「今朝ここを通ったあの見事な騎士をご覧なさい。今乗っているのは痩せ馬で立派な顔も痣だらけだよ」と一人が言えば「いや、あれはあの人だと思うなあ。旗を見てみなよ」と言う者もありました。ただ彼の顔を見ただけで、どれだけと言えぬほどの人たちから愛されたのでした。彼を見つめる男も女も尊敬を持って挨拶したのです。

宿屋という宿屋は松明《たいまつ》にあかあかと火が焚かれて燃えあがっているかのようでした。位のある騎士たちは仲間や大勢の人質たちとこれらの宿に投宿しましたが、人質たちは下着の上に胴着を着ているだけでした。一同はテーブルにはテーブル掛けが敷かれ、上等なぶどう酒や、お好みの料理が並べられているのを見ました。それを仕事としている者たちが用意したのです。酷く撃たれた頸《くび》の打ち身を洗うのに、なによりのお湯があり立派な顔を洗うのもありました。猛々しく賢いギヨーム様は、手と顔を洗うと座に着いて仲間も愉快そうな顔付きでギヨームと並んで座りましたが、この食事には十五人の人質も並んでいました。彼らの身代金は皆の所に入ってくるでしょう、ギヨームが嘆願に敗けて解放してやらない限りは。〔二九一五行〕

翌朝二人は馬に乗りケルンを目指して出かけました。帝王は心の内を話さずにいるのに我慢ができなくなりました。というのも事態が充分進んできて、ギヨームが大変ちゃんとした人物だとわかったからです。一族の者からギヨームが高い家系の人であるとも知ったのです。貴族の資格しか持っていないとしても充分王国一つを持つに相応しい人物でしょう。「ギヨーム殿、こちらに来られよ。話があるのだ」と帝王は言われました。二人は一行が行くに任せて街道から逸れました。帝王は上手に言葉を選んで立派な談義をされました。まず申されるには「高位の者から聴いたのだが貴殿には妹御があって、神の思し召しがあれば大変高い名誉にも相応しい方だとか」。「陛下」とすぐさまギヨームは答えます。「妹がそのような名誉を得られたら、私以上に喜ぶ者はないでしょう」。帝王は続けて「我が魂にかけて、人の言うところでは彼女は大変美しく、しかも未だ生娘だそうだな」

と言われました。「陛下、確かにその通りでございます」。「名前は何と申すか教えてくれ」。（ああ、神様、なんでこんなことを訊くのでしょう？　帝王はこの名を心に刻みつけ、その名は心から離れられないのです。彼女は麗しきリエノールという名なのです。「確かに」と心の広い帝王は仰せられます。「恋すれば、他人がその人のことを話題にするのを耳にする方がずっと嬉しいものだ」。それに内心を気付かれるのではないか気になって、自分からその名を口に出す勇気が出なかったのです）。「ここからローマのテヴェレ河に至るまでこれほどの美女はおりません。名はリエノールと申します」。すると帝王は「そのような名は確かに今まで聞いたことがないぞ」と言われました。ギヨームは「はあ？　私の国にはよくある名ですよ」と答えました。帝王は「三日前からこのことを考えているのだが、人の言うところでは貴殿の妹御はどんな貴女より分別もありずっときれいでしかも生娘だそうじゃ。このことは誠に具合が良い。わかってもらいたいが、神の嘉《よみ》するところならば彼女と付き合って妻としたいと思っておる。彼女は王妃となり帝国のすべての貴婦人の女王となるであろう」。「妹をおからかいになったとしても、妹の品格が下がる訳ではありません。だが神様が妹に他の名誉なり他の幸せをお与えになっても美しさからとか、階級からとか駄目になることはないでしょう。彼女の縁組は神様が妹にお決めになることで私は何の心配もしていません。ただ次のことはおわかりください。私が気を使っている自尊心が陛下にいささかでも値打ちが認められるものでしたら妹に関してのお言葉を伺って深く傷ついたことでしょう。彼女の体重と同じだけの黄金を払ってもそんなことはあり得ないからです」。「何故だね？」「帝国の公達《きんだち》たち、顧問たちがこんなことを聴かれたら、その人をやんちゃ坊主扱いするでしょうね。フランス王の息女を求めて陛下の家臣団の同意を得られ結婚され、父親のない娘はそっとしておいてください。私は世界中のどんな女王より妹が大事です。本当ですよ。妹は我が希望、我が命、我が宝石、我が健やかさなのです。彼女の美しさのちょっとしたものでも身に備わったら、他の女性は大喜びでしょう。彼女が髪を振り解いたらどんな女性も敵わないでしょう」

　ギヨームが妹についてこんなにも褒め上げるのを聴いて帝王は深く考えられました。そこで「ちょっと知っておいてもらいたい。彼女を妻にできなくはないよ、すべてをしろしめすお方が不運からわしをお守りくださるならば。貴殿の疑いを晴らすために話しておこう。王国と帝国の高位高官が百回もわしに懇願し言うには神かけて結婚してくれと言うのだ。というのも、もしわしが死んだり十字軍に出たりしたらわしを継いで血縁の者が王位に就くだろう。育ち方の違う王がわしより情け知らずということもあり得るからね。彼らの言い分を聞いてやることにしよう。この仕事を仕上げるにはケルンに着いたらすぐ騎士たちに言って正式な文書と手紙をドイツの諸侯宛に作らせ、身分の高下にかかわらず家に留まらず、五月の始まる日にはマインツに会議でわしと会うために全員集まらせよう。そしてその時に公式にわしに対する愛情とお返しとして彼らから賜物を一つくれるように頼もう。きっとくれるに違いない。他意なくわしを信頼してくれたら即座にもう撤回できないぞと誓わせよう。その後でわしと貴殿の妹御とに結婚をしたいのだというわしの本心を打ち明けよう。何故ならどんな女性もこれほど女王になるのに相応しい人はいないのだから」(47)。「陛下」とギヨームは申しました。「五百の感謝を捧げます。これが確実な話とよくわかりました」。両手を合わせて帝王に差し出すと永遠に陛下に仕えますと言い、この言葉は心底から、意味深く口にされたのでした。これ以後、日の終わるまでを二人は楽しく、愉快に過ごしたのです。街道に戻ることなく二人は野原を横切って行きました。帝王は「この歌を知っておるかね?」と言われ

誰が何と言おうとも、
私がほかの女性を探し求めていると
思う者は正気の沙汰と思えない。
他の女性が心を許してくれるより
この人に振られる方がまだましなのだ。
喜んで多くの人の言いなりになるのさ。
策略に満ちた酷い人たちだがね。
言いなりになると言うのも、そうすれば
彼らの各々が彼女に会えるからなのだ。

それからケルンの城門までは大して苦労のある道ではありませんでした。伯爵一人とブルゴーニュ公爵が町を行く帝王の両脇に付き添ったのは帝王に栄誉を捧げるた

めでした。公達《きんだち》や高位の人びとも大勢いました。食事が済むとすぐさまに書簡と文書が作られて、どっしりした金で封がされました。それらを馬より足の早い従僕たちが国中に持って行ったのです。〔三一二六行〕

帝王には家令が一人ありましたが、この人はアーヘンの方に領地をもっておりました。ギヨームが現れてこのかたは、宮廷に現れませんでした。ケルンには二十人を超える騎士たちを連れてやって来ました。どれも名だたる騎士たちでした。帝王は家令が今までぐずぐずとしていたことを咎めて言われました。「家令よ、フランスには良きルイ王の時代にブロカール・ヴィヨートル[48]とか申すものがおったが、この男は、貴殿より宮廷に参ずるのが好きだったようだぞ」。帝王は冗談めかしていろいろと言われました。帝王のこうした皮肉には慣れている家令はにやにやするばかりでした。というのもこの家令は王家のことを取り仕切る帝王に次ぐ人物だったからです。大事なことや、緊急のことでは誰も彼に異を立てませんでした。

帝王はケルンに着いて二週間ほどこの辺りの自分の館に留まられ、その間中、家令の方も高位の家臣や顧問たちとともにおりました。立派な騎士ギヨーム殿とその主君の振る舞いと付き合い方を観察していたのですが、帝王はギヨームを大いに大事にしていて、野外でも家の中でも森ででも一緒にいなければいられないほどで何時でも一緒にいたいというのが二人の望むところでした。家令の真鍮の瘤のついている盾にはクウ[49]の紋章が付けてありましたがすぐにギヨームが妬ましくなりました。家令は生まれてこのかたクウよりもずっと邪心があったのです。仲良くしているお二人に纏わりついていたのは、何で二人がこれほど仲が良いのかできれば知って、この二人を裏切って、罠に掛けようためでした。二人の会話をずっと聞いていてギヨームが妹のことを話し、帝王が彼女の幸運を祈るのも耳にしました。帝王はご自分のバンドをギヨームのと交換されました。二人は夕食のあとで果樹園に面した窓に寄り添って、小鳥たちが歌ういろいろな歌に耳を傾けました。それについて帝王は即座に次の詩を作られたのです。

果樹園が緑に満ちて

下草も青くばらが花を開き
朝になって鶯が歌い始めるのを聴くと
愛の神に何をお願いしてよいものやら。
何故なら何も他の財宝は欲しくないのだ、
愛を除いては。
それ以外の何物も私の救いにならないのだ。

雅びの愛は苦しみなしにはあり得ない。
この愛は告げ口好きをいらいらさせ、憤慨させるのだ。
彼女の望むようには私はお仕えできない。
たとえ彼女が私をお仕えの騎士に選びたくとも。
人びとの根拠のない噂も我慢するほかない。
人びとは悪口を言うのが関の山だ、
良き愛については。
私を悩みから救うのはあの人だけなのだ。〔三一九五行〕

この二つの節を帝王に歌わせたのは、魂の奥深くにある罪の仕業でした。[50] というのは二人とも大変厄介な目に遭うことになるのですから。不運はそれを追い求め、起こそうとした男の過ちからやって来ました。「これでわかったぞ。帝王がギヨームにあんなにちやほやするのは騎士道の所為《せい》ではないぞ。彼の妹のためでしかないぞ」と家令は言いました。この邪心に満ちた家令に何の関係があるのでしょう？　帝王が結婚しても彼が失う物はないでしょうにね。この男は他人が何か良い目に逢い、自分には分け前がないのを見たらかっとなるのです。妬み心に満ちてお二人から遠ざかり自分の館に戻って行きました。彼がこれからすることになるような企みと陰謀を考えついた悪漢はいまだかつていません。どんな人間も考えたこともない途方もないことを思いついたのでした。命に関わるような背信をするためにギヨームの砦に行く支度を始めました。配下の半分以上は帝王のところに留めておきました。苦労して企んで、細かいところまで気を配りました。用が出来、国に戻るのだが長居はせずに戻って来ると言わせました。そして神かけて帝王に負担がかからぬように、御用の向きは戻ってきたらちゃんと始末するからと。連れを二人連れて忍びやかに城を出ました。〔三二二九行〕

つまらぬことに心を凝らし（これは悪魔が術を掛けたのでしょう）この乙女に何を話すか行く間中、練り直していました。この姫には、兄さんからと言って五百の挨拶を贈るでしょう、そして彼の主君、帝王が、彼女がどんな具合か、何か要る物はないか訊くように彼女の母親と話すことを命じたということでした。というのも帝王は母の息子に望むと同じように幸せを母親にも望んでいるからです。こういう言葉を掛ければ即刻この人たちの立場や現状がわかるでしょう。または何か確かなことがわかれば仕事は上々だと考えていました。堅固な砦に着くまでに、十日のちょうど半分かかりました。ここには夏の太陽が寒気に満ちた冬を打ち負かすように、その美貌でほかの女性たちを打ち負かす女性が住んでいたのです。一行は全速力でやって来たので砦のそばまで着きました。まごまごせずに家令は足の早い元気な馬について来た近習の一人を乗らせ砦の貴婦人に彼がやって来たことを知らせに送り出しました。この若者はびっこでも不調でもない荷馬に乗り早駆けさせて砦にやって来ました。貴婦人は家の前におられました。汚れた衣装など身に付けられないお方でした。お飼いになっておられる雉《きじ》を呼び寄せておられるところでした。若者は中庭で馬を降り、馬には好きなようにさせて、武勇に優れ物も心得た者として、ぐずぐずせずに夫人に近づきました。「御夫人」と声を掛け、「わたくしは帝王の家令からの使いの者です。時を移さず、家令も貴方の御子息に名誉を施そうとお見えになるでしょう」と述べました。夫人は答えて「まあ、貴方、その方に感謝申し上げます。私も喜んでおりますわ」と言うと家の者に「急いでこの寝台の上をちゃんとして！」と命じました。その時そこにおられたらマットやら立派で上品な紋章付きの大きな掛け布団やらが積み上げられるのをご覧になれたことでしょう。これらはいっぱいあったのです。

夫人は縁が毛皮付きの大きな外套を羽織られましたが、どの房も糸がほぐれておらず、袖は赤く染められていました。悪魔にそそのかされてやって来た家令は連れの二人と中庭で馬から降りました。家中のも者ほとんどが馬の世話をしようと急いで駆けつけました。夫人はどこも非の打ち所がない方でしたから、足取りもしっかり家令に近づいて、すぐに挨拶され、よくお越しになられましたと言われました。「御夫人、まず我が殿からのご挨拶を申し上げます。次にかつて母親が身籠られた最も勇敢な騎士からの挨拶を」。「殿様、帝王に祝福ありますように。そして貴方にも。また帝王に縁のあるすべての方々にも。この世で最も良い王子として天主が恥から守られますように」。彼女は騎士たちを下がらせて、騎士たちは町のある坊さんの所にチェスをしに早速立ち去りました。夫人は家令に飲み物を出しませんでしたが、それは泊まっていくだろうと思ったからでした。青草を撒いてある立派な館に手を取って連れて行きベッドの前の小さなクッションを置いた椅子に座らせました。「馬を厩に入れさせなさいませ」。「御夫人、それが駄目なのですよ。ブザンソンの土地の代官全員と法学者たちが私の臨席で大きな係争事件について大議論を明朝するのです。でもこの近くまで来てここに寄らなかったら宮廷で大いに非難され、赤恥をかくことでしょう。貴女の御子息も大変悲しむでしょう。御子息はこの世でありうる最も優れた人ですね。我が殿の指導者で先生ですよ。それほど経験豊かなのです。私と彼は盾も同じで、戦友なのです」。御夫人は嬉しくて涙を流し、とても大事に思っているのと言いました。「殿様、どうか食事をしていってくださいし」。「確かにね。奥様、でも受けられないのです。ですが、良かったら貴女のお嬢さんにお目に掛かりたいのですが」（そうでしょうね）「どちらにおられますか?」「自分の部屋に、侍女と一緒にいます」。「神様のために！　そこから出てこられますか?」「いいえ。残念なのですが。嘘をついているなどと思わないでください。確かに殿様、本当のことを申し上げているのですよ。兄が家にいない時には誰も会えないのです」。「奥様、それはがっかりですが我慢する他はありませんね。貴女に対する愛を死ぬまで持っていたいと念じていますが、優しいお方、この私の指輪を貴女様に愛のしるしに差し上げましょう」。夫人は断りませんでした。礼儀知らずと思われるといけませんからね。この指輪を秤に掛けてみたら五ブザン金貨の重さがあったでしょう。付いている宝石もしっかりしたもので、それはばら色のスピネルでした。「殿様、どうもありがとう存じます。とても大事にいたしますわ」。家令の馬はひなたに繋いでありましたが、家令が跨る前に自分の立場とありさまをすっかり打ち明けてしまいました。素晴らしい贈り物には大変効力があるもので、多くの困った事柄を言ったりしたりさせるのです。そこで彼女はこの男に太腿の上にあるばらのことを告げたのでした。「口がきけるどんな人も、あの白く柔らかな太腿の上にある真紅のばらのような完全な奇跡を目にすることはないでしょう。耳にできるこれより小規模な奇跡はありはしません、間違いありません」〔三三六七行〕

その類なき美しさを細かく語り、その大きさまで明かしたのです。この盗賊は何でも知りたがり根掘り葉掘り聞きましたが実見することなく、話に聴くだけでまともに知ることのできる限りを聴くと、夫人に「御夫人、だいぶ遅くなりました」と言うと別れを告げ、末長くお仕えしますと言って立ち去りました。熟慮に欠けた気の毒な老女は何でもこの日、この時に何たる不幸を生きたことか！　家令は桑の実のように黒い散策用の馬に跨ると「御夫人、お別れですが、私はいつまでも貴女のものでございます」と別れを告げました。「殿様、使徒聖ペトロ様が貴方とお連れと共に行かれるように！」こうして裏切り者の盗賊は用事があって急いでいるかのように立ち去りました。この後大変な不幸が彼女とほかの人々に起こるでしょう。

さて今や、良き帝王がどうされていたかを知るのもよいでしょう。この悪者が出かけて戻って来る間ご自身の城に滞在され、多くの騎士たちと犬と鷹を使って狩りを楽しんでおられました。お寝みになる時には楽人の歌を聴くのを好まれました。侍従たちの配下に小人ですが素晴らしい楽人がいました。鰊《にしん》のように痩せていて名はキユペランといいました。毎朝、帝王に聞かせていました。

あの子に裏に毛皮の付いた白いコートをやったのに
ハンサムなティエリオンの方が好きなのだ。
ああ、ああ、この鄙娘《ひなむすめ》さんは私に気がないだろうと
は思っていたよ。

帝王はこの若者を可愛がっておられました。このユウという男はオニョンの傍のブラッスールから宮廷にやって来たのです。帝王は彼にフランスの若い女性たちがトルミイの傍の楡の木陰で踊るダンスを教えてくれとせがみました。そこでは何度も楽しい会合があったのでした。帝王はユウにヴィオルを弾かせ、美しいマルグリー

トが上手に作る新しい歌を歌わせました。

オワセリのあの女性は
祭りに行くのを忘れたり
したことはない。
彼女はとても素敵なので
楡の木陰の楽しみを
いや増すのだ。
頭には
咲き初めたばかりの
ばらの冠をかぶっている。
顔は初々しく上気して
目はきらきらと、明るい顔は生《き》のままで美しい。
立派な宝玉を付けているので
ほかの女性にうらやまれている。

各々は言いました。「この御婦人はとてもよいですね」。「我が宮廷の女性たちも、まあ、引けは取らないよ」と王は仰せられました。この良い殿はこのように過ごしておられたのですが、そこに家令が戻って来ました。この悪者が帰って来た前の晩までは帝王はかつてないほど上機嫌で、ご満足でした。ギヨームの方も生まれてこのかたどんな場所でもこれほど幸せであったことはありません。マインツでの集会の日を待ち望んでおりました。頭がこの集会のことでいっぱいだったのは素晴らしいことが起こると期待していたからでした。私の思うところではその前にとても苦い飲み物を飲まなければならなくなるでしょう。というのも縁戚がちっともないことも、立派な貴族であることも、騎士道に優れていることも何の役にも立たなくなるからです。ああ、神様！こんなことがどうして時期よく起こるのでしょう。ある人が名誉を待ち望んでいる時にとても打ち勝ち難い苦痛と悲しみを持つことになるとは。ああ、神様！この人にこんな悪い企てをする男は何を得ようと狙っているのでしょう！ロベール・マシエの時代以来こんな裏切り行為がなされたことはありません。帝王が上機嫌でおられるところに家令が宮廷に戻って来ました。家令が帝王に挨拶を申し上げるより先に王が言葉を掛けられました。「どうも出かけたり戻ったりのようだな」。二人だけになると家令は弁舌をふるいましたが本当のことは言いませんでした。山羊の群れとキャベツとを同じ船で運ぶのですから、ご存じの通り、魯鈍ではいられません。騙し方には長《た》けていたのです。「家令よ、お前とゆっくり話したいのだが」。「殿様、お望みのままに。何時でも用意はできております」。「そうだろうな。もう先送りも優柔不断もなしだ」。騎士たちの所から遠ざかって二人だけで露台に出ました。王は言われました「家令よ、我らはマインツに向かっているのだが、五月になるのでわしは間違いなくそこにいなくてはならぬ。というのも五月になる日には我が帝国の高位の者全員が来るのでね。お前たちは去年、わしに指摘したのだ。お前もわしの他の貴族たちも臆することなく、神かけて、わしが結婚すべきだと言った。長いことこのことを考えて、それももっともだし、なすべきことだと思った。何故ならわしも年だしね。移り気だったとしたらそれは、若気の至りだったのだ。今ではそれは軽率さとか、ものぐさからだったと思われよう。わしの欲望は置いておき、きっぱりと彼らの欲するところに従おう」。「殿様にふさわしいお言葉ですな。これは神の声ですよ。貴方の帝国の貴族たちは殿様が妻を持たれたいということを本当に知ったら、これ以上の喜びはないでしょう。殿のお心は一人の女性に決まったのですか？」「アラバスターがフランスで切り出す石材に勝るように間違いなく、他の女性はわしの愛している人ほど優れていないよ」。「それではフランスの貴婦人とか、フランス王の娘か、妹君とか？」〈えへー、よく知っているのになんて縁の遠いことを訊くのでしょう！〉「領地が増えるとか、財産が増すとか、友邦が出来るとか？　縁組で得られるのです」。「良く、賢く、美しい女性で家柄もしっかりしている生娘を選ぶ男は領地も財産も手に入れるのだよ」。「今じゃそんなのめったにおりませんよ」。この意地悪い、残忍な男は答えました。「そうかもしれない」と王は答えられましたが、「だが神がこの人に生を与えられた時には、快くあらゆる贈り物を与えられたのだからスコットランドなりアイスランドを治める王の娘と同じように女王にふさわしいのだ」。そこですぐ家令は王にそれは誰でなんという名かと尋ねました。（というのも王が帝国を集められたら、それは知られることですからね）「そうだな、確かに。わしの連れの妹だよ。ドルの良き騎士のね。前の日に馬に乗っている姿を見たら〈これは立派な騎士だ！〉と言っただろうよ」。「騎士は大変立派で何も文句の付けようもありません。帝国一の騎士とも比べられましょう。お化粧でも装束でもあの妹にはかないません。美しさというものが女性に栄誉を与えるならば、確かに彼女はすぐ賞を得るでしょう。でも縁組ができるには他の欠点があるのです。何故ならもし帝国の公達たちや顧問官たちがそれを知ったら、彼女にどれほど優れた点を見つけても、殿は彼女の愛人でしょうが、殿が妻となさることは受け入れないでしょう」。「何故だね？ 美しさからも身体も顔《かんばせ》も皆類ないと申しておるぞ」。家令は答えます。「これは彼女と一緒に住んでいる者の意見なのです」。帝王は「我が魂にかけて、お前は良いことは何も欲しないのだな。どんな障害があるのだ？ 彼女はとてもけなげだし、賢いうえに、年頃も良い。父親のないリエノールは」。こちらは褒め、あちらは難癖を付けます。悪事に夢中ですからね。〔三五七一行〕

「わしはこの件を中断するような障害も理由も考えつかぬぞ。たとえ彼女がイギリス王の妹でなくとも彼女を軽んじたりはせぬぞ。わしの身体に命《いのち》あるかぎり、わしには領地も財産もあるだろうからな。家令よ、お前は妬みから言っているのか、あるいは根性の悪さが言わせているのだ。何時でもお前はどんなことでも悪い方に取るのだ。もしわしから彼女を切り離すなら、お前はとても大きな罪を犯すことになるのだぞ」。帝王が家令を言葉でやいやい攻め立てたので、家令は慎みも忘れて彼がお初穂をいただいてしまったと言ってしまいました。そしてその言葉を信じさせようと、太腿の上に本当にあるばらのしるしのことを口にしてしまいました。帝王は意表を突かれて、十字を切られました。そして、暫くして悲しげに「駒を並べる前に王が女王をとられるなどということはかつてあったためしがない。今や事態をこのまま我慢して受け入れる他はない、神がこうなる以外は望まれないのだから。だが彼女の親代りの兄が何も気付かぬように気を配ってくれ。とにかく、明日はマインツに行こうと思う」と言われました。

夜が明け始めるやすぐさま出発なされましたがこの日は長く旅をされるのが辛いことだったのですよ。「神様、あの娘は何と悪い星の下に生まれたのだろう！ 彼女の転落と失墜を教えてくれた男を一生ゆるさぬぞ。二か月半前にはこんなことになろうとは考えもしなかった。こんなことすべてに関心がなかったからね。彼女を穢《けが》したあの性悪男は他人が良い目を見るのが嫌なのだ。そのうち多くの人がきっと彼から被害に遭うことになるぞ」。一行から離れられ、街道から逸れて帝王は独りで野原を横切っていかれました。悲しみで胸苦しく片手は鞍に掛けられるとガース・ブリュレの詩[51]が頭に浮かび、それは大きな慰めになりました。誠実な人はつまらぬことで悲しんでも何も得られないからです。帝王は声に出して歌い始められました。

　妻にしても愛人にしても
　問い詰めたり、試したりするのは
　馬鹿げたことさ。
　その人を愛したいと思っている限りは、
　それよりむしろ気をつけなくては
　嫉妬心のあまり、見つけたくないものを
　探し出さないように。

気晴らしもせず、だらだらもせず、馬を進められたのでマインツに着かれました。町の人たちはうやうやしく大歓迎しました。宿を決めるのに聖ジュリアン様のお助けを求めるまでもありません。それぞれ良い気に入る宿が得られました。帝王は臣下が示した栄誉を高く評価されましたが宮廷の人たちは帝王が大変に憂鬱そうなので気分が沈みました。ああ、神様、帝王があの優れた騎士にあの大いなる友情を示されて昨日で三日だというのに。何が王の心を硬くしたのでしょう？　ギヨームが勇気を出せば理由を訊いたところでしょう。帝王が愛のことでないことで悩んでおられるのがわかるほど理性と分別があったのですから。

　帝王はある日宮殿でわずかの家臣とおられました。王はハンサムで上品なドルのギヨーム殿に声を掛けられました。自然の神はこの騎士を美と分別と長所で磨き上げ飾ったのでした。「おいで、立派な友よ。わしと果樹のある庭で過ごそう」と帝王は申されました。誰の気分に障《さわ》ろうと構わず、手に手を取って家令の見ているところで果樹園の方に二人は行きました。ギヨームは自分のブローチに触ってにっこりしました。すると主君の帝王は「君がわしに負っている信頼にかけて、何で笑ったのか教えておくれ」と言われました。「笑ったのはある予言のためでその予言は近く実現するからでございます。それも大きな奇跡ではございません。神の望まれないことは決して起こらないのですからね。さて先日、殿は私の評判を聞かれて、殿の封印の付いた文書で私をお召しになりました。その封印には馬に跨られた立派な王が鑿《のみ》で刻んでありました[52]。妹がこのブローチをくれましたので、封印は妹にやりました。すると妹はにっこりしてこう言ったのです。〈優しいお兄様、我が家に王様がおられるなんてとてもうれしいわ〉と」。帝王が言われるには「よくぞ申したな。心得ておいてくれ。疑わないでくれ。彼女の申すことはもう少しで本当になるところであった。わしは彼女を娶ろうと思っておったのだが、今となると叶わぬことがわかったのだ」。「そんなとんでもないことを信じさせようとは、私を愚か者扱いされるのですか？　純真な女性を欺くのはとても下劣な仕草ですよ」。「我が帝国の高官たちはどうしても同意しなかろう」。「神様は妹をお見捨てになるどころかすべて良い物を彼女に下さいました。これまで妹は良い物と名誉を充分いただいておりました」。帝王は彼がこれほど傷ついているのをご覧になると心が痛まれましたが「ことはお前が考えていたのとまったく違う進み方をしておるのだ。彼女は間違いを犯したので彼女の周りにいる多くの人たちにひじょうに評判を落としてしまったのだ」。「何ですって？　彼女は頭がおかしくなったか、錯乱したとおっしゃるのですか！　でも妹は鎖で縛られてもおらず、頭を刈られても剃られてもいないのですよ！[53]　美しい金髪なのです。神様がよく眺めてくださって彼女はブロンドで美しいのです」。「彼女をよく知る人から確かな知らせを得たのじゃ。その男が彼女を愛しているかきらっているかは知らないが、彼女を高く評価している、ただし彼女が生娘でない点をのぞいては」

「殿は私の妹を正気でないと告発され、御結婚を私に売り付けあからさまに私を辱め、証拠もないのに我が妹に恥辱をあたえられるのですね。神様がこんな栄誉を妹に下さっても、妹は何についてもひどく扱われたり、わるくなったり、暴行されたりしないでしょう。〈神の御母こそ崇められますように！〉妹は何も失わないでしょうから」。「何が事態を明らかにしたか知っておるかね？　彼女は太腿の上にばらを持ち、これほど美しいばらはばら園でも盾の上でもかつて見られたことがないのだ」。

この言葉で帝王はギヨームを打ち負かし、王は非難からまぬがれました。ギヨームはこの言葉を聞いて悲哀から気絶しそうになりました。ばらのことは彼と母以外には誰も知らないと思っていたのです。すぐさま顔を下ろしたての外套に埋め、宿に戻ったのです。

帝王の方も警護の者もなく宮殿に戻られたのですが、胸の内は苦しいことでした。どうやったら快活な顔ができるか、見事に論じることやお祈りなど考えてもわかりません。この事態をそのまま受け入れる他はありません。それ以外方法はないのですから。愛の神に怨みを晴らせるでしょうが、この神以外には文句は言えないでしょう。この神こそ美しい名の乙女を噂を聞いただけで愛させたのではありませんか。ため息をつき、涙を浮かべて、悲しみに満たされて、愛の神を裏切り者、悪漢扱いして自作の歌で嘆いたのです。

どんな大罪を犯したからと言って、どんな理由で
愛の神よ、私を遠ざけられて、
あなたからは救いも癒しも受けられず、
私に同情する者も見つからないようにされたのですか？
あなたにお仕えしたのは無駄になりました。
あなたからは不運しかいただけませんでしたからね。
（かつてはお仕えしたことで文句は申しませんでしたが）
今やお仕えしたことを嘆いております。
理由もなく私をお殺しになるのですから。

さておわかりください、この位の高いお方、この帝王、この高位の殿があの乙女への愛で想いに耽《ふけ》り込み、悲しんでおられるのです。痛みはしっかり胸の中で彼を捉まえ、元気づけたりしないのです。またあの善良な騎士ギヨームも悲しくて激しく身をさいなみ、手を叩くのでした。「ああ、こんなことになる前に、死が私に取り付いてくれていたなら！」ギヨームの仲間も一族もまわりに集まってきましたが、どうしてよいかわかりません。各々が何をしたらよいのか考えつかないのです。ギヨームはハンサムな顔をかきむしり、「哀れなやつ、うんざりした。実際、あんな高みからこれほど下まで落ち

るとは。今ではそう言ってよいだろう」と叫んでいました。ギヨームがこう言うのを耳にして深く同情しないほど、心の硬い者はいません。もっとも美しくもっとも上品な人を目にして深く嘆かぬ人はありません。ドイツの人たちは「ああ、どんな人から別れられたのですか？　神よ！　あの人は死ぬよ。見てごらん。あんなに口をパクパクさせて、まるで取り乱している！」と言いました。

ギヨームの甥の一人が野原で乗馬を楽しんでいたのですが戻って来ました。街道をやってくると家が騒がしいのが聴こえました。のんびりしていたなどとはお考えにならないでください。急いで館に着くと馬から降りるや否や、すぐにギヨームの前にやって来ました。笑みも浮かべずどうしたのかと尋ねました。「誰だって私からは、察してくれれば別にせよ、何も知ることはできないのだ」。若者はすぐにこれは友だちか、恋人が原因だと気付きました。というのは誠実な人は財産や損害ではこんな悲しみは表さないからです。「伯父さん、本当のところを言ってください。何か御夫人か、お姫様から言ってきたのですか？　友だちの誰かが亡くなったのですか？」「ああ、お前、こんな痛い目に遭わせたのは、あのあさましい、あばずれ女、ばか娘だよ」。「キリスト様の受けられた五つの傷にかけまして、誰のことでございます？」「リエノールだよ。あのすれっからしだ。名誉の途から外《はず》れて、私に仕えていた者たちを後ろ向きに遠ざけたのだ」。甥はすぐに「どんな風にしてか教えてください」と言いました。

ギヨームはそこで事情を説明しました。どういう風に彼女が皆を恥ずかしい目に遭わせたか、五月の始まる朔日《ついたち》には王妃になるはずであったこと、すべての経過を甥に話し、彼の主君で帝王である人が彼女が美しいのでお妃にするはずだったことを語りました。苦しみで心臓から出てきた涙が顔を濡らしました。「彼女は処女を失ったが、この深い悲しみは私の心から去って行かない。この結婚が実現しないのは、ただそのことだけのためなのだ」。「どうして帝王にわかったのですか」。「帝王の言われるところでは彼女が太腿に持つばらのことからなのだ。泣く以外にどうして仇を打ってよいかわからないのだ」とギヨームは言いました。「伯父さん、彼女を亡き者にする充分な理由がありますね。もし死に急がないよ

〔三八一三行〕

うならば、私がこの両手で絞め殺します。女の振るサイコロはいつでも親しい人たちに恥をかかせるのです。悪魔が取り付いているので、事柄がどうなるかなんて女にはどうでもよいのです。彼女のしたいことに反対する名誉心ほど、女が憎むものはありません。伯父さんが女性をそんなに高く評価しているとは、あなたのように、こんなに誠実で高い価値のある人はそんなそぶりも見せてはいけません。大事な伯父さん、不幸を倍にしては駄目ですよ。こんなことで伯父さんが死んだりしたら、神様、人は何と言うでしょうかね。あの女は賤しく、人は悪女であると身を明かしたのですから、その通り名に相応しく、その通り名を口にするのもとても恥ずかしくなります。伯父さんを悲しみから救い、この恥辱を消すために私は出かけます(54)」。それ以上口をきくことなく甥は馬のところに行きました。〔三八五七行〕

素早く跨ると、何も言わずにドル目指して出かけました。後に残した伯父さんのことで胸がいっぱいでした。砦に着いたその時には、大変酷い苦しみを味わうことになるでしょう、というのも戸口から出立する時も涙がいっぱいでしたし、甥は伯父の身を神に頼まず、伯父も甥の道中無事を神に祈らなかったからです。

こちらは出かけ、伯父は居残る。帝王や多くの人が何回も訪ねて参りました。宝玉や立派な贈り物なども、もちろん暇にはしていません。帝王は毎日、一回、いや二度はギヨームがどうしているかを知るために、人をおやりになりました。元気だという知らせを受ければ大層ご機嫌が良くなられるのでしたよ。帝王はある日、ドルという通称を持つ美しい女性のことを思い浮かべました。この人を人から話を聞いただけで褒め上げられたのですが、自分の目でご覧になったことはなかったのです。するとサブレのルノー殿下(55)の良い詩が頭に浮かびました。大いなる雅びの心に促《うなが》され、ご自分の苦しみを鎮めようと歌い始められたのです。

もう一生の間には
歌う気になぞなれぬだろう。
むしろ愛の女神に殺される方がましなのだ。
そのお虐《いじ》めをやり抜くために。
というのは未だかつて、これほど心細やかに
愛され、仕えられた女性はないのだから。

だから皆に知らせるが
彼女が私を死に至らせ、愛の神に背《そむ》くのだ。

ああ、今言ったのはうわ言です。
ほんとに酷いことを申しました。
でも浮気心が、移り気が
私の心に取り付いたのです。
ああ、奥方さま、もう後悔しております。
でも首を括られるまで待ってから
御慈悲をと叫ぶのでは遅すぎますすね。
それだけでも私は死にあたいするのです。

まだ恋の火は帝王の体の中で燃えていました。「ああ」、帝王は嘆かれます。「麗《うるわ》しのリエノール、家令はなんとわしを裏切ったことか！　貴女と貴女の兄さんの所為《せい》なんだぞ、すべての悪と罪とは」。ご存じの通り帝王はとても彼女が欲しかったのです。でも今となってはそう望む勇気はありませんでした。望みが叶わないことは、よくご存じでしたから。

ああ、神様、どれほどの谷、高い丘を砦に向かう若者は越して行ったでしょう。馬にさんざん荒い息をつかせ、夜を昼についで走らせたので、遅滞なく到着すると中庭で馬から甥は降りました。従僕が一人駆けてきました。彼が来たので嬉しかったのです。彼の方は剣を抜き、大股に広間に向かって行きました。神様、どうか誰かが出て来て、彼が気が触れたように振る舞わないようにしてください。敷居の上に立った彼は叫びました。「性悪女、お引きずり、駄目女！　売女《ばいた》でなければ、女王にも貴婦人にもなれたやつはどこだ？」　だが薪《まき》に蹴《け》躓《つまず》き剣を手にしたまま転びました。ちょうど一人の従僕が二羽の鴨の間に鵞鳥《がちょう》を串に刺したところでしたが、弱くもなく臆病でもなかったので、さっそく駆けつけ羽交い締めにしました。今やもう、大した乱暴はできないので、言葉でする他はありません。

また一人が飛びついて頸を押さえ、二人でしっかり動けなくしました。伯母も急いで駆けつけました。すっかり驚き、度を失って「サンタ・マリア様、あなたの立派な息子様が今日ここに来られますように！」「ばばあ、恥ずかしい目に遭うがよい！　お前はプスプスと穴を開けられて、ラードを差し込まれるのがふさわしい。あの子の番がちゃんとできなかったのだからな！」「親しい貴方、神かけて、誰のこと？」と伯母は訊きます。「あいつだよ、まったく。見つけたら、この両手で今日絞め殺してやる」。彼はむりやり寝室のドアの方に向かい入ろうとしました。怒鳴るのを従姉妹は聞きつけて、扉を開けると飛び出してきました。「ええい！　不実なリエノールめ！」即座に彼は言いました。「お前に会いにきたのだぞ」。「縄で縛り上げましょう。確かに気が狂っているわ」。「そんなことはないぞ。何を言っているかはちゃんとわかっている」と若者は答えます。「マインツを発って火曜日でやっと一週間になろうが、伯父さんは置いてきた。もう死んでいるか、死ぬところか。信仰にかけて、残酷な死がこの不実な女に取り付きますように！　伯父さんを辱め、転落させ、品位を落とさせた女に。この抜きはなった剣で坊主にしてやりたいのは、この女だ、髪をお下げにしているこの女だ！」「でも、お前、どうして？　なんでそんな罰を受けなきゃなんないの？」「酷い破滅をもたらしたのさ、というのは彼女の兄の素晴らしい雄々しさが帝王のお気に入り、彼女の美しさが帝王に彼女をお妃にしたくさせたのさ。だが一つのことが彼女を遠ざけさせたのだ。帝王は彼女は生娘ではないと仰せられたのだ」

母親はこの言葉を耳にして、リエノールも聞きましたが、二人とも根も葉もないことと知っていたので美しい目と、心の悲しみから熱い涙を流しました。母は言います。「お前、私の身体は水に放り込まれてほしいし、この子の身体は冷酷な剣で切り刻まれてほしいわ、こんなつまらぬ話を貴方が耳にしたなんて」。「そんな誓いはしない方が為だぞ。ことはちゃんと知れているんだからな。ばらのしるしでね。右の腰の、すべすべの太腿の上に彼女が持っている印でね。あんな太腿、業火で焼き尽くされるがよい！」「私なんだよ、恥をかき、すべての非難を浴びるべきなのは」。母はそう言うと両目を閉じて、気を失いました。死と生の間を彷徨っているままに甥が、あの地に置いてきた彼女の息子のことが悲しかったのです。悪魔は誰かが良い目に逢おうとするのをみるや、大変妬むのです。剣を振り回しても何にもならないと見極めた甥は剣を鞘に戻しました。お母さんにキスをし、腕にだいている娘を哀れに思ったのです。

母親が気を失っているその間に、「神様！」とリエノールは言いました。「私どもと家令のなした善行と悪しき行ないに従って、それぞれに相応しい報いをお与えください。あの折母はにこにこと家令を迎え、歓待したのに！　そこから不幸が私たちに襲いかかるだろうなんて、誰がまえもって用心できたでしょう？」母親はため息を漏らして目を開き、涙いっぱいのまま「ああ！　今が悲しい末期《まつご》の時なんだよ。結局、私を殺したのは家令で、その人に私は秘密を打ち明けてしまった。あのことを打ち明けた時、良いことをしたとしか思わなかった。あの時私を心から愛していると言いながら、指輪を私にくれたのに、こんな酷い結末になるなんて。もし我が子ギヨームを失うことになるとは、彼の宝玉を高く売り付けたものだ」。「お母様、四月の終わらないうちに、もう日もそれほど、ありませんが、私が彼のまやかしといやしさをすっかり明かして見せますわ。帝王様に信じさせたすべてを夢であったと言わせせましょう。神様が力を貸そうと思われる者には、怖いものなどありません。神様以外に何ものも、私には恐れるものはありません。これ以上私の評価が下がるような過ちを犯すのも怖くないわ」。見掛けは立派に振る舞っても、心の中は千千に乱れておりました。自分と母に良い知恵をお授けくださいと、聖霊様に深く祈っておりました。そうして彼女の受けた被害を悲しんでいる一家の者たちにもと。王妃になるという大きな威厳を失うなら家令は自分の企みでこの人びとを皆殺し、期待を失わせたのです。「奥方さま、馬を用意させてくださいね。私は宮廷まで、兄に会いに行ってきますわ。兄のように実直な人はこの程度の損害で死なななかったわ。世間ではだいぶ前から、良いことより、悪いことを言い触らす習わしよ。一つだけ確かに覚えていてね、私が戻って来る時には、にこにこ顔だということを。というのも五つのパンと二匹の魚でお仲間全部の腹を満たされたお方は[56]この事件で私たちの持つ正当な権利をかんがみて私たちの名誉を救ってくださるでしょうから」。そこで二人の陪臣と信用に足る人二人をお供にするのに探しにやりました。リエノールの深い分別のある様子に、母親も一家の者も、元気を取り戻したのでした。あの甥を落ち着かせるのは大変だったのですが、旅立つ準備に一日かけて、一生懸命でした。リエノールの衣装は長持ち二箱にいっぱいでした。父親のない令嬢でこれほどの衣装持ちはおりませんでしたし、立派な宝石持ちもおりません。というのはリエノールはずっと前から嫁入り支度をしてあったのです。これほど賢い女性はかつてなくその賢さは今まででもわかったように今後はっきりするでしょう。〔四〇七三行〕

翌朝早くリエノールが旅立つ折にはたくさんのキスが交わされ、たくさんの涙が流されたのでした。「娘や、お前の身体が、どんなところに行こうとも、聖ユベール様に御加護をお託し申します」。「お母様、神様があなたを見そなわしますように。神様にこそ、私の全信頼があるのです」。このお別れの場にいた人で、リエノールが馬に乗った時に、他人に涙を借りてでも、泣かないような人はありませんでした。彼女が出かけてしまうまで、皆悲しみをともにして、男も女も泣きながら、リエノールの名を挙げて、神の御加護を祈るのでした。母は甥御にくれぐれもよろしくと、切にお願いするのでした。熱い涙が降り注ぎ両目から流れ出るのでした。ああ、神様、家令がまだ生まれていないのだったら、どんなに良かったことでしょう。二人の騎士は心重く、リエノールに付き添って家を出ました。残った人びとは母親の両腕を取ってベッドまで連れて行きました。母親はもう、幸せも、楽しみも永遠《とわ》に失われたと思ったのです。「今やすべての喜びはすっかり運び去られたよ、お嬢様が持って行かれちゃったのでね」と人びとは言いました。砦の門のところまでお見送りに出ながらのことでした。リエノールが残したほど、町にこんなに悲しみを残したことは今までにあったためしがありません。一同はリエノールを神に託し、神はよく配慮されましたが、リエノールも一同を神の御加護に委ねました。さあ、旅立ちです。神様もお助けあれ！　もちろん、お助けくださるでしょう。それはちゃんと私には、わかっています。

ところでリエノールの兄さんがどうしているか見てみましょう。どんなことにも心響かず、何を聞いても嬉しくありませんでした。毎日のように帝王は慰めに来られ、あるいは人を寄越されました。癒しになるであろうかと思われることを何でもお知らせになりました。良い王、心寛き帝王は、ある晩、夕食を終えられると、訪ねてこられたのでした。一人の騎士とジュグレの他は誰も連れないでやって来られたのでした。一人の若者がシャルトルの司教領の守護職の美しい[57]歌を歌っているのが聞こえました。馬に乗っておられる帝王には未だかつて、どんな人でもこの歌と言葉ほど良く言い得たものはないと思われたのです。

快い天気の季節が定まって
晴れ晴れとした夏が居座り、すべてを照らし、
性の悪いものは別にして、万物がその本性に戻った
からには、
もう黙ってはいられない、私は歌うぞ。
私の辛い色恋沙汰を慰めるために。
それは私を心から酷い不運に遭わせたのだから
私の苦しみを覆い隠すことはない。
私は取り付かれ、身を離せないのだ。
あの優美な物腰を目にしたのが不運だったのだ。
この辛さとなり、この不幸な魅力にとらわれたのだ
から。
この魅力は、誰も私を解き放つことができないの
だ、
あの方の雅びの心を除いては、
だが、その心ときたら私にはあれほど、
頑《かたく》ななのだ。この辛さが長引けば私は死んでしま
う。

帝王は申されました。「ジュグレよ。確かに、この歌詞はまったくわし向きだな」〔四一四二行〕

四月の最後の二週間は日毎に過ぎてゆき国内の貴族たちは皆マインツに来ることになっていました。皆喜んで参加しました。それは五月に入る前の晩に彼らの盛り上がりの鮮やかさを見ればわかります。真夜中になると町の住人は皆外に出て、森に向かって行くのです。この町がいつでも活気に満ちているのは評判でした。朝になって陽が高くなると住人たちは、樹を運んできます。すっかり花に飾られ、グラディオラスや若々しい葉でいっぱいの小枝で作った冠で飾られ、これほどの立派な五月の樹(58)は今まで観られたためしはありません。町の真ん中をわいわい騒いで樹を運んできます。そして乙女が二人で歌っています。

あそこなのよ、浜辺でね。

みんな仲間になって歌いましょう。
御夫人たちはもう踊っているわ。
私もすっかり嬉しくなって
皆さん、さあ歌いましょう
五月を讃えて。〔四一六九行〕

歌い終わると、一同は樹を階上に運んで行き、窓から出して、窓と窓の間に飾りました。これで全部のバルコニーが栄えあるものとなりました。舗道には花や若草が撒き散らされ、この特別の日と高貴な集会を晴れの日としました。ここに居合わせた人ならば、どんな所に行こうとも、ここで費やされたほど、豪華な浪費は見たことがないと、誓って言えました。道路には端から端までカーテンが張られ、薄い絹やら、白貂《アーミン》の毛皮や、金糸交じりの絹織物や、東方渡りの絹やらで、家々の切妻が贅沢に飾られていました。どんな所に行こうとも、あるのは豊かさのみでした。

名も麗しい乙女は、砦を出た時は憂い心でしたが、この喜びに浮き立っている人たちの中で考えていたのは別のことでした。旅をずっと続けてきたので、朝早くマインツを見晴るかす場所に着きました。この日にはラテン語ではなくロマンス語で二人の騎士に言いました。「もしお二人とも賛成ならば、私の甥に宿を探しにまず先に、行ってもらいたいのです。言っておきたいのは、私の兄さん、すなわち彼の伯父が住んでいる所からできるだけ遠い所がよいということです」。「二人のうちどちらにしても、一人は一緒に行かなくてはね。宿から迎えに来る必要がありますからね」。甥はすぐさま伯母から別れ、もう一人を連れて出かけます。乙女のために宿を探しに町に入り寂しい道を選びましたが、この町こそは最も豊かで、最も美しい町でした。我らが主は二人にある人を出逢わせてくださいました。二人が未だかつて出会ったことのないような立派な宿主でありました。早朝の御ミサに列席しての帰り道のおかみさん二人でした。その片方が甥を自分の宿に連れて行きました。きたなくはなく、さっぱりした宿でした。人通りのない道に面したその家はゆとりを感じさせました。美しく楽しげな寝室も二人に見せてくれ、厩《うまや》も見せてくれました。この宿は大変快適でした。それに庭も井戸もあったのです。「殿方、ご覧の通りです」。「おかみさん、要るものは皆そろっています。神様があなたに良き日をくださいますように！」一人がすぐに馬に乗り、仲間に会いに出かけました。宿は立派で上品でしたが、無駄な飾りはありません。若者は馬に乗って城門を出ると仲間のところに良い宿があったことを知らせに行きました。皆にも望み通りの良い宿を決めてきたからです。

二人の騎士が高貴な栄えある乙女を宿に連れて行きましたが、乙女は顔を俯けて、頭巾をかぶっておりました。中庭で二人は彼女をおろします。おかみさんは階段のところまで、いらっしゃいませ、と駆け寄ります。真っ白で、手袋もしてない手を取って、寝室にまっすぐ連れて行きました。彼女はそこでまず始めに、五月に入るはじめの日に、何故こんなに人が集まっているのかと尋ねました。おかみさんは噂で聞いて知っていることを話して聞かせました。彼らの主君、帝王が妻を娶ると話すはずだと。それで帝国中に使いを送り、貴族たちを集めたのは正しくもあり正当で、彼らの意見を聞くためだと。美しいリエノールは言いました。「神様が帝王に良い忠告をされますように！　神様は何が必要かよくご存じなのだから。それが哀れなことにならないのなら、喜んで見届けたいわ」。ばらの露より透き通った涙が顔を流れ落ちました。何故ならこれは間違いだと思っていたからです。もし神様がはっきりと奇跡を行なわないならば、損失は二重になるのです。彼女の名誉に兄の名誉も失われるのですから。彼女の心は母についても痛みます。だから涙も流れたのです。〔四二七二行〕

リエノールはそこで甥を呼び出して、二人の騎士も一緒にして相談します。「殿方、あなた方の配下のうちで最も賢く、この宮殿のある方に私の伝言を届けるのに最も向いている人は誰かを教えてください」と言いました。騎士の一人が自分の配下のうちで最も賢く世故に長《た》けた一人の名を挙げました。「この男なら立派にお役を果たすだろうと思います」。ぐずぐずせずにすぐ自室に呼び出させ、甥も騎士もその配下も下がらせると、立派で品のある若者に「家令の所に私からこのブローチとこの生地と、この巾着《きんちゃく》を届けてください。どれも同じ刺繍がしてあるでしょう。この中にはとてもきれいなエメラルド付きの指輪が一つ入れてあります。誰にも見られないように気を付けるのですよ。家令にはディジョンの女城主が贈るのだと言うのですよ。この小鳥や小さな魚は彼を思って刺繍したのだと言うのですよ。ねえ、あなた」とリエノールは言いました。「次の言葉をよく覚えてね。ディジョンから彼に会いに火曜に出たと言うのですよ。この仕事がちゃんとできたら、今日はあなたに良いことが起こるでしょう」。「神が我が身を事故からお守りくだされば何もご心配は要りません」。リエノールは言いました。「家令はあの方を長いこと慕っているのを私はよく知っているの。でもその想いを決して認めようとはされないのよ。でも、ある日ちょっと冷た過ぎたかなと思われたの。そこで女城主が求められるのは、もし自分に会うのを本当に望まれるなら、私の贈るこの生地を、下着の下で肌に直《じか》に巻くようにと。彼がちゃんとそうするのを見届けたら、彼女が自分の小指から抜き取った指輪を渡して、彼の懇願に従うし、彼を何度も拒絶したので、心が暗くなっていると言ってください。ある乙女がこう伝えたのですが、その乙女は何度も文の使いをした人です、と。立派な友よ、言うことを聞いてね。もっと話させようとしたら、今回はこれ以上何も言うなと命じられていると言うのですよ、ただ、お目に掛かりたがっているということのほかにはね。時期が来たら彼女が面倒見るでしょう。宿か会議の折に帝王の目の前で見つけられるでしょう」。答えて言うのは「何もご心配は要りません。見つかるまで探しましょう」。そう言うとすぐに出かけました。神様がよく導いて、お戻しくださいますように！

リエノールが今いる部屋の持ち主のおかみが戻って来て、リエノールが呼びよせた騎士たちの所に来て、御主人が彼らのために買わせた輝くばかりの紫の衣装を着ける時が来たと告げました。真っ白な手袋と紋章付きで金糸の刺繍のバンドとを、大変立派で華やかな下ろしたての衣装を引き立たせようとリエノールは一人一人に与えたのでした。彼女の装束を用意したのは甥でした。この衣装も見事に美しくて、青い絹地で作ってあり裏は白貂《アーミン》でした。アーミンもこれほど白く上品で見事に仕上げられたものはかつてありませんでした。花模様の肌着の上に上着を着ただけでしたが、裏には緑色の薄い絹地が張ってありました。彼女の腰は低めでしたが、脇腹は細く胸はしっかりしていました。硬い乳房で上着の胸は少し高まっておりました。自然の女神は良い仕事をし、家令がどんなことを話しても、神様と精霊様の望み通り時期になったらすべての不幸は家令の言ったことからやって来るでしょう。頸は長く当然ながら、白くつやつやと、瘰癧《るいれき》はなく皺《しわ》もなし。

かつて乙女が、気がふさぎ悲しい気分でいる時に、これほど衣装とおめかしに気を使ったことはありません。胸の美しさを目立たせようと、肌着にブローチを付けましたが、とても巧みに彫金された立派な作りで、多くの金が使われていました。ブローチは低めに付けられて、指一本ほど肌着が開き、枝に積もった雪よりも白い胸が覗いていて、彼女の美しさを一層増しておりました。リエノールが垂れ頭巾をかぶり、金だけでも二十五リーヴルもするバックルの帯を締めたりしているうちに、使いに出ている若者は、酔ってもおらず馬鹿でもないので、無駄にぶらぶらなぞしておりません。会議の集まりの中にいるお目当ての相手を見つけ出しました。普通の挨拶でするように、とても丁寧に話し掛け、用心深く宮殿から、外まで一緒に連れ出して、高い城壁のそばに行きました。どこからも誰にも見られていないことを確かめてから、礼儀を充分心得た男として、マントを肩から脱いで申しました。「お殿様、それがしは、この世で最も賢くて、最も高貴なお方からの使いの者でございます。ご存じのディジョンの女城主様の所から参ったのでございます。火曜に出まして何日も、休まず急いで参りました。城主様はお告げです。それを私が申し上げますが、殿様の意に身を任せられるということです。ここにお持ちした指輪こそ、その証でございます。それにこの生地《きじ》もあなた様にと贈られました」。宝物《たからもの》が包んであった布から取り出されると、家令は言いました。「我が友よ。神が我が意中の人に歓喜と幸せを贈ってくださるように！」バックルと指輪と帯をじっくりと眺め、巾着も見つめました。予期せぬ動転のやり方で、彼女が彼を思い出してくれたとは超自然現象か、あるいは奇跡かと不思議がりました。しかし何はともあれ、これらの宝物《たからもの》は気に入って大事なものとなりました。家令が喜んでいることはその眼差しにも表情にも明らかでした。若者は口にした作り話がうまくいったとよくわかりました。それは上手に話したので生地を肌着の下で肌に直に巻かせることができました。腰の周りの肌に直に、きつく巻かせましたのでそこは赤くなりました。家令はブローチで、締めようとしましたが、若者は笑いだしたくなったので、大あくびの振りで隠しました。そして「城主様が言うようにとお申し付けになったのは、ブローチは巾着の中に留めて置くようにとのことでございます。もし誰かがブローチが殿の頸にあるのに気が付けば、その心は妬み心でチクチクするでしょう」。「城主の言われることは分別もあり、しっかりしている。友よ」と家令は続けました。「宿は決まっておるかね？　ご覧の通りいろいろすることがあるので今相手はできないのだ。神様に我が魂をお返しできたら！　贈り物は百リーヴルもらったよりうれしい。今晩、暇が出来たとき、このことについて話し合おうじゃないか。だが今は行きなさい。きらきらする衣装を注文しなさい。上等なマントと上着と長上着もね。代金を払う者は出て来るだろう。百スウか、それ以上になってもね。これ以上何も話すことはない。行ってもよいぞ。自分のことをやりなさい。わしは帝王の御前に出よう」。別離はすぐになされました。

若者は家令がうまく騙されたのでとてもうれしく思いました。使った言葉はむだにはなりませんでした。急いで帰って行きました。戻ってみると御主人はこれほど美しい人はないほどと思われました。「さて我が友よ、こちらにおいで。この宮廷からどんな知らせを持ってきたの？」「たくさんドイツ人(59)がいましてね。背の高いのやら、小さいのやら。貴族もいっぱいいましたよ」。「えぇ！　どれほど彼女はどうだったかを知りたかったことか！　二人きりになってから、若者は彼女に彼がどうやり遂げたか話しました。若者はリエノールが命じたことより一倍半以上もよくやり遂げたのです。彼女の優しい心は悦びですぐさま膨れ上がりました。「神様がもう私には私自身のせいでも、友だちのせいでも、悦びを下さいませんように、もしあなたが私の思い通りに仕事をしたこのお務めに感謝しないようだったら。とても良い出来だったわよ」。宮廷に貴族と暮らして、振る舞いもよく心得ている仲間たちにリエノールは言いました。「皆さん、さあ大会議を見に行きましょう。今回のを見なかったら、こんなのは何か月も見られないでしょうからね」〔四四八二行〕

若者たちはすぐさまに見事な散策用馬をひいてきました。リエノールの馬は鉄色葦毛の斑《まだら》馬で、たてがみもまた立派でした。馬具も見事で申し分なく、地面に届く鞍掛けはイギリス製の緋色の生地で、黄色い薄絹の裏が付き、所々穴が開けられておりました。緋色の生地はその穴で人には黄色が見えました。鞍も榛《はん》の木製などでなく七宝焼きで飾られた象牙で出来ておりました。馬具は広めに出来ていて、必要な場合にはもう一人乗れたでしょう。何でこんなに私は、くだくだと長談義をしているのでしょう。もっと手短に申し上げれば、彼女が会議の場につく前に百人以上の人びとが彼女に見とれたのでございます。乗馬は見事で上品で馬具もたいへん優雅でした。気丈な彼女は馬に乗る前に細やかな心遣いをしたのです。泊めてくれたお礼も兼ねて、おかみさんに、その人の面目のためにもと、二つ宝石の付いた指輪をあげたのです。宝石はどちらもエメラルドでした。大足のベルトや、オリヴィエの妹だったオウド(60)が世を去って以来、これほど賞讃に値する気立ての良い女性はおりません。騎士たちが外套の裾を支えてリエノールを鞍に乗せました(61)。自分たちもいち早く馬にそれぞれ乗りました。騎士たちが馬上の彼女の着ているものをちゃんと整えたので、着物が縺《もつ》れたりすることは起こりませんでした。出かける時にはもちろん宿主に挨拶を忘れませんでした。このようにすれば乙女でも帝王の前に出られます。こうした装い、こうした一行、はっきりと決心している乙女なら。騎士たちは彼女を中にして端から端まで乗馬のまま進みました。

見ていた人は口々に幸いあれかしと祈りました。リエノールは帯から上は身体も胸も隠されてはおりませんでしたが、外套の両裾は前に合わせてありました。何が彼女の美しさを際立たせていたかおわかりですか？　それは顔が露わだったことです。片手は外套の裾に掛け、もう一方の手で手綱を抑えておりました。彼女が声を掛けた人たちは天使の声を聞くようだったと言ったのですよ。両替所にいた金持ちの町人たちは彼女が見えると立ち上がり、皆その慎ましさと物腰を心の中で讃えました。「フランス王国の中でこの人に並ぶ者はいないな」と皆言いました。うっとり見つめている人たちの財布など切り取るのもわけなかったことでしょう。彼女を連れて行く騎士たちの馬具も立派で音高く貴婦人たちは露台にいて、きらきらする衣装や毛皮の衣装でしたが、リエノールから笑顔の一つでももらいたいところでした。リエノールがこの人たちに会釈している間にも、おかみさんたちは言いました。「帝王は何を探しておいでかな？

奥さんが欲しいのだって？　へえ、神様、この女性にしたらよいのに！」うまくいかないのじゃないかと心配なのは本当で、リエノールは少し不安でした。

申し上げますがそれはマインツだったのですよ、五月の樹が運ばれてきたのは。さて今やもう一度どんなことが宮廷でなされていたかお話し申し上げましょう。いろいろな国から楽人が稼ぎに来ていてメロディーや短詩を歌ったのです。トロワの町からやって来た美人のドウエットは次の小唄を歌いました。

青々と草が緑になる季節が
またやって来て
愉しむのがまっとうで、理屈に合うというのに
私には連れもなく一人で歩いていたのだ。
いつものように新しいメロディーを
考えていた。
すると明るい女の子がひとり、
連れもなく羊の群れといるのを見つけた。
歌を歌って楽しげだった。
身こなしも品良く
風に乱れる髪の毛は
金髪だった。

シャロンから来た男は緑の立派な着物でしたが続いて次の詩をうたいました。

私を苦しめる病の名前は恋という。
だが他の人たちの恋とは違うのだ。
私の心が苦しむのも無理はない。
心はよくわかっている、答えがどんなものなのかは。
私は口にする「ああ！　私の苦しみはいつまで続くのか？」
イエス様が、この恋が終わるのをお認めになりませんように！
苦しみののちに楽しみがより多くなるのではないのですから。

貴族たちのいる部屋の中で、帝王はこの歌を聴かれました。なんと帝王の心は、そこに集められた人たちの心

とは違っていたことでしょう！　喜びは失われていたので、何を言ったらよいのかも、どうしたらよいのかもわかりません。顔を見れば明らかに二週間以来帝王が良くなっていないのがわかります。

リエノールは宮廷に入る際に十字を切りました。三百人もの人たちが、彼女の心配も知らないまま、指差して皆言いました。「ほら、これが五月だよ。これこそ五月だよ。騎士たちが運んで来たんだよ」。彼女が石段に降りるとみんなの党で囲んで大騒ぎでした。若者も従騎手も拍車をかけて集まってきました。良い家系の貴族も千人以上おりました。大理石の宮廷の階上からもバルコニーからも愕然として駆け下りてきました。「昔はこうした若い乙女があの良きアーサー王の宮廷に悦びをもたらしに来たものだったが」。これを奇跡と思い素晴らしい幻術と思う人たちが言いました。騎士たちは彼女を大広間に威儀正しく連れて行きました。リエノールは宮廷で、これほど立派な人々の集会を見たことがなかったと私は思います。騎士たちが彼女を座らせた所には皆が集まってきました。この集会、この大会議はリエノールに兄のことを思い出させました。兄はその雄々しさと勇敢さの価値の大きさで、帝王は彼に栄誉を与えようとこの会議を召集したのです。彼をたいへん愛したので、リエノールを妻にしようと考えたのです。これを思うと悲しくなって目が潤んで熱い涙が流れ出ました。足許を見つめ何度もため息をつきました。偉い貴族のエピールの殿様が、そして他の多くの人も同情しました。彼女に同情する人が百人以上も泣いたのですよ。目から流れ出る涙は彼女を一層美しく見せました。歌い手たちも彼らの歌声も彼女の心を慰めませんでした。たとえ次のオーヴェルニュの歌を歌い始められたのを耳にしても。彼女を貶めようとする男でなくとも――どうか神がそんな男に罰をお与えくださいますように――次の歌は上手に歌えるでしょう。〔四六五二行〕

御復活祭のうぐいすの
高い歌声がこころよい。
葉は緑、花は白く
しっとりした草が牧場に育ち
この果樹園もすっかり緑、私には喜びが必要だ、
身体を癒し、健康にしてくれるような。

帝王は他の部屋におられましたが、気が狂いそうでした。人が何を言おうとも、何をしようと、歌おうと何も慰めになりませんでした。ご自分の前で身分の高い人たちがフラマン語でしゃべっているのを耳にしておられましたが、彼らに言おうと思っていたことを一言も口にする気になられませんでした。帝王をこんな目に遭わせた男は帝王を愛していなかったのですね。皆は帝王が何か言われるか、帝王をこんな状態にしてしまった不倶戴天の裏切り者に何か言わせるかと期待していました。大きなドームの下に座し、大変落ち込み悲嘆に暮れている時にニヴェルの殿がさっと現れ、知らせを伝えてくれました。「殿様ご存じありませんか？　神様が御出生以来、アーサー王の御時世でもこんな素晴らしいことは起こらなかったと思いますよ。殿の御運勢によるのか、どうかは存じませんが、どんな人間でもあそこで起きているような素晴らしいことは起こったことがありません」。「何だって？」「まったく本当の奇跡が起きたのです。最も美しく、最も申し分のない人ですよ。妖精なのか人なのか、わかりませんが、もう市場には人がいません。皆が行列になって町の家から宮殿の外まで彼女について来たのです」。帝王はこれを聞かれても千マルク手に入れたほどに喜びませんでした。家令は言いました。「本当かいたずらかわかりませんが、彼が嘘をついているのか、本当の話なのか知るのも悪くありませんね。行ってみましょう」。聴いてください、この悪魔が如何に自分の大恥を求めて行くのかを。皆が集まって行くので帝王は言われました。「皆でそこに赴くとしよう」。帝王はただ会議を延ばす機会を求めていただけだったのです。座っていたところから立ち上がり宮殿に向かって大股で進まれました。高位の貴族たちも後を追いました。〔四七〇八行〕

自分のためだけではなく兄のためにも、打ちしおれ、泣き濡れていましたが、健気な、分別もあり、せむしでもなく腰も曲がっていないリエノールは帝王が会議の部屋から出て来られると、それが誰であるかすぐわかりました。礼儀に従って外套の紐を解き、肩から外したのですが、外套が縺れかかってタオルで作ってあった髪飾りに当たりました。帝国の貴族たちの見ているところで被り物がすっかりはずれたので、ブロンドの髪が肩から首まで青い絹の上で金色に輝きました。聖パウロ様の時代以来、人を癒すのに彼女より美しい女性はおりません。自分を飾る喜びなぞ求めていないので、くしけずることはしませんでしたが、髪を纏めるために朝、黒梅もどきの枝を使って額は兜職人風に分けてありました。自分の土地の乙女たちのような髪飾りをして、波打つ見事な髪の毛はカールとなって顔の両側に下がっていました。両目から離れて付けられている髪飾りも器量を増すのに役立っていました。自然の神は彼女の美しい額をより良く見せようと髪飾りを後ろに引かせました。〔四七四三行〕

このように打ちひしがれて、王を見知らぬリエノールは王の足許に崩れ落ちました。そして王に叫びます。「神様にかけて、お情けを！」「さあ、美しいひとよ、お立ちなさい」と帝王は答えます。「さもないと、こちらが死んでしまいますよ」。「良いか悪いかわかりませんが、第九刻になるまでは立ったりなどはいたしません。御王冠の名誉にかけて、すぐさまに正しいお裁きをしてくださると約束してくださらないかぎりは」。「約束するぞ、美しいお方」と帝王は申されました。「貴女が望んでわしがしないことなぞない」。そう言うと帝王は立ち上がるのにたくましい腕を貸しました。立ち上がったリエノールはちょっと身を引きました。心得のある人はそうするのです。帝王を取り巻く貴族たちの見ているところでリエノールは神に嘆き、訴えます。その美しい顔を濡らす涙を見て多くの人がもらい泣きをしました。彼女の顔は飾り気なく不思議なほどに美しく、胸もとは雪より白かったのでした。申し上げておきますが、どうしてか、何故かはわかり兼ねますが、たとえ彼女が法律をただひたすらに五年間、学んだとしても、これよりも上手に事柄を述べ、主張をすることはできなかったでしょう。品のある心の広い彼女は申します。「栄えある高貴の帝王様、神かけて、殿様、お聴きください。神もお助けあれ、神様のお助けが要るのです。ある日のこと、だいぶ前のことですが、ここにいる人、あなたの家令が（帝王に家令を指差して）偶然あるところにやって来たのです。私は縫い物をしておりました。この男は私に乱暴にも酷いことをしたのです。というのは私の処女を奪ったのです。こんな酷いことをした上に、私から帯と巾着とブローチを奪ったのです。ここで私は家令に私の名誉と処女と宝との損害賠償を要求します」

これだけ言うと後は黙って一言も口をききませんでした。帝王は彼女がたいそう気に入りましたが家令に目を向けられました。家令はリエノールの告発をまったく気に掛けず、でっち上げか夢物語で、すっかり嘘で出来ていると考えました。（誰よりもよくリエノールはそのことを知っていたのです）。そこで、帝王が申されました。「それで全部だな。家令よ。さあ後は相談にいくか、でなければ、ここで彼女の告発に答えなさい。実際お前がこんな乱暴を働いたなどという告発をかつて聞いたことはないぞ」。家令は皆の聞く前で「相談などには参りません(62)。今までこの人に会ったことがあったら、神様がこの敷居を私にまたがせませんように！　はっきりとお知りおきください。私は否認いたします。彼女の処女を奪ったり宝で損害を与えたり、帯もブローチのことも聞いたこともありません」。「家令の申すことを聞きなさい。彼は貴女が言うことを否認しておるぞ」と帝王は言われます。「まあ、殿様、家令も見苦しいわ。違う返事をすれば良かったのにね。殿様の宮廷がちゃんと役目を果たすなら、家令はこの館からまったく他のやり方で出て行くことになるでしょう。善良な王様、神かけて、お気を悪くなさらないでね。あの人が私の言うことを否認するとおっしゃいまして、私の処女を奪ったり、宝も帯も取ったりしなかったと言うと言われますが、この帯がどんな作りだったかご存じですか？　細い金糸で小鳥と魚が刺繡してあるのです。ブローチもとても価値あるものなのです。付いているばら色のルビーだけでも十三リーヴルはするのですよ、家令はそれだけじゃ済みません。さあ、彼の服と肌着とを上にたくしあげてください。そうしたら帯が直に肌に巻かれているのがご覧になれるでしょう。これが本当でなかったら私の身体を何回でも馬車に轢かせてくださいませ。それに私の巾着が帯に下げられているのもご覧になれるでしょう」。これでは家令もそのうちに助けが要ることになるでしょう。酷くなるばかりの告発に、今や顔は血の気がありませんでした。

帝国の貴族たちは言います。「神様！　本当なら厄介な事態だぞ。確かに証拠で本当と決まったら、これは確かに大罪だな」。「殿様が正しいお裁きをお約束くださいましたのですから、帯を見せてくださいませ。そして早く御判決くださいませ」。ケルンの大司教(63)がこの告発がなされたところにおられました。「殿下の宮廷ではこのような事件は久しくありませんでした。この女性が本当のことを言っているかどうか知るためにはぐずぐずせぬのがよろしいでしょう」。時を移さずつべこべ言わせず家令にとっては辛かろうと痛かろうと、騎士の一人が衣服を引っ張って肌着もろとも捲り上げると皆は家令が肌に直に帯をきつく巻いているのを目にしました。このことが知られてしまっては、裁きの決闘とはいきません。「ちゃんと見張って、逃げ出さぬように捕らえておけ」と帝王は申されました。年配の思慮深い貴族十人に託されて彼らの持つものすべてをかたに取られ、自分たちの財産や命を大事にするように、家令を見張るように言い付けられました。「まったく残念だ。よく仕えてくれたからなあ」と帝王は言われました。家令に親しい人たちは「ああ、神が良しとされるように！　援《たす》けがいるようになった時には神が家令のために現れるでしょう」。この事件でこれ以上、つまらぬ長広舌をふるう必要はありません。この帯のことでは多くの貴族たちの胸が痛みました。ある人は言いました。「こんな細工はどこにでもあるだろう。誰でもこれで彼が死罪になるべき証拠にはなるまい。処女を散らし恥をかかせたことがなければ断罪はなくなるのに。宝とか損害なら何とか折り合いもつくだろうに」。貴族たちは次々と帝王にお願いに行きました。「乙女の名誉のことでなければ、何でもお望みのようにするよ」。「こんなことで彼を処刑することは理屈にあいません」。帝王は言います。「そんなこんなは役立たずだ。町中引きずり回すか火炙りにするか、金貨で千マルクもらっても嫌だね。我が領土の治安はほったらかしなのか？　こんな宝を得るために彼奴《あいつ》を家令にしたのかね？」リエノールは帝王が裁きをしてやると言われたのを聴いて感謝しました。貴族たちはすぐさまと家令の所に赴いて、相談するように勧めます。家令は言います。「誓いで身の明かしをさせない宮廷とは酷い。この災難と厄介ごとは魔法で我が身に降りかかったのだと、喜んで誓ってくれる騎士は百人もおろう。あの帯が彼女の物かどうかさえ確かじゃないのだ。だが神かけて、また御養育くださったことにかけて、私の奉仕の報いとして、私に対する愛にかけて、どうかお認めくださいますように。私が否認したことを、彼女に会ったこともなければ辱めたり、暴力を働いたり、ましてや処女を奪ったりしたことがないことを。私の奉公ぶりに免じてどうか神明裁判をさせてくださるように。そこで私が負けたなら、即座に首をくくってくれ。あなた方を通じて帝王にお願いいたします」。彼の仲間と一族は大声あげて嘆きあいました。「ああ、相談相手がないのが残念。どうしたものか？　もうおしまいだ。誰もこの方の側に立ってお守りできないし。あの方の毛皮も、北栗鼠の毛皮も財産も皆今後はいただけなくなるし、今までにくださった軍馬は千マルク以上もしたものだったよ。それが町中を引きずり回されたり火炙りに遭うなんて。そんな目に遭うべき人じゃないのに」。私は未だお屋敷でこれほど嘆かれた人を見たことはありません。乙女のリエノールでさえ悪いことをしてしまったのではないかと心を痛めたことでした。貴族たちは帝王のところに戻って行って涙ながらにひざまずいて家令のために願いました。彼らはこう言うのです。「神様とその御名にかけて、皆の言うことを皆のためになさってください。皆がその領土と裁判権を取り上げられないという条件で。誰もこんな出来事を今まで聞いたことがありません」。帝王の目も心優しく潤みました。家令は長年怠ることなくよく仕えてくれたからです。「殿方、ゆめゆめお疑いめさるな」と帝王は言われます。「こんなことが起こるくらいなら裸足で聖地巡礼に出かける方がましだったわい」。言上にやって来た者たちは帝王に手短に申し上げます。リエノールが魔法でこの帯を出現させたのだ、それにあんな作りはどこにでもあるとも。「こんなことで彼を処刑するのはお望みのことではないでしょう。お願いですから今日彼がした最初の否認を認められ、すなわち彼が今日は除いて、今までこの日に至るまで、彼女を見たこともなければ、その肌に触れたこともなく、彼女の身体は穢されていないということを。神明裁判で身の明かしが立てられれば物事ははっきりするでしょう。あの人のお仕えしたお返しにこれを私はお願いし我々一同彼に代わってお願いします」。「誰が言っても聴かないぞ、ただあのお嬢さんの望みでなければ」。そこで全員歩いてリエノールのところに向かい彼女が神のため、彼らのために、彼らの心と感謝とを持ってくれるようにと頼みました。皆が両手を差し伸べて「ああ、貴女、勝てたかもしれない人を虐めるのは良くありませんよ」と言い、一生懸命お願いしたので彼女も快く受け入れて同様に神に祈り自分に被害はないので、奇跡を起こしてくださいと願いました。そこで皆は「アーメン」と唱えました。帝王もこの許しにおおいに喜んで、王の仲間も皆喜びました。

もう一刻の猶予もなく、神明裁判の用意が蔦に覆われた聖ペテロ教会に準備されました。公子たちも高位の貴族たちも皆やって来ました。そこに家令も連れてこられました。リエノールも来ましたがこれは大司教の意向で、裁きが正しく行なわれているのを確認するためでした。家令はあの帯の件で眺められて大恥でした。家令は聖別された水に入れられると斧より早く、身体全体底まで沈みました。ですから美しいリエノールには彼が無罪であることがわかり、桶の周りに集まって来ていた他の人たちにもわかりました。坊さんたちは歌を歌い鐘を鳴らして神をたいそう讃えました。家令は帝王の前に連れ戻されました。帝王はこれよりないほど喜ばれ、他の人たちも同様でした。リエノールもすぐに宮殿に戻ってきました。物事は彼女が前もって考えていたように上手く運んだのです。途中で立ち止まることもなく、帝王の御前に進み出ましたが、帝王は神が家令になされた大きな栄誉にご満足でした。皆は大喜びをしていましたが、リエノールの心はそこに向かわず、彼女をチクチク責める辛さでいっぱいでした。立派な兄を愛するあまりです。「家令は今や救われたぞ」。「お嬢さん」と帝王は言われます。「家令は今や救われたぞ」。「坊さんたちが聖歌集を見ながら讃えているお方は」と気高く広い心の乙女は答えます。「優雅な処理法もご存じで善行をしようとしている者をお助けくださいます。さて今や、この人びとに私の話すことを聞くように頼んでください。神様にかけて、結末をお聞きくださいい。私がばらの乙女なのです。ギヨーム殿の妹です。兄の勇敢さが元となって貴方の王国の栄誉が私を求められたのです」。こう言うと大変悲しくなって顔中涙が流れました。「もし私が見つけたら、痛い武器で切り刻まれるべき男は、砦までやって来て私の優しい母さんを騙したので、母さんは私の太腿の上にどうばらのしるしがあるかを話してしまったのです。素晴らしい神様、この今日という日に私も勝ち誇れますように。これは今まで兄と母と私だけしか知らないことだったのです。ここで貴方に私の恥をお話しして、私の気が狂っても不思議はないわ」。「素晴らしい神様は」と貴族たちは言います。（これで心が痛んだ者もおりました）「こんな企みを考えつくなんて不思議なことをしたものだ」。「掛け値なしの裏切り者は私の一族を好きでありませんでした。だから殿様に、無茶なことにも私が生娘でないなどと告げたのです。身分のない婢《はしため》を母とされたお方が何とか私をお救いくださいました。私の名誉は神が可とされればここから去る前に回復されるでしょう。貴方の宮廷が私を認めるという条件で。というのは彼があの帯を持っていないと言った折、もしすぐさまに裁きになって彼が身に付けているのが見つかったらすぐに判決が出た罪人として、首を括られていたでしょう。でも貴族の方々の同情をかっていろいろ懇願してもらえたので、議論は元に戻されて、彼が私を今までに見たこともなく、その上に私の恥が大きくなるような悪いこともしなかったといったことまで戻されたのでした。神もお助けあれ！　確かに彼はしていないのです。貴族の方々がご覧の通り神明裁判が彼を救いました。彼も私もです。彼は私を犯しもせず、恥もかかせませんでした。この帝国に君臨するという栄誉が御前で泣き濡れているこの哀れな私の運命なら、どうしてその名誉を失わねばならないのでしょう？　このことで宮廷に裁きをお願いいたします」。帝王は即座におっしゃいました。「貴女がわしの心、わしの恋する人なのか？」そこで彼女は答えます。「お疑いなく私が麗しのリエノールです」。帝王は皆の見ている前で飛び上がり、がっしりした腕に抱きしめて美しい目や顔に百回以上もキスしました。リエノールに「喜びなさい、神様が貴女のために大いなる名誉をくださいましたぞ」。身を駆け巡る喜びから次の歌が心臓から飛び出してきました。

何を求めるのか
私が貴女のものなのに。
何が欲しいのか
貴女は私を得ているのに。
——私は何もいらないわ
貴方が良くてしてくださるなら。

すると他の人たちが皆で一斉に歌いました。

夏の花に両手を差し出せ
百合の花に
神かけて、差し出すのですよ

これこそ「我ら神を崇めまつる」でした。(64)〔五一一六行〕

帝王は申されます。「他に言うことはない。今日この場所に貴殿らがなんで大会議に召集されたか理由は明かされた。貴殿らがわしが妃《きさき》を持たないので、不安に思っていることは何度もわしは拝見した。我が帝国が、貴殿らをわしと違って、各々の位置に相応しく扱うことができぬような新しい王の手に落ちるのではないかと恐れておられた。たまたまそうなったかもしれなかった。養われながら覚えたことは簡単に身に付く。確かに今ほどこのわしが各々の地位に相応しく貴殿らを扱おうと熱望したことはかつてない。今より大きなお助けがわしに必要になった時、わしの身体と魂を神がお守りくださりますように」。帝王がこの言葉を述べられると涙を浮かべない者は、心の硬い者でした。「どこにでも広がっていく評判でこの乙女のことがわしの心に浮かんだのだ。本心を貴殿らに打ち明けるがこの人こそ、この栄誉をわしが定めた相手なのだ、この人が我が帝国の王妃、女王となることを、わしのため、わしへの愛のために貴殿らが認めてくれるというならば。貴殿らが我が殿、我が指導者、わしの望みがどうあろうとも、もし貴殿らがこのことを承認しないのだったなら、それが正しいにせよ誤りにせよ、わしは(結婚の)成立を望まぬし、望むべきでもない」。この言葉をみんなが聴くと、即座に帝王のお望みを叶えてあげたくなったのです。帝王に喜んでもらいたい人たちはそれぞれ口々に「賛成」と急いで答えました。それ以上何も言わないで、相談し合うこともなく、全員一致で認めました。そこで良き殿、心優しく敬虔な帝王は十万回も感謝されます。「神の御名にかけて! これであの気品ある騎士も全快するな」と帝王は言われました。事を告げにリエノールの兄のところに行く人たちが軍馬に跨り駆けて行くのがご覧になれたでもありましょう。鶯が彼に向かって歌ってくれているのにも、ちっとも嬉しくありませんでした。良い知らせを耳にすると、彼の憂いはあっという間に消えました。家来たちが申します。「もうこれからは、神の御名にかけて、お祭りをするだけですね」。ギヨームは千回も涙で濡らした毛皮の衣服を脱ぎ捨てて、厚い絹の衣装に着替えたのですが、家紋の立派な栗鼠付きで、胸と腕には紋章が付いておりました。たいへん栄えあるお仕立てで、まだ袖を通されたことのない新品でした。たいへん軽くて夏向きで、裏は鳥の羽でした。ああ、神様、ちょっと身繕《みづくろ》いしただけで、何と素早く美男子に再び戻ったことでしょう。ギヨームは馬に跨って、百人以上の騎士たちも、彼の栄誉に相応しく、立派な軍馬に乗ったままギヨームの前後になって進みます。たいして進まないうちにリエージュの司教の甥御が一人、楽しみ方をよくご存じの方でしたが、次の歌を歌い始められました。

美しい復活祭が四月に来て
森は花に充ち、牧場がまた緑になると
水もおとなしくなって河流に戻り
朝な夕なに小鳥もさえずる。
恋人がいる人は、忘れては、いけない。
恋人のところに行かなくては、行ったり来たりしな
くては。
…………
…………
昔エグリーヌとギ伯爵は愛し合っていたのです。
ギはエグリーヌが好きで、エグリーヌはギが好きで
した。
ボークレールというお城の庭で
大きな舞踏会が、時間をかけず準備されました。
お姫様たちがフォークダンスにやって来ます。
従騎士たちが騎馬試合にやって来ます。
騎士たちが見物にやって来ます。
貴婦人たちも気晴らしに来ます。
美しいエグリーヌも連れて行ってもらいます。
絹の上着を身につけて
その裾は草の上をたっぷり二オーヌは引きずって。
ギはエグリーヌが好き、エグリーヌはギが好き。

この歌が歌い終わらないうちにこの土地の騎士でダンマルタン家に属する一人がポワチエの言葉の歌を始めました[65]。

陽の光を浴びて、雲雀が
喜びのあまり、羽ばたき舞い上がり

やがて心に広がる甘美の感覚に
われを忘れて落ちる姿を見るとき
ああ　どれほど羨ましく思えることか、
私が目にすることが。
私が正気を失わず、欲望から死なないのが不思議だ。

愛に詳しい自分だと信じていたのに
嗚呼《ああ》知らぬことのなんと多かったことか
愛して甲斐のないひとを
愛さずにはいられない
あのひとは　私の心を　私の存在を
あのひと自身を　全世界を取り上げて
私から逃れ去る、後に残したものは
渇望と恋に焦がれる心だけ

この二つの歌がすっかり終わると、ソワニーのゴーチエの良い歌を(66)

茨に花が咲き

牧場が緑になるのを見ると
小枝のあいだで小鳥たちが
それぞれの歌をさえずる。
その時私の心のうちで
ため息が生まれる。
あのお方が私をなげかせるのだ、
その方《かた》に向けられた私の願いが
何の役にも立たないのだから。

私は間違いない愛でこの方を愛しているのに
私の心は悲しみに溢れ
ああ、彼女は私を苦しめる。
その方への思いで私の心は溢れ出る

私は狂う、野卑なのでしょうね
愛する人が怖くないのだから。
愛していると鼻に掛けている男は
ちっとも愛していないのですよ。
愛とは秘めていられるべきものなのです。
その方が行ったり来たりするところでは

どんな人も喜んだり、悲しんだりしないように
その方を心に留める人以外には。

私の愛するこの方は………

皆は宮廷に大喜びで向かいます。街道にいた人びとは言います。「神様！　お妃様の兄上がこの道を進んでいくよ」。ギヨームが宮殿に到着すると皆が言います。「この人より立派で善良な人が今日以後ここに入ることはないだろう」。「今日はなんと幸運な日になったことだろう」とギヨームは言います。「私の殿が妹にかくも名誉を与えられ、ご自分の脇に座を与えられるのを目にできるとは」

立派な肩からマントを脱いでひざまずいて挨拶にすすみます。「まあ、兄さん、我が心、私の優しいお方。よくいらっしゃいました」。こんな挨拶をされたからには、いささかの涙も流せたでしょう。ギヨームは妹に自分の貴婦人として挨拶しました。よくわかっていただきたいのですが、ギヨームはどんな小さなことでも言葉で触れる以外にはリエノールに触れたりしませんでした。このことは警護をしている人たちを大変満足させたことを付け加えておきましょう。ギヨームは大変勘が良かったので、妹のついた高い名誉の位置が馴れ馴れしさを禁じていることがわかったのです。自分の左腕をギヨームの上着の紐の間に通したのはリエノールの方だったのです。こうしてギヨームは宮廷と貴族たちの仲間とも師匠ともなるのです。〔五二八三行〕

帝王が口を開かれて「わしが自分のことについて、話す時期になったなあ。わしの結婚式を挙げるのに御昇天祭(67)まで待つのを勧められるかな？」と訊かれます。貴族たちは答えます。「そんなに延ばしたり、休んだりはよしましょう」。セソーニュの公爵が申します。「神がこの世に生を受けられているのですから、なさるべきことをなさってください。今各々が国に戻れば、もう一度来てくれというのは大変でしょう。今我々はこうしてここに集まっているのですよ」。大司教が言うには「公爵はとても良い意見を述べられたと思いますね」。帝王は「それではわしもそうしよう。貴殿たちがそれぞれ同じ意見ならば」。えへー、首吊り縄より尻の重さが利くのです。何よりこれほど帝王が願ったものはありません。「神の

お力で」と帝王は大司教に言われます。「それでよろしい、貴殿たちの望まれるところなのだから。さあ、行って、準備してくれ」。大司教は大司教区に戻って行き十人の司教もついて行ってミサ用の服に着替えました。神が無原罪でお生まれになってこのかた、宮廷に着いたばかりの乙女に神様がこんな幸せをお定めになっておったという話が聞かれた時ほど町が騒ぎになったことはありません。即刻急いで町中から貴婦人たちが呼び集められました。貴婦人は町には大勢おられましたが、騎士たちの身分の高いこの妻たちはリエノールに衣装を着せて、お化粧するのに、喜んでやってきたのです。アレクサンドロス大王がティールの町を攻める時、城壁から町に飛び降りたのは大評判になりましたが[68]、それ以来、人の心にこれほどの喜びがあったことはありません。これは確かに私が知ったことですよ。王妃は妖精が作った生地の衣装でした。機織り機で織られたり、織り込んだのでなく、かつてプーリアの女王様がご自分の楽しみとして自分の御自室で皆、針仕事で仕上げられたのです。全部が出来上がるまでにはたっぷり七、八年かかりました。そこにはヘレナがどう生まれたか、という話が刺繡され、ヘレナの姿もパリスや、その兄弟ヘクトールとプリアムも、いろいろ善行をされたメノール王も描かれて、パリスがヘレナをどう略奪したかも金糸で描かれておりました。それからギリシアの大軍がヘレナを奪い返そうと、やって来たありさまも。またアキレスがヘクトールを殺し、そこから大きな嘆きが生まれたことも。またギリシア人たちが町と天守閣にどう火を放ったか、こっそりと木馬と絨毯を置いたかも。アキレスが敷物の上に横たわっている間にギリシア人の船は荒らされたのでした……これほど見事な刺繡など作れる人はもう今の世には生きてはおりません。裏地は栗鼠でも北栗鼠でもなく、ずっとしなやかで香り高い黒貂とアーミンで色の対比は波をみるようでした。この衣を持つ人は、他の着物などなくて平気でしょう。金糸入りの絹地、東方渡りの絹や、厚い絹が集まっているのを今まで見た人はありません。いろいろな衣装は、あるものは鳥が、あるものは魚が模様になっていて、市松模様のものもありました。外套は裾まで上質の黒貂でした。教会からはすべての宝物が行列となって迎えに来ました。噂も高い聖遺物函もありましたが、どこから来たのかは私は知りません。帝王の笏《しゃく》もあり、簡単に申し上げれば、戴冠式に必要なものは何でもあったのです。二人とも見事な冠を持っていました。大司教は結婚式が済むとすぐに二人に冠をかぶせました。なすべきことがなされ、言われると聖霊の名誉を讃えて三位一体が歌われたのです。給仕たちもそれぞれに持ち場に励んだので、教会から戻って来るとテーブルの上にテーブル掛けを敷きました。何で私はくだくだと無用の言葉を並べているのでしょう。水が一座に配られてから、高い位に選ばれた妃の脇に座を得たのは、公爵と大司教、そして他の貴族と司教たちでした。〔五三九六行〕

　脚付きのどっしりとしたテーブルに着いた人の中には王妃がどこでこの類稀《たぐいまれ》なる美貌を得られたのか不思議がる人も多くいました。「人びとの心を奪うとは美しい容姿は凄い罠を仕掛けたものだ。だが盗みとは言えないね」。「家令は不実な言葉を悔やんでいるだろうな。殿が戴冠される時には、代々領地を受け継いで殿様にお仕えしている方々と、ともにお仕えしていただろうに」と彼らは互いに言い合うのでした。各々は自分の領地の格に応じた言葉をかわし合って、帝王に名誉を捧げようと食事の世話をするのです。帝王は着飾って立派でした。「家令は馬鹿なことをして、この栄誉にあずかりそこねたな。損失なしではすまないよ。帝王は役立たずの鳶《とび》よりも軽蔑しておられるからな」。今や家令は塔の中に、手《て》枷《かせ》足《あし》枷《かせ》で囚われの身となっておりました。この塔から逃げ出すには余程、狐殿の知恵が要るでしょう。トワールの国の歌い手が、ユイの領主の家来でしたが、家令の不運をあまり気にせず何人だったかわかりませんが、他の人たちと歌い合うのです。

あそこでだよ、あの牧場でだよ、
ご婦人方、あなた方はフォークダンスに来られません。
美しいアエリスは楽しみにやって来るのです
青いオリーヴの木陰に
あなた方はこの牧場にダンスには来られないのですね、
恋をされていないから、
私は出かけて行って踊らなくては
私にはきれいな恋人がありますからね。

ある伯爵が言うことには「この歌を歌うのは我が殿、帝王でなくてはね」。「その通り。この歌もまずいデザートにはなるね」と帝王は即座に始めました。

楽しむのは牧場の中でだよ
私は好きなだけ恋でいっぱいだ
ご婦人方はダンスを始める。
私の両目が私を癒した。
私は好きなだけ恋でいっぱいだ。
欲しいと思うような恋でね。

この歌はまったく打ってつけです。だからこれを歌ってよいのです。この食事では帝王はあらゆる栄誉と喜びを得ているのですから。料理について語るのは簡単ではありません。それほどいろいろあるからです。猪《いのしし》、熊に鹿などと、鶴に鵞鳥《がちょう》に孔雀のロースト。給仕が羊の煮込みを出したのもこれを蔑む訳でなく、五月で旬の季節だからです。脂の乗った牛肉も、充分太った小鳥も出ました。

白ぶどう酒も赤ぶどう酒も各々の好むがままに出されました。帝王は配下の大勢の貴族たちと新しい王冠を得たリエノールの顔《かんばせ》を心ゆくまで眺められ、うっとりすることができました。家臣たちもリエノールを眺められたとは運の良い日です。帝王は家臣を一層愛し評価するのでありました。帝王の義兄弟となったギヨームも帝王を支え、この楽しさに大いに協力したのです。この時のギヨームほど品の良い人がいたとは思いません。テーブルを前にした帝王に外套なしで面倒を見ました。神様、二人の子供がこのような栄えある立場にあることを、目にできたらあの良い母親は生ある限り健康でいられることでありましょう。

ああ、神様！　母親になんと急いでお知らせを届けにいったことでしょう。帝国の貴族の息子たちはテーブル掛けが取り去られるや、澄んだ水に満たされた盥《たらい》とタオルを持って来ました。よく給仕された帝王が手を洗われるとお妃が、そして大司教が手を洗い、そこで夜中じゅうお祝いです。この日は遊びと楽しみに終わりまで費やされたのです。帝王は翌る日が来る前にたくさんの衣装や装飾品を贈られたので、何かいただけるかなとやって来た者が、手ぶらで帰ることはありませんでした。貴族たちも、帝王が喜ばれるようにと、帝王への親しみを込めて、旅行用マント、長上着、上着、外套など与えたので、染めぬ粗布なら持っているイニーやウールスカンのシトー会修道士たちを三年間も着せることができたでしょう。〔五四九九行〕

帝王がその夜にどんな喜びを得られたか私は、あなた方にちっとも語りませんでした。もし誰でもが恋人を、立派なベッドの上で一晩中抱いて喜びを得たのなら、帝王が得た喜びを知ることができましょう。トリストラムがイズーを愛し、抱きしめ、キスを好きなだけし、そこから先のことまで進み、ランヴァルや、同じように騎士として恋人であった他の二十人の幸せも帝王の喜びには比べ物にならないと確かにお知りおきください。翌朝お目覚めの時にそれははっきり示されます。というのはどんな人でも贅沢なお土産をお願いして、帝王がくださらないものはありません。高位の貴族が辞去されて、集会が解散する前に、帝王は立派な宝物を彼らの身分と奉仕ぶりに従って、たくさんわけられたのです。皆はそろって帝王に家令のためにご赦免をお願い申し上げました。「大釜がたくさん作られるユイにある黄銅ほどに黄金を積まれても、君らの懇願が原因で苦にすることにはならないぞ。裁きがなされるばかりだな」。サヴォワの公爵を筆頭に皆がっかりしてしまいました。大理石の敷石の上に帝王の足もとに皆でひれ伏しました。「無駄だよ、さあ立ちなさい。彼はこの世を捨てたのだ。不実なあいつはわしに嘘をついたばかりでなく高貴な我が妻を侮辱しようとしたのだ。妬み心で帝国の最も徳高き女性を裏切ったのだ。きっと自分の人生を呪っているに違いない。だから恥辱の中に、死ぬことになるのだろう」。「でも奥方様に関することですから、お殿様、奥方様にお願いに伺っても構わぬでしょうか？」「ちっとも構わぬ。彼女が思うように、するように」。帝王はぶっつけから邪険にあしらったのを残念に思ったのでした。この者どもは帝王に金に糸目も付けないでよく仕えてくれていたからです。深い慮《おもんぱか》りからこの人たちはお妃にすぐにお願いに上がろうと思いつきました。一人が皆を代表してぐずぐずせずに言上して、家令を死刑にしても、片輪《かたわ》にしても何の得にもならないでしょうが、お妃が彼らの願いを聴いてくだされば、彼らの心は永遠にお妃のものとなりましょう、と。お妃は見事な衣装で、お化粧もし、髪もくしけずり、帝王も、神様に感謝あれ、その晩は、彼女が皆の懇願に答えられなかったり、彼らの言葉の一つでも拒絶するほどには、くたびれさせませんでした。彼らのお願いの中には、帝王は彼女が好きなようにすることを願っておられるということがわかってもらいたいという一言《ひとこと》がありました。「今日は私は無慈悲になるかもしれないわ」とリエノールは答えました。「お殿様があなた方が言うように本当に私にお任せくださるなら。私はこのドイツで神様と人びとがご不満になられるようなことを引き起こしたくもないし、するべきでもないし、我らが決めることでもありませんからね。どうか皆で相談してどんな裁きを付けられるか死刑までいかないように教えてください。彼がしたことを誰もまねないように、長い贖罪なしではないようにね」。「ドイツもフランスも立ち退いて、十字軍に行くというのは」。「あの人にはちっとも好意を感じないのよ。それに値することもしたがらなかったしね。テンプル騎士団に奉仕するといいわ。もし、殿様が良しとされるなら」(69)。「それは良いですね。それは請け合います」。「そうしましょう。あなた方のため、神様のために」。「奥方様、神様から、そして私どもから、感謝と好意をお受けください。これで大きな心配事からお救いくださいました」。そこでリエノールが言ったことを帝王に知らせに行ったのです。帝王は申されます。「聖霊にかけて、わしは反対などせぬぞ。家令の酷い仕打ちには、ずいぶん軽いお返しだな。これくらいで片がつくとは『目には目を』ではないな」。「殿様、すべては起こるべくして起こるのです！　神様のために、このままにしましょう。もう思い出してはいけません。家令も充分恥をかき、悩んだのですから」。「そうだな。神様が家令により良き日をお与えくださいますように。彼のお陰でこうなったのだからな。さあ、すぐ行って、鎖から解いてやれ。そして、あの男が宮廷に十字軍士として来るように気をつけよ。盲人が駆け出す時になったなら、彼も愛されることだろう」。すっかり十字軍士のなりとなって、涙ながらに王妃の前に連れてこられ、なさってくださった親切にお礼を申し上げました。ここで申し上げておきますが、自分では十字軍に出かけない人には悲しむ者もおりました。貴族たちはお妃からお別れしたくなりました。お妃様は短いけれど美しい言葉を彼らにお与えになりました。帝王も同じくなさいました。

こうして宮廷は解散し、皆は国に戻りましたが国にはいろいろすることがあったのです。この世は大変困った場所で、およそ喜びというものは、皆、悲しみで終わるのです。できるなら立ち去りたくはなかったでしょうが、帰らなければなりません。帝王と二十人の貴族とは王妃と一緒に残りました。その兄さんのギヨームはとても好かれ、威勢もあります。帝王は二人の母親がやって来ると大歓迎されました。帝王はこの母親をマインツの町に留めました。大司教はうやうやしくこの話を文書にしました。王も貴族もこの優れた帝王のことを覚えていなくてはなりません。この人についてのお話ですからね。ギヨームがその人生でしたことを、してみたくなるためにもと、この世が続く限りまで、ギヨームのために人は歌い、歌い続けることでしょう。この世はまだまだ終わりません。

修道院に入った時にあだ名をなくしたこの者は今や休みたく思います。(70)

ばらの物語ここに終わる。

訳注

(1) 三九五年東西二分治によって生まれた西ローマ帝国は四七六年にロムルス・アウグストゥルス帝がゲルマン傭兵隊長オドアケルに廃位され滅亡したが、八〇〇年教皇レオ三世がローマでクリスマスにカルル大帝（シャルルマーニュ）に戴冠式を行ない再興した。これはカルル大帝の三人の孫の三分割で五〇年もつづかなかったが、九六二年教皇ヨハネス十二世がゲルマン王オットー一世に戴冠式を行なって再興した。一二五四年から「神聖」の語が付けられ『神聖ローマ帝国』と呼ばれるようになった。マインツ、トリアー、ケルンの三人の大司教、ボヘミア王、ライン＝ファルツ伯、ザクセン公、ブランデンブルグ辺境伯の七人が帝王の選挙権を持つが、帝国は実質的というより理念的なものであった。コンラッド帝は一世から三世まで知られているが、ここでは帝王としての名を借りたのみ。

(2) mui(d)(lat.modius) は量の単位。時代と場所と計られるもので異なるが、パリでは穀物については一八七二リットル。ここでは「多数の」の意味。

(3) 陪臣 vavasseur の原意は「臣の臣」で、ささやかな領地を持つ小領主。

(4) 「木組みでもあれば」とは、砦の上に付けられた防御物でも、古風に攻略し、新しい破砕具など使わないで攻撃するということ。

(5) トリスタンの伯父でイズーの夫。トリスタン物語に出てくるコンオール王。

（6）中世は日の出から日没までを分割する不定時報で、夏と冬では一時間の長さがちがった。「第一刻」プリムスは日の出の時刻。
（7）袖は糸で縫い付けるものであった。
（8）若者は騎士に叙任されるまえは手伝いをし、盾持ちをして機会を待った。
（9）馬には、戦闘用軍馬デストリエ、トロット、並足など各種の歩き方のできる散策用パルフロワ、運搬用駄馬などの区別があった。
（10）『狐物語』に出てくる豊かな農夫。狐のルナールはコンスタン・デ・ノウの飼う雄鶏シャントクレールを狙う。
（11）中世の庶民は普段は穀物の粥などを食べ、肉食は特別の機会のものであった。
（12）ここのダンスは「カロル」で数人が組になって踊るフォークダンス。
（13）十字軍にも参加したOedinの領主。
（14）パリを中心にした「イール・ド・フランス」地域。
（15）校訂者F・ルコワはPerthoisの地名から、これから語られるのは『影の短詩』と同定している。
（16）バロワのギヨーム二世はフィリップ・オーギュストの忠実な配下として著名な騎士。
（17）南西フランス、ナヴァールのチュデラ。
（18）天国に入れていただけるかどうかは、こちらの意志にはよらないので。
（19）ガース・ブリュレの作。一行十音節（4＋6）で独自の旋律付きである。
（20）身分の高い者は自分で読まず書かず、書記、秘書に読ませ書かせた。
（21）スターリング金貨
（22）中世に町は城壁で囲まれていて、出入りは厳重に管理された。
（23）書状には紐を通し、その紐に封印を付けた。
（24）よくわきまえている。
（25）上着と外套。衣服は竿にかけてあった。
（26）司祭が典礼を司るときに頸《くび》にかける帯状のもの。
（27）白祭服はミサを挙げるときに司祭が着る真っ白な祭服、アルバ（aubes）という。司祭がミサで羽織る袖なし外衣はカズラ（chasuble）という。
（28）原文の〈querelles〉は校訂者全員に〈意味不明〉とされている。
（29）A Dieuは、後に最後の別れの挨拶Adieuとなる。
（30）ジョフレ・リュデルの絶唱、ここでは原詩のオクシタンからの新倉俊一訳を引用する。
（31）少なくとも年に一回は聖職者に罪を口に出して懺悔することが義務づけられたのは、一二一五年のラトラン公会議であった。
（32）領地が帝国内にありながらフランス王を主としたルノー・ド・ボージューは『名を知られぬ美騎士』Le Bel Inconnuという、ゴーヴァンが妖精に生ませた息子を主人公としたアーサー王ロマンスも残している。
（33）ざっくばらんだが優雅な着方とされた。
（34）パリ近郊サン・ドニで毎年六月十一日から二十四日まで開か

れた大市。

(35) 兜と鎧の下に着る金属性の編目の防御衣。

(36) 利子を取ることはギリシア、ローマ時代以来の慣行であったがアリストテレスは「貨幣が貨幣を産むことは自然に反している」という趣旨を『政治学』一巻、一〇章で述べている。教会は特に九世紀以来、一般人に利子取得を禁じている。(『出エジプト記』二二章二五節、特に『申命記』二三章二一節、『ルカ伝』六章三四—三五節)。「気前の良さ」(ラルジェス)は貴族の徳目の重要な一つなので当然、利子など求めなかったろう。

(37) オランダ、ベルギーにあたる低地ドイツ語を話す地域。

(38) 手紙は書くのも読むのも騎士は自分ではせず、書記にさせた。

(39) 現在のマーストリヒト。

(40) オランジュ伯ギヨームの甥、アリスカンの戦いの主人公。

(41) ブルトン短詩の主人公。

(42) 英語、フラマン語などが使われているありさま。

(43) エスカブークル。夜も光るとされた。

(44) イタリア南部、プーリアのバリに聖ニコラに捧げられた有名な教会があった。

(45) 六フィート、約二メートルほどの長さ。

(46) 旧約聖書外典『マカベア書』に出てくるマカベア一族。シリヤにたいしてイエルサレムを防御した。

(47) 「拘束力のある約束」ジャン・フラピエに著名な論文がある。

(48) フランス王ルイ七世の顧問官、王の信頼を受けていた。

(49) アーサー王の家令の皮肉屋。

(50) 校訂者F・ルコワはここの péché に「人を過誤や過失に導く不吉で捉え難い力」と語釈を施している。

(51) ガース・ブリュレは十二世紀の北仏詩人、「雅びの愛」を歌った最初の北仏詩人のひとり。

(52) 文書に紐を付け、そこに封印をおす。

(53) 狂人は見分けやすいように頭を剃ったり、左右が異なる色の衣服を着せられたりした。王の「道化」も fou と言われ同じ扱いだった。

(54) 「ドルのリエノール」と考え、地名のドルと名詞のドル「悲しみ、苦痛」との語呂合わせ。

(55) ルノーは多分ロベールの間違い。メエヌ地方の領主ロベール四世。一一八九年英王リチャード獅子王と十字軍に出かけ、艦隊の指揮を任されている。テンプル騎士団に入った。

(56) キリストのこと。新約聖書『マタイ伝』一四章一七—二〇節、『マルコ伝』六章二一—四三節、『ルカ伝』九章一六—一七節、『ヨハネ伝』六章九—一〇節。

(57) ギヨーム・ド・フェリエール。十二世紀後半のモンタルジスの人で、第四回十字軍に参加し没した。繊細な愛の歌八首を残している。

(58) メイ・ポール。森から切り出してきた木を建て、花を飾って周りで踊る、五月祭。

(59) 原文は Thiois で、オランダ、ベルギーなどの低地ドイツ語を話す人びと。

(60) オリヴィエの妹で、ロランの許嫁。

(61) 女性は馬に跨らず、横座りに乗り、そのための鞍もあった。

(62) 独断専行はせず、他人に意見を求めてから決断するのが賢明なこととされていた。

(63) 帝王を選挙する七選挙公の一人。

(64) 「テ・デウム」、聖アンブロジウス作と言われる「神にましますす御身を讃え」に始まるラテン語讃歌。戦勝などの祝賀でも歌われる。

(65) 南仏詩人ベルトラン・ド・ボルヌの有名な作品で、旋律ごと知られていた。

(66) 三十作ほどが知られている優秀な詩人。

(67) 復活祭から四十日目の木曜日。キリストが天に昇ったことを祝する祭日。

(68) ティール攻略のときのアレクサンドロス大王の冒険の一つ。『アレクサンドロス物語』に伝えられている。

(69) 既にテンプル騎士団にはかつての栄光はなかった。

(70) 原文最後の三行 Et cil se veut reposer ore, / qui le jor perdi son sormon / qu'il entra en religion. の下線の部分を逆に読むと Reneart と読めるところから、この作品をジャン・ルナールのサインが隠されているとベディエが論じた。L・フーレはこの作品がジャン・ルナールのものであることは疑わなかったが、この三行は写字生による付加であり得ると考えている。

アラスのクルトワ

鈴木覺訳

解題

『アラスのクルトワ』は、十二世紀初頭の世俗劇(théâtre profane)で、ちょうどその頃に、宗教劇から脱皮し、文字通り教会から外に（pro-fane）出た演劇が誕生したことの証となる作品である。確かに新約聖書ルカ伝十五章の「放蕩息子の帰還」の譬え話を扱ってはいるが、作品の主眼はいかがわしい酒場で主人公クルトワを中心として交わされる会話や、彼が無一文に零落して父親のもとへ帰らざるを得なくなる経緯など、民衆の生彩に富む描写に置かれている。この譬え話は、シャルトルやブールジュやサンスなど方々の司教座聖堂《カテドラル》のステンドグラスに表されていることからも窺い知れるように、広く人口に膾炙していただけに、民衆に愛好された出し物であったと思われる。

　ところで、この作品はほぼ同時期に創作された『聖ニコラ劇』と比べてみると、はなはだ特異な作品であって、どのように観客に提供されたのか不明なのである。即ち、科白《せりふ》割り振りの指示もなくて、その上、ト書きが非常に少なく、科白の部分と同じように八音綴の韻文になっている。演ずる際には、おそらくこのト書きの部分も読まれたらしい。数人の役者が登場する原作品があって、これを一人ないし二人の大道芸人《ジョングルール》が声色を変え物真似を交えて対話体で演じられるようにした作品ではないかと考えられている。

　現存する写本が四点あるが、訳出に際してはフランス国立図書館写本（分類番号八三七、通称B写本）を選び、巻末の文献目録に挙げてあるファラル版とデュフルネ版を随時参照した。

　この写本は、聖書の譬え話にはない娘を登場させて、どうやら父親が後妻をもらい、主人公と娘は後妻との間に生まれたように思わせる設定になっていて、父親の放蕩息子に対する偏愛を観客に受け入れやすいように工夫を凝らしてある点が特徴的である。

アラス（1）のクルトワ

登場人物（登場順に）

クルトワの父親
クルトワの兄
クルトワ
クルトワの姉
宿屋の客寄せの小僧
宿屋の主《あるじ》
プーレット（商売女）
マンシュヴェール（商売女）
ルケ（宿屋の給仕）
篤志家の旦那

クルトワの父親　さあ、牛どもを連れ出せ、さっさと外に連れ出すんだ、雄牛も、雌牛も、羊も豚もだぞ。もうとっくに連れ出してなくちゃならんてのに。草も露を含んで軟らかくなってる頃だぞ。夜鳴き鶯も雲雀もさえずり出してからもうかなりの時間が経ってるぞ。さあ、起きた起きた、いつまでも寝転んでるんじゃない。とっくに子羊たちにも若草を食わせなくちゃならんてのに。

クルトワの兄　父さんたら、俺ばかりをこき使ってるんだから。夜遅くまで寝られない上、朝早く叩き起こされるんだ。俺はずうっとこんな暮らしをさせられてきたんだ。俺は一生懸命父さんにお仕えしているのに、父さんときたら、俺をまるで召使い扱いだ。父さんは仕事を全部俺にやらせるもんだから、何もかも俺の肩にかかってくるんだ。ところが、弟ときたら気楽な暮らしをしてやがる。何もしないくせに目を掛けられているんだ。確かに俺よりは年下で体も小さいよ。だけど、父さんは心では思ってても、俺と一緒にあいつにやらせようとした例《ためし》がないじゃないか。家畜を原っぱに出せと言ったこともないじゃないか。父さん、この際言わせてもらいますが、あいつがやって当然のことなんだよ。それなのに、あいつは暇を持てあまして俺たち二人の稼ぎを使って、飲む打つのし放題じゃないか。
父親　倅《せがれ》や、わしにどうしろと言うのだ。わしがあれをぶんなぐったり、追い出したりしたら、あれはとんでもない難儀をすることになるよ。あれがどこに行くにしても暮らしていけるだけの仕事をあれは何も身につけていないんだからね。どうしたらいいのか困っているんだよ。あれを打擲《ちようちやく》なんかするより、あれの方から行ないを正すのを待ってるんだよ。だから、親の手から放したくないんだ。
クルトワ　こんな窮屈な暮らしはつくづくいやになったよ。こんな暮らしをして平気な奴は余程の呪われ者だ。俺はこんな父さんの家から出て行きたいよ。でもその前に、父さんから財産分けをしてもらって、俺の分け前を頂戴しておかないとね。父さんの第一の財産は家畜の類いだってことは承知してます。でも、毛むくじゃらの家畜なんて要りません。そんなの、現金ほどには有難いとは誰も思いませんよ。俺の本当の分け前より少なくてもいいですから、それを額面の小さい貨幣にして分けてください。
父親　息子のクルトワよ、そんな無駄口きくのはやめてパンと豆でも食べるがいい。そんな分別のない考えはやめたらどうだ。
クルトワ　ここにいては惨めな暮らししかできません。これほど何もかも乏しいところは他にありませんよ。神様がしぶしぶ恵んでくださるのはパンと豆だけだもの。
父親　息子や、お前は馬鹿なことばかり言って。でも、どうしても出て行きたいと言うのなら、ここに持ち金が六十スー(2)ある。これをお前にやろう。ただし、他に財産はやらないよ。それにこれ以上一切要求しないという約束でな。
クルトワ　父さん、その財布を俺に下さい。この世にこれ程持ち運びに便利な物はありませんよ。早くその財布を握り締めてみたくてたまらないや。父さんの言う通りの条件でいいですから、現金で俺の分け前を戴きましょう。そうすりゃ、後はとやかく文句は言いません。
父親　息子や、それじゃあ、金はきっちり六十スーあるからな。神様の御加護を得て行ない正しく暮らすのだぞ。いい噂を聞けるように祈っているぞ。これ程のお金を失うことがあっても、何とか救いの手があるだろうなんて期待してはならんぞ。この世は欺《だま》しと悪知恵だらけなんだからな。

クルトワ　父さん、俺は骰子《さいころ》の勝負に掛けてはあらゆる術《て》を知ってます。大丈夫ですよ、大好きな父さん、術を心得ていさえすれば、飲まず食わずになんかなりませんよ。この六十スーは、あのジラール・ルノアール(3)が後生大事にしまい込んでいる百マール(4)もの財宝よりずっとましです。奴ときたらお宝の番人にしか過ぎません。本人ばかりか後継ぎもお宝に勝手に手が出せないときてるんだぜ。融通の利かない金なんか宝の持ち腐れ。思い通りに遣える金こそ有難味があるというものさ。この財布さえありゃ、心強いかぎりで安心です。では父さん、さようなら。お暇《いとま》します。

父親　恙《つつが》なきよう神様にお前を委ねよう。

クルトワの姉　まあ、父さん、何てことをなさったの。弟がどんな悪いことをしたっていうの。どうして弟を追い出すのですか。父さんたら、つまらない入れ知恵に耳を貸したりして。母さんや私を目の敵にしてばかりいる兄さんの言うことを真に受けたのね。何のかんのと文句を言っては弟を家から追い出して悪の道に追いやるなんて。父さん、そんなことなさらないで。父親の誇りも喜びも失わないように、急いで弟を呼び戻してください。

父親　娘や、そんなこと言っても無駄だよ。奴を呼び戻すくらいなら、わしゃ悶死した方がましだよ。奴は自分の手を汚して仕事をしようとはしないんだよ。汗水流して働くのをあれは蔑《さげす》んでいるんだ。娘よ、わしはこの際思い切って奴に財産の分け前をやっちまったよ。奴はでっかい財布にいっぱい金を詰めて持ってった。でも、いかさま賭博をやってたら、いつかはそのツケを払うことになるだろう。そんな暮らししか奴にはできないんだ。

姉　でもねぇ、父さん、どうせ無駄とは思っても悪い道にはまらぬようによく言って聞かせれば、少しは薬になると思いますわ。弟よ、聖ジュリアン様(5)が道連れになって、お前を悪いつきあいからお守りくださいますように。どこへ行っても、悪事に手を出すんじゃないよ。弟よ、いつかお前の姿を見られるまでは、心が晴れた気持ちになることはないでしょう。うきうきした気分になどなれないでしょう。私はいつもいつもお前がどこにいようと正しい道にお前をお導きくださるように神様にお祈りしてますよ。

クルトワ　姉さん、それじゃ、神様の御加護を祈りますよ。

こうしてクルトワは旅立ちました。うきうきした気分で旅を続けます。たんまり入った財布があるので心強いかぎりです。こうしてその日は旅を続けました。金に不自由することなど絶対ないと思い込んで。

クルトワ　やあ、銀貨も銅貨もたんまりあるぞ。いつまで経ったって使い切れないや。塩味の利いたハムを食べ、それに、酷《こく》のある上澄みワインを飲んで、緑草の上で休んだらどんなに気持ちがいいことか。

そこにワインを売り込む客寄せの小僧の声がします。

宿屋の客寄せの小僧　さあいらっしゃい。ソワッソンの銘酒でございい。当店の草叢《くさむら》の上でごゆるりとワインを召し上がれ。どなたもツケでお飲みになれます。誰でも彼でも、お飲みになれますよ。質なんて置いてく必要なしですぜ。控えの板(6)に印を付けるだけでいいんです。ここなるマンシュヴェールとプーレットご両人がその何よりのお手本。当店で飲んだり食べたり、ぜーんぶツケですぜ。現金払いは全然なしですぜ。

クルトワ　ああ、神様、有難や。何でもたっぷりあるところ、神様がこんな願ってもないところへお導きとは。旅をすれば、それだけ御利益にありつけるってものさ。親父《おやじ》ときたら、根っからの大馬鹿者だよ。食い物も酒も山ほどあって、どこに行っても控えの板に印一つでそいつにありつけるってのによ、俺をさんざんおどかしやがって。ツケってものを知らん奴はとんでもない間抜けだぜ。これで、神様のお助けがありゃ、願ったり叶ったりだ。ここは教会なんかより余程ましなところだぜ。旦那、ワインは小樽(7)ひとつで幾らするのかね。樽を抜いたのは何時《いつ》かね(8)。

宿屋の主　へい、ほんの今朝抜いたばかりでげす。一壺六ドニエでげす(9)。お飲みになったら、喉《のど》を唸らすこと請けあいでげす。当店にお気に召すものがごぜえやしたら、ご注文くだせえまし、すぐご用意しますでげす。当店には、お寛ぎ戴けるものは何でもごぜえますでげす。きれいな塗り壁、ふんわりしたベッド、部厚いマットレス、ふかふかした羽蒲団でげすぞ。そりゃあもう、都会風のベッドなんでげす。それに、当店は恋のお楽しみも堪能できる宿なんでして。お休みになるときにゃ、心地好く頭をのせて戴けるよう枕[10]には菫《すみれ》の香りを含ませてありましてげす。サービスの極めつきは、お口を浄め、お顔を洗うときのために、舐《な》め薬[11]と薔薇水が用意してごぜえますでげす。

クルトワ　こっちの望みのものが何でもあるとは、こりゃ文句の付けようのない宿だ。旦那、一壺分ワインを抜いてくれ。栓を抜いたばかりの生きのいいのを一杯やりたいんだ。

宿屋の主　おい、ルケ、ご愛顧に応えて、水など混ぜ込んでない、生《き》のままのところを注いで差し上げてくれ。

プーレット　さあ、若旦那、ぐいっとやって。なんて目元の涼しげな若旦那だこと。あたいたちのカップにきれいな歯並みをしたそのお口を触れて飲んでくれたら、残りのワインがどんなに美味しいことかしら。まるで馴染みのお客さんみたいなんだもの。こちらの銀のカップのワインを飲んでよ。こちらはまだ口付かずよ。

クルトワ　喜んで戴きますとも、俺は女嫌いの方じゃありませんからね。

プーレット　若旦那、さあどうぞお掛けになって。どちらからいらっしゃったの。

クルトワ　俺はアルトワ[12]から来たのさ。

プーレット　して、お名前は。

クルトワ　姐《ねえ》さんよ、人呼んでクルトワ[13]たあ俺のことさ。

プーレット　若旦那ってほんとに田舎臭いところなど全然ない方ねえ。あたい、心底から、若旦那って粋でセンスのあるお人だと思うわ。聖レミ様[14]の思し召しを戴いて、若旦那みたいな方をあたいのいい人にしたいわ。嘘偽りなく言いますが、どんな王侯貴族だって、何にもしないで暮らしてこんなにお金のある人なんて見たことないもの。ねえ、そう思わなくて、マンシュヴェール姐さん。

マンシュヴェール　ほんとにその通りだねえ。この人が博打に耽ったりしなけりゃ、あんたこの人のツケを払ってあげたり、服や馬を買ってあげたりしてやれるわよ。そこは何のかんのと心配するのはご無用よ。プーレット、あんたとクルトワさんはお似合いのカップルよ。

クルトワ　マンシュヴェールさん、俺を揶揄《からか》っちゃ困りますよ。お二人でかかってこられたんじゃあ、敵《かな》いっこないや。でも、確かに俺は孤軍奮闘やむなしですが、財布がぺちゃんこで、こんなこと言っていると思ったら間違いだよ。懐には一応金はあるんだからね。

マンシュヴェール　あたいもいい加減なことを言ってやしないわ。あたい、この娘《こ》のこと何もかもよく知ってるの。この娘《こ》心底あんたに惚れ込んでるのよ。この娘《こ》がどう出るつもりか知らないけど、あんたがこの娘《こ》をいい女《ひと》にしたいのなら、この際、若旦那にはっきり言うわ、若旦那は上玉を見つけたわよ。魅力的で美しくて、それに淑やかで、それは陽気で上品な娘《こ》よ。若旦那を好きになったのも遊び半分じゃないわよ。クルトワさん、このカップにワインを注いで頂戴。そんじょそこらの木で作ったカップじゃないのよ。

クルトワ　おい、ルケ、俺たち一緒に飲むから、カップは一つで間に合うよ。さんざ飲みに飲んで、いよいよお勘定となったら俺とマンシュヴェール、プーレットの三人で一緒に勘定を払うから。

プーレット　若旦那、あたいたち戴いてるのがほんとに銘酒かどうか味見させてよ。このルケときたら信用できないのよ。この世にこんなインチキ野郎はいないんだから。

ルケ　じゃ、どんなに酷《こく》のあるワインか飲んでみなよ。生《き》のままのオーセール産のワイン(15)ですぜ。

プーレット　いや、イル・ド・フランスのでしょ。

クルトワ　飲んで見りゃわかりますよ。

プーレット　若旦那が先に飲んでみて。

クルトワ　いや、どうぞ姐さんからお先にやってみて。

プーレット　濁りがなく匂いが豊かで深い味だわ。嘘も偽りもなく言わせてもらうけど、ラ・ロシェルもの(16)とは味が違うわね。だけど、このお酒は愛の証《あかし》として心底惚れ込んでいる若旦那のいい女《ひと》、あんたの婢《はしため》がしおらしく心を込めてあんたに飲んで欲しいって言ってるのよ。このお酒はまたとない恋の証なんだから、どうか飲み干して戴きたいわ。
マンシュヴェール　あらいやだ、あんた、すっかり恋人気分になっちゃって、はしたないこと言うじゃない。
プーレット　今夜のうちに、奴からせしめられるだけせしめて楽しもうじゃないの。ねえ、あんた、しめしめ、あたいみたいにチャンスに恵まれた女があるかしら。まあ、あの人ったら、あたいにキスをしたいくせに遠慮しちゃったりして何をぐずぐずしてるのかしら。
クルトワ　なあに、姐さん、急《せ》いては事を仕損ずるですよ。こうしてるのも、人目を欺くためでさあ。
マンシュヴェール　なかなかいいこと言うじゃない。若旦那にお酒をあげて。
クルトワ　さあ、姐さんもおやんなさい。
マンシュヴェール　あたいはほんの少し舐める程度で結構よ。
クルトワ　ぐいっと威勢よく乾杯といきましょうよ。
プーレット　そうよね。ねえ、若旦那、邪魔が入らないうちに楽にして寛いでくださいな。この宿は何にも気兼ねがいらないのよ。よろしかったら、外の庭に出て、用を足してきたらいかが。遠慮して我慢をしてることないわよ。飲んだら、その分出さないとね。あたいたちに気兼ねはご無用よ。
クルトワ　そうですね。俺もそろそろと思ってました。じゃ、その辺をぶらりとしてこようかな。
プーレット　ねえ、あんた、奴をカモにしてやろうよ。あたいたちゴーヴァン(17)気取りの男を見つけたよ。田舎者のくせにお上品ぶっちゃってさ。思いも掛けずいい女を見つけたつもりになってるよ。でも、奴が大盤振舞いの勘定を払う前に、奴が腰に下げているでっかくふくれた財布をすっ空《から》かんにしてやろうじゃないか。見事奴を丸裸にしてみせるわ。ねえ、宿の御主人、ちょっと話を聞いてよ。どうか仲間に入って頼りになってよ。
宿屋の主　姐さんたち、誰を相手の儲け話でげすかな。ぜひ、聞かせてもらいてえでげす。
プーレット　ボケナスを見つけたところなんだよ。情婦《いろ》になってやるって言いくるめたのさ。でも、その前に、奴が腰にぶらさげている財布を掠《かす》めてやろうと思うんだよ。
宿屋の主　あんたたち、財布を見届けたんでげすね。うまい手を使って巻き上げるんでげすぞ。
プーレット　なあに、何が何でもあいつに一泡吹かせずにおくものかね。あたいたちのツケや今月の飲み代《しろ》をあいつに払わせてやろうよ。御主人、あんたへまをやっちゃいやよ。飲み代《しろ》の「かた」を取るのに遠慮はご無用、奴の金をせしめるのよ。いくら持ってるか知らないけど、相当あるようよ。それから奴の外套と上着とを剝ぎ取っておやり。代わりに襤褸《ぼろ》でも羽織らせてやればいいのよ。そうすりゃ、思い通りにことが運んで、あたいたち何も思い残すことなんかないでしょう。
クルトワ　やあ、あそこの庭は素晴らしいところだね。こざっぱりとした庭で気持ちのいいこと。文句の付けようがない庭だよ。
プーレット　ねえ、ルケ、若旦那にタオルを持ってきておやり。それから金盥《かなだらい》とお湯もね。若旦那がそのきれいなお口と惚れ惚れするようなお顔を洗うんだから。もっともっと男前になることだろうよ。
ルケ　へい、お湯でございい。湯かげんも丁度ですぜ。
クルトワ　宿にはそれぞれ流儀がありますから、それに従わない法はありますまい。この気配りたるやもって瞑すべしだ。お見受けしたところ、どうやらここにゃあ、男を喜ばせるあらゆるものが、しかも男冥利に尽きるものが置いてありますね。
プーレット　マンシュヴェール姐さん、お酒を注いであげて。体がさっぱりしたところで、一杯いかなくちゃね。
クルトワ　そうですとも、ケチケチしてはいられませんや。なみなみと注いで飲んでくれ。パン切れにワインを染み込ませて食べたらどうです。その方が夕食の楽しみが増しますぜ。
プーレット　あたい、聖クレール様にかけて、やめとくわ。若旦那こそぐいっと飲んでよ。素敵なお方。それから、あんたとおしゃべりしたいわ。いろいろと取って置きの知恵も授けて欲しいわ。
クルトワ　何でも聞いてくれよ。出し惜しみせず、教えてやるぜ。
プーレット　あたい、あんたに話があるんだけどさ。思う存分飲んだり食べたりしたい者は暮らしの糧《かて》を稼いで、うまく遣り繰りして切り抜けるのが肝腎て言うじゃない。若旦那さえ構わなきゃ、あたいたち暫くの間、金を稼いできたいのよ。それでお金を持ってくるからさ。頼りになるのは金って言うじゃない。あんたはあたいたちの稼ぎを当てにして飲んでてよ。どんどんお酒を注文してさ。ただし、賭けだけはしちゃ駄目よ。そんなことしたら、もう仲良くしてあげないからね。

クルトワ　そのことなら心配ご無用だよ。二人が戻ってくるまで賭けなんかやらないから。

プーレット　きっとよ。手先が器用なだけに、本当はやりたくてしょうがないんでしょう。あんたのお金、骰子賭けですってしまうんじゃないか心配でならないわ。

クルトワ　それじゃ、あんたに預けるから、しっかり握っときなよ。俺がそんなに財布に執着していると思ってるのかね。金は俺が手許に置いとくよりも、あんたの懐に抱かれていた方が気が楽だよ。

プーレット　ルケ、ちょっと話があるの。貸し借りをはっきりさせときたいの。あたいたち、これから仕事に出て一稼ぎしてきたいのよ。お前、あたいたちのこれまでのツケと今日のツケがいくらか知ってるでしょう。あたいたちの若旦那がお店を出る前に、お前が請求すれば、若旦那が払ってくれるからね。

ルケ　あの旦那が、太鼓判を捺してくれるんなら、もちろん、それでよろしいでがす。

クルトワ　もちろんいいとも、（とクルトワ[18]）姐さんが戻るまで俺はここにじっとして動かないから。

プーレット　ねえ、ルケ、戻ってくるまでに鶏を二羽潰してお料理しておいてね。

クルトワ　なあに、後は俺に任せておき給え。

そこでルケは直ぐに主人のところへ行き、主人の体を揺すります。

ルケ　ねえ旦那、面白い話がありますぜ。あの馬鹿者はすっかり蓮っ葉女たちにのぼせ上がっちゃってますぜ。すっかり女たちに丸め込まれちゃって、女たちの代わりにここに残るって言ってますぜ。

宿屋の主　それじゃあ、奴からツケの分を巻き上げておこうぜ。付け馬になって追いかけ回すのだけはご免だ。クルトワさん、こりゃどうしたんでげす。プーレットと仲間のマンシュヴェールはどこに行ったんで。

クルトワ　お二人はね、仕事があるからって出て行きましたよ。そこで俺が身代わりにここにこうしているわけで。

宿屋の主　あれれ、それじゃ、代金後払いで奴らに飲み食いさせて、俺の丸損じゃねえでげすか。若旦那、とんでもねえことを吹き込まれたようでげすな、プーレットめがお前《めえ》さんを身代わりにしていくとは。言っておきますが、あの女たちは全く信用の置けねえ奴でな、この手の汚ねえ稼業じゃ、右に出る者はいねえんでげすぜ。さすがのイザングラン(19)も手が出ねえほどの悪狐ルナール(20)の手練手管を心得ていやがるんだ。あの女、メグラン殿(21)にインチキをはたらき、だまして財産をすっかり巻き上げたかと思うと、今度は騎士のボードワン・デストリュエン(22)を相手に巧みにたらし込んで、こりゃほんとの話でげすぜ、乗馬を手放す羽目にあの方を陥れたんでげす。でも、そんなこたあ俺にはどうでもいいことでげす。俺はツケをすっかりきれいさっぱり払ってもらえりゃ、それでいいんでげすから。

クルトワ　御主人、心配ご無用だよ。姐さんたち、直ぐに戻ってきますよ。そんなに心配だったら、俺の上着を押さえておきなよ。

宿屋の主　よしきた、それでお前《めえ》さんの借金も減るってもんでげす。でも、その外套も一緒にでないと困りますぜ。

クルトワ　外套も着ないで、どうして外に出られるもんか。そんなの初めてだぜ。

宿屋の主　まあ、諦めて辛抱するんだな。汚れていなかったら、ズボンも脱いで置いていけ。ぐずぐずしてねえで、袖口の絎《く》け糸を解《ほぐ》すんだ(23)。他にやらにゃならん仕事があるんでな。

クルトワ　ほれ、持ってくがいい。

宿屋の主　もう巻き上げられるものは何もねえな。銀貨もなければ、小銭もないときてらあ。

クルトワ　御主人、何もかもぶち明けた話、俺、へまをやっちまったのかも知れないけど、財布の中に後生大事に六十スーしまい込んで持っていたんだ。それをあの女は置いてくどころか持ってっちまったよ。それも財布ごと。

宿屋の主　なるほど、お前《めえ》は何もかもなしの素っ寒貧になったな。金もなければ女もいねえ。どうやらあの女、お前《めえ》を袖にしたに違いねえ。今直ぐにわかるさ。あの二人の女に会いてえとか、今どうしてるか知りてえとか言うんなら、今直ぐにベチューヌ(24)に行ってみな。身軽になったところでひとっ走りしてはどうだ。

クルトワ　困ったことになったなあ、風雨にさらされて行くなんて。親父がよく言ってたっけ、家に落ち着いていろって。それなのに、俺は聞き分けがなかったんだ。無分別にも程があらあ。こんな羽目から脱け出すのに何とかしなくちゃならない。おめおめ餓え死になんかしたくない。俺は何にも仕事を身につけようともしなかったし、まともな暮らしをしようともしなかった。身から出た錆だ、仕方のないことだ。今さら、おめおめと親父に助けてくださいとも言えず、兄弟にも友人にも頼れない身だ。

宿屋の主　クルトワどん、お前《めえ》さんがこんな羽目になったのは、ほんとに気の毒なこったが、この俺にしたところで、あの女たちのツケの半分もお前《めえ》さんに払ってもらっちゃいねえんだぜ。クルトワどん、店にいつからあるかわからんほどの古ぼけた上着があるから、よかったらそれでも羽織ったらどうだ。賭けで丸裸にされた奴に前から貸してたものさ。裸で歩き回らずに済むし、少しは見苦しい格好をしなくて済むから。クルトワどん、あれがあってよかったなあ、若者だから、恥ずかしい格好するのはいやだもんな。さあ、ルケ、あそこにあるのを持ってきてやれ。随分前からこの店にある代物をよ。さぞかし、明日よその土地に着く頃にゃ、そいつも手放すことになるだろうよ。

クルトワ　ああ、とんでもないへまをやっちまったもんだ。まんまとだまされちまった。では、御主人、お暇《いとま》致します。無一文の身で、ここにいてもいいことがありませんや。

宿屋の主　では、クルトワどん、達者でな。

クルトワ　こんな惨めな目になったのも仕方のないことだ(25)。神様がぐずぐずして助けに来てくれないんだもの。俺はもう親兄弟も友達も当てにできなくなっちまった。親父からきっぱりとそう言われたもんな。さんざ俺を説教したのに、俺は聞き入れようともしなかった。不幸せなんか俺には無縁と思ってたが、今は骨身に染みるわい。これからどうして生きていけばいいのだろう。すっかりオケラになって、他に手立てもないあり様だ。二進《にっち》も三進《さっち》も行かぬほどに破滅に陥ったのも自業自得だ。親父の遺言書からもう俺の名前は消されちまった。神様、あなたがこんなに俺を打ちのめすのは俺の身のためなら、なるほどこりゃ「辛い目をして得た知恵ほど有難いものなし」だ。親父が言い聞かせたことを俺は与太話と受け流していた。これからは親父の飯時《めしどき》にゃ、俺は腹ペコってことになりそうだ。今になってつくづくわかったよ、馬鹿なことをしたもんだ。「馬小屋は馬を失くせば無用の長物」だ。故郷《くに》を出て来ちまったし、身寄りもなしだ。惨めな暮らしに耐えなきゃならんのも仕方のないことだ。神様、この破滅を私の罪滅ぼしとさせてください。どうか糧にありつけるところにお導きください。

するとそこへ一人の篤志家の旦那が登場し、クルトワに話しかけます。

篤志家の旦那　おや、お若いの、どうして嘆いているのかね。何か困っていることがあるのかい。どうしてそんな惨めな格好をしているんだね。

クルトワ　実は、有り体につらつらお話しすれば、あまりにも長い話になりますが、この世に私ほど憐れな者も幸せに無縁な者もおりません。

篤志家の旦那　何を言ってるのかね、君。そのうちにいいことだってあるもんなんだよ。歳月が一様に続くわけはない。ある時は慈父の如く、ある時は継父《ままちち》の如しなのさ。今年は君を継子《ままこ》扱いするかと思えば、次の年は君を実の子の如くという具合だから、力を落とさず気丈にしていなければいけないよ。君は見るからに大きくて機敏で頑丈そうじゃないか。豚どもの番ぐらいできるだろう。君、名前は何ていうのかね。

クルトワ　みんなにクルトワと呼ばれています、旦那。

篤志家の旦那　よし、クルトワ君、男に二言はない。わしの家で奉公働きをして、豚の番をしてくれたら、聖レミ様の祝日(26)までに四スーと履き物とを進ぜよう。

クルトワ　旦那、それと合わせてパンも恵んでくださるなら、喜んで致しますとも。
篤志家の旦那　もちろん、パンもやるとも。毎日お前の雑嚢の中に大きいのをまるまる一つ入れて進ぜよう。まあ腰を掛けて、少し休み給え。
クルトワ　そんなことしているより、小屋から豚たちを連れ出して、ほら、あそこに見える畑で腹いっぱいになるまで餌を食べさせましょう。
篤志家の旦那　この棍棒を持って行き給え。そうすりゃ、いかにも豚番らしい格好になるからさ。
クルトワ　やれやれ、俺が求めていたものにありつけたわい。願ったり叶ったりってわけだ。しっしっ、さっさと出るんだ。どうやら、この子豚ども、どんぐりなんかで育てられていないようだ。堅い尻《けつ》をしてるし、肩がだらーんとしてらあ。こんなに見事な飼い方をしてきた奴はでかした奴だよ。クリスマスにでもなりゃあ、旦那はさぞかしこいつらを焼き肉にできるだろうぜ。さてさて、今は何時頃だろう。そろそろ昼飯にしようか。だけど、このパン、カチンカチンに堅いじゃないか。こりゃ燕麦か毒麦で作ったパンだよ。親父の家にいた時分にゃあこんなに美味しいパンは食わなかったことだろうに。兄貴の奴、俺が豚の番をしているってわかったら、さぞかし言っていることだろう。てめぇの好き放題の暮らしも、道楽ももうこれでおしまいさって。こんな惨めな暮らしに身を落としたのも、あんなに威張り散らしてたんだから、天罰覿面《てきめん》だって。いやはや、このパンの不味《まず》いったらないや。烏麦だの大麦のパンときてらあ。藁屑やら籾殻《もみがら》が混じってて、これじゃ喉に傷がつくよ。こんなのうっちゃって、餓え死にした方がましだ。こんなものが喉を通るなんてご免だ。もうこうなったら、世話になってきた旦那と交わした約束なんぞ、いっそのこと破ってしまうしかないな。もう旦那の家には戻るまい。この豚どもも誰かが家に戻すがいいや。最悪の一週間だったなあ。いい思い出になるような嬉しいことが何一つなかったよ。ましなものを何も食べられなかった。腹ペコで欠伸《あくび》ばかり出やがる。こんなカチンカチンのパンを見るにつけ、こんなのを食う奴がいるのかと驚いちまうよ。このパン粉ときたら、ひどい麦を使ってやがる。もうすっかり第九時課(27)を過ぎてしまった。こんな時刻まで食い物にありつけないなんて初めてだよ。ああ、腹がへって胃袋が引きつるようだ。いつもだったら朝から腹くちかったのに。こんな惨めな羽目に陥ったのもみんな身から出た錆だ。自分を懲らしめ行ないを正すために枝を折って自分に鞭を打つことをしなかった。挙げ句の果てが棍棒で自分を打ちのめす羽目になった。これじゃ自分で自分を殺すも同然。今さら親父の家に戻ることはいくら何でもできやしない。どこか他所《よそ》へ身を寄せるしかないが、はてさてどこに頼ればいいものやら。それに腹がへって今にも気が遠くなりそうだ。神様はそっぽを向いて俺を見放されたのだ。豚どもが蹴散らしているこのさや付きの豆で腹を満たせるものやら、俺を苦しめる空腹を癒せるものやら。こんなものでも食べるしかないのだ。おめおめと死ぬのはいやだ。神様が俺のために別な豆を恵んでくださるといいが。こんな豆を食ってた日にゃ、げっそり痩せ細っちまうぜ。ああ、この豆ときたら、苦いやら渋いやら。こんなのを食べるのは願い下げだ。殻をよく剝いて豚の塩漬け脂身と一緒に料理したらさぞかし美味しかろうに。もう今にも餓え死にしそうだよ。なんとかして神様のお導きが欲しいところだ。俺が家もなく、こうして飢えに苦しんでいると親父がわかってくれたら、さぞかし憐れんでくれるだろうに。それに、息子の姿を見たいと思っていることだろう。この窮地を逃れるには親父の家に帰るのが一番だ。家に帰るしかいい道はないなあ。ままよ、こうなりゃ成り行き任せだ。ここで野垂れ死にするよりも親父のお慈悲に縋《すが》ることにしよう。郷里へ行く道はわかっているが、親父は喜んで俺に会ってはくれないだろうなあ。俺がこんなに惨めな身に成り果てているのを見ても、お金を恵んでくれることもないだろう。俺も随分落ちぶれたもんだ。これが反対に馬上豊かに、毛皮の装いも美々しく里帰りでもしたら、下にもおかぬ歓迎を受けることだろうに。でも、もうそんなお祭り気分になってはいられまい。なにしろ、あの兄貴ときたら意地悪な奴で、俺がこんなに落ちぶれたのを見たら、すかさず、それ見たことかと責め立てるに決まってるさ。でも、兄貴が性悪な奴でも、親父はずっと優しくて、話のわかる、道理を弁えた人だ。やれやれ、懐かしい家が見えてきたぞ。わが家の窓や屋根も見えてきた。

あの家から出て行くなんて、浅はかなことをしたもんだ。親父が座ってる姿が見える。でも、この俺が親父の前にどうして立てよう。こんな俺を親父に見られるのもいやだ。本当に俺は間違ったことをした。でも、いやでも、親父と顔を合わせなくてはなるまい。なにしろ親と子の間柄だものなあ。それなのに、俺は親孝行をないがしろにしてしまった。俺がこんなにぼろぼろの身なりをしているのを親父は見たことがないものだから、俺の姿を見ても、まさか息子だとは気付かぬようだ。俺は恥ずかしくて気後れしてしまう。親父はじろじろ俺を見ても、俺が息子だとは気が付かないのだ。この際いっそのこと思い切って恥も外聞もかなぐり捨てて、心底素直な気持ちになって親父にこれが自分の息子だって気付いてもらおう。

父さん、父さんのお叱りに聞く耳持たずと父さんの心に叛いて無分別にも家をプイッと出て行ったあの息子がこんなに憐れな姿になって戻ってきましたよ。自分の犯した過ちを心から後悔し、父さんのお赦《ゆる》しを戴きたい一心で。

父親　息子や、さあ立ち上がりなさい。わしの前に跪《ひざまず》くなんて、そんなことするもんじゃない。一体全体、どんな訳《わけ》があって、わしに赦しを乞いに戻ってきたのかね。

クルトワ　ああ、懐かしい父さん、目の前にいるのが、父さんが止めるのも聞き入れずに、さんざん親不孝のかぎりを尽くし、放蕩に身を持ち崩した息子のクルトワです。

父親　おお、息子や、よくぞよくぞ家に戻ってきてくれた。着替えをしなさい。それじゃまるで裸同然だよ。わしの息子と気付かないのも無理ないぞ。息子よ、前もってお前がこんな格好で戻ってくるとわかっていたのなら、着るものを別に用意しておいたものを。お前が前非を悔い改め、すっかり足を洗ったのだからわしはお前の過ちなんて何とも思っておらんぞ。わしの飼っている中で一番肥った子牛を潰して、お前が無事戻ってきたのを祝うことにしよう。このわしの屋敷に、家の者たちを集め、それから、隣近所の人たちもお招きすることにしよう。息子は辛い思いをしてきたのだから、元気を取り戻すように、湯を使わしたりして労《ねぎら》ってやれ。

兄　あれまあ、俺が昼飯を食いに戻ってきたってのに、家の中がいやに騒がしいじゃないか。このついぞ見掛けたことのねえ乞食は誰なんだ。そんなに優しく面倒見たりしてさ。

父親　倅や、こりゃお前の弟のクルトワだよ。

兄　俺の弟だって。こりゃ驚いた。冗談も休み休み言ってくれ。もう一度財産を分けてもらいに来たのか。現金をかっつぁらって行ったくせに、素っ寒貧になって戻ってきたんだろう。顔にはっきり書いてあらあ。

父親　以前着ていた毛皮の外套も、見てわかるだろうが、もう失くしているんだよ。ろくすっぽ飲まず食わずだったのだよ。早速着るものを誂えてやらなくてはなるまい。真人間になったのだから、ここはひとつ奮発して、わが家の肥えた牛を潰してやろう。立派な若者になったのだもの、温かくもてなさなくては。

兄　俺は、まるで召使いみたいに、履くものも履かずに、昼も夜も父さんのために働いているってのに、鶏の一羽も潰してくれないじゃないか。財産の分け前をもらわなかった俺が馬鹿だったよ。こいつが分け前持って出て行ったように、俺がもしある日家を出て行ったとしても、帰ってきたときは何もしてもらえないことだろう。父さんはいつもあの碌でなしの方が可愛いんだ。

父親　まあまあ、倅や、どうかそんなこと言わんでくれ。とにもかくにも、奴は善人になってくれたんだ。あの子を失くしたものと思ってたら、戻ってきてくれた。めでたい話じゃないか。神様も聖書で言っておられるではないか[28]。一人の罪人が悔い改めて正道に戻ってくれた方が、九十九人[29]の正者がいるよりももっと喜ばしいことだ、とな。じゃから、息子が戻ってきたのを祝って、是非とも牛を潰さなくちゃなるまい。さあ一緒に歌おう。「天主にましますわれら称《たた》え奉る[30]」

訳注

（1）北フランスのピカルディー地方の地名。中世時代は絨毯織物の中心地として栄えた。

（2）中世フランスの貨幣単位で一スー sou は一リーヴル livre の二十分の一。一リーヴルは二十スー、一スーは十二ドニエ、一ドニエは二マイユ。十三世紀中葉の作品『オーカッサンとニコレット』では牛一頭が二十スーに値したとある。

（3）アラスの豪商で、アラスの助役職にもあった人物。

(4) 金貨銀貨の重量単位で一マールは約八オンス。

(5) 旅人の守護聖人。

(6) ふたつに割った細長い板を合わせて印を付け、一方を客が、もう一方を店が保管して支払時にその印を照合して計算した。詳しくは、松原秀一『フランスことば事典』講談社学術文庫、四〇三ページ参照。

(7) 原文では sistier とあり、約八リットル弱。

(8) 昔、ワインはすぐに酸化しやすく、樽の栓を抜いたばかりのものほど喜ばれたし、またそれだけ高かった。栓を抜くときは、この作品のように大声で客引きをした。

(9) 一壺は約四リットル。当時の他の作品に見られる価格と比べると、かなり高価で、おそらく宿屋の主人はクルトワを初めから引っ掛ける魂胆のようである。

(10) 「お休みに……戴けるよう」は我々の底本である写本にしかなく、またテキストも乱れていて正確に意味を把握できないので、デュフルネの解釈に従って訳した。

(11) ここでは一種の強精剤のこと。

(12) アラスを中心とした北フランスの織物業で栄えた地方。

(13) 作品中彼はクルトワと呼ばれているが、クルトワ courtois は「宮廷風の」とか「雅やかな」というほどの意味の形容詞で、ここでは「伊達男」「洒落男」の意味も兼ねている。

(14) 四五九年にランスの司教となり五三三年頃に亡くなった僧侶。聖レミは、王クローヴィスをアタナシウス派に改宗させて、婚礼を祝福したり、アラスに司教座を置き、卓越した説教で民心を捉えたので、敬虔にして清廉の聖者として地元に馴染みがあった。

(15) オーセールはブルゴーニュ地方にあり、熟成のワインとして名が高かった。それに比べると、今のパリを中心とするイル・ド・フランスのワインは軽口であまり評判がよくなかった。なお、これから数行は、当時はやったワイン味比べのファブリオーを思わせる。

(16) フランス西部のラ・ロシェルの白ワインは美酒として高く評価されていた。

(17) アーサー王の甥で、騎士道の鑑とされている。

(18) 訳の底本とした写本だけ、せりふの中に割り込む形でト書きが入っている。

(19) 次に出てくるルナールと敵の間柄の狼。注(20)を参照。

(20) 一一七五年頃から長きにわたって好評を博した『狐物語』に登場する主人公。悪狐ルナールとその不倶戴天の敵イザングランとの確執を中心とする物語。詳しくは『狐物語』(白水社、一九九四年)、その抄訳である岩波文庫版『狐物語』を参照。

(21) いかなる人物か不詳。

(22) 一二四二年の裁判記録にこの名が見られるが詳しいことは不明。

(23) 「袖口の絎け糸を解すんだ」とあるが、袖は取り外しするようになっていて、着るたびに絎け糸で縫い付け、脱ぐときには絎け糸を解《ほど》いた。詳しくは、徳井淑子著『服飾の中世』(勁草書房、一九九五年)一二一ページ以下参照。

(24) クルトワが今いるアラスから北に二十五キロメートル離れた町。

(25) 「こんな惨めな」から「お導きください」までは、クルトワが真人間に戻った「見せ場」の長せりふ。原文では他の部分が八音綴詩句なのに、この二十行だけ十二音綴詩句（アレクサンドラン）単韻四連詩句による独白となっている。

(26) 十月一日で、当日は決済の日となっていた。

(27) 本来は、朝六時から数えて九時間目にあたる午後三時頃を指す語だった。夜明けから太陽が南中する真昼までを六刻に分割し、さらに真昼から日没までを六刻に分割して時刻を計った。一刻の長さは、夏と冬では異なるし、緯度の高低によっても異なる。次第に時間的なずれが生じて、第九時課とは漠然と昼過ぎ・昼下がりを指すようになった。因みに、英語の noon は本来は第九時課を意味する語 none に由来する。

(28) 「神様も聖書で言って……」はルカ伝十五章四節―七節参照。

(29) 底本には六十九人とあるが、A写本と聖書該当箇所に基づき、九十九人と改めた。

(30) 「天主にまします御身をわれら称え奉る」は、一般に「テ・デウム」として知られる聖務日課（特に朝課（真夜中））で歌われる聖歌。この作品とほぼ同時期の『聖ニコラ劇』、一二六〇年頃の『テオフィルの奇蹟劇』もこの句で終わっている。

アラン・シャルティエ

つれない姫君

細川哲士訳

解題

アラン・シャルティエは一三八五年ごろ（誤差十年）ノルマンディーのバイユーで生まれた。年若くヨランド・ダラゴンのもとへ出仕して、王太子シャルル（後のシャルル七世）の側近となり、やがて王の公証人・秘書官となる。その職を務める間に、フランス語およびラテン語で、時局に触れる作品を作っていった。そして乙女ジャンヌの出現を伝える書簡を絶筆とし、新暦の一四三〇年三月、アヴィニヨンで没する。

代表作は、一四一五年のアザンクールの敗戦で異なる運命を荷うことになった『四貴女の書』および、その敗戦後の風俗の乱れを、一組の男女の対話・論争を通じて告発した『つれない姫君』（一四二四）で、ともに仏語の韻文作品である。『つれない姫君』はまず宮廷内で大きな反響を呼び、さっそくイタリア、カタロニア、イングランド等で翻訳される一方、諸侯の文化サークルを軸に数多くの模倣作品を生むことになった。今日それらは「つれない姫君作品群」と呼ばれ、前の世代の「薔薇物語論争」を引き継ぎ、次の世紀の「女性談義・結婚是か非か」に連なっていくものとして位置づけられている。現存写本も数多く、頻繁に引用される『つれない姫君』は、この時代、最も注目を集めた作品だったのだ。

『つれない姫君』の訳出にあたっては、最良の校訂版1を底本とした。仏語による簡略本2も大いに参考になる。3、4は初学者向き。同時代の古いイタリア語訳5、カタロニア語訳6、英語訳7の証言は貴重。

1 J.C.Laidlaw, *The Poetical Works of Alain Chartier*, Cambridge, 1974.

2 J.C.Laidlaw, *Poèmes par Alain Chartier*, 10/18, 1988.

3 A.Piaget, *Alain Chartier : La Belle Dame sans mercy et les poésies lyriques, Lexique établi par R.-L.Wagner*, TLF, 1949.

4 David F.Hult et Joan E. McRae, *Alain Chartier : Le cycle de La Belle Dame sans mercy*. Champion, 2003.

5 Giuseppe E.Sansone, *Carlo del Nero : La Dama sanza merzede, volgarizzamento del XV secolo da Alain Chartier*, Zauli Editore, 1997.

6 Martí de Riquer, *Alain Chartier : La belle dame sans mercy amb la traducció catalana del segle xv de fra Francesc Oliver*, Edicions dels Quaderns Crema, 1983.

7 Frederick J.Furnivall, *Political, Religious and Love Poems*, EETS No.15, 1866.

つれない姫君

一

さきごろ、馬を歩かせながら、考えていた、
さみしく、つらい男である私は、
この苦しみについて。そこでは当然のことながら私が
恋する男の中で、最も苦しい男たらざるをえない、
死神が、その残酷な投げ槍で
私から彼女を奪い去って以来、
私は一人、取り残され、弱り果て、
ただ〈悲しみ〉のなすがままとなった。

二

私はこう言っていた。「やめなければだめだ
物語をしたり、詩を作ったりすることなど
そして、断念し放棄するのだ
笑うことを、泣くのと引き換えに、
それにこそ時間を使わなければならないのだ。
私にはもはや感性も余力もない、
書けもしないし、贈れもしない
自分をあるいは他の人を、歓ばせるようなことは。

三

誰かが私に無理強いして
楽しいことを書かせようとしても、
私のペンはそうするに至らないだろうし、
私の舌は言うすべを知らない。
私には笑える口がない、
笑えば目がそれを裏切ってしまう、
心臓が口に反証するために送り出す
涙が目から出てくるのだから。

四

私はおまかせする、患う恋人たちには
その病が軽くなる望みがあるので
シャンソンやディやバラードを作ることを、
各人がその意向に従って、

というのも私の彼女は死に際し、遺書を
調《ととの》え（神様、彼女の魂を受け容れてください）
私の感ずる力を持ち去ってしまった、
それは彼女とともに墓石の下に横たわっている。
五

これからは沈黙の時だ
もうものを言うのに疲れてしまった、
それをするのは他の人々におまかせしたい。
彼らの時であり、私の時は去った。
〈運命〉が宝の小箱を壊してしまった、
その中に私はためておいたのに、宝物や
集めてきておいたよきものを、
私の青春の最良の時に。

六

愛の神が私の分別を支配してきた、
そこに誤りがあるなら、神よお許しください、
よくぞやってきたとしたら、心残りはもうない、
どちらにせよマイナスにもプラスにも働かぬ。

最もよき人の喪失により
私のよきことのすべてが逝ってしまったのだ。
死が私に対しそこに境界を設け
それ以来私の心はそこを越えられない」

七

こうしたことを思いわずらい
朝の間ずっと馬を歩かせていたら
程遠からぬところに来てしまった、
昼食をとることになっていた場所ではないか。
道を進むのをやめ
ここで休もうかと思った時、
運命のはからいか、私は耳にした
楽人たちの楽の音を、果樹園の中に。

八

みずから好んで引きこもって
離れた静かなところにいたのだが、
私のごく仲の良い友達が
私が来ていると知ると

こぞってやって来て、争うように
なかば力ずく、なかば拝みたおされて
私はどうしても逃れることはできなかった、
そのお祭りに私を加えようと彼らがするのを。

九

入っていくと、たいへんな歓迎を受けた、
奥方や侍女たちに
そしてそういう方々の歓待を受け
皆様すべて立派な美しい方々だったので
またそうした方々のみやびな振る舞いのお陰で
日長一日そこに私は引きとめられ
次から次と楽しい話をしたり
とても優しくされて、くつろいだ。

一〇

食事の支度がととのいテーブルが置かれると
貴婦人たちがテーブルにつく
そして彼女たちが座り終わると
伊達者たちが彼女たちに奉仕するのだ。

その日、男たちの中には
そこに一緒にいる者の中に見出す者があった
自分たちの判官を。そういう振りはしないものの
それが彼らを縄の中に捕らえるのである。

一一

私はそこで他《た》にたち混ざる一人の男を目にした、
その男は何度も何度も行ったり来たりしている
物思いに沈んで呆然としている
ほとんど物音をたてない。
目立つことを極力ひかえているのだが
〈願望〉が理性にたちまさり
しばしば自分の眼差しを導いてしまう
時宜にかなわぬ時なのに。

一二

明るい顔をするよう努め
見せかけの喜びをあらわし
歌を歌うよう心に強いても
うれしいからではなく、怖いのだ。

つねに心を締めつけている力の余りが
彼の声には混じってしまう。
そして彼はその目的に舞い戻っていく
ちょうど森で鳴く小鳥のように。

一三

ほかの男も広間にはたくさんいた、
だがこの男の様子は
ぐったりしていて、やせこけ、青ざめ、血の気なく、
それに言葉がふるえていた。
ほかの男にはほとんど寄りつかない、
黒いものを着ていて、銘章をつけていない、
この男は、大いに
心に屈託があるようだった。

一四

男はすべての女性をもてなしているように装っていた
うまくやり、うまくいってもいるようだった、
しかしこの時、彼を大胆にさせたのは
愛の神で、彼の心に火をつけて
彼女を見る気にさせた。
私にはその時、それがはっきり見分けられた
彼の眼差しによって。彼は投げかけていた、眼差しを
彼女の上に、ひどく憐れみっぽく。

一五

よく自分の顔の向きを変えては
ほかのところをあちこち見ようとするのだが
目は横を向き
一番楽しいところへ戻ってしまう。
私は気づいた。彼の目から発する矢は
つつましい懇願の矢羽根をつけていると。
そこで私は自分にこう言った。「神よ、ご加護を！
私たちも同じだった、いまのあなたと」

一六

時々、離れたところに引っこんで
自分の振る舞いを立て直そうとしては
はらはらと、溜息をつく、
苦悩を思い出すせいである。

そのあと挙措《きよそ》を正して
お皿の給仕に立ち戻る
だが、外見から見るかぎり
それはとんだお猿の芝居、そぞろ哀れが催される。

一七

食事の後は、始まるのだ
踊りが、それぞれ男と女が組になる。
そして、この恋する悲しい男も踊った、
ある時はあの人と、またこの人と、
すべての女性に等しくいい顔をして。
番が回れば、どの人のところにも行ったが
つねに、ひとりの人のところに戻っていく。
他のすべての女性にたち優ってその人が大事だった。

一八

私の好みに合わせて彼は選んだのだろうか
その時、私が見た女性たちの中から。
彼はその心ばせを評価したのだろうが
同じくらいその体の美しさも評価したに違いない。

軽々しく、自分の目が伝えることを、
別段希望もないのに、信ずる者は
千の死を死ぬことになるかもしれない、
自分が喜びとするところに達する以前に。

一九

その貴婦人には欠けるところがなかった
前から見ても後ろから見ても
あらゆる美徳の備蓄庫で
恋する男の心に対峙していた。
若く、生まれがよく、さわやかで軽やか
振る舞いに落ち着きがあり、むら気がない
優しい物言いで、ゆったりとした物腰、
〈絶対支配・拒絶〉の旗の下にいるのだ。

二〇

この祭りに私は疲れた
陽気さが私の悲しい心を苦しめる
それで人ごみの外に出て行き
生垣の後ろに座った

すばらしく葉が厚く繁っていた
青い柳が絡み合っていて
その葉の繁みの厚さゆえに、誰も
向こうから私を見ることができないほど。

二一

恋する男はその貴婦人を導き
順番が回ってくると踊り
そして座るために戻っていった
再び緑のめぐってきた草地に。
まわりには余人はいなくて
この二人だけが座っている、
他にさえぎるものは何もなく
ただ格子垣だけが私と二人の間にはあった。

二二

恋する男が溜息をつくのが聞こえる
近づけば近づくほど、願望が増すのだ、
彼が引きずっている大きな苦しみは
黙っているわけにもいかないし、言い出せもしない。

このようにして、医者のそばで衰弱し
快癒を害しているのだった。
燃え上がっているものが、最もその身を害するのは
薪の火に近づくことだ。

二三

心臓は彼のからだの中で増大し
苦悶と恐れで締めつけられて
もう少しで張り裂けそう、
それらが交互に心臓を押えつけるのだから。
〈願望〉はやれと言うし、〈懸念〉は待ったをかける、
前者は解き放ち、後者は締めつける。
病の刻印を押されない者はまれだ、
心の中にこうした戦いを抱えている者は。

二四

しゃべろうと何度も努める
まるで〈恐れ〉が彼を引きとどめなかったかのように
しかし彼はしゃべることを心に無理強いした、
さんざん逡巡したあげくのことだったが。

そしてその貴婦人のほうに向かって
低い声で、泣きながらこう言った。

恋する男

この日が来たことは私にとって禍《わざわい》でした、
お姫様、ひとたびあなたに会ってしまった以上は。

二五

同じく恋する男

私は燃え上がる熱い病に苦しんでいます
よきものをあなたに求めるあまり、私は死にます。
あなたにはどうでもいいことだとわかっていますし、
それを考えてみようというお気持ちのないことも。
でも我関せずとなさらず、ほんの少しでいいですから
考慮に入れてみてください、私がお話しすることを。
それで、あなたの価値が下がるわけもなく
名誉が減り、恥が増すわけでもありません。

二六

同じく恋する男

ああ、お姫様、どんなご迷惑がありましょう
一人の男の自由な心があなたによき事を求めたとして
そして名誉から非難されるいわれなきまま
私があなたのものとなり、自分をそう見なしたとて。
ついてはどんな権利も全く引き合いに出しはしません
というのも私の意欲は服しているのです、
あなたのお気持ちのままに、私の気持ちにではなく、
私の自由をもっとあなたに隷属させるために。

二七

同じく恋する男

私は値しないかもしれません
あなたのお恵みに、私の奉仕では。
でもお忍びを、少なくともあなたへのご奉仕だけは、
あなたのご不興に値することのないように。
私はご奉仕おこたりなく、お仕えいたします、
忠義一徹つとめます。
正にこのため愛の神は隷従するよう仕向けたのです
私があなたの奴隷となるように。

二八

語り手

貴婦人はこの言葉を聞くと
低い声で答えた
顔色も心持ちも変えることなく
だが、ごくきっぱりと。

姫君

立派な殿方、そうした狂った考えが
あなたに取り付いて離れなくなってしまったら大変。
別の方向に考えを変えることにして
お心に平安をもたらせたらいかがでしょう。

二九

恋する男

誰もそこに平安をもたらすことはできません
そこに戦いをもたらしたあなたをおいては。
あなたの目は手紙を書き送り
それによって私に挑戦なさり
そして〈優しき眼差し〉を送り出し
この挑戦の伝令使
それによってあなたは私に約束しています、
挑戦しつつ、良き信頼を。

三〇

姫君

苦悩の中で生きることを渇望し
自分の心をきちんと見張っていないのです、
目のたった一瞥で
心の平安、心の喜びを守れないような人は。
私やほかのどなたかがあなたを見るのは
目は見るために作られているからです。
こちらはそんな事には別段、気を使っていませんから
それで病気になりそうならご自分で用心なさいませ。

三一

恋する男

たまたま誰かが誰かを傷つけたとします
傷つけられた側の過ちによってだとします
ものの道理からすると、どうすることもできない、

でも傷つけられた側はそれで苦しみ、悲しみます。
〈運命〉ないしは〈過酷さ〉ではありません
私に傷を与えたのは。
そうではなくあなたのその若さだ、
どうしてあなたはそれを軽んじるのですか。

三二
姫君

あなたに対しては軽蔑や敵愾心を
一度も持ったことはなく、持ちたいとも思いません
すごく大きな愛も、すごい憎しみも。
また個人的ご事情は知りたいとも思いませんし。
〈確信〉によってあなたはわかったとしています
そんなささいなことが大きな喜びとなりうるなどと。
そうしてあなたは自分を偽ろうとなさっていますが、
そんなことは私としてはしたいとは思いません。

三三
恋する男

私をこの不幸に追いやったものが誰であれ
〈確信〉が私を騙したのではありません。愛の神です。
愛の神がとても上手に私を追いつめたので
あなたの網の中に私は落ちてしまったのです。
こういうふうになってしまった以上
私はあなたの両手の中で意のままになっているので
不幸にして起こったことが失敗だったというのなら
できるだけ早く死ぬほうが苦しみが少ないのです。

三四
姫君

そんな優雅な病が
人を死に至らせることはほとんどありません。
でもよくあることに、人がそう言うのは、
できるだけ早く、安楽を得たいからです。
愚痴を言ったり、ひどく嘆いたりする人は
一番ひどい苦しみを持っている人ではない。
愛の神が、結局、そんなに苦しめるというのなら
苦しむ人は、一人のほうがいいです、二人より。

三五
恋する男

ああ、お姫様、はるかによろしいのは
礼節にかなう親切な行ないをするにあたり、
一人の苦しみから二つの喜びを作ることです、
苦しむ人を完全にだめにしてしまうのではなく。
私が切望しひたすらそうしたいと思うことは
ただ、私の奉仕があなたのお気に召すようにすること
それと引き換えに求めるものは、何ら悪い事をせずに
一つの不快のかわりに二つの喜びなのです。

三六
姫君

その愛に私は求めません、怒りも安らぎも
また大きな希望も大きな切望も、
私はあなたの病に対して力を持っていませんし
あなたの悦びをめざしてもいません。
お相手を選びたい方はどこかでお好きにどうぞ。
私は自由です、自由でいたいのです。
私から私の心を手放して
他の人の心をご主人にする事などはまっぴらです。

三七
恋する男

悦びと苦悩とを配分する愛の神は
貴婦人の皆様を隷属状態の外に置きました
そしてその方たちの役割として命じたのは
主人たる振る舞いと自由な領主権。
奉仕する男たちはそこでは何ら特権を持ちません
ご褒美の追求を除いては。
そして、ひとたび臣従の誓いを立てると
取り消しはひどく高くつきます。

三八
姫君

女の人は決してそんなに鈍感でもないし
そんなにわからず屋でも馬鹿でもないので
ほんのちょっとしたおかしな嘘で、
それが立派な言葉でまるめられてはいても、
ほかならぬあなた方がその学校の先生で

すばらしいことだと信じさせようとしますが、
自分たちの気性をすぐに変えたりはしません。
甘い言葉には、耳を閉ざすことです。

三九

恋する男

語りの芸人で、一生懸命
分別、学識、努力を傾注して、
こんな悲しい嘆きを語り、
病に引き回されている人を演ずる者はありません。
頭がまともで嘆く人は
自分のたぶらかしを隠し通すことはほぼできません。
苦しみいっぱいの思いが
自分の言うことを行動で証明するのです。

四〇

姫君

愛の神は残酷な騙し屋です
事実において厳しく、嘘において甘い、
そして罰するすべを心得ています

その秘密を知ったと思っている人々を。
そういう人々を自分に従うようにさせます、
とっつきは優しくして。
だが後悔の時が来ると
その残酷さをあらわにするのです。

四一

恋する男

神と〈自然〉が
愛の悦びをいと高きところに据えたので
愛の傷もそれだけひどくなるし
愛の欠如はさらにいっそう苦しくなります。
寒さを知らない者は暑さを気にかけない、
ある対立物は、その対極物と引き換えに求められる、
だから誰も悦びの価値がわからないのです、
苦悩を通じてそれを獲得したのでなければ。

四二

姫君

悦びはどこでも同じというものではなく、

あなたにとって甘いことが、私には苦い。
ですからあなたであれ、ほかの誰かであれ
好み通りに私が愛するよう仕向ける事はできません。
いかなる人も自分は恋人だと公言すべきではない。
書面による約束以前に、心に基づくものでなければ。
強制によっては傷つけることができないからです、
自由で解放された意志というものは。

四三
恋する男

ああ、お姫様、とんでもないことです、
私が他の権利を求めようとするなどとは、
私はただ私の困惑をあなたにお示しし、
あなたのお恵みを求めるだけなのです。
もし私が名誉追求をめざそうものなら、
神と〈運命〉が私を破滅させ
今後一切獲得を許さないようにしてください
この世でたった一つの喜びをも。

四四
姫君

あなたやほかの方がそんなふうに誓って
自らを断罪し呪詛しても
その約束が生きているのは
その言葉が言われた時だけだとは思いませんか
神や聖人たちも笑うでしょう
そうした約束には確固たるものが全くないからです。
そんなことを信ずる不幸な女たちは
後になって多くの涙を流すことになるのです。

四五
恋する男

人の心を持っていない者は
非難することに喜びを求めますが
そういった輩は人と呼ぶに値しないし
大気や大地がそういう者に愛着を持つに値しません。
信義の心と真実を語る口は
完全な人間を守る砦であります。
そして安易に誓約をしてしまう者は

他の人を求めつつ自分の名誉を傷つけてしまいます。

四六

姫君

卑しい心と優雅な口は
たしかに同じ種に属するものでは少しもないのですが
〈偽りの思い〉がすぐに両者に折り合いをつけさせ
持ち前の悪意によって二つを取りまとめます。
〈偽りの見せかけ〉の一味が
偽りの言葉を使って自分たちの名誉をさらっていく、
しかしそうした名誉は彼らの心の中で死んでおり
惜しまれて泣かれたり嘆かれたりはしません。

四七

恋する男

悪い事を考える人に良い事がやって来ないでほしい！
神よ、各人にそれにふさわしい報償をお与え下さい。
しかし神のお慈悲にかけて思い出していただきたい、
私が苦しんできたこの苦しみを。
というのも、私の死も、私の破滅も
欲しがってはいませんから、あなたのお優しさは。
そしてあなたのお恵みが私に向かって開かれるなら
あなたこそは私の命の保証人です。

四八

姫君

軽はずみな心と陽気な狂気が
（狂気は短いに越したことはありませんが）
あなたをそうしたメランコリーにさせるのです。
でもそれは治る病気です。
あなたの思い込みを中断しなさい、
どんな楽しいゲームでも人は飽きるものです。
私はあなたを助けもしないし、いじめもしません、
私を信じてくださらないなら、それにも甘んじます。

四九

恋する男

鷹や、鳥や犬などを持っている人は、これが自分の
後を追い、なつき、怖がり、恐れるようになると
大事にし、よく面倒を見て

追っ払ったり追い出したりしません。
そして私は、思いのたけを委ねているのです
あなたの中に、偽りもなく、心変わりもせずに。
それなのに船倉よりもはるか下に押し込めて
全くのよそ者ほどにも評価してくださらない。

五〇

姫君

私がすべての人に愛想よく振る舞うのは
名誉と自由の心からですが
あなたにはそうしたくないと思います、
あなたの被害を回避するためです。
というのも、愛はとても賢くなく
信ずるのに軽はずみなので
すべてを都合よいように取ってしまいます、
自分にはほとんど役に立たないことまでも。

五一

恋する男

愛と信義のために
よそ者たちが現に手にしている歓待を私が失ったら
私の誠実さは私にとって全く値打ちのない物となろう
右往左往するよそ者たちや
あなたにとって何者でもない者どもにとってよりも。
そしてあなたの中で滅びてしまうでしょう
礼節が。それこそがあなたに説くもの
愛は愛によってのみ報われるべしと。

五二

姫君

礼節はとても固く名誉と結びついていますし、
名誉もこれを愛し大事にしていますから、
礼節はほかの何かと結びつこうとはしません、
義務によろうと、懇願によろうと。
むしろ礼節は愛想をふりまくのです
自分の気に入った所や、良いと思われる所に。
ご褒美だの、強制だの、せり売りだのと
礼節は並び立たないのです。

五三

恋する男

私は褒美は全く求めていません
ご褒美を頂くことは私には高嶺の花です
私が頂きたいのは純粋な贈り物としてのお恵みです
私に必要なのは死でなければお恵みなのですから。
持たざる人のところへ、よきものを与えること
それこそが理にかなった礼節であって
身内の者にはいっそう価値があります
よそ者に優しくするよりは。

五四

姫君

あなたが、よきものと名づけているものが解りません
悪いものが別の名を騙《かた》っているのでは。
でも自分のものを、気前よすぎるのではないですか
与えることによって、自分の名声を失う人は。
承諾は与えるべきではありません
求めがふさわしくないかぎり
私たちがもし名誉を保持していないとなると
残りにはほとんど何の価値もありません。

五五

恋する男

これまで生まれたどんな男にも
この空の下で、これから生まれるどんな男にも
――そしてあなた以外にほかにはいません――
あなたの名誉がよりよく関わる者はいないのです
私以上に。私は若い時も年老いても
あなたへの奉仕以外に私の名誉を求めません。
私には心も精神も口も目もないのです
あなたのため以外の用途に使えるようなものは。

五六

姫君

かなり大きな重荷を持ちこたえることになります
自分の名誉を守り、支える者は。
でも、危うく苦しみ、生きることになります
他人の手に名誉を委ねる人は。
その名誉が自分に属する人は

他人を当てにすべきではありません。
それだけ自分の名誉を少なく保持することになります
多くを他人に期待する人は。

五七

恋する男

あなたの目はその刻印をとてもはっきりと付けました
私の心の中に、だから何が起ころうとも
その結果仮に私が名誉を得、又は求めようとするなら
それはあなたから私にやって来ることがふさわしい。
運命は望んできました、私が生きるようにと
あなたのお恵みの中に命が取り込まれて。
だからごく当然のことなのです、私が思いいたすのは
何をおいてもあなたの名誉のことです。

五八

姫君

あなたご自身の名誉のことだけを考えて
ご自分の時間を有効にお使いください。
私自身の名誉は私にまかせて
馬鹿な振りをする労をとらないでください。
打ち勝ち屈服させるのはいいことです
狂った幻想を抱く心に。
というのも、壊すのは、曲げるのより良くないし
落ちるのより、揺れているほうが良いからです。

五九

恋する男

お考えください、お姫様、
愛の神が私の心をあなたに委ねて以来
私の心は（私もそうですが）
生きている限りこの他《ほか》ではありえないようなのです。
愛の神はあなたに心を見返りなしで委ねました。
この贈り物はなかったことにはできません。
私は事の行く末を見守ります、
私にはそれに手を加えたり取り除いたりできません。

六〇

姫君

私は与えられた物と認めていません

受け取らない人に贈られた物は。
贈り物は捨てられた物と同じ、
もし贈り主が引き取らないというなら。
心臓の持ち過ぎです
拒む人に心臓を次々にあげようと企てる人は。
賢い人は、取り戻すことを
学びます、そんなことに時間を浪費せずに。

六一

恋する男

時間の浪費だと信じてはなりません
かくも秀でた姫君に奉仕する者は。
それに自分の時間を使わなければならないとしても
少なくとも私は咎めだてられることはありえません、
心が萎えているとか、間違っているとかで、
あなたに向かって嘆願しているこの時に。
愛の神は嘆願を通じて企ててきたのです、
かくも多くの優しい心を射止めることを。

六二

姫君

私の忠告を聞いてくださるなら、
捜す事ね、どこか別の所でもっと美しく優雅な方で
愛を楽しみたいと思っている方を
あなたの思いに良くかなう方を。
慰めからはるか遠いところで苦しむだけです、
自分一人で二人分の心配をする人は。
「待ちっこゲーム」で負けですね、
サイコロで、ぞろ目を出すすべを知らない人は。

六三

恋する男

あなたが私にくださる忠告は
言うに易しく、行ない難い。
それを信じないことを私にお許しください。
私にはこのような、欠けるところのない心があるので
折り合いをつけることができそうもありません
信義が同意を与えないようなことに。
ほかの忠告は私には必要ないのです、

ただ憐れみと憐憫を除いては。

六四

姫君

賢い人とは、狂ったことをし始めても
やめる潮時を知り、やめようと思う人です。
知恵の足りない人は
そうした事を続けたいと思い、やめられない人です。
忠告を受けてもやめられない人は
絶望がその後をついて行き、
そこから得られる良いことといえばせいぜい
それを追いかけている途中で死ぬことだけです。

六五

恋する男

追い続けます私は、できるかぎり
そしてわが命続くかぎり、
それに信義のうちで死ぬその時
そういう死は私を苦しめはしないでしょう。
だがあなたの頑なさのせいで私が
誠実にかつ苦しんで死ぬことになる時
死はさらにいっそうつらくなくなります
恋する嘘つき男として生きるよりも。

六六

姫君

何事であれ、私を非難するのはおやめください。
あなたに私は厳しくもないし、頑なでもありません。
あなたにとやかく言われる筋合いではありません、
あなたにとって、甘かろうが苦かろうが。
自分に対し悪いことをしたい人はそれに耐えること。
これ以外の慰めを与えるすべは知りませんし
慰め方を学ぼうという気もありません。
やる気のある方が、試されるといいでしょう。

六七

恋する男

それは一度はぜひ試練にかけてみなければなりません
すべて善男たるもの、各人の持ち場で
そして愛の神への債務を払わなければなりません。

愛の神は自由な心に影響力と権利を有しています。
というのも〈自由な意思〉は主張し信じてもいます
それは頑なさであり不正であると
一つの気高い心をひどく窮屈に捉えて
牢獄としてはたった一つの肉体だけを持つなどとは。

六八
姫君

私はびっくりするような事例を沢山知っていますから
どうしても思い出してしまいます、
入っていくことは危険ですが
引き返す時はもっと危険だということです。
良いことはなかなかそこから生じてはきません。
だから私は追求したいという気にはなりません
うまくいったところで悦ばしい悪に過ぎないものを、
それを試みることはとても高くつきます。

六九
恋する男

あなたには恐れる理由がありません
また、あなたに働きかけて、私を、
遠ざけ押しやらなければならない疑惑もありません。
あなたがその善良さによって見て取り、見出すのは
私が試みを敢行し、試練にあい
それによって私の誠実さがあらわになったことです。
長く待ち望むことや、激しい試練は
隠し通せるものではなく、明らかになります。

七〇
姫君

自分のことを誠実だと呼ぶこともできましょう
（そうした名称が合ってもいるし、ふさわしいですが）
与えられても、その良きものにふさわしくなろうとし
それを隠し、守り通すことのできる人ならば。
もっと欲しいと求め、欲しがる人は
誠実さを試練にかけなかったことになります。
お恵みを追い求めるそういう人は
お恵みを見つけた後、それを失ってしまうからです。

七一

恋する男

仮に私の誠実さが敢えて
私を全く愛していないものを愛するようにさせたり
そして私を殺すもの、
私の恋の敵であるものを大事にさせたりするならば、
そのときは目下眠っている〈憐憫〉が私の苦悩に
区切りをつけ、終わりをもたらすことになって、
愛する人のこの優しい慰めが
私の誠実さをいっそう堅固なものにするでしょう。

七二

姫君

苦しむ男の人はいつも
ごく陽気な人たちとは正反対のことを考えます。
そして病人の考えることは
健康な人々の中では、まるで奇妙です。
とてもゆがんだ心を持った人が沢山いて
よきものを持つことがすぐに病状を悪化させ
誠実さを傍らに押しやることになります
いつもそれを渇望していたはずなのに。

七三

恋する男

すべての人には見捨てられ
名誉には、貶《おとし》められ、見放されます、
恵みの贈り物やよき出来事の
見分けがつかず、悪く取ってしまう人は、
恵みは女性からのもの、女性がその者を活気づけ
死から生へと連れ戻そうとなさったのに。
こうした悪行に身を染める者は
万死に値します。

七四

姫君

こうした悪行に対しては、訴え出る事ができるような
裁判所もなければ判事もいません。
ある者は悪行を犯す彼らを呪い、別の者は裁きます、
でも誰かがそれで死ぬのは見たことがないわ。
彼らにはしたいようにさせておいて、

また新たにもっとひどい事を始めるのを許し、
かわいそうな女性たちが被るようにさせます
ほかの男の罪や罰や不幸を。

七五
恋する男

火あぶりやつるし首にはされないとはいえ
そういう過ちに陥った人には、
私の確信するところ、後になるかもしれませんが、
結局、不幸なことが起きて
名誉もよきものも失ってしまいます。
というのは、〈偽り〉は、とても呪われているので
決して、高き名誉が、偽りの住み着いている人の上に
めぐってくることはないのです。

七六
姫君

あの人たちはそういう事を大いに恐れる事は全くなく
こんなことを言い、こう主張しています、
誠実さは幸福をもたらすものではない

それを長いこと持ち続けている人々に、と。
彼らの心は飛んでいっては戻ってきます
心をよく仕付けてあるので
そしてよく教え込んであるので
愛撫を受けるやいなや狙いを変えようとします。

七七
恋する男

人が自分の心をきちんと託す時
良い正しいお相手にですが、
人は真摯で堅固でなければなりません、
以後ずっと離れることを考えずに。
愛がなくなるとすぐに
至高の悦びもどこかへ行ってしまう。
だから私はこの愛を分け与えることはないでしょう
肉体の中で魂が脈うつかぎり。

七八
姫君

あなたが愛さなければならないものをよく愛しても

間違ったことをすることにはならないでしょう
しかし、軽はずみな企てをしたことによって
愛さなければならないものを間違えたとしたら
あなた自身が自分を責め立てることになるかも、
そして理性の助けを求めなければならなくなります、
あとは狂った希望の中で
まるで望みのない助けを待つだけです。

七九
恋する男

理性、警告、忠告、分別は
愛の判決の中に一緒に封印されています。
そういう判決に私は服すつもりです。
それらのどれ一つ私に歯向かうものはないからです。
それらは欲望の中に混じり込んで
強く絡み合っているのです。ああ！
だから私はそのもつれ合いから解き放たれる事はない
〈憐憫〉がその網を切り解いてくれないかぎり。

八〇
姫君

自分自身に対して愛を感じていない人は
すべての愛から信用されません、
そしてもしあなたがご自身に憐れみを感じないなら
他人の憐れみも当てにすることはできません。
でも、皆様ご安心ください
私はこれまで通りの私だということです。
もっと良いものを期待するのはおよしください、
そして拒否を快く受け取ってください。

八一
恋する男

私の確とした希望によれば
そういう女性の中に〈憐憫〉が欠けるはずがないと。
しかしながら〈憐憫〉は閉じ込められていて、
〈拒絶〉が私に襲いかかるのを放任しています。
それでも、立派に愛することで私の勇気が萎えるのを
目にしたら、〈憐憫〉は逃げて来てくれるでしょう。
その時になれば、〈憐憫〉の遅れ、遅い逃げ出し、

私が立派に苦しんだ事が、私のためになるはずです。

八二

姫君

そんな話はおやめください。
それにこだわればこだわるほど
悦びも安らぎも持てなくなるからです、
それに、決して上首尾に達することはないでしょう。
〈希望〉を当てにして待っていますと
気がつけばご自分が馬鹿な獣となっていたりして。
そしてあげくの果てにこういうことがわかるはずです
〈期待〉こそが薄幸な男どもに糧を与えているのだと。

八三

恋する男

あなたはこうしたいと思う事をおっしゃったらいいし
またそうする力も充分お持ちでしょう。
でも私から〈希望〉を取り上げるのはやめてください
それがあってこそ多くの苦難に耐えてきたのです。
というのも〈自然〉はあなたの中に
努力を払って多くのよきものを閉じ込めたのです、
〈自然〉がそれらを集めたのは
〈憐憫〉を外に追い出すためではありません。

八四

姫君

〈憐憫〉は理にかなっていなければならず
いかなる人に対しても不利に働くことなく
必要とする人々にはとても役に立ち
かわいそうな人々に害をなしてはなりません。
もし女性が、他の男の人に対して憐れみ深くして
自分自身に対して残酷になったなら
その女性の憐れみは、人をさげすむものとなり
その愛は、死を招く憎しみとなります。

八五

恋する男

慰めを失った者を慰めることは
残酷なことではなく誉めるべきことです。
だがあなたは心を頑なにしているので

その美しい肉体の中にあって、敢えて申しますが
叱責を受け、あなたにふさわしくない
残酷さを持つという不評を招きます、
もし、ご褒美を配る〈憐憫〉が
あなたの気高い心の中にいないなら。

八六

姫君

私が愛されていると、もし誰かに言われて
私がそれを本当に信じたいと思ったとして、
その人は私のことを叱責すべきでしょうか、その人の
思いのままに、私が狂ってしまわないからといって。
もし私がそういう慰めにかかわったとしたら
それこそ際限ない憐れみとなってしまうでしょうし、
それ以後、私が苦しめば
それはあげくの果ての報いです。

八七

恋する男

ああ、黒大理石よりも固い心よ
その中には〈お恵み〉が入りようもない
大木よりもたわみに強く
そんな力を誇示して何になるのですか。
そんなに嬉しいのですか、私が死に蹂躙されるのを
あなたを喜ばせるために、目の前で見ることが
一つの慰めを示して、
私に襲いかかる死を引きのばすことよりも。

八八

姫君

あなたの病から癒えることはあなたにはできます
私の病で迷惑をおかけすることはないからです。
私の悦びのために死ぬのはおやめいただきたいし、
あなたを治すために私が床につくのもいやです。
他の人のために私の心を憎むことはできません、
だから、泣き、叫び、笑い、歌うといいわ。
でもできるなら、私は見張っていましょう、
あなたや他の人々が自慢話をしないように。

八九

恋する男

私は全く良い歌い手ではありません。
なるほど、泣くほうがふさわしいのかもしれません、
でもいまだかつて自慢屋であった事はありませんし、
静かにじっとしているほうが私は好きなのです。
なんぴとも恋をしてはなりません、
その企てを隠す心を持っていないならば。
自慢屋には名誉を与えるべきではありません、
その舌が名誉をだいなしにしてしまうからです。

九〇

姫君

〈悪い口〉がじつに手広く宮廷を開いています。
各人、努めて悪口を言うようにしていますね。
偽りの恋をする男たちは、いま、流れる時の中で
みんなこぞって好き勝手なことをしています。
ごく控えめな男の人が、言われたがっていることは
「あの人でさえ、どんな女性からも信用されないのだ
男が女性に何かを言っても
もう信じてもらえなくなっているに違いない」と。

九一

恋する男

そんな男もいますが、こんな男もいます、今後とも。
大地は全く一様というわけにはいきません。
善人からは良いことがおのずと現れてくるでしょうし
悪人からは同様に卑劣さが現れてくることでしょう。
いったい正しい事でしょうか、誰かが善人たちの舌を
恥知らずの悪口で貶《おとし》めてしまった結果
〈拒否〉が追放してしまうようなことがあっても
善人たちをその良さもろともに。

九二

姫君

惨めな人々が、なさけない言い方をしたとしても
その落ち度は許されもするでしょう。
だが、良き振る舞いをしなければならない者どもが
つまり高貴な素性が命じて
立派な地位にいるようにされている者どもが

他に先んじて汚辱にまみれ
自らの心を委ねるとは、
束の間の信義と長い口舌とに。

九三

恋する男

さて、私によくわかっているのは、いま、
良い事をするので、軽蔑されている人がいる事です。
〈憐憫〉〈正義〉〈道理〉が
女性の心から追放されているからです。
男は皆一まとめにしてしまわねばならないのですか、
つつましい奉仕者と偽りの者とを。
そして善人を罰するべきなのでしょうか、
不実な者たちの過ちゆえに。

九四

姫君

私には困らせる力はありませんし
他の人であれあなたであれ罰する力もありません。
しかし悪者どもを避けるため
すべての男性に用心するのはよいことです。
〈見せかけ〉がつつましい男、優しい男の振りをして
女性を罠にかけます
だから、これには、私たち女性はおのおの
よく注意して見張らなければなりません。

九五

恋する男

恵みというたった一言が
あなたの頑なな心からは出てこないので
私は神の前に訴え出て、聞いてもらいます
私を辱めるあなたの非情さについて。
そして嘆きます、神が憐れみをもたらして下さらず、
それを姫の中に置くのをお忘れになった事を。
あるいはまた、神が私の命を終わらせて下さらぬ事を
この命などさっさとお忘れになってしまって。

九六

姫君

私の心も私も、あなたに対してしたことがありません

いまだかつてあなたが嘆かねばならないような事を。
あなたを害するものはありません、ご自身の外には。
あなたはご自分の判官におなりなさい。
もういいかげん信じてください
あなたは金輪際拒まれ続けるのです。
そんなことを繰り返し言われるのは迷惑至極、
もう充分あなたには説明いたしました。

九七

語り手

すると、悲嘆にくれたその男は立ち上がり
泣きながら祭りから離れていった。
もう少しで心臓が張り裂けそうで
死にゆく男のもののようだった。
そして言った。「死よ、駆け足でやって来い、
私が分別を失ってしまう前に、
そして短くしてくれ
苦悩に満ちたこの人生の残りを！」

九八

同じく語り手

その後、男がどうなったか私は知らない
何処に行ったのかも知らない
しかし何も思い出すことなくこの姫君は
踊りの中に戻っていった。
後になって私が聞いたところでは
男は髪を下ろし
絶望があまりに深かったので
それがため怒りで死んだという。

九九

同じく語り手

そこで皆さんにお願い、恋する男たちよ逃げなさい、
こうした自慢屋たちや中傷家たちから。
そして彼らを破廉恥漢だと罵りなさい
彼らは皆さんの行為を害するものです。
彼らに真実を語る者の振りをさせないよう
〈拒否〉は砦を固めました。
この十年来、彼らは重税を課してきたのです

愛の国に放牧税だとして。

一〇〇

同じく語り手

そしてあなた方、奥方様がた、また姫君たちよ、
あなた方の中にこそ名誉が生まれ集まるので、
決してこのように残酷にはならないでください、
お一人であれ、ご一緒にまとまってであれ。
あなた方の誰一人として似ないようにしてください
ここに私が言及する女性のようには、
その人はたぶんこう呼ばれることになると思うのです
つれない姫君だ！　と。

訳注（詩節ごとの注）

一　当時、貴人は外出の際、騎行が原則だった。
　死神はペストなどで集団に襲いかかる時は、大鎌をふるい、個人を襲う時は投げ槍を用いた。

二　アラン・シャルティエ自身は、一四二〇年ごろ、「このかわいそうな恋の囚人に（愛のお恵みをください）」を銘としていたらしい。本作品が一四二四年に書かれたとすると、彼女の死はまさに「さきごろ」ということになる。なおこの彼女が誰だったのかはわからないが、一写本の落書きに、（マダム・ド・）モンモランシー＝ラヴァルとある。もちろん身分違いの上臈《じょうろう》である。

三　涙を出すのは、心（心臓）の働きと考えられていた。

四　シャンソン、バラードは、愛の表明のために使われ、ディは詩形式の語り物だが、大半は愛と無縁ではない。ではこの「つれない姫君」はどんなジャンルに属していたのだろう。案に違えて「論争詩（デバ）」と呼んでいる例はない。作者自身はたぶん「つれない姫君の書」と名づけていたはずである。「書」というのは内容より形態を指すもののようである。いずれにせよ、もう書けないという自分を、書き綴るということは、いつの時代にもある。

五　青春とは、男女とも、十七歳から三十歳ぐらいを指すものであった。アランにとっては一四〇二—一四一五年がそれにあたる。いまはもう三十九歳だ。

六　この作品以後、「彼女」（または「別の彼女」）について語ることは一切なくなった。

七　恋をわずらう男は「耳の中に蚤がいる」ような状態になって、じっとしていられず、朝早く散策（騎行）に出るしかない。
　果樹園とは（城）館の中庭のこと。日本では庭になりものを植えるのを吉としないが、フランスではできるだけ果樹を植え、食べられるものを飼っておく慣わしがあった。
　食事は、十九世紀の産業革命以前、日本でも近世まで昼と晩の一日二食だった。

八　作品にはとくに季節の指示がないのだが、どうも春のようである。愛のくりひろげられる「月並みな場」の設定が、この作

品には、なぜか（あるいは故意に）欠けている。

九　奥方はダームの、侍女はドモワゼルの拙劣な訳語である。ダームのほうが、格が上である。双方とも年齢や既婚・未婚の別は直接関係ない。殿様の奥方はダームであり、その侍女はたとえ年齢が上でも、ドモワゼルだが、会話の相手からはこれもマダームと言われる。

一〇　テーブルは文字通り一枚の板であり、必要に応じて、脚立の上に乗せ、食卓にしたり、寝台にしたりした。

一一　「語り手」は「気になる男」の出現にいちはやく気づく。過去の自分の姿に、そっくりだと。

一二　人間の発情を、小鳥のそれによって視覚化するのは、中世抒情詩の月並み表現である。

一三　自分のスローガンを記した銘章がないのは、特定の彼女がいない、片思いの彼女もいない、ということを示している。

一四　「眼差し」は今後すぐに論議の中心に据えられる主題である。

一五　「ほかのところをあちこち」というのはもちろん「ほかの人たちを」ということだが、人を直接指し示すと差しさわりのある時、場所が、迂回的表現としてよく用いられる。

一六　原文で韻を踏んでいる「お皿《メ》」（料理）と「お猿の芝居《アントルメ》」（幕間狂言）は掛詞になっている。

一七　この踊りは、当時最もポピュラーなものでキャロルという。歌付きのスクウェアダンスのようなものらしい。

一八　「自分の目が伝えることを……」これに類する諺は、ほかでは見つかっていない。男が味わう辛酸は、女の性悪さに転嫁されることが多い。

一九　〈絶対支配・拒絶〉は『薔薇物語』などに出てくる〈危険〉（ダンジェ）のこと。元来は支配権を意味したが、支配権のもとに置かれると、危ないことも起きるので、やがて意味が「危険」のほうに傾いてゆく。「山ノ神のタタリ」のようなもので、タタリにあいたくなければ近づかなければいいのだが、そう言ってもいられない。

二〇　「陽気さが私の悲しい心を苦しめる」ペトラルカ風表現。ちなみに、アラン作詞の同工のシャンソン「悲しい喜び、つらい楽しみ」は大流行し、その後百年も歌い継がれる。

二一　こうした「立ち聞き・盗み聞き」をとがめだてする人はいない。すでに八十年ほど前に、ギヨーム・ド・マショーの『ボヘミヤ王の裁定』という先例があるからだ。

二二　彼女は、ことと次第によれば、恋わずらいを治す医者の役割を果たすことができるのだが。

二三　ペトラルカの『わがうちなる秘めたる戦い』を想起させる。

二四　中世の人は、激情を、物にぶつけるよりも、時や場所にぶつけた。「生まれてこなければよかった」と言う代わりに「私の生まれた日よ、呪われよ」とか「私を生んだ母の胎が憎い」などと表現した。

二五　「よきものをあなたに求める」今日「よきもの」とは「財産」とか「幸福」を指すが、この時代には「愛」をイメージしていると考えるのがよい。イタリア語ではいまでも愛することを「よきものを望む」という。

二六　男は宮廷風恋愛の定式を述べている。

二七　この詩節の脚韻語は、前節の末尾の語を引きずったまま、すべて縁語・掛詞によって構成されている。こだわりのある男の一途な、そして見当違いな努力を活写するものだ。

二八　「語り手」としたが、原語は定冠詞つきのアクトゥールとあり、現代語のオトゥール（作者）とアクトゥール（役者）とを兼ねる。ここはもちろん前者の意味であろうが、それほど自明ではない。アランは後の「裁判」の弁明の中で、この役割を、「聞いたことを記述した者」にすぎないという。これは中世の作者の定義にもとるものではないが、そこには「伝達者」、「証人」というような本来の意味も強く生き残っているものとみえる。

二九　相手の言葉を捉えて、自分の主張を展開するわけだが、ここのように前節の末尾の言葉を、次の節の最初で使うやり方を **coblas capfinidas** という。この技法もこの作品が **tenso/partimen** や **jeux-partis** の一様態である証拠となろう。

三〇　「目は見るために作られている」この科白がこの女性の人となりや、ものの言い方、考え方を最もよく表すものとして、ひいてはこの作品を代表する鍵言葉として、よく引用され、論文のタネになり、リアリズムの誕生が論じられたりする。

三一　底本には「傷つけられた側の過ちによって」でなく「傷つけた側の過ちによって」とある。一見そう読めるが、それは浅読みである。写字工房の音読筆写では、**qui** ＝つける人と **qu'i(l)** ＝つけられる人とを区別するのは難しいので注意を要する。

三二　ここに代表される女のこの態度が、この作品以後に続く「つれない姫君論議」の中で非難の的になる。無視されたら男の負けだ。ゲームの規約に反するのである。

三三　「愛の神」は擬人化した「愛」を示す訳語で「神」という部分にこだわらないこと。この時代は「愛の神」が、ヴィーナス（女）からキューピッド（男）に変わっていく移行期にあたるが、それがキリスト教の神とどういう関係にあるか、などという問題意識はなかったようだ。アランは王の秘書だったから、俸給として聖職禄をもらう立場、つまり教会内部の人間でもあったはずである。実際自分の禄を不在の折、弟（後のパリ司教）に預けたりしている。また、ボヘミヤの「フス派の人々」に対する働きかけにも関与している。

三四　この節の後半部をマルグリット・ド・ナヴァールは二度使っている。『エプタメロン』と『お輿』で。

三五　宮廷風恋愛は封建制度を倣う。臣下は君主に忠誠を誓い命を預け、君主は臣下に保護を約し封土を授ける。同様に恋する男は奥方に信義を誓いハートを預け、奥方はそれに対し、愛のお恵みを準備する。こういうギヴアンドテークの関係がここでも前提となっている。

三六　自由と自立とを公言したこの箇所は、この後、ボーデ・エランの『つれない姫君弾劾』（第三九節）で主たる告発の理由となる。また「勝手に選べ」という科白は、アシル・コーリエの『愛において無情な女』（第四五節）では、すべての男に対する頑なな態度として非難の対象になる。もちろん本篇の「姫」は、女一般の自由と自立を弁ずるというより「あなたはいや」と言っているだけだから、こうした告発・非難はいいがかりにすぎないのであるが、双方の主張のずれを理解できないほどに、古い男たちには「姫」が革命的言辞を弄しているものと映ったのであろう。なお『薔薇物語』後篇では、この種の拒否ないしは節制は、美徳であるどころか、人類の再生産を阻害する重大事として扱われている（篠田訳第一九五六七行目以下）。

三七　三五節に続き、ここでは、すべて封建制度の用語が使われている。これは十二世紀中葉の世俗語で愛を歌う抒情詩人の出現以来の伝統である。

三八　エランは『弾劾』でこの箇所に触れ、この女の不思議な本性が、こういう不愉快なことを女に言わしめたため、男の欲望をいっそうかきたててしまったとしている（第四二―四三節）。

三九　「語りの芸人」jongleur は、底本には「ほら吹き」jangleur とある。ここでは素性のよい写本の異文に従った。この二つの言葉は、写本で見分けがつきにくいうえに、相互に意味を干渉しあいつつ変化してきているので、やっかいである。ここでも、どちらの読みが優れているか、決め手を欠く。

四〇　愛の神と詩との関係について根源的かつ歴史的に考えたのはダンテである。『新生』*Vita Nova* の第二五節を参照のこと。

四一　〈自然〉とは「宇宙を統括する規則の総体」（ブルネット・ラティーニ）で、神の教え子とされる。神の作業は完璧だが、「自然」はそうはいかない（アラン・ド・リール）。「男」の主張は『薔薇物語』の影響下にある。

四二　「書面による約束以前に、心に基づくものでなければ」を大方の現代人は「手引き書に書かれている規則より、自分の心で感じたことのほうが重要だ」（レイドローの注、マックラエの米訳、ハントの現代仏語訳など）とか「本を介して学びうることより心で感ずることのほうが大事」（アルバールの西訳）と解するが、古訳は違う。一四七一年のカルロ・ディ・ピエロ・デル・ネロの伊訳では「あらかじめ相手の許しがなければ」とあり、一四六〇年ごろのサー・リチャード・ロスの英訳には「契約書ないしは保証書以前に、心による同意がなければ」とあって、よく文脈が取れていると思う。現代人の解釈では、心の所有者が男というとんでもないことになってしまう。必要なのはもちろん、女性の心からの同意だ。こうした中で、ディ・ステファノは見事一九九一年その『中代仏語熟語辞典』で「書面による」という解を出している。

四三　〈運命〉も神の教え子で、富や権力の移譲、人間の幸、不幸の変転を司るとされた。キリスト教の「神の摂理」にあたる。同時代のクリスティーヌ・ド・ピザンはボエティウスの考えに沿って、〈運命〉は時につらくあたることが多いが、結局、世界のすべてのことは善に向かっているのでこれを受け入れる、という一種の諦観を持つに至る。アラン・シャルティエは他の著作の中で、人間にできることはできるかぎり人間がやるしかない。言わば、人事を尽くして天命を待つという態度を取ろうとする。それを一歩進めればモンテーニュになる。「運命は人間に善いこともしないし悪いこともしない。ただ善し悪しの素材と種を提供するだけだ。人間の魂は運命より強いので、運命を変転させ、自分の都合のいいようにあわせる。魂こそ人間の幸・不幸の唯一の指導原因なのだ。」（白水一・四〇／岩波一・一六）われらの「恋する男」の運命観はまだつまびらかでない。

四四　「あなたやほかの方が」に対応する動詞は普通二人称となるのだが、ここでは三人称複数となっている。男どもというものは、というニュアンスを伝えようとする実に巧みな表現だ。

四五　「完全な人間を守る砦」としたが「完全な人間の財産・宝」かもしれない。底本には chastel（城）とあり、有力写本には chatel（財産）とある。古訳も「城」と「宝」で割れている。

どちらにせよ、類似の成句が見つからず、決め手を欠く。

四六　愛の神の臣下で、〈偽善〉の息子である〈偽りの見せかけ〉は、『薔薇物語』で活躍する人物。これも抽象的観念が擬人化されたものの一つ。篠田訳一〇四一九行以下を参照のこと。

四七　「男」は四五節から、一般論で相手に圧力をかけはじめたが、こうした論駁術の無効性にまだ気づいていない。

四八　この節は二八節を拡大したものであるが、最後の言葉、**je m'en passe** という表現がつかみにくい。「私は手を引く」「私にはどうでもいい」「私としては放っておきたい」「私にはどうしようもない」「知ったことか」「それを最大限利用したい」等々が考えられるが、訳文には「それにも甘んじます」という男にとって最もきついはずの、つきはなす言葉をえらんだ。なおよく似た表現が『ヴィヨン遺言』一七二五行にあり、これまた実にさまざまな解釈が出されているが、ここの参考にはならない。

四九　貴族のレジャーを代表する狩りは、鳥を使うもの（鷹狩りなど）と猟犬を使うもの（犬追いなど）とに大別され、女性はもっぱら鷹狩りを行なうことを好み、犬追いには観客として参加することが多かったらしい。いずれにせよ狩りに使う動物とのつながりは深く、よく親しんでいた。十五世紀末、ギヨーム・クレタンの一二八〇行の詩作品に『狩りをめぐっての、犬派の婦人と鳥派の婦人との論争』がある。また「船倉以下 **plus bas qu'en soute**」という慣用句は「馬鹿な女 **sotte** 以下」という連想から出てきたものかもしれない。

五〇　四〇節にならびここで女が愛の神を誹謗したものとして、エランの『弾劾』五八節以下では糾弾される。底本にはたしかに「愛の神」とあるが、実際は「恋する男」を名指しているように読める。愛の神は「仏の垂迹《すいじゃく》」のように変化するものか。

五一　「礼節」**Courtoisie** は宮廷風行動様式のこと。時に「宮廷風恋愛」**amour courtois** と今日呼ばれるものそのものを指す。この掟は成文化されたものではなく、物語や実践によって身につける。若者は『小姓ジャン・ド・サントレ』のように、少年期に達するとすぐに宮廷に出仕し、おばさまがたに、万般、手取り足取り教え込まれる。

五二　前節末とこの節は、「礼節」を要として、少し形は異例だが **capfinidas** を形成する。議論の中心をなす「礼節」をどう捉えるか、両者の隔たりは大きい。

五三　「褒美 **guerredon**」、「お恵み **grace**」、「憐れみ **mercy**」とはいったい何を指すか。分明ではないが、「褒美」は、全存在をかけての誓約に対する報酬、たとえば臣従の礼に対する報奨・名誉 **honneur** を指すらしい。いっぽう「お恵み」は個々の懇請に対する許可を、「憐れみ」は懇請されるまでもない場合に使われるようだ。『薔薇物語』での用法は参考にはなるが、微妙に違う。各作家および登場人物たちそれぞれが独特の使い方をするところから、作品の緊張が生まれる。

五四　「よきもの」とは、『薔薇物語』ではまず（彼女に対する）「希望」が提示され、ついで愛の神の贈り物として、次の三つ、つまり（彼女への）「甘美な思い」、（彼女についての）「甘美な言葉」、（目が見る彼女の）「優しい姿」が示される（篠田訳二五八一行以下）。本作品が『薔薇物語』を踏襲するわけにはいかないのは、まず設定の違いがあるからである。ここでは愛の対象が目の前にいて、じかに口を利く。つまりこれは、一つの「愛の技法」を教える『薔薇物語（前篇）』と違って、二つの「愛のあり方」の戦いなのである。やがて男と女の双方が意味することのそれぞれは、話の展開から段々はっきりするはずである。

五五　この節はすべて否定文で成り立っている。前節の否定文を継承しつつ、内容をポジティヴなものに変えることで、「男」は起死回生を図ろうとしているのであろう。

五六　「名誉 honneur」は本来受ける側のもの、ご褒美のようなものだったが、次第に与える側の態度、つまり評判という側面が重視されるようになる。ここで男は受ける側のことを中心に考えているが、女にはそういうわけにはいかない。同時代ではとくにクリスティーヌ・ド・ピザンが女の名誉の擁護にまわった。

五七　男は相手の名誉を尊重すると言いながら、それが自分にやってくる点に、もちろん執着し続ける。

五八　ここも前節末と「名誉 honneur」をめぐって capfinidas をなす。女はくい違いを放置できないのである。

五九　「愛の神」と「心臓」と「恋する男」の関係は、ルネ王の『愛に奪われた心臓の書』（一四五七年）の冒頭の挿画を見るとよい。そこでは愛の神が（羽がはえ、弓矢をもつキューピッドのような青年の姿で）男から心臓を取り上げ、それを従者となる〈欲望〉に預けている。「愛の神」は中世後期には、糸を操作するヴィーナスに代わってキューピッドが心臓ハンターとして登場し、射抜いた心臓は、気前よく誰かに与えると考えられていた。ルネサンス期には、矢を射る際、目隠しをする「目隠しキューピッド」が出現する。つまりどの心臓が誰のところに行くかますますわからなくなってくる。「盲目のクピド」についてはパノフスキーの『イコノロジー研究』所収の論文が面白い。

六〇　前節は「男」の主張の真正を保証するような『黙示録』二二・一八―二〇そっくりの断言で終わっているが、「姫君」は「愛の神」の役割談義そのものをなるべく避け、人間の問題を語ろうとしている。

六一　またしても capfinidas であるが、新しい現象も起きている。八行交差韻の詩節は、通常通り、二の倍数行で意味が切れていたが、この前後あたりから「男」のパートに乱れが生ずる。いっぽう「姫君」のほうは、ずっと整然としたままである。

六二　「待ちっこゲーム」はたぶん二人でするサイコロ遊びのようだが、ルールをはじめ、何もわからない。古訳はいずれも単語の置き換えですませている。言葉自体は他の詩作品にも複数の用例があるのだが、すべて後年の模倣表現であって、中身を知る手掛かりを欠く。賢王アルフォンソ十世の『ゲームの書　チェス、サイコロ、テーブルゲーム』（十三世紀）には「偶然遊び」というのがあり、三つのサイコロを振って、トランプ風に簡略化して言えば、1か2のスリーカードまたはワンペア、もしくは5か6のスリーカードまたはワンペアを出したものが勝ちというようなゲームがあるが、この遊びはフランスでは一三六九年に禁止の勅令が出ているので同定には疑問が残る。「待ちっこゲーム」がたとえば、二つのサイコロを投げ、ぞろ目を出したほうが勝ち、ぞろ目が出なかったらもう一度ひとつだけを取り上げ、盤上で待つものに向かって同じ目が出るよう祈って振る、というような単純で庶民的なサイコロ遊びだとすると、王の本には当然、収録されるまでもない。とにかく容易に勝ちに回れないゲームのようだ。

六三　男が一点突破をねらう最後のよりどころが、「憐れみと憐憫 pitié et miséricorde」であることは、南仏抒情詩人（たとえばペイレ・ヴィダルが言う merces e chauzimens）以来の伝統である。

六四　「姫君」の、見事な建造物を思わせる堅固な論理の要をなすのは「知恵」と「狂気」の対立だが、相手はもはや「知恵」を共通の肯定的価値として持ちえなくなってきているのではないか。

六五　この節も、六七節も「男」のパートは coblas capfinidas をなしている。ただ承前の語の意味は自分の都合のいいほうに、相変わらず、ずれている。

六六　この節の最後の行は、文脈から行くと、三行前の「耐えること」を指し、そうすることは無駄だ、と言っているのだが、この一行だけを別個に解釈すると、次節のように曲解できるような仕組みになっている。

六七　「男」の言っていることがここで急にわかりにくくなったとしたら、それは、これまでどおり、文脈を前節の相手の言葉につなげて理解しようとするからだ。「男」は言葉尻はたしかに「姫君」のを捉えているものの、内容についてはほとんど上の空で、前に、六五節で自分が得た想念を一方的に追っているにすぎない、いわば、これは閉じられた言説なのだ。「男」は、試みを、死を賭して行なうことを考え始めた。だが肉体の牢獄の中に生きる人間は、ただ一度しか死を賭けることができないという認識をあらたにする。

六八　せざるをえなかったほんの小さな告白が、後戻りできない重大な結果をつぎつぎと生んでいく話としてはこの当時『ヴェルジー（城）の奥方』（『フランス中世文学集3』［白水社］に天沢退二郎訳あり）が有名だった。

六九　二人は初対面ではないようだが、初めて出会ったのはいつか、そして男の奉仕がいつからはじまったのかは、この詩を読んでもわからない。通常、奉仕は二年をめどとするという。

七〇　ここで姫は「奉仕は隠してこそ誠実な男」という有名な命題を持ち出す。それまでと違って「一般常識」に踏み込んだのは、手を焼いている証拠だろうか。

七一　男はここで初めて、一節八行を一気に一文で述べる。相手が自分のお得意の話題に触れてきたので、意気込んでいるのだろう。

七二　姫君は一貫して、死のイメージを喚起しない。死への思いを増幅させないよう細心の注意を払っている。

七三　男は「女性からのお恵みを正しく認識できないことを悪行だ」という。

七四　悪行については、珍しく見解が一致する。「女を騙すことを繰り返す男が多く、泣きを見る女たちがいる」という点では二人が共通の認識を持っていることを示す。この節を読み取れない人はすこぶる多いが、読めた人でも、月並みな単なる一般論だと見過ごしてしまう。この詩が「時代」に深くかかわっていることを見出せないならば、この詩を読んだことにならない。（後述する）

七五　「こういう悪事を働くものは、世俗の裁きは受けないが、偽りゆえに、名誉を失う」という男の主張は、解決の先延ばしと捉えられかねない。

七六　「女漁りの猛禽類男どもがのさばっている」ではないかと、

姫君はたたみかける。

七七　男は、それはあくまでも個人の心掛けの問題だとして捉えようとする。

七八　狂気の沙汰にならないよう、それに敵対する理性に助けを求めることになると言っている。

七九　ここで唐突に「愛の判決」という言葉が出てくるが、十五世紀の初頭から「愛の宮廷」という集まりがあり、「愛の法廷」が開かれた。スタンダールの『恋愛論』の付録に出てくるようなことが、この時期にも、行なわれていたらしい。

八〇　この節の前半の姫君の主張はたしかに正しいが、あまりにも精神性が高く、肉を供えた男の立場からは、詭弁に聞こえる。少なくとも、きわめて冷たい言葉が発せられていることだけはよくわかる。

八一　「私の勇気が萎えるのを目にしたら」には「それによって私は死んでしまうだろう、きっと、（恋の）殉教者として」という異本文がある。これは二行目と五行目が faillir/faillir という同じ言葉で韻を踏むという禁じ手を避けるために faillir/martir と変えたものと思われる。だがその必要はない。たしかに同じ自動詞だがそれぞれ意味が違う。前者は「欠ける」後者は「萎える」。文脈も本文のほうが自然で、異本文はまがい物くさい。ここは、敢えて禁じ手にかすめることで、男の苦し紛れのさまを表しているのかもしれない。

八二　〈希望 Espoir〉と〈期待 Esperance〉の違いは微妙だが、「期待」は特定の相手に寄せるもののようだ。この世紀末の詩人ジャン・モリネ Jean Molinet にこうある。「期待は薄幸な者どもに糧を与える。多くを約しながらほとんど満足を与えずに」

八三　八一節の「憐憫が逃げて来てくれる」とこの節の「憐憫を外に追い出す」とは、まったく別のことだ。姫君が閉じ込めたままにしている憐憫を解放して私の元に早く遣わしてほしいというのが八一節。自然は姫君の中にすばらしい特質を授ける際に、憐憫が邪魔だと言って追い出したりはしなかったので、姫君の中にはちゃんと憐憫がおさまっているはずだ、とここでは言っている。

八四　相手を憐れめば自分が憐れになり、相手を愛すれば自分を憎まなければならない。姫君は「絶対矛盾の自己同一」がありえないことを繰り返し主張し続けるだろう。

八五　「美徳は美の中に宿る」という定石が破られるのは、十九世紀を待たなければならなかった。エスメラルダ（美の中に悪徳が）やカジ・モド（醜の中に美徳が）のような例（ロマン派的倒錯）は、中世ではきわめてまれである。

八六　「私が愛されていると」という箇所は「君を愛しているよ」と言ったほうがわかりやすいのだが、相手の勢いをおさえるためであろうか、このような第三者的表現になっている。

八七　大理石には「柔らかく白いものと黒くて固いもの」の二種類があるとイシドールス『語源』は言う。ここで、固いもの、たわみに強いものとして挙げられた例は、ただそのものの属性から言っているにすぎず、たとえば聖書のパラボルをふまえ、強いがもろい、というような含意はないようだ。

八八　終わりから三行目「泣き、叫び、笑い、歌うといいわ」の主語は単数のはずなのに、なぜか突然、動詞が複数になっている。問題の三行は、そっくりそのままアシル・コーリエの『愛において無情な女』（第七五節）に引用され、女がこの男のみならず、すべての男に冷たくなっていることを明かしている、と説く。さすが同時代人、と感心させられる読みである。

八九　自慢屋というのは、しかじかの女をものにしたと公言し、自慢する者のことだが、まだ、ドン・ファンというような呼び名が（必要とされ）なかった。

九〇「好き勝手なこと」と訳した**gouliardye**はフランス語の語源辞書では**gula**（口）の派生語として扱われ、「悪口雑言」と解されているが、ここではラテン語の**goliardia**（放浪学生風振る舞い）ととりたい。同時代のボーデ・エランの『弾劾』五二二行には**goulïars**とあり、『愛において誠実な貴婦人』七二二行にも**goulliars**とあることも見逃せない。ここでの問題は悪口自体よりも、悪い口をつかって女を騙す男が輩出していることにあるからだ。

九一　男は、「男の中には、悪い男もいるが、自分のように悪くない男もいる」と言っている。この点は注目に値する。つまり姫君も男も、「いまの世は、悪い男だらけだ」ということに関しては、認識を共有しているからである。

九二　姫は、貴族の男どものモラルが、（他の階級の者にもまして）下がってしまったことを大いに慨嘆している。

九三　男は、「偽りの奉仕者」と自分のような「つつましい奉仕者」とを区別してほしいと繰り返す。すでに耳になじんだこの調べは、この男から、聴衆・読者に送られる、終局が近いことを告げる合図であろう。

九四　悪い男が（たくさん）いるので、すべての男を警戒するという姫の態度が一歩進んで、すべての男に冷酷になりかねないということは、「語り手」の危惧するところでもある。

九五　彼女が優しくするようにしてほしいと、神に訴え出るという題材は以前からある。十二世紀前半のトルバドゥール、lo Morgue de Montaudo（モンタウドの修道士）のテンソや十三世紀後半の清新体詩人Guido Guinizelli（グイード・グイニツェッリ）にもある。前者はSenher Dieusに呼びかけ、後者はsegnor Gesù Cristoに呼びかけている。ここのDieuも愛の神を指すものではないだろう。

九六　この詩の中でこの節ほど明快で、いま言われてもおかしくない科白は、他にないだろう。

九七「絶望」は、この時代、七大罪に準ずる悪徳だったから、それがために死にたくはない。まして今日言うところの「自殺」は、自らの殺人者となることと考えられていたので、死は望んでも、殺人者にはなりたくはない。そして多くの場合、「絶望」が「自分殺し」に至る過程で「狂気」が現れることから、男はその出現を恐れているのだ。

九八　かつてマルシアル・ドーヴェルニュ作に擬せられた『恋する男、愛の掟を守る托鉢修道士になる』*L'Amant rendu cordelier à l'observance d'Amours*, poème attribué à Martial d'Auvergneという夢物語形式の詩作品があり、これもやはり「つれない姫君作品群」に属するものということが判明している。われらの「悲嘆にくれた男」の後日譚とみてよい。だがそこでは、男が死に至る前に語り手の夢がさめてしまう。

九九「女漁りの男どもが、十年来、この国の愛を、荒らしてきた」というこの十年とはなんだろうか。ほとんどの人が、これを「最近、近年」というように、漠然と理解する。しかし、アラン・シャルティエは、とても数に敏感な人らしいのである。彼の作品の呼び名には、ほぼすべて数字が入っているし、彼が作品中で言及する年月には、すべて重要な意味が隠されている。そこできわめて良心的な研究家であるレイドロー氏などは、『つれない姫君』が一四二四年に書かれたのが確実であることをふまえ、その十年前である一四一四年に注目したが、別段、社会的意味が見出せるわけでもなく、作者の愛情生活を窺ってはみたものの、有意な結果は得られなかった。だがそこには一つ落とし穴があった。この時代の物の数え方は今日と違うのである。いまでもフランス語では一週間を八日というように、この時代、物を数えるときは「ゼロ発進」ではなく「一発進」でいくので、一四二四年の十年前は一四一五年、つまり、アザンクールの戦いのあった年なのである。

『つれない姫君』という作品はこの百年来、いろいろな人が知恵を絞って、理解しようとしてきたが、なにがしかの割り切れなさが残ることは否めなかった。そうなる原因は、たぶん、次の二つのことを出だしにふまえるのを忘れていたためだろう。一つは、この作品が生んださまざまな事件に振りまわされず、事件以前の作品を読む、つまりはこの作品それ自体を読むように心がけること。それに加えて、この作品を一般的風潮の中ではなく、ポスト・アザンクールの中に位置づけ、その上で作品が論じている問題を考えることだ。

アザンクールの戦いとは、一四一五年の十月二十五日、一万五千のイングランド軍と、五万を越えるフランス連合軍とがノルマンディーの泥の中でぶつかりあった戦闘である。重装備で臨んだフランス側が大敗を喫し、一万の死者を出し、そのうち騎士は六千を数えたという。もちろん金になる男どもは捕虜になった。いっぽう、イングランド側の死者は、十八名にすぎなかった。こういう数字に正確さは望むべくもないが、両国の年代記類は大体同じような結果を伝えている。

不思議なのは、この戦いについて述べる論考は多いが、この戦いの戦後に注目した人がいないことだ。フランスからいきなり騎士階級の男が六千人以上もいなくなればどうなるか、結果は明らかであろう。貴族階級の男女のバランスが一挙にくずれてしまい、「おとこひでり」のようなことが生じてしまうのだ。生き残った男のモラルは、当然低下し、女性群からは被害者のみならず多くの共犯者が出現するだろう。それこそがこの作品の舞台となるポスト・アザンクール状況なのだ。

一〇〇　女性がカテゴリックに男性を拒めば、国の未来もないし、人類の未来もなくなる。それを、語り手は心配している。

伝 ピエール・ド・ボーヴェ

動物誌

福本直之訳

解題

　二世紀に誕生した動物誌、植物誌、鉱物誌の集成である『フィシオログス』はギリシア語の原典よりさまざまな言語に訳され、五世紀から九世紀にかけては数多いラテン語訳が成立している。さらに十二世紀以降は各種のロマン語訳が登場し、フランス語訳も少なくない。

「動物誌」とは、架空や想像上の動物を含むさまざまな動物の習性から得られる道徳的、宗教的象徴を、寓意や象徴に対して人々が抱いていた傾向に従って論じた著作と言えよう。中世の動物誌は動物を通しての自然史の概略と図像化されたキリスト教義の両者とを兼ねており、民衆教化の一翼を担うものであったため、そこで重要なのは意味そのものであり、科学的正確さは無視される。真理を理解させる目的の前に記述の真実性は問題にされないのである。同じ目的で石が刻まれると教会の柱頭としてその役割を果たすこととなる。

　ピエール・ド・ボーヴェ作と伝えられる『動物誌』には短篇、長篇の二種があり、ここでは長篇の中から六章を取り上げている。

　短篇は三十八章より成り、章の数や配列、内容から見てもラテン語作品によく似ている。作者ピエールは庇護を受けていたドリュ伯ロベール二世に短篇を献じている。制作年代は一一八〇—一二〇六年の間と推定されている。

　長篇は短篇を基にして、その全章を含んでいるものの、根本的には他の五作品によって書かれた別作品である。短篇の三十八章の内容も配列も異なり、章の数は倍近い七十二章に増えている。短篇の作者とはあるいは別人かもしれない長篇の作者は、ロベール伯の弟にあたるボーヴェ司教フィリップにこの作品を献呈している。長篇は一二四六—一二六八年の間の作成と見なされている。本作品の次に紹介する『愛の動物誌』は長篇を出典とするものと従来されてきたが、実はその逆で長篇のうち二十章は前者によるものである。長篇の最大特色は〝人間〟に関する二章を含む点である。

　本訳の原本には *Le Bestiaire*, version longue attribuée à Pierre de Beauvais, édité par Craig Baker, 2010 (CFMA 163) を用いた。

　なお、本訳での見出し番号一〜六はそれぞれ原本の八、三二、三六、三九、六六、六七に対応する。

動物誌

一　虎

虎と呼ばれている動物は一種の蛇です[1]。この動物の性質は非常に誇り高く、かつ獰猛なため、誰も飼い馴らすことなどできません。虎が子を産み、猟師がその場所を嗅ぎつけると、以下に申し上げるようなやり方で虎の子を獲るのです。猟師は虎がどこかへ出かけて行くまで辛抱強く見張り、虎が虎の子と一緒に虎穴にいないのを確かめると、虎の子を穴の外に連れ出すのです。それから猟師は鏡を取り出し、立ち去るときに道に鏡を並べておきます。一方、雌虎には奇妙な習性があって、鏡の前に立つと心が乱れ、視線が定まらなくなります。そして鏡の中に映っているのが子供だと思って、その姿を大喜びで眺めています。確かに子供がそこにいると思ってしまうのです。そしてその姿の美しさに見とれてしまい、彼女から子供たちを奪った猟師たちを追いかけるのを忘れ、その場にまるで彼女自身が捕まってしまったかのように、おとなしくじっとしているのです。このようにして猟師たちは虎の子を連れ去るのです。

このことについて、『フィシオログス』では、我々は雌虎のようであってはならない、と注意を呼びかけています。預言者アモスもまた次のように言っています[2]。この世の中は虎が群れをなしている森のようなものだ。そして我々一人一人がしっかり虎の子、つまり魂を守るようにと教えています。と言うのも、猟師たちが我々を窺い、狙っており、虎の子を奪えそうだと思えるときのために、常に鏡を用意しているからです。鏡とは、我々みんなが欲しがるこの世の美味であり、快楽です。そして猟師が人間の前に差し出す鏡に映る着物、馬、美女、その他の罪作りな品物も同様です。だからこそ我々は創造主に専心お仕えしなければならないのです。と言うのも、そうしていれば悪魔は我々の魂に何の力をも及ぼすことはできないからです。悪魔が欲しくて仕方がないのは子供の方なのです。

二　狐レイナール(3)

狐《グーピ》と呼ばれている動物がいます。『フィシオログス』によると、狐はとてもずる賢くて、悪知恵にたけており、決して正道を歩むことはないのです。狐は空腹で何も食べるものがないときには、赤土の上を転げまわって血まみれになっているように見せかけ、死んだふりをして路上に横たわる習性があります。息を止め、腹をふくらませ、口からだらりと舌を垂らしたままにしておくのです。だからこのように口を開けて、泥まみれになって地面に伸びている狐を見つけると、鳥は狐が死んでいるのだと思ってしまいます。そこで鳥が狐の身体の上に乗り、何時でも捕らえられるほど近くまで来るや否や、狐は歯と足で鳥をしっかり捕まえ、首を絞めた上で食べてしまうのです。

狐は悪魔の化身であります。と申しますのも、悪魔はあらゆる生き物に死んだふりをしてみせるからです。悪魔が罪人たちを一飲みにできるにしても、信仰の面からすると全く取るに足らないことです。悪魔の企てに力を貸そうとする人々、つまり肉を肥らせたがっている人々は、姦淫、殺人、享楽、偽証のような悪魔の仕業を許容しているのです(4)。それについては、「ローマ人への手紙」ではこう記されています。〝あなた方がもし肉により生きるのならば死ぬ外はない。しかし肉を殺すことができれば生きつづけられるだろう(5)〟。肉で生きるものは悪魔の身内であり、悪魔とともに滅びるのです。そのような人々は、ダビデに言わせると、〝地底の奥深く閉じ込められて、無数の剣に突き刺される(6)〟のです。

三　ティリスと呼ばれている蛇
――この蛇から解毒剤がとれる――

ティリスと呼ばれている蛇がおります。この蛇からは解毒剤が得られ、これを塗ると毒を除くことができます。『フィシオログス』によると、この蛇は生来頭がよく、その習性を知らないと信じられないぐらい長命だということです。この蛇は年をとって体力が弱ってきたのを感じると、断食により身をさいなみ、身体に皮しか残らないまで飢えに耐えるのです。それから穴のあいた石を探すと、大変な苦痛と苦心のすえにその穴に全身をもぐり込ませるのです。このようにして新しい皮を身につけると同時に、年齢も体力も精力も更新させるのです。なんと賢い動物ではありませんか。

これは長い間罪にまみれて生きてきた人間の場合と同じです。蛇が身を横たえ、皮を残すという石は、我々が告白を行なう司祭を意味しています。新しい皮や体力、精力は我々の贖罪にあたります。それによって我々は賢明に肉体と魂を再生させ、より良くすることができるのです。神に仕えようとする決意、犯した罪への心からの改悛、慈悲と罪の赦しから成る真の信仰は、我々にとっての解毒剤に他ならないのです。

四　海狸《ビーバー》

海狸《カイリ》と呼ばれている動物がおります。それはビーバーのことでとてもおとなしい動物です。『フィシオログス』では、ビーバーの睾丸には多大の薬物が含まれており、さまざまな病気に効く、と記されています。ビーバーは猟師に追われると常に背後を振りかえる習性をもっています。そして賢明にも本能で、薬用に睾丸が欲しいため追われていることを理解しているのです。だから恐怖にかられて逃げまどいながらも、猟師がどのくらいまで近づいてきたか絶えず見ているのです。そしてもはや捕まりそうな距離まで猟師が追いついてきたと見てとると、歯をむき出して自身の睾丸をくわえ、かみ切ってから、それを猟師の面前に投げ出します。猟師はそれを拾い、もうそれ以上追いもせず、睾丸を入手して戻っていきます。もしも他の猟師がこのビーバーを再び狩り立てることがあっても、もう逃げられないと知ると、彼は既に睾丸がなくなっていることを猟師に示してやるだけの賢さを持ちあわせています。猟師はそれを見ると、それ以上彼を狩るつもりはないので、そのまま彼を放っておいて戻っていきます。

同様に、主の戒律を守り、敬虔に生きようと願う人は、彼自らあらゆる悪徳や悪行を断ち切って、それらを絶えず彼を狙っている猟人である悪魔の眼前に投げ出さねばならないのです。悪魔はその人が神の御旨のままに、罪悪に染まらずに生きているのを知れば、退散してしまいます。しかし、もしもその人が悪しき行ないにふけり、悪徳に染まっているのを見たときには悪魔は、〝あの男をつけ廻して我がものにしてやろう〟[7]とつぶやくのです。

であすから、皆さん、悪魔に通じるような所業を身につけてはならないのです。神に向かっても、〝世の君子たりとも我に罪悪の痕跡見出せず〟[8]と言えるようにしたいものです。

使徒は我々に、〝神にお借りしたものは神にお返しするように〟[9]と教えておられます。それはつまり精神的果実であります。どのようなものでしょう。慈悲、忍耐、平安、禁欲、善行、布施、病人を見舞い、貧者の世話をし、神を讃える、なかにそれらは見出せます。[10]かくして我々は、自らの睾丸を取り去った海狸《ビーバー》に似るのです。つまり我々は、自分たちのすべての罪悪を取り除いたことになるのです。

五　半獣人と蛮人

『フィシオログス』の教えるところによると、インドの砂漠のいずこかに、額に角を生やした蛮人がいるとのことです。そしてこの蛮人たちと半獣人たちは絶えずお互いに戦いを繰り返しているのです。蛮人たちは周囲に数多くいる野獣のために、木の上高くに住んでいます。蛇や龍やグリフォン、熊、ライオンの他にもいろいろな種類の害虫がいるのです。蛮人たちは素裸で暮らしていますが、ライオンと戦い、殺した場合には、その皮を身にまとっていることがあります。

『フィシオログス』によると、キリスト教徒は半獣人を思い起こさせ、魂は蛮人に例えられるとのことです。[11]魂は常に肉体と戦い、肉体は魂に戦いを挑んでいるからです。両者の間にはいつも争いがあるのです。魂は肉体の女主人であろうと願い、肉体は世俗の快楽を求め、魂の主君となりたがるからです。蛮人が野獣を恐れて木の上に逃れているのは、常に平和を好み、争いをいやがる魂が彼らの創造主を愛し畏れていることを意味するのです。蛮人がライオンと戦い、それを打ち殺しその皮を身にまとうのは、魂が肉体に戦いを挑み、肉体に打ち勝ち、肉体がこの世で常に追い求めている虚栄や快楽のすべてを打ち破ることを示しているのです。かくして魂は神に与えられた恩寵のおかげで、悪魔の手より逃れることができるのです。それはあたかも蛮人が神より授かった御加護と勇気でライオンをやっつけるのと同様であります。

汝、罪深き人間よ、俗世を遠ざけ、司祭に告解し、悔い改めよ。神はかくも憐れみ深く、真心より、そしてまことの改悛より神に御慈悲を乞うものは、何人《なんぴと》でも受け入れて下さり、永遠の喜びへと導き給うことを信じなさい。かくして神は、蛮人をライオンからお救いになるように、人々を苦しめようと狙っている悪魔の手から人間を解き放たれるのです。

六　人間は何から出来ているか、またその本性は(12)

『フィシオログス』によれば、世界は天と地と四大（火風水地）の全体より成り立っている。そして人間は四大と調和し、四大から作られているというのです。

四大の最初は火であります。すべての星はそのおかげで光を放っております。火とかげ《サラマンダー》はこの要素でのみ生きることができるのです。ちょうど魚が水の中で生きるように、火とかげは火の中でしか生きられないのです。この生き物は羊のようにふさふさした毛に覆われていますが、それが何であるのか、羽か絹か亜麻か羊毛か、誰にもわからないのです。しかも火の中でしか洗うことができません。火とかげのいる国では、それはインドの砂漠のどこかですが、それで布を織るとのことです。

四大の第二の要素は風です。地上に生きるすべての生き物はそのおかげで呼吸をしています。ガマリアンと呼ばれる鳥は風だけで生きています。この鳥は鳥より少し大きく、オオタカと同じ羽を持っています(13)。

四大の三番目は水です。水は陸地を取り囲み、うるおし、必要な水分を供給しています。鰊はこの要素だけで生きています。この魚は清浄な水なしには生きられないのです。

四番目の要素である地は天空に浮かんでおり、水と風に囲まれています。地球の形は卵と同じです。卵の黄色い部分は地で、黄味を囲んでいる白味は地を取りまいている風です。外側を覆っている殻は地、風などすべてを包んでいる天空です。地球《モンド》は汚れないものを意味し、その美しい粧いからそう呼ばれています。以上、申し上げた通り、地は四大の最後の要素であります。土竜《もぐら》は土によってしか生きられません。土竜の聴力は大変すぐれているので、ちょっとでも音を立てると捕まえられなくなってしまいます。土竜の目は皮膚の下に隠れてしまっています。

生きとし生けるものはすべて五官を備えていると『フィシオログス』は述べております。即ち、視覚、聴覚、臭覚、味覚、触覚であります。そして、もしそのうちの一つがある人に欠けている場合には、その欠陥は他の四つのいずれかによって最大限に補われるのです。ですから、生まれつき耳の不自由な人は人並み以上の視力を備えていますし、無臭覚症の人ほど味にうるさい人はいないのです。と言いますのも、脳から鼻孔や口蓋に通じていて、臭覚や味覚を司る神経は、識別すべき対象が増えれば増えるだけ、その能力を完璧に果たすことができるからなのです。これは他の感覚についても同じことが言えるのです。しかしすべての感覚の中で、視覚ほどすぐれたものはありません。なぜなら、視覚を通じてなら、他の感覚では及ばない多くの事柄を知ることができるからであります。土竜の例で既に申し上げたように、視覚の欠如を補えるのは音だけであります。だから、視覚を失い、両目が皮膚の下にかくれてしまっている土竜はかすかな物音すら聞き分けるのです。自然はその欠陥を聴覚で補ってくれているのです。聴覚、臭覚、味覚にはそれぞれ音、匂い、味が働きかけるのですが、触覚にはもっと多くの働きが加わります。たとえば温冷、乾湿、粗密、その他いろいろであります。そういうわけで、自然は土竜の欠陥を音で補完してくれ、しかもあらゆる生き物の中でも最もすぐれた聴力の持ち主にまでしてくれるのです。それゆえ土竜は、前述したように、きれいな土の中で生きられるのです。

さて汝人間よ、キリスト教徒であれ、ユダヤ教徒であれ、異教徒であれ、汝は四大で成り立っているのです。この世界もまた同様です。世界は四つの部分から出来ています。東西南北の各地域です。人間の身体も四大を備えています。肉体は地、血は水にあたり、呼吸は空気によって、胆汁は火のかわりをつとめます。頭の形は天空のように丸く、空に二つの光、つまり太陽と月があるように、顔にも両目があるのです。そして空には七つの惑星があるように、人間にも七つの穴が開いているのです。また、気中に風や雷鳴が起こるように、人間は胸で大きく息を吐くのです。海があらゆる河をのみ込むように、腹はすべての汚物を引き受けます。地が万物を支えるのと同じく、心臓は人体すべてを維持しています。人間が聴くのは空気の最上部を通じてであり、呼吸をしているのはその最下部においてであります。味覚は水分を通じて伝わり、触覚は地に通じています。火は熱にして乾、気は熱にして湿、水は寒にして湿、地は寒にして乾であります。そして人間は既に述べたように、四大が複雑に組み合って出来ているのです。人間の骨には地と石の硬さが認められますし、爪には木々のみどりが、髪には草の美しさが感じられます。

　汝人間よ、キリスト教徒、ユダヤ教徒、異教徒たるを問わずこの世に生きる者よ、神は汝をその御姿に似せてお作りになられたことに思いを致しなさい。しかし汝は、禁断の木の実をとった妻にそそのかされた人類の始祖アダムのために楽園を追われたのです。さらに思い起こしなさい、神は汝が失楽のままにあることを憐れまれ、救いの手を差しのべられたことを。かくして汝を救うためにその尊いお身体を与えられ、身を十字架にゆだねられ、あらゆる人間を地獄の苦しみから逃れさせるため、そこで最期を遂げられたのです。そのおかげで、人類は希望と真の信仰を持つことができるのです。ユダヤ人がイエス・キリストを磔刑に処したとき、イエスは手足を十字架に打ちつけられました。かくしてイエスが汝のために十字架に掛けられ、その聖なる脇腹を槍で刺されたのです。御血は槍をつたって流れ落ち、彼を刺した男の手を濡らしました。この男の名はロンギヌス、生まれながらの盲人でした。手を血で濡らしながらも、それがどういうことであるかがわからないままに、その男は自分の手で両目をこすりました。するとそのとき彼の目には、十字架の上のキリストやまわりの天地がはっきりと映りました。そして自分の犯した非を悟りました。男は主キリストを刺したことを悔やみ、罪の許しを求めて懺悔しました。我らの主イエス・キリストは、男が心から悔いているのを見て彼に許しを与えられました。その後、イエスが〝我渇けり〟[14]とおっしゃると、ユダヤ人たちは酸っぱい葡萄酒を差し出しました。主の渇きは、良き人々を地獄より遠ざけようとされたために生じたものです。魂がイエスを離れるとき、悪魔がイエスを見張っていて、イエスを手中に収めたと思いました。ところが、三日目にイエスが死より蘇ったときに、イエスを信じ、彼に希望と信頼を寄せているすべての良き人々をともに連れ出されました。彼らは休息と喜びに満たされました。

汝人間よ、汝のために神がなされたすべてのことを忘れないように、そして今度は汝が神のためになさねばならないことを思いなさい。また思うてもみなさい、神の愛は一方的に寄せられるもので、長続きはしないことを。故に今度は汝が神に対してなすべきことがあるわけで、そうでなければ神も汝に愛を注がれることはもはやないでしょう。罪を遠ざけ、この世のすべての悪徳から逃れなさい、そうして初めて、終わりなき永遠の喜びのうちに、良き人々とともに過ごすことができるのです。

訳注

（1）三に登場する tiris と呼ばれる蛇と tigris（虎）との混同による記述らしい。
（2）「アモス書」第三章、第四章との関連が指摘されているが、他の個所でも作者は不当にアモスを引用している場合が多い。
（3）見出し語に見られる「レイナール」（Reinart）は作者による追加と見なされている。
（4）「マタイによる福音書」第十五章一九節。
（5）「ローマ人への手紙」第八章一三節。
（6）「詩篇」第六三篇九―一〇節。
（7）「出エジプト記」第十五章九節。
（8）校訂者は聖書よりの引用と注記しているが出典が特定できない。
（9）「マルコによる福音書」第十二章一七節。
（10）「ガラテヤ人への手紙」第五章二二節。
（11）「キリスト教徒」の文言は誤写に基づくものとされているが、ここでは肉体と魂の相克の一方を指すものと解せる。
（12）中世では、神に息を吹き込まれ、魂（アニマ）を持つ人間と、魂を持たない動物（ベスティア）は峻別されており、人間が「動物誌」に入ることはない。「人間」に関心を寄せるばかりか、宇宙を構成する「四大」にまで説き及ぶ点で、この書は十三世紀に盛んであった「世界の姿」（イマゴムンディ）に近づくものである。
（13）ハイタカと見る説もあるが、ガマリアンは古代のプリニウス以来カメレオンと見なされている。
（14）「ヨハネによる福音書」第十九章二八節。

リシャール・ド・フルニヴァル

愛の動物誌

福本直之訳

解題

「動物誌」とは、仮空や想像上の動物を含むさまざまな動物の習性を説明し、そこから得られる道徳的、宗教的象徴性を、中世人が寓意や象徴に対して抱いていた傾向に従って論じたものと言える。そこで重要なのは正確さというよりは意味であり、真理を理解するためには記述の真実性は問題にされない。中世に書かれた多くの「動物誌」も、「金石誌」と同じく、一般に『フィシオログス』と呼ばれている一種の博物誌を出発点としている。『フィシオログス』はギリシア語からさまざまなオリエントの言語を経て、中世初期には数多くのラテン語訳が生まれている。動物誌は動物を通しての自然史の概略と図像化されたキリスト教義の両方を兼ねており、民衆教化を目的としていた。同じ目的で石が刻まれると柱頭として教会の中でその役割を果たす。

十二—十三世紀にはフランス語訳も多出したが、ここに紹介したリシャール・ド・フルニヴァル（一二〇一—六〇）に至って、その動物誌はまったく新しい傾向を示す。聖職者であり、また外科医でもある彼は多才な教養人で、その蔵書には多岐にわたる分野のギリシア、ラテン、アラビアの作品が数えられる。数多い彼の著作のなかには、ラテン文学、特にオウィディウスの影響を留める男性向けと女性向けの恋愛指南書各一巻とこの『愛の動物誌』が含まれている。後者は従来の道徳的、宗教的教訓の象徴性のためではなく、宮廷風恋愛論の中にいろいろな動物の習性を当てはめている。主人公である詩人は擬自伝風に彼が恋いこがれている貴婦人に向かって相手のつれなさを五十七の動物の習性に当てはめて吐露し、その不如意さを切々と訴えている。この作品は大成功を収め、後世に与えた影響も大きく、やはり男性の手に成るとされている「返書」が詩人の死後に発表されている。

本訳の原本は、B.N.F., fr. 25566（ms. A）を底本として校訂された、Gabriel Bianciotto, *Le Bestiaire d'Amour et la Response du Bestiaire*, Champion (Champion Classiques), 2009 である。

愛の動物誌

本来、すべての人間は知識を得たがっています[1]。と言っても、個別に取り上げられた事柄は解明され得るとはいえ、一人の人間がすべてを知ることは不可能でありま す。したがって各人が個々の事柄を知る必要があるので す。つまり、一人の人が知らないことを、もう一人の人 が知っている、という具合であります。ですからすべて の知の対象は、一人の人が独り占めしているのではな く、知はすべての人が集まって所有しているわけであり ます。言うまでもなく、すべての人々が同じ時期に生き ていたわけはなく、ある人々は他の人々が生まれる以前 に死んでしまっております。我々以前に生きていた人々 が、現在生きている我々が及びつかないことを知ってい たり、または古代人がその知を伝えてくれなかったら、 我々には理解できないような事柄もあります。

というわけで、人間をかくも愛しておられ、人間に必要なすべてをお与え下さる神は、記憶と名づけられた精神の特殊な能力を人間にお授け下さったのであります。この記憶には入口が二つあり——視覚と聴覚——、この入口の各々には記憶に通じている道、即ち姿形《すがたかたち》と言語が伸びております。姿形は目に、言語は耳に働きかけます。一体どのようにして、姿形と言語とが同時に記憶のところにまで到達できるのでしょう。人間精神が最高の知力で勝ちとった宝物の番人とも言える記憶は過去に属するものを現在に移すことができる、という事実からもそれは明らかであります。姿形と言語によっても同時に同じ結果に達することができます。と言うのも、一つの歴史的な出来事が絵画で示されているのを見れば、例えばトロイの場面であれ何であれ、我々はずっと昔に生きた勇ましい騎士たちがあたかも我々の目の前に生きているかのように彼らの武功を目のあたりにできるからであります。

言語についても同じことが言えます。物語の朗読を聞いていると、その大団円が目前でくり広げられているかのように思えるのです。姿形と言語という二つの手段によって、過去を現在にすることができるので、この二つの道をたどれば記憶に到達できるのは明らかなのであります。

いとしき人よ、そなたに捧げた愛の傷あとを永遠に癒すことなくして私の記憶の中から消し去ることのできない人よ、この傷あとが姿を見せる限り、私の心が癒されることはありますまい。どんなに自分の心を抑えようとしようとも、私はそなたの記憶の中に何が何でも置いておいてほしいのです。そういうわけですから、そなたに贈りたいのです、この一体不二となっている贈り物を。この書きものの中で姿形と言語をそなたに贈るのも、私がそなたの目の前にいないにしても、ここに記されている説明を通して、あたかも私がそこにいるようにそなたの記憶の中に自分を再生してみたいがためなのであります。

それでは、この書きもので姿形と言語がどのように扱われているかを述べてみましょう。すべての書きものはことばを表現し、また大声でことばを読むためにできている以上、この書きものもことばでできているのは当然であります。そしてこの書きものが読まれるときには、ことば本来の意味が甦ってくるのです。一方、この書きものには当然のことながら図絵が添えられます。特にこの書きものの場合には図絵が必要とされる内容を扱っているのですから。つまりここで扱っているのは、動物や鳥類の性質ですので、描写するよりも図示する方がずっとわかりやすいのであります。

更にこの書きものは言わば今まで私がそなたにお贈りしてきたすべてのものの遊軍にあたるのです。ちょうど国王が彼の王国の外への遠征に向かうときに、最強の部隊の一部を率い、より強力な一軍を王国の守りに残していくようなものです。それでも連れてきた兵力では不十分だと判断したときには、大急ぎで残しておいた部隊を呼び寄せ、第二軍を編成するのです。私も同じようにせざるを得ないというわけであります。と言うのも、私は既にそなたに数々のよき話題を語り、書き送りはしたものの、それらは必ずしも私の期待した成果をもたらしてはくれませんでした。そういうわけですから、この書きものを私の第二軍に仕立て、能う限りの最良の事柄を述べてみざるを得ないのであります。そしてそなたがそれを好意的に判断していただけるかどうかを知りたいのであります。万が一、そなたに愛されることがないにしても、目に見て、耳に聞いて、そして記憶の中で思い起こしてみて、大いに喜びとすることがそこにはいろいろとあるからであります。

この書きものが私の第二軍であると同時に私が出せる最後の援軍でもありますので、今までの書きものにおけるよりも、ずっと力強い表現を用いるべきであります。つまり、よく言われる雄鶏の天性がこれであります。雄鶏は夜鳴くときには、宵や夜明けに近づくほど鳴く回数が多くなる。夜中に近づけば近づくほど、鳴き声は力強くなり、声は大きくなる。

昼と夜の性質が入り混じったようなたそがれ時と夜明けの時は、完璧な期待をもてないがまったく絶望的とも言えない恋の象徴と言えそうであります。そして真夜中はほんのわずかな望みすら抱けない恋の象徴と言えます。私にはもはやそなたの寵愛を得るほんのわずかな望みすらないのですから、私にとってはまさに真夜中にいるのも同然であります。もしも少しでもまだ希望が私に残されているなら、日暮れ時というわけであります。それならもっと頻繁に鳴き声を立てることでしょうが、今や私はずっと力強く歌うべき時にいるのであります。

絶望した者はでかい声を出すという例証を動物の中から挙げることができます。それは野生驢馬《ろば》のことで、鳴くときには、ありったけの力を出します。その声は動物のなかでも最も耳ざわりで、身の毛もよだつほどであります。と言いますのも、この驢馬は極度の空腹にさいなまれない限り、鳴き声を立てないという性質をもっており、腹を満たすための何かがどうしても見つからないときはじめて鳴くのであります。しかしそのときには鳴き声を立てるために大変な無理をするので五臓六腑を破裂させてしまうのです。

ところで、私はそなたのお情けにあずかれないので、今までよりもなおいっそう苦心を重ねねばなりません。私の場合は声の限り歌うのではなしに、確信にみちた力強い語り口が必要なのです。私は歌う能力を失ってしまったのですから、その理由を申し上げるのが自然でありましょう。狼の性質からすると、狼が一人の男に気づく前にこの男に見られてしまうと、狼はとたんに力も勇気も失ってしまうのです。もし狼の方が先に人間に気がつけば、人間の方が声を失い、一言も発することができなくなってしまいます。

　恋愛においては男女の間にもこれと同じような現象が見られます。二人の間に愛が目覚め、男の方が女性の態度から彼女が彼を愛していることを最初に見抜き、巧みにそれを彼女に認めさせることができたら、彼女はそれから先、彼の愛を拒否する力を失ってしまいます。でもそなたの気持ちがどのようなものであるかを知る前に、私は自分の心底をそなたに明かすのを控えたり、我慢したりできなかったがゆえに、そなたは私を避けてしまわれた。そのことは幾たびかそなたの口からはっきり申されたのをお聞きしました。つまり、私の方が最初に見られてしまったので、狼の性《さが》に倣って私の方こそ声を失わざるを得なくなったのであります。この書きものが、歌のかたちを取らずに語りものとなっている理由の一つはそこにあります。

　この同じ出来事のもう一つの理由は蟋蟀《こおろぎ》の性質に求めることができます。私は細心の注意を払って観察してみたのですが、蟋蟀の性質は、あまりにも自分の歌を愛するあまり、歌いながら死ぬことをもいとわないのであります。蟋蟀は歌ってさえいれば、食欲も失い、食べるものを探しに行くことすら忘れてしまうのです。このことから私がわかったのは、私の歌などは私にもたらす利益がきわめて少なく、歌などに頼っていたら身の破滅は免れないし、私にとって何の助けにもなってくれないということです。経験が私に教えてくれたところによると、私が最も上手に歌っているとき、歌によって最も立派なことを言っているときこそ、私の立場は最悪の状態にあったのであります。

　白鳥についても同じことが言えます。白鳥がとても見事に歌う国があるそうです。あまり喜びにあふれて歌うので、白鳥の前でハープを演奏してやると、白鳥は、あたかも太鼓が木管楽器に合わせるのと同じように、声を正しくハープに和するのです。白鳥が死を迎える年ならなおさらです。よく言われるように、上手に歌う人は年内に死ぬという、あれです。同じことは子供についても言えます。あまりにも利発な子供がいると、その子の寿命は短いと言われます。

　そういうわけですので、そなたに申し上げておきたいのは、上手に歌っても白鳥のように、得意になって歌っても蟋蟀のように死んでしまうのではないかと恐れ、歌は止めて、その代わりにこのような書きものをそなたに贈ることにしたということです。と言いますのも、狼の方が先に私を見た瞬間より、この先どのような結末が待ちかまえているのか知らないままに私はそなたを愛してしまったことに気がついたからであります。

その上更に、ああ！　そなたに愛の懇願を打ち明けて以来、どれほどそれを悔やんだことでしょう。そのためにそなたは私にお側にいることすらお許し下さらないのですから。もしも私が犬のように振る舞うことができたら、一度吐き出したものをもう一度口に戻す犬の習性に倣って、私も口から出た愛の懇願を喜んで何度となく呑み込んでみせたいものです。

女性の愛を狼の習性と較べたからといってお驚きにならないで下さい。狼には女性とずっとよく似た性癖が見られるのです。その一つは狼の首は硬直しているので、身体全体を曲げないと首を廻すことができません。その二つは、狼は巣穴から遠く離れたところでしか獲物を捕らえようとしません。三つ目は、細心の注意を払って音も立てず、羊小屋に忍び込んだときにも、小さな木の枝かなにかを踏んで音を立てることがあると、狼は自らの足に思い切り嚙みついて仕返しすることもあるのです。この三つの性癖は三つとも女性の愛に含まれているのです。女性が身を任すときにはそっくりすべてであり、これはその一にあたります。その二と一致するのは、女性が一人の男を愛する場合、その男が遠く離れたところにいるととても激しい恋心を示すものです。男性が近くにいるときには、ほんのちょっとした仕草でしか恋心を表さないのです。第三の点に関しては、女性がことばの上で、その男を愛していると相手がわかる程度に振る舞っていても、狼が歯で自分の足を傷つけたように、彼女が深入りしすぎた事実をベールで覆い隠そうとしてあふれるばかりの冗舌を見事に弄してみせるのです。と言いますのも、女性は自分については他人に知られたくないような事柄も、他人については知りたくて仕方がないのです。また、女性は自分を愛していると思う男性に関しては堅く用心して秘するものなのです。女性の振る舞いは、裸の男を見るとたちどころに姿を隠す蛇に似ています。でも蛇は着衣の男なら何ら恐れることなく襲いかかってきます。

いとしき人よ、そなたは私に対してまったく同じように振る舞われました。はじめてそなたにお会いしたとき、慎みはもちろん保ちながらもとても好ましい印象を抱きました。同じようにそなたも私と初対面であったため私に対していささかの不安を感じられたようでした。ところが私がそなたを愛しているとわかると、今度はまるでそうすることが楽しみでもあるかのように私に対して冷たい態度をおとりになりました。とてもひどい言葉も投げかけられました。はじめての出合いは裸の男、生まれた恋は着衣の男と較べられます。人間が裸で生まれ、長ずるにつれ衣服を身につけるように、男が相手を知りそめたときには恋については丸裸も同然なのです。ですから男は心のままにものを言う大胆さをもち得るのです。しかし時が経ち、彼が恋するようになると、途方に暮れてしまい、どのようにしてそこから脱け出せるのかもわからず、本心をすっかり隠し込んでしまう。そしてもはや自分の考えていることを口に出すこともなく、むしろ他人から非難を受けるのではないかと絶えずびくびくするようになる。彼は靴を履いた猿と同じように罠にはまってしまったのです。

猿の性癖は目にしたことはすべて真似たがることです。そこで熟練の狩人たちは、猿を捕らえようと策を用いて、猿が彼らの姿を見ることができるような場所を選びます。そこで彼らは猿の見ている前で靴を履いたり靴を脱いだりしながら、猿の足に合う一足の靴をその場に残したままどこかに行ってしまいます。彼らは姿を隠して事の成り行きを窺っているのです。そこに猿がやってくると、さっき目にしたとおりのことをしてみたくなるのです。猿は靴を手にすると、可哀そうにもそれを履いてしまうのです。猿が靴を脱ごうとしても、その前に猟師たちが猿に飛びかかってきます。靴を履いたままの猿は逃げもできず、木にも登れず、捕まってしまうのです。

この譬え話から、裸の男を恋をしていない男に、着衣の男を恋をしている男に較べることができるのです。はだしのままでいれば猿は自由で、靴を履く前ならば捕らえられることはないのです。同様に人も恋する前ならば囚われ人にはならないのです。この話は蛇の話と共通しています。この二つの話の共通点から、私がそなたを愛していることをそなたが知ったときから、そなたが私に以前よりもずっと冷たい顔を向けられた理由を見て取ることができるのです。猿も靴を履かないでいたら捕らえられず、蛇も人が衣服を身につけているのを見たときに人を襲うからです。

しかしながら、そなたはまったく逆さまのことをなさるべきではないのでしょうか。私がそなたへの恋衣《こいごろも》をまとっているのがおわかりになれば、私が裸のままでいたときよりもずっと好い顔を見せていただきたいものです。と言いますのも、烏の性質からしますと、烏の子供たちにまだ羽が生えず、色も黒くなく、父親にも似ていない間は、烏の父親は子供たちを一顧だにせず、養いもしないのです。子供たちは羽が生えそろい、父親とそっくりになるまで、まさに露で命をつなぐのです。

いとしき人よ、そなたもかく振る舞われるべきではありませぬか。私がそなたへの恋心を抱いていない間なら、私のことなどお気にかけられる必要はありますまい。でも一度そなたの紋章に私の印を刻むほどにそなたへの恋衣をまとってしまった以上、そなたは私を慈しみ、そなたに捧げる愛が稚《おさな》く、もろいものであっても、あたかも赤子を母乳で育てるように私の愛へのお力づけを賜りたいものであります。恋愛においては、烏の性質の方が蛇や猿のそれよりも勝っているべきではないでしょうか。

烏には恋愛の本質に何よりも近い、もう一つの性質が見られます。それは烏が死人を見つけたとき、最初に食べようとするのは死者の目玉だということです。そしてそこから脳味噌を引き出し、ありったけ頂戴するのです。恋もまた同様です。はじめて出合ったときから、人は目の虜となるのです。人が相手をよく見ていないのなら、恋の虜になることはあり得ないのです。

愛の女神はまたライオンのように振る舞います。ライオンが獲物を食べている最中に、人間が側を通りかかり一瞥をくれると、人間の顔には創造主のお姿に似た尊厳のあとが窺われるので、ライオンもその顔と視線に畏怖の念を抱かざるを得ないのです。それでもライオンは豪胆な性格を有し、こわがることを恥としていますので、人間に見られたと思った瞬間に襲いかかります。でも人間がライオンの方に目を向けない限り、百度側を通りすぎてもライオンは何の動きも示さないのです。私が愛の女神はライオンに似ていると言うのは、まったく同じように愛の女神は、人間が視線を送るときにしか攻めてくることはないからです。

ゆえに、愛の女神は最初に目が合ったときに人を捕らえ、人は目から脳味噌を奪われるのです。人間の脳は知を意味しています。動作をつかさどる生気は心臓に、もろもろの器官に養分をもたらす熱気は肝臓にあるように、知力を生み出す知性は脳にあります。しかし人が恋に陥ると、知性はまったく何の役にも立たなくなってしまいます。それどころか反対に、一挙に知性を失ってしまうのです。知性の豊かな人であればあるほど、失う知性も多いのです。と言いますのも、人が賢明であればあるだけ、愛の女神はその人から知性を奪おうと苦心し、熱中するからです。

このような性質から見て、私は愛の女神は鳥に似ていると申し上げたいのです。私が既に述べた鳥のもう一つの性質は、恋愛においては蛇や猿の性質よりも勝っていると言わざるを得ないのです。だから女性は、裸の男よりも恋衣をまとっている男の方をより愛してしかるべきなのです。

それでも何人かの女性はそのように振る舞われているようであります。しかし、一方では頭に穴のあいている女性たちがおられます。このような人たちの性癖は、一方の耳から入ってきたものはすべてもう一方の耳から出ていってしまうのです。しかも彼女らはそのような場所に身を隠すのが好きなのです。彼女らの振る舞いは耳で子供を宿し、口から出産する鼬《いたち》に似ています。彼女らは愛を受け入れてもしかるべきと思える心地よい数々の言葉を耳にし、あたかも耳で懐妊したようなときでも、口でなんだかんだと言い逃れをして無にしてしまいます。多くの場合、彼女らはまるで罠にはまるのを恐れているかのごとく、すすんで他の話題に移ってしまうものです。それはちょうど鼬のやり方とそっくりなのです。鼬は子を生むと、子を失うことを恐れるあまり、生んだ場所から他の場所へと子供たちを移動させてしまうのです。

鼬のこの性質は、恋愛を失敗に導く大きな理由の一つとなっております。つまり、一番話されなければならないことには耳を貸そうとせず、それ以外のことばかり話したがるということです。この失策は雲雀《ひばり》の性質と同じものです。この鳥を病人の前に連れていき、鳥が病人の顔をまっすぐ見たときには、それは病人が治る兆候なのです。もし雲雀が顔をそむけて病人の方を見ようとしない場合には病人は死を免れないものと知るべきです。

　そういうわけで、いとしき人よ、私がかつてそなたに愛の祈りを捧げたことも、そなたが私の言動の稚《おさな》さを喜んで下さったことも、私が病気になった原因については口にしないという条件つきなら私にお供を許して下さったことも、そなたにとっては耐えがたいことであったように思えるのです。だからそなたは病んでいる私の顔をまっすぐに見ようとはなさらなかったのです。ですから私は死んだものと見なされるべきなのです。このようなやり方でそなたは、すべての寵愛への期待が絶たれたときの、完全な絶望としか言いようのない深い苦しみへと私を沈めてしまわれました。そこにあるのは愛の死に他なりません。と、申しますのも、死には快癒がないように、同様にもはやいかなるお情けも期待できないのですから、恋の喜びへの望みもあり得ないのです。ですから、間違いなく私は死んでしまっているのです。私を殺したのは誰でしょう。そなたでしょうか。私自身でしょうか、それはわかりません。でも、我々はお互いにこのことには責めを負うべきであるとは言えるのです。まさにシレーヌ（2）がその歌声で眠らせた相手を殺す場面と同じなのです。シレーヌには三つの種別があります。そのうちの二種はなかば人間の女性でなかばは魚でありますが、第三の種類では人間の女性と鳥が半々になっております。そしてすべて、音楽の達人であります。あるいはトランペットを奏し、あるいはハープをかき鳴らし、他のものは女性の声で歌うのです。彼女らのメロディーはあまりにも心地よく、男たちはどんなに離れた場所にいても彼女らの側に引き寄せられてしまうのです。そしてすぐ近くまで来たとき、男たちは眠り込んでしまうのです。シレーヌはその後で男たちを殺してしまいます。このようにしてシレーヌは男を欺して殺すのですから当然有罪でありますが、男もまたシレーヌを信じるという大きな罪を犯している、と私には思えるのです。もし私が同じような状況下で死んだならば、そなたも私も有罪でありましょう。でもそなたの裏切りを責めたりいたしますまい。罪は我が身一身にのみかぶり、私は自ら死を選んだのだということにいたしましょう。

　と申しますのも、そなたがはじめて私にことばを掛けて下さったときに、私はそなたの声に心を奪われていたとは言え、もし私が香料の番をしている蛇と同じくらい賢明であったとしたら、何も恐れを抱く理由などなかったはずだからです。それはコブラと呼ばれる蛇のことです[3]。その蛇が目覚めている限り、香料がしたたり落ちる木には誰も近づくことはできません。どうしても香料を手に入れたいときには、ハープや他の楽器を奏して蛇を眠らせないと駄目です。ところがこの蛇は生まれつきすぐれた知恵をもっていて、楽器の音を耳にするや、片方の耳に尾っぽの先を突っ込んで塞いでしまいます。そうしてもう一方の耳は地面にこすりつけて泥で耳の穴を一杯にしてしまうのです。このようにして音を聞こえなくしてしまうと、眠り込まされる心配はまったくなくなってしまうのです。私もまさにそのようにすべきだったのです。でも私が最初そなたとお近づきになるのをどれほどためらっていたか、そなたがよくご存じであったと思っておりました。何故だかは私にもわかりません。せめて言えるのは、その後に私を襲った不幸への予感のようなものを感じたということです。何はともあれ、私はそなたの側に近づき、シレーヌの歌に眠り込み、つまりそなたとの逢う瀬とそなたの耳にやさしいことばの心地よさにむざむざ罠に陥ってしまったわけです。

　心を奪われた私が異常なのでしょうか。決してそうではありますまい。声にはたくさんのいやなことを忘れさせてくれる力が秘められているのです。ちょうど鶫《つぐみ》がそうであります。この鳥は籠の中で飼われるあらゆる小鳥の中で最も姿が醜く、鳴き声が聞けるのは一年のうち二か月に過ぎないのに人々がこの鳥を大切にするのはその声があまりにも美しいからであります。しかしその声にはほとんど誰も知らない他の効力が秘められているのです。その能力の一つは、この鳥があらゆる人間に見られる欠陥の一つをその声で癒せることであります。人間は五官でものごとを感知いたします。即ち、視覚、聴覚、嗅覚、味覚、触覚であります。この五官の一つがある人に欠ける場合には、その欠陥は残る感覚の一つによってできる限り補われます。ですから、生まれながらに耳の聞こえない人ほど視力のすぐれた人はいないし、盲人ほどはっきりと音を聞き取れる人もなく、臭鼻症の人よりも微妙な味を識別できる人はいない、とも言えるのであります。脳を鼻孔、口蓋につないでいて、嗅ぐ能力が通じる路にあたる神経は、なすべきことが減っただけ、それだけいっそうどうしたらよいのかおのれの役目を熟知しているのです。他の感覚についても同じことが言えるのです。

あらゆる感覚の中でも視覚ほど高貴な役割を果たしているものはなく、他の感覚をもってしたのではこれほどものごとを知ることは毛頭できないのであります[4]。視覚に代え得るものは声だけであります。例えば土竜《もぐら》の場合がそれにあたります。土竜は目が皮膚の下にあって、まったくものを見ることができません。でもどんな小さな音でもはっきり聞き分けることができるので、土竜に聞かれないようにして捕らえようとしても駄目であります。つまり彼の欠点は音によって補われているのであります。音は聴覚に、色は視覚に、匂いは嗅覚に、味は味覚に働きかけるのであります。触覚に役立つものも数多くあります。寒熱、乾湿、ざらざらしたもの、つるつるしたもの、その他いろいろと感得することができます。かくして土竜においては、その欠陥は音のおかげで、かくも明晰に聞き分けることができる生き物はいないほど完璧に修復されるのであります。逆に五官を較べた場合、各々すぐれた感覚を有している五つの動物の中の一つに土竜を挙げることもできるのであります。例えば、リアン[5]と呼ばれる壁をはっている小さい白い虫は視覚、土竜は聴覚、禿鷲《はげわし》は嗅覚（何と言っても二日間の旅程の距離だけ離れたところにある屍体を嗅ぎ取るのですから）、猿は味覚[6]、蜘蛛《くも》は触覚、といった具合であります。土竜にはまだその上、もう一つの特性が挙げられます。土竜は基本要素――世界を構成している四大要素（火、風、水、地）――で生きている四つの動物の一つなのであります。土竜はきれいな大地に住み、きれいな土しか食さない、ちょうど鰊《にしん》が澄んだ水に住み、千鳥が清浄な空気に、サラマンダーが浄火の中に住んでいるようにであります。サラマンダーとは火を食する白い鳥のことで、その羽で作られた布は火の中でしか洗えないのであります。

土竜には以上のような特性が見出せるのでありますが、その中で最も特筆に値するのが聴覚の能力であります。聴覚がその働きの器官を通じて視覚の欠点を補ってくれることを特に驚く理由はありません。その上聴覚はその器官の欠点さえも修正してくれるのであります。このような能力は聴覚においてしか認められないのであります。動物の性質について述べた本の中では蜂は聴覚を持たないとされております。ところが蜜蜂が分封したときには、蜂の群を呼び、子守歌などを用いて誘導するのであります。それは蜂に聞こえているからではありません。蜂の仕事ぶりの完璧さについて言えば、それは蜂の性質がおおむね高貴にして秩序立ったものであるため、どうしても見事に完璧化された形に成り立ってしまうからなのであります。高度な哲学上の学説を読んだり、理解された方なら、音楽がどのような力をもっているかご存じのことでありましょう。そのような人たちには、ありとあらゆるものの中で、詩歌ほど完全にして魅力的な構成をもっているものはないと申し上げられるのであります。

何故なら、詩歌の組立てはあまりにも完璧にかつ強力にできており、人々の感情や意志を変えさせる力までもっているからであります。だから古代の人たちが結婚式で歌っていた詩歌などは、聞いている方が楽しい気分にならざるを得ないように作られておりました。逆に葬式のときの歌などは、どんな堅固な心の人でも、それを聞いては涙をおさえることができないようなものでした。まだ他にも、ほどほどにできているようなものもあり、それを聞いても心がそれほど軽快になるわけでもなく、悲しみに満たされるわけでもないような詩歌もありました。

詩歌の構成はかくも完璧にできており、蜜蜂のハーモニーも足下にも及ばないのであります。もっとも蜜蜂は自らは気づかずに結構見事なハーモニーを奏でることができるのであります。とは言っても蜂には聴覚はありません。でも蜂は最も一般的な感覚である触覚でそれを感じるのであります。既に申し述べましたように、触覚は最も多くの場合に役に立つ感覚なのであります。声が働いている感覚である聴覚の欠点さえも他の感覚で補うことが可能なのであります。この特性は最も特別なものの一つで、かかる特性は声以外のどこにも見出せないのであります。まだまだそれ以外にも声にはことばや歌の効力に関するいくつもの特性を見出すことができますが、しかしそれらについてはここでは触れないでおきましょう。今のところはここで取り上げている主題に関するものので御辛抱下さい。声にはかくも大きな力が秘められているのですから、私が声の力で眠り込むのだと申し上げても特に驚かれるには及びますまい。と申しましても、並みの声ではありません。私が今まで出合ったことがない美しい人の声なのですから。

ところで、視覚は私を虜にするのに力があったのでしょうか。もちろんです。私は虎が鏡に捕らえられるよりもずっと確かに視覚によって捕まってしまったのです。虎は子供たちを奪われて怒り狂っていても、鏡の前に出るとそこから視線を外すことができなくなってしまいます。そしてそこに映っている自分の姿の美しさに見とれてしまい、子供たちを奪った狩人を追いかけるのを忘れ、まるで罠にはまったかのようにじっとして動かないのです。老練な猟師は虎に邪魔されないようにわざとその場に鏡をすえつけるのです。

そのことから私が言えることは、私は聴覚と視覚によって捕らわれの身となっているのですから、知力も記憶も失ってしまっていても驚くに値しないということです。聴覚と視覚は、既に申し上げたように、記憶の二つの入口であり、人間にとっての最も高貴な感覚と申せましょう。これも既に申し上げましたが、人間には視覚、聴覚、嗅覚、味覚、触覚の五つの感覚が備わっております。

私はまた、豹が放つ香ばしい息のために死ぬまでその後についていく動物たちと同じく、処女の放つ芳香に包まれて眠る一角獣のように、嗅覚によっても捕らわれております。一角獣の特性としては、これほど捕らえるのに危険が伴う動物は他にいないという点が挙げられます。一角獣の額の真ん中には一本の角が生えており、いかなる鎧といえどもこの角の一撃には耐えられません。だから誰も一角獣を襲ったり、近くでゆっくり眺めたりはできないのです。ただし年若い処女だけは例外です。一角獣はその嗅覚によって近くに処女がいることを知ると、彼女の前にひざまずき、あたかも彼女に仕えているかのごとく恭しく挨拶するのです。一角獣のこの習性を知っている熟練の猟師が、一角獣の通りそうな場所に若い処女を待機させておくと、一角獣は彼女のひざの上に身を横たえて眠り込むのです。一角獣が目覚めているときには狩り立てることなどとてもできない猟師たちは一角獣が眠り込むと姿を現し、殺してしまうのです（7）。

愛の女神が私に復讐を企てたのもまさに同じやり方で

ありました。私は、私の年頃の男性の中では最も自信にあふれているように愛の女神には映ったようです。私は人様の言う、恋にはつきものであるあの激しさで完全に自分のものにしてみたい、と願うような女性にはいまだお目に掛かったことはありませんでした。すると、巧みな狩人である愛の女神が、私の通る道に若い娘を待ち伏せさせたため、私はその甘い匂いに誘われて眠り込んでしまったのです。愛の女神は彼女一流の死、つまり愛の恵みを望み得ない絶望の中に私を追いやりました。私が嗅覚によって罠にはめられたのだと確信するのはそういった理由からであります。その後もずっと私は彼女の発する甘い匂いにつなぎとめられてしまい、一度豹の匂いを嗅ぐと離れられなくなり、その甘い臭気のために死ぬまで後をついてまわる動物たちのように、私は自分の意志を放棄して、匂いのままについていくことにしたのです。

であリますから、私は聴覚、視覚、嗅覚、の三つの感覚で捕らえられていると言えるのです。もし私が残る二つの感覚、つまり接吻したときの味覚や、私の腕に抱きしめたときの触覚によって捕らえられていたのなら、ぐっすり眠り込んでいてもよいものでしょうか。人が眠っているときには、五官のいずれをも感じることができないではありませんか。そして恋の居眠りはすべての危機の始まりです。処女の側で眠る一角獣にとっても、シレーヌの傍らで眠りこける人間にとっても、眠っている後ろからは死が忍び寄ってくるのです。

もし私がこの危険から身を避けたいと願うのであれば、仲間を見張っている鶴のように行動すべきでありましょう。鶴の群にあっては、皆が眠っているときには、必ず一羽が不寝番をしているのであります。そして各々順番に歩哨をつとめるのです。更に歩哨中の鶴には居眠りをしないようにと足の下に小石を敷いておきます。こうすれば身体の均衡がとれないため深い眠りに落ち込んでしまう恐れはなくなるのです。鶴は立ったまま眠るわけですから、身体の均衡がとれていないとぐっすり眠ることはできないのです。

私もこのようにするべきであったと申し上げたいのであります。仲間の不寝番をつとめている鶴は人間の心のさまざまな動きを保護してくれる賢明さを示し、足は意志の力を表しています。道を歩くのに足が役立つと同様に、意志の働きによって人間の精神も一つの思想から他の思想へと歩を進め、一つの行動から他の行動へと人間自身の歩みをも進めることができるのです。ですから鶴はしっかりと立っていられないように、つまり眠り込んでしまわないようにと足の下に小石を敷いておくのです。同じく慎重さはごく近くで感覚が信用をおいていない意志を見張っているのです。だから、このように振舞う人々には何も恐れるものはないのです。しかし、慎重さを持ち合わせない人は、孔雀の尾羽が抜けて醜くなったように、その人の特性を失うことになるのです。孔雀の尾羽は慎重さの象徴であります。尾羽は後ろについているのですから、これから起こるだろうことを示しております。そしてその羽に目がたくさんついているのは、これから起こるだろうことに対して注意深くあるべきことを意味しております。そういうわけですので、孔雀の尾羽は慎重さの象徴であると申し上げているのであります。慎重さというものは、来るべき事柄に対して用心深くあるという以外の何物でもありません。

尻尾が慎重さの象徴であるということは、ライオンの習性の一つによっても確認することができます。ライオンには、人間に追われてもはや防ぎ切れず逃げざるを得なくなったとき、どちらの方角に逃げたのか知られないために尻尾を使って足跡を消してしまう習性があるのです。慎重さを備えている賢人もまた同じように行動するものです。人に知られたら非難を免れないような行為をとらざるを得なくなったときには、賢人はそのことを誰にも知られないようにするための防護策を講じます。そうすることによって、彼の慎重さが、足跡、つまりよきにつけ悪しきにつけ彼のやったことから生じかねない噂を消してくれるのです。

そのようなわけで、尻尾は慎重さの象徴なのであります。なかんずく、目玉が一杯ついている孔雀の尾羽はなおさらであります。したがって尾羽のついていない孔雀がみっともないように、不用心な人はお粗末なものです。しかしながら、たとえ私が孔雀の尾羽についているほどの目玉を持っていたにしても、音の力で完全に眠り込まされかねないのであります。と言いますのも、私はかつて一人の婦人についての話を耳にしたことがあります。その婦人はとても立派な牛を飼っていて、いくらお金をつまれても手放したくないほどその牛を大切にしておりました。彼女はその牛をアルゴスという名の牧人にゆだねておりました。このアルゴスには目玉が百個もあって、彼がすべての目を閉じて眠ることなく、目玉のうち二つずつが交代で眠り、その間残りの目玉は目を覚ましてあたりを見張っておりました。にもかかわらず、牛は姿を消してしまったのです。この牛が欲しくてたまらないある男が息子の一人メルクリウスを牛のところへ送ってきました。彼は笛の名人でえも言われぬ音色を奏でることができました。メルクリウスはアルゴスになんだかんだと話しかけながら笛を吹きはじめ、アルゴスのまわりをぐるぐる廻りながら彼に話しかけたり、笛を聞かせたりすると、アルゴスはまず最初は二つの目で眠り、次にまた二つの目を閉じ、更に次々と二つずつ目を閉じていき、ついに百の目をすべて閉じてすっかり眠り込んでしまいました。するとメルクリウスはアルゴスの首を難なく刎《は》ね、牛を父の許に連れて帰りました(8)。

　アルゴスは孔雀の尾羽についているのと同じくらい多くの用心の象徴である目玉を持っていながらも、音の力で眠り込んでしまったのですから、私がどんなに用心しても音の力で眠りこけ、殺されたとしても何も驚くことはありますまい。既に申し上げたように、死神は、シレーヌの声で眠ってしまった男、処女の傍らで眠り込んだ一角獣、そしてここに述べたアルゴスの場合と同様に、恋のために眠り込んでしまった人の後をずっとつけてきているのですから。

　だから私は間違いなく死んでしまうことでしょう。助かる方法はないのでしょうか。わかりません。でもどんな方法があるというのでしょう。なるほど何らかの薬はあるはずなのですが、それがどんな薬であるのかわからないのです。同じような目的で燕《つばめ》が用いている薬についても、経験上次のようなこと以外には何もわかりません。燕の子供を奪い、目をくり抜き、また巣へ戻してやると、成鳥に達する前に元通り目が見えるようになっているのです。恐らく親燕が治してやったのでしょうが、どんな薬を用いたのかはまったくわかりません。鼬《いたち》についてもそれと同じことが言えるのです。鼬の子供を殺して、死んだまま親の許に戻してやると、鼬は子供を生き返らせる薬を本能で知っているのです。我々にはそこまではわかっているのですが、その薬がいかなるものであるかは全然わからないのです。

いとしき人よ、私自身についても同じことを申し上げたいのです。そなたの手で私を蘇生させるために用いられるかもしれない何らかの薬があるであろうことは疑わないものの、それが何であるかは私にはわからないのです。私にわかっているのは、動物は自らの習性に従って他の動物の習性を知ることができるということです。例えば、ライオンがその子を蘇生させることはよく知られていますし、そのやり方もわかっています。子ライオンが死んで生まれると、三日目にライオンの父親は子ライオンの上で咆哮するのです。そうして子ライオンを生き返らせるのです。同じように、もしそなたがもう一度私をそなたの愛に呼び戻して下さるのであれば、それは私がそなたへの愛ゆえに死んだその死から私を甦らせて下さる特効薬となり得るのでありましょうに。ペリカンについても同様のことが言われています。ペリカンが子供たちを蘇生させることはよく知られていますし、そのやり方もそうです。ペリカンは鳥の中でも特に雛を可愛がる鳥で、雛と一緒に遊ぶのを大変楽しみにしております。雛たちも親鳥が彼らと遊んでくれるのを見て、父親に信頼を寄せ、見境もなく遊び戯れるのです。雛たちが父親の顔前を飛びまわっていると羽で親の目を打ってしまうことがあります。ペリカンはとても誇り高い性格ですので、たとえほんの少しであっても、礼を失する行為には我慢がならないのです。だから親鳥は怒って雛鳥を殺してしまいます。しかし、殺してしまってから親鳥はそれを悔やむのです。そして羽を持ち上げると嘴《くちばし》で脇腹を切り裂き、流れ出る血を殺した雛たちにかけてやります。ペリカンはこのようにして雛たちを蘇生させるのです。

いとしき人よ、私がはじめてお近づきになり、しげしげとそなたの許に参上した頃には、私はちょうどこの雛鳥のようでありました。そなたは私にとても好意に満ちた顔を向けて下さったので、私がそなたに一番申し上げたいと思っていることを口にしても許されるのかと思うほどでした。しかし、そなたは私の申し上げたことには一顧だになさらず、私の申し上げたすべてのことはそなたのお気に召さなかったのです。そしてそなたは愛の女神につきものの死で私を殺してしまわれたのです。でももしそなたがやわらかい脇腹を開いて、そなたの好意を注いで下さっていたら、また、私がかくも渇望しているそなたの心を私に寄せて下さっていたら、そなたは私を蘇生させることができたでありましょうに。そなたの心の贈り物こそ私を救うための最良の薬なのです。私の愛の懇願がそなたには耳ざわりであり、それさえなければお供の端に加えていただけるとおっしゃっている旨聞き及びました。私が原因となっている不快からそなたが逃れるためにも、今こそそなたの心を私に下さるべきではないのでしょうか。海狸《ビーバー》の場合がまさにそれにあたります。海狸は身体に薬をもつ器官を備えている動物で、人はこの器官欲しさに海狸を狩るのです。海狸は必死になって逃げるのですが、いよいよもう逃れられないとわかると殺されるのが心配になります。しかし海狸は本能で人が狩り立てるのはある器官だけが欲しいからだと理解できるのです。彼はその器官を歯で食いちぎり、道の真ん中に放り出しておきます。猟師がそれを見つけると、もはや海狸を追おうとはしません。海狸を追うのはこの器官だけが欲しいからなのです(9)。

いとしき人よ、もしも私の懇願がそなたのおっしゃるように不快なものであるのでしたら、そなたはその心をお与えいただくことによりその不快から解放されることができるはずであります。私がそなたを追い求めているのはまさにそのためだけなのですから。そうでなければ、どうして私がそなたを追い求めたりするものでしょう。私を愛の死から救い出してくれるためには、それ以外の何物も効力をもってはいないのです。既に申し上げたように、それこそ、私の助けとなってくれる最高の良薬なのです。けれどもその薬は私の手に負えない頑丈な錠前つきの箱に納められております。そしてその鍵も私の手中にはないのです。しかもその鍵の持ち主であるそなたは私のためにそれを開けようとはなさらないのです。だから啄木鳥《きつつき》が巣の外に栓を放り出すときに使う草をもたない限り、私にはどのようにしてこの箱を開ければよいのかわからないのです。

啄木鳥はその習性により、小さな穴のあいた木を見つけると、その窪みの中に巣をこしらえます。すると驚いたことにその穴にむりやり栓をねじ込んでその穴を塞いでしまおうとする人々がいるのです。啄木鳥が巣に戻ってきて入口が塞がれているのを知り、ありったけの力を振りしぼってもこの栓を引き抜くことができないとわかると、啄木鳥は知恵と策を巡らせて成功を収めることとなります。と言いますのも、啄木鳥は本能で栓を抜くことのできる力をもつ草を知っているからです。啄木鳥は四方八方に飛んでその草を探します。そしてその草をくわえて戻ってくると、その草を栓に触れさせます。すると栓はたちまち穴の外に飛び出してしまうのです。

いとしき人よ、もしも私がその草を手に入れたら、それでそなたのやわらかい脇腹を開き、そなたの心を手に入れようと試してみたいものです。でも私にはそれがどんな草なのかわからないのです。もしかして理性ではありますまいか。いいえ、そうではありますまい。理性は二種類しかありません。一つはことばの理性、もう一つは行為のそれです。ここで問題になるのはことばの理性の方ではありません。ことばの理性には、一人の令嬢に対して何ゆえ彼女が人を愛さねばならないのかを理づめで示してやる程度の能力は備わっていますが、だからと言って彼女がそんなことはしたくないと言いだせばもはやそれまでです。そして行動の理性もそれ以上に問題にはなりません。もしものごとを理性と道理で検討するのなら、正直なところ私はそなたと較べると自分の立場を完全に失うほど価値のない存在と言えるのでありま す。私にとって必要なのは理性よりもずっと慈悲の方でありませす。他方、この草は慈悲でもなければ願望でもないのです。私は幾度となくそなたに哀願し、そなたの慈悲を願ってきたのですから、もしそれらが少しでも私にとって有効なものであるのなら、そなたの脇腹は久しい以前から開いていたはずであります。それでも私にはこの草が何であるかを知ることは不可能でありました。したがってそなたの脇腹を開けることはできなかったのです。しかしながら、そなたの心を得るためにそなたの脇腹を開く以外に私を死から守ってくれる他の薬はあり得ないのです。だから生き返る望みもなく私が死んでいることは明らかなのです。それが純然たる真実なのです。私が自らの蘇生について考えることはもはや必要すらないのです。これこそまさに真実なのです。

しかし、本当のところ、人が甲斐なくも失ってしまったものについてどのようにして慰めを得ることができるのでしょう。何ですって、彼女が仕返しされる期待ですって、でもどのようにして私の仕返しが果たされることができるのでしょう。私にはわかりません、少なくとも私の意中の婦人が自分からすすんで彼女のことなど気にかけていない男を愛さない限りは。私は何を言いたいのでしょう。彼女のことが気にならないようになるほど、一体誰が分別を失うというのでしょう。燕《つばめ》の習性を持ち合わせているような種類の人たちを除いては、そんな人は誰もいません。燕には、飛びながらでなければ食べず、飲まず、子供たちにも餌を与えない、そんな習性があります。燕は猛禽でも恐れません。他の鳥には燕を捕らえることはできないのですから。燕と同じように飛びながらでなければ何もしないような人々がいます。彼らは愛することさえ通りすがりにすませてしまうのです。しかも自分たちが愛されていることがわかり、相手が自分たちを頼りにしている間だけのことなのです。他方、彼らは決して猛禽に捕らえられることはありません。いかなる御婦人や令嬢たちとの恋も彼らを引き留めておくことはできないのです。彼らはどんな御婦人でも等しく扱います。つまり針ねずみのやり方なのです。針ねずみは針の内側に身を丸めてしまうと、もはやその針に刺されないように注意しながら針ねずみの身体に触れることはできなくなるのです。そしてそのまま林檎の間を転げまわると、針のおかげで身体中に果物をくっつけることができます。だから私はこの種の人々は針ねずみに似ていると言うのです。彼らはどこからでも取ることはできても、どこからも取られることはないのです。ですから、このような性質の人は私の代わりに彼女に復讐してくれそうに思えるのです。でもこの復讐は私にとっては慰めになるより、腹立ちのもとになりそうです。何故なら私は、彼女が私を袖にした後で他の男を愛するよりも、彼女とともに死んでしまう方が幸せだからです。私は一体何を望んでいるのでしょう。私も他の男をも彼女が愛さないことです。ではどうすれば私は彼女に復讐を果たすことができるのでしょう。彼女が私に与えた苦痛ゆえに後悔の念に駆られること以外には考えられません。最も優雅な復讐の仕方は改悛によるものです。相手を改悛にまで追い込むことができれば見事な復讐を果たしたことになります。だから私は彼女が鰐《わに》のようにして改悛の情を示してほしいのです。鰐とは多くの人がコカトリス(10)と呼んでいる水辺に住む蛇のことです。鰐は人と出合うと、一口で呑み込んでしまいます。そしてその後、死ぬまでそのことを後悔するのです。

いとしき人よ、そなたにも同じことが起こればと願わざるを得ません。私こそそなたに見出された男なのです。人が探しものを難なく見つけるように、そなたは何の苦労もなく私をそなたのものにしてしまわれたのです。そしてそなたは私を一口で呑み込んで愛の死を与えられたのです。でも叶えられるものなら、そなたがそれを悔やみ、そなたの心の目から出る涙を私に注いでほしいのです。私がそなたに復讐を遂げたいのは、私好みのそのようなやり方によってであって、他のいかなる方法をも用いるつもりはありません。しかしながらその場合、この私のやり方に他人が割り込んでくることを大いに警戒する必要があります。と申しますのも、往々にして起こることでありますが、一人の御婦人が忠実な愛人を先立たせたことを悔やんでおられるところへ、他の男が現れ求愛すると彼女はきわめて容易にその男に心を寄せてしまう場合があるからであります。

鰐《わに》やヒドラと呼ばれる蛇の一種に関して生じるのも同様の事柄であります。ヒドラというのはいくつも頭を持った蛇で、頭の一つを切り落とされると同じ場所に頭が二つ生える習性をもっております。この蛇は本能的に鰐を嫌っております。ヒドラは鰐が人間を食べて、以後二度と人間は食べまいと後悔しているのを見つけると、今ならやすやすと鰐を欺せると心の中で思うのです。鰐がもう食べるものに注意を払っていないからです。そこでヒドラは泥の中を転げまわり、自分が死んでいるように見せかけます。すると鰐はそれを見てヒドラにかぶりつくと、一口で呑み込んでしまいます。ヒドラの方は鰐の腹中に入ると臓物をこま切れにした後、勝利の喜びに満ちて外に出てくるのです。この復讐の後にもう一つの復讐が起こる恐れのあることをつけ加えておきます。と申しますのも、たくさんの頭を持っているヒドラは、知り合った御婦人たちをすべて恋人にしている男を象徴しているからであります。何たることでしょう。この種の男たちは何とすぐれた能力、広い心を持ち合わせているのでしょう。自分の力や心をこれほどまでに細かく分けることができるとは。このような御婦人方のどなたであったにせよ、この心全体を独り占めすることはかなわないのであります。もしも彼の恋人の一人一人がほんの少しずつでもこの男の心のかけらを分け与えられているのであれば、彼女らはそれで充分に満足し喜んだことでしょう。しかし、私は彼女らのうちほんのわずかなかけらでもその心の分け前にあずかった人は誰もいないと思うのであります。このような男は、ブリッシュの遊び(12)でブリショワール棒を持っている人と同じやり方で、全員に彼の心を差し出すからです。つまり、みんなに見せびらかしはするものの誰にも渡そうとはしないのです。でも公正な遊びをするつもりなら、少なくともその棒はどこかに置いておくべきであります。でも彼の目的は遊び相手に一泡吹かせることなのですから、彼は棒を持っていってしまうのです。このような男たちが御婦人方や令嬢たちに対してその心を弄するのはこのようなやり方によるのであります。しかしながら、たとえ彼らが心をあちこちに少しずつばらまいていったとしても、上手に使い切れるとは私には思えないのです。よく言われるように、一度に数多くの試みに首を突っ込む男はどれもやり遂げることはできないからであります。

さて、このような男たちのことはさておき、私の本題に戻りたいと思います。自分の心をいくつにも分けることができるような輩は、彼らの胸の中で本当に心臓が八つ裂きになるような扱いを受けるとよいのです。

ヒドラについてもう少し申し上げますと、ヒドラは頭の一つを失うと、その代わりにいくつもの新しい頭を得るのです。つまり蒙った損害から利益を引き出しているわけです。このヒドラは、もしも一人の女性に裏切られたら七人の女性を裏切る男、あるいは女性が彼を一度裏切ったら、今度は七度欺してやるぞと言う男によく似ております。私はこのようなヒドラをはなはだ恐れるものであります。どうかこのような手合いから、特に忠実そうに振る舞う男たちから身を守っていただきたいものであります。〝奥方様の御引き立ての末端に連なれますように〟とか〝奥様の忠実な騎士の一人に私をお加え下さい〟などと言い歩いている連中は、おつき合いなさる相手を秘密にしておきたいとお思いの御婦人方が最も警戒なさるべき手合いなのであります。

このような男が、身仕度をして騎馬槍試合にでも出かけるようなときには、多くの群衆の目の前で彼女が自分のために姿を見せてくれないと自分は彼女の忠実な騎士たり得ないなどと不満に思うことでしょうし、また、試合が始まる前にはすべての群衆に聞こえるように声を限りに彼女の名を呼ばないことには、彼女の御引き立ても実感できないようなのです。更にその上ひどいことに、彼は楽士を雇ってきて桟敷の方に向かって、この騎士が雄々しく振る舞い、華々しい活躍をしたのは愛する婦人への愛ゆえであると歌わせる始末であります。

このような種類の連中にはくれぐれも用心なさるべきでありましょう。と言うのもこのような連中は自分を生んでくれたものに対して蝮《まむし》がとるような態度以上のことは決してしないからであります。蝮は父母を殺してしまってからやっとこの世に生まれ出るのです。蝮の雌は雄の頭を口から呑み込んではらむのです。雄は雌の口の中に頭を突っ込み、雌は歯で雄の頭を嚙み切って呑み込んでしまうのです。雌はこのようにしてはらみ、雄は死んでしまうのです。出産のときになると、雌は脇腹から子を生みます。そのためには身体は張り裂けざるを得ず、そうして雌は死んでしまうのです。

そういうわけですから、私はこの種の男たちを蝮と呼ぶのであります。彼らは蝮と同様に、世に出る前に彼らを生み出してくれた人々を殺してしまうのです。もしも彼らに何らかの価値、というより彼らに生命を与える価値が本当にあるにしても、彼らを引き立てるのに力を貸してくれた婦人たちの名を世間に吹聴せずには世に出られない輩なのです。私はこの蝮には大いに危惧の念を抱いておりますので、くれぐれも御注意願いたいものであります。しかも肝心の蝮が誰であるかは私にはわからないのです。それが誰であったにせよ、そういった手合いの一人からの求愛を承知なさったのであれば、二匹の子猿を連れた雌猿に起こった出来事が私とその男の間にも起こってくれるように願いたいところであります。

雌猿には一度に二匹の子を生む習性があります。母猿は二匹の子供に等しく母性愛をそそぎ、養おうとつとめるのですが、それでもやはり母猿の愛情は二匹のうちどちらかに片寄ってしまうのです。つまりどちらか一匹だけを愛して、もう一匹の方は嫌うようになるのです。したがって狩人に追いかけられると、母性の本能からは二匹の子供を両方とも守ろうとするのですが、母猿は嫌いな方の子供を背中におんぶするのです。子猿が肩にしがみついていられるのなら、しっかりつかまっておいで、というわけです。母猿は愛している方の子猿は腕に抱いて、二本足で立ったままで逃げていきます。ところが、長時間逃げまわっていると、二本足では疲れてしまい、四本足になって逃げざるを得なくなってしまいます。そうなると今度は愛する子の方を失い、母猿が嫌っている子の方を守ることになってしまうのです。これは何も驚くべきことではありません。と申しますのも、母猿が愛している子猿は母親にかじりついているのではなく、反対に母猿が子猿をつかまえているのです。一方憎まれっ子の方は母猿が支えているのではなく、子猿が母親にしがみついているのです。だから前足も後ろ足も両方使って全速力で逃げなければならないときには母猿が抱いている子猿を失い、母親にしがみついていた子猿が助かるのは当然のことなのです。

いとしき人よ、もしそなたが誰か他の男、蝮やヒドラ、針ねずみ、あるいは燕のような性質の男の愛を受け入れられたのであれば、その男と私の間には、母猿とその二匹の子猿に生じたのと同じことが起こるようにと念じております。と申しますのも、もしもそなたが私より その男を愛しておられたとしても、そなたはその男を失うことになるからであります。そして、そなたにさほど愛されていないこの私の方が、たとえ憎まれるにせよ、そなたの側に残るのです。と言うのも、その男がそなたをつかまえているのではなく、そなたがその男を支えておられるからです。そなたが私に手をお貸しにならなくても私の方からそなたにすがりついているのです。もう一度申し上げますが、その男はそなたにつかまっているのではなく、そなたがその男に手を貸しておられるのです。そして、そなたはその男の意を迎えてやろうとなさる、だから、いつまでもその男はそなたを愛しつづけることになるのです。しかし、一度そなたがその男の気に入らないようなことをお望みになれば、その男は腹立ちまぎれに待ってましたとばかりそなたに喧嘩を売り、そなたから離れていくことでしょう。ということは、彼はそなたにしっかりつかまっているのではなく、そなたの意思ではなく彼のわがままからそなたにくっついている、というわけであります。それはちょうど鋸鱏《のこぎりえい》が船を追うのと同じなのです。

鱏《えい》は海に住む巨大な生き物であります(13)。どでかい大きさの羽と翼をもっていて、それを使って大鷲が鶴を追いかける速度よりずっと早く海の上を飛びます。その羽はかみそりのように鋭利です。この鱏というのは自らの速さにすっかり酔いしれて、波をけたてて進む船を見つけると、速さを競ってみたくなるのです。鱏は船の側を翼を一杯に広げて一気に四十ないしは百海里ほどの距離を飛びつづけるのです。しかし、息切れがしてくると、負けて恥をかきたくない鱏は必死になって船を追いかけます。鱏は少しずつ水をあけられて負けることなどは耐えられないのです。ですから、ほんの少しでも船に追い抜かれたと知るや、翼をたたみ一挙に海底目指して姿を消すのです。

あのような男は、息のつづく限り、同じようなやり方でそなたを追いかけているのだと申し上げたいのです。彼は自分の望むところと一致している間はそなたの意思に添うようつとめることでしょう。しかし、そなたの意思が彼の望みとは異なっているとわかると、不満の意をもらすどころか、腹立ちまぎれにさっさとそなたを捨て去ってしまうのです。そういうわけですから、私が申し上げております通り、そなたが彼を支えておられるのであって、彼がそなたに寄り添っているのではないのであります。そなたが私を支えて下さっているのではなくても、私はそなたにしっかりつかまっていることは確かであります。こう申しては何でございますが、そなたは幾度となく私を怒らせるように仕向けられました。もしその場の怒りに任せて、そなたから離れるようなことがあったとしたら、私はそなたを人並みはずれた愛で愛していたのではなかったということになってしまいます。しかし私はそなたにたぐい稀な愛を寄せており、そなたにしっかりとつかまっております。ですから、もしも私がそなたを望むべくもなく失ってしまったとしても――まだ手に入れてもいないものを失うことができるとしての話ですが――、私がそなた以外の女《ひと》に心を奪われたりすることはありますまい。それはちょうど、雉鳩《きじばと》の雌が雄を代えることがないのと同じであります。雉鳩の雌はたとえ雄を失っても、その後他の雄には決して身を寄せない性質をもっております。

そなたの恋人はさほどそなたに熱心ではないようですが、私の方はしっかりそなたにおすがり申しておりますので、どんなにかすかであっても雌猿の場合のようにそなたがその男と別れて私の方をお選びになるという希望はまだ残っているように思うのであります。重ね重ね申し上げますが、私はそなたに全身全霊を捧げておりますので、どんなことがあってもそなたを見捨てて他の女性に走るようなことはあり得ません。そなた以外の女性が私の気を引こうとして、愛する男に対して示すような振る舞いに及ばれたとしても、そなたへの愛から私を遠ざけることは不可能であります。ちょうど鶉《うずら》の場合がそれにあたります。鶉が卵を生んだ後に、他の鶉がやって来て卵を奪い、孵《かえ》し、成鳥になるまで育てたとします。鶉の子らは他の鳥たちと一緒に飛べるようになってから、彼らを生んだ母鳥の鳴き声を耳にすると彼らはその声で本当の母を見分け、育ててくれた偽の母を見捨てると死ぬまで実母とともに過ごすのです。

卵を生むということと育てるということは恋愛における二つの現象、つまり選ぶことと保つこと、と較べることができます。卵は生まれ落ちたときには生命をもたず、孵化される前には生きてはいないのです。人間も同じで、恋に落ちたときには死んでいるのです。恋人として認められてはじめて生を得るのです。そういうわけで、私は恋人に選ばれることは卵を生むことであり、孵化は恋人として認められることだと申し上げているのです。ゆえに、そなたは私を生み落とされた、つまり、選び出されたのですから、たとえ他の女性が私を孵化させた、つまり、恋人として認めたとしても、結局はその女性は私を失うでしょうし、私は私がそなたのものであることを自覚するでしょうし、とどのつまり、永遠にそなたに従うことになるのであります。

はっきり申し上げますが、私が他の女性に心を奪われてそなたを見捨てるはずはなく、それどころか、そなた以外のいかなる女性にも心ひかれることはあり得ません。そちらが私を大切にして下さらなくても、私の方はしっかりとそなたをつかまえて放しません。私としては、背中に背負われたので縁が切れなかった子猿の心境であります。ですから、かすかではあってもまだそなたの心に残っていられるという希望を失ってはいないのです。ところが、例の卵については長い間放っておいた場合にはその結果が大いに心配になってまいります。と言うのも、そなたが生んだ卵を孵化させるまであまり長い間そのままにしておいたのでは孵らなくなってしまうことがあるからです。先ほどは別の鶉が卵を盗み、孵化させると申し上げたものの、実際のところは孵化させてくれる人を誰も見つけることができない場合もあるからであります。こんなことを申し上げているのも、誰か孵化してくれる人を探したいからではなく、実は次のようなことを私に言った人がいるからなのであります。〝今更あなたに心を寄せるような婦人は愚かと言うべきです。あなたには既にかたい絆で結ばれている人がいるのですから、そのような婦人は持てるものをすべて失うのがおちでしょうね〟。こんなせりふやよく似たことを何人かの御婦人方が私におっしゃいました。でも彼女らも、私が本当の母の声を聞きつけたときには見向きもしなくなるのではないかという心配さえなければ、私を喜んで愛人として迎えてくれたことでしょうに。

しかしそういったわけで、そなたにしても他の女性にしても、この卵を孵化させようとはなさらなかったので、長い間放っておかれた卵は駄目になってしまったのです。卵はずっと以前に既に駄目になっていたはずなのです、もしも私の天性の回復力や陽性の心が私を力づけてくれていなかったら。駝鳥《だちょう》の卵の場合を御覧下さい。駝鳥は卵を生むと、砂漠に卵を放ったらかしにしたまま、何ら気にかけることはないのです。ところがあらゆる生物にとっての熱の源である太陽が砂漠で卵を育て、生き返らせるのです。駝鳥の卵の孵化は常にこのようにして行なわれているのです。誰にも孵化されることのない卵である私についても、やはりそのようなことが言えるのです。ほんの少しの心の陽気さが私を支え、私にとって太陽の役目を果たしてくれなければ、もう少しのところで私は駄目になっていたでありましょう。それは神がお与えになったところの、誰も等しく持ち合わせている元気回復の手段なのです。

何と言っても、母の翼の下での暖かさほど自然な暖かさはありませんし、母乳ほど子供にとって良い養分はありません。やさしき母よ、もしそなたが私を養って下さるのなら、鸛《こうのとり》や戴勝《やつがしら》の子供たちがそうであるように、私もそなたの良い子になりましょう。鸛が子供たちを育てるために費やした時間だけ、今度は子供たちが大きくなってから親の面倒を見るのです。戴勝の子供も同じです。戴勝は羽の生え具合がよくないとき、他の鳥のように自力で抜け替わることができないのです。すると子供たちが母鳥の古い羽を嘴《くちばし》で抜いてやり、羽が全部生え替わるまで母親を養うのです。子供たちは母親が卵を温め、育ててくれたのと同じだけの時間を費やすのです。

いとしき人よ、私もそなたの良き息子になりたいのです。もしもそなたが私を温め、育てて下さり、恋人として側に置いて下さるのであれば、先ほど申し上げた通り、卵を生むのは選ぶことであり、孵化するのは保つことなのですから、誠実な恋人が相手に対してなすべきすべてのことを、私はそなたにしてみせると申し上げておきたいのであります。それでももし私がそなたに与えるものをそなたが私に与えて下さるものほどには評価していただけないのであれば、また、私のそなたに対する愛などはそなたから私への愛に較べると大したものではないと思われるようでしたら、それに対しては愛が平等にしないものはあり得ないし、愛においては凹凸は存在しないのだとお答えしておきます。愛はおだやかな海と同じように平らかなのです。〝波騒ぐ愛などは何の価値もない〟とはポワトゥー地方の詩人[14]がうたっているところであります。オウィディウスが愛と領主の権力は同じ座にともにいることはかなわないと言ったのもそういう理由からであります[15]。更にオウィディウスは、思い上がりと愛は同じ家には住めないと言い、ポワトゥーの詩人もつづけて、彼女が降りてきてくれないと私は昇れない、と女性が高みにいて、彼が低いところにいる上下の差についても述べております。二人が等しい場にいるためには彼女が下に降り、彼が上に昇ることが必要であります。この平等化の道理は、サン=ドニからパリへ行く道とパリからサン=ドニへ行く道が同じであるという事実に示されているのであります。

そういうわけですから私が申し上げたいのは、もしも我々が愛し合うことをお望みなのであれば、その愛はそなたから私へ、私からそなたへの同一の愛でありましょうし、二人はまたお互いに同格であろうということであります。ポワトゥーの詩人もこのように言っています。〝貴女と較べた場合、もしも貴女の恋人が家格の上で同等でなかったとしても、彼が抱いている愛は身分の上では貴女の愛と等しいものなのです〟。ですから申し上げているように、まったく同一なのですから、私もそなたが私にして下さったのと同じくらい素晴らしい贈り物を差し上げることができるわけであります。と言いますのも、現時点では私はそなたほどの価値を持ち合わせませんが、もしそなたに愛していただくことができれば、そなたの愛が私の価値をそなたと同じ高さに引き上げてくれるからであります。

でありますから、私は鸛や戴勝の子供たちが彼らの母親に対してそうであるのとまったく同じように良き息子でいることができると思うのであります。しかし、私の見るところ、そなたの中には愛とは相性のよくない思い上がりの心が必要以上に巣くっているようであります。そなたが恋の喜びを味わいたいという望みをもちつづけられるのであれば、その思い上がりをくじく必要があるようです。ちょうど嘴《くちばし》が長くなりすぎて何も食べられなくなった鷲が嘴を折り、硬い石を見つけ次第それで嘴を研ぐようにです。鷲の嘴は愛の敵である傲慢を示しています。そして人が舌の前に築いている塞を壊して謙虚さを取り戻すとその嘴は折れてしまうのです。ところが城門を逆さまに開いてしまう御婦人方がおられるのです。彼女らは姿を見せるべきであるのに、一挙にして姿を隠してしまうのです。その代わり、退屈をまぎらわすため、最初にやって来た男を信用して彼とふざける始末です。それでは嘴を逆さまに折っているようなものです。このような御婦人たちは鰐《わに》に似ています。と言いますのも、あらゆる動物は餌を食べるとき、顎《あご》の下の方で嚙み砕きながら、頰の上の方は動かさぬものです。しかし鰐の食べ方は逆さまです。鰐は下顎を動かさず、上の方を動かすのです。愛についても同じことが言えるようです。愛が姿を隠している状況で愛について語るときには人は下顎を動かすものです。恋人自身以外にこの愛を上手に隠せるものがいるでしょうか。もちろん他には誰もいません。彼はそのときには自分の利益のために行動しているからです。でも誰か他の人にそのことについて話すときには、どんな人であれ上の顎を動かすものなのです。下の顎は下の方にあるのに応じて隠されているものを象徴し、上顎は上に位置している限り、人が暴露するものを示しているのです。

というわけで、鰐が下顎でなく上顎を動かし、他の動物たちとは逆の食べ方をするように、恋人以外の誰かに自分の愛の体験を話し、自身は恋人に対して何くわぬ顔をしている婦人はその嘴を逆さまに折るようなものです。なにぶんにもしゃべる相手を正しく選べる人はほとんどいないのですから。その上裏切りで人を傷つけるような人ほど、表面は誠実な様子をしているのです。他方、より深刻なことですが、裏切りなど犯すつもりのまったくない人には相手の秘密を守ることなどできないのです。と言いますのも、そなたがその人に何でも打ち明けるものですから、他人に対してそなたのことを内緒にしておく必要などまるで感じていないからです。このような人はドラゴンに似ています。(16) ドラゴンは人に嚙みついたりはしませんが、舌の先で舐めるだけで相手を毒にあてます。同じように振る舞う人々がいます。その人たちはそなたのことを軽く聞き流しているので、同じようにあっさりとそなたの秘密を他者に知らせてしまうのです。このようなドラゴンから身を守りたい人は、象のように行動する必要があります。象はドラゴン以外はいかなる動物をも恐れることはありません。象とドラゴンは生まれつき憎み合っており、雌象が出産する場合にはインド(17)の河の一つであるユーフラテスにつかります。ドラゴンは火のような性質ですから水には耐えられないからです。でないと子象に近づくことができれば、舐めまわして毒気にあててしまいます。雄象はお産の間中、ドラゴンを警戒して岸で見張っております。

象のように行動しない限り、ドラゴンを用心していることにはならないのです。出産は愛を保つ行為の象徴であります。既に鶉《うずら》の習性について申し上げたように、御婦人が一人の男性を恋人にされると彼女はその男性の子供を宿します。そして水中での出産をする婦人はドラゴンを恐れる必要がありません。水は鏡の性質をもっていますから用心の象徴でもあります。ですから鳩は好んで水の上にとまります。大鷹《おおたか》がやって来て鳩を捕らえようとしても、水に映る大鷹の影を素早く見つけて鳩はさっさと安全な場所に逃げる余裕があるからです。何事によらず用心深く行動する人を水上に身を置いていると言うのです。そうすれば害を与えかねないすべてのものからいち早く避難することができるのです。だから水は用心の象徴であると申し上げているのです。だから婦人はドラゴンから身を守りたければ、水中で出産する必要があるのです。つまりもし彼女が恋愛沙汰を隠しおおしておきたかったら、恋人とは用心深くつき合わないとなりませんが、一方ではあまり長く待たせた挙句、二人の関係が知られてしまう何かまずい出来事を彼が起こしてしまうような危険に追い込まないことが大切です。他方、彼女自身は気晴らしのために遊んでみようと思うような相手を欲しがる誘惑に負けないことです。

かかる用心深さをもってのぞめば婦人は、彼女の恋愛沙汰が人に知られないかと恐れる必要はなくなります。

誰を信じてよいのかわからないのですから、悪い奴らから身を守りたければ何人《なんぴと》にも信を置かないことです。不実な裏切り者ほど完璧に誠実であると言いはるものです。ことばで最大の保証を与えてくれるものを私は一切信用いたしません。そのような男は人に信じてもらおうと大変な苦労をしているのですから、それは彼が一枚かもうと狙っている何かいかがわしい秘密に気がついているということであります。

多くの人たちがこのような手合いを信じたために身を滅ぼしています。それはまさにある種の鯨について言えるのと同じことであります。その鯨はあまりにも大きいので、海上に背中を現すと船乗りたちは島だと思ってしまうほどです。背中の皮もまるで砂浜のように見えるものですから船乗りたちは島に上陸するように鯨の背中に降り立ち、そこに一週間も二週間も居つづけ、そこで食事の用意までするのです。しかし鯨は火熱を感じると水中深くもぐってしまい、船乗りたちを海底まで引きずり込んでしまいます。

そこで私が申し上げたいのは、世の中で一番確実だと思えるようなことは一番信用すべきでないということでありります。恋人をもっている御婦人たちの大半がその点での経験をおもちのことでしょう。恋のために死ねたら、痛みも苦しみも感じないなどと大口をたたいている男がおります。この種の男がまるで狐が鵲《かささぎ》を欺すようにまじめな御婦人方を欺すのであります。狐は腹がへって何も食べ物がなくなると、赤土の泥の上を転げまわり、口をパックリあけて舌をダラリと垂らし、血だらけになって死んでしまったように見せかけるのです。鵲がやって来て狐が死んでいると思い、まず舌から食べてやろうとすると狐は歯をむき出して鵲の頭をくわえ、食べてしまうのです。

だから申し上げるのですが、恋ゆえに心ここにあらずといった様子をしている男は本当はまったくそんなことは気にかけておらず、人を欺くことのみ切望しているのです。あるいは私についても同じことをおっしゃるかもしれませんが、それに対しては人が戦場に赴くのにはさまざまな動機があるものだとお答えしておきます。ある人は自らの利害のために、他の人は合戦で主君を支えるために、または行きどころのない人や世間を知りたいと思っている人たちであります。

禿鷹《はげたか》と呼ばれる鳥がいます。この鳥には軍隊についてまわる習性がありますが、それはこの鳥が腐った屍体を餌にしているからであります。そうすれば人間や馬の屍体に出合えることを本能的に知っているのです。禿鷹は利益を引き出そうと御婦人方や令嬢たちを追いかけている手合いを示しています。彼らはそのことで彼女らが品位を落とすことなど意にも介しません。どこへ行けばよいのかわからないのでとか、世間を見てみたいとかの理由で軍隊に入る連中はいかなる婦人をも愛したことのない奴らです。彼らは御婦人に愛を打ち明けることはないのですから、一人として御婦人とお近づきになることはありません。それに御婦人の心など求めることはないのですから、愛を語ることなどとは無縁です。そんな振舞いをしているのも御婦人を欺そうとしてではなく、彼らにとってはそれが体質なのです。主君の助勢のために軍隊に行く人たちは誠実な友です。

はっきり申し上げておきますが、私がそなたをお慕い申し上げているのは、慣性からでも禿鷹のようにでもありません。でもことばの上だけで私がどのような種族に属しているのかそなたに説明するのは不可能でありま す。でもそなたが私を恋人として認めて下さった暁には、行為でもって私がそなたをお慕い申しているのはひとえに私の貴婦人に対する務めをまっとうせんがためであることをお示し申し上げましょう。とは言え、私がそなたにどれほど尽くそうとしているかをことばで表現することは不可能ですので、私がそなたに求めるものはもはや何もありません。そなたのお情け以外には。

愛の動物誌ここに終わる。

訳注

（1）アリストテレスの『形而上学』の冒頭句で中世期の著者が好んで書き出しに用いている。

（2）別名サイレン。上半身は人間の女性、下半身は魚あるいは鳥の姿をした海の怪物で、美声で人を魅了した上で殺す。ホメロスも叙事詩『オデュッセイア』で死を招くその歌声に触れている。「人魚」と訳される場合もある。

（3）別名アスプと呼ばれる毒蛇で、クレオパトラが自殺に用いたとされる。この蛇は魔法使いが探し求める紅柘榴石《ざくろ》（アルマンディン・ガーネット）を持っていると言われていた。

（4）五官の中で視覚の優位はアリストテレス以来で、聖アウグスティヌスなどによって中世に伝えられた。

（5）禿鷲と対になってすぐれた視覚の代表として挙げられる山猫（リンクス）との混同が写字生の不手際によって生じたものと

言われる。

（6）味覚にすぐれたものとしては、古代には人間が挙げられていたのが、中世には猿ないしは鹿にとって代わられるようになる。

（7）一角獣はもとより想像上の動物であるが、一般には姿は馬で、額に一本の角をもち、色は白いとされている。聖書以来、無敵の強さの象徴とされている。ここでは一角獣は殺されることになっているが、他の動物誌の多くでは一角獣は捕獲されて王宮に連れていかれるのである。

（8）作者はギリシア神話の一挿話を平俗にくだいて用いている。ゼウス（ローマ神話ではユピテル）に愛された女神官イオはゼウスの妻ヘラ（ローマ神話ではユノ）の嫉妬を恐れて雌牛に姿を変えられている。その牛の見張りをヘラはアルゴスに任せる。ゼウスは邪魔者アルゴスの殺害を息子の一人メルクリウス（ギリシア神話ではヘルメス）に命ずる。したがって、「一人の婦人」はヘラ（ユノ）、「ある男」はゼウス（ユピテル）ということになる。

（9）ビーバーの睾丸は強壮薬として用いられていた。ビーバーに関する記述はフランス語で書かれたすべての動物誌に見られる。

（10）コカトリスは蛇の王と見なされている伝説上の爬虫類べシリスコスのことで、その一にらみで人間を殺すとされている。

（11）ヒュドラ、ヒドルス、エンヒドロス（水蛇、九頭竜）等の名前で登場する空想上の爬虫類がいくつも古代のテキストに記されている。

（12）人をかついで欺す遊びのようである。ブリショワール棒はそのとき用いる小道具で隠しやすい小さい棒のことらしい。

（13）「エイは羽をもち、頭はライオン、尾は魚で、航行する船の先に風を起こし、船の前進を妨害する」としている動物誌もある。

（14）十二世紀、リムーザンのトルバドゥール（吟遊詩人）、ベルナルト・デ・ヴェンタドルンのことである。

（15）『転身物語』Ⅱ、八四六―七行。

（16）最古の神話にも登場する「ドラゴン」は一般に竜と呼ばれ、蛇や爬虫動物にも似た攻撃的で危険な動物を綜合した怪物で、その唾は有毒とされている。

（17）中世においては、「インド」はアフリカ東部から中国に至るすべての地域を示していた。

マルボード・ド・レンヌ

金石誌

福本直之訳

解題

　二世紀末、アレクサンドリアで作られた最古の博物誌『フィシオログス』では金石誌と動物誌は合併されている。プリニウス『博物誌』（一世紀）にも鉱物誌が収められており、中世はその伝統を継承している。七世紀、セビリアのイシドロスは宝石についてのキリスト教的および異教的知識を取り交ぜて紹介している。

　『フィシオログス』を原典とするロマン語での作品は十二世紀のフィリップ・ド・タンに始まるが、全中世を通じての薬石論として最も有名なのはマルボード・ド・レンヌの『金石について《デ・ラピディブス》』である。この作品は十二世紀から十三世紀にかけて多数翻訳され、最初のロマン語訳は失われたものの、十三世紀のアングロ・ノルマン語訳はかなり残っている。著者マルボード・ド・レンヌ（一〇三五―一一二三年）はレンヌ司教であると同時に多方面にわたる作家で、数多くの聖者伝、典礼歌、詩作品に加え、中世修辞学の最初期の論文等をも著している。彼の『金石誌』は二十三行の序文に続き、七三四行で六十種の金石を取り上げている。この作品は大流行し、オック語、オイル語、イタリア語、ヘブライ語等の各語に訳されている。

　本訳の原本は Paul Studer, Joan Evans, *Anglo-norman lapidaries*, Champion, 1924 である。校訂者が底本に用いた B.N.F., lat. 14470（ms. A）は十三世紀の写本で、マルボードのラテン語テキストの各項に、必ずしも原文に忠実とは言えないロマン語訳を添えた対訳本となっている。

　十四世紀になると金石誌は諸書の合併、再編成による全書化へと向かう。マルボードを継承する『鉱物全書』の著者ジャン・ド・マンドヴィルは当時の宝石に関する知識の他にも、宝石研磨の技法についての一章をつけ加えている。

　十六世紀に至ると、大航海時代を反映して想像上の海洋鉱物まで登場するようになるが、同時に模倣と空想の域を出なかったそれまでの金石誌は、観察に基づく科学的知識にとって代わられて衰退を余儀なくされるのである。

　なお、本訳での見出し番号一～一六はそれぞれ原本の一、二、四、五、七、九、一二、一三、一四、一六、一九、二〇、二三、四九、五〇、六一に対応する。

金石誌

エヴァクス王[1]は権勢あまねく、アラブ人の上に君臨していた。彼はさまざまな学問に通じ、数か国語を解した。さらに七科[2]を修め、それを人々に教授していた。絶大な権力をもつ一方で、大いなる人徳の持ち主であった。おびただしい金銀財宝を持ちながらも、誰に対しても気前がよかった。王はその英知と才能と人並みはずれた寛大さによって、人々に知られ慕われていた。ネロ[3]はその噂を聞き、王についての数多くの賞讃を耳にしたので、大いに敬意を払い使節の一人を王のもとに送り出した。ネロはその時代のローマの皇帝である。彼は王にどうか貢租の代わりに王の知識と礼譲の一部なりとも届けてほしいと頼んだ。それ以外の貢物は何ら求めないと言うのである。エヴァクス王は自ら筆をとって一冊の本をネロのために書き上げた。それは鉱石についての本で、その効力や性質、原産地や来歴が記され、いかなる地方、場所に見出されるかが述べられており、各々の石の名称や色あい、それぞれの石の威力や価値が書き記されていた。それらの石の効力は秘められていたが、それらに薬効のあることはよく知られていた。その効力を知っている医師にとっては、それらは力強い助けであった。彼らが治療を行なう場合に大変効果のある薬剤となっていた。それらの鉱石に目覚ましい治療効果のあることを賢人は疑うべきではなかった。薬草にはそれほどの効力をもつものは見出せなかった。神は鉱石にかくも素晴らしい効力をお与えになったのであるから、これらの鉱石は、〝高貴なる〟と形容されるのである。私は皆さんに断言しておきたい。いかなるものも、もし真《まこと》の神がお与えになり、その効力が神より発するものでなければ、このような効力をもちあわせることはあり得ないのである。

一　ダイヤモンド[4]

先ず、ダイヤモンドと呼ばれる石について述べてみたい。ダイヤモンドは水晶のように澄んだ石で、磨かれた鋼鉄の色をしている。インド亜大陸に産する。ダイヤモンドは、前もって雄山羊の血に浸しておかないと、鉄によっても火によっても切断することはできない。血がまだ温かい間に浸しておいて、それから鉄床の上で槌で砕くのである。そしてとび散ってできた尖った破片で他の宝石を切断し、程よく細工を施す。これまで申し上げてきたダイヤモンドは小さなクルミほどの大きさである。もう一つの他の種類のダイヤモンドはアラビア産であるが、それほど硬くはなく、細工もさほど困難ではない。このダイヤは雄山羊の血に浸さなくても切断することができるが、美しさも評価ももう一つである。大きさはやや勝るものの、価値は低く、「ディアマン」と呼ばれている。第三の種類はキプロス島で産出される。第四の種類はギリシア産であるが、評価は一番低い。これらの石はすべて鉄をひきつける特性をもっている。魔術を施すような人々にとっては、この石は非常に有効である。また、それを所持し、身につける人には力と強さを与え、その人を悪夢や悪霊、毒物や毒薬から守ってくれる。嫉みや緊張を取り除いてくれ、正気を失った人々を治してくれる。下手な医者よりもこの石の方が余程役に立つ。これを身につけておれば、敵からひどい目に合わされることもない。この石は金か銀の台座をつけて、きちんと保存しないといけない。身につける場合は左腕につけること。ものの本にはそうするように定められている。

二　瑪瑙《めのう》（アガート）

瑪瑙の名はそれが発見されたシチリアの川の名に由来する。石は黒く、表面には自然にできたさまざまの模様が浮かんでいる。諸王の横顔や動物の輪郭が見えるように思える。もう一つの瑪瑙はクレタ島で見つかり、そこからもたらされた。それには珊瑚の模様が見られる。また、自然にできた金色の粒子が描き出されている。瑪瑙は抗毒作用がきわめて強く、この石のあるところでは毒の効力は失われる。もう一つ他の瑪瑙がインドで見つかっている。この石には木の枝と野獣の姿が見える。瑪瑙はそれを身につける人を守り、この石を身につけている人は渇きをおぼえることはない。しかし、あまり頻繁にこの石を眺めていると視力を失う。既述のもの以外にも別種の瑪瑙があり、これを火にくべると没薬《もつやく》の香りを発する。またそれ以外にも血を浴びたような染めのついた種類のものもあり、その他にも大変価値の高い種類のものは蠟色をしている。瑪瑙は大量に存在するために、あまり大切にはされない。それでも瑪瑙には大きな力が秘められている。瑪瑙は持つ人を守り、その人を力強くし、血色をよくする。またその持ち主に適切な助言を与え、友人たちにもよき忠告を与えさせ、敵からは恐れを抱かせるように仕向けてくれる。

三　碧玉（ジャスプ）

碧玉はさまざまな効力をもっており、また非常に高価である。多様な色をした十七種から成っている。ほとんどは地中深く生じ、輝く緑色のものが最高で、価値も最も高く、最良の効力をそなえている。この石を大切にしていると、健康に恵まれ、疲れを癒し、大きな安心を与えてもらえる。熱病や過水症も治す力がある。婦人の出産を助け、男を守り、力を与え、愛想のよい勇気ある人物にしてくれる。亡霊を遠ざけてもくれる。台座には銀を用いるのが普通である。

四　サファイア

サファイアは美しく、非の打ち所なく、諸王の指にその輝きを添える。それは晴れわたり雲なき空にも似ている。いかなる宝石もこの石と較べて、その効力、美しさ、価値に勝るものはない。この石は美しいと同時に立派である。リビアの砂漠に産し、シルティア人[5]と呼ばれた古代の民によって「シルティッド」と名づけられていた。しかしながら、トルコより出る石の方がより上質で効能が上である。この石は輝きはないものの、勇気や元気にまつわる数々の効力を所持している。宝石の中の宝石と呼ばれ、男性、女性の双方にとって有効である。この石は身体を壮健にし、四肢を頑丈にする。嫉妬や悪意を遠ざけ、人を牢獄より解放する。その上更に大いなる効力をもち、この石を所持する者は恐怖心を抱くことはなく、怒れる人々をなだめることができる。この石を持つ者は恐れを抱くことはない。また、この石が生来そなえている性質上、水占いに用いることができる。医学においても非常に有効である。高熱の人を冷やし、身体の内が火のように燃え、苦しみの余り過度の発汗を催す人の熱をさます。細かく砕き、牛乳にまぜると皮膚病に効く。目の濁りを除き、頭痛を治す。舌のできものを癒し、消化を助ける。この石を身につける人は、純潔と礼節を守るべきである。この石を保つ人は貧窮に陥ることはない。

五　エメラルド

エメラルドはあらゆる緑の色調を超越している。六つの種類に分かれており、すべて非常に貴重であると同時に高価である。スキティア[6]やブラクタニア[7]から各々一種類が産出される。他の一種は、天国から流れ出ているナイル河で見つけられた。もう一つの種類は大変よく知られたもので玉髄と呼ばれて珍重されており、価格も高い。これもスキティアから出る。アリマスポイ[8]の人々は金銀よりこの石を愛し、巨大で兇暴な鳥グリフォン[9]よりこの石を奪う。透明度の高い石が最良である。石を通して向こうが見え、周囲の空気を微妙な色あいに変える。それはこの石が生来そなえている特性である。しかも、太陽や光にその輝きを変えることはない。光も蔭もこの石の色あいを曇らせることはできない。この石の表面を平らにすると自分を映すことができる。ネロはそうするのが好きで、この石でできた鏡を持っていて、それを通して競技を観戦していた。この石を水占いに用いると将来起こるべき事柄を知ることができる。作法に適った尋ね方をした場合には、この石が間違った答えを与えることはない。節度正しくこの石をよく讃える人は莫大な富が得られる。この石を身につける人は雄弁になる。二日熱という名の、多くの犠牲者を出す熱病も治る。この病気への特効性には多くの人々が驚いている。ペンダントとして身につけると、関節の痛風に効き目を現す。この石を身につけただけでたちどころに快癒に向かう。更に、目と視力を保護し、惑乱や淫欲をしずめる。この石を所持する者は善性の持ち主でなければならない。緑色のインクを作りたいときには、ワインの中にエメラルドを沈め置いて、それからオリーヴ油を塗ること。

六　オニックス

オニックスを持つと悪夢にうなされ、悪魔や幽霊に出会う。子供によだれを垂らさせ、大人をいらいらさせ、喧嘩早くさせる。産地はアラビアとインドで、五つの種類がある。赤色縞瑪瑙と一緒にしておくと、オニックスは何ら不都合をもたらさない。

七　緑柱石（ベリル）

この石はインドに産し、六角形をしているものが最も透明度が高く、最も美しい。緑柱石は夫婦の間の愛情を深め、それを身につける人は人々の尊敬を集めることができる。もし誰かがこの石を手にして、やみくもに握りしめたりすると、手に火傷を負うことになる。この石を洗った後のワインは目の病気に効く。悲しみに打ちひしがれている人がこのワインを口にすると、悲しみや涙をしずめる効果がある。熱病によって生じるあらゆる苦しみを取り去ることもできる。その効力はかくの如くである。この石には九つの品種があり、いずれも貴重で高価である。

八　トパーズ（黄玉）

トパーズは、同じ名前をもつ島で産出される。二種類あるが、数量は少ないため非常に高価である。一つは純金に似ており、もう一つの種類はもっと明るく、月光の輝きのようである。この石はまた、牛、豚などの嚢虫症に非常に効き目がある。この石は、水の沸騰を止める。水がこの石を感知すると直ちに沸騰は止まる。どこかでひきがえるを見つけたら、トパーズでかえるの周囲に輪を画いてみることだ。ひきがえるはその輪から外に出られなくなり、死ぬまでそこから動けなくなってしまう。これがこの石をためす方法である。トパーズはアラビアに産し、石としての価値も価格も一流である。

九　ヒヤシンス

ヒヤシンスには三つの種類があり、大変貴重な宝石とされている。その一は柘榴《ざくろ》色で、その二はレモン色、その三は水色をしている。それらすべてに医学的効力がある。三種類とも強壮剤であり、妄念や憂いを取り去ってくれる。熟練の石工は柘榴色のものが一番貴重だと見なしている。色が最も美しいため、そう思われているのである。しかも数が少ないだけに、評価が高いのである。水色をしている種類は、闇の中に置かれない限り、その輝きを失うことはない。石工たちも、明るすぎも暗すぎもしない、程よい青色のこの石を大いに良しとしている。この石を口に含むと冷気を生じ、暑さに苦しむことはない。この石は硬くて、ダイヤモンドの破片を用いない限り、切断されることはない。レモン色の石は青白い輝きを発する。その色のせいであまり高くは評価されていない。いずれのヒヤシンスであれ、ペンダントあるいは指輪にして身につけていると、安全な旅行が可能となる。病気になる心配もなく、宿屋に着けば喜んで親切に迎えられるし、まっとうに注文したものならば必ずかなえられる。この石の産地はエチオピアである。この石には大変な値打ちがあり、大いに尊重されるに値する。

一〇　アメジスト（紫水晶）

アメジストは緋色をしている。ワインの一滴、菫《すみれ》の花、あるいは清純で汚れなきバラの花の色である。あるものはいささか白味を帯び、またあるものは水で割ったワインの赤色をしている。この石は切断しやすく、インドの産である。この石を身につけていると泥酔することはなく、酒のせいで我を忘れることもない。大量にあるわけではないので、非常に高価であるのも当然である。アメジストには五つの種類がある。

一一　マグネタイト（磁鉄鉱）

マグネタイトは穴居人によってインドで発見され、珍重されている。鉄鉱に似てダイヤモンドと同じく磁力を帯びている。デンドン(10)はこれを好み、魔術に用いた。彼は出色の魔法使いとされている。キルケ(11)もこれを使い、高く評価している。今でもマグネタイトはある種の実験に用いられているが、その成果は遠い昔からよく知られている。もしも女房が他の男を愛しているかどうか知りたい亭主がいるならば、女房が寝ているときにこっそりとこの石を彼女の頭の下に置いてやるとよい。女房が貞淑であれば、眠りながらも彼女は夫に口づけするような動作をするはずである。もしそうでない場合には、彼女は顔をベッドに埋め、まるで乱暴に突き落とされたかのようにみっともなくベッドから転がり落ちるのである。私の申し上げていることに間違いはない。この石から出る匂いには次のような特性がある。その匂いは悪人の気分をわるくし、善き人を心地よくする。この石は泥棒にとっては非常に貴重なもので、この石の粉末のおかげで彼はしのび込もうとする家にやすやすと入ることができるのである。真っ赤に焼いた粉末を火中より取り出し、これを家の四隅に置く。煙がまるで線香のように四隅からのぼる。家の中にいる人々は、周囲に煙の臭いをかぐと、驚いて逃げ去ってしまう。だから泥棒は悠々と盗みを働くことができる。マグネタイトは夫婦の愛を保ちつづけさせる。それを身につけている人は誰でも、雄弁とさまざまな資質を授けられる。飲み物に入れると過水症に効くし、粉末にすれば火傷、炎症に効果がある。

一二　珊瑚

珊瑚は樹木のように海底に生えている。生まれたときは緑色をしていて可愛らしい。空気に触れると硬くなり、珊瑚の通常の色である赤色に変わる。大きさは半ピエ(12)くらいである。珊瑚を所持する人は雷や嵐を恐れる必要はない。珊瑚が置かれている畑は豊かに実り、雹《ひょう》や悪天候も災禍を及ぼさない。珊瑚は収穫を増し、亡霊や魑魅《ちみ》魍魎《もうりょう》を払い、ものごとをよく始め立派に終わらせてくれる。

一三　紅柘榴石《ざくろ》（アルマンディン・ガーネット）

この石は自ら光線を発する。これほどよく光る石は他にはない。この石のもつ明るさで夜を照らし、日中には何の変化も生じない。この石は穴居民族(13)の土地に産する。この石は十二の種類に区分されると記されている。

一四　オパール

オパールは次のような特性をそなえており、その効力によって当然高価な石と見なされている。というのも、オパールは目の病気を癒す、と同時に泥棒にとっても大変役に立つ石だからである。オパールはそれを身につける人に素晴らしい視力を与える。そのおかげで泥棒は人々に取り囲まれたと知ると直ちに姿を消してしまう。そして難なく、空き巣や押し込みができるのである。

一五　真珠（マルガリータ）

インドでは真珠と呼ばれる宝石が貝の中で生まれる。牡蠣《かき》貝の中に一つだけ入っているためユニオとも呼ばれる。もの知りの言うところによると、牡蠣が天に向かって口を開けて、空から落ちてくる露をふくみ、宝石をはらむのである。真珠は色白く、光り輝いている。若い貝ほど見事な真珠を生む。露をたくさんふくんだ貝には大きな真珠ができる。貝が露をふくもうとした瞬間にその地方を嵐が襲うと、貝はあわてて逃げてしまう。貝が生みかけた素晴らしい宝石は死んでしまう。真珠の大きさは半オンスほどで、それ以上大きいものは見られないだろう。最良と見なされているものはインドとブルターニュに産する。真珠は足の魚の目や痣《あざ》をとるのに効く。目の病気にも有効である。明るい色の真珠の方がくすんだ色のものより珍重される。老練なる宝石商は真円形のものを最上級としている。

一六　指輪と宝石について

宝石の効力が何ゆえ人々に信じられないのか、について述べておきたい。

かなりの人々が宝石がさまざまな効力を秘めていることを信じていない。しかし宝石を所持している人が道徳上の罪を犯さないかぎり、石のもつ神秘的な力がなくなることはないのである。宝石を持っている人が正しく保管しておれば、宝石との間に最良の関係を保つことができるのである。金儲けのために作られた偽造の宝石とは較べものにならない。あさはかな人は外見の美しさから偽物を正真と信じてしまうのである。そんなものには何の価値もないのに欺されてしまうのである。最初にこの本を著し、石の力を知らしめた人は、その価値や効力をよく知っていたのである。多くの場所、幾多の国でその力は証明されている。数多くの人々が、その目で見、あるいは噂を耳にして、神が宝石をお作りになり、石にもろもろの力をお授けになったことを知ったのである。石の効力を知らない人はこの書物からそれを学ぶとよい。石の力を知ることなしに、所持し、身につけている人はたくさんいる。そのような人は、どのようなことに注意すればよいのかも知らないままに、宝石を身につけさえすればよいとばかり、まるで愚者のように振る舞うのである。

ラテン語およびロマン語による宝石の書、ここに終わる。

訳注

（1）伝説のオリエントの王で宝石に関する卓越した知識の持ち主とされている。

（2）中世の大学で教えられた七つの自由学科。三科（文法、修辞、論理）と四科（算術、幾何、天文、音楽）より成る。

（3）ローマ初代皇帝アウグストゥスの養子、ティベリウス・クラウディウス・ネロ（前四二―後三七）。

（4）ラテン語アダマスは古仏語ではエイマンともディアマンとも訳されている。

（5）リビア北部、スルト湾付近の住人。

（6）黒海の北側。

（7）一名バクトリア、トルキスタンの一部の古名。

（8）伝説上の古代アジアの単眼の民で、グリフォンの守っているエメラルドを奪わんとする。

（9）胴体がライオン、頭と翼は鷲の怪物。

（10）一名デンドール、魔術師の名。

（11）神話伝説上の人物。太陽神とニンフ、ペルサの娘で毒物の扱いに長じていたとされている。

(12) 半ピエは約十五センチメートル。

(13) エジプト南東、紅海沿岸にいたとされる古代民族。

あとがき

フランス中世文学の〈名作〉の研究と邦訳は、遡れば佐藤輝夫・鈴木信太郎・渡辺一夫・有永弘人・川本茂雄といった大先達によって、戦前から営々と試みられてきたが、そのいくらかでも纏まった新訳集成として故新倉俊一・故神沢栄三および天沢退二郎の三人の編訳による『フランス中世文学集』全四冊が一九八〇年代初めに企画されて、白水社から刊行されたのは、一九九〇―一九九六年のこと。それからすでに二十年近くを経た。

その間も、またその後も、私たちの優れた同学の士たちによって、古フランス語による名作の研究と日本語訳の成果は続々と実を結び、これまでは眼の届かなかった作家や種々の重要な分野の作品にも、手が着けられるようになってきている。

このような気運に背を押されるようにして、二十一世紀に入って、本書が企画され、白水社の好意および当代の同学の士の参加を得てここに刊行の段となったことは、編訳者にとって嬉しいかぎりである。

このような流れから、本書は総題として『フランス中世文学名作選』と銘打たれることになったが、前世紀版『フランス中世文学集』全四冊の、続篇あるいは第五巻という性格も失ってはいないことは、ここに一言しておきたい。

第一に、後掲の前記四冊本の内容目次を見ればわかる通り、本書はそれと重複する作品を一篇も収めていない（トルバドゥール、トルヴェールも内容が異なる）。

第二に、本書は、かつて前記四冊本に収められるべくして収められなかった重要な分野、重要な作家・作品群を少なからず採択することによって、自ずから、前記四冊本の不備を補う編集になっているからである。

とはいえ、そのような視点で編集を始めてみると、またたく間に三、四巻分の分量となった。物理的な理由から見送らざるを得なかった何万行にも及ぶ散文作品や宗教劇などは言うに及ばず、『ラウール・ド・カンブレ』、『イェルサレムの歌』、『メリアドール』など、日本の読書界に紹介されて然るべきフランス中世文学作品で、今回もまた見送らざるを得なかったものは枚挙にいとまがない。そういう意味では本書刊行後も、フランス中世文学作品の日本への紹介の努力は続けられるであろう。

二〇一三年八月

松原　秀一
天沢退二郎
原野　昇

『フランス中世文学集』第1―4巻収録作品一覧

第1巻《信仰と愛と》（一九九〇年）
『聖アレクシス伝』*La Vie de Saint Alexis*
『ロランの歌』*La Chanson de Roland*
ベルール『トリスタン物語』Béroul, *Tristan et Iseut*
トマ『トリスタン物語』Thomas, *Tristan et Iseut*

トリスタンもの短篇
オクスフォード本『トリスタン佯狂』*Folie Tristan* d'Oxford
ベルン本『トリスタン佯狂』*Folie Tristan* de Berne
マリ・ド・フランス『すいかずら』Marie de France, *Chèvrefeuille*
南仏詩人（トルバドゥール）Troubadours (choix)
北仏詩人（トルヴェール）Trouvères (choix)
フランソワ・ヴィヨン
『ヴィヨンの形見』（抄）François Villon, *Le Lais* (extraits)
『ヴィヨンの遺言』（抄）François Villon, *Le Testament* (extraits)
『ヴィヨン雑詩篇』（抄）François Villon, *Les poèmes variés* (extraits)

第2巻《愛と剣と》（一九九一年）
クレチアン・ド・トロワ『ランスロまたは荷車の騎士』Chrétien de Troyes, *Lancelot ou le Chevalier de la Charette*
クレチアン・ド・トロワ『ペルスヴァルまたは聖杯の物語』Chrétien de Troyes, *Perceval ou le Conte du Graal*
マリ・ド・フランス『ギジュマール』Marie de France, *Guigemar*
マリ・ド・フランス『ランヴァル』Marie de France, *Lanval*
ジャン・ルナール『影の短詩』Jean Renart, *Le Lai de l'ombre*

第3巻《笑いと愛と》（一九九一年）
『アミとアミルの友情』*Ami et Amile*
『ポンチュー伯の息女』*La fille du comte de Ponteu*
『ヴェルジーの奥方』*La Chatelaine de Vergi*

ユオン・ル・ロワ『ヴェール・パルフロワ（連銭葦毛の駒）』Huon le Roy, *Le Vair Palefroi*
『オーカッサンとニコレット』*Aucassin et Nicolette*
『リシュー（悪女伝）』*Richeut*
ファブリオ名作選 Choix de fabliaux
『ルナール狐の裁判』*Le Roman de Renart* (Jugement de Renart)
『悪魔のロベール』*Robert le Diable*

第4巻《奇蹟と愛と》（一九九六年）

『アーサー王の死』*La Mort le Roi Artu*
『フロール王と美女ジャンヌ』*Le Roi Flore et la belle Jeanne*
『教皇聖グレゴリウス伝』*La Vie du pape Saint Grégoire*
『小樽の騎士』*Le Chevalier au barisel*
『聖母の軽業師』*Le Jongleur de Notre-Dame*
リュトブフ『テオフィールの奇蹟劇』Rutebeuf, *Le Miracle de Théophile*
アダン・ル・ボシュ（ド・ラ・アル）『ロバンとマリオンの劇』Adam le Bossu (de la Halle), *Le Jeu de Robin et Marion*
ロベール・ド・クラリ『コンスタンチノープル征服記』（抄）Robert de Clari, *La Conquête de Constantinople* (extraits)
ジャン・ド・ジョワンヴィル『聖王ルイの物語』（抄）Jean de Joinville, *La Vie de Saint Louis* (extraits)
フィリップ・ド・コミーヌ『回想録』（抄）Philippe de Commynes, *Mémoires* (extraits)

参考文献

＊フィロメーナ

オウィディウス『転身物語』田中秀央・前田敬作訳，人文書院，1966.

オウィディウス『変身物語』上下，中村善也訳，岩波文庫，1981-1984.

ヒュギーヌス『ギリシャ神話集』松田治・青山照男訳，講談社学術文庫，2005.

アントーニーヌス・リーベラーリス『メタモルフォーシス（ギリシャ変身物語集）』安村典子訳，講談社文芸文庫，2006.

Noacco, C.: *La métamorphose dans la littérature française des XIIe et XIIIe siècles*, Presses Universitaires de Rennes, 2008.

Gally, M.: *L'intelligence de l'amour d'Ovide à Dante – Arts d'aimer et poésie au Moyen Age*, CNRS Editions, Paris, 2005.

Frappier, J.: *Chrétien de Troyes*, «Connaissance des Lettres», Hatier, 1957.

＊≪愛の神≫論

クレティアン・ド・トロワ『フィロメーナ』（本書所収）

Gally, M.: *L'intelligence de l'amour d'Ovide à Dante — Arts d'aimer et poésie au Moyen Age*（前項参照）.

＊トルバドゥール

瀬戸直彦『トルバドゥール詞華集』，大学書林，2003.

浦一章「「到来することば」－ポワティエ伯ギリェム七世の謎歌をめぐって」，『文学』（岩波書店），2011 年 1・2 月号，pp.100 － 113.

高名康文「アイメリック・デ・ペギャンの哀悼歌」『福岡大学人文論叢』第 42-3 巻，2010, pp.843-857.

瀬戸直彦「トルバドゥールのＣ写本（パリ国立図書館 fr. 856）について」『社会科学討究』第 115 巻，1994, pp.307-330.

Avalle, d'A. S.: *I manoscritti della letteratura in lingua d'oc, nuova edizione a cura di Lino Leonardi*, Torino, Einaudi, 1993.

Ricketts, P. T.: *Concordance de l'occitan médiéval 2*, Turnhout, Brepols, 2005 CD-ROM).

＊トルヴェール

久保田勝一「13 世紀の吟遊詩人コラン・ミュゼにみられる抒情性と社会性」『人文研紀要』（中央大学人文科学研究所）第 41 号，2001, pp.63-82.

久保田勝一「フランス中世における“恋愛”と“戦争”―シャンパーニュ伯ティボー四世をめぐって」『剣と愛と　中世ロマニアの文学』（中央大学），2004,

pp.3-39.
藤川亮子　«La réception et l'évolution du grand chant courtois au XIIIe siècle»『フランス語フランス文学研究』(日本フランス語フランス文学会) 第 97 号 , 2010, pp.1-15.
Zumthor, P.: *Essai de poétique médiévale*, Paris, Seuil, 1972.
Bec, P.: *La lyrique française au moyen-âge (XIIe - XIIIe siècles)*, 2 vols, Paris, Picard, 1977-1978, 2 vols.

＊アーサー王の生涯

ジェフリー・オブ・モンマス『ブリタニア列王史』瀬谷幸男訳，南雲堂フェニックス，2007.
ラヤモン『ブルート』大槻博訳 , 大阪教育図書，1997.
青山吉信『アーサー王伝説─歴史とロマンスの交錯』岩波書店，1985.
鈴木徹也「ヴァース「ブリュ物語」の〝アルチュール王一代記〟試訳」，『帝京女子短期大学紀要』14(1994)- 17(1997),『帝京大学短期大学紀要』19(1999)-23(2003).
Faral, E.: *La légende arthurienne*, 3 vols, 1929, 1969.
Pelan, M. M.: *L'influence du Brut de Wace sur les romanciers de son temps*, Paris 1931, Genève (Slatkine), 1974.

＊聖杯由来の物語

フラピエ『聖杯の神話』天沢退二郎訳，筑摩書房，1990.
天沢退二郎「聖杯（グラアル），血，そして光─『アリマタヤのヨセフ』から『ペルスヴァル』を見る」言語文化 (22)（明治学院大学言語文化研究所），2005, p.1-13.
天沢退二郎「食器から聖杯─〈器〉の転用のメカニズム」明學佛文論叢 (38), 2005, p.1-10.
岡田真知夫「ロベール・ド・ボロンの聖杯（グラアル）三部作」人文学報 (182)（東京都立大学人文学部），1986, p.1-64.
横山安由美『中世アーサー王物語群におけるアリマタヤのヨセフ像の形成─フランスの聖杯物語─』溪水社，2002

＊反キリストの騎馬試合

Jauss, H. R.: La transformation de la forme allégorique entre 1180 et 1240 : d'Alain de Lille à Guillaume de Lorris, in *L'humanisme médiéval dans les littératures romanes du XIIe au XIVe siècle*, Paris 1964.
Jauss, H. R.: Entstehung und Strukturwandel der allegorischen Dichtung, in *Grundriss*

der romanischen Literaturen des Mittelalters, vol. VI, 1, *La littérature didactique, allégorique et satirique*, Heidelberg, 1968.
Jung, M.-R.: *Études sur le poème allégorique en France au moyen âge*, Berne, 1971.

＊ばらの物語

Lecoy, F.: *Le Roman de la Rose ou de Guillaume de Dole* (CFMA, 91).
Lejeune-Dehousse, R.: *L'œuve de Jean Renart, contribution à l'étude du genre romanesque au Moyen Age*, 1935.
Langlois, C.-V.: *La Vie en France au Moyen Age*, Tome I, 1924.
Frappier, J.: *Les Romans courtois* (Cassiques Larousse).
Zink, M.: *Roman de la rose et rose rouge,le roman de la rose ou de Guillaume de Dole de Jean Renart*, 1979.
Paris, G.: Le Cycle de la gageure (*Romania* XXXII, 1903).
Lecoy, F.: Sur la date du *Guillaume de Dole* (*Romania* LXXXII, 1961).
Lecoy, F.: Passages difficiles du *Guillaume de Dole* (*Romania* LXXXIII, 1962).
Payen, J.-C.: *Structure et sens du Guillaume de Dole* (Mélanges Félix Lecoy,1973)
Chênerie, M.-L.: "Ces curieux chevaliers tournoyeurs" des fabliaux aux romans (*Romania* XCVII, 1976).
Dufournet, J., Kooijman, J., Ménage, R. et Tronc, C. (trad.), *Jean Renart, Guillaume de Dole ou Le Roman de la Rose*, roman courtois du XIIIe siècle, traduit en français moderne, Champion, 1979.

＊アラスのクルトワ

原野昇編『フランス中世文学を学ぶ人のために』世界思想社，2007.
長谷川太郎「中世演劇―その発生と展開」，福井芳男他編『フランス文学講座 4 演劇』，大修館書店，1977.
Dufournet, J.: *Courtois d'Arras L'Enfant Prodigue*, Garnier-Flammarion, 1995.
Faral, E.: *Courtois d'Arras*, Librairie Honoré Champion, 1980.
Guesnon, A.: «Publications nouvelles sur les trouvères artésiens. I. *Courtois d'Arras*» Le Moyen Age, t.12, 1908, pp. 57 - 67.

＊つれない姫君

Les œuvres de Maistre Alain Chartier, Texte revu et corrigé par André du Chesne, Paris, 1617.
Bourgain, P.: *Les œuvres latines d'Alain Chartier*, Paris, 1977.
Laidlaw, J. C.: *The Poetical Works of Alain Chartier*, Cambridge, 1974.
Rouy, F.: *Le Livre de l'Espérance*, (Brest, 1967) Paris,1989.

Bouchet, F.: *Le Quadrilogue invectif*, Paris, 2011.
Champion, P.: *Histoire poétique du XVe siècle*, Paris, 1923, vol.I, 1re partie.
Walravens, C. J. H.: *Alain Chartier*, Amsterdam, 1971.
Piaget, A.: *La Belle Dame sans mercy et ses imitations*, I~VI, in *Romania*, 1901~1905.
Hoffman, E. J.: *Alain Chartier his Works and Reputation*, New York, 1942.
Poirion, D.: *Le Poète et le Prince*, Paris 1965.
Rouy, F.: *L'esthétique du traité moral d'après les œuvres en prose d'Alain Chartier*, Genève, 1980.

＊動物誌

アリストテレス ,島崎三郎訳『動物誌』（岩波文庫）上下，1998-1999.
Mermier, G. : *Le Bestiaires* (version courte), Paris, 1977.
Bianciotto, G. : *Bestiaires du moyen âge*, Stock, 1980.
Pastoureau, M. : *Bestiaires du moyen âge*, Seuil, 2011.

＊愛の動物誌

Van den Abeele, B. (éd.) : *Bestiaires médiévaux, nouvelles perspectives sur les manuscrits et les traditions textuelles*, Louvain-La-Neuve, 2005.
Bianciotto, G.: Sur le *Bestiaire d'amour* de Richart de Fournival, in *Actes du 4e Colloque de la Société internationale renardienne*, Paris, 1984, pp.107-119.

＊金石誌

オットー・ゼール，梶田昭訳『フィシオログス』（博品社），1994.
Gontero-Lause, V. : *Sagesses minérales, médecine et magie des pierres précieuses au moyen âge*, Classiques Garnier, 2010.
Studer, P. & Evans, J. : *Anglo-norman lapidaires*, Champion, 1929, Slatkine, 1976.

瀬戸直彦（せと・なおひこ）

1954年生まれ。早稲田大学大学院文学研究科博士課程中退。早稲田大学文学学術院教授。主要著・訳書：『トルバドゥール詩華集』（大学書林）、『フランス語の誕生』（ベルナール・セルキリーニ著、白水社、共訳）、ほか。

福本直之（ふくもと・なおゆき）

1939年生まれ。京都大学大学院博士課程修了。翻訳家（筆名：殿原民部）。主要訳書：『フランス中世の社会』（アシル・リュシェール著、東京書籍）、『ジャンヌ・ダルク』（レジーヌ・ペルヌー著、東京書籍）、『狐物語』（白水社、共訳）、『狐物語』（岩波文庫、共訳）、『フランス中世史年表』（テレーズ・シャルマソン著、文庫クセジュ）、『フランス・レジスタンス史』（J＝F・ミュラシオル著、文庫クセジュ）、『教皇正統記』（ジャン・ラスパイユ著、東洋書林）、ほか。

細川哲士（ほそかわ・さとし）

1942年生まれ。東京大学大学院人文科学研究科博士課程中退。立教大学名誉教授。主要著・訳書:『ランドネに行こう――フランス探検』（岩波書店、著書）、『カナリア諸島征服記』大航海時代叢書Ⅱ，1（岩波書店、訳書）、『フランソワ・ヴィヨン』（思潮社、編書）、Alain Chartier : Le Livre des Quatre Dames.（『立教大学フランス文学7』著書）、『デュファイ / 世俗音楽全集』（ロンドン、共訳編）、ほか。

横山安由美（よこやま・あゆみ）

1994年東京大学大学院人文科学研究科博士課程修了、博士（文学）。フェリス女学院大学教授。主要著・訳書：『中世アーサー王物語群におけるアリマタヤのヨセフ像の形成』（溪水社、単著）、『アベラールとエロイーズ　愛の往復書簡』（岩波文庫、共訳）、『フランス中世文学を学ぶ人のために』（世界思想社、共著）、『はじめて学ぶフランス文学史』（ミネルヴァ書房、編著）、ほか。

編訳者紹介

松原秀一（まつばら・ひでいち）

1930 年生まれ。慶應義塾大学経済学士、文学修士。慶應義塾大学名誉教授、フランス国立ポワチエ大学名誉博士。主要著書:『仏作文の考え方』（第三書房、共著)、『言葉の背景』（白水社)、『危ない話』（白水社)、『西洋の落語——ファブリオーの世界』（東書選書、中公文庫)、『中世ヨーロッパの説話、東と西の出会い』（中公文庫)、『異教としてのキリスト教』（平凡社ライブラリー)、『死の発見、ヨーロッパの古層を訪ねて』（岩波書店、共著)、『フランス語らしく書く』（白水社、共著)、ほか。

天沢退二郎（あまざわ・たいじろう）

1936 年生まれ。東京大学大学院博士課程満期退学。明治学院大学文学部名誉教授。主要著・訳書:『幻想の解読』（筑摩書房)、『エッセー・オニリック』（思潮社)、『聖杯の神話』（ジャン・フラピエ著、筑摩叢書)、『聖杯の探索』（作者不詳、人文書院)、『ヴィヨン詩集成』（白水社）など。ほかに、クレティアン・ド・トロワ「ペルスヴァル」全訳等が『フランス中世文学集』（白水社）既刊四冊本に収録されている。

原野　昇（はらの・のぼる）

1943 生まれ。広島大学大学院文学研究科博士課程中退。広島大学名誉教授。主要著・訳書:『芸術のトポス』（岩波書店、共著)、『フランス中世文学を学ぶ人のために』（世界思想社、編著)、『フランス中世の文学』（広島大学出版会)、『狐物語』（岩波文庫、共訳)、『中世の象徴と文学』（ジャック・リバール著、青山社)、『フランス中世の文学生活』（ピエール゠イヴ・バデル著、白水社)、ほか。

訳者紹介

篠田勝英（しのだ・かつひで）

1948 年生まれ。東京大学大学院人文科学研究科博士課程修了（単位取得満期退学)。白百合女子大学教授。主要著・訳書:『薔薇物語』（平凡社／ちくま文庫、翻訳と註解)、『フランス中世文学を学ぶ人のために』（世界思想社、共著)、『ヨーロッパ中世象徴史』（ミシェル・パストゥロー著、白水社)、ほか。

鈴木　覺（すずき・さとる）

1937 年生まれ。東京大学大学院人文科学研究科博士課程中退。愛知県立大学名誉教授。主要著・訳書:『現代言語学批判』（勁草書房、共著)、『コンコルド和仏辞典』（白水社、共編)、『狐物語』（岩波文庫、共訳)、『言語過程説の探求』（明石書店、共著)、『フランス中世文学を学ぶ人のために』（世界思想社、共著)、ほか。

フランス中世文学名作選

2013年 8月25日 印刷
2013年 9月15日 発行

編訳者© 松原秀一／天沢退二郎／原野昇
訳　者© 篠田勝英／鈴木覺／瀬戸直彦
福本直之／細川哲士／横山安由美
発行者 及川直志
印刷所 株式会社 理想社

〒101-0052 東京都千代田区神田小川町3の24
発行所 電話 03-3291-7811(営業部), 7821(編集部) 株式会社 白水社
http://www.hakusuisha.co.jp

乱丁・落丁本は，送料小社負担にてお取り替えいたします.

振替 00190-5-33228
松岳社 株式会社 青木製本所

ISBN978-4-560-08320-8

Printed in Japan

狐物語

鈴木 覺、福本直之、原野 昇訳

フランスの中世文学を代表する動物叙事詩。主人公であるルナールという名の狐が、いろいろな動物や人間に悪知恵を働かせ騒動を引き起こすさまを、随所に諷刺を盛り込みながら軽快に描いている。

ヴィヨン詩集成

天沢退二郎訳

15世紀、放浪の詩人ヴィヨンが遺した詩篇を、現存する様々な写本、異本にあたり、詳細な注解を付して訳出・集成したヴィヨン詩集。

中世フランス文学

V＝L・ソーニエ著／神沢栄三、高田 勇訳

ゴール＝ローマ時代のラテン語文学から説き起こし、聖者伝、武勲の詩、そして騎士道物語が花開くさまを、当時の社会的状況と関連づけながらあざやかに描き出した概説書。［文庫クセジュ711］